民族文字出版专项资金资助项目

BONJFWENGEQ BOUXCUENGH CONZDUNGJ

壮族传统古歌集

梁庭望	关仕京	韦文俊	韦树关	罗　宾	石鹏程
李秀玲	李海容	覃祥周	程文显	关彩萍	刘志坚
韦克全	马永全	韦以强	黄　革		

搜集整理

GVANGJSIH MINZCUZ CUZBANJSE

广西民族出版社

民族文字出版专项资金资助项目

BONJWENGCEG BOUKCUENGH CONXDUNGJ

壮族古籍丛书

目　录

传扬歌

梁庭望　搜集整理

1. 岑 筆 初 書 字，
Gaem bit coq sawceih,
提笔细思量，

亘 道 理 传 扬。
Gangj dauhleix cienzyiengz.
道理要传扬。

乃 想 旧 書 寬，
Naih siengj guh saw gonq,
编歌警世人，

论 歪 傍 齐 兰。
Lwnh gwnzbiengz caez rox.
共同明主张。

陷 口 祥 麻 眸，
Haemh haeuj mbonq ma ninz,
晚间上床睡，

各 想 心 助 士。
Gag siengj sim coq saeh.
辗转不成眠。

扶 召 心 帅 炁，
Boux causim gwnheiq,
操心受气人，

道 理 尸 兰 祥？
Dauhleix ndi rox siengz?
缘由为哪桩？

2. 閟 岜 磊 卷 磊，
Ndaw bya rin gyonj rin,
山上石累石，

地 平 埔 卷 埔。
Dieg bingz namh gyonj namh.
平地上无垠。

丢 下 布 兰 箄，
Mbwn yax mbouj rox ngvanh,
天不会盘算，

埔 下 尸 兰 分。
Namh yax ndi rox faen.
地不会均分。

当 初 立 天 地，
Dangco laeb diendeih,
当初立天地，

分 养 你 不 平。
Faen yienghneix mbouj bingz.
为何分不平。

恶 炅 又 陇 伝，
Ok ndit youh roengz fwn,
烈日复暴雨，

自 旧 丢 甲 干。
Cix guh mbwn gyapgan.
风云变幻频。

3. 你 年 情 世 界，
Neix nienzcingz seiqgyaiq,
天下不安宁，

勺 妷 咳 小 心。
Yaek dahraix siujsim.
须十分当心。

十 六 里 县 城，
Cib roek leix yienhsingz,
城郊十六里，

迪 閟 心 自 记。
Dwk ndaw sim cix geiq.
何处可安生。

書 字 亘 公 平，
Saw ceih aeu goengbingz,
办事要公正，

名 声 介 肯 坏。
Mingzsing gaiq haengj vaih.
不要坏名声。

勺 听 扶 老 讲，
Yaek dingq bouxlaux gangj,
要听父老劝，

劳 兰 犯 本 身。
Lau rox famh bonjsin.
谨防祸上身。

4. 富 贵 天 主 定，
Fouqgveiq dien cawj dingh,
富贵老天定，

由 命 不 由 乖。
Youz mingh mbouj youz gvai.
由命不由人。

扶 学 八 伝 抬，
Bouxhak bet boux daiz,
一官八人抬，

守 几 来 阴 工。
Souj geijlai yimgoeng.
守多少阴功。

各 唉 又 各 提，
Gag naeuz youh gag daez,
自言又自语，

眉 眉 尽 布 醒。
Meiz meiz cinx mbouj singj.
每每想不通。

尔 布 财 富 贵，
Lawz mbouj gyaez fouqgveiq,
谁不想富贵，

尽 八 字 安 排。
Cinx betceih anbaiz.
八字已排定。

5. 初 隊 庅 三 都，
Coq doih ma Samdu,
结伴来三都，

千 叽 百 分 扽，
Cien gou bak faen daemq.
独我百分难。

交 春 糧 又 困，
Gyaucin liengz youh goenq,
青黄不接时，

温 温 过 朕 眼。
Oenqoenq gvaq ndwen ngoenz.
糠菜度饥寒。

同 庚 齐 生 下，
Doengzgeng caez seng laj,
同生天地间，

骑 馬 傘 又 收。
Gwih max liengj youh sou.
人骑马带伞。

但 陇 斗 念 伝，
Dan roengzdaeuj nem vunz,
随大流出世，

冃 嗛 歪 甅 分。
Ndi haemq gwnz aeu faenh.
祸福忘问天。

6. 埔 布 比 磊 迊，
Namh mbouj beij rin naek,
土不如石重，

秤 布 平 养 等。
Caengh mbouj bingz yiengh daengj.
秤不如戥均。

墌 布 平 比 淰，
Dieg mbouj bingz beij raemx,
地不平如水，

眉 其 扽 其 喪。
Meiz giz daemq giz sang.
有高下之分。

又 甅 歪 补 吞，
Youh aeu gwnz bouj laj,
若以上补下，

答 打 分 造 平。
Dabdaj faen cauh bingz.
搭配才公平。

扶 扶 罴 尽 桑，
Boux boux naj cinx sang,
无人当寨老，

叫 扶 江 斗 秤。
Heuh bouxgyang daeuj caengh.
谁来讲公正。

7. 傍 三 都 财 主，
Biengz Samdu caizcawj,
三都众财主，

富 贵 正 大 河。
Fouqgveiq cingq daihha.
富贵又霸道。

倍 住 百 艮 埜，
Baez cawx bak ngaenz naz,
一买百峒田，

盄 三 妑 服 事。
Aeu sam baz fugsaeh.
三妾共侍候。

𫭢 你 正 夻 山，
Gwnz neix cingq laj bya,
山下平如砥，

尽 圣 班 大 二。
Cinx youq ban daih ngeih.
祖传儿孙受。

生 眉 岜 吅 𨖼，
Seng meiz bya guh naengh,
以山做板凳，

兰 批 啗 批 啰。
Rox bae haemq bae lax.
会去问去找。

8. 傍 三 都 自 在，
Biengz Samdu swxcaih,
三都人自在，

布 过 寨 板 元。
Mboujgvaq caih mbanjyienz.
乡邻得平安。

丈 怀 媥 耕 田，
Ciengx vaiz mbwk geng dienz,
养大牛耕田，

眉 糇 千 糇 万。
Meiz haeux cien haeux fanh.
米粮千千万。

里 介 房 烦 心，
Lij gaiqmaz fanz sim,
还有啥操心，

事 情 卷 夻 寨。
Saehcingz gyonj Lajsaih.
事归古寨方。

眼 叩 三 倍 酒，
Ngoenz gwn sam baez laeuj,
日排三大宴，

伝 侯 盆 扶 官。
Vunz haeuj baenz bouxguen.
出入尽大官。

9. 二 相 公 大 里，
Ngeih sienghgoeng dajleix,
二相公管家，

布 吅 比 淋 傍。
Mbouj guh beijlumj biengz.
比他处凶残。

眼 引 悔 吅 悾，
Ngoenz yinx hoiq guh hong,
赶长工下地，

扶 眉 双 喫 糇。
Boux meiz song nyaep haeux.
两把米熬汤。

下 当 贫 扶 官，
Yax dang baenz boux guen,
每日装官样，

啗 文 章 初 你。
Haemq faenzcieng coq neix.
满肚坏主张。

傍 三 都 岁 数，
Biengz Samdu suiqsoq,
历来三都苦，

布 扶 尔 礼 盘。
Mbouj bouxlawz ndaej buenz.
人人遭灾殃。

10. 县 偻 正 夲 寨，
Yienh raeuz cingq Lajsaih,
我县古寨镇，

呐 淋 大 丈 夫。
Ndei lumj daihcienghfou.
派头大丈夫。

四 處 开 剥 都，
Seiqcawq hai bakdou,
店铺四面开，

伝 舖 贫 嗛 夥。
Vunz bouq baenz rongzdoq.
好像马蜂窝。

客 当 县 斗 吞，
Hek dang yienh daeuj raen,
县里客商来，

煉 刘 盆 妷 咳。
Lwenz naeuz baenz dahraix.
称赞不绝口。

钱 浪 糎 又 浪，
Cienz langh haeux youh langh,
钱多米如山，

肚 光 贫 垰 珠。
Dungx gvangq baenz aen caw.
肚量明如珠。

11. 扶 眉 钱 放 訋，
Boux meiz cienz cuengq caiq,
他有钱放债，

增 唅 在 唅 亙。
Caengz hoih caix hoih aeu.
利越多越爱。

以 扶 苦 途 刘，
Caeuq bouxhoj doxnaeuz,
穷人苦难言，

他 心 头 各 兰。
De simdaeuz gag rox.
财主乐开怀。

扶 苦 月 眉 帅，
Bouxhoj ndi meiz gwn,
穷人粮断顿，

閦 心 各 竿 乃。
Ndaw sim gag doeknaiq.
心像滚油开。

扶 放 犭 过 介，
Boux cuengq cienz gvaq gyaiq,
放债过地界，

里 妷 咳 心 某。
Lij dahraix sim maeuz.
心贪没有涯。

12. 你 叩 召 松 炁，
Neix guhciuh soengheiq,
今生他享福，

自 兰 住 间 塱。
Cix rox cawx daemznaz.
一味占肥田。

卑 住 咘 住 花，
Bi cawx buh cawx vaq,
新装年年买，

帅 眼 厉 礼 了。
Gwn ngoenz maz ndaej liux.
享用总不完。

文 途 鸡 途 猫，
Baenz duz gaeq duz mou,
鸡豕能生利，

途 途 尽 眉 利。
Duz duz cinx meiz leih.
贪婪没有边。

彭 他 自 皆 现，
Bengz de cix gai yienh,
贵时抛现货，

贱 他 自 皆 沙。
Cienh de cix gai sa.
贱时卖沙子。

13. 扶 □ 老 十 卷，
    Boux guhlaux cib gyuenq,
    若他当寨老，

    放 断 你 到 楞。
    Cuengq duenh neix dauq laeng.
    爱吃背手钱。

    几 见 晋 个 吞，
    Geij gienh raeuz gojraen,
    多少亏心事，

    立 書 文 介 反。
    Laeb sawfaenz gaiq fanj.
    瞒不住双眼。

    一 又 劳 阖 门，
    It youh lau yaxmonz,
    一又怕衙门，

    二 阴 公 自 断。
    Ngeih yimgoeng cix duenh.
    二怕神来断。

    过 滂 收 自 兰，
    Gvaqlaeng sou cix rox,
    过后众人知，

    但 礼 噜 盂 艮。
    Dan ndaej lox aeu ngaenz.
    光骗他人钱。

14. 叹 伝 偻 百 姓，
    Danq vunzraeuz beksingq,
    百姓最可怜，

    羿 印 自 扶 官。
    Gaemyaenq cix bouxguen.
    官家掌大印。

    伝 丈 姆 丈 猙，
    Vunz ciengx mou ciengx yiengz,
    养肥猪和羊，

    替 扶 官 算 利。
    Daeq bouxguen suenq leih.
    为他添利钱。

    布 □ 型 □ 墅，
    Mbouj guh reih guh naz,
    我不种田地，

    盂 介 历 丈 命。
    Aeu gaiqmaz ciengxmingh.
    叫你肚子扁。

    平 扶 厄 扶 苦，
    Bingz bouxndei bouxhoj,
    富人或穷人，

    他 算 数 卷 圆。
    De suenqsoq gyonj nduen.
    各自打算盘。

15. 伝 偻 布 兰 醒，
    Vunz raeuz mboujrox singj,
    人们当醒悟，

    天 下 正 扶 皇。
    Dienyax cingq bouxvuengz.
    天下属帝王。

    十 五 哨 迕 郎，
    Cib haj sau doeklaeng,
    十五妃簇拥，

    艮 閟 倉 無 数。
    Ngaenz ndaw cang fouzsoq.
    白银烂在仓。

    □ 事 介 过 頸，
    Guh saeh gaiq gvaqgyaeuj,
    凡事莫过头，

    叽 叻 刘 收 听。
    Gou lwg naeuz sou dingq.
    儿孙要提防。

    带 几 来 兵 马，
    Daiq geijlai bingmax,
    带兵马无数，

    大 扶 尔 礼 当。
    Daj bouxlawz ndaej dang.
    开打谁能挡。

16. 叩 學 淋 國 安，
Guh hak lumz guekan，
做官忘国事，

合 情 烦 自 在。
Habcingz fanz swxcaih.
掌印不为民。

事 情 尽 布 爱，
Saehcingz cinx mbouj aiq，
淫乐度光阴，

眼 初 奶 學 棋。
Ngoenz caeuq naih hag geiz.
妻妾陪下棋。

夭 河 途 少 利，
Yiu ha duz siujleih，
倘若六畜少，

尽 眉 的 心 烦。
Cinx meiz deiq simfanz.
心机他用尽。

眉 下 眉 扶 必，
Ndei yax ndei bouxbeiz，
养肥众官人，

世 你 厄 妹 咳。
Seiq neix ndei dahraix.
今生享不尽。

17. 伝 噩 心 布 足，
Vunz raeuz sim mbouj cuk，
人心总不足，

提 督 相 叩 皇。
Daezdug siengj guh vuengz.
提督想当皇。

八 万 兵 迂 郎，
Bet fanh bing doeklaeng，
背后八万兵，

望 里 桑 下 罢。
Muengh lij sang yax bah.
专往高里攀。

眼 吋 蓬 吋 眸，
Ngoenz gyaez naengh gyaez ninz，
日夜梦黄粱，

又 刘 曾 享 福。
Youh naeuz caengz yiengjfuk.
享福嫌不够。

钱 银 眉 无 数，
Cienzngaenz meiz fouzsoq，
金银已无数，

下 布 可 里 畣。
Yax mbouj goq lij haemz.
结怨尚无边。

18. 善 恶 尽 眉 报，
Sienh yak cinx meiz bauq，
善恶终有报，

古 人 造 布 叉。
Gojsinz caux mbouj ca.
古人话不假。

强 扶 罢 亙 妑，
Gyangh bouxbaz aeu baz，
强夺人妻女，

布 盆 家 妹 咳。
Mbouj baenz gya dahraix.
颠倒不成家。

但 巨 想 托 批，
Dan gwx siengj doxbae，
邪路不回头，

个 眉 吋 托 到。
Goj ndi gyaez doxdauq.
悬崖不勒马。

生 谋 亙 姝 伙，
Seng maeuz aeu maex hoj，
强扭瓜不甜，

几 扶 布 盆 兀。
Geij boux mbouj baenz ranz.
几个不成家。

19. 平 扶 學 扶 皇，
Bingz bouxhak bouxvuengz,
凭是官是皇，

病 口 躴 自 乃。
Bingh haeuj ndang cix naiq.
怕病入膏肓。

用 银 犭 布 大，
Yungh ngaenz cienz mbouj daih,
花钱如流水，

干 乃 了 自 毡。
Ganq naiq liux cix dai.
还得见阎王。

犭 盂 命 布 礼，
Cienz aeu mingh mbouj ndaej,
钱买不到命，

皇 帝 尽 难 当。
Vuengzdaeq cinx nanz dang.
皇帝也难当。

盇 勺 肯 晋 穷，
Mbwn yaek haengj raeuz gungz,
天让人末路，

布 劳 名 里 亥。
Mbouj lau mwngz leixhaih.
不怕你嚣张。

20. 下 等 扶 辛 苦，
Yax daengq boux sinhoj,
穷人真可怜，

布 兰 养 尔 呷？
Mbouj rox yienghlawz gwn?
活路在何方？

口 布 礼 河 伝，
Guh mbouj ndaej ha vunz,
辛苦不如人，

暗 口 晔 又 唅。
Haemh haeuj ninz youh hoij.
深夜泪沾裳。

又 眉 途 口 控，
Youh meiz duz guhhong,
干活累难当，

盂 双 蹉 侣 货。
Aeu song fwngz bin hoq.
双手扶膝盖。

吃 鸡 恨 勺 忻，
Haet gaeq haen yaek hwnj,
鸡鸣翻身起，

想 躺 温 盆 蒙。
Siengj ndang unq baenz mungz.
身软如芋叶。

21. 傍 三 都 辛 苦，
Biengz Samdu sinhoj,
三都人辛苦，

叻 却 礼 显 隆。
Lwg gyoh ndaej yienq langx.
儿孙也心凉。

呀 时 你 布 通，
Yax seizneix mbouj doeng,
时乖运不济，

哈 帅 穷 帅 抏。
Hab gwn gungz gwn daemq.
吃尽仓中粮。

争 喇 口 面 皮，
Ceng bak guh mienh beiz,
人穷争脸面，

巩 布 眉 名 怱。
Ranz mboujmeiz mingzcoh.
世人冷眼看。

苦 了 自 想 尽，
Hojliux cix siengjcaenx,
苦熬想自尽，

屑 淋 眼 松 容。
Ndi lumz ngoenz soengyungz.
又盼能兴旺。

22. 罶㯹盆淋墨，
Naj ndaem baenz raemxmaeg,
面黑如墨水，

啃茈斗丈命。
Gwn byaek daeuj ciengxmingh.
墨面菜当餐。

扶苦自召心，
Bouxhoj cix causim,
穷人操碎心，

扶眉帅布急。
Bouxmeiz gwn mbouj gib.
富人吃不完。

肚贯温盆蒙，
Dungxsaej unq baenz mungz,
肠软如芋叶，

渐莽汗笃色。
Ciemz rum hanh doek caek,
拔草流虚汗。

昃照埔恩昏，
Ndit ciuq namh hwnj hoenz,
日晒土冒烟，

尸眉眼乙酊。
Ndi meiz ngoenz yietdin.
无一天得闲。

23. 天生尸眉福，
Dienseng ndi meiz fuk,
天生无福分，

笃对垫六回
Doek doiq dieg loeghoiz.
生在穷地方。

平由贵由催，
Bingz youz gveiq youz coiz,
聪明或愚蠢，

量下尸眉忽。
Liengh yax ndi meiz coh.
人人没名堂。

生斗笃拉岜，
Seng daeuj doek laj bya,
生在野山沟，

河割加尽覆。
Haz gat ga cinx foeg.
草割腿肿胀。

世贯尸兰醒，
Seiq gonq ndi rox singj,
前世不醒悟，

免恨嶺陇墥。
Mienx hwnj lingq roengz ndoi.
来爬陡山梁。

24. 型罶卩布旧，
Reih naz guh mboujgaeuq,
田地不够种，

谢命口山林。
Ce mingh haeuj sanlimz.
舍身进密林。

扶苦自操心，
Bouxhoj cix causim,
穷人操心多，

扶厄帅布了。
Bouxndei gwn mbouj liux.
富人吃不尽。

卩悾布劳莽，
Guhhong mbouj lau rum,
干活不怕苦，

颇失瑝介口。
Byoz saetfwngz gaiq haeuj.
失收在草深。

口大山批造，
Haeuj daihsan bae caux,
入大山垦荒，

考枆老亘平。
Gauj faex laux aeu bingz.
把大树砍平。

25. 命 丑 布 同 胡，
Minghcouj mbouj doengzhoz,
命运何其苦，

　口 悔 懦 唔 肚。
Guh hoiqnoz aen dungx.
当肚子长工。

　乃 烦 提 岃 运，
Naihfanz dawz ma vunh,
仔细比短长，

　算 唔 肚 的 行。
Suenq aen dungx dwgrengz.
饥肠最难补。

　口 岃 帅 布 旧，
Guh maz gwn mbouj gaeuq,
辛劳总不够，

　卑 又 收 樟 初。
Bi youh sou haeuxco,
秋后又交租。

　比 枯 菻 枯 嗒，
Beij gorum gohaz,
茅草不知渴，

　枯 岃 尽 布 恨。
Gomaz cinx mboujhaenq.
野草不饿肚。

26. 盯 雗 恨 汪 汪，
Dinfwngz haen vangjvangj,
手头无分文，

　难 将 盆 父 乳。
Nanz ciengj baenz bohranz.
成家没指望。

　肤 二 甲 肤 三，
Ndwenngeih gap ndwensam,
二月到三月，

　閄 乳 自 昆 断。
Ndaw ranz cix goenq donq.
家里断炊烟。

　吃 眼 尸 眉 烌，
Doxngoenz ndi meiz loengh,
白天没的煮，

　型 菻 又 勺 干。
Reih rum youh yaek ganq.
草高活又忙。

　乑 囩 队 扶 苦，
Lajmbwn doih bouxhoj,
天下数穷人，

　想 疋 疋 尽 烦。
Siengj lohloh cinx fanz.
处处受熬煎。

27. 偻 口 召 湧 佪，
Raeuz guhciuh nyungxnyangx,
一生路坎坷，

　助 浪 当 湃 坤。
Coq langxdangx byaij roen.
潦倒不如人。

　卑 造 钱 造 艮，
Bi caux cienz caux ngaenz,
终年干到头，

　个 尸 吞 眉 埕。
Goj ndi raen meiz deiq.
一身无分文。

　丈 途 鸡 途 狪，
Ciengx duzgaeq duzmou,
养鸡又养猪，

　又 提 批 初 芒。
Youh dawz bae coq muengx.
拿去敬鬼神。

　盆 三 头 二 两，
Baenz sam daeuz ngeih liengx,
得三头（猪）四两（银），

　又 各 散 分 分。
Youh gag sanqfaenfaen.
又自散纷纷。

28. 扶 苦 义 眉 帅，
Bouxhoj ngeix meiz gwn，
穷人家断粮，

唔 伝 又 叩 逼。
Raen vunz youh guh mbwk.
逢人要脸面。

猸 猫 变 盆 猞，
Nyaenmeuz bienq baenz guk，
野猫装老虎，

亘 旬 的 旬 屌。
Gangj coenz dwg coenz ndi.
话倒四颠三。

义 眉 色 危 糇，
Ngeix meiz saek ngveih haeux，
若有一粒米，

伝 闪 斗 就 炼，
Vunz haeujdaeuj couh loengh，
来人又得煎。

眉 扶 客 斗 乳，
Meiz bouxhek daeuj ranz，
客人进家门，

各 尨 躴 叩 逼。
Gag dai ndang guh mbwk.
死不敢怠慢。

29. 扶 苦 亘 双 旬，
Bouxhoj gangj song coenz，
穷人讲句话，

照 屌 吞 行 当。
Couh ndi raen hangzdangz.
位卑没名堂。

眉 升 糇 闶 喪，
Meiz swng haeux ndaw cang，
仓有一升米，

助 当 眉 银 千。
Coq dangq meiz ngaenz cien.
好似银一千。

礼 帅 色 碗 寿，
Ndaej gwn saek vanj souh，
喝到一碗粥，

荘 叩 扶 相 公。
Cang guh boux sienghgoeng.
像相公过年。

扶 布 兰 天 几，
Boux mbouj rox diengei，
不知天机者，

夭 扶 厄 叩 偋。
Yiu bouxndei guh baengh.
才找富人帮。

30. 苗 糧 淋 闶 喪，
Miuz liengz rim ndaw cang，
新谷刚入仓，

先 帅 贯 赔 澇。
Sien gwn gonq boiz laeng.
先吃不算账。

债 失 满 本 身，
Caiq saet muenx bonjsin，
背上一身债，

闶 心 屌 兰 想。
Ndaw sim ndi rox siengj.
心中不慌张。

五 六 月 无 炼，
Haj loeg nyied fouz loengh，
五六月断顿，

元 借 伝 帅 咣。
Nyuenh ciq vunz gwn sangq.
借米度饥荒。

乳 布 通 道 理，
Ranz mbouj doeng dauhleix，
谁不知厉害，

加 四 利 下 帅。
Gya seiq leih yax gwn.
四成也贷粮。

31. 又 叹 收 扶 苦，
Youh danq sou bouxhoj,
又叹穷苦人，

提 助 介 提 勾。
Dawz soh gaiq dawz gaeuz.
讲直不讲弯。

眉 利 齐 托 刘，
Meiz leih caez doxnaeuz,
利息商量好，

下 勺 盂 肯 主。
Yax yaek aeu haengj cawj.
给贷主交完。

话 介 極 扶 厄，
Vah gaiq gig bouxndei,
莫激怒富人，

小 色 卑 布 啲。
Siuj saek bi mbouj gyoh.
恐来年不放。

乩 布 眉 自 罢，
Ranz mbouj meiz cix bah,
家不剩也罢，

过 了 捞 吟 盂。
Gvaq liux lax lingh aeu.
过后再贷粮。

32. 量 伝 介 量 尽，
Liengh vunz gaiq liengh caenx,
量人莫量尽，

失 色 份 兰 厄。
Saet saek faenh rox ndei.
他日会转运。

乩 十 养 十 眉，
Ranz cib yiengh cib meiz,
富家样样有，

肥 尽 里 兰 啦。
Feiz cinx lij rox ndaep.
香火还断根。

各 剥 灶 各 拢，
Gag bakcauq gag loengh,
各人自立灶，

莥 分 淋 几 份。
Byaek faen rim geij faenh.
野菜分几份。

伝 晋 卷 布 肫，
Vunz raeuz gyonj mbouj daemq,
富人脸面高，

尽 眉 垚 倍 时。
Cinx meiz dong boihseiz.
背时祸临门。

33. 卷 肸 收 扶 厄，
Gyonj daengz sou bouxndei,
劝你有钱人，

下 介 归 扶 苦。
Yax gaiq vei bouxhoj.
莫欺穷家汉。

扶 扶 齐 叻 父，
Bouxboux caez lwg boh,
人皆父母生，

扶 尔 苦 自 穷。
Bouxlawz hoj cix gungz.
家贫人不贱。

斗 乔 丢 百 姓，
Daeuj lajmbwn beksingq,
天下众百姓，

主 六 命 分 离。
Cix loegmingh faenleiz.
背时命贫寒。

兰 六 命 盆 尔，
Rox loegmingh baenzlawz,
往后命如何，

照 吞 閟 布 兰。
Ciuq raen ndaw mboujrox.
谁能知来年。

34. 一 嘧 扶 眉 犭，
It daengq boux meiz cienz,
一叹有钱人，

吋 邔 千 百 岁。
Gyaez youq cien bak sui.
想活千百年。

扶 眉 犭 丈 悔，
Boux meiz cienz ciengx hoiq,
长工寿命短，

养 尔 对 礼 他。
Yienghlawz doiq ndaej de.
续成他命长。

莲 闼 乿 ㄇ 主，
Naengh ndaw ranz guhcawj,
当太爷坐镇，

下 眉 扶 知 曇。
Yax meiz boux ci sienq.
活茬有人监。

妘 夵 介 亘 桑，
Mbwndingj gaiq gangj sang,
天顶莫讲高，

劳 助 娘 眉 罪。
Lau coq ndang meiz coix.
罪恶满身脏。

35. 二 嘧 扶 眉 糇，
Ngeih daengq boux meiz haeux,
二叹有粮人，

眉 酒 又 眉 糇。
Meiz laeuj youh meiz ngaiz.
山珍任他尝。

乿 他 眉 犭 财，
Ranz de meiz cienzcaiz,
钱财越到手，

父 他 嵳 下 抵。
Boh de dai yax dij.
越怕见阎王。

扶 苦 尸 眉 银，
Bouxhoj ndi meiz ngaenz,
穷人手无钱，

自 想 胅 加 旧。
Cix siengj daengz gaxgaeuq.
怀旧度饥荒。

十 月 糩 口 嚷，
Cibnyied haeux haeuj yiu,
十月米入仓，

帅 布 了 自 习。
Gwn mbouj liux cix si.
吃不完外放。

36. 眉 色 危 糩 帅，
Meiz saek ngveih haeux gwn,
家有点米粮，

那 伝 介 亘 强。
Naj vunz gaiq gangj guengz.
人前莫逞强。

扶 尔 眉 犭 放，
Bouxlawz meiz cienz cuengq,
家有钱放债，

下 介 乱 亘 桑。
Yax gaiq luenh gangjsang.
莫要乱逞狂。

石 纵 尽 里 苦，
Sigsoengz cinx lij hoj,
石崇也饥寒，

大 路 尽 里 菻。
Daihloh cinx lij rum.
大路还长草。

晗 口 哔 疠 眸，
Haemh haeuj mbonq ma ninz,
夜晚上床睡，

勻 咏 养 足 养。
Yaek vunh yiengh cug yiengh.
扪心自己想。

37. 扶 眉 酄 伦 洞，
Boux meiz naz rim doengh，
当初田满峒，

眉 垚 尽 里 伙。
Meiz dong cinx lij hoj.
穷来也潦倒。

当 初 供 盆 圩，
Dangco hoengh baenz haw，
当初门如市，

涝 里 伙 哖 偠。
Laeng lij hoj caemh yiuz.
穷来去烧窑。

个 刘 逼 盆 荟，
Goj naeuz mbwk baenz mbwn，
自吹大如天，

召 伝 尽 布 扽。
Ciuh vunz cinx mbouj daemq.
终生比人高。

小 海 渗 噌 昆，
Siujhaij raemx caengz goenq，
小海水将干，

冄 乙 讙 长 流。
Ndi yiet roen ciengz louz.
想一路长流。

38. 伝 偻 盆 唔 灯，
Vunz raeuz baenz aendaeng，
人生像盏灯，

想 肨 才 烦 闹。
Siengj daengz gyaez fanznaux.
烦恼它已尽。

劳 脒 眼 兰 老，
Lau ndwenngoenz rox laux，
日月快如梭，

到 庲 吞 养 尔。
Dauq ma raen yienghlawz.
老来白费心。

里 老 爷 北 王，
Lijlauxyez Bakvangh，
百旺李老爷，

正 算 扶 特 能。
Cingq suenq boux dwknaengz.
算是个能人。

布 论 丑 论 厄，
Mboujlwnh nyauq lwnh ndei，
不论贫或富，

口 阴 归 批 报。
Haeuj yimgvei bae bauq.
早晚总归阴。

39. 刘 了 又 到 所，
Naeuz liux youh dauq soj，
积怨诉不完，

扶 尔 兰 自 通。
Bouxlawz rox cix doeng.
知者明我冤。

个 同 祖 同 宗，
Goj doengz coj doengz coeng，
虽然同祖宗，

里 布 通 合 反。
Leix mbouj doeng hab fanj.
理不通当反。

猺 老 帅 口 城，
Guk laux gwn haeuj singz，
猛虎扑京城，

阘 东 京 尽 兰。
Ndaw Doengging cinx rox.
东京人震撼。

乙 想 乙 帅 炁，
Yied siengj yied gwnheiq，
越想越有气，

想 道 理 不 通？
Siengj dauhleix mbouj doeng？
天理在何方？

40. 扶 無 子 真 伝，
Boux fouzceij cin vunz,
无嗣不求人，

疬 夵 丢 怨 枉。
Ma lajmbwn yienvuengj.
冤枉来今生。

盂 叻 伝 疬 丈，
Aeu lwg vunz ma ciengx,
求人得养子，

个 想 养 真 生。
Goj siengj yiengh cinseng.
亲生一样疼。

各 咇 魞 咇 奴，
Gag gwn bya gwn noh,
有肉他自吃，

父 自 兰 伤 心。
Boh cix rox siengsim.
养父会伤心。

礼 妵 媂 肚 通，
Ndaej dah bawx dungxdoeng,
儿媳若贤惠，

妅 以 公 自 俦。
Yah caeuq goeng cix nyiengh.
公婆她孝敬。

41. 老 了 各 欧 记，
Laux liux gag aeuheiq,
老来自怄气，

布 愿 丢 叩 疬。
Mbouj nyienh youq guhmaz.
不愿留阳间。

肸 目 连 到 疬，
Daengz Moeglienz dauqma,
目连回转时，

屃 吥 查 三 碗。
Ndi lawz caz sam vanj.
谁供三碗饭。

三 月 肸 清 明，
Sam nyied daengz cingmingz,
三月清明节，

吥 真 心 扫 地。
Lawz cinsim saujdeih.
没人扫坟山。

第 草 眉 红 降，
Deihcauj meiz hoengzgyang,
地上有血红，

都 自 伴 菻 河。
Dou cix buenx rumhaz.
我伴野草眠。

42. 介 丈 叻 閖 房，
Gaiq ciengx lwg ndaw fuengz,
莫养房中侄，

嗓 丈 羊 浪 岜。
Lumj ciengx yiengz langh bya.
好比羊上山。

布 刘 自 布 嘱，
Mbouj naeuz cix mbouj ndaq,
不说也不骂，

他 各 挼 晃 跳。
De gag lax ngoenz deuz.
他自把家还。

申 眉 魞 眉 奴，
Cinx meiz bya meiz noh,
但有鱼有肉，

巨 劳 父 兰 朕。
Gwx lau boh rox dwen.
就怕养父沾。

眉 色 旬 叫 恨，
Meiz saek coenz cam haen,
一句不顺心，

自 叩 舍 叩 呀。
Cix guhhaemz guhnyah.
立刻就翻脸。

43. 陥 哗 又 眒 贯,
Haemh laep youh ninz gonq,
天黑早入睡,

吃 闵 又 眒 唭。
Haet rongh youh ninz gvaiz.
天明懒下床。

勺 恳 眵 又 沬,
Yaek hwnj da youh raiz,
欲起眼昏花,

恩 尭 胕 败 罶。
Aen dai daengz baihnaj.
死神到跟前。

浪 眉 劲 眉 茫,
Langh meiz lwg meiz lan,
倘若有子孙,

班 厄 班 可 聚。
Ban ndi ban goj comz.
围拢在身边。

里 盆 介 麻 宝,
Lij baenz gaiqmaz bauj,
还成啥日子,

老 了 躴 自 乃。
Laux liux ndang cix naiq.
老来人变瘫。

44. 浪 眉 劲 承 乤,
Langh meiz lwg swngz ranz,
有子承家业,

自 布 烦 布 忎。
Cix mbouj fanz mbouj heiq.
老了不操心。

但 归 扶 無 子,
Dan vei boux fouz ceij,
无子来赡养,

巨 呻 烎 胕 尭。
Gwx gwnheiq daengz dai.
烦恼到临终。

正 垚 你 到 吨,
Cingq dong neix dauqdaengz,
万木当其时,

枕 棯 但 里 榔。
Faexnim dan lij langh.
稔花正火红。

媄 位 啦 叻 多,
Meh vei laep lwgda,
母亲眼闭时,

造 塘 罶 布 抵?
Caux daemznaz mbouj dij?
田塘有何用?

45. 浪 眉 达 劲 媢,
Langh meiz dah lwgmbwk,
生女有福气,

眉 福 呷 塘 罶。
Meiz fuk gwn daemznaz.
田地交给她。

伝 恳 乤 口 麻,
Vunz hwnjranz haeujma,
招婿来上门,

造 家 下 盆 召。
Cauxgya yax baenzciuh.
今世也成家。

浪 眉 途 劲 偲,
Langh meiz duz lwgsai,
生得好男儿,

自 妭 咳 眉 福。
Cix dahraix meiz fuk.
都说福气大。

眉 娒 造 盆 唷,
Meiz bawx caux baenzgwn,
儿媳创家业,

兰 干 歪 干 枀。
Rox ganq gwnz ganq laj.
里外会筹划。

46. 姝 拥 润 九 朕，
Meh rangjvunh gouj ndwen,
十月怀胎苦，

闷 心 全 养 糒。
Ndaw sim cienz yiengh meiq.
为娘心自知。

布 兰 尭 兰 里，
Mbouj rox dai rox leix,
生死难料定，

断 咁 炁 草 心。
Donq gwnheiq causim.
烦恼不想食。

陷 眄 躴 浪 荡，
Haemh ninz ndanglangxdangx,
夜眠身瘫软，

劳 尔 犯 兰 亡。
Lau lawz famh rox muengz.
难到分娩时。

劢 里 邬 花 山，
Lwg lij youq vasan,
儿还在花山，

父 姝 烦 咁 炁。
Bohmeh fanz gwnheiq.
爹娘费心思。

47. 眼 收 财 劢 收，
Ngoenz sou gyaez lwg sou,
他人爱宝儿，

个 啉 吼 财 劢。
Goj lumz gou gyaez lwg.
怎比我心疼。

眄 三 朕 闷 补，
Ninz sam ndwen ndaw mbuk,
襁褓才三月，

剥 呢 吟 又 唎。
Bak cup lingz youh leih.
伶俐招人吻。

朕 暗 朕 吞 醋，
Daengz rim ndwen raen naj,
满月歌声起，

父 磁 乸 卡 狨。
Boh baenz cax gaj mou.
杀猪请六亲。

啦 沫 照 布 吞，
Laep lai ciuq mbouj raen,
娇儿已酣睡，

点 灯 初 闷 枛。
Diemj daeng coq ndaw rug.
点灯看面容。

48. 朕 兰 鸾 兰 莲，
Daengz rox ruenz rox naengh,
刚会坐会爬，

全 布 肯 污 移。
Cienz mbouj haengj uq heiz.
干净像朵花。

俫 礼 双 三 卑，
Loengh ndaej song sam bi,
长到两三岁，

其 足 其 个 呢。
Giz cug giz goj coh .
处处心牵挂。

里 吝 姝 砲 糥，
Lij ningq meh bau ngaiz,
煲饭盼他长，

望 逼 乖 自 愲。
Muengh mbwk gvai cix noengq.
壮实又不傻。

父 丈 劳 布 逼，
Boh ciengx lau mbouj mbwk,
儿幼怕不长，

烦 劳 劢 布 厄。
Fanz lau lwg mbouj ndei.
儿长怕败家。

49. 平 批 板 批 圩，
Bingz bae mbanj bae haw,
赶圩或串亲，

个 祥 硝 劲 悔。
Goj ciengz aemq lwgoiq.
娇儿不离娘。

骨 肉 オ 布 对，
Goetnyug gyaez mboujdoiq,
骨肉疼不够，

弯 盆 嗨 以 糖。
Van baenz moiz caeuq diengz.
甜比莓蘸糖。

屄 眉 公 眉 妠，
Ndi meiz goeng meiz yah,
公婆不在世，

又 批 捋 伝 提。
Youh bae lax vunz dawz.
找人带儿郎。

吞 劲 父 劲 侜，
Raen lwg boh lwg hau,
怕儿白不壮，

又 劳 布 河 隊。
Youh lau mbouj ha doih.
同伴瞧不上。

50. 俦 三 朕 四 朕，
Rungx sam ndwen seiq ndwen,
三月不断荤，

糇 全 布 肯 昆。
Ngaiz cienz mbouj haengj goenq.
四月不断饭。

肸 兰 鸾 兰 莲，
Daengz rox ruenz rox naengh,
刚会爬会坐，

了 骱 又 的 行。
Umjaemq youh dwgrengz.
背抱又困难。

恶 圩 想 劲 吝，
Ok haw siengj lwg ningq,
上街买糖果，

嘵 布 饼 下 糖。
Rong mbouj bingj yax diengz.
赶圩买饼干。

平 淋 比 平 埔，
Bingz rumz baek bingz namz,
无论南北风，

眼 换 三 百 抯。
Ngoenz vuenh sam bak daenj.
日换三百裳。

51. 命 犯 色 途 关，
Mingh famh saek duzgvan,
又怕犯鬼神，

布 肯 嗲 肯 嗝。
Mbouj haengj cam haengj dongx.
处处赔小心。

骨 玉 好 布 嗠，
Goetnyug hau mbouj noengq,
骨肉白不壮，

千 样 动 心 頭。
Cien yiengh doengx simdaeuz.
千样牵动人。

争 世 界 肯 劲，
Ceng seiqgyaiq haengj lwg,
为儿创家业，

望 媚 礼 承 乳。
Muengh mbwk ndaej swngz ranz.
盼他承家风。

姝 炁 布 河 伝，
Meh heiq mbouj ha vunz,
娘怕不如人，

江 眼 自 凹 抯。
Gyangngoenz cix guhdaenj.
白日把衣缝。

52. 前 尽 后 又 尽，
Naj caenx laeng youh caenx,
前忙后也忙，

望 世 辿 皿 伝。
Muengh seiq gwnz guhvunz.
希望在儿郎。

想 主 意 卷 穷，
Siengj cawjeiq gyonj gungz,
家贫无主张，

陋 口 睚 又 哙。
Haemh haeujninz youh hoij.
夜来长叹息。

各 叹 又 各 提，
Gag danq youh gag daez,
自叹无福分，

天 布 眉 福 份。
Dien mboujmeiz fukfaenh.
今世真冤枉。

愿 尧 批 淋 苦，
Nyienh dai bae lumz hoj,
死去忘饥寒，

又 劲 却 双 龙。
Youh lwg gyoh song lungz.
不为生双龙。

53. 布 提 又 财 提，
Mbouj daez youh gyaez daez,
不提又爱提（说），

兰 涝 厄 兰 丑。
Rox laeng ndei rox couj.
祸福难预料。

吞 几 扶 盆 悔，
Raen geij boux baenz hoiq,
见几个长工，

想 各 哙 庅 躺。
Siengj gag hoij ma ndang.
不说也心凉。

礼 承 垒 合 箅，
Ndaej swngz dieg habsuenq,
盼能承家业，

也 丹 亘 中 儿。
Yax ndi gangj gyoengq nyez.
不讲合家兴。

丈 途 劲 扶 偲，
Ciengx duz lwg bouxsai,
养得好男儿，

下 望 乖 河 隊。
Yax muengh gvai ha doih.
盼他能如人。

54. 劲 妹 媚 扶 偲，
Lwg mehmbwk bouxsai,
儿女要做人，

扶 乖 尔 自 记。
Bouxgvai lawz cix geiq.
牢记在心间。

丹 眉 畓 皿 型，
Ndi meiz naz guh reih,
农家无田地，

亘 从 意 皿 沉。
Gangj coengzeiq guhcaemz.
主意不值钱。

眉 劲 布 出 中，
Meiz lwg mbouj cutcungq,
有子没出息，

介 嗃 皿 心 沫。
Gaiq loengh guh simlai.
成心惹麻烦。

介 劳 昻 劳 伝，
Gaiq lau ndit lau fwn,
不怕风雨狂，

眉 呻 下 用 易。
Meizgwn yax yungzeih.
有吃也不难。

55. 话 比 桑 比 拖，
Vah beij sang beij daemq,
说千言万语，

亘 扶 更 口 悾。
Gangj boux gaenx guhhong.
勤劳是头条。

命 晋 苦 色 垚，
Mingh raeuz hoj saek dong,
苦命有尽时，

馬 猫 眉 眼 猝。
Max byom meiz ngoenz wenj.
瘦马能上膘。

一 世 � 阳 间，
It seiq ma yiengzgan,
一生来世间，

个 勺 安 阳 分。
Goj yaek an yiengzfaenh.
安分走正道。

里 齐 别 父 母，
Lij saeq biek fouxmoux,
幼小失双亲，

尸 眉 扶 尔 算。
Ndi meiz boux lawz suenq.
无人帮照料。

56. 劢 下 兰 口 劢，
Lwg yax rox guh lwg,
儿女会做人，

眉 福 帅 塘 醤。
Meiz fuk gwn daemznaz.
地是聚宝盆。

浪 劢 尔 败 家，
Langh lwg lawz baihgya,
生个败家子，

眉 庯 下 無 用。
Meiz maz yax fouzyungh.
有多也无用。

羿 眉 犭 眉 艮，
Ranz meiz cienz meiz ngaenz,
金钱留后代，

十 分 孟 收 服。
Cibfaen aeu sou fug.
好仔有福分。

旬 旬 卷 他 上，
Coenzcoenz gyonj de sang,
吵架嗓门高，

下 布 想 介 庯。
Yax mbouj siengj gaiqmaz.
一家闹不宁。

57. 劢 布 听 父 刘，
Lwg mbouj dingq boh naeuz,
儿不听教导，

自 怀 角 怀 保。
Cix vaih gaeu vaih bauj.
长大必乱搞。

劢 乱 礼 乱 造，
Lwg luenh ndaej luenh caux,
儿行为不正，

父 赞 保 尸 眉。
Boh daeq bauj ndi meiz.
必连累双老。

劢 乱 礼 乱 口，
Lwg luenh ndaej luenh guh,
儿行为不轨，

劳 足 悮 庯 晋。
Lau cog hux ma raeuz.
惹祸家难保。

劢 乱 礼 乱 行，
Lwg luenh ndaej luenh hengz,
儿行为不端，

晋 工 行 死 保。
Raeuz goengrengz dai bauj.
父母白操劳。

58. 喧 教 队 扶 偲，
Son gyauq doih bouxsai,
劝你众男儿，

唔 乖 勺 齐 祥。
Aen'gvai yaek caez siengj.
善恶要分明。

吞 途 怀 浪 愁，
Raen duzvaiz langhbuengq,
野牛出游荡，

收 介 乱 批 阆。
Sou gaiq luenh bae riengz.
千万莫去跟。

吞 几 沫 扶 罢，
Raen geijlai bouxbax,
几多蠢后生，

尽 里 化 犭 财。
Cinx lij vaq cienzcaiz.
破财又伤身。

真 本 份 途 晋，
Cin bonjfaenh duhraeuz,
确是自家财，

鍠 嗲 角 介 放。
Fwngz gaemgaeu gaiq cuengq.
手抓不放松。

59. 但 眉 奴 眉 糇，
Dan meiz noh meiz ngaiz,
但有肉有饭，

布 用 排 六 合。
Mbouj yungh baiz loeghab.
不用人去请。

帅 途 伝 勺 托，
Gwn duhvunz yaek doh,
贪吃遍邻里，

恶 足 伝 造 阳。
Ok loh vunz couh yiengz.
出门传丑名。

伝 卡 猂 咟 酒，
Vunz gaj mou gwn laeuj,
人杀猪请酒，

晋 自 叟 苝 灾。
Raeuz cix saeux byaek cai.
我咽素菜羹。

吞 碗 奴 歪 台，
Raen vanj noh gwnz daiz,
见人桌上肉，

个 勺 财 勺 却。
Goj yaek gyaez yaek gyoh.
口水往上涌。

60. 律 屈 布 可 造，
Loetcouj mbouj goj caux,
愚顽难教诲，

煉 吽 好 平 宜。
Lwenz naeuz hauq bienzngeiz.
还讲占便宜。

扶 尔 好 事 非，
Boux lawz haux saehfei,
身败知多少，

吞 几 其 尽 败。
Raen geij giz cinx baih.
皆因好是非。

路 事 想 布 通，
Loh saeh siengj mbouj doeng,
迷途想不通，

尸 正 心 途 到。
Ndi cingq sim doxdauq.
无心再返回。

耕 种 初 读 字，
Gengcungh caeuq doeg ceih,
耕种和读书，

双 路 你 合 厄。
Song loh neix hab ndei.
两条路最美。

61. 义 见 劢 扶 苦，
Ngeix raen lwg bouxhoj，
劝贫家子弟，

唔 啵 唔 岑 权。
Aen boq aen gaemgienz.
假话不可听。

但 以 马 卑 艇，
Dan caeuq max bi rieng，
马摆尾无意，

但 以 猝 卑 魤。
Dan caeuq yiengz bi gyaeuj.
羊摇头无心。

仰 尽 逼 忍 沬，
Nyangh cinx mbwk nyaenxlai，
吹牛吹得大，

唔 尭 个 屄 兰。
Aen dai goj ndi rox.
死日快来临。

帅 初 剥 啦 啦，
Gwn coq bak liblib，
吃人嘴不闲，

屄 眉 则 了 全。
Ndi meiz saek ndeu cienz.
无钱邪念生。

62. 扶 尔 肚 聪 明，
Bouxlawz dungx coengmingz，
谁是聪明人，

以 書 文 布 错。
Caeuq sawfaenz mboujcoq.
用心读诗文。

命 晋 各 盆 苦，
Mingh raeuz gag baenz hoj，
命运虽然苦，

介 算 数 乱 行。
Gaiq suenqsoq luenh hengz.
莫胡思乱行。

养 足 养 眉 叹，
Yiengh cug yiengh meiz danq，
逐样仔细想，

收 各 难 本 身。
Sou gag nanh bonjsin.
心地要光明。

召 老 想 布 胙，
Ciuhlaux siengj mbouj daengz，
前辈想周到，

布 眉 旬 尔 错。
Mbouj meiz coenz lawz coq.
话语句句真。

63. 啃 糇 圶 江 洞，
Gwn haeux youq gyangdoengh，
风餐在地头，

介 用 圶 欢 容。
Gaiq yungh youq vuenyungz.
莫要贪清闲。

極 懒 㘘 自 菻，
Giklanx reih cix rum，
田间长野草，

眉 帅 恶 尔 斗。
Meiz gwn ok lawz daeuj.
何处收新粮。

扶 尔 眉 加 帅，
Bouxlawz meiz gahgwn，
谁家吃酒肉，

里 请 伝 斗 从。
Lij cingj vunz daeuj coengz.
还请你来沾。

眼 圶 屄 加 迀，
Ngoenz youq ndwigaxnyax，
每天懒洋洋，

閗 剥 勺 罗 帅。
Ndaw bak yaek lax gwn.
嘴比猫儿馋。

23

64. 眼 以 埔 托 顶，
Ngoenz caeuq namh doxdingj,
每日斗黄土，

扶 布 醒 下 难。
Boux mbouj singj yax nanz.
最怕无心人。

陷 口 厉 肜 釆，
Haemh haeuj ma daengz ranz,
披星戴月归，

介 托 哺 托 闹。
Gaiq doxceng doxnauh.
莫争吵斗贫。

开 章 自 打 春，
Haicieng cix dajcin,
正月立新春，

布 才 眄 各 恨。
Mbouj gyaez ninz gag hwnj.
农夫睡不宁。

造 苗 布 厉 蓬，
Caux miuz mbouj ma fwngz,
薄田苗不旺，

布 礼 帅 下 难。
Mbouj ndaej gwn yax nanz.
多收靠人勤。

65. 朕 正 甲 朕 二，
Ndwencieng gap ndwenngeih,
正月到二月，

刀 型 了 自 樏。
Dau reih liux cix ndaem.
策牛耕瘦田。

苗 笪 贯 造 盆，
Miuz doekgonq caux baenz,
早种禾苗壮，

笪 澇 下 布 陋。
Doeklaeng yax mbouj couh.
晚种草遮天。

十 月 肜 冬 干，
Cibnyied daengz doenggan,
十月寒冬到，

口 大 山 勿 型。
Haeuj daihsan vuet reih.
入山垦新荒。

扶 極 懒 布 兰，
Boux giklanx mbouj rox,
懒汉禾苗稀，

过 呈 收 自 吞。
Gvaq loh sou cix raen.
过路人人叹。

66. 雨 水 交 景 直，
Hawxseij gyau gingcig,
"雨水"交"惊蛰"，

眼 批 急 啉 啉。
Ngoenz bae giblimzlimz.
日子快如风。

三 月 交 清 明，
Samnyied gyau cingmingz,
三月交"清明"，

救 福 人 造 业。
Gouqfuk vunz cauxnieb.
耕耘救世人。

千 养 仪 姝 宜，
Cien yiengh bohmeh ngeix,
父母千般想，

叩 悾 造 位 一。
Guhhong cauh veih it.
头条是劳动。

冬 年 肜 节 炁，
Doeng nienz daengz cietheiq,
季节正当时，

望 甲 子 泷 伝。
Muengh gyapceij roengz fwn.
盼望雨淋淋。

67. 扶 □ 塘 □ 塾，
Boux guhdaemz guhnaz,
耕田种地人，

他 自 查 枯 糅。
De cix caz gohaeux.
禾苗在心头。

悾 粮 胪 歪 苟，
Hongliengz daengz gwnz gyaeuj,
季节不等待，

樰 贯 糅 自 盆。
Ndaem gonq haeux cix baenz.
早种绿油油。

三 月 冃 造 谷，
Samnyied ndi caux goek,
三月不下种，

六 月 批 尔 罗。
Loegnyied bae lawz lax.
六月何处收。

浪 畓 樰 竻 澇，
Langh raeuz ndaem doeklaeng,
错过好时光，

布 盆 加 庌 陋。
Mbouj baenz gaxmaz couh.
秋来空双手。

68. 伝 □ 畓 下 □，
Vunz guh raeuz yax guh,
人勤我不懒，

介 想 圣 便 仪。
Gaiq siengj youq bienzngeiz.
早晚不偷闲。

五 六 月 肚 饥，
Haj loeg nyied dungxgei,
五六月失收，

罗 布 眉 扶 倗。
Lax mbouj meiz boux baengh.
饥饿没人怜。

眉 扶 肚 布 通，
Meiz boux dungx mbouj doeng,
懒人不懂理，

生 胗 惊 □ □
Seng daengz soengz □□.
想站着□□。

眼 眼 想 地 板，
Ngoenzngoenz siengj dieg mbanj,
每日赖在家，

礼 □ □ □ □。
Ndaej □□□□.
得□□□□。

69. 寅 時 自 帅 糇，
Yinzseiz cix gwn ngaiz,
寅时吃早餐，

逃 徐 怀 乑 榥。
Dauz cwz vaiz laj riengh.
栏中把牛拴。

卯 時 乑 就 晃，
Mauxseiz ranz couh rongh,
卯时天微明，

关 踏 米 寻 澇。
Gvan gonq maex cimh laeng.
夫妻同下田。

个 元 乖 閊 肚，
Gojyienz gvai ndaw dungx,
辛苦为饥肠，

扶 兰 运 造 乖。
Boux rox vunh caux gvai.
劳动才能填。

陌 呍 造 庌 乑，
Haemh laep caux ma ranz,
天黑才收工，

吃 澇 又 恨 暚。
Haet laeng youh hwnj romh.
凌晨又起床。

25

70. 十 分 屌 眉 酱，
Cibfaen ndi meiz naz,
家贫无寸土，

口 邑 批 勿 型。
Haeuj bya bae vuetreih.
入山垦新荒。

苗 厉 下 叩 替，
Miuz maz yax guh deiq,
杂粮随手种，

本 士 介 丢 屌。
Bonjsaeh gaiq youq ndi.
功夫不放闲。

噴 眼 千 养 记，
Hwnz ngoenz cien yiengh geiq,
日与夜奔忙，

下 个 为 太 罗。
Yaxgoj veih daih laj.
操心为儿女。

命 嗦 苦 斗 肹，
Mingh haemzhoj daeujdaengz,
背时运不济，

朕 以 眼 个 烝。
Ndwen caeuq ngoenz goj heiq.
度日难上难。

71. 盯 錐 造 淰 否，
Dinfwngz caux raemxmboq,
双手造甘泉，

父 娣 造 淰 龙。
Bohmeh caux raemxrongz.
终生用不完。

扶 極 懒 叩 悾，
Boux giklanx guhhong,
懒汉不做工，

肚 喷 屌 扶 觉。
Dungx gon ndi boux gyoh.
饥饿无人怜。

布 兰 算 斗 肹，
Mbouj rox suenq daeuj daengz,
人不会盘算，

眼 涝 了 自 觉。
Ngoenzlaeng liux cix gyoh.
日后必寒酸。

吞 几 扶 布 听，
Raen geij boux mbouj dingq,
几多人不听，

琴 命 他 尽 劳。
Gaem mingh de cinx lau.
操命运自怕。

72. 吃 恨 佁 楇 毒，
Haet hwnj raek fag cax,
早起带柴刀，

恶 批 罗 疋 垅。
Ok bae lax loh hong.
出门找新活。

屌 扶 尔 斗 喧，
Ndi boux lawz daeuj son,
没人帮盘算，

垚 以 垚 各 烝。
Dong caeuq dong gag heiq.
处处苦奔波。

养 以 养 巨 增，
Yiengh caeuq yiengh gwx caengz,
凡事自张罗，

眼 厄 眼 又 过。
Ngoenz ndi ngoenz youh gvaq.
日子匆匆过。

扼 部 自 勺 恨，
Daenj buh cix yaek hwnj,
清晨莫贪睡，

介 谷 弓 歪 床。
Gaiq gutgungq gwnz congz.
蜷身恋被窝。

73. 扶 極 懒 介 觉,
   Boux giklanx gaiq gyoh,
   懒汉不可怜,

   長 批 嚕 伝 呷。
   Ciengz bae lox vunz gwn.
   常去骗人钱。

   债 失 满 本 身,
   Caiq saet muenx bonjsin,
   背了一身债,

   閦 心 屌 兰 炁。
   Ndaw sim ndi rox heiq.
   心中也不烦。

   浪 罗 礼 色 文,
   Langh lax ndaej saek maenz,
   一文骗到手,

   双 眼 又 嫚 豯。
   Song ngoenz youh cawx noh.
   隔日买肉煎。

   巨 失 债 巨 卟,
   Gwx saet caiq gwx boek,
   利钱翻几番,

   利 谷 尽 到 啉。
   Leihgoek cinx dauq rim.
   借来不胆寒。

74. 仉 苟 口 慌 呷,
   Gungj gyaeuj guh hong gwn,
   埋头只干活,

   在 歪 丢 照 故。
   Caih gwnz mbwn ciuqgoq.
   由老天照顾。

   伝 口 晉 下 口,
   Vunz guh raeuz yax guh,
   人勤我不懒,

   介 想 歪 便 宜。
   Gaiq siengj youq bienzngeiz.
   没便宜活路。

   口 眸 千 养 想,
   Haeuj ninz cien yiengh siengj,
   上床千般想,

   勺 足 养 足 咏。
   Yaek cug yiengh cug vunh.
   样样算清楚。

   冗 卺 自 借 裙,
   Ranz laj cix ciq vinj,
   下家借裙子,

   冗 歪 自 借 部。
   Ranz gwnz cix ciq buh.
   上家借衬衫。

75. 型 埊 口 布 够,
   Reih naz guh mbouj gaeuq,
   田地不够耕,

   谢 命 闪 山 林。
   Cemingh haeuj sanlimz.
   舍命入山林。

   嘖 眼 各 召 心,
   Hwnzngoenz gag causim,
   日夜自操心,

   拉 埊 啃 个 斗。
   Lax deiq gwn goj daeuj.
   功夫不负人。

   口 慌 布 劳 菻,
   Guhhong mboujlau rum,
   不怕草茂盛,

   盯 篷 造 枯 糇。
   Dinfwngz caux gohaeux.
   好苗靠人勤。

   闪 閦 岜 批 造,
   Haeuj ndaw bya bae caux,
   进山另垦荒,

   栲 枞 劳 盂 平。
   Gauj faex laux aeu bingz.
   砍大树放平。

27

76. 啃糇坣江峒，
Gwnhaeux youq gyangdoengh,
风餐在地头，

介用贪欢容。
Gaiqyungh dam vuenyungz.
一刻不偷闲。

極懒型自菻，
Giklanx reih cix rum,
田间长野草，

眉帅恶尔斗。
Meiz gwn ok lawz daeuj.
何处收新粮。

扶尔眉加啃，
Bouxlawz meiz gaxgwn,
人家有酒肉，

里请亡斗从。
Lij cingj mwngz daeuj coengz.
谁让懒人沾。

眼坣乳加呀，
Ngoenz youq ranz gaxnyax,
每天懒洋洋，

咟个拉介啃。
Bak goj lax gaiq gwn.
嘴巴比人馋。

77. 叹出劲土豸，
Danq ok lwg doj cienz,
生儿会赌钱，

父肚涼嗬呀。
Boh dungxliengz hoznyah.
父母心忧虑。

布吘又布过，
Mbouj naeuz youh mbouj gvaq,
说他不管用，

勺打又还逢。
Yaek daj youh vanz fwngz.
打他又还手。

布听帅听所，
Mbouj dingq gwn dingqsoj,
不听父教诲，

到嗒父盆烟。
Dauq haemz boh baenz yien.
反恨如冤仇。

里吝劳兰傷，
Lij ningq lau rox sieng,
小时怕受伤，

开正胪立夏。
Haicieng daengz laebhah.
时刻心担忧。

78. 劲土豸口贼，
Lwg dojcienz guhcaeg,
儿赌钱做贼，

父愿割嗬伦。
Boh nyienh gat hoz laemz,
父亲愿刎颈。

提批胪阖门，
Dawz bae daengz yaxmonz,
抓去衙门关，

庍㴞啰父姝。
Ma laeng lax bohmeh.
又来传双亲。

眉劲布出名，
Meiz lwg mbouj cutmingz,
养儿没出息，

呀本身生骨。
Yax bonjsin seng goet.
还能怪谁人。

出加劲养你，
Cut gaxlwg yienghneix,
生这种儿子，

凡世尽布喂。
Fanh seiq cinx mbouj haen.
万年不悔恨。

79. 嗒 劝 忍 后 生，
Daengq lwgcoz hauxseng,
劝诫年轻人，

介 乱 行 乱 考。
Gaiq luenhhengz luenhgauj.
行为要端正。

叿 悾 造 盆 保，
Guhhong cauh baenz bauj,
勤劳无价宝，

叿 贼 造 冤 家。
Guhcaeg caux yuen'gya.
做贼人憎恨。

晋 咐 糩 踔 垃，
Raeuz gwn ngaiz byaij laep,
无粮吃野菜，

叿 贼 又 的 行。
Guhcaeg youh dwgrengz.
偷赌难安生。

叿 生 意 礼 添，
Guh seng'eiq ndaej dem,
闲时做生意，

公 行 批 自 到。
Goengrengz bae cix dauq.
得利不亏本。

80. 扶 辛 苦 自 穷，
Boux sinhoj cix gungz,
人穷有骨气，

江 嗊 介 叿 贼。
Gyanghwnz gaiq guhcaeg.
黑夜不行偷。

吞 枯 糩 枯 菜，
Raen gohaeux gobyaek,
他人一叶菜，

介 批 採 途 伝。
Gaiq bae mbaet duhvunz.
过路绕开走。

乩 偻 穷 自 罢，
Ranz raeuz gungz cixbah,
家贫不讨吃，

噌 唅 啰 伝 咐。
Caengz hoih lax vunz gwn.
施舍不白受。

礼 咐 到 便 宜，
Ndaej gwn dauq bienzngeiz,
白拿不便宜，

礼 的 提 自 迈。
Ndaej dwkdawz cix naek.
抓着罪不饶。

81. 卷 同 队 扶 苦，
Gyonj doengzdoih bouxhoj,
同是受苦人，

恶 疋 介 舍 财。
Ok loh gaiq dam caiz.
出门莫贪财。

平 吞 徐 吞 怀，
Bingz raen cwz raen vaiz,
牵得大牛走，

舍 财 布 过 召。
Dam caiz mbouj gvaq ciuh.
引出阎王来。

扶 贼 咐 伝 来，
Bouxcaeg gwn vunz lai,
偷遍众乡邻，

眼 巆 屵 扶 觉？
Ngoenz dai ndi boux gyoh?
临死谁不快？

乩 扶 厄 眉 糇，
Ranz bouxndei meiz haeux,
若人家有饭，

他 口 礼 咐 糩。
De haeuj ndaej gwn ngaiz.
进门必招待。

82. 叹 胪 隊 扶 偲,
Danq daengz doih bouxsai,
男儿要做人,

工 行 来 介 俄。
Goengrengz lai gaiq ngoq.
力气别乱用。

晋 算 帅 扶 助,
Raeuz suenq gwn bouxsoh,
欺压忠厚者,

劳 砼 兰 布 从。
Lau mbwn rox mbouj coengz.
天地也不容。

本 份 分 布 托,
Bonjfaenh faen mbouj doh,
开路找财源,

开 朲 布 盆 财。
Hai loh mbouj baenz caiz.
穷途又变通。

过 淽 悞 克 身,
Gvaq laeng nguh gag sin,
过后误自身,

见 几 亭 无 数。
Raen geijdingz fouzsoq.
多少糊涂虫。

83. 扶 凸 贼 帅 伝,
Boux guhcaeg gwn vunz,
专靠抢靠偷,

下 正 帅 代 你。
Yax cingq gwn daihneix.
一生不到头。

礼 犭 财 色 替,
Ndaej cienzcaiz saek deiq,
骗些不义财,

另 吞 里 圣 尔?
Lingh raen leix youq lawz?
富贵何处有?

屼 伝 眉 途 灶,
Ranz vunz meiz duzcauq,
他家有灶王,

他 批 报 胪 歪。
De bae bauq daengz gwnz.
报神祸临头。

己 扶 凸 贼 头,
Geij boux guh caeg daeuz,
见几个贼头,

屌 吞 苟 富 贵。
Ndi raen gyaeuj fouqgveiq.
空剩两只手。

84. 嗒 劢 忽 后 生,
Daengq lwgcoz hauxseng,
叮嘱众后生,

卷 勺 行 正 道。
Gyonj yaek hengz cingqdauh.
人要走正道。

以 句 话 扶 老,
Caeuq coenz vah bouxlaux,
倾听老人言,

傍 下 造 寮 明。
Biengz yax caux riuz mingz.
世间名声好。

父 娭 屌 墄 型,
Bohmeh ndi naz reih,
父母无田地,

晋 恶 炰 各 争。
Raeuz okheiq gag ceng.
本事自己找。

眉 谷 自 批 板,
Meiz goek cix bae mbanj,
家兴走亲戚,

英 当 下 布 劳。
Ingdang yax mboujlau.
人前脸面高。

85. 忙 乖 盆 途 猱，
Mwngz gvai baenz duzlingz,
聪明像灵猴，

练 儡 刃 难 改。
Lienzlih dingq nanz gaij.
到处结冤仇。

吞 几 定 里 亥，
Raen geijdingz leixhaih,
多少蛮横人，

考 尽 怀 家 凧。
Gauj cinx vaih gyaranz.
家败祸临头。

比 邑 里 阆 塘，
Beij byaleix ndaw daemz,
鲤鱼塘中游，

徸 合 胪 自 静。
Saeng haeuj daengz cix sing.
撒网命便休。

收 内 唔 灯 眼，
Sou ndei aen daengngoenz,
即便像日头，

合 火 胪 自 乃。
Haeuj hoj daengz cix naiq.
云遮光也收。

86. 浪 劢 尔 兰 相，
Langh lwglawz rox singq,
男儿会盘算，

阆 肚 串 弯 弯。
Ndaw dungx cuenqvanvan.
女儿会应酬。

扶 客 斗 胪 凧，
Bouxhek daeuj daengz ranz,
客来知礼节，

自 布 烦 扶 父。
Cix mbouj fanz boux boh.
父母不担忧。

平 那 父 那 公，
Bingz naj boh naj goeng,
老人帮筹划，

他 下 同 齐 算。
De yax doengz caez suenq.
待客礼数周。

恶 洛 甲 朋 友，
Ok rog gap baengzyoux,
出门交朋友，

扶 样 扶 造 桑。
Boux nyiengh boux cauh sang.
相敬不相扰。

87. 劢 乖 肚 明 白，
Lwg gvai dungx mingzbeg,
儿女当有礼，

晋 合 客 莲 台。
Raeuz haeuj hek naengh daiz.
客来勤款待。

宗 败 澇 叉 沬，
Soengz baihlaeng swxcaix,
入席先让座，

台 足 台 干 扡。
Daiz cug daiz ganq doh.
亲朋乐开怀。

冬 流 个 丕 茶，
Doengliuz goj cenjcaz,
酒杯不让干，

碗 便 啰 义 拍。
Vanj bienh lax nip byaek.
碗碟常添菜。

帅 酒 尽 曾 了，
Gwn laeuj cinx caengz liux,
劝饮千杯少，

他 合 客 得 㬵。
De haeuj hek daek ngaiz.
添饭又勤快。

88. 眉 途 劲 扶 偲，
Meiz duzlwg bouxsai,
男儿不懂礼，

唔 乖 肙 兰 份。
Aen'gvai ndi rox faenh.
就怕见同伴。

批 以 队 齐 莲，
Bae caeuq doih caez naengh,
朋友并排坐，

伝 问 肙 兰 叻。
Vunz haemq ndi rox nai.
嘴巴上门闩。

浪 眉 客 厉 斗，
Langh meiz hek maz daeuj,
若有客人来，

正 兰 梼 碗 糇。
Cingq rox caeux vanjngaiz.
只会端饭碗。

弄 煡 自 兰 帅，
Loengh cug cix rox gwn,
饭熟就会吃，

眼 澪 肙 兰 嗜。
Ngoenzlaeng ndi rox haemq.
同辈不招呼。

89. 批 乑 伝 礼 帅，
Bae ranz vunz ndaej gwn,
去人家做客，

他 勾 巡 妼 亥。
De yaek coenz dahraix.
热情又慷慨。

卬 年 情 过 介，
Guh nienzcingz gvaq gyaiq,
人情还重礼，

造 妼 亥 寮 名。
Cauh dahraix riuzmingz.
名声传在外。

平 他 结 布 结，
Bingz de ged mbouj ged,
大方或吝啬，

叩 客 自 勺 燢。
Guh hek cix yaek loengh.
来访都招待。

平 唔 事 添 非，
Bingz raen saeh dem fei,
朋友惹是非，

伝 鎹 肥 晕 亥。
Vunz soengq feiz raeuz haih.
灭火不添柴。

90. 伝 交 心 托 迍，
Vunz gyausim doxnaek,
交友重交心，

他 托 勤 介 闹。
De doxgaenx gaiq hai.
勒索不应该。

用 色 替 犭 财，
Yungh saek deiq cienz caiz,
花钱心有数，

各 扶 乖 閲 肚。
Gag boux gvai ndaw dungx.
各人当学乖。

算 八 字 朕 眼，
Suenq betceih ndwenngoenz,
算生辰八字，

肙 唔 伝 叩 贼。
Ndi raen vunz guhcaeg.
未有贼投胎。

請 老 傍 斗 定，
Cingj laux biengz daeuj dingh,
寨老可作证，

姝 媔 顶 扶 偲。
Mehmbwk dingj bouxsai.
姑娘赛男仔。

91. 记 恩 情 途 父，
Geiq aencingz duhboh,
莫忘父母恩，

辛 苦 丈 劲 克。
Sinhoj ciengx lwg hung.
辛苦养成人。

時 你 收 盆 伝，
Seizneix sou baenz vunz,
如今能自立，

勺 孝 顺 父 妺。
Yaek hauqsunh bohmeh.
当孝敬双亲。

父 打 工 提 腊，
Boh dajgoeng dawzrap,
父挑担打工，

妺 採 咟 害 咄。
Meh mbaetbak haizhoz.
娘忍饥吐哺。

恨 父 但 叮 妑，
Haemz boh dan gyaez baz,
疼妻嫌父母，

贱 盆 犸 谷 弓。
Cienh baenz ma gutgungq.
贱如狗蜷身。

92. 劲 各 咟 失 父，
Lwg gag gwn saet boh,
父母不赡养，

他 各 兰 天 几。
De gag rox diengeij.
儿女昧良心。

行 养 你 布 厄，
Hengz yienghneix mbouj ndei,
行为人不耻，

澇 叮 眉 后 世。
Laeng ndi meiz haeuhseiq.
日后断子孙。

父 妺 乭 叮 眉，
Bohmeh ranz ndi meiz,
父母家贫寒，

劲 介 徐 介 却。
Lwg gaiq ceiz gaiq gyoh.
儿女莫怨恨。

眉 吢 啦 父 母，
Meiz gwn vei fouxmoux,
发家弃双亲，

澇 劳 又 受 归。
Laeng lau youh souhvei.
日后必受难。

93. 姤 肚 律 布 通，
Bawx dungxloet mbouj doeng,
儿媳不贤惠，

自 舍 公 以 妠。
Cix haemz goeng caeuq yah.
公婆她怨恨。

收 叮 各 斗 嫁，
Sou ndi gag daeuj haq,
不是自己来，

眉 犭 价 批 亙。
Meiz cienzgya bae aeu.
婆家出聘金。

各 批 嫁 叮 礼，
Gag bae haq ndi ndaej,
自己嫁不得，

蹉 媒 细 恨 优。
Cai moizsaeq hwnjroengz.
牵线靠媒人。

丈 猂 猪 批 亙，
Ciengx mounoh bae aeu,
养大猪迎娶，

妠 刘 勺 傜 那。
Yah naeuz yaek nyiengh naj.
当让人几分。

94. 眉 劲 礼 承 乑，
Meiz lwg ndaej swngzranz，
有子能当家，

自 布 烦 布 焄。
Cix mbouj fanz mbouj heiq.
父母不操心。

老 了 他 服 事，
Laux liux de fugsaeh，
老了他服侍，

更 欢 喜 闷 心。
Engq vuenheij ndaw sim.
全家乐融融。

劲 劳 礼 驴 父，
Lwg laux ndaej lawh boh，
儿长替双亲，

枛 索 礼 叩 寒。
Faex soh ndaej guh hanz.
木直做扁担。

代 涝 勺 忠 孝，
Daihlaeng yaek cunghauq，
晚辈当孝敬，

打 召 老 样 你。
Daj ciuhlaux yienghneix.
前辈好家风。

95. 礼 呻 倗 大 侵，
Ndaej gwn baengh dajdoq，
度日靠木工，

勖 盆 家 造 算。
Coq baenz gya cauh suenq.
盘算才成家。

布 敬 苤 初 埔，
Mbouj gingq mbwn coq namh，
不敬天和地，

勖 亘 当 求 花。
Coq gangj dang gyuzva.
但求一枝花。

水 长 流 布 卜，
Raemx ciengz riuz mbouj mboek，
水长流不干，

收 救 劲 造 嬷。
Sou gyuq lwg caux ma.
子孙不断茬。

玉 帝 照 自 吞，
Nyawhdaeq ciuq cix raen，
玉帝睁双眼，

劳 眉 眼 大 限。
Lau meiz ngoenz daihhanh.
大限也不怕。

96. 妏 眉 忠 眉 孝，
Dah meiz cung meiz hauq，
女中最难求，

妏 你 劳 难 逢。
Dahneix lau nanz fungz.
忠孝两全人。

律 旺 下 奀 盉，
Lwd guek yax lajmbwn，
百里才挑一，

百 伝 正 一 妏。
Bak vunz cingq it dah.
全国也难寻。

念 结 发 友 情，
Niemh gietfat youxcingz，
婆媳情义重，

孝 心 合 公 道。
Hauq sim hab goengdauh.
夫妻恩爱深。

布 用 提 各 兰，
Mbouj yungh daez gag rox，
家事不用愁，

长 念 初 闷 心。
Ciengz niemh coq ndaw sim.
条条记在心。

97. 扶 干 病 兰 病，
Boux ganq bingh rox bingh,
父病儿尽心，

弖 兰 忍 的 行。
Ndi rox nyinh dwgrengz.
护理防病添。

乙 眼 病 乙 添，
Yied ngoenz bingh yied dem,
若是日加重，

工 行 自 陇 埔。
Gongrengz cix roengz namh.
功夫下黄泉。

陷 又 布 礼 眸，
Haemh youh mbouj ndaej ninz,
夜护睡不稳，

弖 礼 吶 断 音。
Ndi ndaej gwn donq imq.
日护吃不甜。

犭 银 用 伦 百，
Cienz ngaenz yungh lwnh bak,
买药舍花钱，

卷 布 结 头 生。
Gyonj mbouj ged daeuzseng.
六畜不吝惜

98. 生 劲 布 顺 教，
Seng lwg mbouj sunhgyauq,
儿不听教诲，

父 到 坏 名 声。
Boh dauq vaih mingzsing.
败坏父名声。

礼 米 庅 同 心，
Ndaej maex ma doengz sim,
儿媳没良心，

自 位 情 父 母。
Cix vei cingz fouxmoux.
对双老无情。

枞 勾 个 枞 勾，
Faex gaeuz goj faex gaeuz,
弯枝已长成，

刘 疠 下 布 到。
Naeuz maz yax mbouj dauq.
再扶也不正。

里 吝 父 娕 丈，
Lij ningq bohmeh ciengx,
年幼父母养，

逼 了 满 本 身。
Mbwk liux muenx bonjsin.
长大却忘恩。

99. 劲 位 情 父 母，
Lwg vei cingz fouxmoux,
儿嫌弃父母，

下 各 扶 良 心。
Yax gag boux liengzsim.
由各人良心。

礼 米 庅 同 群，
Ndaej maex ma doengzgunz,
夫唱妇也随，

自 淋 情 途 父。
Cix lumz cingz duhboh.
忘双亲恩情。

自 巨 摆 兰 吶，
Cix gwx baij rox gwn,
幼小供他吃，

糇 初 撻 兰 就。
Ngaiz coq fwngz rox coux.
饭来把手伸。

里 吝 劳 兰 哂，
Lij ningq lau rox si,
又怕他变傻，

浪 足 忍 自 真。
Langh cog nyaenx cix cin.
将来难做人。

100. 吞 時 你 世 情，
Raen seizneix seiqcingz,
世情这般糟，

劲 正 京 布 孝。
Lwg cingqging mbouj hauq.
后生不敬老。

丈 逼 布 受 教，
Ciengx mbwk mbouj souh gyauq,
话当耳边风，

到 肯 父 呻 行。
Dauq haengj boh gwnrengz.
双亲受煎熬。

满 情 意 父 母，
Muenx cingzeiq fouxmoux,
良心违父母，

在 各 扶 良 心。
Caih gag boux liengzsim.
随俗学歪道。

天 地 照 布 吞，
Diendeih ciuq mbouj raen,
天地不开眼，

里 盆 介 疬 保。
Lij baenz gaiqmaz bauj.
还成啥世道。

101. 叹 肸 扶 眉 怀，
Danq daengz boux meiz vaiz,
家有水黄牛，

勺 齐 排 板 槢。
Yaek caez baiz mbanjriengh.
放牧莫松缰。

介 失 途 浪 慈，
Gaiq saet duz langhbuengq,
松缰踏嫩苗，

肯 皮 往 提 初。
haengj beixnuengx dawz coh.
邻里受灾殃。

晋 肯 他 工 你，
Raeuz haengj de goengneix,
借牛耕田地，

下 介 炁 刘 危。
Yax gaiq heiq naeuz dai.
不会死峒场。

他 放 空 斗 盂，
De cuengq hong daeuj aeu,
他抽空来借，

話 介 刘 托 勇。
Vah gaiq naeuz doxyoengx.
莫用话相伤。

102. 時 春 勺 穋 墿，
Seizcin yaek ndaem naz,
春耕待插秧，

盂 怀 厉 托 助。
Aeu vaiz ma doxcoengh.
有牛要相帮。

乳 厄 乳 陇 垌，
Ranz ndi ranz roengz doengh,
挨家轮流种，

托 助 批 穋 假。
Doxcoengh bae ndaem gyaj.
合力度大忙。

借 徐 布 劳 危，
Ciq cwz mbouj lau dai,
借牛给人用，

用 倍 乃 途 疬。
Yungh baez naih duzmaz.
不会死峒场。

各 乳 自 各 雇，
Gag ranz cix gag goq,
各人顾自己，

召 父 下 布 从。
Ciuhboh yax mbouj coengz.
前辈不主张。

103. 伝 造 苗 冂 谷，
Vunz caux miuz guh goek,
头苗是根基，

怀 足 介 浪 煞。
Vaiz coek gaiq langhbuengq.
水牛莫乱放。

踩 枯 苗 皮 往，
Caij gomiuz beixnuengx,
踏烂他庄稼，

板 榥 兰 布 从。
Mbanjriengh rox mbouj coengz.
邻里不相让。

介 许 羊 合 型，
Gaiq haengj yiengz haeuj reih,
莫让羊入地，

途 你 尸 眉 波。
Duzneix ndi meiz boek.
它从不套缰。

隊 途 合 型 甾，
Doihduz haeuj reihnaz,
牲口见嫩苗，

睞 眦 咟 盆 垄。
Yaepda gwn baenz lueng.
眨眼吃个光。

104. 位 途 鸡 途 猀，
Veih duzgaeq duzmou,
莫为鸡相吵，

介 托 斗 托 打。
Gaiq doxdaeuq doxdaj.
莫为猪相斗。

冂 伝 噪 途 犸，
Guh vunz lumj duzma,
莫学狗咬人，

天 下 正 寮 明。
Dienyax cingq riuzmingz.
乡里名声臭。

位 枯 枞 枯 茫，
Veih gofaex gobyaek,
莫为树相争，

介 托 的 托 受。
Gaiq doxdwk doxsaeux.
莫为菜动手。

晋 齐 冂 板 榥，
Raeuz caez guh mbanjriengh,
既然做邻居，

扶 侎 扶 恨 眈。
Boux nyiengh boux hwnj da.
相敬如亲友。

105. 眼 介 亘 雅 雅，
Ngoenz gaiq gangjyajyaj,
每天瞎嚷嚷，

巡 瓢 吞 瓢 歪。
Cunz ranz laj ranz gwnz.
这家串那家。

咟 赖 布 盆 伝，
Baklai mbouj baenz vunz,
多嘴不成人，

眼 偨 嗊 矴 訹。
Ngoenz caeuq hwnz deng ndaq.
日夜招人骂。

介 约 烟 同 操，
Gaiq yoekyon doengzsauh,
莫挑拨同辈，

许 他 造 冤 家。
Haengj de caux yien'gya.
让人结冤家。

浪 眉 時 托 顶，
Langh meiz seiz doxdingj,
有时偶顶撞，

兰 醒 侎 双 旬。
Rox singj nyiengh song coenz.
让两句也罢。

106. 伝 眉 豁 眉 酒，
Vunz meiz noh meiz laeuj,
人家有酒肉，

收 介 朐 眈 红。
Sou gaiq gaeuj dahoengz.
你们莫眼红。

晋 咰 茫 过 眼，
Raeuz gwn byaek gvaq ngoenz,
咱以菜当餐，

下 口 伝 明 白。
Yax guh vunz mingzbeg.
也做明白人。

咰 板 兀 勺 度，
Gwn mbanjranz yaek doh,
吃遍乡邻饭，

恶 足 伝 自 刘。
Ok loh vunz cix naeuz.
过后人议论。

布 口 劲 加 化，
Mbouj guh lwg gavaq,
莫当叫花子，

各 造 庍 自 盆。
Gag caux ma cix baenz.
靠自己劳动。

107. 天 下 恶 妖 精，
Dienyax ok yiucing,
天下出妖精，

等 六 亲 同 倗。
Daengq loegcin doengzbaengh.
六亲他不认。

乖 自 介 恨 当，
Gvai cix gaiq hwnjdang,
邻里莫上当，

咠 浪 当 他 咰。
Ndi langhdangh de gwn.
防他坑害人。

邕 晋 必 屵 见，
Bya raeuz baez ndi raen,
山乡虽少见，

寮 肜 县 马 平。
Riuz daengz yienh Maxbingz.
马平论纷纷。

布 兰 客 兰 君，
Mbouj rox hek rox gun,
壮家或汉家，

礼 哗 声 伝 亘。
Ndaejnyi sing vunz gangj.
闻声紧关门。

108. 另 姓 板 同 共，
Linghsingq mbanj doengzgungh,
几姓共一村，

闷 肚 勺 口 厄。
Ndaw dungx yaek guhndei.
和善做睦邻。

浪 礼 咰 礼 批，
Langh ndaej gwn ndaej bae,
发家做大官，

下 介 位 板 兀。
Yax gaiq vei mbanjranz.
莫欺负乡亲。

论 兀 歪 兀 奀，
Lwnh ranz gwnz ranz laj,
左邻或右舍，

合 庍 个 托 逢。
Haeujma goj doxfungz.
早晚常相逢。

眉 事 自 托 帮，
Meiz saeh cix doxbang,
有事当相助，

介 用 亘 便 宜。
Gaiqyungh gangj bienzngeiz.
莫用话伤人。

109. 又 叹 胳 妹 媥,
Youh danq daengz mehmbwk,
一劝众姑娘,

塘 哭 布 可 提。
Aen huk mbouj goj daez.
学乖不学蠢。

想 选 亞 扶 厄,
Siengj senj aeu bouxndei,
想去嫁财主,

傍 难 眉 几 扶。
Biengz nanz meiz geij boux.
天下有几人。

艮 得 下 自 艮,
Ngaenzndaek yax cix ngaenz,
银锭是银锭,

但 介 铜 初 锡。
Dan gaiq doengz caeuq sik.
不是锡或铜。

厄 丑 父 妹 造,
Ndei couj bohmeh caux,
好赖父母找,

养 尔 到 礼 移。
Yienghlawz dauq ndaej heiz.
何必另换新。

110. 听 胳 旬 大 二,
Dingq daengz coenz daihngeih,
二劝天下女,

妕 通 里 兰 㕵。
Dah doengleix rox nyi.
青春去不回。

加 换 竿 乳 尤,
Caj vuenh doek ranz ndei,
择得朱门时,

花 当 時 下 害。
Va dangseiz yax haih.
红颜色已衰。

由 命 布 由 伝,
Youz mingh mbouj youz vunz,
命定不由人,

尽 歪 㕵 安 住。
Cinx youq mbwn anceiq.
上天早安排。

花 百 日 自 害,
Va bak ngoenz cix haih,
百日花必谢,

守 旁 败 几 時。
Souj biengz baih geijseiz.
守个烂世界。

111. 劢 禁 初 㬽 珠,
Lwg gimq coq ndaw caw,
三劝众姑娘,

尽 布 礼 㕭 呀。
Cinx mbouj ndaej guhnyah.
莫赌气在心。

哆 争 恶 批 嫁,
Gaemceng ok bae haq,
憋气去出嫁,

吞 几 妌 受 亏。
Raen geij dah souhvei.
吃亏多少人。

瓦 丑 又 刘 失,
Ndei couj youh naeuz saet,
好赖已成家,

个 长 失 长 提。
Goj ciengz saet ciengz daez.
何必闹纷纷。

劳 啰 布 盆 伝,
Lau lax mbouj baenz vunz,
只怕事不成,

怨 吞 罢 了 罢。
Yienq mbwn bah liux bah.
又怨天尤人。

112. 二 十 冎 眉 关，
Ngeihcib ndi meiz gvan，
二十未有夫，

兰 烦 几 来 炁。
Rox fanz geijlai heiq.
忧愁知多少。

枉 费 庍 世 你，
Vuengjfeiq ma seiqneix，
枉费来世间，

旁 吶 伙 口 伝。
Biengz neix hoj guh vunz.
今世难有靠。

批 洛 吞 同 任，
Bae rog raen doengzsaemq，
出门见同伴，

伝 嚜 布 才 啈。
Vunz haemq mbouj gyaez han.
人呼懒开口。

扶 啦 眍 冎 吞，
Boh laepda ndi raen，
父亲闭双眼，

歪 涝 浪 受 炁。
Youq laeng langh souhheiq.
不愿见烦恼。

113. 眉 劲 嫁 肯 伝，
Meiz lwg haq haengj vunz，
有女嫁婆家，

羽 他 穷 自 罢。
Ranz de gungz cixbah.
莫嫌夫家贫。

介 提 批 另 嫁，
Gaiq dawz bae lingh haq，
若要择高枝，

自 兰 啰 晃 兔。
Cix rox lax ngoenz dai.
死神来结亲。

吞 其 歪 其 夰，
Raen giz gwnz giz laj，
不见人世间，

里 添 毒 文 鎨。
Lij dem gyax baenzfwngz.
孤儿也成人。

亘 礼 劲 同 班，
Gangj ndaej lwg doengzban，
但得夫婿好，

布 用 嗲 犭 价。
Mbouj yungh cam cienzgyaq.
何用问聘金。

114. 劲 里 哜 造 亲，
Lwg lij ningq cauxcin，
女大当婚嫁，

介 嫌 贫 爱 富。
Gaiq yiemz binz aiq fouq.
莫爱富嫌贫。

平 孔 兀 孔 丑，
Bingz ranz ndei ranz couj，
只要婆家好，

下 父 母 恩 情。
Yax fouxmoux aencingz.
爹娘就放心。

吞 几 扶 改 姏，
Raen geij boux gai bawx，
几家儿女大，

亘 跫 跫 布 形。
Gangj loh loh mbouj hingz.
三番讲不成。

前 世 合 婚 姻，
Sienzseiq hab hoenyien，
前世合姻缘，

介 甘 情 肸 故。
Gaiq gamcingz daengz gu.
莫要再任性。

115. 孙 妹 媢 批 嫁，
Lwg mehmbwk bae haq，
寻得好婆家，

勺 批 那 造 秈。
Yaek bae naj caux ranz.
当连你就连。

收 连 勺 叩 九，
Sou lienh yaek guh fangz，
莫做鬼灵精，

添 怀 躴 造 兰。
Deng vaih ndang cauh rox.
身败讨人嫌。

己 其 亘 屑 盆，
Geij giz gangj ndi baenz，
越挑越背时，

啚 卷 吞 他 过。
Raeuz gyonj raen de gvaq.
几个我都见。

礼 鸡 扶 斗 问，
Ndaej gaeqboux daeuj haemq，
媒人抱鸡来，

父 布 肯 下 难。
Boh mbouj haengj yax nanz.
父不应也难。

116. 妹 礼 墸 良 利，
Dah ndaej ndoiq liengzleih，
嫁得意中郎，

宽 喜 造 慌 秈。
Vuenheij caux hongranz.
持家喜洋洋。

想 足 足 尽 弯，
Siengj loh loh cinx van，
日子甜过糖，

吋 扶 关 布 闷。
Gyaez bouxgvan mbouj mbwq.
疼夫嫌不够。

父 妹 刘 自 批，
Bohmeh naeuz cix bae，
催你去夫家，

布 倍 叿 道 理。
Mbouj baez aeu dauhleix.
道理不多讲。

吃 陷 浪 的 骂，
Haethaemh langh dwkndaq，
早晚若挨骂，

布 叩 呀 批 难。
Mbouj guhnyah bae nanz.
赌气莫过长。

117. 妹 礼 墸 肚 律，
Dah ndaej ndoiq dungxloet，
嫁个蠢夫婿，

愿 失 布 愿 叿。
Nyienh saet mbouj nyienh aeu.
不如打单身。

介 怪 他 的 刘，
Gaiq gvaiq de dwknaeuz，
同伴论长短，

侵 㗅 偻 尽 忍。
Caeuq hoz raeuz cinx nyaenx.
心中怎能忍。

岑 唔 帽 勺 批，
Gaem aen mauh yaek bae，
拿帽要出门，

肸 苟 咊 又 失。
Daengz gyaeuj lae youh saet.
到梯口失神。

用 剥 又 吨 啦，
Yungh bak youh daengz laep，
早晚嚼不停，

江 陷 屎 又 嗅。
Gyang haemh roet youh haeu.
上床屁又臭。

118. 乳 劧 姞 肚 通，
Ranz lwgbawx dungxdoeng,
若儿媳贤惠，

下 祖 宗 晋 出。
Yax cojcoeng raeuz cut.
也是祖宗生。

浪 眉 色 劧 俗，
Langh meiz saek lwg soed,
家有个痴儿，

下 骨 玉 晋 盆。
Yax goetnyug raeuz baenz.
也是骨肉成。

介 另 乳 各 歪，
Gaiq linghranz gag youq,
莫分家单过，

父 母 自 礼 松。
Fouxmoux cix ndaej soeng,
父母当侍奉。

亘 话 又 布 通，
Gangjvah youh mbouj doeng,
不通情达理，

眍 伝 又 叩 逼。
Raen vunz youh guh mbwk.
逢人又骄横。

119. 刘 厄 阝 同 徃，
Naeuz ndei ndi doengznuengx,
姐妹听我言，

收 各 量 心 頭。
Sou gag liengh simdaeuz.
心中要掂量。

屈 又 刘 布 丠，
Nyauq youh naeuz mbouj aeu,
憨厚你不要，

晋 失 尔 自 令？
Raeuz saet lawz cix lingh?
想找谁来连？

几 妲 肯 父 哷，
Geij dah haengj boh ceng,
逼父退婚约，

澇 无 生 自 怨。
Lax fouz seng cix yienq.
过后怪爹娘。

扶 乖 答 扶 罢，
Boux gvai dap boux bax,
好女配拙夫，

但 介 骂 初 牛。
Dan gaiq ndaq coq naeu.
莫恼怒怨天。

120. 妲 尔 勺 中 明，
Dah lawz yaek coengmingz,
好女要聪明，

布 嫌 贫 爱 富。
Mbouj yiemz binz aiq fouq.
不爱富嫌贫。

浪 受 舍 受 苦，
Langh souh haemz souh hoj,
愿含辛茹苦，

唧 眉 部 了 松。
Gyoh meiz bouh ndeu soeng.
手巧家业兴。

眍 几 妲 布 兰，
Raen geij dah mbouj rox,
几个梦不成，

肯 父 多 桥 磊。
Haengj boh doq giuzrin.
石头造金桥。

奈 苦 造 慌 乳，
Naihhoj caux hongranz,
埋头创家业，

兔 小 烦 肸 父。
Mienx siuj fanz daengz boh.
父母免挂心。

121. 叹 几 扶 妹 媥，
Danq geij boux mehmbwk,
劝诫众女儿，

　介 乱 的 事 兖。
Gaiq luenh dwk saeh hung.
莫惹大事情。

　开 命 竿 兊 伝，
Hai mingh doek ranz vunz,
八字落夫家，

　造 礼 帅 長 练。
Cauh ndaej gwn ciengxlwenx.
创业过终身。

　冂 恶 贺 恶 旬，
Guh ok hux ok coenz,
偷汉人耻笑，

　败 家 公 斗 足。
Baih gyagoeng daeuj cug.
家公来绑人。

　長 恨 圩 布 劳，
Ciengz hwnj haw mbouj lau,
不怕常赶圩，

　住 定 造 晃 淋。
Cix dingh caux ronghrumj.
前程定光明。

122. 话 句 你 自 满，
Vah gawq neix cix muenx,
唱完择夫婿，

　量 戽 命 下 难。
Liengh ndi mingh yax nanz.
命不济也难。

　劝 收 冂 慌 兊，
Yuenq sou guh hongranz,
创业家也旺，

　眉 关 下 介 位。
Meiz gvan yax gaiq vei.
有夫莫亏待。

　二 十 布 冂 伝，
Ngeih cib mbouj guh vunz,
二十未成家，

　肰 眼 个 里 遠。
Ndwenngoenz goj lij yuenx.
未来日方长。

　三 十 肸 自 咳，
Sam cib daengz cix haih,
三十花已谢，

　叫 冂 奶 昆 弄。
Heuh guh naix gunjcanz.
别人叫婶娘。

123. 放 加 你 到 澇，
Cuengq gaxneix dauqlaeng,
前段先放过，

　又 叹 肸 妹 媥。
Youh danq daengz mehmbwk.
本段唱媳妇。

　扶 尔 礼 妹 俗，
Bouxlawz ndaej maexsoed,
为妻不懂礼，

　个 喿 狳 喿 猍。
Goj lumj guk lumj mou.
老虎加懒猪。

　妹 媥 争 世 界，
Mehmbwk ceng seiqgyaiq,
女人争世界，

　布 肯 怀 那 能。
Mbouj haengj vaih naj ndaeng.
脸面放何处。

　礼 迷 妹 心 沬，
Ndaej mehmaex simlai,
妇人心眼坏，

　愿 毚 布 托 的。
Nyienh dai mbouj doxdwg.
丈夫不想活。

124. 扶 礼 迷 肚 通，
Boux ndaej maex dungxdoeng,
娶得位贤妻，

里 丈 公 侵 奻。
Lij ciengx goeng caeuq yah.
公婆她侍候。

他 全 布 口 呀，
De cienz mbouj guhnyah,
她全不生气，

个 对 罱 托 对。
Goj doiqnaj dox deng.
话语甜心头。

眉 句 话 初 肚，
Meiz gawq vah coq dungx,
心中有句话，

兰 提 很 提 陇。
Rox dawz hwnj dawz roengz.
会上下斟酌。

浪 眉 话 途 勾，
Langh meiz vah dox gaeu,
有话不顺心，

途 刘 了 自 过。
Dox naeuz liux cix gvaq.
过后不计较。

125. 娒 肚 阅 养 灯，
Maex dungxrongh yiengh daeng,
肚里有明灯，

照 匫 浧 匫 那。
Ciuq raen laeng raen naj.
照亮她的心。

养 养 当 礼 过，
Yienghyiengh dang ndaej gvaq,
办事人敬服，

句 话 当 刄 艮。
Gawq vah dangq liengx ngaenz.
话语赛金银。

由 眉 事 眉 养，
Youz meiz saeh meiz yiengh,
兄弟妯娌间，

侵 皮 往 齐 噌。
Caeuq beixnuengx caez yaeng.
商量办事情。

闷 宆 自 口 厄，
Ndaw ranz cix guh ndei,
一家共团圆，

卷 布 眉 哘 叉。
Gyonj mbouj meiz cengca.
和睦度光阴。

126. 宆 富 贵 犭 才，
Ranz fouqgveiq cienz caiz,
富人有大钱，

扶 虺 了 伦 到。
Boux dai liux lunz dauq.
妻死可续弦。

家 宆 穷 无 道，
Gya ranz gungz fouz dauh,
穷人有空房，

受 教 绝 召 伝。
Souh gyauq cod ciuh vunz.
打单度余年。

各 請 媒 批 澇，
Gag cingj moiz bae lax,
媒人走千家，

平 豇 马 豇 怀。
Bingz aeu max aeu vaiz.
牛马随她选。

赔 各 峑 闷 心，
Boiz gag youq ndaw sim,
忧愁闷在心，

陷 晔 勺 齐 造。
Haemh ninz yaek gyaez caux.
辗转不能眠。

127. 妹 伶 利 才 行,
Maex lingzleih caezhangz,
妻聪明伶俐,

犯 甘 吅 苟 妚。
Famhgam guh gyaeujyah.
夫满意称心。

妹 丑 躯 嗟 椤,
Maex coujsoed cazlaz,
妻窝囊糊涂,

祄 衣 化 長 移。
Buh ei vaq ciengz heiz.
衣衫脏难闻。

肚 闳 他 各 兰,
Dungxrongh de gag rox,
衣裳镶花边,

長 练 个 干 躴。
Ciengxlwenz goj ganq ndang.
干净又合身。

眉 扶 客 斗 冗,
Meiz bouxhek daeuj ranz,
客来丢脸面,

扶 关 尽 串 那。
Bouxgvan cinx cuenq naj.
丈夫怕见人。

128. 浪 礼 妹 肚 通,
Langh ndaej maex dungxdoeng,
妻子人贤惠,

自 英 容 安 当。
Cix yingyungz andangq.
全家乐陶陶。

妹 肚 闳 剥 啷,
Maex dungxbongz bakgvangq,
泼妇嘴巴馋,

噪 添 难 口 躴。
Lumj dem nanh haeuj ndang.
丈夫难临头。

介 乱 礼 乱 怨,
Gaiq luenh ndaej luenh yienq,
莫把家闹翻,

同 皮 徃 布 从。
Doengh beixnuengx mbouj coengz.
兄弟不会饶。

以 劲 盆 劲 猫,
Hix lwg baenz lwg meuz,
儿女怕如猫,

助 合 逃 批 板。
Coq haeuj deuz bae mbanj.
争往邻村逃。

129. 扶 礼 妹 齐 行,
Boux ndaej maex caezhangz,
娶得贤惠妻,

犯 甘 吅 苟 妚。
Famhgam guh gyaeujyah.
和睦过一生。

扶 尔 礼 妹 罢,
Boux lawz ndaej maez bax,
谁人得蠢妇,

助 淋 马 偄 怀。
Coq lumj max caeuq vaiz.
牛马不认人。

扶 礼 妹 闻 鲁,
Boux ndaej maex coujluq,
娶得位泼妇,

話 到 苏 扶 关。
Vah dauq coq bouxgvan.
丈夫挨她损。

关 旬 妹 又 旬,
Gvan coenz maex youh coenz,
句句她顶撞,

眼 眼 兰 托 打。
Ngoenz ngoenz rox doxdaj.
天天吵不宁。

130. 妹 肚 阄 布 兰，
Maex dungxbongz mbouj rox,
妻不通情理，

坏 名 忽 扶 关。
Vaih mingzcoh bouxgvan.
专毁丈夫名。

長 练 闹 閸 乳，
Ciengxlwenz nauh ndaw ranz,
闹得房顶飞，

㘎 对 几 一 养。
Lumj doiq fangz ityiengh.
好比鬼进门。

浪 盆 徐 兰 怀，
Langh baenz cwz rox vaiz,
倘若是牛羊，

还 盂 财 加 幕。
Vanz aeu caiz gaz moq.
还能旧换新。

眼 㘴 乳 胗 陷，
Ngoenz youq ranz daengz haemh,
从早闲到晚，

伝 问 闹 哹 哹。
Vunz haemq nauhcanzcanz.
说她就闹腾。

131. 妹 吃 倍 扶 老，
Maex gwn boih bouxlaux,
背过家人面，

一 定 到 坏 家。
Itdingh dauq vaihgya.
嘴比猫还馋。

卷 布 想 介 厉，
Gyonj mbouj siengj gaiqmaz,
都不想什么，

巨 想 岜 以 奴。
Gwx siengj bya caeuq noh.
只想鱼想肉。

刘 旬 又 喊 旬，
Naeuz coenz youh han coenz,
一句还十句，

双 眼 又 托 闹。
Song ngoenz youh doxnauh.
两天闹一场。

照 扶 关 陇 槤，
Ciuq bouxgvan roengz riengh,
丈夫刚出门，

噭 布 磇 下 锅。
Giengz mbouj guenq yax gva.
架锅煮干饭。

132. 妹 極 懒 口 托，
Maex giklanx guhdaenj,
晚上不纺线，

陌 个 莲 叉 速。
Haemh goj naenghcaxraix.
独坐懒洋洋。

便 贼 辉 批 皆，
Bienh caeg haeux bae gai,
偷米上街卖，

劳 扶 偲 兰 对。
Lau bouxsai rox doiq.
又怕丈夫见。

皆 辉 批 住 绷，
Gai haeux bae cawx baengz,
买布做衣裳，

逢 个 哆 楼 秤。
Fwngz goj gaem fag caengh.
提秤称白米。

阆 楼 尸 眉 餎，
Ndaw yiu ndi meiz noh,
锅中无米煮，

收 曾 兰 哩 麂。
Sou caengz rox myaiz dai.
口水送清汤。

133. 姝 尔 亘 雅 雅,
Maex lawz gangjyajyaj,
谁人喊喳喳,

　　托 部 坏 化 朋。
Daenj buh vaih vaq baengz.
穿破衣烂衫。

　　眼 椤 板 过 眼,
Ngoenz lieb mbanj gvaq ngoenz,
串村传闲话,

　　巨 囸 沉 肸 陷。
Gwx guhcaemz daengz haemh.
整天就会玩。

　　托 色 筊 部 朋,
Daenj saek geu buhbaengz,
穿一件布衣,

　　祥 败 澇 败 那。
Fueng baihlaeng baihnaj.
前补后又烂。

　　关 刘 又 囸 呀,
Gvan naeuz youh guhnyah,
说她又赌气,

　　又 坏 那 坏 能。
Youh vaihnaj vaihnaeng.
丈夫更难堪。

134. 姝 布 唸 蕵 芥,
Maex mbouj niemh raiz faiq,
为妻不纺线,

　　正 里 亥 阅 眼。
Cingq leixhaih ninz ngoenz.
白日高枕眠。

　　伝 梅 搭 盆 朋,
Vunz mae daemj baenz baengz,
邻家已织布,

　　名 造 分 芥 危。
Mwngz cauh faen faiq ngveih.
她未分籽棉。

　　躴 托 卷 閂 眉,
Ndangdaenj gyonj ndi meiz,
衣裳没有换,

　　丹 呻 自 里 亥。
Dan gwn cix leixhaih.
好吃她占先。

　　吃 陷 阆 恶 斗,
Haethaemh langh okdaeuj,
早晚出门去,

　　又 嚙 噌 啦 噌。
Youh louq caengz laeb caengz.
补丁上下连。

135. 姝 肚 闲 兰 运,
Maex dungxrongh rox vunh,
贤妻会打算,

　　醒 伝 他 兰 哂。
Raen vunz de rox naemj.
应酬各样人。

　　囸 慌 又 囸 托,
Guhhong youh guhdaenj,
种地又缝衣,

　　陷 下 布 才 眸。
Haemh yax mbouj gyaez ninz.
夜忙到三更。

　　眉 军 差 徕 往,
Meiz guncai laizvuengj,
有兵差来往,

　　阆 肚 串 养 淋。
Ndaw dungx cuenq yiengh rumz.
脑子转如风。

　　兰 打 扮 初 躴,
Rox dajbanq coq ndang,
会穿着打扮,

　　下 布 桑 布 汀。
Yax mbouj sang mbouj daemq.
高矮正合身。

136.閦乬双父妺，
Ndaw ranz song bohmaex,
一家两夫妻，

介乱礼顶天。
Gaiq luenh ndaej dingjdien.
相敬不相吵。

眉话齐相良，
Meiz vah caez siengliengz,
有事多商量，

造文犭兰很。
Caux maenz cienz rox hwnj.
和睦是个宝。

厉几世夳夽，
Ma geij seiq lajmbwn,
人生只一世，

元婚姻兰赔。
Yienz hoenyien rox baez.
婚姻当要好。

夫妻同旬话，
Foucae doengz coenz vah,
儿女同抚养，

孝公奼一样。
Hauq goeng'yah ityiengh.
双亲同侍候。

137.妕尔以扶主，
Dah lawz caeuq bouxcawj,
贫寒结夫妇，

歪下布九难。
Youq yax mbouj fanznanh.
哪家能无忧。

妺尔以扶关，
Maex lawz caeuq bouxgvan,
谁相依为命，

卷布烦过召。
Gyonj mbouj fanz gvaq ciuh.
一世不发愁。

苟妐自同群，
Gyaeujyah cix doengzgunz,
夫妻当同心，

布想心言语。
Mbouj siengj sim yiennyawx.
话语甜心头。

托恼了自过，
Doxnauh liux cix gvaq,
拌嘴莫记怀，

介口呀批难。
Gaiq guhnyah bae nanz.
赌气过三秋。

138.关妑卷才行，
Gvanbaz gyonj caezhangz,
夫妻一条心，

造悾乬家当。
Caux hongranz gyadangq.
勤俭持家忙。

吞亲戚同凭，
Raen cincik doengzbaengh,
不见众亲友，

苦自当盆厄。
Hoj cix dang baenz ndei.
家贫变小康。

平大烦小事，
Bingz daih fanz siuj saeh,
小事各相让，

布肯扶心烦。
Mbouj haengj boux simfanz.
大事好商量。

由句迶句迹，
Youz gawq naek gawq mbaeu,
言语当谨慎，

自念晋同算。
Cix nem raeuz doengz suenq.
和睦把家当。

48

139. 关 吅 姝 布 吅，
Gvan guh maex mbouj guh，
夫勤妻懒惰，

咖 邴 布 吅 声。
Nyaxnyuq mbouj guh sing.
闲坐不吱声。

平 客 假 客 真，
Bingz hek gyaj hek cin，
但有客人来，

剥 个 宁 吥 吥。
Bak goj ningmbupmbup.
大嚼嘴不停。

布 伦 那 伦 龍，
Mbouj lwnh nax lwnh lungz，
来姨夫内兄，

烌 肯 伝 介 巨。
Loengh hawj vunz gaiq ged.
煎炒又油烹。

伝 恶 批 肹 洛，
Vunz ok bae daengz rog，
亲友才出门，

里 踏 踏 斗 针。
Lij nognog daeuj cim.
回头瞪眼睛。

140. 吖 辉 自 巡 埊，
Gyaez haeux cix cunz naz，
爱米勤查田，

吖 妲 自 巡 妷。
Gyaez baz cix cunz daiq.
疼妻勤探娘。

托 刘 造 世 界，
Doxnaeuz caux seiqgyaiq，
相勉共持家，

奿 妷 下 欢 容。
Yahdaiq yax vuenyungz.
岳母也喜欢。

犸 呀 自 咬 鸡，
Ma yak cix hab gaeq，
恶狗才咬鸡，

关 厄 布 毒 妑。
Gvan ndei mbouj dub baz.
打妻非好汉。

托 靠 圵 花 山，
Doxgauq youq vasan，
相敬在花山，

花 長 练 布 害。
Va ciengxlwenx mbouj haih.
四季花常鲜。

141. 妲 布 忠 布 孝，
Dah mbouj cung mbouj hauq，
为妻不知羞，

勖 县 宝 肯 伝。
Coq yienq bauj haengj vunz.
贞节送他人。

躴 买 客 买 君，
Ndang gai hek gai gun，
卖身给汉客，

眼 肹 辻 肹 还。
Ngoenz daengz gwnz daengz laj.
游荡度光阴。

陷 哑 又 陇 榢，
Haemh laep youh roengz mbonq，
天黑下床去，

又 盘 批 托 色。
Youh buenz bae doxsaeg.
偷汉摸出门。

关 兰 变 盆 狢，
Gvan rox bienq baenz guk，
丈夫变猛虎，

添 哑 初 閦 菻。
Dem laep coq ndaw rum.
草里等三更。

142. 妕 布 忠 布 孝,
Dah mbouj cung mbouj hauq,
有妻不忠贞,

养 你 劳 眉 来。
Yienghneix lau meiz lai.
同室两颗心。

关 盆 病 勺 毙,
Gvan baenz bingh yaek dai,
夫奄奄一息,

先 批 核 伝 陋。
Sien bae maij vunz rog.
她找野情人。

受 苦 三 卑 淋,
Souh hoj sam bi rim,
受苦三年满,

忘 身 合 公 道。
Lumz sin hab goengdauh.
守节当合情。

尽 布 劳 串 那,
Cinx mbouj lau cienhnaj,
脸面全丢尽,

助 盆 马 初 怀。
Couh baenz max caeuq vaiz.
下贱如牛马。

143. 刘 句 你 自 了,
Naeuz coenz neix cix liux,
话语重心长,

等 多 少 女 男。
Daengq lai siuj nawx namz.
叮嘱众男女。

结 发 造 慌 乣,
Gietfat caux hongranz,
结发创家业,

念 花 山 夫 妇。
Niemh vasan foufoux.
夫妇在花山。

艮 得 下 自 艮,
Ngaenzndaek yax cix ngaenz,
银锭是银锭,

父 造 親 介 嗷。
Boh caux cin gaiq euq.
父命不违反。

兀 丑 命 偻 盆,
Ndei couj mingh raeuz baenz,
好赖命如此,

里 舍 下 介 谈。
Lij haemz yax gaiq damz.
不改弦更张。

144. 叹 胗 扶 叩 毙,
Danq daengz boux guhmbauq,
劝诚偷香人,

却 变 到 下 眉。
Gyoh bienq dauq yax meiz.
陋习可改变。

命 中 布 又 児,
Mingh cung mbouj youh nyae,
坏事非命定,

下 位 厄 娒 媚。
Yax vei ndi mehmbwk.
吃亏为姣娘。

吞 妕 尔 过 岜,
Raen dah lawz gvaq bya,
少女山上过,

又 妣 双 旬 孝。
Youh baq song coenz hauq.
莫凑近攀谈。

眉 途 了 布 兰,
Meiz duz ndeu mbouj rox,
烂仔不知羞,

练 刘 疋 你 兀。
Lienz naeuz loh neix ndei.
认为此路甜。

145. 叹 胙 妑 口 娟，
Danq daengz dah guhsau,
可怜偷汉女，

尽 布 劳 丑 那。
Cinx mbouj lau coujnaj.
丢脸不知羞。

正 刘 乖 又 罢，
Cingq naeuz gvai youh bah,
她自作聪明，

过 了 的 伝 奈。
Gvaq liux dwk vunz nai.
过后人耻笑。

帅 言 尔 你 过，
Gwn yienz lawz neix gvaq,
她吃惯甜头，

父 娒 骂 布 劳。
Bohmeh ndaq mbouj lau.
不怕父母骂。

特 关 厓 閄 淋，
Daeggvan youq ndaw rum,
丈夫日夜找，

噴 眼 忍 批 溂。
Hwnz ngoenz nyaenx bae lax.
邻家何处有。

146. 布 眉 宝 眉 中，
Mbouj meiz bauj meiz cung,
夫妻不忠贞，

晋 吞 下 介 骂。
Raeuz raen yax gaiq ndaq.
他人莫议论。

厓 閄 肚 自 罢，
Youq ndaw dungx cixbah,
包涵在心里，

兰 批 那 盆 尔。
Rox bae naj baenzlawz.
前途难断定。

共 祸 糎 了 丈，
Gungh gohaeux ndeu ciengx,
同吃一样米，

乙 想 乙 心 容。
Yied siengj yied sim yungz.
越想心如焚。

同 扶 变 畜 生，
Doengh boux bienq cukseng,
人变成畜牲，

哈 岇 争 岇 呀。
Hab gyaez ceng gyaez nyah.
争吵闹翻天。

147. 完 了 萼 書 文，
Yuenz liux daengq sawfaenz,
本节至此完，

萼 乡 村 迗 迆。
Daengq yiengswn gwnz laj.
敬告遍壮乡。

嫁 斗 口 苟 妠，
Haq daeuj guh gyaeujyah,
今生为夫妇，

介 甀 话 托 傷。
Gaiq aeu vah doxsieng.
莫用话相伤。

合 婚 姻 夫 妻，
Hab hoenyien foucei,
姻缘正相当，

正 世 你 途 吞。
Cingq seiqneix doxraen.
今世巧相逢。

浪 自 结 条 心，
Langh cix giet diuz sim,
咱俩寿百年，

归 阴 了 自 罢。
Gvei yim liux cixbah.
阴府还成双。

148. 叩 隊 双 妲 寮，
Guhdoih song bajliuz,
相伴两妯娌，

齐 亘 笑 以 足。
Caez gangj riu caeuq loh.
欢笑同一路。

扶 肚 通 肚 兰，
Boux dungxdoeng dungxrox,
人人通情理，

以 足 个 叩 厄。
Caeuq loh goj guh ndei.
融洽相照顾。

扶 裓 里 条 律，
Boux gaeuj leix diuz loet,
拌嘴莫记仇，

托 色 自 到 笑。
Doxsaek cix dauq riu.
一笑好如初。

扶 关 亘 勺 尭，
Bouxgvan gangj yaek dai,
丈夫说破嘴，

姝 又 劳 恶 贺。
Maex youh lau ok hoq.
怕她又惹祸。

149. 妲 寮 勺 途 刘，
Bajliuz yaek doxnaeuz,
妯娌相劝勉，

介 心 某 晡 慢。
Gaiq sim maeuz hoz manh.
莫要心相违。

姝 徃 勺 同 草，
Dahnuengx yaek doengz suenq,
小姑会相帮，

介 肯 监 养 尔。
Gaiq haengj gyonj yienghlawz.
不搬弄是非。

卷 盀 亘 道 理，
Gyonj aeu gangj dauhleix,
有理话不多，

介 争 气 咯 楼。
Gaiq cengheiq roegraeuz.
无理不犟嘴。

卷 齐 亘 齐 笑，
Gyonj caez gangj caez riu,
融洽手足情，

伝 造 寮 批 广。
Vunz cauh riuz bae gvangq.
远近同赞美。

150. 妲 寮 造 算 真，
Bajliuz cauh suenq cin,
有幸共一家，

扶 眉 情 眉 意。
Boux meiz cingz meiz eiq.
结为手足情。

叩 姝 徃 兰 几，
Guh dahnuengx rox geij,
小姑也相让，

正 世 你 途 逢。
Cingq seiqneix doxfungz.
今世巧相逢。

斗 那 自 兰 那，
Daeuj naj cix rox naj,
嫁来才相识，

勺 亘 话 公 平。
Yaek gangj vah goengbingz.
讲话要公平。

冚 暖 齐 恶 批，
Ranz rongh caez ok bae,
相亲如姐妹，

托 忖 造 真 士。
Doxgyaez cauh cinseih.
白天共耕耘。

151. 娸 肚 通 肚 兰，
Maex dungxdoeng dungxrox,
贤妻通情理，

正 所 历 阳 间。
Cingq soj ma yiengzgan.
不枉来世间。

長 练 付 扶 关，
Ciengxlwenx fouq bouxgvan,
持家好帮手，

犯 甘 皿 苟 奵。
Famhgam guh gyaeujyah.
夫妇日子甜。

皮 往 以 妲 寮，
Beixnuengx caeuq bajliuz,
兄弟和妯娌，

卷 齐 笑 诹 嗜。
Gyonj caez riu gunjoj.
欢笑相劝勉。

眼 眼 尽 批 殿，
Ngoenz ngoenz cinx bae dienx,
每日拣重活，

下 介 怨 閦 乳。
Yax gaiq yienq ndaw ranz.
不怨天尤人。

152. 各 扶 顧 各 关，
Gag boux goq gag gvan,
只顾各人夫，

合 乳 自 毕 苟。
Haeuj ranz cix mbit gyaeuj.
见人脸拉长。

閦 倉 眉 糂 糧，
Ndaw cang meiz ngveih haeux,
仓中有好米，

煣 到 帅 布 甜。
Loengh daeuj gwn mbouj diemz.
焖熟也不香。

劲 吼 自 途 龙，
Lwg gou cix duzlungz,
我儿是龙子，

劲 名 自 途 蛻。
Lwg mwngz cix duzdangh.
侄儿是蛇郎。

眼 托 争 托 闹，
Ngoenz doxceng doxnauh,
吵闹无宁日，

造 历 尽 屌 斗。
Caux maz cinx ndi daeuj.
发家没指望。

153. 妲 寮 屌 合 言，
Bajliuz ndi habyienz,
妯娌不齐心，

造 文 犭 难 斗。
Caux maenz cienz nanz daeuj.
挣钱难到手。

皮 往 布 合 口，
Beixnuengx mbouj habhaeuj,
兄弟不齐心，

朋 友 旧 里 兀。
Baengzyoux gaeuq lij ndei.
不如老朋友。

齐 合 意 相 良，
Caez hab'eiq siengliengz,
有事好商量，

閦 竺 否 眉 忧。
Ndaw ranz mbouj miz you.
家庭不添忧。

亘 扶 扶 同 心，
Gangj bouxboux doengzsim,
兄弟拧成绳，

伝 帥 下 布 陋。
Vunz gwn yax mbouj lau.
外侮不临头。

154. 失 加 你 布 伦，
Saet gahneix mbouj lwnh,
上节先不唱，

晋 各 运 阃 躺。
Raeuz gag vunh ndaw ndang.
分家见人心。

亘 皮 往 另 冗，
Gangj beixnuengx linghranz,
家分道理在，

照 分 单 就 士。
Ciuq faendan couh seih.
好合也好分。

侵 六 房 分 平，
Caeuq loeg fuengz faen bingz,
六族讲公道，

歪 阃 心 阃 肚。
Youq ndaw sim ndaw dungx.
兄弟都公平。

伝 来 斗 对 那，
Vunz lai daeuj doiq naj,
当面断清楚，

过 了 布 礼 反。
Gvaq liux mbouj ndaej fan.
过后不翻腾。

155. 枞 劳 自 分 桠，
Faex laux cix faen nga,
树大必分杈，

家 劳 自 分 冗。
Gya laux cix faen ranz.
儿大必分家。

分 了 扶 各 干，
Faen liux boux gag ganq,
分家各立业，

卷 造 冗 昆 达。
Gyonj caux ranz gunjdat.
创业叫呱呱。

眉 马 自 眉 安，
Meiz max cix meiz an,
金鞍配骏马，

眉 关 自 眉 妣。
Meiz gvan cix meiz baz.
夫勤妻节俭。

父 侵 佲 沉 家，
Boh caeuq mwngz caemh gya,
爹跟你度日，

迷 疬 吼 沉 冗。
Meh ma gou caemh ranz.
娘给我管家。

156. 晋 布 礼 齐 歪，
Raeuz mbouj ndaej caez youq,
不愿同锅煮，

各 扶 各 造 家。
Gag boux gag caux gya.
商量把家分。

父 分 型 分 罾，
Boh faen reih faen naz,
田地父母给，

各 扶 捋 丈 命。
Gag boux lax ciengx mingh.
发家看各人。

扶 偲 自 途 刘，
Bouxsai cix doxnaeuz,
兄弟妯娌间，

迷 媔 浮 忽 攦。
Mehmbwk fouz baengzgawq.
不伤手足情。

赔 你 卷 自 在，
Baezneix gyonj swxcaix,
这回全自在，

各 巡 妭 巡 侵。
Gag cunz daiq cunz da.
各探岳家亲。

157. 娽 肚 闺 腮 律,
Maex dungxbongq saejloet,
老婆不讲理,

長 练 咆 扶 关。
Ciengxlwenx saek bouxgvan.
句句噎老公。

他 勺 算 另 乩,
De yaek suenq linghranz,
逼婆婆分家,

话 自 叫 初 妚。
Vah cix cam coq yah.
谁敢不赞同。

算 养 尔 布 通,
Suenq yienghlawz mboujdoeng,
招招行不通,

自 刘 公 叩 贼。
Cix naeuz goeng guhcaeg.
做贼赖公公。

冐 眉 句 生 断,
Ndi meiz gawq sengduenh,
无理辩三分,

收 介 乱 叩 吮。
Sou gaiq luenh guh fangz.
理屈词不穷。

158. 收 分 乩 自 罢,
Sou faen ranz cixbah,
你们分就分,

公 妚 扶 尔 丈。
Goeng'yah bouxlawz ciengx.
公婆谁赡养。

妚 寮 勺 托 註,
Bajliuz yaek doxnyiengh,
妯娌莫相争,

樑 秤 个 提 平。
Fagcaengh goj dawz bingz.
称约要公平。

三 关 布 三 公,
Aeu gvan mbouj aeu goeng,
要夫丢公公,

三 笼 布 三 妚。
Aeu loengx mbouj aeu yah.
要箱丢婆婆。

蚕 文 淋 布 昆,
Cax faenz raemx mbouj goenq,
刀砍水不断,

剑 割 昏 布 断。
Giemq gat hoenz mbouj duenh.
剑割烟不分。

159. 放 断 你 到 澇,
Cuengq duenhneix dauqlaeng,
上节先剪断,

叹 胖 唔 叩 嬽。
Danq daengz aen guhmaiq.
这节唱鳏寡。

由 迷 媚 扶 偲,
Youz mehmbwk bouxsai,
中年若丧偶,

卷 勺 坏 家 乩。
Gyonj yaek vaih gyaranz.
有家不成家。

各 想 养 足 养,
Gag siengj yiengh cug yiengh,
处处愁煞人,

悾 良 曾 啦 曾。
Hongliengz caengz laeb caengz.
里外尽活茬。

礼 盆 妚 盆 公,
Ndaej baenz yah baenz goeng,
指望共白头,

自 松 容 達 亥。
Cix soeng'yungz dahraix.
儿孙盘膝下。

55

160. 扶偲晋冂嫚，
Bouxsai raeuz guhmaiq,
鳏夫真可怜，

想妐咳下穷。
Siengj dahraix yax gungz.
心中无主张。

眉糇冃兰燋，
Meiz haeux ndi rox loengh,
日吃夹生饭，

吞伝又各泒。
Raen vunz youh gag daej.
见人泪汪汪。

合扶富家香，
Hab bouxfouq gyayieng,
富人可续弦，

他眉犭妐咳。
De meiz cienz dahraix.
花钱买新娘。

眉糇迓冃兰，
Meiz haeux veiq ndi rox,
春米不会扬，

怕怱口乑淋。
Byak coq haeuj ranz rim.
满屋飞米糠。

161. 扶迷媚冂嫚，
Boux mehmbwk guhmaiq,
夫亡妻守寡，

下達咳心浮。
Yax dahraix simfouz.
人在心已凉。

劲曾门很圩，
Lwg caengz maenz hwnj haw,
幼儿难赶圩，

想親夫又泒。
Siengj cinfou youh daej.
思夫泪涟涟。

节烝甅伝啛，
Cietheiq raen vunz gwn,
过节人烹炒，

肤胵心各怀。
Dwen daengz sim gag vaij.
我心如油煎。

冬流尽啛咄，
Doengliuz cinx gwn cut,
终年水煮菜，

昭茷冃眉盐。
Cauj byaek ndi meiz gyu.
无钱买油盐。

162. 当初正造苦，
Dangco cingq cauxhoj,
生来讨苦吃，

批六部求恩。
Bae loegbouh gyuz aen.
六部不开恩。

布愿圣香村，
Mbouj nyienh youq yiengswn,
何必恋家园，

冃分了夏隊。
Ndi faen ndeu ha doih.
处处不如人。

一又小唔啛，
It youh siuj aen gwn,
一不缺吃穿，

二冂伝受苦。
Ngeih guh vunz souhhoj.
二受苦难忍。

小唔啛自罢，
Siuj aen gwn cixbah,
缺吃穿也罢，

又独马单身。
Youh dogmax dansin.
又独马单身。

163. 量 世 你 布 能,
Liengh seiqneix mbouj naengz,
人过花甲年,

六 十 阵 批 了。
Loeg cib daengz bae liux.
今生没指望。

浪 年 纪 里 少,
Langh nienzgeij lij siuj,
青春若还在,

劳 叩 召 兰 到。
Lau guhciuh rox dauq.
单身可成双。

卑 笃 卑 添 老,
Bi doek bi dem laux,
年年人衰老,

养 尔 造 礼 盆。
Yienghlawz caux ndaej baenz.
家业怎兴旺。

布 争 义 勺 叩,
Mbouj ceng ngeix yaek gwn,
不干人要活,

卷 的 淋 批 了。
Gyonj dwk lumz bae liux.
要干又健忘。

164. 量 世 你 下 阑,
Liengh seiqneix yax lanh,
今生已如此,

望 二 案 重 生。
Muengh ngeihanq cungzseng.
来生再投胎。

浪 又 布 盆 彭,
Langh youh mbouj baenz bengz,
投胎还贫贱,

里 生 下 布 斗。
Lij seng yax mbouj daeuj.
不如不轮回。

叩 布 礼 夏 伝,
Guh mbouj ndaej ha vunz,
事事不如人,

巨 怨 荟 兀 埔。
Gwx yienq mbwn ndi namh.
天地也偏爱。

眼 呷 三 召 炁,
Ngoenz gwn sam sauh heiq,
日饱三餐气,

下 八 字 又 争。
Yax betceih youh ceng.
也八字安排。

165. 关 羐 姝 叩 嬛,
Gvan dai maex guhmaiq,
夫亡妻守寡,

兰 批 败 尔 瞶。
Rox bae baihlawz raen.
何处见容颜。

送 丧 批 尋 澇,
Soengqsang bae caemh laeng,
披麻送夫婿,

氐 绝 坤 绝 呈。
Daej cod roen cod loh.
一路哭断肠。

陷 口 胖 疠 睡,
Haemh haeuj mbonq ma ninz,
夜来难入梦,

肤 阵 喐 布 咳。
Dwen daengz hoz mbouj haih.
情深怎能忘。

暷 侵 眼 笃 乃,
Hwnz caeuq ngoenz doeknaiq,
日夜心忧愁,

造 世 界 难 盆。
Caux seiqgyaiq nanz baenz.
家业难兴旺。

166. 平 姝 媢 扶 偲，
Bingz mehmbwk bouxsai,
男人或女人，

扶 丁 尭 自 监。
Boux ndeu dai cix lanh.
守寡最伤心。

家 凩 尸 扶 干，
Gyaranz ndi boux ganq,
家业无人管，

劲 难 尸 扶 赔。
Lwg nanh ndi boux buenx.
幼儿无人疼。

原 歪 丢 主 定，
Nyuenz gwnz mbwn cawj dingh,
老天定如此，

住 六 命 安 排。
Cix loegmingh anbaiz,
生来就苦命。

各 扶 各 捼 吓，
Gag boux gag lax gwn,
各人自奔波，

自 经 丢 侵 墒。
Cix gingq mbwn caeuq namh.
天地不照应。

167. 叹 扶 吅 姝 澇，
Danq boux guh mehlaeng,
后娘也是娘，

勺 十 分 大 肚。
Yaek cib faen daihdungx.
肚里可撑船。

以 劲 伝 孝 顺，
Caeuq lwg vunz hauqsunh,
长大心温暖，

下 啉 养 真 生。
Yax lumj yiengh cinseng.
儿女当亲生。

眼 眼 自 托 闹，
Ngoenzngoenz cix doxnauh,
吵闹无宁日，

下 坏 保 坏 躴。
Yax vaih bauj vaih ndang.
不病也心烦。

布 礼 俹 劲 郎，
Mbouj ndaej rungx lwg langz,
不疼前妻儿，

扶 关 合 亜 肚。
Bouxgvan haeuj gig dungx.
丈夫会心酸。

168. 姝 澇 劲 勺 俹，
Mehlaeng lwg yaek nyiengh,
儿女敬后娘，

布 兰 件 尔 勾。
Mbouj rox gienhlawz gaeuz.
凡事当相让。

世 界 你 途 畨，
Seiqgyaiq neix duzraeuz,
今生已背时，

布 礼 刘 恶 剥。
Mbouj ndaej naeuz ok bak.
哑巴吃黄连。

介 乱 礼 乱 刘，
Gaiq luenh ndaej luenh naeuz,
幼辈莫埋怨，

个 勺 区 厉 丈。
Goj yaek aeu ma ciengx.
赡养要承担。

浪 劲 尔 兰 相，
Langh lwglawz rox siengj,
儿女想周到，

介 肯 件 勤 候。
Gaiq haengj gienh gaenq hauz.
事事不绕弯。

169. 姝 涝 眉 大 肚，
Mehlaeng meiz daihdungx,
后娘度量宽，

合 礼 拥 劲 伝。
Hab ndaej rungx lwg vunz.
孤儿当抚养。

浪 冎 兰 提 均，
Langh ndi rox dawz yunz,
倘若不公平，

自 的 伝 脱 话。
Cix dwk vunz duenq vah.
他人论短长。

庇 喧 亘 斗 肸，
Baez son gangj daeujdaengz,
教诲儿女时，

合 礼 穤 比 蒙。
Hab ndaej ndaem biekmungz.
话像芋叶软。

姝 布 三 布 四，
Meh mbouj sam mbouj seiq,
后娘不像娘，

眉 的 杰 各 帆。
Meiz deiq siengj gag gwn.
好吃自己沾。

170. 叻 下 兰 卟 叻，
Lwg yax rox guh lwg,
儿像儿女样，

话 介 哑 姝 涝。
Vah gaiq gig mehlaeng.
莫要气后娘。

眉 话 同 齐 噌，
Meiz vah doengzcaez yaeng,
凡事好相商，

过 涝 眉 福 份。
Gvaqlaeng meiz fukfaenh.
日后有福分。

亘 自 勺 亘 真，
Gangj cix yaek gangj cin,
对娘讲真话，

闷 心 自 勺 服。
Ndaw sim cix yaek fug.
服气不乖张。

眉 忍 沫 言 语，
Meiz nyaenxlai yuenznyawx,
言语当谨慎，

勺 口 扶 齐 行。
Yaek guh boux caezhangz.
做人要谦让。

171. 苇 同 扶 姝 涝，
Daengq doenghboux mehlaeng,
叮嘱众后娘，

介 嗒 劲 姝 夠。
Gaiq haemz lwg mehgaeuq.
不厌前妻子。

勺 提 平 过 头，
Yaek dawz bingz gvaq gyaeuj,
秤杆在心间，

伝 卷 布 礼 阳。
Vunz gyonj mbouj ndaej yiengz.
无人论短长。

浪 眉 岜 眉 脔，
Langh meiz bya meiz noh,
有肉分公平，

个 一 路 齐 分。
Goj it loh caez faen.
吃菜也甘甜。

眉 加 庯 分 云，
Meiz gazmaz faen yunz,
不怕家贫寒，

照 乑 伝 兰 陋。
Ciuq ranz vunz rox laeuh.
只怕人心偏。

172. 姝 潝 父 下 潝，
Meh laeng boh yax laeng,
后娘有后父，

亘 旬 瞪 旬 嗗
Gangj coenz caengz coenz ndaq.
责骂又瞪眼。

浪 兰 觉 劲 毑，
Langh rox gyoh lwggyax,
倘若疼孤儿，

天 下 正 寮 名。
Dienyax cingq riuzmingz.
名声世上传。

姝 财 父 下 叿，
Meh gyaez boh yax gyaez,
母疼父也疼，

亘 旬 厄 旬 孟。
Gangj coenz ndei coenz maengx.
话语暖心间。

閟 肚 晃 盆 珠，
Ndaw dungx rongh baenz caw,
心眼明如珠，

他 自 提 礼 过。
De cix dawz ndaej gvaq.
后娘配当娘。

173. 劲 毑 自 悽 凉，
Lwggyax cix seiliengz,
孤儿最可怜，

陥 各 怨 各 氐。
Haemh gag yienq gag daej.
夜哭自怨天。

姝 荳 嗬 批 叿，
Meh aeu hoz bae gyaez,
后娘给温暖，

劲 自 记 绝 召。
Lwg cix geiq cod ciuh.
终生记心间。

鸡 得 曾 淋 岑，
Gaeqdaek caengz lumj gaem,
孤雏大如拳，

各 合 蒜 捋 宁。
Gag haeuj rum lax nengz.
捉虫在草间。

守 孝 朕 眼 啉，
Soujhauq ndwen ngoenz rim,
守孝日月满，

閟 心 冷 盆 雪。
Ndaw sim gyoet baenz nae.
心如冰雪凉。

174. 造 双 字 書 文，
Caux song ceih sawfaenz,
编几句壮歌，

謝 代 潝 代 那。
Ce daihlaeng daihnaj.
留后世子孙。

論 扶 乖 扶 罢，
Lwnh bouxgvai bouxbax,
让男女老少，

收 提 麻 各 音。
Sou dawz ma gag nyimz.
各人发深省。

召 老 蹕 斗 过，
Ciuhlaux byaij daeuj gvaq,
人生路漫漫，

旬 話 当 两 艮。
Coenz vah dangq liengx ngaenz.
听来句句真。

召 伝 交 百 岁，
Ciuh vunz gyaeu bak bi,
前辈心血成，

布 眉 的 亘 加。
Mbouj meiz deiq gangj gyaj.
字字赛黄金。

175. 夲 荟 千 条 足,
Lajmbwn cien diuz loh,
天下千条路,

眉 条 索 条 勾。
Meiz diuz soh diuz gaeuz.
有直也有弯。

主 意 收 各 盂,
Cawjeiq sou gag aeu,
主意自己拿,

計 谋 收 各 万。
Geiqmaeuz sou gag ngvanh.
办法在心间。

生 晋 疬 夲 荟,
Seng raeuz ma lajmbwn,
人活在世上,

勺 叾 伝 心 索。
Yaek guh vunz simsoh.
要做正直人。

峇 眉 桑 眉 勒,
Rungh meiz sang meiz laeg,
山峇有深浅,

事 眉 迀 眉 迍。
Saeh meiz naek meiz mbaeu.
事情分轻重。

百岁歌

梁庭望
罗 宾 搜集整理

1. 阴 厄 阳 交 泰，
Yim ndi yiengz gyaudaiq，
阴与阳交合，

姆 亦 开 眉 躺。
Meh hix hai meiz ndang.
母亲乃怀孕。

公 奷 偻 总 嗛，
Goeng'yah raeuz cungj angq，
公婆喜开怀，

眉 劲 𥘵 询 超。
Meiz lwglan comz ciuh.
续嗣有儿孙。

伝 偻 曾 恶 世，
Vunz raeuz caengz okseiq，
人未曾出世，

姆 之 炁 移 移。
Meh cix heiq lailai.
母亲愁煞人。

眉 劲 媥 劲 財，
Meiz lwgmbwk lwgsai，
生男或生女，

总 应 界 欧 干。
Cungj wnggai aeu ganq.
抚育一样疼。

2. 捤 九 膔 闷 胴，
Vunh gouj ndwen ndaw dungx，
怀九月身孕，

姆 曲 公 伤 躺。
Meh gutgungq sieng ndang.
娘驼背伤身。

膔 节 十 幼 并，
Ndwen daihcib youq ranz，
十月居家坐，

劲 躺 壮 竺 测。
Lwg ndang cangq doeksaet.
胎儿壮惊人。

辛 苦 姆 偻 生，
Sinhoj meh raeuz seng，
娘生咱辛苦，

特 劬 姆 各 很。
Dwgrengz meh gag haen.
痛楚闷在心。

姆 心 瞒 罯 溪，
Meh sim muenx naj hawq，
胸堵脸变形，

生 女 鲁 生 男。
Seng nawx rox seng namz.
男女尚未分。

3. 打 躺 姆 恶 世，
Daj ndang meh okseiq，
自娘胎出世，

杀 鸡 𠮛 酒 兴。
Gaj gaeq guh laeujhing.
杀鸡备姜酒。

糗 粥 慢 慢 吨，
Haeuxsouh mienh mienh gwn，
稀粥慢养身，

换 巾 饱 劲 内。
Vuenh gaen bau lwgnoih.
换巾包小宝。

肚 胰 姆 尽 翻，
Dungxsaej meh cinx fan，
娘肚肠翻遍，

轻 躺 了 不 炁。
Mbaeu ndang liux mbouj heiq.
身轻不心焦。

姆 笨 三 咬 糗，
Meh boen sam gau haeux，
母喂三口饭，

忧 劲 于 眠 稳。
You lwg iq ninz onj.
忧儿睡不牢。

4. 幼 阂 裆 阂 辅，
Youq ndaw vaq ndaw buh,
包在襁褓内，

占 鲁 扑 鲁 踮。
Ciemh rox boek rox byaij.
渐会翻会爬。

伙 姆 甦 迪 慢，
Bohmeh raen dwkngaiz,
父母见可爱，

尽 快 望 劲 亮。
Cinx vaiq muengh lwg hung.
盼他快长大。

揩 排 捞 歪 咒，
Aemq baihlaeng gwnz mbaq,
肩背又怀抱，

抱 氍 馁 粡 粥。
Umj naj gueng haeuxsouh.
熬粥慢喂他。

部 部 甦 统 罩，
Bouxboux raen doengq caemz,
人人逗他玩，

都 痕 部 你 乖。
Cungj haenh bouxneix gvai.
都赞乖如花。

5. 刚 乱 四 五 卑，
Ngam ndaej seiq haj bi,
刚到四五岁，

里 小 不 鲁 快。
Lij iq mbouj rox gvai.
还小不见乖。

读 书 鲁 悲 街，
Doegsaw rox bae gai,
读书或赶圩，

受 伝 移 阂 队。
Caeuq vunzlai guh doih.
与同伴并排。

劲 财 叹 学 当，
Lwgsai haeuj hagdangz,
男儿入学堂，

阂 空 恶 劲 贵。
Ndaw ranz ok lwg gveiq.
家中出贵才。

姆 媚 浪 胴 肋，
Mehmbwk langh dungx liz,
生女人伶俐，

教 叩 辅 叩 鞋。
Gyauq guh buh guh haiz.
教她做衣鞋。

6. 煮 粡 熟 亦 咽，
Cawj haeux cug cix gwn,
饭熟知张口，

冇 鲁 穷 鲁 苦。
Ndi rox gungz rox hoj.
不懂苦是啥。

钱 艮 冇 管 敊，
Cienzngaenz ndi guenj soq,
不知银钱数，

眉 伙 姆 当 家。
Meiz bohmeh danggya.
有父母当家。

工 路 不 鲁 里，
Hongloh mbouj rox leix,
活路不会找，

尽 想 宜 容 荣。
Cinx siengj ngeix vuenyungz.
只想得玩耍。

悲 叩 寻 到 麻，
Bae guhcaemz dauqma,
玩够回家来，

在 咽 垻 咽 肉。
Caih gwn bya gwn noh.
肉鱼随你夹。

7. 乳 肝 二 一 二，
Ndaej daengz ngeih it ngeih，
到二一二二，

立 家 记 读 书。
Laebgya geiq doegsaw.
读书又立家。

咟 美 似 艮 朱，
Bak maeq lumj ngaenzcaw，
丹砂红唇美，

部 勒 部 不 赞。
Bouxlawz boux mbouj haenh.
谁见谁不夸。

穿 条 布 叭 躺，
Daenj diuz buh haeuj ndang，
新衣身上穿，

亦 鲁 壮 鲁 宜。
Hix rox cang rox ngeix.
懂打扮谋划。

超 劲 造 劲 猈，
Ciuh lwg caux lwg mbauq，
今生儿如意，

洵 號 温 贫 油。
Coenz hauq unq baenz youz.
温柔会讲话。

8. 越 兇 越 鲁 理，
Yied hung yied rox leix，
越大越明理，

欧 晋 尹 恩 家。
Aeu guenj mbiengj aen gya.
半家归他管。

读 书 白 煞 煞，
Doegsaw beksasa，
读书声琅琅，

晋 家 媄 卦 对。
Guenj gya ndei gvaq doih.
管家胜同伴。

生 恶 斗 夻 夆，
Seng ok daeuj lajmbwn，
人生来天下，

勺 鲁 咘 鲁 祘。
Yaek rox gwn rox suenq.
日子会盘算。

部 伝 闧 俐 俐，
Boux vunz ndaw lingzleih，
谁伶俐聪明，

叩 亊 视 悲 齚。
Guh saeh gaeuj bae naj.
做事往前看。

9. 三 拾 卑 闲 江，
Sam cib bae ndaw gyang，
三十入中年，

勺 想 壮 家 记。
Yaek siengj cang gyageiq.
创家立业旺。

眉 劲 斗 接 世，
Meiz lwg daeuj ciep seiq，
有儿女续嗣，

姆 欢 喜 闧 心。
Meh vuenheij ndaw sim.
娘心中喜欢。

仪 姆 暗 眼 忧，
Bohmeh haemh ngoenz you，
父母日夜忧，

愲 炁 修 布 壮。
Lau heiq sou mbouj cang.
怕儿女不壮。

劲 媥 嫁 恶 悲，
Lwgmbwk haq okbae，
女儿嫁婆家，

劲 悲 姆 不 炁。
Lwg bae meh mbouj heiq.
儿去母心宽。

10. 由 部 贵 部 贱，
Youz bouxgveiq bouxcienh，
无论贵或贱，

六 练 三 拾 移。
Loeglienh sam cib lai.
苦练三十零。

部 勒 宜 移 快，
Bouxlawz ngeix lai vaiq，
谁人有心计，

钱 财 造 眉 用。
Cienzcaiz caux meiz yungh.
钱财足够用。

冂 卑 工 肝 歪，
Guh bi hong daengz gwnz，
做活到年终，

伝 罪 黑 罪 变。
Vunz naj ndaem naj bienq.
脸黑变面容。

偻 造 家 造 世，
Raeuz caux gya caux seiq，
咱创家立业，

很 炁 就 发 财。
Hwnjheiq couh fatcaiz.
发财靠苦挣。

11. 四 十 卑 肝 歪，
Seiq cib bi daengz gwnz，
四十到中年，

公 劻 兇 又 恶。
Goengrengz hung youh ak.
力气用不尽。

家 当 造 孔 咟，
Gyadangq caux ndaej gwn，
家业正兴旺，

养 劻 伦 伩 姆。
Ciengx lwglwnz bohmeh.
养幼子双亲。

伝 偻 造 家 记，
Vunz raeuz caux gyageiq，
人们要立业，

欧 很 气 常 匀。
Aeu hwnjheiq ciengz yunz.
当持续勤奋。

浪 伩 姆 躺 奶，
Langh bohmeh ndang naiq，
若父母体衰，

欧 当 待 曾 贫。
Aeu dangdaiq caengz baenz.
侍奉要殷勤。

12. 年 佬 孔 抱 孟，
Nienz laux ndaej umj lan，
年老得抱孙，

偻 幼 宅 打 煮。
Raeuz youq ranz dajcawj.
煮饭操家务。

劲 眉 艮 亦 试，
Lwg meiz ngaenz hix sawq，
钱财儿会用，

放 家 许 劲 伩。
Cuengq gya haengj lwg goq.
家业由他顾。

懒 公 劻 不 孔，
Laih goengrengz mbouj ndaej，
力气使不完，

家 事 许 修 当。
Gya saeh haengj sou dang.
做一家之主。

伩 眉 钱 眉 艮，
Boh meiz cienz meiz ngaenz，
父亲有钱财，

不 孔 瞒 孔 询。
Mbouj ndaej muenz ndaej gawq.
不瞒任他使。

13.寿㑈五拾齐,
Souh ndaej haj cib caez,
年寿五十岁,

啫欧劲增超。
Gyaez aeu lwg saengz ciuh.
喜儿孙热闹。

仪啫偻不了,
Boh gyaez raeuz mbouj liux,
父疼子依旧,

家超爹不忧。
Gya ciuh de mbouj you.
家业不用忧。

工肝不㑈干,
Hong daengz mbouj ndaej ganq,
活茬不能理,

㙟陌堂西西。
Naengh bakdangqseisei.
闲坐厅堂口。

眉劲再眉㞑,
Meiz lwg caiq meiz lan,
有儿又有孙,

在伝板齐㧅。
Caih vunz mbanj caez yawj.
乡邻都敬老。

14.暗眠总不稳,
Haemh ninz cungj mbouj onj,
夜眠总不稳,

鲁翻几培躺。
Rox fan geij baez ndang.
知翻几回身。

望鸡啼声桑,
Muengh gaeqhaen sing sang,
公鸡高声啼,

喊劲㞑很早。
Hemq lwglan hwnj caeux.
早起唤儿孙。

烦劲于跟㧅,
Fanz lwg iq gaenlaeng,
烦幼子随后,

帅糇不贫吨。
Gwn haeux mbouj baenz donq.
吃饭不成顿。

再部苦部眉,
Caih bouxhoj bouxmeiz,
无论贫与富,

一律冇讲广。
Itlud ndi gangj gvangq.
大话不敢论。

15.年㑈六十交,
Nienz ndaej loeg cib gyaeu,
年交六十整,

毛浩扎歪颈。
Byoem hau cab gwnz gyaeuj.
满头发如银。

躺壮㢡㑈寿,
Ndang cangq lai ndaej souh,
身健多长寿,

祘偻眉福炁。
Suenq raeuz meiz fukheiq.
算我福气增。

伝㢡斗贺寿,
Vunz lai daeuj hoqsouh,
客人来贺寿,

部部保询號。
Bouxboux bauj coenz hauq.
以贺词相赠。

親戚斗卦红,
Cincik daeuj gvaqhoengz,
亲戚送红包,

请几眼糇酒。
Cingj geij ngoenz haeuxlaeuj.
摆几天酒宴。

16. 欧 鲁 四 工 匀，
Aeu rox guh hong yunz,
做工要做匀，

眉 呷 再 付 贵。
Meizgwn caiq fouqgveiq.
充裕又富贵。

竻 苦 亦 呷 归，
Ranz hoj hix gwnvei,
家穷必受欺，

赶 很 媄 似 对。
Ganj hwnj ndei lumj doih.
做好赶同辈。

劻 恶 曾 不 退，
Rengz ak caengz mbouj doi,
力大未曾衰，

教 劲 内 四 伝。
Son lwgnoih guhvunz.
教儿做好人。

壮 暮 偻 地 生，
Cangq moh raeuz diegseng,
坟山福地生，

特 劲 不 用 气。
Dwgrengz mbouj yungh heiq.
艰苦不心灰。

17. 七 十 几 年 零，
Caet cib geij nienz lingz,
年到七十过，

讲 声 音 不 恶。
Gangj singyaem mbouj ok.
讲话音不出。

仪 劲 眮 黑 暯，
Boh lwgda laepmok,
父两眼蒙眬，

踕 恶 外 不 賥。
Byaij ok rog mbouj raen.
出门不见路。

仪 偻 躺 里 锦，
Boh raeuz ndang lij ginq,
倘父身还健，

暗 眠 不 恶 声。
Haemh ninz mbouj ok sing.
睡觉稳如初。

悲 肝 近 悲 敦，
Bae daengz gyawj bae yung,
到近处蹲下，

开 声 乱 询 独。
Hai sing ndaej coenz dog.
一句胸口堵。

18. 各 幼 躺 不 旺，
Gag youq ndang mbouj vuengh,
自觉身不爽，

可 勻 望 眼 巺。
Goj yaek muengh ngoenz dai.
死日或将临。

仪 病 特 劻 矜，
Boh bingh dwgrengz lai,
父病痛苦多，

劲 愿 巺 悲 勒。
Lwg nyienh dai bae lawh.
儿愿当替身。

不 温 乱 迪 砻，
Mbouj un ndaej dawz lan,
不说带孙子，

踕 躺 总 被 帮。
Byaij ndang cungj bibuengq.
走路晃不停。

勻 眠 鲁 勻 罌，
Yaek ninz rox yaek naengh,
坐卧都不安，

仪 病 恨 眮 沫。
Boh bingh haen dahraix.
父病确沉重。

19. 乩 八 拾 肚 头，
Ndaej bet cib daengz gyaeuj,
活到八十岁，

伝 叫 偻 公 老。
Vunz heuh raeuz goenglaux.
人呼老公公。

毛 头 浩 列 列，
Byoemgyaeuj hauleqleq,
满头尽银发，

似 伝 眚 老 寿。
Lumj vunz veh lauxsouh.
酷似老寿星。

常 时 悲 练 躺，
Ciengzseiz bae lienh ndang,
时常练筋骨，

七 三 里 吃 喽。
Caet sam lij gwnraeuh.
七三打背工。

付 齿 浩 覆 覆，
Fouheuj haumanman,
皓齿仍坚利，

里 乩 墰 劲 谢。
Lij ndaej hamz lwgse.
酸梅也敢啃。

20. 乩 宜 伎 姆 吼，
Ndaej nyi bohmeh gongz,
听父母呻吟，

望 傍 床 扶 事。
Muengh bangxcongz fugsaeh.
到床边侍奉。

勺 勒 亦 不 乩，
Yaek lawh hix mbouj ndaej,
想替又不得，

替 伎 吼 特 劼。
Daeq boh gou dwgrengz.
心疼父病重。

很 壄 躺 各 温，
Hwnj naengh ndang gag unq,
欲坐身又软，

曲 公 眠 歪 床。
Gutgungq ninz gwnz congz.
瘫睡像弯弓。

劲 觅 伎 肚 冇，
Lwg yawj boh daengz ndi,
看父空难受，

眠 歪 枕 各 咻。
Ninz gwnz swiz gag daej.
哭湿枕上巾。

21. 乩 肚 九 十 零，
Ndaej daengz gouj cib lingz,
活到九十满，

觅 伎 还 里 寿。
Yawj boh vanzlij souh.
父还可长寿。

姆 佬 真 乩 寿，
Meh laux cin ndaej souh,
老母真硬朗，

勺 许 夠 百 卑。
Yaek haengj gaeuq bak bi.
过百年才够。

罢 绚 毪 旭 皓，
Naj nyaeuq byoemgyaeuj hau,
脸皱长白发，

闹 躺 不 離 病。
Ndaw ndang mbouj liz bingh.
小病不必忧。

姆 偻 眉 公 德，
Meh raeuz meiz goengdaek,
老母有功德，

冇 眉 滴 心 谋。
Ndi meiz caek simmaeuz.
歪心不曾有。

22. 吃 晗 堡 歪 床，
Haethaemh naengh gwnz congz,
早晚坐床上，

仅 吼 劝 里 妳。
Boh gongz lwg lij niep.
呻吟儿心惊。

仅 眠 幼 阀 帐，
Boh ninz youq ndaw riep,
父睡入帐中，

劝 里 妳 林 林。
Lwg lij nieplimlim.
儿惦心不宁。

仅 病 劝 亦 晋，
Boh bingh lwg hix guenj,
父病儿侍候，

不 想 悲 皿 工。
Mbouj siengj bae guhhong.
活路暂时停。

厄 仅 皿 对 眠，
Ndi boh guhdoih ninz,
睡老父身边，

跼 逢 冷 贫 铁。
Din fwngz gyoet baenz diet.
手脚像铁冷。

23. 寿 百 卑 阳 间，
Souh bak bi yiengzgan,
世上寿百年，

亦 可 难 达 沬。
Hix goj nanz dahraix.
难得见几人。

阀 躺 血 不 揳，
Ndaw ndang lwed mbouj vaiq,
体内血不流，

勺 踺 躺 亦 浮。
Yaek byaij ndang hix fouz.
举足人就晕。

躺 咪 奶 型 型，
Ndangdaej naiqhingxhingx,
病魔老缠身，

亦 想 视 劝 茫。
Hix siengj cim lwglan.
心还惦儿孙。

眉 肉 许 仅 帅，
Meiz noh haengj boh gwn,
有肉敬父吃，

悲 英 雄 亦 才。
Bae yingyungz swxcaix.
死去也心平。

24. 乩 寿 肚 百 卑，
Ndaej souh daengz bak bi,
人能寿百岁，

自 然 眉 福 气。
Cihyienz meiz fukheiq.
自然有福享。

浪 乩 寿 样 你，
Langh ndaej souh yienghneix,
人如此长寿，

万 世 名 传 阳。
Fanh seiq mingz cienzyiengz.
万世美名扬。

养 眉 猄 眉 马，
Ciengx meiz mou meiz max,
六畜都兴旺，

里 劝 妑 齐 全。
Lij lwg yah caezcienz.
妻儿都齐全。

路 路 总 眉 帅，
Lohloh cungj meiz gwn,
样样不缺吃，

仅 英 雄 卦 世。
Boh yingyungz gvaqseiq.
父死也荣光。

25\. 驮 海 广 油 油，
Dah haij gvangqyouzyouz，
江海广无边，

常 时 流 度 闹。
Ciengzseiz riuz doxnauh.
时常浪打浪。

断 仪 姆 询 號，
Doenq bohmeh coenz hauq，
父母断音容，

不 礼 到 度 晒。
Mbouj ndaej dauq doxraen.
再不见容颜。

晗 眼 悲 汪 汪，
Haemh ngoenz baevangxvangx，
日夜魂飘飘，

不 宜 肝 劲 头。
Mbouj ngeix daengz lwgdaeuz.
不再惦儿郎。

闹 空 眉 事 情，
Ndaw ranz meiz saehcingz，
家中出白事，

劲 无 应 无 告。
Lwg fouz ying fouz gauq.
儿无靠无帮。

26\. 部 佬 似 淰 驮，
Bouxlaux lumj raemxdah，
老人似河水，

晒 噃 眼 祘 眼。
Raen naj ngoenz suenq ngoenz.
见面天算天。

当 淰 咘 笼 栏，
Dang raemxmboq roengz gyoengz，
山泉落涧底，

有 眉 眼 爹 到。
Ndi meiz ngoenz de dauq.
不能再回还。

伝 匴 不 礼 留，
Vunz dai mbouj ndaej louz，
人死留不住，

劲 样 勒 礼 夏。
Lwg yienghlawz ndaej hah.
儿无力回天。

越 眼 越 悲 噃，
Yied ngoenz yied baenaj，
日子越往后，

劲 妚 宜 不 通。
Lwg yah ngeix mbouj doeng.
妻儿越惦念。

27\. 仪 辞 阳 卦 卑，
Boh swzyiengz gvaq bi，
父辞世一年，

偻 还 里 辛 苦。
Raeuz vanzlij sinhoj.
儿悲苦未完。

眼 你 匴 笼 暮，
Ngoenz neix dai roengz moh，
父今葬入坟，

丢 路 路 许 偻。
Vit lohloh haengj raeuz.
事事留儿办。

叫 帮 劲 笼 斗，
Heuh bang lwg roengz daeuj，
父子永别离，

特 展 酒 分 离。
Dawz cenjlaeuj faenliz.
杯酒奠灵前。

接 家 當 叺 蓬，
Ciep gyadangq haeuj fwngz，
接手管家事，

跚 蓬 偻 另 兔。
Din fwngz raeuz lingh doz.
兴家靠新创。

28. 由 部 老 號 生,
Youz bouxlaux hauxseng,
任老人后生,

偻 汗 睁 不 乩。
Raeuz haenceng mbouj ndaej.
难争得脸面。

恶 阳 间 一 世,
Ok yiengzgan it seiq,
来阳间一世,

乩 冇 乩 几 麻。
Dai ndi ndaej gijmaz.
空手去阴间。

阂 躺 肉 发 病,
Ndaw ndangnoh fat bingh,
身体发病时,

捡 命 呷 公 劻。
Buekmingh gwn goengrengz.
拼搏靠力量。

特 笼 枹 悲 埋,
Dwk roengz faex bae haem,
棺木下土时,

双 搥 拎 全 纸。
Song fwngz gaem cienzceij.
双手塞纸钱。

29. 由 部 眉 部 苦,
Youz bouxmeiz bouxhoj,
任富人穷人,

部 阂 鲁 眼 乩。
Bouxlawz rox ngoenz dai.
谁知死日来。

这 臧 竺 内 坏,
Ce hungq ranz neix vaih,
留间旧干栏,

乩 可 悲 肝 冇。
Dai goj bae daengz ndi.
死去空手归。

准 佲 部 闷 乖,
Cunj mwngz bouxlawz gvai,
任你人精明,

眼 乩 总 难 鲁。
Ngoenz dai cungj nanz rox.
死日也无奈。

石 崇 祢 好 汉,
Sig soengz suenq haujhanq,
石崇算好汉,

眉 千 万 家 财。
Meiz cien fanh gyacaiz.
散千万家财。

30. 众 亲 戚 朋 友,
Gyoengq cincik baengzyoux,
众亲朋好友,

这 修 幼 竺 拐,
Ce sou youq doeklaeng,
你们多保重。

嶺 佬 躺 金 银,
Ndoi laux ndang gim ngaenz,
土坡变金银,

难 赔 恩 赔 宜。
Nanz boiz aen boiz ngeih.
难还父母情。

劲 迪 酒 罱 灵,
Lwg dwk laeuj naj lingz,
儿灵前奠酒,

哝 放 声 各 幼。
Daej cuengq sing gag youq.
放声不见影。

伩 偻 乩 悲 贯,
Boh raeuz dai bae gonq,
父辈先去世,

劲 迪 床 三 曾。
Lwg dwk congz sam caengz.
棺底垫三层。

31. 眼 昨 迪 很 巴，
　　Ngoenzcog dawz hwnj bya，
　　明日送上山，

　　劲 奸 咪 荤 撈。
　　Lwg yah daej doeklaeng.
　　妻儿哭断魂。

　　迪 笼 埔 悲 埋，
　　Dawz roengz namh bae haem，
　　棺木埋下土，

　　卦 撈 不 脆 形。
　　Gvaqlaeng mbouj raen ingj.
　　再不见父影。

　　叫 捷 扷 恶 悲，
　　Heuh gwed faex okbae，
　　抬棺出殡去，

　　皮 往 咪 伙 夏。
　　Beixnuengx daej boh haz.
　　亲友泪纷纷。

　　摆 耜 呆 拦 路，
　　Baij haeux daiq lanzloh，
　　外家拦路祭，

　　报 名 作 壄 撈。
　　Bauq mingzcoh naengh laeng.
　　唱名送亡人。

32. 讲 特 劢 辛 苦，
　　Gangj dwgrengz sinhoj，
　　再艰难痛苦，

　　尭 笼 墓 不 娱。
　　Dai roengz moh mbouj ndei.
　　也别葬坟山。

　　但 吘 闷 乿 悲，
　　Dan naeuz lawz ndaej bae，
　　有谁能转活，

　　界 睹 峃 悲 赎。
　　Gai nazreih bae rouh.
　　赎魂愿卖田。

　　劲 偻 不 眉 帅，
　　Lwg raeuz mbouj meiz gwn，
　　儿贫穷也罢，

　　悲 份 你 不 鲁。
　　Bae faenh neix mbouj rox.
　　此分莫沾边。

　　钱 艮 原 乿 欧，
　　Cienzngaenz yienz ndaej aeu，
　　金钱可挣来，

　　难 乿 寿 百 卑。
　　Nanz ndaej souh bak bi.
　　难得寿百年。

33. 叺 阴 间 条 路，
　　Haeuj yimgyan diuz loh，
　　入了阴间路，

　　别 千 苦 万 春。
　　Byieg cien hoj fanh cin.
　　别千苦万春。

　　这 劲 奸 凄 凉，
　　Ce lwg yah seiliengz，
　　留妻儿凄凉，

　　咪 苦 连 迪 觉。
　　Daej hojlienz dwkgyoh.
　　可怜未亡人。

　　悲 板 鲁 悲 圩，
　　Bae mbanj rox bae haw，
　　走村或赶圩，

　　劲 读 书 悲 作。
　　Lwg doegsaw bae coh.
　　儿读书前奔。

　　勺 割 珠 割 炁，
　　Yaek gat caw gat heiq，
　　哀伤欲气绝，

　　不 宜 肛 恩 原。
　　Mbouj ngeix daengz aenyienz.
　　不敢想恩缘。

34. 造 好 秾 家 事，
Caux haujlai gyasaeh,
生前家底厚，

的 的 这 竺 捞。
Deiqdeiq ce doeklaeng.
点滴留后人。

世 佲 百 卑 阗，
Seiq mwngz bak bi rim,
生得百年满，

恩 情 万 代 记。
Aencingz fanh daih geiq.
永不忘恩情。

乱 百 卑 夵 壸，
Ndaej bak bi lajmbwn,
得长寿百岁，

真 欢 荣 无 比。
Cin vuenyungz fouzbeij.
心无比欢欣。

帮 劲 造 家 记，
Bang lwg caux gyageiq,
为儿造家业，

啾 炰 噐 真 黑。
Aeuheiq naj cin ndaem.
脸黑也甘心。

35. 眼 你 仪 卦 世，
Ngoenzneix boh gvaqseiq,
今日父逝世，

情 宜 劲 难 还。
Cingzngeih lwg nanz vanz.
恩情永难还。

造 贫 秾 家 當，
Caux baenz lai gyadangq,
留丰厚家业，

丢 躺 悲 肝 空。
Vit ndang bae daengz hoengq.
空身去阴间。

交 亲 戚 朋 友，
Gyau cincik baengzyoux,
交亲戚朋友，

押 部 部 真 娓。
Gap bouxboux cin ndei.
都和睦相让。

算 劲 乢 鲁 理，
Son lwglan rox leix,
数儿孙明理，

里 教 媄 闶 板。
Lij gyauq ndei ndaw mbanj.
教乡邻有方。

36. 眼 你 仪 卦 世，
Ngoenzneix boh gvaqseiq,
今日父过世，

劲 帅 炰 竺 捞。
Lwg gwnheiq doeklaeng.
儿辈实哀伤。

咪 傍 驮 傍 圹，
Daej baengxdah baengxdaemz,
泪洒河塘边，

不 眶 佲 培 宜。
Mbouj raen mwngz baezneix.
不见父回还。

讲 仪 姆 恩 情，
Gangj bohmeh aencingz,
讲父母恩情，

劲 十 情 欧 记。
Lwg cib cingz aeu geiq.
儿永记心上。

还 仪 姆 情 宜，
Vanz bohmeh cingzngeih,
还父母情义，

劲 是 叩 不 肝。
Lwg seih guh mbouj daengz.
永远没法偿。

苦情歌

韦树关
关仕京　搜集整理
程文显

詶 征 俩

1 SEI CINGBING

征兵歌

光 緒 扢 皇 流 仙 东，
Gvanghsi hid(guh) vuengz laeuz(daengz) Senhdungh，
光绪当王到仙东，

每 昑 撌 姖 姓 扢 工；
Moix ngoenz hawj beksingq hid goeng (hong)；
天天派人去做工；

世 界 平 靈 伝 歡 喜，
Seiqgyaiq bingzlingz vunz vuenheij，
世界太平人欢心，

官 場 攔 考 乿 英 雄；
Guenciengz hai gauj ndaej yingyungz；
科举开考成英雄；

眉 才 只 乿 嗘 嗘 事，
Miz caiz cij ndaej bae dangsaeh，
有才真能当大任，

劳 碌 偲 只 乿 封 功；
Lauzloeg maen（de）cij ndaej funggoeng；
勤劳铸就人生功；

兀 孬 任 呍 歐 伿 乿，
Ndei rwix doxceng aeu mij（mbouj）ndaej，
再多努力也无用，

文 武 官 衔 皇 帝 封；
Faenzfoux guenhamz vuengzdaeq fung；
从来官位皇帝封；

侶 牷 嗘 官 亦 眉 孬，
Ciuhgonq dang guen hix miz rwix，
前世当官也遭殃，

侶 斅 孔 姓 亦 捱 烬；
Gij saw Gungj sing hix ngaiz coemh；
孔子经书曾被焚；

咭 嘛 始 皇 跰 肶 毒，
Cienz gangj Sijvangz（Couhdwg Cinz Sijvangz） hengz simdoeg，
传说始皇使毒计，

歐 氿 扢 渠 胬 扢 橷；
Aeu laeuj hid giz(daemz) noh hid ndoeng；
美酒做池肉成林；

每 养 歐 派 偻 姖 姓，
Moix yiengh aeu baij raeuz beksingq，
样样摊派给百姓，

天 下 突 昑 突 陵 嶺；
Dienyah daed（yied）ngoenz daed bienq gungz；
天下日益变贫穷；

禮 數 周 公 劥 伿 用，
Laexsoq Cougoeng vut mij yungh，
周公礼仪丢不用，

姖 姓 伝 移 総 伿 從；
Beksingq vunzlai cungj mij coengz(fug)；
人民百姓都不从；

犇 拐 起 拻 不 貧 养，
Doeklaeng yiedfat bu（mbouj）baenz yiengh，
后来越发不像样，

國 家 突 昑 寐 任 峑。
Guekgya daed ngoenz loemq doxroengz।
国家日益变衰败。

嘛 弖 民 國 跰 更 毒，
Gangj hwnj Minzgoz hengz engq doeg，
讲到民国更狠毒，

烬 情 難 咭 偻 各 爹；
Hojcingz nanz gaeuq（naeuz）raeuz gak ung（boux）；
苦情难诉众人听；

哾 官 佅 用 歐 𥐊 𡦂，
Dang guen mij yungh aeu rox cih，
当官不用去识字，

團 中 由 黯 圡 庲 封；
Donzcungh（Ciuhgeq guenmingz）youz hakdoj ma fung；
团总土司来分封；

辦 事 佅 貧 不 要 緊，
Banhsaeh mij baenz bu（mbouj）youqgaenj，
办事不成不要紧，

每 朕 拎 餉 几 十 閔；
Moix ndwen lingx yiengj geij cib maenz；
每月领饷几十元；

艮 刄 拎 礼 㐈 养 𢬵，
Ngaenzcienz lingx ndaej lai yiengh haenx，
银元装得腰包鼓，

歐 庲 用 峝 佀 埔 堋；
Aeu ma yungh dangq gij namhboengz；
大把花钱如流水；

吹 嫖 賭 飲 由 佷 用，
Cui、biuz、doj、yaemj youz maen yungh，
吃喝嫖赌随心用，

竨 𥐊 偻 𧶡 佅 粝 糡；
Gyawz（bouxlawz）rox raeuz gungz mij haeux doeng（cawj）；
谁理百姓叮当穷；

十 月 垕 墤 莀 佅 蓢，
Cib nyied gwnz hangz（haw）maenz mij biek，
十月市上缺米粮，

價 粝 呺 麒 約 遯 奀；
Gyaq haeux heuh bengz yaek daemx mbwn；
米价喊高到天上；

銅 刄 呾 挘 歐 艮 帋，
Doengzcienz ep lawh aeu ngaenzceij，
铜钱转换成纸币，

收 貲 無 數 万 金 礢；
Sou bae fouzsoq fanh gimyungz（ngaenzhau）；
搜刮白银亿万两；

型 畓 空 姶 𠡒 貲 断，
Reih naz ranzlengq rau bae duenj（sat），
田地房屋一丈量，

𡌶 佅 批 笘 䏂 歸 公；
Mbaek mij baek ciem couh gvigoeng；
说没标签就归公；

分 型 分 畓 三 𢬣 粝，
Faen reih faen naz sam rap haeux，
田地每分三担谷，

納 糧 㐈 卦 粝 伝 呻；
Nabliengz lai gvaq haeux vunz gwn；
纳粮多过人口粮；

衙 門 大 垎 歐 偻 擺，
Yaxmonz daihloh aeu raeuz coih，
衙门大路由我修，

捊 鍘 呻 粔 朕 卦 昖；
Dawz gvak gwn cuk ndwen gvaq ngoenz；
扛锄带饭日月赶；

𠷺 刄 𠷺 粝 不 足 算，
Maex（mbouj ndaej）cienz maex haeux bu cuksuenq，
无钱无粮不要紧，

槣 电 拎 拳 任 佷 扽；
Gaenzcungq gaemxgienz yaemh maen（de）doem（moeb）；
枪把拳头任他抢；

戾 徎 貲 庲 歐 垎 照，
Beixnuengx baema aeu lohciuq（lohdiuz），
兄弟往来凭路条，

板 空 任 𨓡 𠷺 任 𨓡；
Mbanjranz doxdep maex(mbouj ndaej) doxdoeng；
村庄毗邻不相通；

甤 板 甤 堘 懋 侎 嘣,
Bae mbanj bae hangz lumz mij bauq,
走亲访友忘报告,

靴 嘣 佲 甤 嘡 布 兵;
Couh laih mwngz bae dang bouxbing;
就诬告你去当兵;

馈 踓 不 眉 唻 养 賀,
Gaicawx bu miz lai yiengh huq,
买卖没摆啥物件,

閍 堘 約 坙 森 貧 菄;
Gyanghangz yaek hwnj faex baenz ndoeng;
街市萧条荒草长;

帥 焙 帥 齡 侎 要 噤,
Gwn hoj gwn haemz mij youqgaenj,
吃苦受难不要紧,

征 俩 只 迪 最 陰 功;
Cingbing cij dwg ceiq yaemgoeng;
征兵更是苦差工;

乙 晔 三 百 六 十 呸,
It bi sam bak roek cib haj,
一年三百六十五,

每 板 捱 征 百 几 爹;
Moix mbanj ngaiz cing bak geij ung（boux）;
每村被征上百人;

伋 笞 只 棚 伝 時 気,
Nip ciem cix baengh vunz seizheiq,
抽签全凭人运气,

3 合 堚 台 肶 跳 爹;
Ndwn haeuj henz daiz sim diuq ung;
站在台上心跳猛;

庲 空 她 劲 連 嗲 吥,
Ma ranz meh lwg lienz cam vah,
到家母子问话忙,

乥 町 憪 正 誡 憪 閚;
Ndaej deng aen cingq vaz(roxnaeuz) aen hoengq;
抽到正签或空签;

釘 吽 伋 乥 憪 宄 正,
Danghnaeuz nip ndaej aen cih cingq,
如果抽中是正签,

釘 窐 偞 荟 淠 嗻 嗻。
Daengx ranz laux oiq daejcoemcoem.
全家老少哭涟涟。

嘡 俩 侎 矯 昑 咞 倒,
Dangbing mij rox ngoenz lawz dauq,
当兵不知何日还,

嵫 甤 只 嵴 拳 夅 凼;
Ok bae cix dangq lot roengz gumz;
出门就像掉坟坑;

伏 她 攔 咟 連 坙 気,
Daxmeh hai bak lienz hwnj heiq,
母亲开口直叹气,

侎 淠 淰 眵 各 漯 夅。
Mij daej raemxda gag lae roengz.
话未出口泪已冲。

劲 哝!
Lwg ei!
儿呀!

豂 佲 侎 迪 昑 乥 夆,
Ciengx mwngz mij dwg ngoenz ndaej hung,
养你日夜盼长大,

挽 屟 控 敊 肤 卦 昑;
Doq haex rub nyouh ndwen gvaq ngoenz;
把屎泡尿年又年;

里 憶 躺 佲 肝 踔 乥,
Lij iq beq mwngz daengz byaij ndaej,
从小背你到会走,

裇 曷 閚 躺 十 几 祠;
Buh gat ndaw ndang cib geij doengz（geu）;
背烂衣服十几件;

吟 咟 佅 葥 兄 佅 餢，
Gaemz lawz mij van gou mij bwnq，
哪口不甜我不喂，

佅 廸 兄 眉 三 几 翁；
Mij dwg gou miz sam geij ung；
并非我有大本钱；

兄 嗍 吟 瀨 留 吟 呀，
Gou sup gaemz laez(saw) louz gaemz nyaq，
喂你每口最甘甜，

佲 眸 埅 祛 兄 眸 沗；
Mwngz ninz deih hawq gou ninz dumz；
我睡湿地你干爽；

愣 气 佲 佬 之 贫 痹，
Lauheiq mwngz laux cih(yaek) baenz bingh，
担心你身染疾病，

犳 雰 𤍒 昷 佅 扢 工；
Doek fwn ok ndit mij hid(guh) goeng；
雨天烈日不出工；

犳 雰 𤍒 昷 不 㟖 礼，
Doek fwn ok ndit bu(mbouj) bae ndaej，
雨天烈日去不得，

趖 圣 空 眸 肔 総 套；
Soh youq ranz ninz sim cungj roengz；
守在家里心安然；

貧 洠 尯 痌 兄 杰 气，
Baenz maeuz(ngunh) gyaeuj in gou youheiq，
头晕头痛我忧愁，

肛 秸 兄 眉 哑 挝 終？
Daengz geq gou miz gyawz soengqcoeng？
我去谁人来送终？

征 佲 伝 㟖 東 北 揾，
Cing gij vunz bae doengbaek(Dieg ndaw guek baih doengbaek) hoenx，
征人东北去打仗，

倁 偻 各 揾 佲 伝 竆；
Gyoengqraeuz gag hoenx gij vunz gungz；
战场都是穷苦人；

汻 凫 亦 廸 偻 叐 侱，
Gaj dai hix dwg raeuz beixnuengx，
死伤都是咱弟兄，

倒 揞 翁 头 礼 埅 功；
Dauq hawj ung(boux) daeuz ndaej laebgoeng；
最终官人得大功；

叁 佅 眉 䁅 䀹 姡 姓，
Mbwn mij miz da yawj beksingq，
上天无眼见百姓，

天 下 其 其 之 吪 䃧；
Dienyah gizgiz cih(yaek) luenh yungz；
天下处处要大乱；

兄 佬 佅 凫 庲 渧 罪，
Gou laux mij dai ma daej coih，
我老不死活受罪，

寧 愿 䁅 眃 肔 亦 套。
Ningznyienh dalaep sim hix roengz.
宁愿闭眼心也甘。

妚 咴！
Meh ei！
妈呀！

千 夯 佅 㟖 貧 内 气，
Cienfanh mij bae baenzneix heiq，
不必这样忧重重，

四 堹 里 眉 好 夥 翁；
Seiqhenz lij miz haujlai ung；
世上活路千万条；

佲 愢 夥 遾 愗 夥 䁔，
Mwngz siengj lai gyae lumz lai vaiq，
想得远些忘得快，

凼 佅 生 兄 佲 尒 翁；
Dangq mij seng gou mwngz noix ung；
当没生我这男孩；

盳 叁 保 佑 重 礼 倒，
Muengh mbwn baujyouh cungz ndaej dauq，
愿天保佑重回家，

佲佬還眉兄搽終；
Mwngz laux vanz miz gou soengqcoeng;
你老有我来送终；

合髈吩謝兄僐奵，
Haeuj fuengz faenduenq(daengq) gou cauzyah
　　(mehyah)，
进家吩咐我媳妇，

恙乩双啋胎只羍。
Nai ndaej song vamz (coenz) hoz cij roengz.
安慰两句气消散。

嫽 咮!
Liuz(yah) ei!
老婆呀!

晛昨兄峇征俩啰，
Ngoenzcog gou bae cingbing lo,
明天我将踏征程，

限期窆喎燒朦朧；
Hanh geiz ranz ngamq ronghmoengzloengz;
时限就在拂晓中；

兄峇伓糌晛哂倒，
Gou bae mij rox ngoenz lawz dauq,
我去不知何时还，

佲圣竝拐各扻功；
Mwngz youq laeblaeng gag hid goeng;
你在今后自思量；

乾峇嬞倒�恖細，
Haet bae haemh dauq lai siengjsaeq (siujsim),
早出晚归多小心，

介用悾肶恖伓酥；
Gaej yungh giksim siengj mij doeng;
不要灰心想不通；

劲絮圣窆佲各帯，
Lwg saeq youq ranz mwngz gag daiq,
小儿在家你自带，

翼峇惢肶劝撋伝；
Naz(gaej) bae nyaenx sim vut hawj vunz;
不要忍心丢给人；

僐爺僐奵實難吩，
Cauzung(gvan) cauzyah(yah) saed nanz biek,
夫妻生死难别离，

十分吩乩亦難懋；
Cibfaen biek ndaej hix nanz lumz;
无奈离别难相忘；

吡嗽乩3915肶起痁，
Vah gangj ndaej lai sim yied in,
话儿越讲越伤心，

淰眲漯集汝貧屮；
Raemxda lae comz ndik baenz gumz;
眼泪奔流如泉涌；

揭尥揢胎拁伱崄，
Got gyaeuj dawz hoz beng mij ok,
抱头痛哭分离难，

撂憪袯耙袽之碟!
Rag aen longzmbaq buh cih yungz!
生生离散肝肠断!

兘 咮!
Guiz(gvan) ei!
丈夫呀!

兄侵佲脅㖞世界，
Gou caeuq mwngz caez dang seiqgyaiq,
我你共苦又同甘，

里増乩卦秤晛悰；
Lij caengz ndaej gvaq buenq ngoenz soeng
　　(ndei);
生活尚未好哪天；

波内羍峇兄各圣，
Baezneix roengzbae gou gag youq,
从今以后我孤单，

眉豁眉气端崣嗟?
Miz haemz miz heiq gyawz bae bungz
　　(naeuz)?
有苦有难谁相帮?

單躺侎乩眉埊靠,
Dan ndang mij ndaej miz deih gauq（baengh）,
孤身一人无依靠,

岜夆宁岜侎貧東!
Dangq faex dingjbya mij baenz ndoeng!
山上独木不成林!

佲侎憎毳兄守嬻!
Mwngz mij caengz dai gou souj maiq,
你还在世我守寡,

稟貧鸠对肏徒公;
Lumjbaenz roegdoiq noix duzgoeng;
就像鸳鸯少爱公;

佲崣侎燋旰唎倒?
Mwngz bae mij rox ngoenz lawz dauq?
你走之后何日还?

絼鸠�台拜祖宗;
Gaj gaeq roengzdaiz baiq cojcoeng;
杀鸡上香拜祖宗;

拜祖宗偻偗保佑,
Baiq cojcoeng raeuz maen（de）baujyouh,
拜求祖宗保佑他,

勎倒庲空乩挖工;
Lix dauqma ranz ndaej hid goeng;
活着归来重团圆;

肝曘偻乩育晖 3,
Daengz seiz raeuz ndaej caez ninz naengh,
天黑同床又共忱,

夎捞彡敩偻觥惊;
Mbwn biengj ngaeuz yaem raeuz couh soeng;
天阴雨湿就休闲,

嗦岁嘆移眉侣用,
Gangj noix danq lai miz gij yungh,
话少叹多没有用,

恖乩庲移亦廸閣;
Siengj ndaej ma lai hix dwg hoengq;
想得太多也是空;

起怸起侎眉垎踤,
Yied ngeix yied mij miz loh byaij,
越想越是无路走,

只眉淰眵犇唝唝;
Cijmiz raemxda doekboengboeng;
只有眼泪流不断;

涕乩凄凉眸馋埊,
Daej ndaej siliengz ninz ringx deih,
哭得伤心打地滚,

拂旭敩聇躺污堋!
Faed gyaeuj ngauz rwz ndang uq boengz!
撕心裂肺泣鬼神!

双三劲絮庲當齤,
Song sam lwg saeq ma dangqnaj,
几个孩子齐痛哭,

脔吗鲞垔敢鲞夅。
Caez heuh deh hwnj youh deh roengz.
声音凄厉更悲伤。

劲哦!
Lwg ei!
儿呀!

她圣垃拐各挞带,
Meh youq laeblaeng gag dazdaiq,
母在今后自照顾,

旰内兄带霂嚔爸;
Ngoenzneix gou daiq maex（mbouj ndaej）saek ung;
今生只怪我无能;

叝笘叮了眉踹嗦,
Nip ciem deng liux miz gawz（gijmaz）gangj,
抽签抽中无奈何,

伩 廸 兄 啈 各 甼 从；
Mij dwg gou angq gag bae coengz;
不是我爱去顺从；

佲 坙 閊 空 町 她 嗛，
Mwngz youq ndaw ranz dingq meh gangj;
你在家中听妈讲，

乾 饂 里 佛 挖 的 工；
Haet haemh lij bang hid di goeng;
早晚还帮我做工；

夥 寷 夆 衏 甼 孝 觉，
Lai hung roengzrengz bae hag cih;
长大努力去学习，

介 用 甼 堭 到 處 逪；
Gaej yungh bae hangz(haw) dauqcawq cunz;
不要到处去闲逛；

挖 兂 伩 憫 挖 坬 憫，
Hid ndei mij heih hid vaih heih;
做坏容易做好难，

各 鑐 閊 空 偻 焟 崱；
Gag rox ndaw ranz raeuz hojgungz;
知我家乡穷且艰；

瑨 板 庲 啀 3 坙 閗，
Hakmbanj ma coi ndwn youq rog;
土豪来催在外站，

嗛 夥 俬 亦 叝 不 容；
Gangj lai maen hix caiq bu (mbouj) yungz;
多讲两句也不容；

踎 甼 咟 闻 約 坙 垎，
Byaij ok bakdou yaek hwnjloh;
走出大门要上路，

钉 空 偞 荟 肞 只 碟；
Daengx ranz laux oiq sim cix yungz;
全家老少肝肠断；

佣 寷 撯 庲 佣 繄 掲，
Boux hung buz ma boux saeq got;
大人难过子抱哭，

凛 貧 嶭 丧 淠 啥 啥；
Lumjbaenz oksang daejhumhum;
好比出丧泪涟涟；

論 垦 斅 劲 真 伩 抵，
Lwnh hwnj ciengx lwg caen mij daej;
说来养儿真不值，

伩 乿 唞 衏 侵 挻 終；
Mij ndaej gwnrengz caeuq soengqcoeng;
不得依靠和送终；

劲 鼤 甼 邅 庲 伩 乿，
Lwgmbauq bae gyae ma mij ndaej;
男儿远征不回头，

她 嫽 肞 瘰 伩 挖 工；
Mehliuz(bawx) sim naiq mij hid goeng;
媳妇灰心不做工；

眉 型 眉 畾 穏 伩 乿，
Miz reih miz naz ndaem mij ndaej;
有田有地不耕种，

桲 葛 芭 邑 礤 卦 伝；
Gogat maenzbya sang gvaq vunz;
荒草野藤高过人；

碌 粞 伩 乿 三 糎 呀，
Duix(vanj) cuk mij ndaej sam naed nyaq;
粥碗稀汤米不见，

栝 軕 芘 墵 唔 焟 夅；
Goenqgut byaekndoi ndwnj hoj roengz;
野菜充饥难下咽，

攔 头 還 里 甼 挼 侴，
Haidaeuz vanzlij bae ra ciq;
开始还能去借用，

俐 勮 夥 卦 倌 双 鈎；
Leihrieng lai gvaq gij cienzgoen (bonjcienz);
到头利息超本钱；

型 畾 空 姈 饋 呏 了，
Reih naz ranzlengq gai gwn liux;
田地房屋卖精光，

捹牵柯榉庥鉅筒；
Ra faex go'ndoek ma gawq doengz;
找来竹木搭窝棚；

各伝各屺抛門垎，
Gag vunz gag sanq nda monzloh,
各人离散找活路，

爺挖偌佲爺打工；
Ung hid gaujvaq ung dajgoeng;
有做乞丐有打工；

釘空七八爺妲劲，
Daengx ranz caet bet ung mehlwg,
全家老少七八人，

爺踍峑西爺詻東；
Ung byaij bae sae ung coh doeng;
有的往西有往东；

廪侃柯薄系嚣淦，
Lumj gij gofaeuz fouz najraemx,
好比浮萍随水漂，

侎犥旰呞只乱�；
Mij rox ngoenz lawz cij ndaej bungz;
不知何日能相逢；

釘板釘空總屺了，
Daengx mbanj daengx ranz cungj sanq liux,
全村全家都散光，

壘空塆圣牵貧東；
Diegranz deihyouq faex baenz ndoeng;
村庄荒凉草木长；

犥吽里眉嚔板圣，
Roxnaeuz lij miz saek mbanj youq,
偶尔有个村落在，

後生備䚢侎眉爺；
Hauxseng bouxsai mij miz ung;
后生青年无一人；

十八征俩肝四吥，
Cib bet cingbing daengz seiq haj,
十八征到四十五，

备呞宁乱侎捱蹾？
Bouxlawz dingj ndaej mij ngaiz bungz?
谁人幸免不遭逢？

單丁亦町喨後備，
Danding hix deng dang houbei,
单丁也要当后备，

只搈茫嫽侵伏公；
Cij lot lanliuz（bawxlan）caeuq daxgoeng;
只漏小孙和阿公；

伏公佬了眉広用，
Daxgoeng laux liux miz maz yungh,
阿公年迈还耕田，

翩庥約廪牵麁趴；
Yawj ma yaek lumj faex daisoengz;
看去好像老枯树；

茫嫽里荟挖霑主，
Lanliuz lij oiq hid maex（mbouj ndaej）cawj,
孙儿娇嫩不会煮，

筊牵宁漕养貧東；
Noqfaex（rangz）dingjbo yienghbaenz ndoeng;
山间竹笋当树林；

宁空陋了侎伝撰，
Dingjranz laeuh liux mij vunz coih,
屋顶漏雨无人修，

閧听芌圼約貧菻；
Gyanghongh nywj hwnj yaek baenz cum（caz）;
院里荒草长成丛；

爺峜塀嚣常時怱，
Ung bae baihnaj ciengzseiz siengj,
前方男儿日夜想，

備圣塀捹難卦旰；
Boux youq baihlaeng nanz gvaq ngoenz;
后方亲人度日难；

備呞奋刟麁峜燗，
Bouxlawz mingh dinj dai bae gonq,
谁个命短先死去，

伓 乬 侲 伝 庲 揔 終；
Mij ndaej caenvunz ma soengqcoeng;
没有亲人来送终；

猇 狑 里 乬 庲 任 喠，
Mou ma lij ndaej ma doxcup,
猪狗尚能相团圆，

伙 偻 贱 卦 侣 埔 㭪；
Gyoengqraeuz cienh gvaq gij namhboengz;
我们卑贱粪土命；

贉 太 凄 凉 兄 只 嗛，
Raen daiq siliengz gou cij gangj,
见太凄凉我才讲，

盰 侣 詷 兄 爸 吽 爸。
Muengh gij sei gou ung naeuz ung.
但愿此歌共传扬。

Vuz Minzyingh
吴民英

Cinz Bujyinz
覃普仁

ciengq
唱

迺征伕

2 SEI CINGFOU

征夫歌

老 蒋 扢 皇 真 廸 蹭，
Lauxciengj hid (guh) vuengz caen dwgcaengz,
老蒋当王真可恨，

四 垎 門 头 佷 総 㙮；
Seiqloh monzdaeuz maen (de) cungj yaengz;
各种诡计都打算；

征 俩 十 八 肛 四 呏，
Cingbing cib bet daengz seiq haj,
十八征到四十五，

四 呏 仛 弖 另 扒 拎；
Seiq haj doxhwnj lingh nyaeb gaem (ciem);
四十五外另抽签；

扒 拎 歐 伝 眲 挦 𦔮，
Nyaeb gaem aeu vunz bae dawzrap,
抓差捉人当挑夫，

眉 刄 捽 㨘 免 歐 肛；
Miz cienz soed hawj mienx aeu daengz;
有钱贿赂就免征；

㑣 刄 捱 擝 眲 挦 𦔮，
Mij cienz ngaiz rag bae dawzrap,
无钱抓去当挑夫，

昈 𦔮 紅 迈 百 几 斤；
Ngoenz rap hong (doxgaiq) naek bak geij gaen;
日挑货物百多斤；

每 昈 歪 肥 砝 肛 𪰂，
Moix ngoenz gwnz mbaq muh daengz haemh,
肩膀从早磨到晚，

侣 尮 捱 㧳 好 㚈 曾；
Gij naeng ngaiz log haujlai caengz;
皮肤不知破几层；

尮 㧳 痐 㚈 不 足 算，
Naeng log in lai bu (mbouj) cuksuenq,
皮破肉烂还不算，

閕 𪰂 㝗 眸 里 吋 圕；
Gyanghaemh roengz ninz lij deng gyaeng;
夜晚睡觉还被关；

愣 气 佲 眲 猘 逘 跊，
Lauheiq mwngz bae caeg deuz buet,
担心你会偷逃跑，

𧊅 𡲢 亦 挦 铳 料 跙；
Ok nyouh hix dawz cungq daeuj gaen;
屙尿背后枪筒顶；

每 昈 只 礼 呻 双 飩，
Moix ngoenz cij ndaej gwn song donq,
每天只能吃两顿，

粥 㑣 眉 砧 貧 养 唔；
Cuk mij miz gyu baenzyiengh ndwnj;
稀粥无盐难下咽；

俌 咘 挦 𦔮 眲 㑣 礼，
Bouxlawz dawzrap bae mij ndaej,
哪个挑担走不动，

㧯 圣 閕 垎 随 便 佲；
Vut youq gyangloh cuizbienh mwngz;
丢在路边随你便；

㝮 㽞 擲 跑 佷 㑣 管，
Dai lix raek gvez maen (de) mij guenj,
死活残废也不管，

愣 气 眉 咘 痐 肛 佷；
Lauheiq miz lawz in daengz maen;
恐怕出事受牵连；

百 倄 捱 呇 難 倄 倒，
Bak boux ngaiz bae nanz boux dauq,
百个征夫难一还，

倒 床 亦 咍 公 茆 荏；
Dauqma hix dangq goeng mauxnyinz;
归来瘦如稻草人；

吺 胜 囡 髗 床 空 了，
Fajnaeng bau ndok ma ranz liux,
皮包骨头回家园，

尽 乿 芘 床 浉 坱 艮；
Caenhndaej yw ma saivaih ngaenz;
只得钱财用光尽；

噻 爸 捱 摺 呇 得 軬，
Saek ung（boux）ngaiz rag bae dawzrap,
谁被拉去当挑夫，

劮 劜 閗 空 侎 垫 佣；
Vut lwg ndaw ranz mij deih baengh;
丢儿弃女家瘫痪；

釘 空 只 乿 捱 熆 釣，
Daengx ranz cij ndaej ngaiz hoj iek,
全家遭罪苦饿难，

四 姶 噜 呷 到 處 囷；
Seiqlengq lo（haet）gwn dauqcawq gvaengz;
四处找吃到处转；

釘 雺 姤 姓 緫 唉 怨，
Daengxbiengz beksingq cungj aiienq,
全世百姓都哀怨，

罪 夻 遯 荟 各 昭 侽！
Coih hung daemx mbwn gag ciuq maen!
齐骂他罪大过天！

啈 詴 兄 猷 床 肛 内，
Vamz（coenz）sei gou ciengq ma daengz neix,
我歌唱到这里止，

老 蒋 挖 皇 真 廸 赠。
Lauxciengj hid vuengz caen dwgcaengz.
老蒋当王真可恨。

洒收税
3 SEI SOU SUIQ
收税歌

伕：
Gvan：
丈夫：

國 民 黨 庲 兀 俌 头，
Gozminzdangj ma ndei bouxdaeuz,
国民党不是好头，

一 伝 歡 喜 百 伝 忧；
It vunz vuenheij bak vunz you;
一人欢喜百家愁；

每 昿 擱 双 三 波 會，
Moix ngoenz hai song sam baez hoih,
天天开会两三次，

逼 偻 陌 姓 交 税 收；
Bik raeuz beksingq gyau suiqsou;
逼我百姓交税收；

逼 佮 人 民 偻 歐 税，
Bik gij yinzminz raeuz aeu suiq,
逼我百姓交税租，

养 債 添 門 實 佅 戣；
Yiengh caiq dem monz saed mij mbaeu;
种类繁多真不少；

宔 鎮 税 迈 交 佅 弖，
Ranz gungz suiq naek gyau mij hwnj,
家穷税重交不上，

眘 令 封 闭 宔 姈 偻；
Minghlingh fung dou ranzlengq raeuz;
命令封我家屋门；

捱 封 宔 姈 漕 足 算，
Ngaiz fung ranzlengq caengz cuksuenq,
被封家门还不算，

定 罪 夅 庲 佲 町 䟤；
Dingh coih roengzma mwngz deng maeu (gyaeng);
定罪下来抓去关；

每 昿 只 乢 吽 刄 粨，
Moix ngoenz cij ndaej gwn cangz (liengx) haeux,
每天只给饭一两，

碗 粣 閧 糨 鈋 䚃 衫；
Vanj cuk ndaw fwngz yawj raen ngaeuz;
碗里稀粥照人影；

玎 吽 眉 双 呰 捽 掛，
Danghnaeuz miz cienz bae soed hawj,
如果有钱贿官员，

事 迈 貧 岜 亦 朘 戣；
Saeh naek baenz bya hix bienq mbaeu;
罪重过山也变轻；

昿 内 宔 鎮 不 吪 嗛，
Ngoenzneix ranz gungz bu(mbouj) vahgangj,
今天家穷无话讲，

歐 眘 呰 宁 合 牢 䟤。
Aeu mingh bae dingj haeuj lauz maeu.
拿命去顶蹲监房。

姅：
Yah：
妻子：

瑰 町 捋 呰 閧 牢 䟤，
Guiz(gvan) deng dawz bae ndaw lauz maeu,
丈夫被抓蹲监房，

兄 眉 吟 气 佅 埊 哨；
Gou miz gaemz heiq mij deih saeuz (siu)；
满胸气恨无处放；

眉 鴓 眉 鸽 歐 庲 刹，
Miz bit miz gaeq aeu ma gaj，
有鸡有鸭拿来刣，

弄 台 三 拜 祖 宗 偻；
Roengzdaiz sam baiq cojcoeng raeuz；
摆桌祭拜老祖宗；

祖 宗 保 佑 庲 翗 㹢，
Cojcoeng baujyouh ma lai vaiq，
祖宗保佑快放归，

只 乫 抣 竑 㦛 孙 偻；
Cij ndaej hid (guh) hong ciengx lwg raeuz；
才能做工养子孙；

拎 碗 弄 台 兄 㪤 悤，
Gaem vanj roengzdaiz gou caiq siengj，
端碗上桌我又想，

淰 眲 漯 浰 㚜 弄 㮚；
Raemxda laeliq(lae)lot roengz baeuz(rungj)；
眼泪飘洒如涌泉；

眉 㱩 眉 鲃 伝 歡 喜，
Miz noh miz bya vunz vuenheij，
有鱼有肉人心欢，

嫽 佲 㐅 气 佅 吽 粆；
Liuz (bawx) mwngz hwnjheiq mij gwn caeuz；
你妻气恼不吃饭；

猤 辈 掰 䎋 介 翗 气，
Guiz bae baihnaj gaej lai heiq，
夫君现今别泄气，

劧 㹦 啞 捞 兄 各 㪗；
Lwg saeq laeblaeng gou gag gaeuz (dazdaiq)；
小儿以后我哺养；

辈 肛 閩 牢 翗 仔 細，
Bae daengz gyang lauz lai sijsaeq，
进到牢里多小心，

小 肔 介 擜 伝 坳 謀；
Siujsim gaejhawj vunzvaih maeuz (gaj)；
当心别上坏人当；

吪 翗 亦 佅 嗛 乫 尽，
Vah lai hix mij gangj ndaej caenh，
千言万语说不尽，

气 㐅 閬 胎 兄 焅 唔。
Heiq hwnj ndaw hoz gou hoj ndaen (ndwnj).
满腔义愤我难平。

婆：
Buz：
婆婆：

劧 咹 嫽 啊 盯 兄 吽，
Lwg ei liuz (bawx) a dingq gou naeuz，
儿啊媳呀听我讲，

暰 内 难 仝 波 㸔 偻；
Mboengqneix nanz doengz baezgonq raeuz；
近段难跟过去同；

垦 畓 佅 乫 伝 㹉 耪，
Reih naz mij ndaej vunz cae rauq，
田地无人去耕耘，

凄 凉 孲 㹦 佅 伝 㪗；
Siliengz lan saeq mij vunz gaeuz (dazdaiq)；
怜我小孙无人亲；

雜 糧 芭 萷 收 不 乫，
Cabliengz maenz biek sou bu (mbouj) ndaej，
杂粮五谷无收成，

孲 㹦 臏 𨇉 㖠 佀 傗；
Lan saeq ben (gang) fwngz lo (rumh) gijlaeu (bouxwnq)；
孙儿伸手求他人；

𨂙 准 伝 擜 㗂 双 㑟，
Couhcinj vunz hawj saek song geuq (aen)，
就算他人送两个，

庲 窒 任 扮 怽 貧 朌；
Ma ranz doxbaen mij baenz yaeuz（faenh）；
回到家里不够分；

嘞 锫 兄 熷 扢 工 嗦，
Doenghbaez gou rox hid goengsok（hong），
过去我还能做工，

吟 呻 裥 袼 総 不 尜；
Gaemz gwn doengz（geu）daenj cungj bu you；
吃穿常年足够用；

佲 崖 捱 焅 眃 嘛 倒，
Mwngz bae ngaiz hoj ngoenz lawz dauq，
你去受苦何日还，

求 燈 歪 叁 急 肝 偻。
Gouz daeng gwnzmbwn ciuq daengz raeuz.
上天有眼照我们。

伝：
Gvan：
丈夫：

她 咹 嫽 啊 倣 各 丕，
Meh ei liuz a sou gag youq，
妈呀妻呀你在家，

閅 頀 任 呺 邊 呻 粇；
Gyanghaemh doxheuh menh gwn caeuz；
夜晚相伴同吃饭；

怽 粞 灶 餜 庲 口 飩，
Mij haeux cawj ngaiz ma guh donq，
无米下锅填空肚，

歐 砧 庲 搓 呻 糜 馊；
Aeu gyu ma soengq gwn muiz（souh）saeu；
点着盐巴吃馊粥；

総 吪 气 軫 亦 呻 飪，
Cungjvah heiq lai hix gwn imq，
怎样伤心也吃饱，

不 眉 佣 害 貉 躺 偻；
Bumiz（mboujne）sienghaih nohndang raeuz；
不能伤害我们身；

忈 沤 軫 遡 肶 各 閔，
Siengj ndaej lai gyae sim gag onj，
想到长远心自安，

介 用 腋 眃 総 咣 尜；
Gaej yungh hwnzngoenz cungj gwj you；
不要早晚愁不断；

兄 丕 献 軫 亦 不 沤，
Gou youq nanz lai hix bu ndaej，
我停太久也不得，

俩 黯 逵 旇 咟 閕 闰；
Binghak cunz hen bak rog dou；
官兵就在门外巡；

眃 内 吩 谳 佲 双 句，
Ngoenzneix faendueng（daengq）mwngz song gawq，
今天吩咐你两句，

兀 兀 挞 带 孙 葬 偻；
Ndeindei dazdaiq lwgbyai raeuz；
好好把儿来哺养；

几 眸 蹲 孙 偻 軫 媥，
Geij bi daengj lwg raeuz lai mbwk，
几年待儿长成人，

佛 沤 寇 揁 佲 眊 戭；
Bang ndaej gonz（mbiengj）gen mwngz couh mbaeu；
帮你做工减负担；

歐 嫽 怽 用 崖 大 賝，
Aeu liuz（bawx）mij yungh bae daihsaengq，
娶媳不用讲排场，

鴿 對 伬 庲 偻 亦 歐；
Gaeqdoiq maen ma raeuz hix aeu；
童养媳妇来也成；

十 分 賃 借 双 侎 �，
Cibfaen yumciq （ciq） cienz mij gaeuq,
实在借钱不够用，

瀆 呴 双 圯 醅 埲 戠；
Gaigawq （gai） song mbaek nazluengqmbaeu
　（loemq）;
卖掉两块保水田；

歐 乩 嫽 庲 佲 鞯 淰，
Aeu ndaej liuz ma bang rap raemx,
娶来媳妇帮挑水，

佲 艪 扐 瑠 娄 炷 粎；
Mwngz rox vid gen bae cawj caeuz;
你可放心去煮饭；

呴 吡 兄 嗦 乩 熷 了，
Coenzvah gou gangj ndaej caengz liux,
我话未曾讲得完，

俩 头 虬 喇 掭 闻 僂；
Bingdaeuz couh hat roq dou raeuz;
兵差厉声敲大门；

侎 娄 啦 昭 挄 拖 摡，
Mij bae yaepciuq ngaiz do rag,
不去等下人来扛，

否 如 各 踌 免 伝 捄。
Mboujyawz gag byaij mienx vunz gaeuz
　（rag）.
不如自己走出门。

孭：
Lwg:
儿子：

奆 哝！
Deh （daxboh） ei!
爸爸呀！

緋 緅 耉 胎 佲 挳 踌，
Cag cug roengz hoz mwngz ngaiz byaij,
绳挂脖颈你挨走，

里 烝 愳 笈 佲 侎 歐；
Lij lot aen gyaep mwngz mij aeu;
掉下斗笠你没捡；

歐 娄 歪 垎 能 乩 裙，
Aeu bae gwnz loh naengz ndaej daenj,
带在路上有备用，

犓 雺 嵶 昆 乩 叠 头；
Doek fwn ok ndit ndaej daep daeuz;
风雨烈日能遮挡；

佲 娄 瓧 醅 介 悀 气，
Mwngz bae baihnaj gaej gikheiq,
你去以后别灰心，

兄 圣 瓧 捞 各 艪 謀；
Gou youq baihlaeng gag rox maeuz;
我在后方能自量；

千 豁 亐 熇 睤 眦 宁，
Cien haemz fanh hoj laepda dingj,
千辛万苦咬牙挺，

介 用 逼 情 娄 愢 戠，
Gaej yungh bikcingz bae siengj mbaeu （bae
　radai）;
不要激动去轻生；

佲 佘 侎 兀 尨 娄 了，
Mwngz mingh mij ndei dai bae liux,
如你命衰丢了命，

兄 総 眉 旿 佲 報 仇；
Gou cungj miz ngoenz bang bauqcaeuz;
我会为你报仇恨；

親 生 伩 孭 難 仜 吩，
Caenseng boh lwg nanz doxbiek,
亲生父子分离难，

恩 情 佲 媢 兄 常 鼌。
Aencingz mwngz mbwk gou ciengz yaeuz
　（geiq）.
伟大恩情记心间。

仪：
Boh：
父亲：

孲佲里憶侎憎燨，
Lwg mwngz lij iq mij caengz rox,
儿你还小不懂事，

闧牢黯嗱侎賝钐；
Gyanglauz ndaemndat mij raen ngaeuz;
监牢黑暗不见光；

钌吽垫霊侵雾泣，
Danghnaeuz doek dip(lwgbag) caeuq fwnraq,
如遇雷鸣和暴雨，

眉笈眉俞侎撘歐；
Miz gyaep miz liengj mij hawj aeu;
斗笠雨伞都无用；

舳圣阆空佲乳裾，
Cuengq youq ndaw ranz mwngz ndaej daenj,
留在家里你可用，

兀卦捯峜牢覮擕；
Ndei gvaq dawz bae lauz haenx caeu（yo）;
好过拿去牢里放；

佲圣阆空毝盯嗛，
Mwngz youq ndaw ranz lai dingq gangj,
你在家里要听讲，

侎峜飲肚侎峜遊；
Mij bae nyaemj doj mij bae youz;
不要参赌乱溜逛；

悒气容惕貧嘿疾，
Gikheiq yungzheih baenz laejbingh
　（daihbingh）,
伤心容易生大病，

倒害伏婆侵她做；
Dauq haih daxbuz caeuq meh sou;
反伤奶奶妈妈心；

踌巁咟闻難任盼，
Byaij ok bakdou nanz doxbiek,
走出家门别离难，

孲哝嫽哝不用杰；
Lwg ei liuz a bu yungh you;
妻呀儿呀别担心；

她兄介用跰拐踌，
Meh gou gaej yungh gaenlaeng byaij,
娘呀不要再相送，

叮躇夻庲端乱覶；
Deng laemx roengzma gyawz（bouxlawz）
　ndaej ndou（raen）;
跌倒路边谁相帮；

焀情兄歁不乱了，
Hojcingz gou danq bu ndaej liux,
我的苦情叹不完，

钌罼憾使對端吽；
Daengx seiq vijsij doiq gyawz naeuz;
一生卑贱对谁讲；

肝昨眉昈伝造反，
Daengzcog miz ngoenz vunz cauxfanj,
有朝一日人造反，

跰蠻跰噁丢難留。
Hengz manz hengz yak mbwn nanz louz.
横行霸道天不容。

Vuz Minzyingh
吴民英

Cinz Bujyinz
覃普仁

ciengq
唱

旝 怀 焐
4　HEN VAIZ HOJ
养牛苦

板 兄 共 眉 几 十 家，
Mbanj gou gungh miz geij cib gya,
村里人家几十户，

單 兄 佅 型 亦 不 酓；
Dan gou mij reih hix bu naz;
就我无地又无田；

伏 仪 旝 怀 愢 罡 寇，
Daxboh hen vaiz aen seiq sat,
父亲养牛过一生，

昑 内 兄 擒 接 夅 床；
Ngoenzneix gou damciep roengzma;
今天我接他牛鞭；

夅 杋 四 季 瑂 拎 圣，
Faexbien seiqgeiq muiz（fwngz）gaem youq,
牛鞭四季握在手，

邑 纞 垎 伶 踔 峉 床；
Bya sang loh lingq byaij baema;
山高坡陡回家去；

邑 纞 垎 伶 昑 昑 踔，
Bya sang loh lingq ngoenzngoenz byaij,
山高坡陡天天走，

犇 雾 蟲 昆 佅 笈 耗；
Doek fwn ok ndit mij gyaep yaz;
烈日暴雨不停断；

犇 雾 蟲 昆 常 峉 断，
Doek fwn ok ndit ciengz bae duenj,
烈日暴雨常去巡，

徐 怀 标 草 捱 峉 捋；
Cwz vaiz biucauj ngaiz bae baz（ra）;
牛儿失踪巡遍山；

挩 玎 叝 愣 眉 莆 倏，
Duetdin youh lau miz nam（oen）cuk（coeg）,
赤脚又怕荆棘戳，

鞋 草 常 年 裕 丞 趼；
Haizcauj ciengz nienz daenj youq ga;
草鞋常年脚上穿；

肤 膡 喑 卦 肒 肤 二，
Ndwencieng ngamq gvaq daengz ndwen ngeih,
春节刚过二月到，

弙 沧 譄 眉 芋 覍 芽；
Mbwn nit caengz miz nywj cop（maj）ngaz;
天寒地冻草未长；

怀 佬 常 曋 捱 兙 宖，
Vaiz laux ciengzseiz ngaiz daingoenh,
老牛经常瘟死去，

倒 訣 爸 旝 佅 燴 潋；
Dauq ndaq ung（boux）hen mij rox sa（langh）;
反骂牛倌不会养；

三 月 清 明 犁 糙 了，
Samnyied cingmingz doek ceh liux,
三月清明播种后，

樐 苗 阗 墦 四 墹 拌；
Gomiuz rim ndoi seiqhenz gaz;
四处长苗放牛难；

四 月 喑 昑 燵 凛 灶，
Seiqnyied daengngoenz ndat lumj cit,
四月烈日似火烧，

樐 苤 丧 昳 养 呵 耗；
Gohaz daemqdet yienghlawz yaz;
野草稀疏长不成；

五 月 啐 雳 敤 眉 膜，
Nguxnyied doek fwn youh miz mok，
五月雨多有浓霜，

跲 圣 丕 壜 凛 得 狑；
Maeu（gongzyongq）youq gwnz ndoi lumj
　　ndaek ma；
蹲在坡上像条狗；

六 月 庲 肛 丢 夈 畀，
Loegnyied ma daengz mbwn lai ndit，
六月到来阳光猛，

蠡 蝰 苧 硲 痎 当 麻；
Moed ndat nengz haeb humz dangqmaz；
蚊虫叮咬痒又疼；

七 月 昑 嘪 夅 雳 渗，
Caetnyied ngoenznaengz roengz fwnraq，
七月整天下大雨，

裇 涠 躺 汿 躲 夵 苦；
Buh mbaeq ndang dumz ndoj laj haz；
全身湿透无处藏；

八 月 十 五 伝 呷 節，
Betnyied cib ngux vunz gwn ciet，
八月十五人过节，

兄 圣 丕 壜 呷 淰 毗；
Gou youq gwnz ndoi gwn raemxda；
我在坡上眼泪淌；

九 月 初 九 昑 節 气，
Goujnyied cogouj ngoenz cietheiq，
九月初九重阳节，

伓 眉 鳰 鳽 伓 眉 鮊；
Mij miz bit gaeq mij miz bya；
鸡鸭鱼肉未曾尝；

十 月 收 剼 約 略 寇，
Cibnyied sougvej yaek gaxsat，
十月收割快结束，

怀 佬 怀 峟 到 處 濲；
Vaiz laux vaiz nyez dauqcawq sa；
老牛小牛到处散；

十 一 月 卦 肛 肤 曜，
Cib'itnyied gvaq daengz ndwenlab，
十一月过腊月到，

昑 伓 眉 祓 腋 伓 褙；
Ngoenz mij miz goeb（buhboemz）hwnz mij
　　faz（denz）；
无衣无被受风寒；

一 晬 三 百 六 十 哂，
It bi sam bak loeg cib haj，
一年三百六十五，

昑 呷 粓 餯 逐 飩 拶；
Ngoenz gwn cuk ngaiz cug donq baz（ra）；
吃了上顿没下顿；

兄 馘 酾 烚 肛 其 内，
Gou ciengq sei hoj daengz gizneix，
我唱苦歌到这里，

佋 熆 佋 拶 記 毴 庲。
Ciuhgonq ciuhlaeng geiq hwnjma.
前生后世记心间。

長 工 十 二 肰

5 CIENGZGOENG CIBNGEIH NDWEN

十二月工作

肰 腈 料 肛 四 竲 紅，
Ndwencieng daeujdaengz seiqlengq hoengz，
春节到来处处红，

十 呃 澘 卦 岦 打 工；
Cibhaj caengz gvaq bae dajgoeng；
十五未过去打工；

佼 妣 跅 捞 狈 狈 渧，
Bohmeh gaenlaeng caegcaeg daej，
父母随后偷偷哭，

因 為 空 偻 實 在 窮。
Aenvih ranz raeuz saedcaih gungz.
因为我家太贫穷。

二 月 料 肛 椛 茬 蓈，
Ngeihnyied daeujdaengz vavengj byoeng（hai），
二月到来野花开，

財 主 歡 喜 嗬 噚 噚；
Caizcawj vuenheij nauhcumcum；
财主欢喜闹哄哄；

兄 空 澘 糖 岦 查 嗦，
Gou ranz caengz rongh bae caz（guh）sok（hong），
天还未亮我做工，

勆 斢 阔 尕 只 收 工。
Ndaundeiq rim mbwn cij sou goeng.
满天星星挂空中。

三 月 料 肛 糙 喈 垄，
Samnyied daeujdaengz ceh ngamq roengz，
三月到来刚播种，

昑 睃 卦 龆 圣 嚣 垌；
Ngoenz caeux bot（daengz）haemh youq nazdoengh；
从早到晚在田间；

捱 肏 捱 砷 岦 哫 挣，
Ngaiz mingh ngaiz vaen（hoenz）bae gwj cengq，
全力以赴搏命耕，

型 硗 嚣 秝 犁 難 垄。
Reih geng naz loemq cae nanz roengz.
土硬田烂犁不动。

四 月 料 肛 淰 蕻 垄，
Seiqnyied daeujdaengz raemx moq roengz，
四月到来泉水涌，

挟 稼 穲 嚣 百 养 工；
Ciemz gyaj ndaem naz bak yiengh goeng；
插秧种田样样忙；

糜 潄 花 荚 呻 卦 飩，
Muiz（souh）saw byaekmiek gwn gvaq donq，
稀粥野菜充饥肠，

胨 痌 之 夗 拜 弖 垄。
Dungx in cih（yaek）dai baiq hwnj roengz.
肚痛要命真难挺。

五 月 耖 嚣 汯 更 恇，
Nguxnyied ndai naz hong engq nyaengq，
五月耕田更繁忙，

炅 煏 淰 燵 夥 之 埲；
Ndit bik raemx ndat noh cih mboeng（remj）；
烈日水烫人晒干；

汗汋叅醅攃贫墰,
Hanh ndik roengz naz comz baenz daemz,
汗滴下土一片片,

誏廸艮叉大把用。
Langh dwg ngaenzcienz daihbaj yungh.
疑是银元落九天。

六月料肝三伏天,
Loegnyied daeujdaengz samfug dien,
六月到来三伏天,

㫾昹閊吞廪斐燡;
Daengngoenz gyangmbwn lumj feiz coemh;
烈日炎炎烤焦人;

老爷踦坮搹眉侴,
Lauxyez byaij loh gang miz liengj,
老爷出门撑阳伞,

兀圣閊壐跂侎踕。
Gou youq gyangndoi gyaep mij bungz.
我晒日头没遮挡。

七月料肝空拰蟓,
Caetnyied daeujdaengz ranz fat nyungz,
七月到来蚊虫多,

腋昹囮躺喊哄哄;
Hwnzngoenz gvaengz ndang hemqhunghung;
日夜叮咬闹哄哄;

财主眉皴弛眉帐,
Caizcawj miz beiz caemh miz ciengq (riep),
财主摇扇在帐中,

長工罗躺犮徒蟓。
Ciengzgoeng lohndang ciengx duznyungz.
长工光身养蚊虫。

八月桐苗喯攔剞,
Betnyied gomiuz ngamq hai gunz (gvej),
八月庄稼刚开镰,

财主攔橃取攔策;
Caizcawj hai bam youh hai dungh;
财主仓门已开通;

收乿粏租千擢亐,
Sou ndaej haeuxco cien daeb fanh,
收到租粮千万斤,

長工肝飩伔粔帅。
Ciengzgoeng daengz donq mij cuk gwn.
长工肚子还是空。

九月料肝眉節舟,
Goujnyied daeujdaengz miz ciet hung,
九月到来有佳节,

财主餘蘩取餘烔;
Caizcawj ngaizceq (haeuxnaengj) youh ngaiz doeng (haeuxseuq);
财主白米又糯饭;

三朋吥友庲任韬,
Sam baengz haj youx ma doxcoh,
三朋五友来捧场,

猜拳喇碼喊哄哄。
Caigienz hatmax hemqhunghung.
猜拳喊码声震天。

十月料肝彐約叅,
Cibnyied daeujdaengz siet yaek roengz,
十月到来要下雪,

财主綵毑嘍唦唦;
Caizcawj hoemq danj raeujrumrum;
财主盖毯暖融融;

長工晘圣閊芐蒲,
Ciengzgoeng ninz youq gyang haznyangj,
我睡草垫望星空,

崰乿約兎抲卦腋。
Nit ndaej yaek dai saenz gvaq hwnz.
冻得要死打冷战。

十 一 月 肛 斸 矃 冬，
Cibit nyied daengz cingq seizdoeng,
十一月到是冬天，

孙 㲷 伝 㰱 総 裄 棚；
Lwgndik（nyez）vunzgeq cungj daenj boemz
（buhboemz）；
小孩大人穿厚棉；

财 主 常 常 縅 馬 褂，
Caizcawj ciengz ciengz gyaeb maxgvaq,
财主长衫套马褂，

長 工 祄 袿 佧 㣵 桐。
Ciengzgoeng buhvaq mij lai doengz（geuq）.
长工衣服不相同。

朕 曤 斜 肛 矃 寇 工，
Ndwenlab daeujdaengz seiz sat goeng,
腊月到来工结束，

算 盘 滴 哒 霈 㗂 閟；
Suenqbuenz dikdak maex（mbouj ndaej）saek
maenz；
算盘一算一场空；

厡 肛 閜 空 約 搓 姚，
Ma daengz ndaw ranz yaek soengqcauq,
回到家里要送灶，

秙 佧 眉 糧 貧 养 䊈？
Haeux mij miz naed baenzyiengh doeng
（cawj）？
颗粒全无供哪样？

一 畔 三 百 六 十 五，
It bi sam bak loegcib ngux,
一年三百六十五，

否 眉 嘞 昑 乣 圣 閦；
Mbouj miz saek ngoenz ndaej youq hoengq；
没有哪天得空闲；

抌 虺 抌 劧 咘 不 裄，
Hid（guh）dai hid lix gwn bu（mbouj）
daenj,
累死累活无吃穿，

忥 肛 只 乣 淰 眍 枀。
Ngeix daengz cijndaej raemxda roengz.
思来想去泪涟涟。

長 工 辛 煔 唉 憪 罢，
Ciengzgoeng sinhoj dang aenseiq,
天天辛苦过人生，

佧 廸 丢 生 佲 佧 仝；
Mij dwg mbwn seng maen（de）mij doengz；
并非天生不一样；

只 偽 财 主 咘 伝 毒，
Cij vih caizcawj gwn vunz doeg,
财主吃人成本性，

搈 偻 养 内 㾕 伝 嶺。
Hawj raeuz yienghneix bienq vunz gungz.
使我这样成穷人。

佬倒難

6 LAUX DAUQ NANZ

老来难

末朝皇帝最不丕

(1) Mued Ciuz Vuengzdaeq Ceiq Bu Ndei

末代皇帝最不好

偢 䂀 俫 烸 真 正 孬,
Souh geq mij dai caencingq yaez,
老而不死真可恨,

世 界 昑 内 俫 廩 锫;
Seiqgyaiq ngoenzneix mij lumj baez (seizgonq);
今天世界不如前;

佬 扢 俫 䚻 真 吧 嘲,
Laux hid (guh) mij ndaej caen babaeq (haemzhoj),
年迈力衰真痛苦,

躃 䠿 墹 墰 伝 俫 呢;
Byaij ok henz daemz vunz (bouxwnq) mij naez (dongx);
走过哪边人也嫌;

眉 呻 眉 袦 伝 里 敬,
Miz gwn miz daenj vunz lij gingq,
有吃有穿人相敬,

兄 焅 夅 庲 戾 程 離;
Gou hoj roengzma beixnuengx laez (liz);
我变穷苦兄弟散;

板 窐 任 蹝 不 任 嗵,
Mbanjranz doxbungz bu doxdongx,
家乡相逢不相认,

龣 兄 廩 貧 伝 佫 遨;
Yawj gou lumjbaenz vunz hek gyae;
变外客来成生人;

埁 板 埁 塂 兄 䲢 惄,
Bae mbanj bae hangz (haw) gou rox nyaenq,
走村串街我羞耻,

飩 呻 飩 拶 几 曀 脊;
Donq gwn donq ra geijseiz caez;
吃了上顿无下顿;

佋 䂀 伝 佬 眉 照 顧,
Ciuhgeq vunz laux miz ciuqgoq,
前辈老人有照顾,

吟 呻 袨 袦 総 眉 脊;
Gaemz gwn geu daenj cungj miz caez;
吃穿都有人保障;

曀 内 兄 佬 不 伝 理,
Seizneix gou laux bu vunz leix,
现今我老无人管,

比 犸 猍 犸 还 里 孬;
Beij hwnj mou ma vanzlij yaez;
猪狗不如真艰难;

佬 庲 俫 䚻 伝 打 理,
Laux ma mij ndaej vunz dajleix,
老迈无人来照顾,

躃 蹽 夅 庲 竨 䲢 呢?
Byaij laemx roengzma gyawz rox naez (heuh)?
跌倒下去谁喊声?

朝 皇 佋 内 肔 真 毒,
Ciuz vuengz ciuh neix sim caen doeg,
这代王朝真狠毒,

唉 怨 佷 栘 各 背 曀;
Aiienq maen (de) lai gag boihseiz;
哀怨太多倒霉运;

抡孬抡虪眉妛昭,
Hid rwix hid longz (yak) miz mbwn ciuq,
累死累活天地知,

末朝皇帝最不兀!
Mued ciuz vuengzdaeq ceiq bu ndei!
末代皇帝最可恨!

老蒋抡皇真虪夵
(2) Laux Ciengj（Couhdwg Ciengj Gaisiz）Hid（guh）Vuengz Caen Yak Lai
老蒋当王真凶残

兀佬腋旵緫肛夵,
Gou laux hwnzngoenz cungj muengh dai,
我老早晚盼归天,

捱烶捱嚭呷气夵;
Ngaiz hoj ngaiz haemz gwnheiq lai;
遭苦受难怨气满;

馬肛貧疢夵夵唤,
Majmuengh baenz bingh dai lai vaiq,
希望生病死快点,

眍眲牷牰合棺材;
Laep da couh cuengq haeuj guencaiz;
闭眼尸骨就入棺;

熷夵俚丞伝唤怨,
Caengz dai lij youq vunz（bouxwnq）aiienq,
未死还在人哀怨,

劲嫽合虪緫怊夵;
Lwg liuz（bawx）haeuj ok cungj yaen（mbwq）lai;
媳妇进出总讨嫌;

常抛侞吡庲任訜,
Ciengz nda（ra）gij vah ma doxndaq,
常找借口来吵架,

訜兀佬咭倒呷夵;
Ndaq gou lauxgeq dauq gwn lai;
骂我年老吃多餐;

呋兀亦伕夵呷饨,
Daeuz（danhseih）gou hix mij lai gwn donq,
可我没吃多一碗,

每鵪肝粆霈呷餗;
Moix haemh daengz caeuz maex gwn
 （mboujndaej）ngaiz;
到晚常来吃午饭;

兀還呷乩伝伕敬,
Gou vanz gwn ndaej vunz mij gingq,
我尚能吃无人敬,

垚峕倒撺喵憖喔;
Dai bae dauq hawj sup aenyai（heiq）;
死去还有供品闻;

垚卦陰峕兀伕鏐,
Dai gvaq yaem bae gou mij rox,
死去阴间我不知,

慰摺庲哈亦哨冇;
Guk rag ma gamz hix dangq ndai（ndwi）;
狼吞狗咬也无妨;

兀垚亦伕歐伝淕,
Gou dai hix mij aeu vunz daej,
我死不必人哭丧,

百晔垚咭哨魃魖;
Bak bi dai geq dangq fangzbyaiz;
百年之后野鬼魂;

朝接朝庲不稟内,
Ciuz ciep ciuz ma bu lumj neix,
更朝换代都一样,

老蒋抡皇真虪夵。
Laux Ciengj hid vuengz caen yak lai.
老蒋当王真可恨。

伕 愬 歐 孨 唵 妮 婆

（3）Mij（mbouj）Nyienh Aeu Lan Dang
Mehbuz
不愿儿孙做阿婆

伕 愬 歐 孨 唵 妮 婆，
Mij nyienh aeu lan dang mehbuz,
不愿儿孙做阿婆，

歐 孨 辛 烒 敀 奔 波；
Aeu lan sinhoj youh baenbo;
带孙辛苦又奔波；

旿 嗝 眉 屡 敀 眉 鸟，
Ngoenznaengz miz haex youh miz neuh
（nyouh），
天天泡屎又泡尿，

屡 鸟 旿 旿 兄 乩 拡；
Haex neuh ngoenzngoenz gou ndaej mo;
烂屎天天我得摸；

疃 料 魝 眸 怊 篸 埊，
Seiz daeuj fangzninz lanh ringx deih,
有时耍赖哭滚地，

只 兀 歐 袘 庲 躬 胎；
Cijndei aeu nda ma beqhoz;
只好背带挂颈脖；

孨 夥 俌 夲 眉 俌 憶
Lan lai boux hung miz boux iq,
孙多有大又有小，

俌 憶 3 庲 俌 夲 拖；
Boux iq umj ma boux hung do（yien）;
抱着小个拉大个；

俌 弸 玶 拐 俌 躬 齨，
Boux boemz baihlaeng boux beq naj,
背上拉挂前又护，

挍 乩 约 尧 廪 吊 胎；
Duengh ndaej yaek dai lumj diuq hoz;
累得要命不想活；

劲 嫽 里 訣 不 中 用，
Lwg liuz lij ndaq bu coeng yungh,
媳妇还骂不中用，

尧 峜 摺 挌 蟛 歪 塻；
Dai bae ragrawq ok gwnz bo;
干脆死去扛上坡；

吪 伲 尐 戠 嘘 双 㺍，
Naeuz maen noix ciengx saek song laeq,
要她少生一两个，

倒 訣 歪 莠 伕 埊 㧯；
Dauq ndaq gwnzbiengz mij deih do（coux）;
还骂世上无路活；

伲 嗛 夥 爸 夥 福 气，
Maen gangj lai ung lai fukheiq,
她说人多福气旺，

蹄 㒼 眉 夥 起 更 烒；
Gyawz rox miz lai yied engq goz（hoj）;
谁知生多更苦难；

挍 袘 阔 躳 三 曽 祄，
Geuq buh ndaw ndang sam caengz baj（vaj），
身上衣裳补几层，

伕 眉 搄 料 真 嗎 瞸；
Mij miz gen daeuj caen yagyoz（yawj）;
衣袖脱掉难看多；

幫 盤 節 气 鲃 不 贩，
Bangbuenz cietheiq bya bu mbaiq（noh），
逢年过节无鱼肉，

苝 墥 亦 伕 慌 峜 搀；
Byaekndoi hix mij vangq bae doz（gip）;
野菜又没空去找；

仝 畨 忹 踺 真 失 禮，
Doengzban doxbungz caen saetlaex,
同伴相见真丢脸，

真 情 嚻 惗 伕 㟪 窖；
Caencingz najnyaenq mij dieg yo;
实在羞耻无处躲；

兄佬侎歹扽佶佤，
Gou laux mij dai hid (guh) gaujvaq,
我老不死做乞丐，

眉劲眉孬啮獂獏；
Miz lwg miz lan dangq mou moz (cwz);
有儿有孙如猪狗；

愠罢兄嘡三佋耤，
Aen seiq gou dang sam ciuhgeq,
人生我经三朝代，

光緒仙东噥㟲潭，
Gvanghsi Senhdungh noengz (lij) okbo (Bae haw ciengq sei);
光绪仙东唱过歌；

旽内民國嘡世界，
Ngoenzneix Minzgoz dang seiqgyaiq,
今天民国当世界，

連叫哊詶只霜瞎；
Lienz eu vamz (hot) sei cix maex (mboujndaej) yoz (yawj);
唱声歌来也挨说；

爹踹生蹚愠朝内，
Ung gyawz seng bungz aen ciuz neix,
谁人生逢这朝代，

介斝献佬嘡伏婆。
Gaej bae gyaeu laux dang daxbuz.
不要长寿当阿婆。

欵 孤 單
7 DANQ GODAN
叹孤单

鵁 哏 哦 哦 鵁 哏 真，
Gaeq haen o o gaeq haen caen，
鸡叫喔喔鸡叫真，

空 乔 空 歪 型 纷 纷；
Ranzlaj ranzgwnz hwnj faenfaen；
全家上下起纷纷；

劲 但 眉 嫽 喵 嫽 趄，
Lwgdanh（bouxwnq）miz liuz（bawx）coi
　liuz hwnq，
别人有妻催起床，

哥 俅 眉 嫽 喵 本 分；
Go mij miz liuz coi bonjfaenh；
我没媳妇赶自身；

拡 嘿 各 乿 崣 辊 淦，
Mo laep gag ndaej bae rap raemx，
摸黑自己去挑水，

粝 俅 眉 炷 自 己 撢；
Haeux mij miz cawj swhgeij daem；
没米下锅自己舂；

撢 庥 俅 矯 糒 崣 淆，
Daem ma mij rox baet（feiq）bae seuq，
舂后不懂筛干净，

肛 淋 带 粳 养 咘 唔；
Daengz raemz daiq gep yienghlawz ndaen
　（ndwnj）；
连米带糠难下咽；

劲 但 帅 溢 兄 帅 溦，
Lwgdanh gwn gwd gou gwn saw，
孤儿吃稠我吃稀，

揭 捛 盖 釖 淦 眦 涪；
Giet hai fajrek raemxda yaemq；
揭开锅盖泪盈盈；

閅 昑 躆 峒 崣 查 嗦，
Gyangngoenz ok doengh bae caz（guh）sok
　（hong），
太阳东升去做工，

各 圣 閅 墵 廪 茆 茌；
Gag youq gyangndoi lumj mauxnyinz；
野外孤身稻草人；

徒 鸼 里 乿 崣 任 嗼，
Duzroeg lij ndaej bae doxbok（guh'angq），
小鸟还能去玩乐，

兄 圣 人 间 各 矯 悘；
Gou youq yaenzgan（gwnzbiengz）gag
　roxnyaenq；
我在世上白丢脸；

合 空 俅 睵 爸 仪 她，
Haeuj ranz mij raen ung（boux）bohmeh，
进家不见父母亲，

屄 荏 不 眉 爸 圣 垠；
Beixnuengx bu（mbouj）miz ung youq haenz；
兄弟不见谁在旁；

劲 但 眉 嫽 乿 嗛 訶，
Lwgdanh miz liuz ndaej gangjgoj，
他人有妻相交流，

兄 各 圣 嬻 苧 踩 鮏；
Gou gag youq maiq nengz raih ndaeng；
我自沉默苦单身；

坈 迡 坈 籈 各 崣 抌，
Hong naek hong mbaeu gag bae hid（guh），
多少工作自己忙，

俅 眉 嗱 缳 料 佈 鐽；
Mij miz saek laeq daeuj bang fwngz；
没有谁人来帮忙；

补 袙 歪 躺 约 曷 了，
Buh vaq gwnz ndang yaek gat liux，
身上衣裳脏又烂，

佅 𣲷 徃 𠸄 庲 㧓 衬；
Mij ndaej unggyawz（bouxlawz）ma lawh caem（bouj）；
没有谁人帮补缝；

眉 焅 眉 䜪 不 𡏧 𠻵，
Miz hoj miz haemz bu deih gangj，
有苦有难无处伸，

𤊾 愁 歎 气 𧖟 歸 𦙃；
Youcaeuz danqheiq lwed gvi saem（sim）；
忧愁叹气血归心；

罡 伝 佅 𣲷 㑚 鞋 裆，
Seiq vunz mij ndaej sueng haiz daenj，
人生没有鞋子穿，

㽷 跮 㚨 咟 廪 芪 焠；
Lwgdin dekdak lumj maenz saz；
脚趾开裂山薯样；

钉 空 百 事 兄 各 掕，
Daengx ranz bak saeh gou gag ra，
全家百事我自管，

掕 𣲷 吽 庲 掕 𧝓 裆；
Ra ndaej gwn ma ra maex（mbouj ndaej）daenj；
找得吃来没有穿；

卦 眃 惨 卦 十 𣈜 難，
Gvaq ngoenz camjgvaq cib bi nanz，
度日如年真艰难，

寧 愿 㱣 𣅝 免 㗂 䜪；
Ningznyienh dai bae mienx souh haemz；
宁愿死去得解放；

徃 伝 圣 罡 不 僐 𡛔，
Ung（boux）vunz youq seiq bu cauzyah（mehyah），
人生在世无老婆，

廪 吪 㱣 𣅝 澘 合 墳；
Lumjvah（lumj）dai bae caengz haeuj faenz（moh）；
就像死后不入棺；

伝 當 慁 罡 眉 歡 喜，
Vunz dang aen seiq miz vuenheij，
人生在世须尽欢，

罡 兄 常 歎 贠 本 分；
Seiq gou ciengz danq mingh bonjfaenh；
我生常叹苦薄命；

𠯘 咶 西 内 留 後 代，
Ciengq hot sei neix louz haeuhdaih，
唱这首歌留后代，

送 掛 伝 𤯓 記 圣 𦙃。
Soengq hawj vunzbiengz geiq youq sim.
送给世人记心间。

憶盯妀
8 IQ DENG HAQ
小女出嫁

生 床 伞 丟 真 不 兀，
Seng ma lajmbwn caen bu ndei，
生来天下真不好，

兄 喏 十 四 盯 妀 㐌；
Gou ngamq cib seiq deng haq bae；
我刚十四就出嫁；

十 四 濆 㐌 咣 伝 奷，
Cib seiq gai bae dang vunz yah，
十四卖给人做妻，

粝 淰 橑 芸 养 养 捊。
Haeux raemx liu (fwnz) haz yienghyiengh dawz (guh)，
柴米油盐样样抓。

仪 灺 兄 焐 貪 艮 䶉，
Bohmeh gou hoj dam ngaenzhau，
父母穷苦无银两，

盯 吪 谷 偞 兀 了 兀；
Dingq vah ung (boux) moiz ndei liux ndei；
尽听媒人说好话；

谷 偞 廪 紉 双 鬥 㓟，
Ungmoiz lumj cax song mbiengj raeh，
媒人讲话两面刀，

骉 鬥 歐 床 骉 鬥 㐌。
Yaeuh mbiengj aeu ma yaeuh mbiengj bae.
骗着你来哄了他。

三 百 閔 刄 仅 套 裱，
Sam bak maenz cienz song dauq swj (buh)，
三百元钱两套衣，

廪 貧 猉 狉 濆 閚 埠；
Lumjbaenz mou ma gai gyang fawh (haw)；
贱如猪狗卖个娃；

濆 合 愢 宔 公 財 主，
Gai haeuj aenranz goeng caizcawj，
女儿卖到财主家，

眉 呻 眉 裕 圣 其 哂。
Miz gwn miz daenj youq gizlawz.
有吃有穿都是假。

波 肝 節 气 伝 � 鴘，
Baez daengz cietheiq vunz (bouxwnq) gaj gaeq，
每到节日人杀鸡，

兄 呻 茈 荬 圣 堈 斐，
Gou gwn byaekmiek youq henz feiz；
我吃野菜没办法；

每 乾 歐 揖 七 鏮 淰，
Moix haet aeu rap caet gang raemx，
每早挑满七缸水，

服 侍 娘 爷 侵 孫 爺。
Fugsaeh niengzyez (baeuq yah) caeuq guizyeiz (bouxgvan).
服侍公婆和老爷。

鴘 侎 澘 㖾 粶 灶 粡，
Gaeq mij caengz haen cuk (souh) cawj seuq，
鸡还未叫煮好饭，

里 訙 眸 閚 趄 太 遲；
Lij ndaq ninz gyang hwnq daiq ceiz；
还骂睡晚起得慢；

她 娘 咭 訣 不 要 嚲，
Mehniengz bak ndaq bu (mbouj) youqgaenj，
老娘骂多不要紧，

劥 兊 煃 捌 圣 閌 瑂。
Lwgguiz (gvan) faex mbaenq youq gyang
meiz (fwngz).
老爷木棍握手中。

葇 卦 躺 庲 黯 凓 涃，
Moeb gvaq ndang ma ndaem lumj gunq
(romj)，
打得皮开又肉烂，

三 晔 捞 彐 里 眉 踵；
Sam bi biengj hwnj lij miz leiz (riz)；
三年过后仍流脓；

佽 動 躂 得 痫 肛 髗，
Mbat doengh bungz dawz in daengz ndok，
一动痛到骨髓中，

兄 能 歨 咭 乬 爸 蛦？
Gou naengz bae gaeuq (lwnh) ndaej
unggyawz？
我能说给谁人听？

眉 豁 眉 焙 歨 玿 妑，
Miz haemz miz hoj bae coh baj (daxdaiq)，
有苦有难回娘家，

劥 兊 跰 愢 佅 揹 歨；
Lwgguiz gaenrieng mij hawj bae；
丈夫跟后把路拦；

然 吽 歨 妷 扢 咼 乬，
Yiennaeuz bae daiq hid (guh) yawz
(gijmaz) ndaej，
虽回娘家也无用，

只 眉 揹 她 更 悾 咪。
Cijmiz hawj meh engq gikcaw (heiq).
只给父母添愁怨。

只 兀 龄 旇 庲 窄 倒，
Cijndei goemz gyaeuj ma ranz dauq，
无奈低头走回家，

叝 町 娘 爷 趆 嶭 辪；
Youh deng niengzyez cunh (nyoengx) okbae；
又被公婆赶出门；

瞔 内 兄 咾 徒 犺 孬，
Seizneix gou dangq duzma rwix，
狼狈像是野狗样，

蹮 卦 其 哂 綛 町 除。
Byaij gvaq gizlawz cungj deng cawz (gyaep).
走到哪里都被赶。

钉 晔 四 季 扢 工 毊，
Daengx bi seiqgeiq hid (guh) goeng sat，
一年四季做完工，

乬 袼 筒 袼 駀 算 兀；
Ndaej daenj doengz (geu) fong couh suenq
ndei；
能穿补丁算好命；

名 头 亦 嗛 喈 嫽 藡，
Mingzdaeuz hix gangj dang liuz (bawx)
moq，
名义说是当新娘，

劥 佽 十 三 袼 毱 兀。
Lwghoiq cib sam daenj haemq ndei.
十三小孩比我靓。

合 醄 庲 窄 約 打 炷，
Haeuj haemh ma ranz yaek dajcawj，
天黑进家要煮饭，

鿃 猠 餵 鴯 叝 焒 裵；
Gueng mou oiq (gueng) gaeq youh coemh
feiz；
喂猪喂鸡又烧火；

輣 GAN 輣 倒 閊 腋 卦，
Baenq bae baenq dauq gyanghwnz gvaq,
转来转去到夜深，

𡚒 眃 𠯘 耵 鴭 哏 曀。
Roengz ninz gaenq dingq gaeq haen seiz.
上床已听公鸡鸣。

𢢆 GAN 𢢆 倒 不 垎 跰，
Siengj bae siengj dauq bu loh byaij,
思来想去无路走，

寧 愪 殆 GAN 免 渧 愢；
Ningznyienh dai bae mienx daejvei (nanz);
宁愿死去脱苦难；

殆 GAN 免 乱 喃 啰 难，
Dai bae mienxndaej naem (yienghneix) souhnanh,
死去免得受苦难，

胠 罡 生 庲 㑣 气 兀。
Bienqseiq seng ma lauheiq ndei.
轮回再生变好命。

佋 熕 佋 捞 伝 哾 卦，
Ciuhgonq ciuhlaeng vunz dang gvaq,
前生后世再做人，

佅 廩 佋 内 貧 背 時；
Mij lumj ciuhneix baenz (yienghneix) boihseiz;
不像今生倒霉运；

𠊎 踊 反 乱 朝 皇 𦙢，
Unggyawz fanj ndaej ciuzvuengz hwnj,
谁人造反立新朝，

兄 愪 跟 GAN 掛 大 旗！
Gou nyienh gaen bae gwed daihgeiz!
我扛大旗愿紧跟！

代 劲 代 𨒪 齐 任 吘，
Daihlwg daihlan caez doxnaeuz,
世代子孙共传扬，

里 𪧘 圪 嫽 真 佅 兀！
Lij iq hid liuz caen mij ndei!
小女嫁人真难当！

歎 各 恖
9　DANQ GAG NDIEP
叹自怜

任 盼 七 眸，
Doxbiek caet bi，
相别七年，

每 齛 夅 眸 各 恖。
Moix haemh roengz ninz gag siengj.
每夜入眠独思念。

仪 她 肶 姓，
Bohmeh simndip（simdocg），
父母心狠，

撑 兄 侵 佲 任 盼。
Hawj gou caeuq mwngz doxbiek.
逼你我天各一边。

賑 艮 眄 裂，
Din（raen）ngaenz da dek（hai），
见钱眼开，

逼 佲 叡 妠 崑 伝。
Bik mwngz caiq haq bae vunz（bouxwnq）.
逼你再嫁跟别人。

唉 怨 爸 端，
Aiienq unggyawz（bouxlawz），
怨恨谁人，

只 怨 晅 生 侎 町。
Cij ienq ngoenzseng mij deng.
只怨生不逢时。

撑 偻 双 �」，
Hawj raeuz song mbiengj，
让我俩天各一方，

只 眉 隔 汏 任 睰。
Cij miz gek dah doxyoz（doxyawj）.
只能隔河相望。

恖 乳 佲 夥，
Ndiep ndaej mwngz lai，
想你太多，

兄 只 攔 敼 狀 撹。
Gou cij hai saw fak hawj.
我寄信表明。

晎 盜 兄 寄，
Ngoenzbonz gou geiq，
前天寄出，

限 佲 初 四 庥 得。
Hanh mwngz coseiq ma caemz（guhcaemz）.
约你初四回来相会。

信 侎 增 肝，
Saenq mij caengz daengz，
信未寄到，

兄 蠮 壩 渠 崑 現。
Gou ok henz gwz（daemz）bae yomq.
我到塘边等。

魆 三 魆 四，
Yawj sam yawj seiq，
望眼欲穿，

緫 不 乳 賑 憁 钐。
Cungj bu ndaej raen aen ngaeuz.
总不见你的身影。

侶 信 侎 酴，
Gij saenq mij doeng，
书信不通，

魯 吽 眉 玆 侎 閟？
Roxnaeuz miz hong mij hoengq?
还是工作太忙？

晗 哄 初 四，
Ngoenzgung (ngoenzhaenx) coseiq,
初四那天，

毠 乾 旷 肝 哲 鹼。
Caeuxhaet muengh daengz banhaemh.
早晨盼到晚上。

嘿 侎 賭 庲，
Laep mij raen ma,
天黑不见人，

兄 只 歐 燈 耂 踌。
Gou cix aeu daeng bae daengj (caj).
我还坚持痴等。

踌 肝 愓 耂，
Byaij daengz aen geuq (gemh),
走到山坳，

飃 北 吃 擤 兄 哈。
Rumzbaek ci hawj gou hamz (nit).
北风吹得好冷。

四 姈 嘿 齐，
Seiqlengq laep caez,
四周黑暗一片，

只 乿 庲 空 各 恖。
Cijndaej ma ranz gag siengj.
只能回家独想。

論 弖 當 初，
Lwnh hwnj dangco,
说起当年，

每 门 咭 胎 佲 了。
Moix monz gethoz (gyaez) mwngz liux.
时刻都把你爱恋。

庲 丞 十 哗，
Ma youq cib bi,
相处十年，

侎 眉 呴 吡 訣 卦。
Mij miz coenz vah ndaq gvaq.
没有半句怨言。

晗 睹 天 气，
Ngoenz yoz (ngonz) dienheiq,
每日看天星，

杰 佲 侎 裇 惊 冷。
You mwngz mij daenj lau hamz.
担心你穿少受寒。

叮 玹 倒 庲，
Guh hong dauqma,
做工归来，

惊 气 佲 捱 脪 釣。
Lauheiq mwngz ngaiz dungxiek.
担心你饿扁。

贫 浑 魁 咭，
Baenz maeuz (ngunh) gyaeuj get (in),
头晕头疼，

杰 佲 胬 煋 躬 抻。
You mwngz noh ndat ndang saenz.
怕你发热发冷。

耵 乳 佲 嘁，
Dingq ndaej mwngz gyangz,
听你呻吟，

兄 瀰 胁 头 杰 气。
Gou dongj simdaeuz youheiq.
我心头直颤抖。

佲 常 脵 咭，
Mwngz ciengz dungx get,
你常肚痛，

钌 哗 霬 几 晗 兀。
Daengx bi maex geij ngoenz ndei.
全年没见好几天。

妌 乳 十 哗，
Haq ndaej cib bi,
嫁来得十年，

侎 夠 三 晗 侎 疢。
Mij gaeuq sam ngoenz mij bingh.
不到三天就发病。

每 波 尥 瘢，
Moix baez gyaeuj dot（in），
每次疼痛，

撒 冘 抑 吞 抑 歪。
Hawj gou yaenj laj yaenj gwnz.
叫我揉下捏上。

伓 劶 噻 波，
Mij noix saek baez，
没缺哪次，

冘 伓 逸 罡 四 姶。
Gou mij deuz bae seiqlengq.
我没四处狂奔。

把 芭 料 救，
Baz（ra）yw daeuj gouq，
找药来救治，

愹 佲 佘 旯 劼 冘。
Lau mwngz mingh dinj vut gou.
怕你短命先我归天。

記 昹 眉 波，
Geiq ndaej miz baez，
记得有一次，

痆 佲 正 廸 嗝 啌。
Bingh mwngz cingq dwg gau'gvan
（youqgaenj），
你病得很要紧，

哆 叮 暙 玙。
Doqdingq（dingjlingz）seizhong（seizhaenx），
恰好那时，

冘 钶 嗏 副 伓 圣。
Gou deng dang fou mij youq.
我被抓差不在旁。

扻 哃 罡 呺，
Fak coenz bae naeuz，
托人把话传，

連 脦 冘 踂 逸 庲。
Lienzhwnz gou yat deuz ma.
我连夜偷逃回来。

卦 汏 坲 椛，
Gvaq dah Faiva，
经过花坝河，

喈 蹱 飇 夻 雾 泣。
Ngamq bungz rumz hung fwnraq.
刚好遇上风暴雨猛。

冘 伓 愒 尭，
Gou mij lau dai，
我不怕死，

搏 佘 夽 舮 搤 卦。
Buekmingh roengz ruz cauh gvaq.
拼命上船划桨。

侣 歪 侣 吞，
Gij gwnz gij laj，
上下颠簸，

嗛 撒 佲 昹 分 明。
Gangj hawj mwngz ndaej faenmingz.
讲给你听分明。

愶 舮 卧 毖，
Aen ruz boekbit，
船摆下颠上，

靜 的 粂 蹽 夽 溜。
Ceng di lot laemx roengz vaengz.
差点掉入江水中。

論 坙 功 恩，
Lwnh hwnj goeng'aen，
论起大恩，

冘 对 愶 肞 佲 圣。
Gou doiq aensim mwngz youq.
我对你忠心赤诚。

蛴 儎 昑 内，
Gyawz（bouxlawz）rox ngoenzneix，
谁知到今天，

情 義 佲 悆 貧 唉。
Cingzngeih mwngz lumz baenz vaiq.
你把情义忘得精光。

波 嗦 難 悆，
Baez gangj nanz lumz,
讲起来难忘，

兄 打 嘞 辂 論 撧。
Gou daj doenghbaez lwnh hawj.
我从过去论谈。

記 乿 當 初，
Geiq ndaej dangco,
记得当初，

双 倭 任 歐 里 憶。
Song raeuz doxaeu lij iq.
我俩很小就结婚。

十 三 十 四，
Cib sam cib seiq,
十三十四，

倭 只 當 罡 當 真。
Raeuz cix dangseiq dangcin.
我们就当家结亲。

伝 椠 家 嶺，
Vunz saeq gya gungz,
人小家穷，

倭 各 任 吂 任 圳。
Raeuz gag doxcaem doxciek (doxngeix).
我俩互问互谅。

凛 徒 劲 鴒，
Lumj duz lwggaeq,
就像鸡仔，

各 罢 拉 捌 把 呐。
Gag bae laliq (vat) baz (ra) gwn.
自己去找吃。

伏 她 兄 亮，
Daxmeh gou dai,
我娘去世，

兄 啮 十 一 眸 劲。
Gou ngamq cib it bi lwg.
我才十一岁龄。

堎 胁 堎 志，
Laebsim laebceiq,
横下一心，

敦 猍 敦 鴒 瑠 艮。
Ciengx mou ciengx gaeq rom ngaenz.
养猪养鸡去攒钱。

几 百 閝 双，
Geij bak maenz cienz,
几百块钱，

里 歐 帉 袯 裀 裤。
Lij aeu soet faz（riep denz）sij hoq
（buhvaq）.
还有被褥和衣裳。

十 撡 九 湊，
Cib comz gouj caeuq（comz）,
不断积攒，

閝 双 侏 惕 罢 把。
Maenz cienz mij heih bae baz.
找钱分厘都艰难。

欧 乿 佲 庲，
Aeu ndaej mwngz ma,
娶得你来，

只 乿 貧 傁 貧 对。
Cij ndaej baenz sueng baenz doiq.
才告别了孤单。

齐 罢 齐 倒，
Caez bae caez dauq,
出入成双，

凛 貧 三 伯 英 台。
Lumjbaenz Sanbek Yingdaiz.
就像山伯与英台。

齐 眸 齐 趔，
Caez ninz caez hwnq，
同睡同起，

眉 眃 任 咭 任 旂。
Moix ngoenz doxget（doxgyaez）doxbengz（doxndei）.
天天相爱相亲。

佅 論 門 哂，
Mijlwnh monz lawz，
不论哪样，

総 礼 任 嗲 任 咭。
Cungj ndaej doxcam doxgaeuq（doxnaeuz）.
都能互商互谅。

不 眉 任 訦，
Bu miz doxndaq，
没有吵架，

眃 喰 猃 醽 猃 茒。
Ngoenznaengz riusoemj riuvan（gig vuenheij）.
每天欢欢喜喜。

然 吽 家 窮，
Yienznaeuz gya gungz，
虽然家穷，

亦 礼 兀 呻 兀 卦。
Hix ndaej ndei gwn ndei gvaq.
也能生活乐融融。

打 佲 妅 庲，
Daj mwngz haq ma，
自你嫁来，

每 眸 欠 債 難 賠。
Moix bi yiemq caiq nanz boiz.
每年欠债难还。

偻 総 歡 胑，
Raeuz cungj vuensim，
我俩也一样开心，

掙 強 枉 躭 胑 掛。
Cengqgengz vangndaeng dienz hawj.
勉强拼命横心还上。

渧 的 貧 眃，
Daej iek baenz ngoenz，
哭饿整天，

佲 総 不 眉 二 句。
Mwngz cungj bu miz ngeih gawq.
你都没有二话讲。

扢 厷 卦 眸，
Hid（guh）hong gvaq bi，
做工一年，

肛 年 佅 盀 粋 呻。
Daengz nienz mij cok（cenj）cuk（souh）gwn.
到过年没碗粥吃。

佲 亦 不 搾，
Mwngz hix bu ning（gangj），
你也无怨言，

耷 台 替 兄 拎 箠。
Roengzdaiz daeq（lawh）gou gaem dawh.
上桌换我拿筷条。

兄 不 卦 意，
Gou bu gvaqeiq，
我过意不去，

佲 哝 黔 逗 兄 猃。
Mwngz noengz（lij）naemj daeuq gou riu.
你还设法逗我笑。

吽 焐 佅 吋，
Naeuz hoj mij ceiz（geizhanh），
说苦海无边，

眉 劲 眉 嫽 贶 富。
Miz lwg miz liuz（bawx）couh fouq.
有儿有媳就富贵。

瞇 内 為 難，
Seizneix veiznanz,
现在困难，

偻 峹 呷 吟 呷 圾。
Raeuz noix gwn gaemz gwn nip.
我们就少吃一两碗。

肛 瞇 兀 卦，
Daengz seiz ndei gvaq,
到日子好转，

偻 邊 敢 袴 貧 兀。
Raeuz menh caiq daenj baenzndei.
我们再穿好扮靓点。

夅 術 扢 竑，
Roengzrengz hid hong,
努力做工，

各 乿 眉 晗 伮 焅。
Gag ndaej miz ngoenz mij hoj.
总有一天摆脱苦难。

兄 扢 生 意，
Gou hid seng'eiq,
我搞生意，

佲 亦 到 處 娑 跰。
Mwngz hix dauqcawq bae gaen.
你也随我闯荡。

搈 鞤 搈 窵，
Dawzrap dawzgonz,
挑担扛货，

佲 鞤 夥 迊 蹄 熿。
Mwngz rap lai naek byaij gonq.
你挑重担走在前。

瞇 叮 征 俩，
Seiz deng cingbing,
那时碰到征兵，

黐 计 欧 兄 窖 圣。
Naemjgeiq aeu gou yo youq.
牢记住把我掩藏。

千 方 百 計，
Cien fueng bak geiq,
千方百计，

搼 兄 伓 叮 歐 娑。
Hawj gou mij deng aeu bae.
不让我被抓绑。

捱 摺 娑 營，
Ngaiz rag bae yingz（budui）,
被拉去部队，

伓 肛 吂 昈 豗 信。
Mij daengz sam ngoenz sij saenq.
不到三天就写信。

兄 譄 乿 退，
Gou caengz ndaej doiq,
我还未回信，

肛 糩 肛 鈍 佲 端。
Daengz caeuz daengz donq mwngz duen
（siengjniemh）.
你时刻都把我挂念。

每 波 節 气，
Moix baez cietheiq,
每逢节日，

吽 兄 請 假 迻 庥。
Naeuz gou cingjgyaq deuzma.
说让我请假逃回。

兄 唔 庥 空，
Gou ndonj ma ranz,
我一进家，

廪 貧 兝 佲 里 糢。
Lumjbaenz gwiz mwngz lij moq.
就像新郎官。

搈 鰈 冗 氿，
Daek ngaiz caem laeuj,
装饭倒酒，

双 瑂 扶 毘 扶 夯。
Song muiz（fwngz）buz hwnj buz roengz.
双手忙个不停。

安 排 工 嗉，
Anbaiz goengsok（hong），
安排做工，

俩 兄 晙 畷 趄 闾。
Caih gou ninz caeux hwnq gyang.
任我早睡起晚。

岽 埠 岽 塄，
Bae fawh（haw）bae hangz，
上街闲逛，

佲 吽 兄 夥 唉。
Mwngz naeuz gou ma lai vaiq.
你嘱我早回还。

岽 型 岽 醟，
Bae reih bae naz，
犁田下地，

跻 霞 跻 爇 任 趀。
Yamq daemq yamq sang doxdep.
形影不离相随紧。

仝 空 齐 乑，
Doengz ranz caez youq，
相处一起，

凛 贫 祂 任 搇。
Lumjbaenz saivaq doxdam.
好似裤带相连。

波 俫 觝 兄，
Baez mij raen gou，
一不见我，

靴 螠 闻 枉 岽 喊。
Couh ok douvangz bae hemq.
就出大门猛叫唤。

闾 醟 裕 型，
Gyang naz goek reih，
田头地角，

其 其 齐 乣 投 蔭。
Gizgiz caez ndaej daeuzyaem（yietliengz）.
处处两人共乘凉。

嗉 句 咃 夥，
Gangj gawq lawz lai，
讲的话头，

兄 俫 漕 楚 嚷 句。
Gou mijcaengz lumz saek gawq.
我还没把哪句忘。

侎 伝 琲 闐，
Gyoengqvunz baihrog，
外面的人，

爸 踹 俫 悬 偻 兀。
Unggyawz mij haenh raeuz ndei.
个个都把我俩赞。

犚 斗 旽 内，
Rox daeuj ngoenzneix，
谁知到今天，

俀 兄 任 扮 任 盼。
Caeuq gou doxbaen doxbiek.
我俩天各一方。

緫 俫 庲 把，
Cungj mij ma baz（ra），
都不回头，

敢 吽 嚷 呴 嚷 句。
Caiq naeuz saek coenz saek gawq.
再说一句半言。

嘞 韬 任 盼，
Doenghbaez doxbiek，
过去相别，

兄 不 悁 意 佲 岽。
Gou bu nyienh'eiq mwngz bae.
我不愿让你分。

每 波 醯 毘，
Moix baez naemj hwnj，
每当我一想，

只 旡 逐 峉 摅 庲。
Cijndei deuz bae rag ma.
只好跑去规劝。

堼 摆 抙 信,
Laebdaeb fak saenq,
连续寄信,

廪 貧 劲 恔 荦 澋。
Lumjbaenz vutvak roengz vaengz.
就像大海石沉。

劲 絮 里 抃,
Lwg saeq lij gaz,
孩儿还嫩,

佲 猘 逐 庲 噻 昭。
Mwngz caeg deuzma saek ciuq (yaep).
你偷回来看一看。

忕 睭 波 爲,
Doxraen baez uh (ndeu),
见上一面,

眉 豁 吪 佲 双 句。
Miz haemz naeuz mwngz song gawq.
有苦你就说上两句。

伾 廸 佲 庲,
Mij dwg mwngz ma,
不是你回来,

留 圣 三 晗 四 艂。
Louz youq sam ngoenz seiq haemh.
就留你三两天。

齐 呻 噻 饨,
Caez gwn saek donq,
同吃餐把饭,

兄 還 唔 盂 唔 閬。
Gou vanz ndwnj cenj ndwnj gyang (buenq).
我还吃得一杯半碗。

暅 内 不 庲,
Seizneix bu ma,
现在不回来,

吟 漖 合 咟 難 唔。
Gaemz laez (raemxcuk) haeuj bak nanzndwnj.
连一口米汤我也难下咽。

躺 镉 兄 涮,
Ndang noh gou sai,
我身体弱,

眫 圣 閰 槑 赵 雺。
Ninz youq gyangcongz hwnq maex (mbouj ndaej).
躺在床上起不来。

惢 峉 惢 倒,
Siengj bae siengj dauq,
仔细思量,

晗 内 怨 乱 爸 踹?
Ngoenzneix ienq ndaej unggyawz (bouxlawz)?
今天怨得谁人?

伾 廸 兄 嗞,
Mij dwg gou coi (gyaep),
不是我逼迫,

佲 只 逐 峉 伾 圣。
Mwngz cij deuz bae mij youq.
你才逃走不留恋。

起 惢 起 夥,
Yied siengj yied lai,
越想越伤心,

兄 乱 打 裕 論 乢。
Gou ndaej daj goek lwnh hwnj.
我只能从头把话讲。

眉 波 兄 疾,
Miz baez gou bingh,
有一次我发病,

眫 槑 斣 雺 憗 躺。
Ninz congz byonj maex aenndang.
躺在床上不得翻身。

佲　正　杰　肶，
Mwngz cingq yousim,
你好忧心，

連　腋　把　苊　四　姶。
Lienzhwnz baz(ra) yw seiqlengq.
连夜四处去找药。

乭　其　邑　臻，
Hwnj giz bya sang,
爬上高山，

請　偹　班　意　庲　救。
Cingj boux Ban'eiq（canghyw Yauzcuz）ma gouq.
请来瑶医救治我身。

艮　双　侎　劦，
Ngaenzcienz mij gaeuq,
钱不够用，

佲　里　到　處　畧　賃。
Mwngz lij dauqcawq bae yoem（ciq）.
你还到处借人。

泗　裤　閦　躺，
Sij hoq（buhvaq）ndaw ndang,
连身上的衣裳，

佲　總　歐　畧　寜　替。
Mwngz cungj aeu bae dingjdaeq（lawh）.
你也拿去典当。

功　恩　佲　夯，
Goeng'aen mwngz hung,
你的大恩，

常　瞱　記　圣　肶　兄。
Ciengzseiz geiq youq sim gou.
时时记在我心间。

佲　吽　兄　愁，
Mwngz naeuz gou lumz,
你说我忘记，

利　合　肶　兄　乩　賍。
Buq haeuj sim gou ndaej raen.
刻印我心里看得见。

凛　貧　椛　苄，
Lumjbaenz va'mbok（va），
就像花朵，

兄　歐　艸　圣　怀　佲。
Gou aeu cuengq youq baeuz（rungj）mwngz.
我要把它放在你怀中。

只　怨　家　頜，
Cij ienq gya gungz,
只怨家太穷，

旿　内　撐　兄　各　悲。
Ngoenzneix hawj gou gag ndiep.
今天让我独思念。

钉　吽　眉　双，
Danghnaeuz miz cienz,
如果有钱，

千　金　兄　亦　歐　退。
Cien gim gou hix aeu doiq（dauq）.
千金我也要换。

融　佲　主　意，
Yawj mwngz cawjeiq,
让你想想，

里　眉　辦　法　啊　抛。
Lij miz banhfap lawz nda（siengj）.
还有办法怎样整。

蒴　惜　旿　内，
Hojsik ngoenzneix,
可惜今天，

兄　粝　侎　糫　夲　鉚。
Gou haeux mij naed roengz rek.
我穷得锅里无米无粮。

頜　結　焐　乇，
Gungzgeuj hojndoq,
穷困响叮当，

常 瞒 咭 姚 不 嬰。
Ciengzseiz bakcauq bu hoenz.
常常炉灶不冒烟。

凛 贫 任 哼,
Lumjbaenz doxceng,
若能争抢,

劲 佘 兄 齐 娄 搏。
Vutmingh gou caez bae buek.
拼老命我也去争。

愣 伝 喥 黯,
Lau vunz dang hak,
怕别人当了官,

赧 又 取 乱 眈 黯。
Raen cienz youh ndaej da'ndaem.
见钱就开黑眼。

嗦 起 俫 肔,
Gangj yied siengsim,
讲来伤心,

兄 重 捋 庲 論 蒄。
Gou cungz dawz ma lwnh sat.
我重新拿来讲完。

佲 還 記 乱,
Mwngz vanz geiq ndaej,
你还记得,

逼 佲 蟲 闻 當 眃。
Bik mwngz okdou dangngoenz(ngoenzhaenx).
逼你出门那天。

仪 她 訤 佲,
Bohmeh ndaq mwngz,
父母亲骂你,

否 捔 侵 兄 任 赧。
Mbouj hawj caeuq gou doxraen.
不让和我相见。

呋 佲 侎 耵,
Daeuz (hoeng) mwngz mij dingq,
但你不听,

蹄 肝 塄 渠 敃 庲。
Byaij daengz henz gwz(daemz) youh ma.
走到塘边又回转。

双 瑂 揭 兄,
Song muiz (fwngz) got gou,
手紧抱我身,

佲 還 嘻 兄 兀。
Mwngz vanz daengq gou ndei.
你还吩咐我。

乱 劰 佘 娄,
Ndaej lix roengzbae,
只要活下去,

偻 歐 贫 侃 贫 对。
Raeuz aeu baenz sueng baenz doiq.
我俩要成对结双。

哟 兄 尭 熿,
Yoeg (danghnaeuz) gou dai gonq,
如果我先死,

佲 介 敃 另 歐 伝。
Mwngz gaej caiq lingh aeu vunz.
你别另娶他人。

贫 海 贫 潭,
Baenz haij baenz vaengz,
海枯石烂,

兄 総 侵 佲 撵 召。
Gou cungj caeuq mwngz comz congh.
我都要和你生死与共。

眃 内 任 盼,
Ngoenzneix doxbiek,
今天相别,

只 偽 仪 她 逼 兄。
Cij vih bohmeh bik gou.
只怪父母太绝情。

呴 醒 呴 舔,
Coenz soemj coenz van,
酸甜苦辣,

撱 兄 常 嗹 記 乩。
Hawj gou ciengxlwenx geiq ndaej.
让我永远记牢。

肝 曙 蟖 闻，
Daengz seiz okdou，
等到出门，

門 門 佲 捌 兄 攂。
Monzmonz mwngz lawh gou comz.
样样你帮我收捡。

裇 曷 圣 躺，
Buh gat youq ndang，
衣裳破烂，

佲 里 歐 綏 纠 撱。
Mwngz lij aeu mae nyib hawj.
你还拿针补缝。

袯 뫼 躺 兄，
Longz hwnj ndang gou，
披上我身，

還 里 敼 峑 敼 倒。
Vanzlij yawj bae yawj dauq.
还要仔细察看。

毱 偶 嗖 踌，
Ungmoiz coi byaij，
媒婆催上路，

佲 還 3 圣 迷 嗒。
Mwngz vanz ndwn youq maezsaez（ngaez）.
你还站着发愣。

淰 眦 漂 쵸，
Raemxda lae roengz，
眼泪奔流如涌泉，

廪 貧 串 珠 撳 線。
Lumjbaenz cuenq（roix）caw raek sienq.
犹如珍珠断线。

踌 肝 圽 板，
Byaij daengz henz mbanj，
走到村边，

佲 敢 遞 尬 哹 兄。
Mwngz youh nyeux gyaeuj heuh gou.
你又回头把我唤。

劵 鐘 閁 孹，
Fagseiz（yaekseiz）gyanghoq（rug），
房间的钥匙，

里 懋 吊 圣 條 柠。
Lij lumz diuq youq diuzsaeu.
还忘了挂在房梁上。

憪 籠 趁 繠，
Aen loengx haemq sang，
较高的箱子，

帅 眉 樀 鞋 圣 底。
Cuengq miz gouh haiz youq daej.
箱底放有鞋一双。

條 紳 囨 圣，
Diuzgaen（sujbaq）bau youq，
毛巾包着，

佲 各 歐 麻 朏 用。
Mwngz gag aeu ma sawjyungh.
你自拿来使用。

泗 褲 憎 旰，
Sij hoq（buhvaq）caengz gan（hawq），
衣服洗未干，

昿 圣 閁 陌 尸 岖。
Dak youq gyangguenz（hongh）mbiengjswix.
晒在院子左边。

侣 吡 佲 嗛，
Gij vah mwngz gangj，
你讲的话，

嚄 繠 嚄 震 捋 聇。
Sing sang sing daemq dawzrwz.
一声声震耳欲聋。

乙 二 四 三，
It ngeih seiq sam，
一二三四，

冘 緫 养 养 記 乿。
Gou cungj yienghyiengh geiq ndaej.
我样样都牢记。

崸 艫 昈 内，
Gyawz rox ngoenzneix，
谁知今日，

佲 卦 昈 兀 唄 慂。
Mwngz gvaq ngoenz ndei vaiqvued.
你生活好快乐。

孉 哨 孉 觕，
Lwgsau lwgmbauq，
小伙姑娘，

貧 帮 貧 伱 跰 拷。
Baenz bang baenz gyoengq gaenlaeng.
成群结队跟后面。

佣 乿 僧 爸，
Baengh ndaej cauzung（bouxgvan），
嫁得爱郎，

喷 事 眉 双 眉 躠。
Dangsaeh miz cienz miznaj.
当官有钱有脸面。

眉 呷 眉 褚，
Miz gwn miz daenj，
有吃有穿，

眕 檂 睤 伱 肝 冘。
Dasang raen mij daengz gou.
眼高看我不见。

論 捛 冘 甜，
Lwnh hawj gou haemz，
说来我苦怨，

惨 卦 胚 魀 橢 鸼。
Camjgvaq mbei bya muenxgaeq（gomuenx）.
赛过黄连。

打 冘 里 憶，
Daj gou lij iq，
从我还小，

不 眉 歡 喜 噻 昈。
Bu miz vuenheij saek ngoenz.
没有快乐哪天。

杰 褚 杰 呷，
You daenj you gwn，
忧吃愁穿，

百 养 門 头 杰 冦。
Bak yiengh monzdaeuz you sat.
样样事情愁不断。

昈 内 貧 嬽，
Ngoenzneix baenz maiq，
今天守寡，

比 暗 里 憶 還 舚。
Beij seiz lij iq vanz haemz.
比小时还苦痛。

伙 褚 伙 呷，
Mij daenj mij gwn，
没吃没穿，

裍 帐 間 稍 贖 断。
Faz ciengq（denz riep）gansau（doxgaiq）gai
  duenj（sat）.
家当全部卖精光。

痕 圣 閼 躺，
Bingh youq ndaw ndang，
病魔缠身，

悥 捛 呷 吟 趒 霉。
Siengj daek gwn gaemz hwnq maex（mbouj
  ndaej）.
想找吃却身无法动弹。

悭 肞 歎 气，
Giksim danqheiq，
伤心哀叹，

眉 踹 痲 惜 庲 睰？
Miz gyawz insik ma yo（yawj）?
有谁可怜来看望？

淰 伕 呷 吟，
Raemx mij gwn gaemz,
水没喝半口，

只 鈇 片 脎 囤 髗。
Cij lot benq naeng bau ndok.
只剩皮包骨头。

親 戚 屁 徎，
Caencik beixnuengx,
亲戚兄弟姐妹们，

亦 不 噻 㻬 庲 嗲。
Hix bu saek laeq ma cam.
也没一人来过问。

愶 气 冘 巆，
Lauheiq gou gungz,
怕我贫穷，

娰 侵 倁 呷 噻 鈍。
Bae caeuq maen（de）gwn saek donq.
去跟他吃两餐。

冘 眉 志 气，
Gou miz ceiqheiq,
我有骨气，

塏 胁 屵 磋 夅 娰。
Laebsim dingjgeng roengzbae.
决心坚持下去。

伝 魅 魮 脴，
Vunz ceuj bya noh,
人煮鱼肉，

冘 呷 芲 墡 卦 鈍。
Gou gwn byaekndoi gvaq donq.
我吃野菜糊口。

只 怨 閊 窀，
Cij ienq gyangranz,
只怨恨家里，

苒 艻 贫 堆 贫 皧。
Nyapnyaj baenz doi baenz rap.
垃圾成堆又粉尘。

踹 庲 佲 撺，
Gyawz ma bang sauq,
谁来帮扫，

肮 佲 庲 捌 佲 鎨。
Muengh mwngz ma lawh bang fwngz.
盼你回来帮忙。

晎 肮 肌 晎，
Ngoenz muengh daengz ngoenz,
日思夜盼，

触 乿 劝 眈 約 㓥。
Yawj ndaej lwgda yaek dek.
望眼欲穿一场空。

朕 脝 初 四，
Ndwencieng coseiq,
春节初四，

肮 肌 大 雪 瞭 冬。
Muengh daengz daihsiet seizdoeng,
盼到冬天大雪。

恖 乿 胺 冇，
Siengj ndaej bienq ndwi,
黄粱美梦，

撨 冘 愢 尭 夵 唊。
Hawj gou gik dai lai vaiq.
让我伤心绝望。

瞭 兏 瞭 姷，
Seiz ndei seiz rwix,
时好时坏，

伕 犃 徒 広 料 拣。
Mij rox duz maz daeuj loengh.
不知何方鬼怪弄。

浕 痲 浕 諙，
Daej in daej haemz,
哭得死去活来，

撐 兄 差 挣 難 兛。
Hawj gou cacengq (daej hoj) nanz dai.
让我孤苦难在。

芭 玉 芭 堤,
Ywdoj ywhangz,
土医西药,

總 乿 歐 麻 吶 卦。
Cungj ndaej aeu ma gwn gvaq.
都曾拿来吃过。

佲 夆 醫 生,
Mij noix eiseng,
没少医生,

佷 總 偽 兄 蔲 惜。
Maen cungj vih gou hojsik,
都在为我叹惜。

捼 罢 捼 倒,
Mo bae mo dauq,
摸来弄去,

兀 卦 皮 狂 親 生。
Ndei gvaq beixnuengx caenseng.
胜似同胞兄弟。

嗲 件 取 門,
Cam gienh caiq monz,
问这问那,

嗪 兄 其 哂 俌 痀。
Saemh gou gizlawz sieng in.
查询哪里伤痛。

尽 痀 偲 尥,
Caenh in aen gyaeuj,
只是头痛,

矕 吘 钉 躺 麻 痹?
Roxnaeuz daengx ndang mazbi?
还是全身麻痹?

肝 籼 肝 饨,
Daengz caeuz daengz donq,
一日三餐,

糜 餕 � 撑 肝 床。
Muiz(souh) ngaiz soengq hawj daengz congz.
饭菜送到床边。

侶 呲 恚 兄,
Gij vah nai gou,
好言劝慰,

伬 矕 千 哂 丂 句。
Mij rox cien coenz fanh gawq.
不知千语万言。

嗲 三 嗲 四,
Cam sam cam seiq,
再三查问,

钉 空 眉 几 夥 伝。
Daengx ranz miz geij lai vunz.
全家有多少人。

妚 羕 其 哢,
Yah youq gizlawz,
媳妇在何方,

偽 厷 伬 賭 麻 鮁?
Vih maz mij raen ma yawj?
为何不见来看望?

疢 乿 喃 迡,
Bingh ndaej naem (yienghneix) naek,
病得如此重,

總 伬 关 胁 嗻 的。
Cungj mij gvansim saek di.
都不关心半点。

眉 竑 伬 慌,
Miz hong mij vangq,
工作太忙没空,

夆 昡 夆 昭 應 當。
Noix ngoenz noix ciuq (yaep) wngdang.
少做一天半日应当。

伝 嗪 貧 排,
Vunz gangj baenz baiz,
人讲那么多,

撳 兄 哹 妹 噻 句。
Hawj gou han maex saek gawq.
让我无言对应。

直 壨 吽 侊,
Cigsoh naeuz maen (de),
如实相告,

嫽 兄 妋 娤 伝 断。
Liuz (yah) gou haq bae vunz duenj (liux).
我妻已嫁去别处。

侎 劲 侎 室,
Mij lwg mij ranz,
没儿没房,

只 甪 单 兄 守 孈。
Cij ndaej dan gou souj maiq.
只有我鳏夫孤单。

娤 娤 壘 倁,
Haq bae diegwnq,
嫁到别处,

劲 孲 里 憶 貧 幫。
Lwgnyez lij iq baenz bang.
孩子成帮。

醫 生 靴 嗼,
Eiseng couh gangj,
医生就讲,

劲 夥 里 憶 不 妨。
Lwg lai lij iq bu fuengz.
孩子还小不妨。

带 劲 哵 腩,
Daiq lwg gwn numz (cij),
带吃奶的孩子,

躯 孟 塀 捞 靴 踚。
Beq youq baihlaeng couh byaij.
背在背后就走。

憥 荄 侁 訰,
Lau guiz (gvan) mwngz ndaq,
怕你丈夫骂,

獝 獝 侎 咶 逐 床。
Caegcaeg mij gaeuq (naeuz) deuz ma.
偷偷没讲就逃回。

難 道 爺 蝐,
Nanzdauh unggyawz (bouxlawz),
难道谁人,

緫 侎 眉 情 眉 義?
Cungj mij miz cingz miz ngeih?
总是无义无情?

佡 伝 塀 閧,
Gyoengqvunz baihrog,
外面的人们,

爺 爺 替 兄 杰。
Ung'ung lij daeq (lawh) gou you.
个个都为我担忧。

盯 钌 盯 腥,
Muengh dinj muengh raez,
日思夜盼,

侎 賍 憪 杉 佲 料。
Mij raen aen ngaeuz mwngz daeuj.
不见你的影子出现。

前 妻 前 妻,
Cienzcae (yah gonq) cienzcaeq (gvan gonq),
夫妻一场,

眉 蝐 䛈 甪 夅 娤?
Miz gyawz (bouxlawz) nyaenx ndaej roengzbae?
谁能忘掉?

兄 料 肐 佲,
Gou liuh sim mwngz,
我料想你的心,

难 道 磧 貧 鍩 鼉?
Nanzdauh rin baenz diet dok (diz)?
难道铁石心肠?

眸 栥 各 悤，
Ninz congz gag siengj，
躺在床上想，

真 情 對 礼 兄 眉？
Caencingz doiq ndaej gou meiz（lwi）？
真情对得我否？

記 礼 嘞 辖，
Geiq ndaej doenghbaez，
记得往昔，

佲 病 圣 栥 難 趔。
Mwngz bingh youq congz nanz hwnq.
你病在床难翻身。

兄 牪 當 板，
Gou bae dangqmbanj（mbanjwnq），
我去别村，

否 嘿 垎 玲 拡 庲。
Mbwnlaep loh lingq mo ma.
天黑坡陡摸回来。

犂 雰 淰 奔，
Doek fwn raemx hung，
暴雨成灾情，

兄 亦 佅 愣 捱 㴉。
Gou hix mij lau ngaiz dongj.
我也不怕洪水冲。

㷰 倖 圣 空，
You nuengx youq ranz，
担心妹你在家，

各 趔 歐 吽 佅 礼。
Gag hwnq aeu gwn mij ndaej.
自己起身吃饭艰难。

兄 踺 肛 空，
Gou yat daengz ranz，
我赶到家，

捋 粝 歐 茈 揥 倖。
Dawz haeux aeu yw hawj nuengx.
端饭送药到床边。

屎 烏 六 留，
Haex neuh（nyouh）loeglouz（uq），
屎尿肮脏，

兄 総 歐 牪 澡 潹。
Gou cungj aeu bae sauz seuq.
我都拿去洗干净。

衵 汅 袮 祛，
Sij（buh）dumz vaq hawq，
衣裤弄湿，

兄 亦 適 倖 响 兀。
Gou hix daeq nuengx coenz ndei.
我也好言相待。

佲 病 kind 兀，
Mwngz bingh lai ndei，
你病情稍好转，

兄 里 昖 昖 伴 圣。
Gou lij ngoenzngoenz buenx youq.
我还天天陪伴。

踎 礼 牪 堩，
Byaij ndaej bae hangz（haw），
能走上街，

貹 衵 褲 糢 揥 袆。
Cawx sij hoq moq hawj daenj.
买来新衣穿上。

仝 班 仝 眕，
Doengzban doengzcamq（nienz），
同班同年伙伴，

瓮 竮 佅 悬 佲 兀。
Unggyawz mij haenh mwngz ndei.
没人不赞你漂亮。

兄 的 兄 涻，
Gou iek gou hamz（nit），
我饿我苦，

閙 胣 魁 常 歡 喜。
Ndaw sim caemh ciengz vuenheij.
内心也常高兴。

双 偻 斉 圣，
Song raeuz caez youq，
我俩相处，

薑 糖 比 霉 喃 和。
Gienghdangz beij maex（mbouj ndaej） naem（yienghneix） huz.
如胶似漆相敬如宾。

竡 鸧 旷 内，
Gyawz rox ngoenzneix，
谁知今日，

愢 尰 嚜 波 侎 乤。
Siengj raen saek baez mij ndaej.
想见一面也成空。

嗺 伝 辈 啫，
Coi vunz bae gaeuq（naeuz），
催人去说请，

推 三 推 四 不 庲。
Doi sam doi seiq bu ma.
推三推四不回还。

波 吽 眉 玜，
Baez naeuz miz hong，
说工作忙，

波 嗛 公 婆 侎 圣。
Baez gangj goeng buz mij youq.
讲公婆不在。

眉 谽 眉 气，
Miz haemz miz heiq，
有苦有怨，

冗 能 歎 揢 瓮 竡。
Gou naengz danq hawj unggyawz（bouxlawz）.
我能诉说与谁听。

垎 跰 潧 墲，
Loh byaij caengz mwz（fwz），
路还没荒，

波 嫃 恩 情 勎 了。
Baezgonq aencingz vut liux.
先前恩情已全断。

妑 婻 佛 子，
Mehnangz Faedceij（mehyah Cuh Maicinz），
拂水的媳妇，

瓮 辈 瓮 倒 斉 翗。
Ung bae ung dauq caez riu.
走来走去齐笑。

廪 祝 英 台，
Lumj Cuk Yingdaiz，
像祝英台，

佋 佬 瓮 瓮 斉 悥。
Ciuhlaux ung'ung（bouxboux） caez haenh.
古代人人都夸赞。

英 台 山 伯，
Yingdaiz Sanbek，
英台与山伯，

常 嗹 揞 毴 仝 翸。
Ciengxlwenx saenq fwed doengz mbin.
永远比翼双飞。

佲 比 㘩 伲，
Mwngz beij hwnj maen（de），
你跟她比，

真 廪 愢 叁 侵 埊。
Caen lumj aenmbwn caeuq deih.
真是天与地两重。

徒 猁 吽 碤，
Duzlingz gwn mak，
猴子吃果，

眸 捞 里 倒 庲 旑。
Bilaeng lij dauqma hen.
次年还重回来守。

佲 侎 忩 肛，
Mwngz mij ngeix daengz，
你没想起，

波 嫃 咰 吪 佲 嗛。
Baezgonq coenz vah mwngz gangj.
你先前的誓言。

憦 孬 佲 訙，
Lau guiz (gvan) mwngz ndaq，
怕你丈夫骂，

嗛 明 呰 倒 分 真。
Gangjmingz baedauq faencaen (cingcuj).
讲明来源清楚。

俅 廸 眉 庅，
Mij dwg miz maz (gijmaz)，
不是有什么，

敢 廪 伝 眉 那 啽。
Caiq lumj vunz (bouxwnq) miz nanaengq (gvanhaeh).
又像别人有麻烦。

孬 佲 穌 气，
Guiz mwngz doengheiq，
你稍通气，

佷 亦 俅 敢 阻 攔。
Maen hix mij caiq cojlanz.
他也不去阻拦。

玎 吽 佷 嗲，
Danghnaeuz maen cam，
如果他问起，

佲 虠 真 胣 䇄 吽。
Mwngz couh caensim riu naeuz.
你就真心回答。

前 罡 姻 缘，
Cienzseiq aenyienz，
前世姻缘，

恩 情 實 難 秘 斷。
Aencingz saed nanz mbit duenh.
恩情实在难割断。

孬 搾 双 句，
Guiz ning (ndaq) song gawq，
稍骂两句，

佲 介 侵 佷 賠 咰。
Mwngz gaej caeuq maen boiz coenz.
你别和他还嘴。

拎 笈 卦 峼，
Gaem gyaep gvaq geuq，
戴笠过坳，

難 道 里 搞 佲 捤。
Nanzdauh lij got mwngz dawz.
难道还拦阻你。

奀 气 庲 肛，
Mbat heiq ma daengz，
一旦回到，

偻 忆 商 量 嗛 訶。
Raeuz ndaej siengliengz gangjgoj.
我们能讲话商量。

劲 佲 里 㦧，
Lwg mwngz lij iq，
孩子还小，

3 䨇 躹 捞 齐 庲。
Umj naj beq laeng caez ma.
抱着背着齐回来。

兄 俅 秵 翁，
Gou mij lai ung，
我没别人，

敽 忆 噻 昍 噻 飩。
Ciengx ndaej saek ngoenz saek donq.
能养一天两天。

佲 䢅 嗛 卦，
Mwngz gaenq gangj gvaq，
你已讲过，

劲 佲 凼 劲 兄 生。
Lwg mwngz dangq lwg gou seng.
你的孩子似我亲生。

兄 俫 睁 歐,
Gou mij ceng aeu,
我不争要,

乿 3 噻 哂 噻 昭.
Ndaej umj saek yaep saek ciuq (yaep).
能抱一会半时。

睲 伝 术 芐,
Raen vunz bok (ndaem) mbok (va);
见别人种花,

兄 亦 擤 淰 峇 淋.
Gou hix rap raemx bae laemz (rwed).
我也挑水去淋。

蹲 芐 蒴 齐,
Daengj (caj) mbok bung (hai) caez,
等到花儿灿烂,

撐 侣 咛 蛳 庲 卧.
Hawj gij nengzsae (nengzgoemj) ma bok (raih).
让那蜜蜂来采。

工 程 吓 嗈,
Goengcingz yayongq (sai vaih),
情缘已断,

兄 還 怨 乿 爺 嵈?
Gou vanz ienq ndaej unggyawz (bouxlawz)?
我还怨得哪个?

欤 咮 肚 嘂,
Danq naeuz daengz gaez (gizneix),
叹惜到这里,

條 乞 兄 漂 遡 旭.
Diuzheiq gou biu daemx gyaeuj.
我气冲斗牛。

留 夆 双 句,
Louz roengz song gawq,
留下两句,

呍 肚 後 罡 峇 喻.
Cienz daengz haeuhseiq (ciuhlaeng) bae lonz (ciengq).
传扬后世来唱。

Vuz Minzyingh
吴民英

Cinz Bujyinz
覃普仁

ciengq
唱

127

甜 國 民 黨
10 HAEMZ GOZMINZDANGJ
十 恨国民党

嗛 믙 嘞 辒 國 民 黨，
Gangj hwnj doenghbaez gozminzdangj,
讲起过去国民党，

姳 姓 噹 家 實 事 難；
Beksingq danggya saedsaeh nanz;
百姓当家实在难；

瞕 凔 不 眉 裤 祓 檪
Seiznit bu（mbouj）miz bwnz faz（fan denz）
　 hoemq,
冬天没有棉被盖，

瞕 晬 不 眉 裤 帳 搁；
Seizhwngq bu miz bwnz ciengq（fan riep）
　 gang;
夏日没有蚊帐挡；

侎 眉 碗 粘 帅 荦 胅，
Mij miz vanj haeux gwn roengz dungx,
没有饭吃饱肚子，

難 挼 條 裤 祒 믙 躺；
Nanz ra diuz（geu）buh daenj hwnj ndang;
难找衣服穿上身；

國 家 侎 各 眉 機 器，
Guekgya mij gag miz gihgi,
国家自己没机器，

條 釘 條 線 總 外 洋；
Diuz ding diuz sienq cungj vaihyiengz
　（guekrog）;
一针一线靠外国；

圣 罡 眉 官 否 管 事，
Youq seiq miz guen（hak）mbouj guenj saeh,
在位官员不管事，

四 姈 瞕 瞕 喞 猁 幫；
Seiqlengq seizseiz nauh caegbang;
时时处处闹匪荒；

嵋 闻 三 踌 愣 伝 袜，
Ok dou sam yamq lau vunz gaj,
出门三步怕杀祸，

捫 偻 人 民 侎 平 安，
Hawj raeuz yinzminz mij bingzan;
我们百姓不平安；

三 昵 只 氿 貧 波 埠，
Sam ngoenz cij ndaej baenz baez fawh（haw）,
三天才能成街市，

吹 嫖 飲 肽 搩 貧 幫；
Cui、biuz、yaemj、doj comz baenz bang;
诳骗嫖赌聚成行；

肽 颢 荦 料 不 垄 愒，
Doj saw roengzdaeuj bu deih siengj,
赌输以后无路走，

只 兀 抛 謀 各 髋 躺；
Cijndei ndamaeuz（geiqmaeuz） gag
　 ndokndang（bonjfaenh）;
只能主意自身算；

乙 庲 嵋 計 犊 畓 型，
It ma okgeiq gai naz reih,
一来典契卖土地，

二 庲 蚣 夅 俫 劝 弉；
Ngeih ma naemj yaeuh gyoengq lwg lan;
二来算计众子孙；

她 妠 閬 窨 常 猁 淬，
Mehyah ndaw ranz ciengz caeg daej,
家里老婆常偷哭，

眲 伩 奣 蚩 兄 各 啖；
Muengh boh（gvan）dai bae gou gag dang；
盼夫早死自己当；

㖸 娋 吖 猲 𫌀 蚩 䞕，
Lwgsau deng caeg gai bae doj，
女儿被偷拿去赌，

灺 渧 双 蹥 抦 倒 捞；
Meh daej song fwngz beng dauqlaeng；
母亲哭闹拉不放；

伏 伩 搁 呾 連 連 訬，
Daxboh hai bak lienzlienz ndaq，
父亲开口吼不停，

带 灺 妖 精 兄 総 䞓！
Daiq mehyaucing（vah ndaq yah）gou cungj saengh（gai）！
连你妖婆也典卖！

事 情 亦 廸 㖞 喃 定，
Saehcingz hix dwg gaeznaem（yienghneix）dingh，
事情已经成定局，

罡 兄 當 算 馬 家 郎；
Seiq gou dangqsuenq（dangq）Max Gyalangz（Max Gyalangz：Couhdwg goj《Liengz Sanhbwz Caeuq Cuz Yinghdaiz》ndaw de gangj dih Maj Vwnzcaiz）；
我命就如马家郎；

㖸 娋 𫌀 了 眉 䶦 嗛，
Lwgsau gai liux miz gyawz（gijmaz）gangj，
女儿被卖无话讲，

由 俌 伝 啀 介 理 浪；
Youzcaih vunz coi gaej leixlangh；
任人宰割没奈何；

每 乾 䎆 淰 否 潧 槺，
Moix haet rap raemx mbwn caengz rongh，
天还没亮去挑水，

鴱 伓 潧 哏 眈 赲 桒；
Gaeq mij caengz haen couh hwnq sangz（congz）；
鸡还未叫就起床；

腋 昈 太 太 常 嗑 訬，
Hwnzngoenz daiqdaiq ciengzseiz ndaq，
早晚太太骂不断，

𡘫 搁 揩 斐 常 撢 躺；
Faexmbaenq caeb feiz ciengz sauq（moeb）ndang；
棍子随时落上身；

閚 腋 伓 鳰 袮 袱 綶，
Gyanghwnz mij ndaej bwnz faz hoemq，
夜晚没有棉被盖，

齐 倌 猉 犸 㩳 丞 榇；
Caez gij mou ma comz youq sangz；
跟着猪狗挤柴堆；

一 眸 三 百 六 十 呿，
It bi sam bak roek cib haj，
一年三百六十五，

伓 鳰 呻 吟 㸙 諴 汤；
Mij ndaej gwn gaemz noh vah（roxnaeuz）dang；
没有吃过肉和汤；

凄 凉 辛 焅 不 埊 嗛，
Siliengz sinhoj bu deih gangj，
凄凉心酸自悲伤，

愢 各 勅 胎 肔 敐 慌；
Siengj gag laeg hoz sim youh vang（vueng）；
想寻短见心又慌；

伓 𫛱 昈 哂 逘 鳰 𫃡，
Mij rox ngoenzlawz deuz ndaej ok，
不知何日逃得脱，

乾 拜 畩 昑 樋 拜 肎;
Haet baiq daengngoenz haemh baiq hangz
 （ronghndwen）;
早拜太阳晚拜月;

腋 昑 総 妯 养 内 悥,
Hwnzngoenz cungj dwg yienghneix siengj,
天天都是这样想,

淰 眲 漻 涮 侎 貧 行;
Raemxda laeliq mij baenz hangz;
眼泪汪汪流成行;

贘 劤 歐 双 庲 敢 赋,
Gai lwg aeu cienz ma youh doj,
卖女得钱又去赌,

罡 伝 贘 乿 几 夥 堂;
Seiq vunz gai ndaej geijlai dangz （baez）;
一生卖得几多回;

贘 劤 贘 空 罢 竷 了,
Gai lwg gai ranz bae sat liux,
女儿房子全卖光,

只 乿 贘 肛 各 本 躰;
Cij ndaej gai daengz gag bonjndang;
最后卖到他自身;

昑 嗁 罢 替 伝 叩 嗦,
Ngoenznaengz bae daeq （lawh） vunz guh sok
 （hong）;
每天去换人做工,

偻 乿 斤 庲 伝 乿 図;
Raeuz ndaej gaen ma vunz ndaej cang;
我得一斤人收万;

實 情 侎 乿 呻 鈍 飪,
Saedcingz mij ndaej gwn donq imq,
实在没能吃饱过,

悥 捯 怀 租 犁 型 佛;
Siengj ra vaiz co cae reih bangx （lingq）;
想租牛来犁坡地;

每 昑 工 嗦 挖 肛 樋,
Moix ngoenz goengsok （hong） hid （guh）
 daengz haemh,
天天做工到天黑,

收 合 庲 空 侎 盐 嶜;
Souhaeuj ma ranz mij gaeuq bangz （boiz）;
收成进家不够赔;

租 偈 怀 庲 増 双 铪,
Co gij vaiz ma caengz song hop,
租牛犁地没两年,

敢 叮 愐 暚 哷 猁 幫;
Youh deng aen seiz luenh caegbang;
又遭乱世土匪劫;

徒 怀 捱 撜 猁 罢 了,
Duzvaiz ngaiz hawj caeg bae liux,
牛儿全被贼偷去,

侎 糑 歐 端 庲 退 還;
Mij rox aeu gyawz （gijmaz） ma doiqvanz
 （boiz）;
不知拿啥去赔偿;

财 主 即 刻 庲 啹 债,
Caizcawj sikhaek ma coi caiq,
财主立刻来催债,

删 坸 宁 空 揃 祠 躰;
Cek vax dingj ranz bok sij （buh） ndang;
拆屋抢瓦剥衣裳;

啹 债 廪 貧 斐 煬 熞,
Coi caiq lumjbaenz feiz coemh ndat,
催债好像火烧眉,

逼 乿 伝 嶺 哠 霈 氩;
Bik ndaej vunzgungz diem maex can （heiq）;
逼得穷人要断气;

肛 暚 佲 糑 亦 唉 怨,
Daengz seiz mwngz rox hix aiienq （ienq）,
此时你也知怨悔,

嵩 改 歐 兀 圻 困 難；
Siengj gaij aeu ndei gaenq gunnanz;
想改好人已困难；

咶 誧 兄 戙 不 增 了，
Hot sei gou ciengq bu caengz liux,
此歌我未唱得完，

只 甜 朝 代 國 民 黨。
Cij haemz ciuzdaih gozminzdangj.
心中痛恨国民党。

Banh Cauzfuz　　　ciengq
潘朝福　　　　　唱

甜 日 本 猁 碻
11 HAEMZ YIZBWNJ CAEGGEQ
十一 恨日本强盗

莣 豎 嘞 轑 吼 日 本,
Siengj hwnj doenghbaez luenh Yizbwnj,
想起过去日本鬼,

論 肛 佬 荟 緫 犎 胚;
Lwnh daengz lauxoiq cungj doekmbei;
谈到老少都悲伤;

空 姈 摧 烬 不 足 算,
Ranzlengq ngaiz coemh bu（mbouj）
cuksuenq,
房子被烧还不算,

䧹 怀 猍 鴶 緫 摧 揑;
Cwz vaiz mou gaeq cungj ngaiz dawz;
牛羊鸡鸭被抢光;

波 睰 妖 娋 侲 靴 逼,
Baez raen dahsau maen（de）couh gih
（gyaep）,
一见姑娘就强抢,

邀 邀 亦 歐 申 輩 翁;
Gyae'gyae hix aeu cungq bae yawz（nyingz）;
老远见人就开枪;

當 板 邀 � 冘 侎 繎,
Dangqmbanj（mbanj wnq）gyae lai gou mij
rox,
他乡离远我不知,

件 事 嫲 三 冘 記 兝;
Gienh saeh nangzsam gou geiq ndei;
三婆故事我牢记;

當 瞮 侲 乿 六 十 五,
Dangseiz maen（de）ndaej loeg cib ngux,
当时她年六十五,

摺 輩 還 町 佔 便 宜;
Rag bae vanz deng ciemq bienzngeiz（hangz
ciemq）;
拉去照样被强奸;

佔 了 憶 躺 不 算 數,
Ciemq liux aenndang bu suenqsoq,
奸污身体还不够,

憎 炙 觍 勦 合 閯 斐;
Caengz dai couh vut haeuj gyang feiz;
活活扔到火里烧;

双 卟 趺 侲 還 動 乿,
Song cik ga maen vanz doengh ndaej,
两只脚还能动弹,

凄 凉 約 吽 乿 爸 蝐?
Siliengz yaek naeuz ndaej unggyawz
（bouxlawz）?
惨状说给谁人听?

里 眉 芏 憶 侲 齐 芏,
Lij miz lan iq maen caez youq,
还有小孙跟她住,

亦 摧 申 兝 卦 脇 輩;
Hix ngaiz cungq nyingz gvaq aek bae;
也被一枪穿胸膛;

犎 拐 歐 刵 床 剰 狢,
Doeklaeng aeu cax ma gvej noh,
最后拿刀来分尸,

揑 侣 栯 趺 床 烌 斐;
Dawz gij goekga ma bing feiz;
拿他大腿来烤火;

伇 她 床 肛 亦 乿 睰,
Boh meh ma daengz hix ndaej raen,
父母回来亲眼见,

淒 遄 毙 卦 好 移 波；
Daej maez dai gvaq haujlai baez；
哭死过去多少回；

里 眉 公 三 捱 挦 揖，
Lij miz goengsam ngaiz dawzrap，
还有三公被挑担，

伝 佬 懵 懂 蹿 侎 毕；
Vunz laux moengjdoengj byaij mij bae；
人老昏花走不动；

攔 头 里 廸 拥 卋 齧，
Haidaeuz lij dwg nyoengx baenaj，
开始还硬逼上路，

敁 歐 櫛 电 料 柰 挦；
Youh aeu gaenzcungq daeuj moeb dawz
（daemh）；
又用枪托来捶打；

嗓 痀 約 毙 歐 籾 醅，
Sangj（heuh）in yaek dai aeu cax caex
（baek），
痛得要死用刀砍，

劜 圣 閔 垎 里 逓 眜；
Vut youq gyang loh lij daeqcaw（diemheiq）；
丢在半路还喘气；

爹 毕 爹 倒 躺 歪 踩，
Ung（boux）bae ung dauq ndang gwnz caij，
人来人往踩身上，

烮 蝋 觥 庲 漂 乩 毕；
Lwed ok ndaeng ma lae ndaej bae；
七窍出血不停断；

日 本 猁 姞 跀 肞 毒，
Yizbwnj caeggeq hengz sim doeg，
日本强盗心狠毒，

姤 姓 偻 毙 算 侎 挦；
Beksingq raeuz dai suenq mij dawz；
我们百姓死无数。

抾 孬 抾 嫲 眉 瞔 報，
Hid（guh）rwix hid yak miz seiz bauq，
做好做坏终有报，

侭 各 眉 昑 叮 背 瞔；
Maen gag miz ngoenz deng boihseiz；
他日厄运回来找；

兄 敟 嗋 諕 留 後 代，
Gou ciengq hot sei louz haeuhdaih，
我唱此歌留后代，

悁 仇 匁 匁 記 歐 厸。
Iencaeuz gaeuhgaeuq（gaeuq）geiq aeu ndei.
深仇大恨要记牢。

Banh Cauzfuz　　　　ciengq
潘朝福　　　　　　　唱

李旦与凤姣

韦文俊
刘志坚　搜集整理

1. 嗉 唐 朝 李 旦，
Gangj Dangzciuz Lij Dan,
大唐朝李旦，

勒 冇 途 李 渊；
Lwg lan duz Lij Yenh;
是李渊贵孙；

女 祸 武 则 天，
Nijho Uj Cwzdenh,
女祸武则天，

心 偏 害 李 旦。
Sim bien haih Lij Dan.
要断李家根。

傪 岩 冘 三 朕，
De ngamq ndaej sam ndwen,
李旦三个月，

盯 舯 茭 焻 窀；
Deng cuengq feiz coemh ranz;
贵府遭火焚；

嗉 唐 朝 李 旦，
Gangj Dangzciuz Lij Dan,
大唐朝李旦，

勒 冇 途 李 渊。
Lwg lan duz Lij Yenh.
是李渊贵孙。

歪 桻 呺 嗷 嗷，
Gwnz mbonq heuhngaungau,
床上叫嗷嗷，

妡 佬 巕 迚 伝；
Mehlaux dai youq henz;
老母死身边；

女 祸 武 则 天，
Nijho Uj Cwzdenh,
女祸武则天，

心 偏 害 李 旦。
Sim bien haih Lij Dan.
要断李家根。

2. 杜 为 斗 救 芏，
Du Veiz daeuj gouq lan,
杜为救李旦，

装 骱 畕 逐 傍；
Cang ndang bae deuz biengz;
化装入民间；

逃 盯 傍 卜 壮，
Deuz daengz biengz Bouxcuengh,
来到壮族地，

敨 欢 論 裕 桦。
Ciengq fwen lwnh goekrag.
唱歌诉根源。

吞 橺 榕 趄 盯，
Laj golungz yietdin,
榕树下休息，

正 縎 盯 垪 南；
Cingq rox daengz baihnamz;
方知到南疆；

杜 为 斗 救 芏，
Du Veiz daeuj gouq lan,
杜为救李旦，

装 骱 畕 逐 傍。
Cang ndang bae deuz biengz.
化装入民间。

邑 桑 涤 又 勒，
Bya sang lueg youh laeg,
山高谷又深，

各 议 心 各 慌；
Gag ngeix sim gag vueng;
越想心越慌；

逐 盯 傍 卜 壮，
Deuz daengz biengz Bouxcuengh,
来到壮族地，

敨 欢 論 裕 桦。
Ciengq fwen lwnh goekrag.
唱歌诉根源。

3. 兄 田 侤 煤 杉，
Gou guhhoiq hoj lai,
我卖身当奴，

憒 甾 歡 佲 荙；
Gai ndang ciengx mwngz lan;
为李旦成长；

荙 授 煤 授 难，
Lan souh hoj souh nanh,
孙受苦受难，

千 万 晔 否 淋！
Cien fanh bi mbouj lumz!
千万年难忘！

乾 晥 盱 劓 尉，
Haet haemh raen ndaundeiq,
朝夕披星月，

为 荙 田 犸 怀；
Vih lan guh max vaiz;
为孙做牛马；

兄 田 侤 煤 杉，
Gou guhhoiq hoj lai,
我卖身当奴，

憒 甾 歡 佲 荙。
Gai ndang ciengx mwngz lan.
为李旦成长。

窀 呑 呷 双 晔，
Ranzlaj gwn song ngoenz,
手捧破饭碗，

窀 呑 呷 双 餐；
Ranz gwnz gwn song can;
讨饭山过山；

荙 授 煤 授 难，
Lan souh hoj souh nanh,
孙受苦受难，

千 万 晔 否 淋。
Cien fanh bi mbouj lumz.
千万年难忘。

4. 李 旦 兕 十 晔，
Lij Dan ndaej cib bi,
李旦方十岁，

杜 为 只 卦 世；
Du Veiz cix gvaqseiq;
杜为离人间；

荙 渧 勺 断 气，
Lan daej yaek duenxheiq,
佪哭肝肠断，

各 议 心 各 碟。
Gag ngeix sim gag yungz.
心如利箭穿。

三 千 六 百 晅，
Sam cien roek bak ngoenz,
三千六百天，

晅 晅 齮 卦 胚；
Ngoenzngoenz haemz gvaq mbei;
天天苦过胆；

李 旦 兕 十 晔，
Lij Dan ndaej cib bi,
李旦方十岁，

杜 为 只 卦 世。
Du Veiz cix gvaqseiq.
杜为离人间。

竕 旭 舸 抃 滩，
Ndwn gyaeujruz gaz dan,
船搁浅险滩，

布 帮 挼 否 眉；
Bouxbang ra mbouj miz;
找不到人帮；

荙 渧 勺 断 气，
Lan daej yaek duenxheiq,
佪哭肝肠断，

各 议 心 各 碟。
Gag ngeix sim gag yungz.
心如利箭穿。

5. 李 旦 耷 流 浪，
Lij Dan bae liuzlangh,
李旦去流浪，

　耷 盯 城 柳 州；
Langh daengz singz Liujcouh;
来到柳州城；

　否 親 戚 朋 友，
Mbouj caencik baengzyoux,
举目无亲友，

　摭 粰 斗 歡 命。
Rumh haeux daeuj ciengx mingh.
讨饭村过村。

　晗 耄 伝 摭 呷，
Ngoenz gvih vunz rumhgwn,
日讨千家饭，

　腋 眣 吞 裕 徉；
Hwnz ninz laj goek ciengz;
夜宿破庙门；

　李 旦 耷 流 浪，
Lij Dan bae liuzlangh,
李旦去流浪，

　耷 盯 城 柳 州。
Langh daengz singz Liujcouh.
来到柳州城。

　伝 眕 杶 只 拕，
Vunz raen dwngx cix daenq,
人见挥鞭打，

　犰 眕 犰 只 吙；
Ma raen ma cix raeuq;
恶狗咬脚跟；

　否 親 戚 朋 友，
Mbouj caencik baengzyoux,
举目无亲友，

　摭 粰 斗 歡 命。
Rumh haeux daeuj ciengx mingh.
讨饭村过村。

6. 财 主 名 胡 发，
Caizcij mingz Huz Faz,
大财主胡发，

　想 捋 伝 靶 窀；
Siengj ra vunz baet ranz;
找穷人扫屋；

　閚 街 蹿 李 旦，
Gyanggai bungz Lij Dan,
街上见李旦，

　咛 傪 耷 叩 佽。
Hangz de bae guhhoiq.
叫他来当奴。

　艮 阇 倉 阇 栫，
Ngaenz rim cang rim loengx,
钱满箱满柜，

　窀 功 悷 否 卦；
Ranz hong nyaengq mbouj gvaq;
家里忙不过；

　财 主 名 胡 发，
Caizcij mingz Huz Faz,
大财主胡发，

　想 捋 伝 靶 窀。
Siengj ra vunz baet ranz.
找穷人扫屋。

　乳 伝 斗 帮 搥，
Ndaej vunz daeuj bangfwngz,
穷人干苦活，

　傪 閟 心 只 喝；
De ndaw sim cix angq;
他在心里笑；

　閚 街 碰 李 旦，
Gyanggai bungz Lij Dan,
街上见李旦，

　咛 傪 耷 叩 佽。
Hangz de bae guhhoiq.
叫他来当奴。

7. 胡 发 嗬 床 空,
Huz Faz heuh ma ranz,
李旦到胡家,

安 名 叫 振 英;
An mingz guh Cinyingh;
改名叫振英;

叫 工厷 否 恶 声,
Guh hong mbouj oksing,
低头干苦活,

豁 命 否 淋 伝。
Haemz mingh mbouj lumj vunz.
怨命不如人。

伤 心 各 怄 气,
Siengsim gag aeuqheiq,
叹气声连声,

各 议 又 各 嘁;
Gag ngeix youh gag gyangz;
越想越伤心;

胡 发 嗬 床 空,
Huz Faz heuh ma ranz,
李旦到胡家,

安 名 叫 振 英。
An mingz guh Cinyingh.
改名叫振英。

舳 臾 眛 淋 犵,
Gutgungq ninz lumj ma,
蜷睡如条狗,

糡 犵 帅 否 粔;
Ngaizma gwn mbouj imq;
狗饭吃不饱;

叫 工厷 否 嗯 哹,
Guh hong mbouj oksing,
低头干苦活,

豁 命 否 淋 伝。
Haemz mingh mbouj lumj vunz.
怨命不如人。

8. 眉 妑 妑 文 氏,
Miz mehbaj Vwnzci,
婶娘叫文氏,

也 是 伬 空 胡;
Yax seih hoiq ranz Huz;
她是胡家仆;

连 腋 干 紒 祔,
Lienzhwnz ganq nyib buh,
连夜缝衣裳,

送 許 兄 遮 躺。
Soengq hawj gou cw ndang.
送来给我穿。

孙 薏 喆 心 红,
Lwgndiq geq sim hoengz,
老苦瓜心红,

兄 碰 僗 欢 喜;
Gou bungz de vuenheij;
处处来照顾;

眉 妑 妑 文 氏,
Miz mehbaj Vwnzci,
婶娘叫文氏,

嘎 是 伬 空 胡。
Yax seih hoiq ranz Huz.
她是胡家奴。

朕 腊 晄 初 一,
Ndwenlab haemh coit,
腊月年初一,

淋 滗 呢 呼 呼;
Rumznit naeng fufu;
冷风呼呼吹;

连 晄 干 紒 祔,
Lienzhwnz ganq nyib buh,
连夜缝衣服,

送 許 兄 遮 躺。
Soengq hawj gou cw ndang.
送来给我穿。

9. 达孮独文氏，
Dahlan duh Vwnzci,
文氏的孙女，

名 字 唉 凤 姣；
Mingzcih heuh Funggyauh;
名字叫凤姣；

咟 羪 淋 椛 桃，
Bak maeq lumj vadauz,
面若桃花样，

鉋 眙 肷 否 旺。
Mbauq raen da mbouj yaep.
人见人心飞。

囲 劲 歓 胡 发，
Guh lwgciengx Huz Faz,
做胡发养女，

定 嫁 肯 马 迪；
Dingh haq haengj Maj Diz;
订婚给马迪；

达 孮 独 文 氏，
Dahlan duh Vwnzci,
文氏的孙女，

名 字 唉 凤 姣。
Mingzcih heuh Funggyauh.
名字叫凤姣。

佬 聪 明 伶 俐，
De coengmingz lingzleih,
聪明又伶俐，

時 内 正 劲 娋；
Seizneix cingq lwgsau;
现在正年轻；

咟 羪 淋 椛 桃，
Bak maeq lumj vadauz,
面若桃花样，

鉋 眙 肷 否 旺。
Mbauq raen da mbouj yaep.
人见人心飞。

10. 马 迪 窰 发 财，
Maj Diz ranz fatcaiz,
马迪家豪富，

牫 怌 阘 呑 樑；
Cwz vaiz rim laj lae;
牛羊挤满屋；

订 婚 㦿 睊 姝，
Dinghvaen ma yawj maex,
送礼来订婚，

恶 罍 眪 佬 歔。
Oknaj① naeq lauxda.
拜见新岳父。

送 猣 又 送 鶏，
Soengq mou youh soengq gaeq,
送猪又送鸡，

艮 礼 七 八 台；
Ngaenzlaex caet bet daiz;
送银七八台；

马 迪 窰 发 财，
Maj Diz ranz fatcaiz,
马迪家豪富，

牫 怌 阘 呑 樑。
Cwz vaiz rim laj lae.
牛羊挤满屋。

骑 犸 得 呼 呼，
Gwih max daekfufu,
骑马快如飞，

卦 路 布 布 眪；
Gvaq loh bouxboux naeq;
行人皆让路；

订 婚 㦿 睊 姝，
Dinghvaen ma yawj maex,
送礼来订婚，

① Oknaj: Dwg laex Bouxcuengh. Mwh
dinghvaen, guhyez moq aeu bae ranz lauxda raen
gyoengq caencik.

141

恶齧眵佬歔。
Oknaj naeq lauxda.
拜见新岳父。

11. 姑 爷 糵 恶 齧,
Guhyez moq oknaj,
新姑爷"出面"①,

姶 娜 齐 斗 肝;
Gux nax caez daeuj daengz;
众亲已到场;

閼 竺 閹 客 遳,
Ndaw ranz rim hek naengh,
高朋坐满堂,

歐 眵 姑 爷 模。
Aeu raen guhyez moq.
要见新姑爷。

凤 姣 巨 峇 捋,
Funggyauh gwq bae ra,
凤姣四处寻,

麻(为麻) 否 眵 她 妑;
Maz (vihmaz) mbouj raen mehbaj;
不见我婶娘;

姑 爷 模 恶 齧,
Guhyez moq oknaj,
新姑爷"出面",

姶 娜 齐 斗 肝。
Gux nax caez daeuj daengz.
众亲已到场。

捋 妑 遳 台 桑,
Ra baj naengh daizsang,
姑姨坐高凳,

勒 孨 遳 台 袤;
Lwglan naengh daizdaemq;
儿孙坐椅子;

閼 竺 閹 客 遳,
Ndaw ranz rim hek naengh,
高朋坐满堂,

齐 眵 姑 爷 新。
Aeu raen guhyez moq.
要见新姑爷。

12. 姚 氏② 回 凤 姣,
Yauzci hoiz Funggyauh,
姚氏答凤姣,

否 用 咢 文 氏;
Mbouj yungh heuh Vwnzci;
不用找婶娘;

躺 裙 总 否 眉,
Ndang daenj cungj mbouj miz,
她衣破如网,

咢 斗 亦 失 齧。
Heuh daeuj hix saetnaj.
不许入高堂。

伩 龙 佲 又 尭,
Bohlungz mwngz youh dai,
你叔父逝世,

达 俷 峇 俪 告;
Dahgvai bae lawz gauq;
她四处流浪;

姚 氏 回 凤 姣,
Yauzci hoiz Funggyauh,
姚氏答凤姣,

否 用 咢 文 氏。
Mbouj yungh heuh Vwnzci.
不用找婶娘。

嗛 肝 僸 奶 尼,
Gangj daengz de naihnix (neix),
说到她这人,

閼 钱 只 否 抵;
Maenz cienz cix mbouj dij;
不抵一分钱;

———————

① "出面":是壮族的一种礼仪,订婚时新姑爷要去岳父家见众亲戚。

② 姚氏:是胡发的夫人。

䏲 裢 总 否 眉，
Ndang daenj cungj mbouj miz，
她衣破如网，

吘 斗 亦 失 鼐。
Heuh daeuj yix saetnaj.
不许入高堂。

13. 凤 姣 斗 㗐 灶，
Funggyauh haeuj bakcauq，
凤姣进厨房，

转 倒 眃 振 英；
Cienq dauq raen Cinyingh；
方找到振英；

挩 裄 又 挩 盯，
Duetbuh youh duetdin，
他赤脚光膀，

擤 杖 汗 淋 淋。
Bag fwnz hanh linzlinz.
劈柴汗淋淋。

汗 犨 盆 雰 湴，
Hanh doek baenz fwnraq，
汗珠落入眼，

嘛 合 肰 合 齗；
Riuz haeuj da haeuj hangz；
泪珠满地淋；

凤 姣 合 㗐 灶，
Funggyauh haeuj bakcauq，
凤姣入厨房，

转 倒 眃 振 英。
Cienq dauq raen Cinyingh.
方找到振英。

田 玹 嗯 卦 彪，
Guh hong ak gvaq guk，
干活猛如虎，

装 砮 否 田 声；
Cang nuk mbouj guhsing；
手脚忙不停；

挩 裄 又 挩 盯，
Duetbuh youh duetdin，
他赤脚光膀，

擤 杖 汗 淋 淋。
Bag fwnz hanhlinzlinz.
劈柴汗淋淋。

14. 马 迪 噇 吽 粻，
Maj Diz naengh gwnringz，
马迪吃午饭，

振 英 斗 撕 氿；
Cinyingh daeuj sai laeuj；
振英来喝酒；

覃 俊 忙 挦 氿，
Cinz Cin muengz daek laeuj，
覃俊①忙斟酒，

礼 偻 否 敢 当。
Laex raeuz mbouj gamj dang.
茶敬待客人。

可 否 乱 任 桍（碰），
Goj mbouj luenh doxdaemj (bungz)，
从不相会面，

眃 尼 咽 任 呢；
Ngoenzneix yaeng doxnyinh；
今天慢相认；

马 迪 噇 吽 粻，
Maj Diz naengh gwnringz，
马迪吃午饭，

振 英 斗 俩 氿。
Cinyingh daeuj sai laeuj.
振英来喝酒。

𩓰 偻 曾 眃 鼐，
Gonq raeuz caengz raen naj，
从不相会面，

① 覃俊：凤姣的姐夫。

佲 卦 坤 俐 斗?
Mwngz gvaq roen lawz daeuj?
君来自何方?

覃 俊 忙 得 汍，
Cinz Cin muengz daek laeuj，
覃俊忙斟酒，

礼 偻 否 敢 当。
Laex raeuz mbouj gamj dang.
茶敬待客人。

15. 马 迪 嗲 军 龙，
Maj Diz cam ginhlungz [①]，
马迪问覃俊，

从 来 否 盰 卦;
Cungzlaiz mbouj raen gvaq;
从不相会面;

为 麻 先 敬 吞?
Vihmaz sien gingq laj?
为何先敬小?

为 麻 楞 敬 歪?
Vihmaz laeng gingq gwnz?
为何后敬大?

独 龙 胈 独 蟮，
Duzlungz bienq duzdangh，
蛟龙变小蛇，

独 蟮 胈 独 龙;
Duzdangh bienq duzlungz;
小蛇变蛟龙;

马 迪 嗲 军 龙，
Maj Diz cam ginhlungz，
马迪问连襟，

从 来 否 盰 卦。
Cungzlaiz mbouj raen gvaq.
从不曾相见。

俻 俐 汍 肛 伍，
De sai laeuj daengz yenz，
他到此喝酒，

军 龙 佲 介 涤;
Ginhlungz mwngz gaej sax;
顺序颠倒行;

为 麻 先 敬 吞?
Vihmaz sien gingq laj?
为何先敬小?

为 麻 楞 敬 歪?
Vihmaz laeng gingq gwnz?
为何后敬大?

16. 覃 俊 回 马 迪，
Cinz Cin hoiz Maj Diz，
覃俊回马迪，

话 尼（内） 先 敬 吞;
Vah ni（neix） sien gingq laj;
先敬小有因;

鲍 相 僗 高 强，
Mbauqsiengq de gauhgyangz，
才貌可高强，

焩 献 偻 只 喏!
Riengz nanz raeuz cix rox!
日久自然知!

独 豂 夲 峒 㟼，
Duzguk roengz doenghnaz，
猛虎落平阳，

倒 受 独 狐 气;
Dauq souh duzma heiq;
遭家犬咬身;

覃 俊 回 马 迪，
Cinz Cin hoiz Maj Diz，
覃俊答马迪，

话 尼 先 敬 吞;
Vah ni siengingq laj;
先敬下有因;

_____

① Cinz Cin dwg cejfou Funggyauh，baenz-neix，Maj Diz couh heuh de guh ginhlungz.

144

穠栜造盆棠，
Ndaem faex caux baenz ndoeng,
幼树会成材，

否用気梁窀；
Mbouj yungh heiq liengzranz;
岂忧无栋梁；

跑相修高强，
Mbauqsiengq de gauhgyangz,
才貌可高强，

焻献倭只喏。
Riengz nanz raeuz cix rox.
日久自然知。

兄眃侈伶俐，
Gou raen de lingzlih,
我见他伶俐，

喓斗其靶窀；
Heuh daeuj gix baet ranz;
叫他来干活；

侈能娲盆王，
De naengh mbwk baenz vangz,
他能成皇帝，

阳间千万杈。
Yiengzgan cien fanh lai.
世间千万多。

17. 胡发喓帅氿，
    Huz Faz heuh gwn laeuj,
    胡发叫喝酒，

尼做介垰扬（传扬）；
Ni sou gaej bae yangz（cienzyangz）;
闲话莫要说；

侈能（当吽）娲盆王（皇），
De naengh(danghnaeuz) mbwk baenz vangz(vuengz),
他能成皇帝，

阳间千万杈。
Yiengzgan cien fanh lai.
世间千万多。

凹偌佅閙街，
Guh gaujvaq gyanggai,
当街做乞丐，

兄叻侈只斗；
Gou nai de cix daeuj;
叫他来干活；

胡发喓帅氿，
Huz Faz heuh gwn laeuj,
胡发叫喝酒，

尼做介垰扬。
Ni sou gaej bae yangz.
闲话莫要说。

18. 犁犋迪帅昐，
    Doekgonq dwg gwnngoenz,
    众人喝完酒，

犁楞嗹比箭（箬）；
Doeklaeng gangj beij cienq（naq）;
马迪邀比箭；

侥伝杈歪闲，
Gyoengq vunzlai youq henz,
众人站旁边，

兄比箭喏兡。
Gou beij cienq rox mbin.
谁人能领先。

挩箭射旿栜，
Yot cienq nyingz mbaw faex,
开弓射树叶，

旿栜邻纷纷；
Mbaw faex loenqfoenfoen;
树叶落山边；

犁犋迪帅昐，
Doekgonq dwg gwnngoenz,
众人喝完酒，

犁楞嗹比箭。
Doeklaeng gangj beij cienq.
马迪邀比箭。

佬 猷 圣 楞 盯，
Lauxda youq laeng liu,
岳父站一旁，

嗅 马 迪 比 箭；
Riu Maj Diz beij cienq;
看双方比箭；

伱 伝 夥 圣 闲，
Gyoengq vunzlai youq henz,
众人站旁边，

兄 比 箭 喏 选。
Gou beij cienq rox mbin.
谁人能领先。

19. 马 迪 先 娝 射，
Maj Diz sien bae nyingz,
马迪先射箭，

振 英 嗅 圣 楞；
Cinyingh riu youq ndaeng;
振英捂鼻笑；

原 来 嗛 才 能，
Yienzlaiz gangj caiznaengz,
原来称全能，

尼 迪 射 否 盯。
Nix dwg nyingz mbouj deng.
箭箭都放空。

话 佲 媚 卦 盉，
Vah mwngz mbwk gvaq mbwn,
大话冲破天，

伱 伝 論 否 停；
Gyoengq vunz lwnh mbouj dingz;
众人论纷纷；

马 迪 先 娝 射，
Maj Diz sien bae nyingz,
马迪先射箭，

振 英 嗅 圣 楞。
Cinyingh riu youq ndaeng.
振英捂鼻笑。

鸿 盉 飞 盯 其，
Hanqmbwn mbin daengz gix,
天鹅头顶飞，

佲 亦 射 否 盯；
Mwngz hix nyingz mbouj daengz;
马迪射不中；

原 来 嗛 才 能，
Yienzlaiz gangj caiznaengz,
原来说全能，

尼 迪 射 否 盯。
Nix dwg nyingz mbouj deng.
箭箭都放空。

20. 覃 俊 眐 样 内，
Cinz Cin raen yienghni,
覃俊见如此，

欢 喜 嗅 哈 哈；
Vuenheij riuhaha;
欢喜笑哈哈；

叫 振 英 歪 娝，
Heuh Cinyingh hwnjbae,
叫振英上阵，

由 大 家 齐 眗。
Youz daihgya caez naeq.
由大家作证。

否 論 霞 论 桑，
Mbouj lwnh daemq lwnh sang,
无论高或矮，

齐 盯 场 圣 其；
Caez daengz cangz youq giz;
都往一处看；

覃 俊 眐 样 内，
Cinz Cin raen yienghni,
覃俊见如此，

欢 喜 嗅 哈 哈。
Vuenheij riuhaha.
快乐笑哈哈。

佲 逤 射 乩 对，
Mwngz naengh nyingz ndaej doiq,
你坐射弓箭，

否 得 罪 侭 麻；
Mbouj daekcoih gijmaz;
不得罪世人；

叫 振 英 坒 耂，
Heuh Cinyingh hwnjbae,
叫振英上阵，

由 大 家 齐 肭。
Youz daihgya caez naeq.
由大家作证。

21. 振 英 搭 弓 箭，
Cinyingh dap gungcienq,
振英搭弓箭，

线（射） 耂 对 天 鹅；
Sienq（nyingz）bae doiq denhngoz;
一箭射双鹅；

正 正 盯 吞 胎，
Cingqcingq deng lajhoz,
利箭中鹅颈，

天 鹅 盆 双 弹！
Denhngoz baenz sueng doek!
天鹅双双落！

佬 太 白 金 星，
Laux daiqbeg ginhsingh,
请太白金星，

亦 斗 闷 吞 转；
Hix daeuj gyangmbwn cienq;
也来天边乐；

振 英 搭 弓 箭，
Cinyingh dap gungcienq,
振英搭弓箭，

线 耂 对 天 鹅。
Sienq bae doiq denhngoz.
一箭射双鹅。

龙 蟭 分 醒 澄，
Lungz dangh faen singjseuq,
龙蛇分得清，

伝 齐 嘆 哈 哈；
Vunz caez riu hoho;
众人笑哈哈；

正 正 盯 吞 胎，
Cingqcingq deng lajhoz,
利箭中鹅颈，

天 鹅 盆 双 弹。
Denhngoz baenz sueng doek.
天鹅双双落。

22. 凤 姣 耂 宧 楞，
Funggyauh youq ranz laeng,
凤姣屋后看，

眈 鸿 弹 歪 耒；
Raen hanq doek gwnz faex;
见天鹅落树；

俦 拎 绳 甩 耂，
De gaem cag vut bae,
她扔去绳索，

绞 捋 独 鸿 倒。
Geuj dawz duzhanq dauq.
把天鹅缠下。

哻 送 許 振 英，
Heuh soengq hawj Cinyingh,
送去给振英，

心 服 俦 才 能；
Sim fug de caiznaengz;
心喜遮不住；

凤 姣 耂 宧 楞，
Funggyauh youq ranz laeng,
凤姣屋后看，

眈 鸿 落 歪 耒。
Raen hanq doek gwnz faex.
见天鹅落树。

双 布 本 事 桑，
Song boux bonjsaeh sang,
两人本事高，

伝 哏 淋 佚 妹；
Vunz haenh lumj gvan maex;
众人皆佩服；

侈 拎 绳 㧓 㟪，
De gaem cag vut bae,
她扔去绳索，

绞 捍 独 鳿 倒。
Geuj dawz duzhanq dauq.
把天鹅缠下。

23. 马 迪 胎 发 气，
Maj Diz hoz fatheiq,
马迪发脾气，

连 時 訙 佬 㕦；
Lienzseiz ndaq lauxda;
破口骂岳父；

佲 歓 伮 田 麻，
Mwngz ciengx hoiq guh maz,
你养奴做工，

許 家 空 失 礼。
Hawj gyaranz saetlaex.
让他来欺负。

即 刻 就 歪 犸，
Sikhaek couh hwnj max,
立刻跳上马，

挄 犸 㟪 哒 啲；
Fad max bae dazdiz;
挥鞭赶回屋；

马 迪 胎 发 气，
Maj Diz hoz fatheiq,
马迪发脾气，

连 時 訙 佬 㕦。
Lienzseiz ndaq lauxda.
破口骂岳父。

歓 犾 倒 㕸 主，
Ciengx ma dauq haeb cuj,
养狗来咬主，

布 布 論 胡 发；
Bouxboux lwnh Huz Faz;
众人论胡发；

佲 歓 伮 田 麻，
Mwngz ciengx hoiq guh maz,
你养奴做工，

許 家 空 失 礼。
Hawj gyaranz saetlaex.
让他来欺负。

24. 胡 发 䎱 脕 穤，
Huz Faz naj bienq ndaem,
胡发脸变黑，

㟪 盯 闲 振 英；
Bae daengz henz Cinyingh;
到振英身旁；

盯 踩 㧪 又 揑，
Din caij gienz youh dimj,
脚踢拳又打，

擣 振 英 勺 㙠。
Dub Cinyingh yaek dai.
振英倒地上。

桊 白 气 否 消，
Moeb baeg heiq mbouj siu,
打累气难消，

咬 齿 訙 岑 岑；
Hoeb heuj ndaq ngaemngaem;
咬牙骂喳喳；

胡 发 䎱 脕 穤，
Huz Faz naj bienq ndaem,
胡发脸变黑，

㟪 盯 闲 振 英。
Bae daengz henz Cinyingh.
到振英身旁。

抳 斳 三 条 鞭，
Fad goenq sam diuz bien,
打断三条鞭，

里 炁 否 卦 癗；
Lij yiemz mbouj gvaqyinx;
怒火依然旺；

盯 踩 拳 又 搏，
Din caij gienz youh dub,
脚踢拳又打，

搏 振 英 勺 毙。
Dub Cinyingh yaek dai.
振英倒地上。

25. 眑 振 英 盯 棩，
Raen Cinyingh deng moeb,
见振英挨打，

淋 劏 菪 合 肬；
Lumj mid nyoeg haeuj sim;
如利刀剐心；

淽 否 敢 噁 声，
Daej mbouj gamj oksing,
妹泣不成声，

淰 肰 阔 稍 裇。
Raemxda rim genbuh.
泪流满衣襟。

振 英 唃 嗷 嗷，
Cinyingh swenjngaungau,
振英嗷嗷叫，

凤 姣 淽 凁 凁；
Funggyauh daejsoebsoeb;
凤姣哭涟涟；

眑 振 英 盯 棩，
Raen Cinyingh deng moeb,
见振英挨打，

淋 劏 菪 合 肬。
Lumj mid nyoeg haeuj sim.
如利刀剐心。

想 救 又 难 救，
Siengj gouq youh nanz gouq,
想救不敢救，

肶 头 跳 勺 停；
Simdaeuz diuq yaek dingz;
心跳将要停；

淽 否 敢 噁 声，
Daej mbouj gamj oksing,
妹泣不成声，

淰 肰 阔 稍 裇！
Raemxda rim genbuh!
泪流满衣襟！

26. 凤 姣 跑 盯 闲，
Funggyauh buet daengz henz,
凤姣到身旁，

冲 声 淽 嗷 嗷；
Cuengq sing daejngungu;
哭声撕碎心；

蹮 骱 莘 嵒 铺，
Laemxndang roengz bae bu,
伏在他身上，

歐 顾 僠 盆 伝。
Aeu guq de baenz vunz.
要救他一命。

眑 僠 血 阔 骱，
Raen de lwed rim ndang,
见他满身血，

嘯 气 嚯 叁 嚯；
Gyangz heiq sing laeb sing;
叹气声又声；

凤 姣 跑 盯 闲，
Funggyauh buet daengz henz,
凤姣到身旁，

冲 声 淽 嗷 嗷。
Cuengq sing daejngungu.
哭声撕碎心。

湿 血 又 揉 躺，
Swiq lwed youh rub ndang,
帮他换衣服，

帮 僚 换 筊 裤；
Bang de vuenh geubuh;
洗血又包身；

躺 躺 肀 岜 铺，
Laemxndang roengz bae bu,
伏在他身上，

歐 顾 僚 盆 伝。
Aeu guq de baenz vunz.
要救他一命。

27. 尭 醚 伎 否 醒，
Daifiz beix mbouj singj,
哥昏迷不醒，

嚕 釜 嚕 崖 吼；
Sing laeb sing nuengx heuh;
妹唤声连声；

丢 呀 开 肷 眑，
Mbwn ha hai da yiuq,
天呀开眼看，

胎 腰 下 搗 肼！
Hoziu yax dub foeg!
颈椎被打肿！

佋 熸 眉 麻 罪，
Ciuhgonq miz maz coih,
前世犯何罪，

挨 搗 勺 劢 命？
Ngaiz dub yaek vutmingh?
挨打险丧命？

尭 醚 伎 否 醒，
Daifiz beix mbouj singj,
哥昏迷不醒，

嚕 釜 嚕 崖 吼。
Sing laeb sing nuengx heuh.
妹唤声连声。

垫 内 垫 犷 犯，
Dieg neix dieg manaez,
此地狐狸地，

刭 钎 勺 漯 了；
Lwednding yaek lae liux;
鲜血将流尽；

丢 呀 开 肷 眑，
Mbwn ha hai da yiuq,
天呀开眼看，

胎 腰 下 搗 肼！
Hoziu yax dub foeg!
颈椎被打肿！

28. 偻 盆 布 辛 焙，
Raeuz baenz boux sinhoj,
我们苦命人，

淋 圻 豁 歪 桼；
Lumj gaiq noh gwnz heng;
如砧板上肉；

在 伝 剀 洛 鞭，
Caih vunz gvej rox ben,
任人来宰割，

盆 尔 峥 氜 倒？
Baenzlawz ceng ndaej dauq?
何日方得救？

伝 索 度 挨 踩，
Vunz soh doh ngaiz caij,
老实人挨欺，

聪 明 杉 町 挌；
Coengmingz lai deng roq;
聪明人受苦；

偻 盆 布 辛 焙，
Raeuz baenz boux sinhoj,
我们苦命人，

淋 圻 豁 歪 桼。
Lumj gaiq noh gwnz heng.
如砧板上肉。

佲 淋 篢 闷 敢,
Mwngz lumj rangz ndaw gamj,
哥如石下笋,

歪 旭 挡 磺 板;
Gwnz gyaeuj dangj rin benj;
今日难抬头;

在 伝 剆 洛 鞭,
Caih vunz gvej rox ben,
任人来宰割,

盆 尔 哱 氘 倒?
Baenzlawz ceng ndaej dauq?
何日方得救?

29. 布 眉 钱 眉 财,
Boux miz cienz miz caiz,
富人仗权势,

犁 泄 抵 千 金;
Doek myaiz dij cien gim;
口水值千金;

囗 伝 布 良 肳,
Guhvunz mbouj liengzsim,
为人心太狠,

瞅 伝 淋 独 蠛。
Cim vunz lumj duzmoed.
看人像蚂蚁。

傻 眉 样 尔 咊?
De miz yienghlawz loek?
哥有何差错?

朵 揾 命 勾 嵬;
Moeb dwk mingh yaek dai;
挨打将丧命;

布 眉 钱 眉 财,
Boux miz cienz miz caiz,
富人仗权势,

犁 泄 抵 千 金。
Doek myaiz dij cien gim.
口水值千金。

做 各 否 本 事,
Sou gag mbouj bonjsaeh,
马迪无能耐,

牞(用) 麻 害 布 正?
Cae (yungh) maz haih bouxcingq?
为何害好人?

囗 伝 否 良 肳,
Guhvunz mbouj liengzsim,
为人心太狠,

瞅 伝 淋 独 蠛。
Cim vunz lumj duzmoed.
看人像蚂蚁。

30. 为 麻 傻 叮 刿?
Vihmaz de deng dat?
为何又挨骂?

攦 杖 腋 连 昕;
Bag fwnz hwnz lienz ngoenz;
哥劈柴度日;

为 麻 傻 叮 㧉?
Vihmaz de deng daenq?
为何遭毒打?

勤 练 功 射 箭。
Gaenx lienh goeng nyingz cienq.
哥勤练弓箭。

兄 嗲 丢 呀 丢,
Gou cam mbwn ha mbwn,
举手指蓝天,

佲 尔 铺 布 噁?
Mwngz lawz bu bouxyak?
为何护恶人?

攦 杖 腋 连 昕,
Bag fwnz hwnz lienz ngoenz,
哥劈柴度日,

为 麻 傻 叮 刿?
Vihmaz de deng dat?
为何反挨骂?

151

兄 嗰 垫 呀 垫，
Gou haemq deih ha deih,
顿足问大地，

理 佲 咣 独 恕？
Leix mwngz gueng duznyaen?
为何养虎狼？

勤 练 功 射 箭，
Gaenx lienh goeng nyingz cienq,
哥勤练弓箭，

为 麻 傪 钉 抰？
Vihmaz de deng daenq?
为何遭毒打？

31. 淰 犇 荦 其 伤，
Raemx doek roengz giz sieng,
哥受伤累累，

叕 溇 漁 否 净；
Lwed cienj swiq mbouj cingh;
妹用泪洗伤；

兄 睲 疳 炬 肶，
Gou yawj in coq sim,
如万箭穿心，

勪 淋 紉 斗 劂。
Cin lumj cax daeuj gvej.
如利刀割肠。

兄 扪 振 英 庥，
Gou maq Cinyingh ma,
妹背哥回屋，

糇 茶 帮 佲 点；
Souh caz bang mwngz cienq;
饭茶妹来帮；

淰 犇 荦 其 伤，
Raemx doek roengz giz sieng,
哥受伤累累，

叕 溇 漁 否 净。
Lwed cienj swiq mbouj cingh.
妹用泪洗伤。

歪 灶 抔 灯 勦，
Gwnz cauq venj daengcauj,
灶上吊灯草，

炎 杰 旭 倒 钉；
Feiz remj gyaeuj dauq din;
火烧脚到头；

兄 睲 疳 炬 肶，
Gou yawj in coq sim,
如万箭穿心，

真 淋 紉 斗 劂。
Cin lumj cax daeuj gvej.
如利刀割肠。

32. 㟓 闲 躺 巨 把，
Nuengx henz ndang gwq baj,
彻夜守床前，

龙 劤 盰 减 开；
Lungz lwgda vaeg hai,
盼哥早醒还；

倒 救 乬 龙 俰，
Dauq gouq ndaej lungzgvai,
哥慢慢开眼，

肶 开 盆 把 俞。
Sim hai baenz bajliengj.
妹心开如伞。

跑 弆 淂 碗 粿，
Buet bae daek vanj souh,
奔去盛碗粥，

铺 盯 閅 齏 仵；
Bu daengz gyangnaj caj;
来到哥身旁；

㟓 闲 躺 巨 把，
Nuengx henz ndang gwq baj,
彻夜守床前，

龙 劤 盰 减 开。
Lungz lwgda vaeg hai.
盼哥早醒还。

吟 吟 饿 肛 底，
Gaemzgaemz gueng daengz dij,
口口喂到底，

罡 欢 喜 几 移；
Nuengx vuenheij gijlai;
妹万分喜欢；

倒 救 乩 龙 俙，
Dauq gouq ndaej lungzgvai,
哥慢慢开眼，

肍 开 盆 把 俞。
Sim hai baenz bajliengj.
妹心开如伞。

33. 莲 哥 迪 抨 迈，
Naengh go dwg rap naek,
哥若挑重担，

罡 喏 帮 呠 的；
Nuengx rox bang saek di;
妹愿帮换肩；

盯 柔 盆 样 尼，
Deng moeb baenz yienghni,
伤在哥身上，

罡 亦 白 恔 憬。
Nuengx cix beg gyaezgyoh.
痛在妹心间。

肍 头 千 哃 话，
Simdaeuz cien coenz vah,
心里千句话，

呀 难 嗽 呠 糎；
Yax nanz gangj saek naed;
一时难尽言；

莲 哥 迪 抨 迈，
Naengh go dwg rap naek,
哥若挑重担，

罡 喏 帮 呠 的。
Nuengx rox bang saek di.
妹愿帮换肩。

莲 龙 否 盆 眸，
Naengh lungz mbouj baenz ninz,
哥伤痛难忍，

罡 弹 琴 解 气；
Nuengx danz ginz gaijheiq;
妹弹琴伴眠；

盯 柔 盆 样 尼，
Deng moeb baenz yienghni,
伤在哥身上，

罡 只 白 恔 憬。
Nuengx cix beg gyaezgyoh.
痛在妹心间。

34. 振 英 嗟 罡 躺，
Cinyingh gyangz hwnj ndang,
振英起身叹，

肍 烦 否 盆 眸；
Sim fanz mbouj baenz ninz;
心烦难入眠；

马 骨 胡 动 肍，
Majguzhuz doengh sim,
马骨胡悦耳，

巨 盯 巨 合 眸。
Gwq dingq gwq haeuj ninz.
边听边入眠。

嚶 琴 淋 罡 涕，
Sing ginz lumj nuengx daej,
琴声如哭声，

哥 乩 取 各 嗟；
Go ndaejnyi gag gyangz;
哥听到自叹；

振 英 嗟 罡 躺，
Cinyingh gyangz hwnj ndang,
振英起身叹，

肍 烦 否 盆 眸。
Sim fanz mbouj baenz ninz.
心烦难入眠。

烷肤玎嘎渧，
Ronghndwen dingq yax daej,
上天也同情，

淰眹漂盆碰；
Raemxda lae baenz dingq;
泪水流成碗；

马骨胡动肔，
Majguzhuz doengh sim,
马骨胡悦耳，

巨玎巨合眸。
Gwq dingq gwq haeuj ninz.
边听边入眠。

35. 文氏盷劲尼，
Vwnzci raen lwgniq,
文氏见女孩，

佲斗其叩尔？
Mwngz daeuj gix guh lawz?
你来这干吗？

喏玎就合閦，
Rox dingq couh haeuj ndaw,
会听就入屋，

叩尔趴其内？
Guh lawz soengz gizneix?
为何站在外？

�妉陌巨�，
Mehbaj bak gwq haemq,
听婶说句话，

兄蹟躺斗跪；
Gou laemxndang daeuj gvih;
我急忙跪地；

文氏盷劲尼，
Vwnzci raen lwgniq,
文氏见女孩，

佲斗其叩尔？
Mwngz daeuj gix guh lawz?
你来这干吗？

只玎琴消愁，
Cij dingq ginz siucaeuz,
想听琴消愁，

兄否捋布尔；
Gou mbouj ra bouxlawz;
同是受苦人；

喏玎就合閦，
Rox dingq couh haeuj ndaw,
会听就进屋，

叩尔趴其内？
Guh lawz soengz gizneix?
为何站在外？

36. 淋鸡否眉毡，
Lumj gaeq mbouj miz bwn,
如鸡仔无毛，

兄廸伝布愄；
Gou dwg vunzsouhvei;
我是受苦人；

凤姣弹卵兀，
Funggyauh danz ndaej ndei,
凤姣弹得好，

洽斗其尼玎。
Het daeuj gizneix dingq.
越听越动心。

唰冬否眉曷，
Cawzdoeng mbouj miz ndit,
冬天没阳光，

授涽垄尔論；
Souh nit bae lawz lwnh;
受冷难过夜；

淋鸡否眉毡，
Lumj gaeq mbouj miz bwn,
如鸡仔无毛，

兄廸伝授愄。
Gou dwg vunzsouhvei.
我是受苦人。

摆 弹 兄 喜 欢，
Rag ginz gou heijvuen,
弹琴我喜欢，

空 兄 馈 嘎 眉；
Ranz gou gonq yax miz;
我家也有琴；

凤 姣 弹 乱 兀，
Funggyauh danz ndaej ndei,
凤姣弹得好，

冶 斗 其 尼 盯。
Het daeuj gizneix dingq.
越听越动心。

37. 马 骨 胡 阆 毽，
Majguzhuz ndaw fwngz,
手中马骨胡，

交 許 佲 振 英；
Gyau hawj mwngz Cinyingh;
交给你振英；

请 佲 摆 几 噻，
Cingj mwngz rag geij sing,
请你弹几曲，

兄 馈 垟 巨 盯。
Gou ing ciengz gwq dingq.
我倚墙来听。

阆 傍 伝 无 数，
Ndawbiengz vunz fouzsoq,
世间人无数，

否 喏 对 蛳 論；
Mbouj rox doiq byawz lwnh;
谁是知音人；

马 骨 胡 阆 毽，
Majguzhuz ndaw fwngz,
手中马骨胡，

交 許 佲 振 英。
Gyau hawj mwngz Cinyingh.
交给你振英。

阆 肕 眉 麻 话，
Ndaw sim miz maz vah,
心中有何话，

倓 对 罳 齐 誩；
Raeuz doiqnaj caez ging;
见面倾哀情；

请 佲 摆 几 噻，
Cingj mwngz rag geij sing,
请你弹几曲，

兄 馈 垟 巨 盯。
Gou ing ciengz gwq dingq.
我倚墙来听。

38. 振 英 毽 弹 琴，
Cinyingh fwngz danz ginz,
振英手弹琴，

淰 肒 阆 蒱 祔；
Raemxda rim genbuh;
泪流湿衣襟；

丢 四 处 嘿 雾，
Mbwn seiqcawq laepmuh,
天地四处黑，

布 了 布 否 眙。
Boux liuz boux mbouj raen.
人找人不见。

想 盯 条 辛 焐，
Siengj daengz diuz sinhoj,
想到辛苦处，

哥 否 呷 只 飪；
Go mbouj gwn cix imq;
哥不吃也饱；

振 英 毽 弹 琴，
Cinyingh fwngz danz ginz,
振英手弹琴，

淰 肒 阆 蒱 祔。
Raemxda rim genbuh.
眼泪湿衣襟。

哥 流 落 肝 其，
Go louzloz daengz gix,
哥流落到此，

呻 気 独 度 独；
Gwnheiq duz doh duz;
受苦对谁言；

盂 四 处 𣈱 雾，
Mbwn seiqcawq laepmuh,
天地四处黑，

布 了 布 否 眙。
Boux liuz boux mbouj raen.
人找人不见。

39. 否 倗 㚲 斗 救，
Mbouj baengh nuengx daeuj gouq,
不靠妹来救，

兄 丢 条 命 狐；
Gou ndek diuz mingh ma;
早丢这条命；

情 恩 迈 淋 岜，
Cingzaen naek lumj bya,
恩情如山重，

千 年 嘎 喏 记。
Cien nienz yax rox geiq.
千年记在心。

鸠 燕 㪙 汷 汏，
Roegenq doek roengz dah,
燕子掉下河，

嘎 靠 布 挩 舡；
Yax gauq bouxvadruz;
全靠渡船人；

否 倗 㚲 斗 救，
Mbouj baengh nuengx daeuj gouq,
不靠妹来救，

兄 丢 条 命 狐。
Gou ndek diuz mingh ma.
早丢这条命。

㚲 晔 哥 尼 迈，
Nuengx yawj go ni naek,
哥身受重伤，

愿 口 骨 还 椛；
Nyienh guh gvoet vanzva;
愿做花中骨；

情 恩 迈 淋 岜，
Cingzaen naek lumj bya,
恩情如山重，

千 年 嘎 喏 记。
Cien nienz yax rox geiq.
千年记在心。

40. 凤 姣 冗 取 尼，
Funggyauh ndaejnyi nix,
听哥表心意，

胁 只 𱎾 度 龙（哥）；
Sim cix mbin doh lungz (go);
心飞向情哥；

绣 球 揞 閊 緂，
Siugiuz coq ndaw fwngz,
绣球拿在手，

抛 許 龙 兄 眪。
Bau hawj lungz gou naeq.
抛到哥怀中。

绣 球 包 㚲 胁，
Siugiuz bau nuengx sim,
绣球是妹心，

哥 恩 情 喏 记；
Go aencingz rox giq;
永留哥怀中；

凤 姣 冗 取 尼，
Funggyauh ndaejnyi nix,
听哥表心意，

胁 只 𱎾 度 龙。
Sim cix mbin doh lungz.
心飞向情哥。

膍 鱼 齐 共 汰，
Bienq bya caez gungh dah,
变鱼共条河，

膍 椛 齐 囗 盆；
Bienq va caez guh bwnz;
变花齐共盆；

绣 球 揩 閙 鲑，
Siugiuz coq ndaw fwngz,
绣球拿在手，

抛 許 龙 兄 眲。
Bau hawj lungz gou naeq.
抛到哥怀中。

41. 振 英 接 绣 球，
Cinyingh ciep siugiuz,
振英接绣球，

撕 旭 祂 囗 纸；
Sik gyaeujvaq guh ceij;
撕裤头做纸；

殆 鲑 盈 写 字，
Haeb fwngz lwed sijcih,
咬指头滴血，

写 诗 歪 旭 祂：
Sij sei gwnz gyaeujvaq:
写诗在裤头：

"犸 佬 旭 嗯 觥，
"Max laux gyaeuj ok gaeu,
"马头会生角，

偻 屍（否） 淋 情 虬！"
Raeuz ndi（mbouj）lumz cingz gaeuq!"
我俩心不移！"

振 英 接 绣 球，
Cinyingh ciep siugiuz,
振英接绣球，

撕 旭 祂 囗 纸。
Sik gyaeujvaq guh ceij.
撕裤头做纸。

盈 诗 交 許 崕，
Lwedsei gyau hawj nuengx,
血诗交给妹，

崕 腋 旳 喏 记；
Nuengx hwnz ngoenz rox giq;
妹铭记心底；

殆 鲑 盈 写 字，
Haeb fwngz lwed sijcih,
咬指头滴血，

写 诗 歪 旭 祂。
Sij sei gwnz gyaeujvaq.
写诗在裤头。

42. 扶 其 内 揩 楞，
Saet gizneix coq laeng,
儿女情放后，

嗛 肛 其 汉 阳；
Gangj daengz giz Hanyangz①;
先说汉阳②地；

马 周 肌 巨 烦，
Maj Couh③ sim gwq fanz,
马周就心烦，

捰 伝 倒 报 仇。
Ra vunz dauq bauqcouz.
找人来献计。

曹 彪 卦 排 南，
Cauz Byauh gvaq baihnamz,
曹彪到南方，

杳 李 旦 音 讯；
Caz Lij Dan yaemsaenq;
查李旦幼主；

---

① Hanyangz: Diegmingz.
② 汉阳：地名。
③ Maj Couh: Dwg ndaek dacieng baih Lij Dan.

抟 其 内 揩 楞，
Saet gizneix coq laeng,
儿女情放后，

嗛 肟 其 汉 阳。
Gangj daengz giz Hanyangz.
先说汉阳地。

鞁 蹕 坏 十 对，
Haiz byaij vaih cib doiq,
走破十双鞋，

赿 墥 媥 岜 桑；
Bin ndoi mbwk bya sang;
踏遍万里地；

马 周 肑 巨 烦，
Maj Couh sim gwq fanz,
马周就心烦，

捋 伝 倒 报 仇。
Ra vunz dauq bauqcouz.
找人来献计。

43. 曹 彪 肟 柳 州，
Cauz Byauh daengz Liujcouh,
曹彪到柳州，

肑 忧 愁 挈 瘵；
Sim youcaeuz doeknaiq;
心忧愁失望；

幼 主 斐 喘 蹕?
Youcij bae gyawz byaij?
幼主在何方?

捋 排 排 否 眄。
Ra baihbaih mbouj raen.
处处找不见。

昑 蹕 坤 肟 穏，
Ngoenz byaij roen daengz laep,
日夜赶路忙，

砰 挈 砰 巨 忧；
Gyaek doek gyaek gwq you;
忧心又失望；

曹 彪 肟 柳 州，
Cauz Byauh daengz Liujcouh,
曹彪到柳州，

肑 忧 愁 挈 瘵。
Sim youcaeuz doeknaiq.
心忧愁失望。

否 乩 嘇 乩 吽，
Mbouj ndaej cam ndaej naeuz,
不能露身世，

闷 肑 头 否 开；
Ndaw simdaeuz mbouj hai;
秘密心中藏；

幼 主 斐 喘 蹕?
Youcij bae gyawz byaij?
幼主在何方?

捋 排 排 否 眄。
Ra baihbaih mbouj raen.
处处找不见。

44. 曹 彪 斐 躲 雾，
Cauz Byauh bae ndoj fwn,
曹彪去躲雨，

暑 官 碰 李 旦；
Sawqmwh bungz Lij Dan;
突然遇李旦；

嚣 伝 否 乩 嗛，
Najvunz mbouj ndaej gangj,
人前不敢说，

否 敢 嘇 敢 吽。
Mbouj gamj cam gamj naeuz.
不敢来相认。

正 想 荦 护 跪，
Cingq siengj roengz hoq gvih,
正想跪行礼，

四 处 又 眉 伝；
Seiqcawq youh miz vunz;
四处有人看；

曹彪裴躲雰,
Cauz Byauh bae ndoj fwn,
曹彪去躲雨,

得坙碰李旦。
Daekhwnj bungz Lij Dan.
恰巧遇李旦。

合閟竺裴趴,
Haeuj ndaw ranz bae soengz,
进到屋里站,

淰肰荜汪汪;
Raemxda roengzvangvang;
两眼泪汪汪;

罾伝否凡嗛,
Najvunz mbouj ndaej gangj,
人前不敢说,

否 敢 嗲 敢 吽。
Mbouj gamj cam gamj naeuz.
不敢来相认。

45. 李 旦 眑 曹 彪,
Lij Dan raen Cauz Byauh,
李旦见曹彪,

氕 管 囘 閟 肍;
Heiq guenj bau ndaw sim;
高兴心里藏;

汧 否 凡 田 嚛,
Conj mbouj ndaej guhsing,
喜事不外露,

明 明 喏 大 将。
Mingzmingz rox dacieng.
明知是大将。

上 当 町 马 迪,
Sangdang deng Maj Diz,
糊涂是马迪,

否 取 委 转 倒;
Mbouj nyi mbwn cienq dauq;
不知天地转;

李 旦 眑 曹 彪,
Lij Dan raen Cauz Byauh,
李旦见曹彪,

氕 管 囘 閟 肍。
Heiq guenj bau ndaw sim.
高兴心里藏。

淋 独 鳩 閟 笼,
Lumj duzroeg ndaw loengz,
像笼中飞鸟,

打 羽 荣 难 丑;
Daj fwed yungz nanz mbin;
拍翅却难飞;

汧 否 凡 田 嚛,
Conj mbouj ndaej guhsing,
喜事不外露,

明 明 喏 大 将。
Mingzmingz rox dacieng.
明知是大将。

46. 倒 床 伝 否 眑,
Dauqma vunz mbouj raen,
众人刚散去,

躤 骀 荜 护 跪;
Laemx ndang roengz hoq gvih;
曹彪忙下跪;

斗 捋 佲 幼 主,
Daeuj ra mwngz youcij,
万里寻幼主,

肝 其 内 冶 眑。
Daengz gizneix het raen.
此地方相会。

马 上 喁 坙 犸,
Majsang heuh hwnj max,
我们齐上马,

兄 保 驾 粘 楞;
Gou baujgya nem laeng;
接幼主荣归;

倒 庲 伝 否 眅，
Dauqma vunz mbouj raen,
众人刚散去，

躘 骱 荦 护 跪。
Laemx ndang roengz hoq gvih.
曹彪忙下跪。

兵 打 千 打 万，
Bing daj cien daj fanh,
兵将上千万，

就 少 皇 田 主；
Couh siuj vangz guhcij;
盼幼主指挥；

斗 捋 佲 幼 主，
Daeuj ra mwngz youcij,
万里寻幼主，

肝 其 内 冾 眅。
Daengz gizneix het raen.
此地方相会。

47. 李 旦 吽 曹 彪，
Lij Dan naeuz Cauz Byauh,
李旦说曹彪，

佲 倒 謢 凤 姣；
Mwngz dauq sax Funggyauh;
你要见姣妹；

兄 嗳 偤 恩 情，
Gou souh de aencingz,
她情深似海，

侣 伝 永 嗒 记。
Ciuhvunz yingz (yingzyienz) rox geiq.
终生永难忘。

布 伝 嗛 情 义，
Bouxvunz gangj cingzngeih,
人要讲情义，

眉 恩 兄 勺 报；
Miz aen gou yaek bauq;
有恩就要报；

李 旦 吽 曹 彪，
Lij Dan naeuz Cauz Byauh,
李旦说曹彪，

佲 倒 謢 凤 姣。
Mwngz dauq sax Funggyauh.
你要见姣妹。

话 佲 记 嗛 齐，
Vah mwngz geiq gangj caez,
有千言万语，

恅 连 累 伝 亲；
Lau lenzlei vunzcin;
怕连累亲人；

兄 嗳 偤 恩 情，
Gou souh de aencingz,
她情深似海，

侣 伝 永 嗒 记。
Ciuhvunz yingz rox geiq.
终生永难忘。

48. 拜 凤 姣 倒 庲，
Baiq Funggyauh dauqma,
李旦跪凤姣，

抓 淰 眹 齐 渧；
Vaz raemxda caez daej;
哥妹泪四行；

盆 鵋 各 自 飞，
Baenz roeg gag sw fae (mbin),
鸳鸯将拆散，

紉 剺 坤 胲 胅！
Cax raeh goenq dungxsaej!
利刀断肝肠！

哥 甾 坤 又 遬，
Go bae roen youh gyae,
哥去路途远，

崔 甾 尸 尔 捋；
Nuengx bae mbiengjlawz ra;
妹去哪里找；

拜 凤 姣 倒 床，

Baiq Funggyauh dauqma,

李旦跪凤姣，

抚 淰 肰 齐 淛。

Vaz raemxda caez daej.

哥妹泪四行。

許 籵 玉 囧 倗，

Hawj sainyawh guhbaengz,

送血诗为据，

罨 伝 介 肯 眴；

Najvunz gaej haengj naeq;

望妹心底藏；

盆 鸺 各 自 飞，

Baenz roeg gag sw fae,

鸳鸯将拆散，

初 刿 坤 朕 胈！

Cax raeh goenq dungxsaej!

利刀断肝肠！

49. 哥 嗛 勺 壨 路，

Go gangj yaek hwnj loh,

哥说要上路，

罨 猍 躺 里 神；

Nuengx loq ndang lij saenz;

妹魂收不回；

昑 昨 龙 躃 坤，

Ngoenzcog lungz byaij roen,

哥到远方去，

罨 躺 溶 盆 淰。

Nuengx ndang yungz baenz raemx.

妹身溶如水。

呷 粔 淋 呷 楠，

Gwn haeux lumj gwn namh,

饭菜如泥沙，

匑 龙 难 夅 胈；

Nohlungz nanz roengz hoz;

龙肉难下咽；

哥 嗛 勺 壨 路，

Go gangj yaek hwnj loh,

哥说要上路，

罨 猍 躺 里 神。

Nuengx loq ndang lij saenz.

妹魂收不回。

肰 亡 肰 喏 圆，

Ndwen mbangq ndwen rox nduen,

月缺月会圆，

任 盼 肰 尔 眹?

Doxbiek ndwen lawz raen?

君去何日归?

昑 昨 龙 躃 坤，

Ngoenzcog lungz byaij roen,

哥到远方去，

罨 躺 龙 盆 淰。

Nuengx ndang yungz baenz raemx.

妹身溶如水。

50. 椛 桃 冶 开 荷，

Vadauz het hai oq,

桃花刚开放，

劲 雹 塼（打） 只 败；

Lwgbag boj（daj）cix baih;

遭霜打就落；

昑 偻 盼 㤚 跶，

Ngoenz raeuz biek nyaenx vaiq,

哥离妹远去，

腮 胎 絞 盆 緋！

Saihoz geuj baenz cag!

心中乱如麻！

兄 攛 杖 呷 饰，

Go bag fwnz gwnrengz,

哥劈柴辛苦，

炍 炎 否 㐖 姣；

Feiz remj mbouj ndaej byoq;

却不能烘火；

椛 桃 冾 开 荷，
Vadauz het hai oq,
桃花刚开放，

劲 雹 磚 亦 败。
Lwgbag boj cix baih.
遭霜打就落。

㝮 愿 盆 条 苟，
Nuengx nyienh baenz diuz gaeu,
妹愿变条藤，

斗 絞 粜 肝 凳；
Daeuj geuj faex daengz dai;
生死缠住哥；

昑 偻 盼 峜 邋，
Ngoenz raeuz biek bae gyae,
哥离妹远去，

腮 胎 絞 盆 緋！
Saihoz geuj baenz cag!
心中乱如麻！

51. 龙 歐 峜 报 仇，
Lungz aeu bae bauqcouz,
哥要去报仇，

盯 卦 州 卦 县；
Deng gvaq cou gvaq yienh;
要过州过县；

昑 昨 歐 盼 㝮，
Ngoenzcog aeu biek nuengx,
明日哥别妹，

淋 汏 断 淰 流。
Lumj dah duenh raemx riuz.
如江水断流。

晔 糢 椛 棉 开，
Bimoq vamienz hai,
新年棉花开，

哥 带 兵 倒 授；
Go daiq bing dauq coux;
哥带兵接妹；

龙 歐 峜 报 仇，
Lungz aeu bae bauqcouz,
哥要去报仇，

盯 卦 州 卦 县。
Deng gvaq cou gvaq yienh.
要过州过县。

淋 沙 合 劲 肷，
Lumj sa haeuj lwgbaed,
如沙进眼里，

淋 𧿳 腮 跦 胧；
Lumj daet nyinz gaguengq;
如箭射断骨；

昑 昨 歐 盼 㝮，
Ngoenzcog aeu biek nuengx,
明天哥别妹，

淋 汏 断 淰 流！
Lumj dah duenh raemx riuz!
如江水断流！

52. 人 盼 胧 不 盼，
Vunz biek sim mbouj biek,
人离心不离，

胧 结 盆 劲 僬；
Sim giet baenz lwggyoij;
芭蕉一条心；

凳 只 歐 口 对，
Dai cix aeu guh doiq,
鸳鸯要成对，

狮 子 配 麒 麟！
Saeceij boiq gizlinz!
狮子配麒麟！

燕 劲 口 对 𰒆，
Enq lwg guh doiq mbin,
燕子成双对，

介 恅 罖 洫 毯；
Gaiq lau fwn rwed fwed;
不怕风雨淋；

伝 盼 心 否 盼，
Vunz biek sim mbouj biek，
人离心不离，

心 结 盆 劲 樵！
Sim giet baenz lwggyoij！
芭蕉一条心！

鸳 鸯 介 任 掤，
Yienhyangh gaiq doxcek，
鸳鸯不能拆，

对 鴑 鴮 共 墥；
Doiq roegfek gungh ndoi；
鹧鸪共山林；

兊 只 歐 叫 对，
Dai cix aeu guh doiq，
死也要成对，

狮 子 配 麒 麟！
Saeceij boiq gizlinz！
狮子配麒麟！

53. 伝 倿 庲 阳 间，
Vunz raeuz ma yiengzgan，
人来到世间，

大 胆 卦 朕 眃；
Daihdamj gvaq ndwenngoenz；
大胆过日子；

若 碰 彪 碰 猊，
Naengh bungq guk bungq nyaen，
若遇狼和虎，

歐 㑷 粘 俢 拞！
Aeu maenh nem de daeuq！
硬要跟它斗！

昆 盆 独 犊 劲，
Nuengx baenz duz cwzlwg，
妹虽似牛犊，

介 憦 彪 憦 狼（犸 猊）；
Gaiq lau guk lau langz (manaez)；
敢跟虎狼斗；

伝 倿 庲 阳 间，
Vunzraeuz ma yiengzgan，
人来到世间，

大 胆 卦 朕 眃。
Daihdamj gvaq ndwenngoenz.
大胆过日子。

平 碰 魅 碰 怪，
Bingz bungq fangz bungq gvaiq，
如遇鬼遇怪，

昆 頀 介 䏴 神；
Nuengx yax gaiq ndang saenz；
妹也心不忧；

若 碰 彪 碰 猊，
Naengh bungq guk bungq nyaen，
若遇狼和虎，

歐 㑷 粘 俢 拞！
Aeu maenh nem de daeuq！
硬要跟它斗！

54. 嗛 其 挟 拞 其，
Gangj giz saet coh giz，
唱这又唱那，

又 提 肛 马 周；
Youh diz daengz Maj Couh；
再提到马周；

李 旦 曾 倒 斗，
Lij Dan caengz dauq daeuj，
李旦还未到，

眃 忧 炷 閄 心。
Ngoenz you coq ndaw sim.
日夜心忧愁。

炷 心 头 巨 想，
Coq simdaeuz gwq siengj，
挂念在心头，

否 喏 样 尔 亦；
Mbouj rox yienghlawz hiz；
不知如何办；

嗦 其 抶 抯 其,
Gangj giz saet coh giz,
唱这又唱那,

又 提 肝 马 周。
Youh diz daengz Maj Couh.
再提到马周。

越 想 越 咘 饰,
Yied siengj yied gwnrengz,
越想越吃力,

天 各 否 保 佑;
Dien gag mbouj baujyouh;
请老天保佑;

李 旦 曾 倒 斗,
Lij Dan caengz dauq daeuj,
李旦还未到,

昑 忧 炷 闷 肒。
Ngoenz you coq ndaw sim.
日夜心忧愁。

55. 马 周 否 艸 兵,
Maj Couh mbouj cuengq bing,
马周管众兵,

腋 昑 肒 暴 躁;
Hwnz ngoenz sim bauhcauq;
日夜心忧烦;

肝 取 嗦 曹 彪,
Ndaejnyi gangj Cauz Byauh,
听人说曹彪,

带 幼 主 倒 床。
Daiq youcij dauqma.
带幼主回还。

兵 将 苹 斗 接,
Bing cieng roengz daeuj ciep,
兵将来迎接,

烈 盆 螃 盆 虹;
Lied baenz doq baenz dinz;
如蜂群满山;

马 周 否 艸 兵,
Maj Couh mbouj cuengq bing,
马周管众兵,

腋 昑 肒 暴 躁。
Hwnz ngoenz sim bauhcauq.
日夜心忧烦。

幼 主 倒 肝 歪,
Youcij dauq daengz gwnz,
幼主回来到,

奀 保 佑 否 愣;
Mbwn baujyouh mbouj lau;
靠老天保佑;

乱 取 嗦 曹 彪,
Ndaejnyi gangj Cauz Byauh,
听人说曹彪,

带 幼 主 倒 床。
Daiq youcij dauq ma.
带幼主回还。

56. 接 床 肝 中 营,
Ciep ma daengz cunghyingz,
幼主到中营,

布 布 肒 只 宪;
Bouxboux sim cix gvangq;
人人都欢喜;

马 周 俊 大 将,
Maj Couh de dacieng,
马周是大将,

巨 想 炷 闷 肒。
Gwq siengj coq ndaw sim.
妙计藏心里。

唩 俊 唪 汉 阳,
Heuh bae ceng Hanyangz,
叫他打汉阳,

兵 将 齐 同 肒;
Bing cieng caez doengzsim;
兵将都齐心;

接 庲 肛 中 营，
Ciep ma daengz cunghyingz,
幼主到中营，

布 布 肊 只 宠。
Bouxboux sim cix gvangq.
人人都欢喜。

傪 布 伝 才 能，
De bouxvunz caiznaengz,
他人有才能，

又 劳 恶 揾 仗；
Youh maenh'ak hoenxciengq;
打仗从不输；

马 周 傪 大 将，
Maj Couh de dacieng,
马周是大将，

巨 想 炷 閲 肊。
Gwq siengj coq ndaw sim.
妙计藏心里。

57. 幼 主 吽 马 周，
Youcij naeuz Maj Couh,
幼主说马周，

叩 事 否 肯 差；
Guh saeh mbouj haengj ca;
谋略要高强；

灭 武 夺 天 下，
Mied Uj dued dienyah,
灭武夺天下，

大 家 都 盳 偻。
Daihgya duj muengh raeuz.
大家指望咱。

歐 其 叩 西 营，
Aeu gix guh sihyingz,
此处设西营，

佲 只 从 喏 否；
Mwngz cix coengz rox mbouj;
不知个中因；

幼 主 吽 马 周，
Youcij naeuz Maj Couh,
幼主说马周，

叩 事 否 肯 差。
Guh saeh mbouj haengj ca.
谋略要高强。

兄 遇 难 唉 悢，
Gou bihnanh souhvei,
我遇难受苦，

佲 四 处 罢 捋；
Mwngz seiqcawq bae ra;
你四处奔忙；

灭 武 保 天 下，
Mied Uj dued dienyah,
灭武夺天下，

大 家 都 盳 偻。
Daihgya duj muengh raeuz.
大家指望咱。

58. 马 周 謢 啦 承，
Maj Couh yax ingqcwngz,
马周点头应，

佲 町 兄 斗 摆；
Mwngz dingq gou daeuj baij;
我听你指挥；

時 内 则 天 堯，
Seizneix Cwzdenh dai,
要则天性命，

武 党 台 勺 褰！
Ujdangj daiz yaek doemq!
灭武党成灰！

幼 主 謢 欢 喜，
Youcij yax vuenheij,
幼主心欢喜，

昑 内 扠 旗 佲；
Ngoenzneix cap geiz mwngz;
帅旗由你挥；

马 周 諏 应 承，
Maj Couh yax ingqcwngz，
马周点头应，

佲 矴 兄 斗 摆。
Mwngz dingq gou daeuj baij.
我听你指挥。

幼 主 发 号 令，
Youcij fat hauling，
幼主发号令，

百 姓 心 宪 移，
Beksingq sim gvangq lai；
百姓心欢喜；

時 内 则 天 尧，
Seizneix Cwzdenh dai，
要则天性命，

武 党 台 勺 夐！
Ujdangj daiz yaek doemq!
灭武党成灰！

59. 佬 国 太 嗽 话，
Lauxgozdai gangjvah，
老国太发话，

交 代 佲 老 臣；
Gyauhdai gyoengq lauxcwnz；
下达众老臣；

幼 主 勺 庲 肝，
Youcij yaek ma daengz，
幼主将要到，

汉 阳 城 歐 海！
Hanyangz singz aeu hai!
要开汉阳门！

反 覆 闼 唐 朝，
Fanfuk ndaw Dangzcauz，
大唐朝廷内，

兵 倒 否 伝 带；
Bing dauq mbouj vunz daiq；
兵马乱纷纷；

佬 国 太 嗽 话，
Lauxgozdai gangjvah，
老国太发话，

交 代 佲 老 臣。
Gyauhdai gyoengq lauxcwnz.
下达众老臣。

则 天 廸 蟷 蛶，
Cwzdenh dwg dangh heu，
（武）则天是青蛇，

想 绞 偻 尧 尽；
Siengj geuj raeuz dai caenh；
欲绞死我们；

幼 主 勺 庲 肝，
Youcij yaek ma daengz，
幼主将要到，

汉 阳 城 歐 海！
Hanyangz singz aeu hai!
要开汉阳门！

60. 李 旦 正 合 城，
Lij Dan cingq haeuj singz，
李旦刚入城，

佲 兵 僭 斗 后；
Gyoengq bing guen daeuj haeuh；
众官兵守候；

国 太 跪 荦 斗，
Gozdai gvih roengz daeuj，
老国太下跪，

傪 就 卦 岽 扶。
De couh gvaq bae fuz.
李旦奔去扶。

噯 佬 臣 诚 意，
Souh lauxcwnz cingzeiq，
受众臣诚意，

時 時 记 在 肜；
Seizseiz geiq youq sim；
时时记心腑；

李 旦 正 合 城，
Lij Dan cingq haeuj singz，
李旦刚入城，

伈 兵 僧 斗 后。
Gyoengq bing guen daeuj haeuh.
众官兵守候。

挂 榜 四 闱 城，
Gva buengj seiq dousingz，
出榜四城门，

姡 姓 齐 盯 旭；
Beksingq caez gumx gyaeuj；
众人齐低头；

国 太 跪 芇 斗，
Gozdai gvih roengz daeuj，
老国太下跪，

儋 就 卦 娄 扶。
De couh gvaq bae fuz.
李旦奔去扶。

61. 姚 铁 围 汉 阳，
Yauz Dez veiz Hanyangz，
姚铁围汉阳，

李 旦 只 难 顶；
Lij Dan cix nanz dingj；
李旦也难顶；

带 兵 冲 噁 城，
Daiq bing cung ok singz，
带兵冲出城，

扎 营 芅 灵 江。
Cap yingz youq Lingzgyangh.
扎营在灵江。

排 歪 又 眉 难，
Baihgwnz youh miz nanh，
北方又有难，

北 方 王 造 反；
Baekfueng'vuengz① caufanj，
北方王造反，

姚 铁 围 汉 阳，
Yauz Dez veiz Hanyangz，
姚铁围汉阳，

李 旦 只 难 顶。
Lij Dan cix nanz dingj.
李旦也难顶。

姚 铁 去 北 方，
Yauz Dez bae baekfueng，
姚铁打北方，

李 旦 冶 肿 肌；
Lij Dan het cuengqsim；
李旦得平安；

带 兵 冲 噁 城，
Daiq bing cung ok singz，
带兵冲出城，

扎 营 芅 灵 江。
Cap yingz youq Lingzgyangh.
扎营在灵江。

62. 嗪 其 扶 撘 其，
Gangj gix saet coq gix，
讲这又忘那，

凤 姣 里 怄 氕；
Funggyauh lij aeuqheiq；
凤姣还怄气；

怨 条 命 否 兀，
Ienq diuz mingh mbouj ndei，
怨命不如人，

咟 悢 炎 犇 炎。
Gwnvei mbat doek mbat.
受尽人间苦。

兄 盆 茉 否 盰，
Gou baenz faex mbouj mbaw，
我是无叶树，

① Baekfueng'vuengz：Dwg ndaek vuengz baekfueng.

167

里 娤 蒴 噁 杈？
Lij bae gyawz ok nga?
嫩芽怎能生？

嘛 其 抶 揩 其，
Gangj gix saet coq gix,
说这又忘那，

凤 姣 里 恼 气。
Funggyauh lij aeuqheiq.
凤姣还恼气。

振 英 娤 否 倒，
Cinyingh bae mbouj dauq,
振英去无还，

烦 恼 否 了 時；
Fanznauj mbouj liux seiz;
烦恼绕碎心；

怨 条 命 否 兀，
Ienq diuz mingh mbouj ndei,
怨命不如人，

呷 惧 次 犁 次。
Gwnvei mbat doek mbat.
受尽人间难。

63. 耭 胡 发 巨 嘛，
Gonq Huz Faz gwq gangj,
胡发说凤姣，

兄 娤 否 喏 喊；
Gou cang mbouj rox han;
我假装不懂；

内 僇 否 堼 窀，
Ni de mbouj youq ranz,
现他不在家，

偻 转 躺 娤 鬭。
Raeuz cienq ndang bae rog.
咱转身就走。

尼 佽 兄 又 毚，
Ni boh gou youh dai,
父亲逝世后，

肯 劢 俫 流 浪；
Haengj lwggvai louzlangh;
让乖佷受难；

耭 前 胡 巨 嘛，
Gonq Huz Faz gwq gangj,
胡发说凤姣，

兄 娤 否 喏 喊。
Gou cang mbouj rox han.
我假装不懂。

伤 肭 各 恼 气，
Siengsim gag aeuqheiq,
伤心自叹气，

肛 步 内 只 难；
Daengz bouh neix cix nanz;
今世苦难言；

内 僇 否 堼 窀，
Ni de mbouj youq ranz,
现他不在家，

偻 转 躺 娤 鬭。
Raeuz cienq ndang bae rog.
咱转身就走。

64. 妑 佬 吥 凤 姣，
Bajlaux naeuz Funggyauh,
婶娘劝凤姣，

巨 烦 恼 也 难；
Gwq fanznauj yax nanz;
烦恼也白费；

仪 盆 淰 莘 滩，
Boh baenz raemx roengz dan,
父如水下滩，

班 尼 否 乱 型。
Banneix mbouj ndaej hwnj.
今世挽不回。

朕 莘 岜 娤 嗲，
Ndwen roengz bya bae caem,
日落山寂静，

肬　灯　眃　斗　炅；
Muengh daengngoenz daeuj ciuq;
望太阳来照；

妑　佬　吽　凤　姣，
Bajlaux naeuz Funggyauh,
婶娘劝凤姣，

巨　烦　恼　也　难。
Gwq fanznauj yax nanz.
烦恼也白费。

眉　眃　夰　转　倒，
Miz ngoenz mbwn cienq dauq,
天地会倒转，

妑　佬　吗　介　烦；
Bajlaux heuh gaej fanz;
婶娘劝莫烦；

仪　盆　淰　夅　滩，
Boh baenz raemx roengz dan,
父如水下滩，

班　尼　否　㞒　𦚏。
Banneix mbouj ndaej hwnj.
今世挽不回。

65. 凤　娇　啱　噁　宆，
Funggyauh ngamq ok ranz,
凤姣逃出屋，

閪　甾　眕　马　迪；
Gyangnaj raen Maj Diz;
迎面遇马迪；

凤　姣　想　否　兀，
Funggyauh siengj mbouj ndei,
凤姣心慌乱，

掕　否　眉　桒　躲。
Ra mbouj miz dieg ndoj.
无地方躲避。

踦　犸　𦚏　閪　街，
Gwih max hwnj gyanggai,
骑马去赶街，

开　咟　嗵　否　喊；
Hai bak dongx mbouj han;
见凤姣不理；

凤　娇　啱　噁　宆，
Funggyauh ngamq ok ranz,
凤姣逃出屋，

閪　甾　眕　马　迪。
Gyangnaj raen Maj Diz.
迎面遇马迪。

马　迪　眕　凤　姣，
Maj Diz raen Funggyauh,
马迪见凤姣，

侈　盆　娋　敹　兀；
De baenz sau gyaeundei;
如桃花满枝；

凤　姣　想　否　兀，
Funggyauh siengj mbouj ndei,
凤姣心慌乱，

掕　否　眉　桒　躲。
Ra mbouj miz dieg ndoj.
无地方躲避。

66. 马　迪　拕　主　意，
Maj Diz nda cujyi,
马迪生巧计，

晻　尼　否　毕　庲；
Haemhneix mbouj baema;
今晚不回家；

合　宆　查　佬　㪟，
Haeuj ranz caz lauxda,
找岳父商议，

𠜎　麻　掕　否　对？
Guhmaz ra mbouj doiq?
为何找不到？

单　盯　否　卦　瘾，
Dan liu mbouj gvaq yinx,
光看不过瘾，

傍 閄 肞 巨 记；
De ndaw sim gwq geiq;
垂涎三尺八；

马 迪 抛 主 意，
Maj Diz nda cujyi，
马迪生巧计，

晲 尼 否 娤 床。
Haemhneix mbouj baema.
今晚不回家。

凤 姣 鈦 吁 吘，
Funggyauh maeqii，
凤姣美如花，

样 只 淋 朵 椛；
Yiengh cix lumj dujva；
样子像朵花；

合 竺 查 佬 龀，
Haeuj ranz caz lauxda，
找岳父商议，

囗 麻 捰 否 对？
Guhmaz ra mbouj doiq？
为何找不到？

67. 佬 龀 娤 板 南，
Lauxda bae Mbanj Namz，
岳父去南村，

閄 晲 否 倒 床；
Gyanghaemh mbouj dauqma；
今夜不回家；

噶 (胎嘘) 只 咘 杯 茶，
Hat (hozhawq) cix gwn boi caz，
请饮一杯茶，

眉 麻 昨 只 嗛。
Miz maz cog cij gangj.
有啥明天说。

傍 吶 否 娤 床，
De naeuz mbouj baema，
他说不回去，

大 家 总 否 喊；
Daihgya cungj mbouj han；
大家无话答；

佬 龀 娤 板 南，
Lauxda bae Mbanj Namz，
岳父去南村，

閄 晲 否 倒 床。
Gyanghaemh mbouj dauqma.
今夜不回家。

马 迪 矋 艻 鋍 (矋祛)，
Maj Diz naj hinghang (najhawq)，
马迪脸干干，

转 躺 扱 鯹 床；
Cienq ndang geb rieng ma；
挥鞭赶回家；

噶 只 咘 杯 茶，
Hat cix gwn boi caz，
请饮一杯茶，

眉 麻 昨 只 嗛。
Miz maz cog cij gangj.
有话明天讲。

68. 胡 发 床 曾 迿，
Huz Faz ma caengz naengh，
胡发方回家，

先 嗲 肟 囗 奵 (劝莞)；
Sien cam daengz guhyah (lwggwiz)；
先问到马迪；

腋 瞱 兄 否 床，
Haemhlwenz gou mbouj ma，
昨日我没回，

囗 麻 傍 否 仹？
Guhmaz de mbouj caj？
为何他不等？

家 童 嗛 马 迪，
Gyadungz gangj Maj Diz，
家奴说马迪，

偺 发 气 胎 捡；
De fatheiq hozgaemz；
憋气跑回去；

胡 发 庲 曾 逄，
Huz Faz ma caengz naengh，
胡发方回家，

先 噆 肛 马 迪。
Sien cam daengz Maj Diz.
先问到马迪。

淋 忡 猫 金 犁，
Lumj deng meuzgim doek，
如失落金猫，

胡 发 打 裕 跦；
Huz Faz daj goekga；
胡发跳三尺；

晆 瞓 兄 否 庲，
Haemhlwenz gou mbouj ma，
昨天我没回，

为 麻 偺 否 仢?
Guhmaz de mbouj caj?
为何他不等?

69. 马 迪 又 斗 肛，
Maj Diz youh daeuj daengz，
马迪又来到，

吥 振 英 惚 凭；
Naeuz Cinyingh nyaenx dai；
说振英已亡；

回 贼 唂 閪 街，
Guh caeg bak gyanggai，
做贼大街上，

伙 伝 彩 齐 抻。
Gyoengq vunzlai caez daenq.
遭众人毒打。

文 氏 閊 屏 封，
Vwnzci ndaw bingzfungh，
文氏躲屋后，

越 盯 觡 越 神；
Yied dingq ndang yied saenz；
听了断肝肠；

马 迪 又 斗 肛，
Maj Diz youh daeuj daengz，
马迪又来到，

吥 振 英 惚 凭。
Naeuz Cinyingh nyaenx dai.
说振英已亡。

嘛 偺 回 贼 头，
Gangj de guh caegdaeuz，
说他做贼头，

偺 布 伝 撿 财；
De bouxvunz dam caiz；
他是为财亡；

回 贼 唂 閪 街，
Guh caeg bak gyanggai，
做贼大街上，

伙 伝 彩 齐 抻。
Gyoengq vunzlai caez daenq.
遭众人毒打。

70. 胡 发 盯 取 尼，
Huz Faz ndaejnyi nix，
胡发听这话，

发 气 訤 否 停；
Fatheiq ndaq mbouj dingz；
发气骂不停；

喏 嚣 否 喏 肌，
Rox naj mbouj rox sim，
知面不知心，

踹 取 偺 正 贼。
Byawz nyi de cingqcaeg.
振英是贼头。

偺 各 回 事 差，
De gag guh saehca，
他自干坏事，

斗 捹 倭 介 理；
Daeuj ra raeuz gaiq leix;
天地不容情；

胡 发 叮 取 尼，
Huz Faz ndaejnyi nix,
胡发听这话，

发 气 訤 否 停。
Fatheiq ndaq mbouj dingz.
发气骂不停。

捹 贼 硈 道 理，
Dwk caeg hab dauhleix,
打贼合法理，

倭 呲 报 朝 廷；
Raeuz bae bauq ciuzdingz;
我去报朝廷；

啫 罱 否 啫 肌，
Rox naj mbouj rox sim,
知面不知心，

蛊 取 傪 正 贼。
Byawz nyi de cingqcaeg.
谁知是贼头。

71. 文 氏 乳 晌 话，
Vwnzci ndaej coenz vah,
文氏听这话，

否 啫 假 啫 真；
Mbouj rox gyaj rox cin;
不知假或真；

巨 气 㪗 閁 肌，
Gwq heiq youq ndaw sim,
日夜忧在心，

罱 伝 亲 咽 嗪。
Naj vunzcin yaeng gangj.
找亲人商议。

又 侵 佲 婚 姻，
Youh caeuq mwngz vwnhyinh,
已订了姻缘，

正 囲 悠 事 差；
Cingq guh nyaenx saehca;
又做错了事；

文 氏 乳 晌 话，
Vwnzci ndaej coenz vah,
文氏听这话，

否 啫 假 啫 真。
Mbouj rox gyaj rox cin.
不知假或真。

歐 名 问 劝 財，
Aeu mingz goz lwgsai,
要探明真相，

伝 㡥 传 盆 真；
Vunzlai cienz baenz cin;
众人传变真；

巨 气 㪗 閁 肌，
Gwq heiq youq ndaw sim,
日夜忧在心，

罱 伝 亲 咽 嗪。
Naj vunzcin yaeng gangj.
找亲人商议。

72. 凤 姣 回 文 氏，
Funggyauh hoiz Vwnzci,
凤姣答文氏，

介 怄 气 庲 觢；
Gaej aeuqheiq ma ndang;
不怄气在心；

话 尼 否 乳 信，
Vah neix mbouj ndaej saenq,
谣言不可信，

佋 伝 悋 振 英！
Ciuhvunz gyaez Cinyingh!
终生恋振英！

介 信 话 斗 传，
Gaej saenq vah daeuj cienz,
别轻信谣言，

婚 缘 麂 否 离；
Vwnhyienz dai mbouj liz;
姻缘永不离；

凤 姣 回 文 氏，
Funggyauh hoiz Vwnzci,
凤姣答文氏，

介 怄 气 庥 躺！
Gaej aeuqheiq ma ndang!
不怄气在心！

傄 布 伝 伶 俐，
De bouxvunz lingzleih,
他聪明伶俐，

通 理 又 浻 行；
Doengleix youh caixhangz;
是个忠诚人；

话 尼 否 冗 信，
Vah neix mbouj ndaej saenq,
谣言不可信，

婚 缘 麂 否 离！
Vwnhyienz dai mbouj liz!
姻缘永不离！

73. 振 英 叮 伝 赖，
Cinyingh deng vunz laih,
他被人诬害，

咟 气 移 难 顶；
Gwnheiq lai nanz dingj;
心中气难平；

閔 胎 兄 巨 醒（想），
Ndaw hoz gou gwq singj（siengj），
想起伤心事，

淰 眹 镲 盆 雺！
Raemxda ringx baenz fwn!
泪落湿衣襟！

枉 费 偻 如 劲，
Uengjfeiq raeuz meh lwg,
枉费母子俩，

肝 其 尼 犇 忉；
Daengz giz neix doeknaiq;
只能自叹气；

振 英 叮 伝 赖，
Cinyingh deng vunz laih,
他被人诬害，

咟 气 移 难 顶。
Gwnheiq lai nanz dingj.
心中气难平。

兄 盆 辈 勾 洛，
Gou baenz faex yaek roz,
树枯叶子落，

否 眉 榾 尔 顶；
Mbouj miz go lawz dingj;
没大树遮阴；

閔 胎 兄 巨 醒（想），
Ndaw hoz gou gwq singj（siengj），
想起伤心事，

淰 眹 镲 盆 雺！
Raemxda ringx baenz fwn!
泪落湿衣襟！

74. 倒 嗛 肝 马 迪，
Dauq gangj daengz Maj Diz,
马迪施诡计，

主 意 步 犇 步；
Cujyi bouh doek bouh;
坏主意连篇；

佬 卧 真 糊 涂，
Lauxda caen huzduz,
岳父真糊涂，

样 样 都 叮 伝。
Yienghyiengh duj dingq vunz.
样样听他言。

閔 肬 想 凤 姣，
Ndaw sim siengj Funggyauh,
心中恋凤姣，

173

偢傝定百年；
Caeuq de dingh bak nienz；
和他定百年；

倒嘞肛马迪，
Dauq gangj daengz Maj Diz，
马迪施诡计，

主意步埑步。
Cujyi bouh doek bouh.
坏主意连篇。

叫姨婆娄嘞，
Heuh Yizboz① bae naeuz，
叫姨婆做媒，

咟歐捌卦油；
Bak aeu vad gvaq youz；
嘴擦油三遍；

佬欥真糊涂，
Lauxda caen huzduz，
岳父真糊涂，

样样都肛伝。
Yienghyiengh duj dingq vunz.
样样听他言。

75. 姨婆舯胐娄，
Yizboz cuengqsim bae，
姨婆放心去，

事尼兄应承；
Gienh neix gou wngqcingz；
这事我应承；

能呁傝肛雂，
Naengh ndaej de daengz fwngz，
将她弄到手，

介淋兄情意。
Gaej lumz gou cingzeiq.
勿忘我情义。

达尼傝才能，
Dahneix de caiznaengz，
凤姣貌如花，

佚肯佲就兀；
Saet haengj mwngz couh ndei；
正好配富人。

姨婆舯胐娄，
Yizboz cuengqsim bae，
姨婆放心去，

件尼兄应承！
Gienh neix gou wngqcingz！
这事我应承！

佲想达凤姣，
Mwngz siengj dah Funggyauh，
你想凤姣妹，

兄倒愿帮佲；
Gou dauq nyienh bang mwngz；
姨婆愿帮你；

能呁傝肛雂，
Naengh ndaej de daengz fwngz，
将她弄到手，

介淋兄情意。
Gaej lumz gou cingzeiq.
勿忘我情义。

76. 姨婆转合㝉，
Yizboz cienq haeuj ranz，
姨婆刚入屋，

恭贺三贺四；
Gunghhoh sam hoh seiq；
恭贺你有福；

文氏否搭理，
Vwnzci mbouj dapleix，
文氏不搭理，

恭喜兄囗麻？
Gungheij gou guhmaz？
恭喜为何故？

---

① Yizboz：Dwg mehguhmoiz.

174

凤 姣 嫁 肯 伝，
Funggyauh haq haengj vunz,
凤姣嫁给人，

不 用 佲 吵 烦；
Mbouj yungh mwngz caujfanz;
不用你操心；

姨 婆 转 合 空，
Yizboz cienq haeuj ranz,
姨婆刚入屋，

恭 贺 三 贺 四。
Gunghoh sam hoh seiq.
恭贺你有福。

件 尼 盯 应 承，
Gienh neix deng wngqcingz,
这事要答应，

兄 跻 盯 肟 内；
Gou yaeujdin daengz neix;
我为你做媒；

文 氏 否 搭 理，
Vwnzci mbouj dapleix,
文氏不搭理，

恭 喜 兄 叩 麻？
Gungheij gou guhmaz?
恭喜为何故？

77. 马 迪 布 空 眉，
Maj Diz boux ranz miz,
马迪家豪富，

伴 是 布 熁 伝；
Dou seih bouxhoj vunz;
我们是穷人；

布 熁 嫁 布 眉，
Bouxhoj haq bouxmiz,
穷人嫁富人，

应 承 也 否 乸。
Wngqcingz yax mbouj ndaej.
应承也无法。

倒 另 接 婚 缘，
Dauq lingh ciep hoenyienz,
另外找姻缘，

件 尼 否 盆 理；
Gienh neix mbouj baenz leix;
此事无法成；

马 迪 布 空 眉，
Maj Diz boux ranz miz,
马迪家富裕，

伴 是 布 熁 伝。
Dou seih bouxhoj vunz.
我们是穷人。

凤 姣 粘 振 英，
Funggyauh nem Cinyingh,
凤姣与振英，

肬 对 肬 否 淋；
Sim doiq sim mbouj lumz;
相知不相忘；

佲 布 佬 斗 論，
Mwngz bouxlaux daeuj lwnh,
大人论道理，

应 承 兀 姻 缘。
Wngqcingz ndei yenhyienz.
答应好姻缘！

78. 振 英 迪 布 侅，
Cinyingh dwg bouxhoiq,
振英是仆人，

逢 难 逢 肟 其；
Deuz nanh deuz daengz gix;
逃难到此地；

劝 佲 嫁 马 迪，
Gienq mwngz haq Maj Diz,
劝你嫁马迪，

空 俦 眉 艮 万！
Ranz de miz ngaenz fanh!
富裕无人比！

175

八 字 马 迪 拎，
Batceih Maj Diz gaem，
八字马迪抓，

魂 佲 否 孲 退；
Hoenz mwngz mbouj ndaej doiq；
魂魄归马迪；

振 英 迪 布 侼，
Cinyingh dwg bouxhoiq，
振英是仆人，

逐 难 逐 肝 其。
Deuz nanh deuz daengz gix.
逃难到此地。

布 伝 㾠 乔 傍，
Bouxvunz ma lajbiengz，
人来到世间，

端 否 想 㾒 兀；
Byawz mbouj siengj bienq ndei；
享福谁不知；

劝 佲 嫁 马 迪，
Gienq mwngz haq Maj Diz，
劝你嫁马迪，

竺 傪 眉 艮 万。
Ranz de miz ngaenz fanh.
享福无人比。

79. 凤 姣 甜 闷 肔，
Funggyauh haemz ndaw sim，
凤姣恨在心，

甭 肝 伬 姨 婆；
Bae daengz yienz Yizboz；
去找媒婆论；

傪 枼 炗 巨 挌，
De faexfeiz gwq roq，
举火棍就打，

枼 炗 坤 三 江！
Faexfeiz goenq sam gyaengh！
火棍断三根！

又 叮 踩 揩 乔，
Youh deng caij coq laj，
把她踩在地，

仴 否 孲 叩 声；
Yax mbouj ndaej guhsing；
她不敢出声；

凤 姣 甜 闷 肔，
Funggyauh haemz ndaw sim，
凤姣恨在心，

甭 肝 伬 姨 婆。
Bae daengz yienz Yizboz.
去找媒婆论。

兄 是 嫁 振 英，
Gou seih haq Cinyingh，
定要嫁振英，

嗲 佲 喏 否 喏；
Cam mwngz rox mbouj rox；
问你知不知；

傪 枼 炗 巨 挌，
De faexfeiz gwq roq，
举火棍就打，

枼 炗 坤 三 江！
Faexfeiz goenq sam gyaengh！
火棍断三根！

80. 叮 枈 难 噁 声，
Deng moeb nanz ok sing，
遭打难出声，

忍 痈（唔） 逐 肝 竺；
Nyaenx in（get） deuz bae ranz；
忍痛回到家；

傪 对 马 迪 嗛，
De doiq Maj Diz gangj，
对马迪诉苦，

淦 肤 㴓 仆 仆。
Raemxda rihbyoegbyoeg.
眼泪滴答答。

淋 独 狂 叮 挌，
Lumj duzma deng roq,
如狗受人打，

鼠 拖 肚 吞 盯；
Rieng do daengz laj din;
尾巴肚底夹；

叮 栞 难 噁 声，
Deng moeb nanz ok sing,
遭打难出声，

忍 疴 逯 肚 空。
Nyaenx in（get）deuz bae ranz.
忍痛回到家。

囲 媒 千 万 件，
Guh moiz cien fanh gienh,
做媒千万件，

嵇 曾 叮 伝 掹；
Gyonj caengz deng vunz hoenx;
从未被人打；

傻 对 马 迪 嚟，
De doiq Maj Diz gangj,
对马迪诉苦，

淰 肶 涮 汴 汴。
Raemxda rihbyoegbyoeg.
眼泪滴答答。

叮 吽 咭 肚 舧，
Deng naeuz get daengz sim,
被打痛到心，

金 银 補 只 兀；
Gim ngaenz bouj cix ndei;
我补金和银；

傻 布 佬 嚟 尼，
Mwngz bouxlaux gangj ni,
姨婆如此说，

兄 也 氕 几 分。
Gou yax heiq geij faen.
我忧愁在心。

兄 近 噁 罿 卦，
Gou gaenq oknaj gvaq,
我已送婚礼，

嚟 旭 奻 也 盆；
Gangj gyaeujyah yax baenz;
算夫妻也成；

喏 佲 取 叮 拖，
Rox nyi mwngz deng daenq,
知道你挨打，

兄 十 分 悇 憬。
Gou cibfaen gyaezgyoh.
我十分同情。

81. 佲 布 佬 嚟 尼，
Mwngz bouxlaux gangj ni,
姨婆说如此，

兄 也 氕 几 分；
Gou yax heiq geij faen;
我忧愁在心；

喏 取 佲 叮 拖，
Rox nyi mwngz deng daenq,
知道你被打，

兄 十 分 悇 憬。
Gou cibfaen gyaezgyoh.
我十分同情。

82. 独 兄 件 事 尼，
Duh gou gienh saeh neix,
我们这桩事，

请 妣 记 撍 舧；
Cingj baj geiq coq sim;
请婶记在心；

否 愣 用 千 金，
Mbouj lau yungh cien gim,
不怕花千金，

妣 用 舧 㞎 办。
Baj yungh sim bae banh.
婶用心去办。

盯猳許双箩，
Dinmou hawj song loz,
猪脚给两箩，

粩糥許千斤；
Haeuxmoq hawj cien gaen;
新米给千斤；

独兄件事尼，
Duh gou gienh saeh neix,
我们这桩事，

请妭记撨肞!
Cingj baj geiq coq sim!
请婶记在心!

金砖許双磩（坆），
Gimcien hawj song gonj（gaiq），
金砖给两块，

艮鿔由佲定；
Ngaenzhau youz mwngz dingh;
白银由你定；

否愣用千金，
Mbouj lau yungh cien gim,
不怕花千金，

妭用肞甚办。
Baj yungh sim bae banh.
婶用心去办。

83. 劲倬嗛样尼，
Lwgcoz gangj yienghneix,
听侹这般说，

兄欢喜盆麻；
Gou vuenheij baenzmaz;
我非常喜欢；

齐甡盻佬歋，
Caez bae raen lauxda,
齐去见岳父，

朩兇椛冷倒。
Mbaet ndaej va het dauq.
采得花回来。

盻艮胎只痕，
Raen ngaenz hoz cix haenz,
见钱心就痒，

眉艮事只兀；
Miz ngaenz saeh cix ndei;
有钱好办事；

劲倬嗛样尼，
Lwgcoz gangj yienghneix,
听侹这般说，

兄欢喜盆麻。
Gou vuenheij baenzmaz.
我非常喜欢。

叮虹蝰嗒记，
Deng dinz ndat rox geiq,
被蜂蜇会记，

告尼介侟訧；
Gau neix gaej doxndaq;
这次别吵架；

齐甡盻佬歋，
Caez bae raen lauxda,
齐去见岳父，

朩兇椛冷倒。
Mbaet ndaej va het dauq.
采得花回还。

84. 盻囗奻倒床，
Raen guhyah dauqma,
见媒婆返回，

佬歋肞高兴；
Lauxda sim gauhhing;
岳父心也欢；

擎杯沉巨敬，
Gingz boi laeuj gwq gingq,
举杯来敬酒，

皮眭兀淋宐。
Beixnuengx naengh rim ranz.
亲朋坐满堂。

姻缘否許断，
Yinhyienz mbouj hawj duenh,
姻缘不给断，

㘴川淰合罍；
Loek cuenh raemx haeuj naz,
引水灌田庄；

眐囗奵倒床，
Raen guhyah dauqma,
见媒婆返回，

佬欵肶高兴。
Lauxda sim gauhhing.
岳父心也欢。

茬送氿只訪，
Bya soengq laeuj cix van,
佳肴摆满桌，

竺眉伝只哘；
Ranz miz vunz cix hoengh,
有人家才旺；

敬杯氿巨敬，
Gingz boi laeuj gwq gingq,
举杯来敬酒，

皮侳冄淋竺。
Beixnuengx naengh rim ranz.
亲朋坐满堂。

85. 振英囗贼头，
Cinyingh guh caegdaeuz,
振英做贼头，

忡伝拎娄紼；
Deng vunz gaemh bae gaj,
被人拿去杀；

佬欵呀佬欵，
Lauxda ya lauxda,
岳父呀岳父，

嫁傪只守嬪
Haq de cix souj maiq.
嫁他就守寡。

比箭兄靆差，
Beij cienq gou loengca,
射箭我差错，

凤姣拿傪恳；
Funggyauh dawz de haenh,
凤姣将他夸；

振英囗贼头，
Cinyingh guh caegdaeuz,
振英做贼头，

忡伝拎娄紼。
Deng vunz gaemh bae gaj.
被人拿去杀。

凤姣否哼気，
Funggyauh mbouj cengqheiq,
凤姣不争气，

歪屘牸穋椛；
Gwnz haexcwz ndaem va,
牛粪插鲜花；

佬欵呀佬欵，
Lauxda ya lauxda,
岳父呀岳父，

嫁傪只守嬪。
Haq de cix souj maiq.
嫁他就守寡。

86. 话如肶合胎，
Vah hab sim hab hoz,
话合心合意，

杯杯揩肝底；
Boiboi coq daengz dij,
杯杯喝到底；

佬欵氿只醚，
Lauxda laeuj cix fiz,
岳父喝酒醉，

马迪喋嘻嘻（喋悡）。
Maj Diz riuyiyi (riunyaen).
马迪笑嘻嘻。

179

佬 猷 奜 庲 眪，
Lauxda baema ninz,
岳父回去睡，

马 迪 带 合 庑；
Maj Diz cing haeuj hoq;
马迪心中喜；

话 合 肶 合 胲，
Vah hab sim hab hoz,
话合心合意，

杯 杯 揩 肛 底。
Boiboi coq daengz daej.
杯杯喝到底。

马 迪 装 捹 眪，
Maj Diz cang raninz,
马迪装着睡，

阀 肶 打 主 意；
Ndaw sim daj cujyi;
心里设"妙计"；

佬 猷 氿 只 酻，
Lauxda laeuj cix fiz,
岳父喝酒醉，

马 迪 噗 嘻 嘻。
Maj Diz riuyiyi.
马迪笑嘻嘻。

87. 马 迪 装 氿 酻，
Maj Diz cang laeujfiz,
马迪装酒醉，

只 奜 笼 鸤 咹；
Cix bae loengzgaeq rueg;
到鸡笼呕吐；

凤 姣 眙 巨 軷，
Funggyauh raen gwq veq,
凤姣见他来，

咽 咽 躲 合 窐。
Yaeng yaeng ndoj haeuj ranz.
悄悄躲入屋。

转 身 不 见 伝，
Cienq ndang mbouj raen vunz,
转身不见人，

凤 姣 各 胎 咶；
Funggyauh gag hozgig;
凤姣心自气；

马 迪 装 氿 酻，
Maj Diz cang laeujfiz,
马迪装酒醉，

只 奜 笼 鸤 吐。
Cix bae loengzgaeq gvex.
到鸡笼呕吐。

嫦 傪 斗 餦 鸤，
Caj de daeuj gueng gaeq,
等她来喂鸡，

兀 就 谋 仉 傪；
Gou couh maeuz ndaej de;
把她弄到手；

凤 姣 眙 傪 斗，
Funggyauh raen de daeuj,
凤姣见他来，

咽 咽 躲 合 窐。
Yaeng yaeng ndoj haeuj ranz.
悄悄躲入屋。

88. 文 氏 斗 餦 鸤，
Vwnzci daeuj yax gaeq,
文氏来喂鸡，

马 迪 眲 不 兀；
Maj Diz naeq mbouj ndei;
马迪知不妙；

想 逃 又 不 是，
Siengj deuz youh mbouj seih,
想逃来不及，

只 躲 阀 笼 鸤。
Cix ndoj ndaw loengzgaeq.
就钻入鸡笼。

鷄 合 笼 辈 刹，
Gaeq haeuj loengz bae sat，
大小鸡入笼，

鎖 劳 挩 否 凡；
Suj maenh duet mbouj ndaej；
锁好开不了；

凤 娇 斗 餓 鷄，
Funggyauh daeuj gueng gaeq，
凤姣来赶鸡，

马 迪 看 不 礼。
Maj Diz naeq mbouj ndei.
马迪知不妙。

闷 笼 拃 冗 冗，
Ndaw loengz cakcaemcaem，
笼里鸡屎臭，

马 迪 拿 旭 拎；
Maj Diz dawz gyaeuj gaemq；
马迪把头蒙；

想 逃 又 不 是，
Siengj deuz youh mbouj seih，
想逃来不及，

只 躲 闷 笼 鷄。
Cix ndoj ndaw loengzgaeq.
就钻入鸡笼。

89. 马 迪 钻 笼 鷄，
Maj Diz ndonj loengzgaeq，
马迪钻鸡笼，

凤 娇 眪 眙 旭；
Funggyauh naeqraen gyaeuj；
凤姣见贼头；

傝 不 嗛 不 吽，
De mbouj gangj mbouj naeuz，
她不声不响，

计 谋 揩 闷 肶。
Geiqmaeuz coq ndaw sim.
良谋记在心。

晗 辈 刮 烌 銅，
Haemh bae gved mijrek，
忙去刮锅灰，

捯 缽 淰 斗 齐；
Ra bat raemx daeuj caez；
用污水来淋；

马 迪 钻 笼 鷄，
Maj Diz ndonj loengzgaeq，
马迪钻鸡笼，

凤 娇 眪 眙 旭。
Funggyauh naeqraen gyaeuj.
凤姣见贼头。

淰 污 泼 辈 咋，
Raemxuq bued bae coh，
污水泼过去，

澗 对 碷 对 旭；
Sox doiq ndang doiq gyaeuj；
泼遍马迪身；

傝 否 嗛 否 吽，
De mbouj gangj mbouj naeuz，
她不声不响，

计 谋 揩 闷 肶。
Geiqmaeuz coq ndaw sim.
良谋记在心。

90. 凤 娇 主 意 兀，
Funggyauh cujyi ndei，
凤姣主意好，

喊 閄 窂 斗 眪；
Hemq ndaw ranz daeuj naeq；
她大声呼叫；

眉 贼 閄 笼 鷄，
Miz caeg ndaw loengzgaeq，
有贼入鸡笼，

敁 斗 眪 只 眙!
Sou daeuj naeq cix raen!
大家来瞧瞧!

布 布 拎 条 茉，
Douxboux gaem diuz faex,
众人都举棍，

助 笼 鸐 乱 挌；
Coh loengzgaeq luenh roq;
朝鸡笼猛敲；

凤 姣 主 意 桑，
Funggyauh cujyi sang,
凤姣主意好，

喊 闷 窀 斗 眮。
Hemq ndaw ranz daeuj naeq.
她大声呼叫。

布 布 拎 条 茉，
Bouxboux gaem diuz faex,
众人都举棍，

蛹 里 嗛 傪 冗；
Byawz lij dangj de ndaej;
谁也挡不住；

眉 贼 闷 笼 鸐，
Miz caeg ndaw loengzgaeq,
有贼入鸡笼，

介 许 傪 跑 逐！
Gaej hawj de buetdeuz!
别让他跑掉！

91. 伀 伝 嗲 布 贼，
Gyoengqvunz cam vunzcaeg,
众人问鸡贼，

否 囗 声 就 撍；
Mbouj guhsing couh sauz;
不出声就打；

再 得 茉 斗 捞，
Caiq dawz faex daeuj lauz,
长棍笼中戳，

倒 槑 僧 約 鼋。
Dauq moeb guenj yaek dai.
鸡贼叫呀呀。

嚣 傪 又 污 漯，
Naj de youh uq maeg,
鸡贼像黑猴，

揭 旭 跌 淋 猄；
Got gyaeuj saet lumj lingz;
抱头滚地下；

伀 伝 嗲 布 贼，
Gyoengqvunz cam bouxcaeg,
众人问鸡贼，

否 囗 声 就 撍。
Mbouj guhsing couh sauz.
不出声就打。

佲 巨 装 发 癫，
Mwngz gwq cang fatdien,
你装疯卖傻，

赗 佲 嘶 哟 哟；
Dienz mwngz swenjyauyau;
揍你喊呀呀；

再 得 茉 斗 捞，
Caiq dawz faex daeuj lauz,
长棍笼中戳，

倒 槑 僧 約 鼋。
Dauq moeb guenj yaek dai.
鸡贼叫呀呀。

92. 胡 发 斗 肝 闲，
Huz Faz daeuj daengz henz,
胡发到笼边，

也 喊 傪 囗 贼；
Yax hemq de guh caeg;
也叫他是贼；

嚣 又 嚇 污 黑，
Naj youh gyonj uq maeg,
满脸全污黑，

贼 耆 应 当 挌！
Caeggeq wngdang roq!
老贼应该打！

佲 尔 躲 閧 笼?
Mwngz lawz ndoj ndaw loengz?
为何躲入笼?

是 否 是 发 癫?
Seih mbouj seih fatdien?
是不是发癫?

胡 发 斗 肝 闲,
Huz Faz daeuj daengz henz,
胡发到笼边,

也 喊 侈 囗 贼。
Yax hemq de guh caeg.
也叫他是贼。

摺 庲 肝 閒 空,
Rag ma daengz gyang ranz,
拉他到屋中,

侈 巨 装 病 迠;
De gwq cang bingh naek;
他装病倒下;

罟 又 嚭 污 黑,
Naj youh gyonj uq maeg,
满脸全污黑,

贼 砧 应 当 揢!
Caeggeq wngdang roq!
老贼应该打!

然 吽 迪 贼 头,
Yienznaeuz dwg caegdaeuz,
以为是贼头,

踊 取 偻 竺 了;
Byawz nyi raeuz ranz ndeu;
原是一家人;

马 迪 刎 罟 消,
Maj Diz uet naj seuq,
马迪抹净脸,

侎 伝 冾 睁 盰。
Gyoengqvunz het yiuq raen.
众人方看清。

"龙 攸 喊 囗 螳,
"Lungz sou hemq guh dangh,
"长龙当是蛇,

泰 山(岜宏) 攸 否 盰;
Daihsanh (bya hung) sou mbouj raen;
泰山看不清;

螁 蚓 攸 肙 分,
Goep gvej sou ndi faen,
真假龙不分,

拕 兄 亦 杉 毒。"
Daenq gou yixlai (baenzlai) doeg."
打我险送命。"

93. 马 迪 刎 罟 消,
Maj Diz uet naj seuq,
马迪抹净脸,

侎 伝 冾 睁 盰,
Gyoengqvunz het yiuq raen,
众人方看清;

"螁 蚓 攸 肙 分,
"Goep gvej sou ndi faen,
"真假龙不分,

拕 兄 亦 杉 毒。
Daenq gou yixlai (baenzlai) doeg."
打我险送命。"

94. 马 迪 合 书 房,
Maj Diz haeuj sawfuengz,
马迪入书房,

巨 嗌 吽 盆 病;
Gwq gyangz naeuz baenz bingh;
呻吟装生病;

胡 发 忙 写 信,
Huz Faz muengz sij sinq,
胡发忙写信,

侎 伝 嚛 靪 喫。
Gyoengqvunz goemq hangz riu.
众偷笑不信。

嗌 声 又 苙 声，
Gyangz sing youh laeb sing,
呻吟声连声，

声 声 淋 徐 咙；
Singsing lumj cwz rongx;
声声如牛叫；

马 迪 合 书 房，
Maj Diz haeuj sawfuengz,
马迪入书房，

巨 嗌 吽 盆 病。
Gwq gyangz naeuz baenz bingh.
呻吟装生病。

装 病 疹 病 炭，
Cang bingh sa bingh feiz,
他说是火病，

否 眉 時 了 醒；
Mbouj miz seiz ndeu singj;
热似火烧心；

胡 发 忙 写 信，
Huz Faz muengz sij sinq,
胡发忙写信，

伙 伝 嗉 酊 喫。
Gyoengqvunz goemq hangz riu.
众偷笑不信。

95. 马 迪 拜 佬 欧，
Maj Diz baiq lauxda,
马迪拜岳父，

病 迈 庲 否 虬；
Binghnaek ma mbouj ndaej;
病重难返家；

派 伝 求 仙 蒗，
Baij vunz gouz sienyw,
派人求神医，

请 傪 斗 刮 痧。
Cingj de daeuj gvet sa.
请他来刮痧。

胡 发 吗 伙 空，
Huz Faz heuh hoiq ranz,
胡发叫家奴，

分 头 尅 各 板；
Faen daeuz bae gak mbanj;
分头跑下乡；

马 迪 拜 佬 欧，
Maj Diz baiq lauxda,
马迪拜岳父，

病 重 庲 否 虬。
Bingh naek ma mbouj ndaej.
病重难回家。

布 佅 跑 淋 犸，
Bouxhoiq buet lumj max,
家奴飞像马，

仙 蒗 赶 肛 空；
Sienyw ganj daengz ranz;
神医赶到家；

派 伝 求 仙 蒗，
Baij vunz gouz sienyw,
派人求神医，

请 傪 斗 刮 痧。
Cingj de daeuj gvet sa.
请他来刮痧。

96. "佲 叮 病 坴 躺，
Mwngz deng bingh hwnj ndang,
"你重病上身，

庲 闷 空 猜 渼！"
Ma ndaw ranz cai meiq!"
一定要戒醋！"

仙 蒗 嗛 样 尼，
Sienyw naeuz yienghni,
神医这般说，

马 迪 胎 里 懒；
Maj Diz hoz lij nyaek;
马迪心不服；

仙莥 细 定 脉，
Sienyw saeq dinghmeg,
神医细把脉，

嘻 咰 又 嵳 咰：
Daengq coenz youh laeb coenz：
声声再嘱咐：

"佲 叮 病 乲 斛，
"Mwngz deng bingh hwnj ndang,
"你重病在身，

麻 閧 竺 猜 渼！"
Ma ndaw ranz cai meiq！"
一定要戒醋！"

蒒 能 莥 兀 兄，
Byawz naengh yw ndei gou,
谁能把我医，

歐 麻 兄 总 侬；
Aeu maz gou cungj ei；
要啥我都给；

胡 发 咡 样 亦，
Huz Faz naeuz yienghni,
胡发这般说，

马 迪 胎 里 憪。
Maj Diz hoz lij nyaek.
马迪心不服。

97. "不 要 金 与 银，
"Mbouj aeu gim caeuq ngaenz,
"不要金和银，

只 要 句 话 内；
Cij aeu coenzvah neix；
只要一句话；

兄 莥 佲 冗 兀，
Gou yw mwngz ndaej ndei,
医好你的病，

千 祈 忡 凤 姣！"
Ciengeiz cuengq Funggyauh！"
放凤姣回家！"

佲 眈 凤 姣 鞣，
Mwngz raen Funggyauh maeq,
你见凤姣美，

眲 僀 淋 朵 椛；
Naeq de lumj dujva；
看她像朵花；

侎 空 僀 毠 查，
Hoiq ranz de bae caz,
家奴她去查，

只 歐 咰 话 内。
Cij aeu coenz vah neix.
只要一句话。

"兄 嗛 否 捔 差，
"Gou gangj mboujsaih ca,
"点中你脉筋，

病 落 也 嵳 内；
Binghgoek yax youq neix；
病根你在此；

兄 莥 佲 冗 兀，
Gou yw mwngz ndaej ndei,
医好你的病，

千 期 忡 凤 姣！"
Ciengeiz cuengq Funggyauh！"
放凤姣回家！"

98. 佲 算 嗛 冗 对，
Mwngz suenq gangj ndaej doiq,
算你说得对，

达 侎 兄 愿 肯；
Dahhoiq gou nyienh haengj；
我愿放凤娇；

能 佲 办 冗 肝，
Naengh mwngz banh ndaej daengz,
谁能办得到，

里 贴 艮 百 两！
Lij diep ngaenz bak liengx！
再加百两金！

振 英 傪 拎 命（尭），
Cinyingh de gaemmingh（dai），
振英刀下鬼，

应 当 歐 兄 配；
Ingdang aeu gou boiq；
唯我配美人；

兄 愿 許 金 艮，
Gou nyienh hawj gim ngaenz，
我愿给金银，

豔 肕 途 凤 姣！
Cawx sim duh Funggyauh！
买凤姣爱心！

做 荤 衍 㞕 办，
Sou roengzrengz bae banh，
你们落力办，

样 样 做 介 神；
Yienghyiengh sou gaiq saenz；
万样我应承；

能 佲 办 㞕 肝，
Naengh mwngz banh ndaej daengz，
谁能办得到，

里 贴 艮 百 两！
Lij diep ngaenz bak liengx！
再加百两金！

99. 妭 𡱥 㞕 取 话，
Baj lan ndaejnyi vah，
婶侄听此言，

对 㽋 淰 肰 荦；
Doiqnaj raemxda roengz；
四眼泪濛濛；

㞕 嘇 覃 相 公，
Bae cam Cinz sienggungh，
去问覃相公，

带 信 通 嗬 否？
Daiq saenq doeng rox mbouj？
带信通不通？

凤 姣 傪 肶 坚，
Funggyauh de sim genq，
凤姣爱振英，

婚 缘 傪 守 焯；
Vwnhyienz de souj caj；
终生守姻缘；

妭 𡱥 㞕 取 话，
Baj lan ndaejnyi vah，
婶侄听此言，

对 㽋 淰 肰 荦。
Doiqnaj raemxda roengz。
四眼泪濛濛。

時 内 丢 曾 焼，
Seizneix mbwn caengz rongh，
如今天未亮，

四 方 矇 濛 濛；
Seiqfueng mongmungmung；
四野雾茫茫；

㞕 嘇 覃 相 公，
Bae cam Cinz sienggungh，
去问覃相公，

带 信 通 嗬 否？
Daiq saenq doeng rox mbouj？
带信通不通？

100. 呺 姝 妭 㞕 躺，
Heuh mehbaj hwnj ndang，
叫婶娘上路，

㞕 嘇 观 音 肭；
Bae cam Guenyaem naeq；
快去问观音；

振 英 圶 方 尓？
Cinyingh youq fuenglawz？
振英在何处？

㞕 尓 捋 㞕 对？
Bae lawz ra ndaej doiq？
到哪能找到？

偻 妑 兰 受 罪，
Raeuz baj lan souhcoih,
婶侄似苦瓜，

田 侁 � 朒 烦；
Guh hoiq ndaw sim fanz;
同是黄连命；

哯 娳 妑 坠 舦，
Heuh mehbaj hwnj ndang,
叫婶娘上路，

哭 嗲 观 音 朒。
Bae cam Guenyaem naeq.
快去问观音。

观 音 庙 能 灵，
Guenyaemmiuh naengh lingz,
观音庙显灵，

引 偻 逐 哭 遘；
Yinx raeuz deuz bae gyae;
引我离家门；

振 英 兰 方 尔，
Cinyingh youq fuenglawz,
振英在何处，

哭 尔 捰 朰 对？
Bae lawz ra ndaej doiq?
到哪能找到？

101. 装 香 揩 庙 堂，
Cangyieng coq miuhdangz,
烧香在庙堂，

双 妑 兰 朒 正；
Song baj lan sim cingq;
婶侄都诚心；

观 音 庙 能 灵，
Guenyaemmiuh naengh lingz,
观音庙若灵，

保 佑 伩 平 安。
Baujyouh dou bingzan.
保佑我安宁。

庙 祝 否 兰 其，
Miuhcuk① mbouj youq gix,
庙祝②不在庙，

偻 各 跪 各 嗛；
Raeuz gag gvih gag gangj;
自跪自念经；

装 香 揩 庙 堂，
Cangyieng coq miuhdangz,
烧香在庙堂，

双 妑 兰 朒 正。
Song baj lan sim cingq.
婶侄都诚心。

各 装 香 熅 纸，
Gag cangyieng coemh ceij,
自烧香烧纸，

跪 涕 嘈 圣 嘈；
Gvih daej sing laeb sing;
哭诉声连声；

观 音 庙 能 灵，
Guenyaemmiuh naengh lingz,
观音庙若灵，

保 佑 伩 平 安。
Baujyouh dou bingzan.
保佑我安宁。

102. 龙 圖 兰 閝 浬，
Lungz gyaeng youq ndaw rij,
龙锁在山塘，

翻 舦 只 难 奉；
Fan ndang cix nanz roengz;
力大身难翻；

凤 畀 奉 皆 珊，
Fungh doek roengz nazboengz,
凤落烂泥田，

———

① Miuhcuk：Dwg bouxguenjmiuh.
② 庙祝：管庙人。

也 熔 岳 同 对！
Yax hoj mbin doengz doiq!
有翅难翱翔！

观 音 佲 海 肷，
Guenyaem mwngz hai da,
观音已开眼，

睚 眙 伝 受 慀；
Lah raen dou souhvei;
望见我受难；

龙 圙 歪 閦 湴，
Lungz gyaeng youq ndaw rij,
龙锁在山塘，

翻 碽 只 难 牵！
Fan ndang cix nanz roengz!
力大身难翻！

香 魂 报 信 甾，
Yieng hoenz bauq saenq bae,
烟魂报信去，

許 玉 帝 斉 通；
Hawj Yugdaeq caez doeng;
让玉帝知详；

凤 犨 荦 瞌 珟，
Fungh doek roengz nazboengz,
凤落烂泥田，

也 熔 岳 同 对！
Yax hoj mbin doengz doiq!
有翅难翱翔！

103. 凤 姣 正 嘁 气，
Funggyauh cingq gyangzheiq,
凤姣正叹气，

马 迪 鬼 怪 斗；
Maj Diz gveijgvaiq daeuj;
马迪就跑来；

嗲 佲 达 情 劬，
Cam mwngz dahcingzgaeuq,
问你老情人，

为 麻 否 歐 兄？
Vihmaz mbouj aeu gou?
为何不嫁我？

叩 麻（用麻） 斗 求 丢，
Guhmaz (yunghmaz) daeuj gouz mbwn,
不用求天地，

求 兄 佲 里 兀；
Gouz gou mwngz lij ndei;
求哥才算乖；

凤 姣 正 嘁 气，
Funggyauh cingq gyangzheiq,
凤姣正叹气，

马 迪 鬼 怪 斗。
Maj Diz gveijgvaiq daeuj,
马迪就跑来。

介 论 震 论 桑，
Gaej lwnh daemq lwnh sang,
莫论高论矮，

佲 只 喊 喏 否；
Mwngz cix han rox mbouj;
问你是否应；

嗲 佲 达 情 劬，
Cam mwngz dahcingzgaeuq,
问你老情人，

为 麻 否 歐 兄？
Vihmaz mbouj aeu gou?
为何不嫁我？

104. 凤 姣 回 马 迪，
Funggyauh hoiz Maj Diz,
凤姣骂马迪，

兄 里 否 情 愿；
Gou lij mbouj cingznyienh;
我是不情愿；

甾 庥 翁 兄 怨，
Baema au gou ienq,
回家叔父怨，

无 面 眙 亲 戚!
Fouz mienh raen caencik!
无脸见亲戚!

約 歐 兄 厑 空,
Yaek aeu gou ma ranz,
真正想娶我,

办 三 件 事 兀;
Banh sam gienh saeh ndei;
要办事三桩;

凤 姣 回 马 迪,
Funggyauh hoiz Maj Diz,
凤姣骂马迪,

兄 里 否 情 愿。
Gou lij mbouj cingznyienh.
我是不情愿。

事 尼 媩 卦 丢,
Saeh neix mbwk gvaq dien,
婚事大过天,

件 了 否 乩 胺;
Gienh ndeu mbouj ndaej bienq;
不能少一桩;

崀 厑 翁 兄 怨,
Baema au gou ienq,
回家叔父怨,

无 面 眙 亲 戚!
Fouz mienh raen caencik!
无脸见亲戚!

105. 臣 能 是 从 愿,
Nuengx naengh seih coengznyienh,
妹若真愿意,

万 件 哥 应 承;
Fanh gienh go ingcingz;
万事哥承当;

偻 就 拜 观 音,
Raeuz couh baiq Gonhyinh,
双双拜观音,

拎 鏠 崀 厑 空。
Gaem fwngz baema ranz.
牵手把家还。

也 否 再 用 咮,
Yax mbouj caiq yungh naeuz,
哥一言为定,

偻 厑 拜 天 堂;
Raeuz ma baiq denhdangz;
回家拜天堂;

臣 能 是 从 愿,
Nuengx naengh seih coengznyienh,
妹若真愿意,

万 件 哥 应 承。
Fanh gienh go wngqcingz.
万事哥承当。

尼 盃 盉 海 肽,
Nix gwnzmbwn hai da,
姻缘天地定,

㷢 双 偻 忹 真;
Caj song raeuz doxcin;
等我们成亲;

偻 就 拜 观 音,
Raeuz couh baiq Gonhyinh,
双双拜观音,

牵 鏠 崀 厑 空!
Yienfwngz bae ma ranz!
牵手把家还!

106. 凤 姣 倒 斗 提,
Funggyauh dauq daeuj diz,
凤姣再来提,

三 件 事 歐 办:
Sam gienh saeh aeu banh:
三桩事要办:

就 蹾 兄 崀 嫁,
Coohdaengj gou bae haq,
就等我去嫁,

189

坒 罶 冾 盆 窒。
Baenaj het baenz ranz.
很快就成家。

揽 恩 轿 桦 斗，
Ram aen giuhva daeuj，
花轿你去请，

偻 就 拜 天 埊；
Raeuz couh baiq diendeih；
咱就拜天地；

凤 姣 倒 斗 提，
Funggyauh dauq daeuj diz，
凤姣再来提，

三 件 事 歐 办。
Sam gienh saeh aeu banh.
三桩事要办。

请 六 方 吚 氿，
Cingj roekfuengz gwn laeuj，
请亲戚喝酒，

偻 冾 盆 公 姩；
Raeuz het baenz goeng'yah；
我俩就成双；

佲 拜 祖 宗 嫃，
Mwngz baiq cojcoeng gonq，
你先拜祖宗，

保 劧 荓 平 安！
Bauj lwglan bingzan！
保后人平安！

107. 马 迪 耓 耵 内，
Maj Diz ndaejnyi nix，
马迪听此话，

肔 佟 亦 盆 麻；
Sim de cih baenzmaz；
心里乐开花；

马 上 就 坒 拶，
Majsang couh bae ra，
立刻下山去，

拶 伝 叩 轿 夫。
Ra vunz guh giuhfou.
找人做轿夫。

哼 親 戚 朋 友，
Daengq caencik baengzyoux，
请三亲六戚，

俶 齐 斗 欢 喜；
Sou caez daeuj vuenhij；
吉日到马家；

马 迪 耓 耵 内，
Maj Diz ndaejnyi nix，
马迪听此话，

肔 佟 亦 盆 麻。
Sim de cih baenzmaz.
心里乐开花。

姢 禯 圣 閄 庙，
Bawxmoq youq ndaw miuh，
新娘在庙里，

揽 轿 接 她 庲；
Ram giuh ciep de ma；
抬轿来接她；

马 上 就 坒 拶，
Majsang couh bae ra，
立刻下山去，

拶 伝 叩 轿 夫。
Ra vunz guh giuhfou.
找人做轿夫。

108. 马 迪 刚 夈 岜，
Maj Diz ngamq roengz bya，
马迪下山去，

妑 荓 曾 旃 肔；
Baj lan caengz cuengqsim；
婶侄不放心；

连 時 就 圼 盯，
Lienzseiz couh hwnjdin，
立刻就上路，

淋 鳹 迠 合 弅。
Lumj roeg mbin haeuj fwj.
如鸟飞入云。

卦 邑 又 卦 墵，
Gvaq bya youh gvaq ndoi,
爬过千座山，

任 摧 肝 闲 汰；
Doxcoi daengz henz dah;
翻过万重岭；

马 迪 刚 乑 邑，
Maj Diz ngamq roengz bya,
马迪下山去，

妑 荃 只 忡 心。
Baj lan cix cuengqsim.
婶侄方安心。

跰 迈 也 歐 踔，
Ga naet yax aeu byaij,
双脚筋将断，

大 路 否 乬 停；
Daihloh mbouj ndaej dingz;
赶路不能停；

连 時 就 圼 盯，
Lienzseiz couh hwnjdin,
立刻就上路，

淋 鳹 迠 合 弅。
Lumj roeg mbin haeuj fwj.
如鸟飞入云。

109. 妑 荃 忡 声 乬，
Baj lan cuengqsing daej,
婶侄放声哭，

喏 斐 蒴 俟 告？
Rox bae gyawz inggauq?
不知靠何人？

灵 州 岦 崔 宝，
Lingzcouh ranz Cuih Bauj①,
灵州人崔宝，

兄 倒 迪 娜 傪；
Gou dauq dwg nax de;
我是他阿姨；

流 浪 斗 肝 内，
Liuzlangh daeuj daengz neix,
讨饭村过村，

否 眉 布 合 趰；
Mbouj miz boux haeuj gyawj;
没有近亲人；

妑 荃 忡 声 淛，
Baj lan cuengqsing daej,
婶侄放声哭，

喏 斐 蒴 俟 靠？
Rox bae gyawz inggauq?
不知靠何人？

达 姐 嫁 崔 宝，
Dahcej haq Cuih Bauj,
姐姐嫁崔宝，

傪 迪 布 伝 眉；
De dwg boux vunzmiz;
他是富贵人；

想 合 岦 大 姐，
Siengjhaeuj ranz dahcej,
想进姐姐家，

又 愲 傪 不 认。
Youh lau de mbouj nyinh.
又怕她不认。

110. 流 浪 肝 灵 州，
Liuzlangh daengz Lingzcouh,
流浪到灵州，

淰 肰 冽 嗦 嗦；
Raemxda rihsoso;
眼泪流不停；

———

① Cuih Bauj：Mingzcoh vunz, dwg cejfou Vwnzci.

191

为 条 命 辛 煔，
Vih diuz mingh sinhoj,
为条命辛苦，

愿 勒 胎 合 阴。
Nyienh laeg hoz haeuj yaem.
愿吊颈归阴。

达 姐 俢 不 认，
Dahcej de mbouj nyinh,
姐姐不相认，

艊 狇 殆 伝 嶺；
Cuengq ma haeb vunz gungz;
放狗咬穷人；

遴 船 肛 灵 州，
Naengh ruz daengz Lingzcouh,
流浪到灵州，

淰 肷 浰 嗦 嗦。
Raemxda rihsoso.
眼泪流不停。

罱 又 否 垫 僙，
Naj youh mbouj dieg ing,
前无亲依靠，

楞 又 否 垫 躲；
Laeng youh mbouj dieg ndoj;
后无地藏身；

为 条 命 辛 煔，
Vih diuz mingh sinhoj,
为条命辛苦，

愿 勒 胎 合 阴。
Nyienh laeg hoz haeuj yaem.
愿吊颈归阴。

111. 妑 艿 娑 躲 雾，
Baj lan bae ndoj fwn,
进庙去躲雨，

冶 碰 奶 尼 姑；
Het bungz naih nizguh;
遇到老尼姑；

齨 沌 事 难 幽，
Ndang dumz seih nanz yuq,
衣湿身寒冷，

娑 挩 袻 换 齨！
Bae duet buh vuenhndang!
快快换衣服！

尼 姑 嘇 达 尼，
Nizguh cam dahnix,
尼姑问姑娘，

俶 是 几 麻 伝？
Sou seih gijmaz vunz?
你们是何人？

妑 艿 娑 躲 雾，
Baj lan bae ndoj fwn,
进庙去躲雨，

冶 碰 奶 尼 姑。
Het bungz naih nizguh.
遇到老尼姑。

世 熕 眉 麻 罪，
Seiqgonq mizmaz coih,
前世有何罪，

布 偄 总 盯 悟；
Bouxhoiq cungj deng nguh;
穷人总被误；

齨 沌 事 难 幽，
Ndang dumz seih nanz yuq,
衣湿身寒冷，

娑 挩 袻 换 齨。
Bae duet buh vuenhndang.
快快换衣服。

112. 文 氏 回 尼 姑，
Vwnzci hoiz nizguh,
文氏答尼姑，

兄 幽 垫 柳 州；
Gou yuq dieg Liujcouh;
家住柳州城；

斗捯达姐兄，
Daeuj ra dahcej gou,
寻姐到此地，

达姐否认伝。
Dahcej mbouj nyinh vunz.
姐不认亲人。

姐兄窑发财，
Cej gou ranz fatcaiz,
我姐是富家，

劢肷馬歪旭；
Lwgda maj gwnz gyaeuj;
眼睛长头顶；

文氏回尼姑，
Vwnzci hoiz nizguh,
文氏答尼姑，

兄凼埊柳州。
Gou yuq dieg Liujcouh.
家住柳州城。

約叏庲否乱，
Yaek baema mbouj ndaej,
想回家不成，

渧亦否其收；
Daej hix mbouj giz sou;
哭也无人收；

斗捯达姐兄，
Daeuj ra dahcej gou,
寻姐到此地，

达姐儌否认。
Dahcej de mbouj nyinh.
姐不认亲人。

113. 文德合閟庙，
Vwnzdwz① haeuj ndaw miuh,
文德②入庙堂，

盯盻达崔金；
Liu raen dah nuengxgim;
遇见美姑娘；

巨跰巨合宆，
Gwq byaij gwq haeuj ranz,
边走边进屋，

吽陌盯傪論。
Aj bak dingq de lwnh.
开口听他讲。

然吽布卦路，
Yienznaeuz boux gvaq loh,
误认过路客，

踟嗒是佬表；
Byawz rox seih lauxbiuj;
谁知是姨娘；

文德合閟庙，
Vwnzdwz haeuj ndaw miuh,
文德入庙堂，

盯盻达崔金。
Liu raen dah nuengxgim.
遇见美姑娘。

吽凤姣表崖，
Naeuz Funggyauh biujnuengx,
凤姣是表妹，

佲嶜介抄肶；
Mwngz gyonj gaiq causim;
你不用操心；

巨跰巨合宆，
Gwq byaij gwq haeuj ranz,
边走边进屋，

劢肷翻不停。
Lwgda fan mbouj dingz.
双目闪潘光。

114. 文德真欢喜，
Vwnzdwz caen vuenheij,
文德想表妹，

① Vwnzdwz: Dwg lwg Cuih Bauj.
② 文德：是崔宝儿子。

193

连　時　引　娝　庲；
Lienzseiz yinx baema；
把人带回家；

合　竺　挼　她　喳，
Haeuj ranz ra meh caz,
入屋问老母，

达　娜　麻　否　认？
Dahnax maz mbouj nyinh?
何不认姨妈？

绸　缎　由　做　分，
Couzduenh youz sou faen,
绸缎任你选，

使　艮　在　做　意；
Sawj ngaenz caih sou eiq；
金银任你花；

文　德　真　欢　喜，
Vwnzdwz caen vuenheij,
文德真欢喜，

连　時　引　娝　庲。
Lienzseiz yinx baema.
把人带回家。

明　明　是　老　表，
Mingzmingz seih lauxbiuj,
明明是老表，

麻　盯　贱　淋　犹；
Maz liu cienh lumj ma；
何看像只狗；

合　竺　挼　她　喳，
Haeuj ranz ra meh caz,
入屋问老母，

达　娜　麻　否　认？
Dahnax maz mbouj nyinh?
何不认姨妈？

115.　姐　倒　念　情　意，
　　　Cej dauq niemh cingzeiq,
　　　姐姐念旧情，

与　达　眭　侂　嗉，
Ndij dahnuengx doxgangj；
与妹诉亲情；

送　袗　裥　换　䘸，
Soengq eu buh vuenhndang,
送给妹衣裳，

应　当　淋　竺　了。
Wngdang lumj ranz ndeu.
像是一家人。

庲　一　世　夅　丢，
Ma itseiq lajmbwn,
一世来人间，

否　碰　世　第　二；
Mbouj bungq seiq daihngeih；
难有第二生；

姐　倒　念　情　意，
Cej dauq niemh cingzeiq,
姐姐念旧情，

与　达　眭　侂　嗉。
Ndij dahnuengx doxgangj.
与妹诉真情。

文　氏　也　欢　喜，
Vwnzci yax vuenheij,
文氏也欢喜，

念　情　意　劢　荭；
Niemh cingzeiq lwg lan；
念后代情谊；

送　袗　裥　换　䘸，
Soengq eu buh vuenhndang,
送给新衣裳，

应　当　淋　竺　了。
Wngdang lumj ranz ndeu.
像是一家人。

116.　妑　荭　兜　安　身，
　　　Baj lan ndaej an saen,
　　　婶侄得安身，

呷 淰 肌 亦 舐；
Gwn raemx sim hix van;
饮水心也甜；

为 眐 椛 海 棠，
Vih raen Vahaijdangz,
为见海棠花，

佬 表 嗛 婚 姻。
Lauxbiuj gangj vwnhyinh.
文德提婚姻。

文 德 夲 躓 跪，
Vwnzdwz roengz hoq gvih,
文德跪下地，

主 意 傪 打 盆；
Cujyi de daj baenz;
主意在心间；

妑 荖 祀 安 身，
Baj lan ndaej an saen,
婶侄得安身，

呷 淰 肌 亦 舐。
Gwn raemx sim hix van.
饮水心也甜。

求 妶 娜 恩 情，
Gouz dahnax aencingz,
求姨妈恩典，

許 劲 荖 盆 亲；
Hawj lwglan baenz cin;
让外甥成亲；

为 眐 椛 海 棠，
Vih raen Vahaijdangz,
为见海棠花，

佬 表 嗛 婚 姻。
Lauxbiuj gangj vwnhyinh.
文德提婚姻。

117. 妲 娜 回 劲 荖，
Dahnax hoiz lwglan,
姨妈答外甥，

介 嗛 丁 话 尼；
Gaej gangj dingz vah nix;
别说此婚姻；

坒 斗 否 用 跪，
Hwnj daeuj mbouj yungh gvih,
起身别下跪，

眉 道 理 漫 嗛。
Miz dauhleix menh gangj.
有话从头言。

她 里 肯 振 英，
De lij haengj Cinyingh,
凤姣恋振英，

腋 昑 淰 肵 落；
Hwnz ngoenz yaemxda doek;
日夜泪淋淋；

妲 娜 回 劲 荖，
Dahnax hoiz lwglan,
姨妈答外甥，

介 嗛 丁 话 尼。
Gaej gangj dingz vah nix.
别说此婚姻。

肌 傪 装 布 倗，
Sim de miz bouxwnq,
她有心上人，

难 嗛 件 事 尼；
Nanz gangj gienh saeh nix;
岂能再成亲；

坒 斗 否 用 跪，
Hwnjdaeuj mbouj yungh gvih,
起身别下跪，

眉 道 理 漫 嗛。
Miz dauhleix menh gangj.
有话从头言。

118. 文 德 肌 很 氕，
Vwnzdwz sim hwnjheiq,
求婚心迫切，

临 时 办 歐 金;
Lienzseiz banh aeu gim;
文德办礼金;

娶 柳 州 求 親,
Bae Liujcouh giuz cingz,
到柳州求亲,

八 字 请 肯 兄。
Batceih cingj haengj gou.
八字请给我。

胡 发 冤 千 金,
Huz Faz ndaej cien gim,
胡发得千金,

閄 肶 也 欢 喜;
Ndaw sim yax vuenheij;
低头笑盈盈;

文 德 真 呈 气,
Vwnzdwz caen hwnjheiq,
求婚心迫切,

连 時 办 歐 金。
Lienzseiz banh aeu gim.
文德办礼金。

唔 嗲 佲 布 佬,
Heuh cam mwngz bouxlaux,
叫问你大人,

婚 姻 靠 佲 应;
Vwnhyinh gauq mwngz wngq;
婚姻靠你应;

娶 柳 州 求 親,
Bae Liujcouh giuz cingz,
到柳州求情,

八 字 请 肯 兄。
Batceih cingj haengj gou.
八字交到手。

119. 凤 姣 嗻 样 亦,
Funggyauh rox yienghni,
凤姣知此情,

時 尼 病 呈 殆;
Seizneix bingh hwnj ndang;
病魔缠上身;

越 想 肶 越 烦,
Yied siengj sim yied fanz,
越想心越乱,

阳 间 否 愿 圣。
Yiengzgan mbouj nyienh youq.
不愿在阳间。

振 英 睄 眒 否?
Cinyingh yawj raen mbouj?
振英你可知?

兄 悢 其 落 其;
Gou vei giz doek giz;
妹心遭煎熬;

凤 姣 嗻 样 亦,
Funggyauh rox yienghni,
凤姣知此情,

怄 气 病 呈 殆。
Aeuqheiq bingh hwnj ndang.
病魔缠上身。

盆 苗 否 伝 顾,
Baenz miuz mbouj vunz goq,
幼苗无人顾,

盱 洛 肶 又 烂;
Mbaw roz sim youh lanh;
禾枯死在田;

越 想 肶 越 烦,
Yied siengj sim yied fanz,
越想心越乱,

阳 间 否 愿 圣。
Yiengzgan mbouj nyienh youq.
不愿在阳间。

120. 凤 姣 胗 灵 巧,
Funggyauh dungx lingzgiuj,
凤姣施巧计,

唡 文 德 斗 吽；
Heuh Vwnzdwz daeuj naeuz;
文德到身边；

昑 昨 办 牲 头，
Ngoenzcog banh sengdaeuz,
明天办礼品，

兄 歐 佲 就 是。
Gou aeu mwngz couh seih.
我嫁你就是。

仪 妠 斝 求 神，
Boh meh bae gouzsaenz,
父母神前跪，

兄 只 肟 阳 间；
Gou cij daengz yiengzgan;
我才到人间；

凤 姣 脵 灵 巧，
Funggyauh dungx lingzgiuj,
凤姣施巧计，

唡 文 德 盯 闲。
Heuh Vwnzdwz daengz henz.
文德到身边。

求 神 只 生 兄，
Gouz saenz cij seng gou,
求神才生我，

还 愿 曾 肟 旭；
Vanznyienh caengz daengz gyaeuj;
还愿没到头；

昑 昨 办 牲 头，
Ngoenzcog banh sengdaeuz,
明天办礼品，

兄 歐 佲 受 示。
Gou aeu mwngz couh seih.
我嫁你就是。

121. 昑 昨 佲 还 愿，
Ngoenzcog mwngz vanznyienh,
明天你还愿，

兄 迪 淰 神 生；
Gou dwg raemxsaenz seng;
我是水神生；

歐 牂 又 歐 猍，
Aeu yiengz youh aeu mou,
要羊又要猪，

就 堲 船 斝 祭。
Couh hwnj ruz bae caeq.
就上船去祭。

兄 逈 侸 金 佲，
Gou naek nuengxgim mwngz,
看中我乖妹，

本 甾 否 乲 免；
Bonjdang mbouj ndaej mienx;
哥愿撒千金；

昑 昨 佲 还 愿，
Ngoenzcog mwngz vanznyienh,
明天你还愿，

歐 堲 船 斝 祭。
Aeu hwnj ruz bae caeq.
要上船去祭。

条 尼 兄 也 愿，
Diuz neix gou yax nyienh,
这条哥也愿，

劝 侸 佲 介 忧；
Gienq nuengx mwngz gaiq you;
劝妹莫伤神；

歐 牂 又 歐 猍，
Aeu yiengz youh aeu mou,
要羊又要猪，

就 堲 船 斝 祭。
Couh hwnj ruz bae caeq.
就上船去祭。

122. 歪 船 艀 三 牲,
Gwnz ruz cuengq samseng,
"三牲"① 船上供,

兄 侵 佲 嗛 呴;
Gou caemh mwngz gangj coenz;
哥妹诉衷肠;

昑 尼 偻 还 神,
Ngoenzneix raeuz vanzsaenz,
今天把愿还,

伩 㖆 亲 齐 喏!
Gyoengq roekcaen caez rox!
三亲六戚欢!

敬 酒 三 矸 阔,
Gingq laeuj sam cenj rim,
敬酒杯连杯,

揣 闷 肞 也 喵;
Coq ndaw sim yax maengx;
人笑水浪翻;

歪 船 艀 三 牲,
Gwnz ruz cuengq samseng,
"三牲" 船上供,

兄 侵 佲 嗛 呴。
Gou caemh mwngz gangj coenz.
哥妹诉衷肠。

双 偻 兀 盆 尼,
Song raeuz ndei baenzneix,
哥妹情意深,

欢 喜 十 二 万;
Vuenheij cib ngeih fanh;
幸福万年长;

昑 尼 偻 还 神,
Ngoenzneix raeuz vanzsaenz,
今天把愿还,

伩 㖆 亲 齐 喏!
Gyoengq roekcaen caez rox!
三亲六戚欢!

123. 伩 伝 管 猜 码,
Gyoengqvunz guenj caimax,
众人忙猜码,

凤 姣 也 否 嗛;
Funggyauh yax mbouj gangj;
凤姣不做声;

跔 旭 船 恾 恾,
Soengz gyaeujruz vangxvangx,
站船头远望,

咟 气 炴 撡 炴。
Danqheiq mbat dam mbat.
叹气声连声。

毫 也 正 晪 尼,
Dai yax cingq haemhnix,
死就在今晚,

跪 拜 歪 拜 呑;
Gvih baiq gwnz baiq laj;
跪拜上拜下;

伩 伝 管 猜 码,
Gyoengqvunz guenj caimax,
众人忙猜码,

凤 姣 也 否 嗛。
Funggyauh yax mbouj gangj.
凤姣不做声。

兄 畴 气 否 兀,
Gou seizheiq mbouj ndei,
我命运不济,

肝 其 其 受 难;
Daengz gizgiz souh nanh;
处处都受难;

跔 旭 船 恾 恾,
Soengz gyaeujruz vangxvangx,
站船头远望,

① "三牲":指猪牛羊。

呾 气 嚄 垄 嚄。
Danqheiq sing laeb sing.
叹气声连声。

124. 躲 魃 躲 合 庙,
Ndoj fangz ndoj haeuj miuh,
躲鬼躲进庙,

逐 虢 逐 合 荣;
Deuz guk deuz haeuj ndoeng;
避虎避入林;

逐 马 迪 练（嚟吽） 垄,
Deuz Maj Diz lienh（laihnaeuz）soeng,
刚摆脱马迪,

蒴 取 碰 文 德。
Byawz nyi bungq Vwnzdwz.
谁知遇文德。

文 德 肶 猓 狗（怨尾趄）,
Vwnzdwz sim lingzgaeuj（nyaenriengndangq）,
文德是色鬼,

硬 跡 歐 佬 表;
Nyengh cik aeu lauxbiuj;
硬要娶表亲;

躲 魃 躲 合 庙,
Ndoj fangz ndoj haeuj miuh,
躲鬼躲进庙,

逐 虢 逐 合 荣。
Deuz guk deuz haeuj ndoeng.
避虎避入林。

傍 汏 断 埔 沙,
Bangxdah duenh namhsa,
河滩断沙泥,

金 也 否 胺 铜;
Gim yax mbouj bienq doengz;
金也不变铜;

逐 马 迪 练 垄,
Deuz Maj Diz lienh（laihnaeuz）soeng,
刚摆脱马迪,

蒴 取 碰 文 德。
Byawz nyi bungq Vwnzdwz.
谁知遇文德。

125. 准 鸲 辣 喏 垈,
Cinj gaeq dumq rox mbin,
煮熟鸡会飞,

凤 姣 肶 否 胺;
Funggyauh sim mbouj bienq;
凤姣不变心;

骱 撘 千 条 链,
Ndang daep cien diuz lienh,
身锁千条链,

硬 歐 睨（盼） 振 英!
Nyengh aeu gienq（raen）Cinyingh!
硬要见振英!

准 丢 否 眉 旵,
Cinj mbwn mbouj miz ndit,
天上断彩云,

劢 憔 一 条 肶;
Lwggyoij it diuz sim;
芭蕉一条心;

准 鸲 辣 喏 垈,
Cinj gaeq dumq rox mbin,
煮熟鸡会飞,

凤 姣 肶 否 胺。
Funggyauh sim mbouj bienq.
凤姣不变心。

韧 斗 扛 吞 胎,
Cax daeuj gangq lajhoz,
刀架脖子上,

崖 睦（睛） 儋 淋 板;
Nuengx yoj（yawj）de lumj benj;
比木板还轻;

骱 撘 千 条 链,
Ndang daep cien diuz lienh,
身锁千条链,

硬 歐 觇（眤） 振 英！
Nyengh aeu gienq（raen）Cinyingh!
硬要见振英！

126. 振 英 呀 振 英，
Cinyingh ha Cinyingh,
振英啊振英，

昑 尔 兛 眤 噐？
Ngoenz lawz ndaej raen naj?
何日能相见？

肛 八 月 十 五，
Daengz bet nyied cib haj,
中秋花月夜，

朕 亡 也 倒 圆。
Ndwen mbangq yax dauq nduen.
月缺月又圆。

冬 岜 春 又 斗，
Doeng bae cin youh daeuj,
冬去春又来，

桄 夘 椛 倒 红；
Suen gaeuq va dauq hoengz;
旧园花红艳；

振 英 呀 振 英，
Cinyingh ha Cinyingh,
振英啊振英，

昑 尔 兛 眤 噐？
Ngoenz lawz ndaej raen naj?
何日能相见？

淰 汰 流 潺 潺，
Raemxdah riuz lawlaw,
河水流潺潺，

流 肛 踹 只 庥；
Riuz daengz gyawz cix ma;
流去不流还；

肛 八 月 十 五，
Daengz bet nyied cib haj,
中秋花月夜，

朕 亡 也 倒 圆。
Ndwen mbangq yax dauq nduen.
月缺月又圆。

127. 淰 汰 流 淙 淙，
Raemxdah riuz langlang,
河水流淙淙，

逞 肌 裂 肌 溶；
Nuengx sim dek sim yungz;
妹心溶心碎；

否 盆 逢 侵 趴，
Mbouj baenz naengh caeuq soengz,
妹坐立不安，

躺 喏 溶 盆 淰。
Ndang gyonj yungz baenz raemx.
如刀割心肺。

時 時 想 肛 龙，
Seizseiz siengj daengz lungz,
时刻想念哥，

肌 淋 盯 瓦 鏅；
Sim lumj deng vax camx;
心像被瓦铡；

淰 汰 流 淙 淙，
Raemxdah riuz langlang,
河水流淙淙，

逞 肌 裂 肌 溶。
Nuengx sim dek sim yungz.
妹心溶心碎。

昑 昑 想 肛 伖，
Ngoenzngoenz siengj daengz gvan,
日夜想念哥，

肌 烦 晍 跸 晍；
Sim fanz mboengq doek mboengq;
心烦撕心肺；

否 盆 逢 侵 趴，
Mbouj baenz naengh caeuq soengz,
日夜坐不安，

骱 嶅 溶 盆 淰!
Ndang gyonj yungz baenz raemx!
妹身溶似水!

128. 淰 汏 泣 尔 尔,
Raemxdah rih lawlaw,
河水潺潺流,

流 裴 踹 只 停?
Riuz bae gyawz cix dingz?
流到何处停?

帮 兄 带 封 信,
Bang gou daiq fung saenq,
帮我带封信,

喝 金 情 兄 床。
Heuh gimcingz gou ma.
叫我情哥回。

崔 辛 焐 避 难,
Nuengx sinhoj bihnanh,
妹辛苦避难,

愿 况 淰 汏 泄;
Nyienh gvangh raemxdah saw;
爬山又涉水;

淰 汏 流 尔 尔,
Raemxdah riuz lawlaw,
河水潺潺流,

流 裴 踹 只 停?
Riuz bae gyawz cix dingz?
流到何处停?

芊 埔 否 眉 咎,
Roengz namh mbouj miz congh,
下地又无门,

堲 呑 崔 难 䢔;
Hwnj mbwn nuengx nanz mbin;
上天妹难飞;

帮 兄 带 封 信,
Bang gou daiq fung sinq,
帮我带封信,

喝 金 情 兄 床。
Heuh gimcingz gou ma.
叫我情哥回。

129. 河 水 翻 呼 呼,
Raemxdah fan huhu,
河水滚滚流,

况 汏 兒 只 罢;
Gvangh dah dai cixbah;
跳河死就算;

劸 否 结 佚 妣,
Lix mbouj giet gvanbaz,
活不成夫妻,

兒 裴 嚣 结 双!
Dai baenaj giet sueng!
死后结成双!

劸 只 崔 途 龙,
Lix cix nuengx duh lungz,
活是哥的妹,

兒 里 崔 途 俙;
Dai lij nuengx duh gvai;
死是哥的鬼;

淰 汏 泣 潺 潺,
Raemxdah rih vaivai,
河水滚滚流,

况 汏 兒 只 罢;
Gvangh dah dai cixbah;
跳河死也罢;

况 芊 汏 嘁 卟,
Gvangh roengz dah naengbu,
妹跳河去死,

龙 眈 兄 介 訤;
Lungz raen gou gaiq ndaq;
哥见不要骂;

劸 否 结 佚 妣,
Lix mbouj giet gvanbaz,
活不结夫妻,

㲼 眸 嚣 结 双!
Dai baenaj giet sueng!
死后结成双!

130. 淰 汏 流 浮 浮，
Raemxdah riuz fouzfouz,
河水向东流，

卦 州 喏 卦 县;
Gvaq cou rox gvaq yienh;
流过州过县;

带 䛾 眲 任 䟆，
Daiq nuengx bae doxriengz,
带妹寻哥去，

卦 县 眲 查 龙!
Gvaq yienh bae caz lungz!
妹愿走天边!

查 对 龙 对 佊，
Caz doiq lungz doiq beix,
寻见哥见乖，

肔 淋 糖 螺 甛;
Sim lumj dangzrwi diemz;
心如蜜糖甜;

淰 汏 流 浮 浮，
Raemxdah riuz fouzfouz,
河水向东流，

卦 州 喏 卦 县。
Gvaq cou rox gvaq yienh.
流过州过县。

𨑜 滩 兄 也 从，
Hwnj dan gou yax coengz,
上滩妹也从，

㚙 滩 兄 也 愿;
Roengz dan gou yax nyienh;
下滩妹也愿;

带 䛾 眲 任 䟆，
Daiq nuengx bae doxriengz,
带妹寻哥去，

卦 县 眲 查 龙!
Gvaq yienh bae caz lungz!
妹愿走天边!

131. 双 蹪 跪 傍 汏，
Song hoq gvih bangxdah,
双膝跪河边，

淰 肤 犂 䏻 沌;
Raemxda doek ndang dumz;
眼泪湿衣襟;

𧖻 诗 摆 閪 𦚮，
Lwedsei baij gyang fwngz,
血诗刻心中，

算 眕 龙 哒 咪!
Suenq raen lungz dahraix!
如见我振英!

𧖻 诗 窖 閪 肔，
Lwedsei yo ndaw sim,
血诗刻心里，

字 字 迈 千 金;
Cih cih naek cien gim;
字字重千金;

双 蹪 跪 傍 汏，
Song hoq gvih bangxdah,
双膝跪河边，

淰 肤 犂 䏻 沌。
Raemxda doek ndang dumz.
眼泪湿衣襟。

踭 尥 犸 嘿 觓，
Naengh gyaeuj max ok gaeu,
马头会生角，

兄 里 记 肝 佲;
Gou lij geiq daengz mwngz;
我也不变心;

𧖻 诗 摆 閪 𦚮，
Lwedsei baij gyang fwngz,
血诗刻心中，

算盱龙哒咪!
Suenq raen lungz dahraix!
如见我振英!

133. 双躓跪傍汰,
Song hoq gvih bangxdah,
双膝跪河边,

132. 双躓跪傍汰,
Song hoq gvih bangxdah,
双膝跪河边,

巨记话途龙;
Gwq geiq vah duh lungz;
哥话记心头;

巨记话途龙;
Gwq geiq vah duh lungz;
铭记哥的话;

鸼燕犇苓潭,
Roegenq doek roengz daemz,
燕子掉龙潭,

哼硬肪囬伝,
Cengnyengh goz guh vunz,
一辈子挺胸,

屌盱哥斗救。
Ndi raen go daeuj gouq.
不见哥来救。

屌取丢霞磁(霞)!
Ndi nyi mbwn doemqdat (doemq)!
傲立蓝天下!

哥吽肛咐春,
Go naeuz daengz cawzcin,
哥说到春天,

碰狼(犵狃) 又碰豀,
Bungz langz (manaez) youh bungz guk,
遇狼又碰虎,

只带兵倒捋;
Cix daiq bing dauq ra;
就带兵来救;

文德逼兄嫁;
Vwnzdwz bik gou haq;
文德逼我嫁;

双躓跪傍汰,
Song hoq gvih bangxdah,
双膝跪河边,

双躓跪傍汰,
Song hoq gvih bangxdah,
双膝跪河边,

巨记话途龙。
Gwq geiq vah duh lungz.
哥话记心头。

巨记话途龙。
Gwq geiq vah duh lungz.
铭记哥的话。

椛棉矜淋炭,
Vamienz nding lumj feiz,
红棉花似火,

崟盆途犊劲,
Nuengx baenz duzcwz lwg,
妹如小牛犊,

時肛哥否肛;
Seiz daengz go mbouj daengz;
不见哥回头;

豀狎难耕(阮) 坙;
Guk haeb nanz gyaih (ruenz) hwnj;
遭虎咬难爬;

鸼燕犇苓潭,
Roegenq doek roengz daemz,
燕子掉龙潭,

哼硬肪囬伝,
Cengnyengh goz guh vunz,
一辈子挺胸,

屌 取 丢 覆 磁!
Ndi nyi mbwn doemqdat!
傲立蓝天下!

穗 撕 肍 也 裂。
Fwed raek sim yax dek.
断翅拍碎心。

134. 双 蹢 跪 傍 汰,
Song hoq gvih bangxdah,
双膝跪河边,

沴 眹 落 灵 灵;
Raemxda doek lingzlingz;
满脸泪淋淋;

鸼 閌 笼 难 怸,
Roeg ndaw loengz nanz mbin,
笼中鸟难飞,

穗 撕 肍 也 裂!
Fwed raek sim yax dek!
断翅拍碎心!

笼 鎝 关 鸼 燕,
Loengzfaz gven roegenq,
铁笼能关鸟,

打 穗 怸 又 抙;
Daj fwed mbin youh gaz;
插翅也难飞;

双 蹢 跪 傍 汰,
Song hoq gvih bangxdah,
双膝跪河边,

沴 眹 落 灵 灵。
Raemxda doek lingzlingz.
满脸泪淋淋。

白 睜 丢 亦 宪,
Beg yiuq mbwn hix gvangq,
白看蓝天宽,

白 睜 楠 亦 平;
Beg yiuq namh hix bingz;
白看大地平;

鸼 閌 笼 难 怸,
Roeg ndaw loengz nanz mbin,
笼里鸟难飞,

135. 双 蹢 跪 傍 汰,
Song hoq gvih bangxdah,
双膝跪河边,

沴 眹 犇 涟 涟;
Raemxda doek lienzlienz;
眼泪流涟涟;

原 嗽 订 百 年,
Yienz gangj dingh bak nienz,
原讲定百岁,

蛹 取 叮 纷 屽。
Byawz nyi deng biek sanq.
谁知隔云天。

晌 话 嘻 彼 龙,
Coenz vah daengq beixlungz,
说句话嘱哥,

兄 荦 沴 崴 查;
Gou roengz raemx bae caz;
下水去会面;

双 蹢 跪 傍 汰,
Song hoq gvih bangxdah,
双膝跪河边,

沴 眹 犇 涟 涟。
Raemxda doek lienzlienz.
眼泪流涟涟。

崴 求 海 龙 王,
Bae gouz haijlungzvuengz,
去求海龙王,

帮 㾡 接 婚 缘;
Bang nuengx ciep hoenyienz;
帮妹接姻缘;

原 嗽 订 百 年,
Yienz gangj dingh bak nienz,
原讲定百岁,

踋 取 盯 盼 屺。
Byawz nyi deng biek sanq.
谁知隔云天。

136. 况 荦 汰 嘞 卟,
Gvangh roengz dah naengbu,
跳下红水河,

淰 浮 毕 只 罢;
Raemx fouz bae cixbah;
随水去寻哥;

旯 是 抃 歪 枼,
Dangh seih gaz gwnz nya,
若是不见面,

佋 伝 屄 坖 汏!
Ciuh vunz ndi hwnj dah!
永世不上河!

坺 屋 揝 傍 汰,
Moek nuengx coq bangxdah,
埋我在河边,

捼 礦 板 田 墓;
Ra rinbenj guh moh;
认石板做伴;

况 荦 汰 嘞 卟,
Gvangh roengz dah naengbu,
跳下红水河,

淰 浮 毕 只 罢。
Raemx fouz bae cixbah.
随水去寻哥。

伎 龙 想 盯 兄,
Beixlungz siengj daengz gou,
哥若想到妹,

眲 礦 墓 田 齤,
Naeq rin moh guh naj;
见墓双泪落;

旯 吽 否 眙 齤,
Danghnaeuz mbouj raen naj,
若是不见面,

佋 伝 屄 坖 汏!
Ciuhvunz ndi hwnj dah!
永世不上河!

137. 其 尔 有 救 神,
Gizlawz miz gouqsaenz,
何处有救神,

兄 盆 杀 呑 峜;
Gou baenz ngaeuz lajmbwn;
我就跟他游;

游 盯 闲 峜 毕,
Youz daengz henz mbwn bae,
游到天边去,

佋 伝 否 任 倒!
Ciuhvunz mbouj doxdauq!
永世不回头!

失 鞋 揝 歪 桥,
Saet haiz coq gwnz giuz,
花鞋脱桥上,

許 伝 盯 伝 眙;
Hawj vunz liu vunz raen;
让亲人来收;

其 尔 眉 救 神,
Gizlawz miz gouqsaenz,
何处有救神,

兄 盆 杀 呑 峜;
Gou baenz ngaeuz lajmbwn;
我就跟他游。

兄 踄 水 神 毕,
Gou riengz suijsaenz bae,
我跟水神去,

硬 是 歐 捼 龙;
Nyenghseih aeu ra lungz;
硬要寻见哥;

游 盯 闲 峜 毕,
Youz daengz henz mbwn bae,
游到天边去,

佋 伝 否 任 倒!
Ciuhvunz mbouj doxdauq!
永世不回头!

138. 眃 眣 况 卛 淰,
Laep da gvangh roengz raemx,
闭眼跳下水,

千 样 蹔 (烤) 事 淋;
Cien yiengh daemh (hoj) seih lumz;
万事脑后抛;

吪 嚇 眉 救 神,
Caeklaiq miz gouqswnz,
幸亏有救神,

碰 伝 捞 卦 垠。
Bungq vunz lauz hwnj haenz.
将我岸上捞。

陶 仁①蹜 歪 船,
Dauz Yinz② naengh gwnz ruz,
陶仁坐船上,

凤 姣 浮 斗 盯;
Funggyauh fouz daeuj daengz;
凤姣浮水到;

眃 眣 况 卛 汱,
Laep da gvangh roengz raemx,
闭眼跳下水,

千 样 蹔 事 淋。
Cien yiengh daemh seih lumz.
万事脑后抛。

提 盯 命 辛 烤,
Dwen daengz mingh sinhoj,
我是苦瓜命,

果 否 愿 叩 伝;
Goj mbouj nyienh guh vunz;
无路水里跳;

吪 嚇 眉 救 神,
Caeklaiq miz gouqswnz,
幸亏有救神,

碰 伝 捞 卦 垠。
Bungq vunz lauz hwnj haenz.
将我岸上捞。

139. 陶 仁 圣 歪 船,
Dauz Yinz youq gwnz ruz,
陶仁船上住,

吗 兄 斗 漫 叵;
Heuh gou daeuj menh haemq;
叫我述根由;

佲 为 麻 况 淰?
Mwngz vihmaz gvangh raemx?
你为何跳水?

咽 咽 論 情 由。
Yaeng'yaeng lwnh cingzyouz.
慢慢述根由。

为 几 麻 落 痳,
Vih gijmaz doeknaiq,
为何寻短见,

吪 嚇 否 矸 误;
Caeklaiq mbouj deng nguh;
幸亏不耽误;

陶 仁 圣 歪 船,
Dauz Yinz youq gwnz ruz,
陶仁船上住,

吗 兄 斗 漫 叵。
Heuh gou daeuj menh haemq.
叫我述根由。

佋 伝 路 腿 哴,
Ciuhvunz loh raezrangh,
人生路漫漫,

佲 尔 巨 想 蹔;
Mwngz lawz gwq siengj daemh;
为何寻短见;

① 陶仁：原是靠老还乡的州官，后以划船打鱼为生作乐。

② Dauz Yinz：Mingzcoh vunz.

佲 为 麻 况 淰？
Mwngz vihmaz gvangh raemx?
你为何跳水？

咽 咽 論 情 由。
Yaeng'yaeng lwnh cingzyouz.
慢慢述根由。

140. 凤 姣 回 陶 仁，
Funggyauh hoiz Dauz Yinz,
凤姣跪陶仁，

情 恩 独 佲 迊；
Cingzaen duh mwngz naek；
恩情似海深；

釘 否 捞 冗 骼，
Dangh mbouj lauz ndaej goet，
你若不救我，

是 失 命 归 阴！
Seih saet mingh gviyaem！
我命早归阴！

窆 辻 其 柳 州，
Ranz youq giz Liujcouh,
家住柳州地，

噁 斗 捯 伝 親；
Okdaeuj ra vunzcin；
出来寻亲人；

凤 姣 回 陶 仁，
Funggyauh hoiz Dauz Yinz,
凤姣跪陶仁，

情 恩 途 佲 迊！
Cingzaen duh mwngz naek！
恩情似海深！

跑 肋 跰 只 拘 (劤)，
Buet daengz ga cix gaeuz（goz），
流落到异地，

偢 伝 親 任 失；
Caeuq vunzcin doxsaet；
找不到亲人；

釘 否 捞 冗 骨，
Dangh mbouj lauz ndaej goet,
你若不救我，

是 失 命 归 阴。
Seih saet mingh gviyaem.
我命早归阴。

141. 嶋 劢 呷 胚 鲃，
Bit lwg gwn mbei bya,
鸭仔吃鱼胆，

咟 吖 难 嗛 菩；
Bak aj nanz gangj haemz；
开口难讲苦；

呕 双 肰 况 淰，
Laep song da gvangh raemx,
闭双眼跳水，

否 眉 伝 親 淋！
Mbouj miz vunzcin daej！
无亲人悲哭！

兄 淂 肰 噁 盈，
Gou daej da ok lwed,
我哭眼出血，

蛹 帮 竻 淰 肰；
Byawz bang uet raemxda；
无人来相救；

嶋 劢 呷 胚 鲃，
Bit lwg gwn mbei bya,
鸭仔吃鱼胆，

咟 吖 难 嗛 菩。
Bak aj nanz gangj haemz.
开口难讲苦。

失 妃 佬 揩 楞，
Saet bajlaux coq laeng,
老婶母孤独，

呴 了 否 冗 嘮；
Coenz ndeu mbouj ndaej daengq；
无话来嘱咐；

眍 双 肽 况 淰，
Laep song da gvangh raemx，
闭双眼跳水，

否 眉 伝 親 渧！
Mbouj miz vunzcin daej！
无亲人悲哭！

142. 眃 兄 命 辛 焐，
Raen gou mingh sinhoj，
陶仁心慈善，

吆 兄 躲 歪 船；
Heuh gou ndoj gwnz ruz；
叫我住船上；

又 分 許 袥 袻，
Youh faen hawj geubuh，
送衣又送饭，

兄 栥 否 受 凉。
Gou duj mbouj souh liengz.
我不再饥寒。

侵 振 英 任 失，
Caeuq Cinyingh doxsaet，
和振英分手，

兄 約 撕 腮 胎；
Gou yaek goenq saihoz；
我欲断喉管；

陶 仁 见 兄 焐，
Dauz Yinz raen gou hoj，
陶仁心慈善，

吆 兄 躲 歪 船。
Heuh gou ndoj gwnz ruz.
叫我住船上。

否 眉 尸 尔 偀，
Mbouj miz mbiengjlawz ing，
没有谁依靠，

正 眊 佲 斗 扶；
Cingq muengh mwngz daeuj fuz；
多亏大人救；

又 分 粡 分 袻，
Youh faen ngaiz faen buh，
送衣又送饭，

兄 栥 否 受 凉。
Gou duj mbouj souh liengz.
我不再饥寒。

143. 黄 氏 认 劧 寄，
Vangzci[1] nyinh lwggeiq，
黄氏[2]认干女，

俢 理 兄 盆 伝；
De leix gou baenz vunz；
打理我成人；

夳 淰 眉 水 神，
Laj raemx miz suijsinz，
红河有救神，

缔 条 情 否 断！
Swnj diuz cingz mbouj duenh！
恩情似海深！

搙 振 英 曾 眃，
Ra Cinyingh caengz raen，
寻振英未见，

衫 撕 里 连 絲；
Ngaeux goenq lij lienz sei；
藕断丝尚连；

黄 氏 认 劧 寄，
Vangzci nyinh lwggeiq，
黄氏认干女，

俢 理 兄 盆 伝。
De leix gou baenz vunz.
打理我成人。

想 盯 龙 各 怨，
Siengj daengz lungz gag ienq，
想到哥的话，

① Vangzci：Couhdwg Dauz fuhyinz.
② 黄氏：陶夫人。

挂 念 旰 连 腋；
Gvaqniemh ngoenz lienz hwnz;
日夜都挂念；

吞 淰 眉 水 神，
Laj raemx miz suijswnz,
红河有救神，

恩 情 淋 海 瀨。
aencingz lumj haij laeg.
恩情似海深。

144. 过 继 给 陶 家，
Gvaqgeiq hawj Dauz gya,
过继给陶家，

兄 尼 产 也 安；
Gou neix youq yax an;
我心花怒放；

旰 巨 遵 閦 空，
Ngoenz gwq naengh ndaw ranz,
每天坐在家，

盯 鸼 墰 唱 歌。
Dingq roegndoi ciengqgo.
听山鸟啼唱。

陶 小 姐 能 干，
Dauz siujcej naengzganq,
陶小姐能干，

齐 绣 襪 绣 椛；
Caez daemj man seuj va;
会织锦绣花；

过 继 許 陶 家，
Gvaqgeiq hawj Dauz gya,
过继给陶家，

兄 尼 产 也 安。
Gou neix youq yax an.
我心花怒放。

伝 否 喏 根 底，
Vunz mbouj rox gaendaej,
人不知底细，

议 迪 妖 劢 荐；
Ngeix dwg dah lwg lan;
认是外孙女；

旰 巨 遵 閦 空，
Ngoenz gwq naengh ndaw ranz,
吃住不忧愁，

盯 鸼 鸥 唱 歌。
Dingq roeglaej ciengqgo.
听麻雀啼唱。

145. 大 人 叾 知 府，
Dayinz guh cihfouj①,
大人当知府②，

佬 就 倒 麻 空；
Laux couh dauqma ranz;
靠老还乡住；

只 眉 妲 劢 荐，
Cij miz dah lwglan,
只有一闺女，

产 空 同 叾 队。
Youq ranz doengz guh doih.
在家陪老父。

吞 吞 乱 纷 纷，
Lajmbwn luenhfaenfaen,
天下乱纷纷，

兄 肶 烦 肶 浮；
Gou sim fanz sim fouz;
心烦无处诉；

大 人 叾 知 府，
Dayinz guh cihfouj,
大人当知府，

佬 就 倒 麻 空。
Laux couh dauqma ranz.
靠老还乡住。

① Cihfouj：Dwg cungj hakmingz.
② 知府：是一种官名。

209

逳窀否理事，
Naengh ranz mbouj leix saeh，
在家不理事，

裴 象 州 安 犺；
Bae Siengcouh an ndang；
安身象州府；

只 眉 娖 劧 茫，
Cij miz dah lwglan，
只有一闺女，

歪 窀 同 囧 队。
Youq ranz doengz guh doih.
在家陪伴父。

乾 楞 捔 否 眲，
Haetlaeng ra mbouj raen，
表妹西天去，

枀 氽 断 桃 花；
Lajmbwn raek dauzva；
人间断桃花；

文 德 胁 难 过，
Vwnzdwz sim nanzgvaq，
崔文德悲痛，

抚 淰 肷 又 渧。
Vaz raemxda youh daej.
泪珠纷纷下。

146. 咄 訶 嗉 揣 其，
Citgoj gangj coq giz，
苦情唱到此，

又 提 肝 崔 家；
Youh diz daengz Cuih gya；
又提到崔家；

崔 文 德 难 过，
Cuih Vwnzdwz nanzgvaq，
崔文德悲痛，

抚 淰 肷 又 渧。
Vaz raemxda youh daej.
泪珠纷纷下。

歪 桥 眫 眲 鞵，
Gwnz giuz cim raen haiz，
桥上见花鞋，

崖 俼 宪 否 抵；
Nuengxgvai dai mbouj dij；
妹死不值得；

咄 訶 嗉 揣 其，
Citgoj gangj coq giz，
苦情唱到此，

又 提 到 崔 家。
Youh diz daengz Cuih gya.
又提到崔家。

147. 唔 鞵 鞵 否 咍，
Haemq haiz haiz mbouj han，
问鞋鞋不应，

咢 閌（崖） 閌 否 应；
Heuh gyang（nuengx）gyang mbouj ingq；
叫江（妹）江不答；

鳩 棘 里 叮 伾，
Gaeqdumq lij deng mbin，
煮熟（的）鸡也飞，

哥 肝 其 尔 查？
Go daengz gizlawz caz？
哥到何处查？

乩 鞵 否 乩 伝，
Ndaej haiz mbouj ndaej vunz，
得鞋不得人，

哥 渧 劧 肷 椛；
Go daej lwgda va；
哥哭眼昏花；

唔 鞵 鞵 不 喊，
Haemq haiz haiz mbouj han，
问鞋鞋不应，

问 崖 崖 否 应。
Heuh nuengx nuengx mbouj ingq.
叫妹妹不答。

哥 簌 鞋 娄 麻,
Go su haiz baema,
哥收鞋回去,

眒 鞋 淋 眒 椛;
Raen haiz lumj raen va;
见鞋如见花;

鸠 簌 里 盯 迠,
Gaeqdumq lij deng mbin,
煮熟（的）鸡也飞,

哥 娄 其 尔 查?
Go bae gizlawz caz?
哥到何处查?

148. 文 氏 渧 呃 鰡,
Vwnzci daej ngaebhwk,
婶如刀剜心,

劲 兄 真 可 怜;
Lwg gou cin hojlienz;
我侄真可怜;

况 淰 娄 盆 仙,
Gvangh raemx bae baenz sien,
跳河成仙去,

妲 娄 傍 尔 啫?
Baj bae mbiengjlawz gauq?
婶到何处寻?

喏 条 命 复 翻,
Rox diuz mingh fukfan,
侄受千重苦,

阳 间 否 口 嫶;
Yiengzgan mbouj guh mbwk;
不愿做世人;

淋 肿 紉 剎 肌,
Lumj deng cax gvej sim,
像是刀剜心,

淰 肽 犇 涟 涟。
Raemxda doek lienzlienz.
昼夜泪淋淋。

眉 话 佲 約 喌,
Miz vah mwngz yaek gangj,
有话你就讲,

竺 表 哥 否 怨;
Ranz biujgo mbouj ienq;
表哥绝不怨;

况 淰 娄 盆 仙,
Gvangh raemx bae baenz sien,
我侄成仙去,

妲 娄 其 尔 啫?
Baj bae gizlawz gauq?
婶到何处寻?

149. 文 德 敬 呈 俹,
Vwnzdwz gingq nuengxgvai,
文德想表妹,

开 柜 眒 裂 諵;
Hai gvih raen lwedsei;
开柜见血诗;

表 妹 重 情 义,
Biujmei cungh cingzngeih,
凤姣情义重,

朝 伝 否 淋 哥!
Ciuhvunz mbouj lumz go!
终生情不移!

达 娜 尔 否 咘,
Dahnax lawz mbouj naeuz,
姨妈不交底,

表 哥 盆 尔 喏;
Biujgo baenzlawz rox;
表哥怎能知;

文 德 敬 呈 俹,
Vwnzdwz gingq nuengxgvai,
文德想表妹,

开 柜 眒 裂 諵。
Hai gvih raen lwedsei.
开柜见血诗。

211

哥 否 喏 根 底，
Go mbouj rox gaendaej,
哥蒙在鼓里，

昑 内 害 㛜 兀；
Ngoenzneix haih nuengxndei;
今日方得知；

凤 姣 重 情 义，
Funggyauh cungh cingzngeih,
凤姣重情义，

朝 伝 否 淋 哥！
Ciuhvunz mbouj lumz go!
终身情不移！

150. 再 嗛 肟 陶 家，
Caiq gangj daengz Dauz gya,
再唱到陶家，

空 㐲 否 象 州；
Ranz youq laj Siengcouh①;
家住象州②地；

夫 人 吽 介 忧，
Fuhyinz naeuz gaej you,
夫人说莫愁，

帅 裿 偻 度 眉。
Gwn daenj raeuz doh miz.
吃穿全都有。

凤 姣 坐 中 堂，
Funggyauh naengh cungdangz,
凤姣坐堂屋，

空 闲 蓒 斗 眍；
Ranzhenz gyonj daeuj lah;
邻居都欢喜；

再 嗛 肟 陶 家，
Caiq gangj daengz Dauz gya,
再唱到陶家，

空 㐲 否 象 州。
Ranz youq laj Siengcouh.
家住象州地。

捞 淰 㞎 丫 头，
Lauz raemx ndaej yahdouz,
捞水得乖女，

就 淋 劝 荦 兄；
Couh lumj lwglan gou;
就像我子孙；

夫 人 吽 介 忧，
Fuhyinz naeuz gaej you,
夫人说莫愁，

帅 裿 偻 度 眉。
Gwn daenj raeuz doh miz.
吃穿全都有。

151. 空 闲 徐 英 哥，
Ranzhenz Ciz Yingh go,
邻居徐英哥，

偨 喏 跑 斗 看；
De rox buet daeuj yawj;
得知跑来看；

捞 水 㞎 丫 头，
Lauz raemx ndaej yahdouz,
捞水得娇妹，

歐 偨 就 盆 家。
Aeu de couh baenz gya.
想和她成双。

夫 人 巨 扨 鎚，
Fuhyinz gwq baet fwngz,
陶夫人摇头，

空 佲 大 辛 焒；
Ranz mwngz daih sinhoj;
你家太贫苦；

空 闲 徐 英 哥，
Ranzhenz Ciz Yingh go,
邻居徐英哥，

—————————
① Siengcouh：Diegmingz.
② 象州：地名.

212

伤 喏 跑 斗 看。
De rox buet daeuj yawj.
得知跑来看。

伝 褱 跦 眉 徛
Vunz daemq ga miz rengz,
人矮脚有劲，

兄 歐 赽 墙 桑；
Gou aeu benz ndoi sang;
我要登高山；

捞 淰 乩 丫 头，
Lauz raemx ndaej yahdouz,
捞水得娇妹，

歐 伤 就 盆 家。
Aeu de couh baenz gya.
想和她成双。

152. 再 嗦 肕 姚 铁，
Caiq gangj daengz Yauz Dez,
再唱到姚铁，

俎 倒 十 万 兵；
Ce dauq cib fanh bing;
留下十万兵；

灵 江 府 嗯 营，
Lingzgyanghfuj ok yingz,
灵江府守阵，

伙 兵 所 压 城。
Gyoengqbing gaenq at singz.
大军已压城。

马 周 冲 合 营，
Maj Couh cung haeuj yingz,
马周冲入营，

发 令 得 伙 伤；
Fat lingh dwk gyoengqde;
发令打头阵；

再 嗦 肕 姚 铁，
Caiq gangj daengz Yauz Dez,
再唱到姚铁，

俎 倒 十 万 兵。
Ce dauq cib fanh bing.
留下十万兵。

两 排 哼 天 下，
Song baih ceng denhya,
两边争天下，

样 尔 巴 乩 正?
Yienghlawz baj ndaej cingq?
看谁打得赢?

灵 江 府 嗯 营，
Lingzgyanghfuj ok yingz,
灵江府守阵，

伙 兵 所 压 城!
Gyoengqbing gaenq at singz!
大军已压城!

153. 大 将 是 马 周，
Dacieng seih Maj Couh,
大将是马周，

发 令 斗 开 城；
Fat lingh daeuj hai singz;
下令来开城；

同 眉 十 万 兵，
Doengz miz cib fanh bing,
强兵有十万，

喏 乩 赢 喏 否!
Rox ndaej hingz rox mbouj!
定能打得赢!

火 轮 排 造 盆，
Hojlwnzbaiz① cauh baenz,
火轮排显威，

射 礦 胶 堉 浮；
Nyingz rin bienq namhfouz;
射石变泥尘；

————————

① Hojlwnzbaiz：Dwg cungj bauq ndeu.

213

大 将 是 马 周，
Dacieng seih Maj Couh，
大将是马周，

发 令 斗 开 城。
Fat lingh daeuj hai singz.
下令来开城。

椝 肛 灯 昈 掔，
Moeb daengz daengngoenz doek，
打到太阳落，

椝 肛 燒 朒 乭；
Moeb daengz ronghndwen hwnj；
打到月亮升；

同 眉 十 万 兵，
Doengz miz cib fanh bing，
强兵有十万，

喏 乬 赢 喏 否！
Rox ndaej hingz rox mbouj！
定能打得赢！

154. 火 轮 排 噁 斐，
Hojlwnzbaiz ok feiz，
火轮排喷火，

碰 盯 的 只 麀；
Bungq deng di cix dai；
碰着便死人；

椝 姚 铁 元 帅，
Moeb Yauz Dez yenzsai，
打姚铁元帅，

败 婁 几 移 兵。
Baih bae geijlai bing.
灭他无数兵。

排 傯 渧 吖 吖，
Baihde daejnganga，
哭天又喊地，

劢 犸 又 劢 旗；
Vut max youh vut geiz；
丢马又扔旗；

火 轮 排 噁 斐，
Hojlwnzbaiz ok feiz，
火轮排喷火，

碰 盯 的 只 麀。
Bungq deng di cix dai.
碰着便死人。

幼 主 詔（惹） 李 贵，
Youcij daiz（haenh）Lij Gvei[①]，
幼主赞李贵[②]，

造 乬 火 轮 排；
Cauh ndaej Hojlwnzbaiz；
造出火轮排；

椝 姚 铁 元 帅，
Moeb Yauz Dez yenzsai，
打姚铁元帅，

排 傯 几 移 兵。
Baih bae geijlai bing.
灭他多少兵。

155. 淋 釤 剥 辈 楝，
Lumj cax bag faexndoek，
如利刀破竹，

椝 肛 象 州 城；
Moeb daengz Siengcouh singz；
打到象州城；

火 轮 排 眉 名，
Hojlwnzbaiz mizmingz，
火轮排出名，

飞 噁 淋 噁 箭！
Mbin ok rumz ok cienq！
飞出风和箭！

射 箭 各 喏 飞，
Nyingz cienq gag rox mbin，
射箭飞千里，

① Lij Gvei：Dwg ndaek ciengq baih Lij Dan.
② 李贵：李旦手下将军。

214

真 淋 霎 泣 犇;
Cin lumj fwnraq doek;
好似暴雨淋;

淋 紉 剥 荚 槲,
Lumj cax bag faexndoek,
如利刀破竹,

榘 肝 象 州 城.
Moeb daengz Siengcouh singz.
打到象州城。

臶 取 伝 只 神,
Ndaejnyi vunz cix saenz,
兵闻风丧胆,

迗 盆 蝼 盆 虹;
Mbin baenz doq baenz dinz;
乱蜂飞纷纷;

火 轮 排 眉 名,
Hojlwnzbaiz mizmingz,
火轮排出名,

迗 噁 淋 噁 箭!
Mbin ok rumz ok cienq!
飞出风和箭!

156. 李 贵 气 揣 胁,
Lij Gvei heiq coq sim,
李贵忧在心,

派 兵 合 娑 查;
Baij bing haeujbae caz;
派兵进去查;

閍 城 眉 佬 歟,
Ndaw singz miz lauxda,
城里有岳父,

盆 尔 救 艮 命?
Baenzlawz gouq ndaej mingh?
如何搭救他?

娑 粘 幼 主 吶,
Bae nem youcij naeuz,
向幼主禀报,

尼 偻 介 用 兵?
Ni raeuz gaiq yungh bing?
是否动武打?

李 贵 气 揣 胁,
Lij Gvei heiq coq sim,
李贵忧在心,

派 兵 合 娑 查.
Baij bing haeujbae caz.
派兵进去查。

里 絅 订 八 字,
Lij saeq dingh batcih,
李贵早定亲,

妖 兄 是 陶 家;
Yah gou seih Dauz gya;
妻子是陶家;

閍 城 眉 佬 歟,
Ndaw singz miz lauxda,
城里有岳父,

盆 尔 救 艮 命?
Baenzlawz gouq ndaej mingh?
如何搭救他?

157. 佬 歟 田 知 府,
Lauxda guh cihfouj,
岳父是知府,

嗛 傻 布 布 喏;
Gangj de bouxboux rox;
说他人人知;

哠 艮 傻 斗 助,
Heuh ndaej de daeuj coh,
叫他来相助,

都 城 喏 各 攔!
Dousingz rox gag hai!
城门自会开!

兄 装 俕 丢 空,
Gou cang hoiq youq ranz,
我扮当仆人,

佲 顶 名 初 兄；
Mwngz dingj mingzcoh gou;
你扮装是我，

佬 歐 口 知 府，
Lauxda guh cihfouj，
岳父是知府，

嘛 傷 布 布 喏；
Gangj de bouxboux rox；
说他人人知；

李 贵 计 谋 兀，
Lij Gvei geiqmaeuz ndei，
李贵设巧计，

幼 主 喽 哈 哈；
Youcij riu hoho；
幼主也放心；

哯 纠 傷 斗 助，
Heuh ndaej de daeuj coh，
叫他来相助，

閂 城 喏 各 攔！
Dousingz rox gag hai！
城门自会开！

158. 陶 仁 攔 牌 朒，
Dauz Yinz hai baiz naeq，
陶仁屈指算，

嘛 李 贵 冾 麻；
Gangj Lij Gvei het ma；
李贵要回来；

否 喏 辈 尔 查，
Mbouj rox bae lawz caz，
不知去哪查，

但 纠 麻 就 兀。
Danh ndaej ma couh ndei.
但能回也罢。

小 姐 喽 吧 嘻，
Siujcej riubayi，
小姐笑声甜，

求 仪 攔 閂 城；
Gouz boh hai dousingz；
求父把门开；

陶 仁 攔 牌 朒，
Dauz Yinz hai baiz naeq，
陶仁屈指算，

嘛 李 贵 冾 麻；
Gangj Lij Gvei het ma；
李贵要回来；

陶 夫 人 欢 喜，
Dauz fuhyinz vuenheij，
陶夫人欢喜，

接 李 贵 合 麻；
Ciep Lij Gvei haeujma；
接女婿归来；

否 喏 辈 尔 查，
Mbouj rox bae lawz caz，
若需要相助，

閂 城 兄 許 攔。
Dousingz gou hawj hai.
城门我许开。

159. 陶 小 姐 里 絮，
Dauz siujcej lij saeq，
陶小姐年幼，

粘 李 贵 订 婚；
Nem Lij Gvei dinghvaen；
与李贵订婚；

昖 尼 冾 托 盼，
Ngoenzneix het doxraen，
今天才见面，

盆 親 盹 時 尼。
Baenzcin muengh seizneix.
望今日成亲。

大 人 嘛 情 意，
Dayinz gangj cingzeiq，
大人讲情义，

里 记 肛 李 贵;
Lij geiq daengz Lij Gvei;
尚记这门亲;

陶 小 姐 里 槊,
Dauz siujcej lij saeq,
陶小姐年幼,

粘 李 贵 订 婚。
Nem Lij Gvei dinghvaen.
与李贵订婚;

为 吞 丢 大 乱,
Vih lajmbwn daih luenh,
因天下大乱,

婚 姻 算 否 盆;
Vwnhyinh suenq mbouj baenz;
女儿未完婚;

昑 尼 冾 托 眙,
Ngoenzneix het doxraen,
今天才见面,

盆 親 盯 昑 尼。
Baenzcin muengh seizneix.
望今日成亲。

160. 定 時 兀 接 親,
Dingh seiz ndei ciep cin,
良辰吉日定,

双 陌 金 财 礼;
Song bak gim caizlij;
百两金彩礼;

捞 昑 兀 揣 其,
Ra ngoenzndei coq giz,
等待良辰到,

里 祭 双 途 猿。
Lij ceiq song duz mou.
送来猪两头。

倧 黯 宏 哃 氿,
Gyoengq hak hung gwn laeuj,
众大官喝酒,

朋 友 又 斗 窎;
Baengzyoux youh daeuj ranz;
亲友皆来临;

定 時 兀 接 親,
Dingh seiz ndei ciep cin,
良辰吉日定,

双 陌 金 财 礼。
Song bak gim caizlij.
百两金彩礼。

尼 伝 橑 欢 喜,
Nix vunzlai vuenheij,
众人皆欢喜,

伝 糯 拜 天 地;
Vunz moq baiq diendih,
新人拜天地;

捞 昑 兀 揣 其,
Ra ngoenzndei coq giz,
良辰吉日到,

里 祭 双 仟 猿。
Lij ceiq song duz mou.
送来猪两头。

161. 做 昑 兀 团 圆,
Sou ngoenzndei donzyenz,
你们得团圆,

可 怜 肛 凤 姣;
Hojlienz daengz Funggyauh;
可怜我凤姣;

样 尔 倒 乩 眙?
Yienghlawz dauq ndaej raen?
何时再相见?

犇 愈 年 卦 年。
Doeknaiq nienz gvaq nienz.
悲伤年过年。

做 昑 兀 团 圆,
Sou ngoenzndei donzyenz,
你们得团圆,

可 怜 肛 凤 姣；
Hojlienz daengz Funggyauh;
可怜我凤姣；

世 尼 否 盆 伝，
Seiqneix mbouj baenz vunz,
今世不成人，

世 楞 咽 斗 报。
Seiq laeng yaeng daeuj bauq.
下世再报恩。

162. 姑 爷 答 布 佬，
Guhyah dap bouxlaux,
女婿禀岳父，

兄 倒 型 长 安；
Gou dauq hwnj Cangzanh①;
我要回长安②；

朝 廷 厄 眉 难，
Ciuzdingz di miz nanh,
朝廷今无难，

崖 长 安 趄 悆。
Bae Cangzanh yietnaiq.
回长安休整。

盯 时 尼 结 婚，
Dangh seizneix gietvaen,
若今日成婚，

误 坤 愱 否 倒；
Nguh roen gyoh mbouj dauq;
京城难回还；

姑 爷 答 布 佬，
Guhyah dap bouxlaux,
女婿禀岳父，

兄 倒 型 长 安。
Gou dauq hwnj Cangzanh.
我要回长安。

布 佬 眈 样 亦，
Bouxlaux raen yienghneix,
老父听此言，

巨 议 肶 巨 烦；
Gwq ngeix sim gwq fanz;
越想越心烦；

朝 廷 厄 眉 难，
Ciuzdingz ndi miz nanh,
朝廷今无难，

麻 长 安 趄 悆。
Bae Cangzanh yietnaiq.
回长安休整。

163. 徐 英 想 凤 姣，
Ciz Yingh siengj Funggyauh,
徐英想凤姣，

嗲 佬 依 否 依；
Cam laux ei mbouj ei;
向夫人禀报；

濷 濑 否 眉 底，
Raengz laeg mbouj miz dij,
龙潭深无底，

几 时 噌 仵 乱？
Geijseiz yaeng doxndaej?
何时能办到？

倒 崖 求 凤 姣，
Dauq bae gouz Funggyauh,
回去求凤姣，

傪 定 撒 恩 旭；
De dingh ngauz aen gyaeuj;
她定把头摇；

徐 英 想 凤 姣，
Ciz Yingh siengj Funggyauh,
徐英想凤姣，

嗲 佬 依 否 依。
Cam laux ei mbouj ei.
向夫人禀报。

① Cangzanh：Dwg gingsingz Dangzciuz.
② 长安：是唐朝京城。

椪 桃 红 啡 啡，
Vadauz hoengz fedfed，
桃花红艳艳，

嶳 否 比 凤 姣，
Gyaeu mbouj beij Funggyauh，
美不如凤姣；

漕 溂 否 眉 底，
Raengz laeg mbouj miz dij，
龙潭深无底，

几 時 嘈 任 矤?
Geijseiz yaeng doxndaej?
何时能办到？

164. 李 旦 矴 取 尼，
Lij Dan ndaejnyi nix，
李旦听此言，

只 嶳 嗲 陶 仁；
Cix bae cam Dauz Yinz；
上前问陶仁；

凤 姣 其 尔 伝，
Funggyauh gizlawz vunz，
凤姣哪里人，

窀 板 圣 其 尔?
Ranzmbanj youq gizlawz?
老家住何府？

吞 呑 伝 同 初，
Lajmbwn vunz doengz coh，
凤姣有同名，

喏 是 㜸 否 是；
Rox seih nuengx mbouj seih；
不知假或真；

幼 主 㜸 取 尼，
Youcij ndaejnyi nix，
李旦听此言，

只 嶳 嗲 陶 仁。
Cix bae cam Dauz Yinz.
上前问陶仁。

圢 咔 是 㜸 乖，
Danghnaeuz seih nuengxgvai，
若真是乖妹，

愿 拜 塪 拜 㕵；
Nyienh baiq deih baiq mbwn；
愿同拜天地；

兄 想 眃 凤 姣，
Gou siengj raen Funggyauh，
我想见凤姣，

嗬 斗 窀 兄 眲。
Heuh daeuj ranz gou naeq.
叫来让我瞧。

165. 陶 仁 嗬 伝 斗，
Dauz Yinz heuh vunz daeuj，
陶仁叫来人，

靓 是 㑊 凤 姣；
Cin seih gvai Funggyauh；
果真是凤姣；

比 仙 女 里 嶳，
Beij senhnij lij gyaeu，
仙女从天降，

幼 主 肵 巨 炮。
Youcij sim gwq bauq.
李旦心翻滚。

伝 移 圣 其 尼，
Vunzlai youq gizneix，
当着众人面，

否 兀 論 真 情；
Mbouj ndei lwnh cincingz；
不好诉真情；

陶 仁 叫 伝 斗，
Dauz Yinz heuh vunz daeuj，
陶仁叫来人，

親 是 㑊 凤 姣。
Cin seih gvai Funggyauh.
果真是凤姣。

伝仕盼倒盰，
Vunz doxbiek dauq raen,
天涯人重见，

话难噁盯哠；
Vah nanz ok hangzgauq;
千万语难言；

达仙打丢犁，
Dahsien daj mbwn doek,
仙女从天降，

幼主肭巨炮。
Youcij sim gwq bauq.
心海浪涛涛。

166. 凤姣盰振英，
Funggyauh raen Cinyingh,
凤姣见振英，

逻正歪歪堂；
Naengh cingq youq gwnz dangz;
正坐在中堂；

約嵜初也难，
Yaek bae coh yax nanz,
心近身难近，

閁肭烦否卦。
Ndaw sim fanz mbouj gvaq.
心喜心又烦。

約哖否兝哖，
Yaek naeuz mbouj ndaej naeuz,
心中千万语，

蒉话搐閁肭；
Su vah coq ndaw sim;
无耐心底藏；

凤姣见振英，
Funggyauh raen Cinyingh,
凤姣见振英，

逻正歪歪堂。
Naengh cingq youq gwnz dangz.
正坐在中堂。

嵜庲閁宕逻，
Baema ndaw rug naengh,
回到卧房坐，

卧逻总不安；
Ninz naengh cungj mbouj an;
坐卧都不安；

約嵜初也难，
Yaek bae coh yax nanz,
心近身难近，

肭欢肭又烦。
Sim vuen sim youh fanz.
心欢心又烦。

167. 倒庲閁空逻，
Dauqma ndawranz naengh,
回到卧室坐，

振英真烦忧；
Cinyingh caen fanz you;
振英真烦恼；

凤姣歪柳州，
Funggyauh youq Liujcouh,
凤姣柳州妹，

也尔流肛其？
Yaxlawz louz daengz gix?
为何到此方？

鳮嗯二嗯三，
Gaeq haen ngeih haen sam,
鸡啼二三遍，

翻䄂眹否盆；
Fan ndang ninz mbouj baenz;
也无法入眠；

倒庲閁鵬逻，
Dauqma ndawfuengz naengh,
回到卧室坐，

振英真烦忧。
Cinyingh caen fanz you.
振英真烦恼。

肞 約 � 任 眹,
Sim yaek bae doxraen,
心想见乖妹,

否 叮 咢 撊 都;
Mbouj maenz heuh hai dou;
岂敢叫开门;

凤 姣 㞾 柳 州,
Funggyauh youq Liujcouh,
凤姣柳州妹,

也 尔 流 肛 其?
Yaxlawz louz daengz gix?
为何到此方?

168. 凤 姣 议 㞜 尽,
Funggyauh ngeix ndaej caenh,
凤姣想周到,

� 哐 观 音 抚;
Bae haemq Gonhyinh genj;
焚香问观音;

万 里 捋 哥 親,
Fanh leix ra go cin,
万里寻乖哥,

哥 肛 闲 否 认?
Go daengz henz mbouj nyinh?
见哥何不认?

哥 嗳 难 㞜 救,
Go souh nanh nuengx gouq,
哥受难妹救,

兀 就 淋 情 恩;
Ndei couh lumz cingzaen;
伤好就忘情;

凤 姣 议 㞜 尽,
Funggyauh ngeix ndaej caenh,
凤姣想周到,

� 哐 观 音 抚。
Bae haemq Gonhyinh genj.
焚香问观音。

照 罾 否 㞜 㫈,
Ciuqnaj mbouj ndaej coenz,
照面不说话,

肞 佲 盆 枈 坚;
Sim mwngz baenz faex genq;
哥心冷如水;

昨 命 贱 喏 彭,
Cog mingh cienh rox bengz,
命贱或命好,

哥 肛 闲 否 认?
Go daengz henz mbouj nyinh?
见哥何不认?

169. 马 迪 想 害 人,
Maj Diz siengj haih vunz,
马迪害人精,

胡 发 瞵 否 救;
Huz Faz cim mbouj gouq;
胡发不救人;

崔 家 㞾 灵 州,
Cuih gya youq Lingzcouh,
崔家在灵州,

竺 偻 否 认 親。
Ranz de mbouj nyinh cin.
家富不认亲。

流 落 㞾 排 閧,
Liuzloz youq baihrog,
流落在外地,

淋 犾 弾 㐿 閧;
Lumj ma doek roengz gumh;
像狗落下坑;

马 迪 想 害 人,
Maj Diz siengj haih vunz,
马迪害人精,

胡 发 瞵 否 救。
Huz Faz cim mbouj gouq.
胡发不救人。

盯 雰 又 盯 淋，
Deng fwn youh deng rumz，
受风吹雨打，

諳 熓 否 肛 尣；
Haemzhoj mbouj daengz gyaeuj；
辛苦难做人；

崔 家 圣 灵 州，
Cuih gya youq Lingzcouh，
崔家在灵州，

茳 修 否 认 親。
Ranz de mbouj nyinh cin.
家富不认亲。

170. 文 德 胣 否 兀，
Vwnzdwz sim mbouj ndei，
文德心太坏，

逼 猩 表 盆 親；
Bik nuengxbiuj baenz cin；
逼表妹成亲；

怨 命 况 犇 淰，
Ienq mingh gvangh roengz raemx，
怨命跳下水，

里 想 份 佲 龙。
Lij siengj faenh mwngz lungz.
万里把哥寻。

佋 伝 兄 辛 熓，
Ciuhvunz gou sinhoj，
平生命辛苦，

否 喏 嗁 盆 尼；
Mbouj rox yak baenzneix；
苦瓜苦到心；

文 德 胣 否 兀，
Vwnzdwz sim mbouj ndei，
文德心太坏，

逼 猩 表 盆 親。
Bik nuengxbiuj baenz cin.
逼表妹成亲。

吔 嚇 眉 救 神，
Caeklaiq miz gouqswnz，
幸亏有救神，

救 猩 倫 丮 垠；
Gouq nuengxlwnz hwnj haenz；
救妹上河滩；

怨 命 况 犇 淰，
Ienq mingh gvangh roengz raemx，
怨命跳下水，

里 想 份 佲 龙。
Lij siengj faenh mwngz lungz.
万里把哥寻。

171. 陶 仁 搠 船 肛，
Dauz Yinz hai ruz daengz，
陶仁划船到，

救 玊 兄 条 命；
Gouq ndaej gou diuz mingh；
救得我条命；

兄 論 肯 佲 盯，
Gou lwnh haengj mwngz dingq，
我讲给哥听，

越 醒（想） 越 吽 彴。
Yied singj（siengj）yied gwnrengz.
越想越吃惊。

佲 配 陶 小 姐，
Mwngz boiq Dauz siujcej，
你配陶小姐，

也 否 提 肛 兄；
Yej mbouj diz daengz gou；
忘我旧日情；

陶 仁 划 船 授，
Dauz Yinz hai ruz coux，
陶仁划船到，

救 玊 兄 条 命。
Gouq ndaej gou diuz mingh.
救得我条命。

冇艮倒扮金，
Ndaej ngaenz dauq vut gim,
得银反丢金，

嗲肶佲尔想?
Cam sim mwngz lawz singj?
你心如何想?

兄論肯佲耵，
Gou lwnh haengj mwngz dingq,
我讲给你听，

越醒越咘衍。
Yied singj yied gwnrengz.
越想越吃惊。

172. 李旦冇取尼，
Lij Dan ndaejnyi nix,
李旦知此情，

淰肷涮盆雾;
Raemxda rih baenz fwn;
眼泪如雨落;

哥否丢㞟倫，
Go mbouj ndek nuengxlwnz,
哥不丢乖妹，

百春(靚)结旭奷。
Bak cwn（cin）giet gyaeujyah.
永生是妹哥。

犸佬旭噁觘，
Max laux gyaeuj ok gaeu,
马头会长角，

情�偻巨记;
Cingzgaeuq raeuz gwq giq;
旧情难相忘;

李旦冇取尼，
Lij Dan ndaejnyi nix,
李旦知此情，

淰肷涮盆雾。
Raemxda rih baenz fwn.
眼泪如雨落。

淋吹熿肧芔，
Rumz ci ronghndwen roengz,
风吹星星落，

灯昑排西㞟;
Daengngoenz baihsae hwnj;
太阳出西山;

哥否丢㞟倫，
Go mbouj ndek nuengxlwnz,
哥不丢乖妹，

百春结旭奷。
Bak cwn giet gyaeujyah.
永生是妹哥。

173. 陶仁夫妇耵，
Dauz Yinz fuhfu dingq,
陶仁夫妇听，

牡丹正当時;
Mauxdan cingq dangqseiz;
牡丹正当时;

昑兀時又兀，
Ngoenzndei seiz youh ndei,
日好时也好，

四布盆双对。
Seiq boux baenz song doiq.
四人成两双。

双布将眉才，
Song boux cieng miz caiz,
两大将有才，

双俇又眉情;
Song gvai youh miz cingz;
两乖妹情长;

陶仁夫妇耵，
Dauz Yinz fuhfu dingq,
陶仁夫妇听，

牡丹正当時。
Mauxdan cingq dangqseiz.
牡丹正当时。

婚　姻　缘　眉　份，
Vwnhyinh yienz miz faenh,
良缘人心定，

天　埊　定　亦　兀；
Dien deih dingh hix ndei;
天地定也好；

昈　兀　時　又　兀，
Ngoenzndei seiz youh ndei,
日好时也好，

四　布　盆　双　对。
Seiq boux baenz song doiq.
四人成两双。

174. 李　贵　嗛　親　情，
Lij Gvei gangj cincingz,
李贵重亲情，

陶　仁　喖　李　旦；
Dauz Yinz haenh Lij Dan;
陶仁赞李旦；

昈　尼　灭　武　党，
Ngoenzneix mied Uj dangj,
今日灭武党，

丢　桑　地　也　宪！
Mbwn sang deih yax gvangq!
天高地更宽！

二　十　晔　报　仇，
Ngeih cib bi bauqcaeuz,
二十年复仇，

岜　欢　淰　也　嗝；
Bya vuen raemx yax angq;
山欢水也欢；

李　贵　嗛　亲　情，
Lij Gvei gangj cincingz,
李贵重亲情，

陶　仁　喖　李　旦。
Dauz Yinz haenh Lij Dan.
陶仁赞李旦。

双　布　情　𡚻　犸，
Song boux cingz hwnj max,
两人骑上马，

迖　卦　岜　卦　滩；
Mbin gvaq bya gvaq dan;
飞过千重山；

昈　尼　灭　武　党，
Ngoenzneix mied Uj dangj,
今日灭武党，

丢　桑　地　也　宪！
Mbwn sang deih yax gvangq!
天高地更宽！

175. 穇　椢　只　盯　艳（膁），
Ndaem oen cix deng saek (camz),
种荆棘被刺，

穇　莁　只　冘　呷；
Ndaem byaek cix ndaej gwn;
种菜才有吃；

则　天　想　害　伝，
Cwzdenh siengj haih vunz,
则天害人民，

傪　各　盆　咒　㥬。
De gag baenz daicaeux.
她自取灭亡。

双　布　悼　眉　肞，
Song boux coz miz sim,
两对新人乐，

親　紉　梦　否　撕；
Cin cax raemj mbouj raek;
利刀砍不断；

穇　椢　只　盯　艳，
Ndaem oen cix deng saek (camz),
种荆棘被刺，

穇　莁　只　冘　呷。
Ndaem byaek cix ndaej gwn.
种菜才有吃。

布 造 噁 造 坏，
Boux cauh yak cauh vaih，
谁作恶多端，

毫 千 代 里 論；
Dai cien daih lij lwnh；
遗臭万年长；

则 天 想 害 伝，
Cwzdenh siengj haih vunz，
则天害人民，

傣 各 盆 毫 暧!
De gag baenz daicaeux!
她自取灭亡!

（拼音壮文部分与刘志坚合作）

达妍与勒驾

石鹏程　覃祥周
马永全　黄　革　搜集整理

1. 虽 土 兰 眉 勒 媎 㐲

Saeqdoj Ranz Miz Lwgmbwk Dog

土司家有独生女

灯 晗 很 盯 叆，
Daengngoenz hwnj dinmbwn,
日出天边亮堂堂，

椛 海 歪 大 路。
Va hai gwnz daihloh.
大路两旁百花香。

椛 兀 海 同 作，
Va ndei hai doengzcoh,
好花开来朵对朵，

炳 厼 焪 龙 斐。
Oq lumj hauj lungzfeiz.
好似龙火闪金光。

椛 桿 侵 椛 梨，
Va'nganx caeuq valeiz,
龙眼花开梨花香，

海 歪 其 邱 崃 （沙滩）。
Hai youq giz gyaeujraiq (sadan).
两花开在大沙滩。

邱 崃 虽 土 眉 狇 劲 媎 㐲，
Gyaeujraiq saeqdoj miz dah lwgmbwk gvai,
滩头土司女儿乖又巧，

兰 㑇 宝 贝 度 介 总 眉 育。
Ranz de baujboiq doxgaiq cungj miz caez.
他家金银财宝装满箱。

㑇 侵 伝 彩 否 同 伟 （姓），
De caeuq vunzlai mbouj doengz vaej (singq),
他和大众不同姓，

布 迎 布 哜 盯 㑇 管。
Boux gyawj boux gyae deng de guenj.
远近平民他管完。

虽 土 兰 眉 千 眉 万，
Saeqdoj ranz miz cien miz fanh,
土司家有千千万，

可 惜 立 烦 （㐌） 勒 布 腮。
Hojsik lij fanz (noix) lwg bouxsai.
可惜没有生儿郎。

㐲 躺 倒 眉 劲 幅 㐲，
Lajndang dauq miz lwgmbwk gvai,
本身有个独生女，

婎 兀 罷 卟 槐 擦 也 （兀晴）。
Gyaeundei naj mbaw faiz cah'ied (ndeiyawj).
美丽动人像花香。

生 料 安 初 叩 达 妍，
Seng daeuj an coh guh Dahnet,
生来安名叫达妍，

年 乱 十 八 絈 唃 萨。
Nienz ndaej cib bet noh hausag.
年轻十八好姑娘。

打 熮 厼 醮 稳 傍 絨，
Da rongh lumj gingq venj bangx faz,
两眼好比青铜镜，

昂 旭 照 熮 恩 板 宏。
Ngiengxgyaeuj ciuqrongh aen mbanj hung.
抬头照亮大村庄。

达 妍 罷 皓 厼 亭 蹟，
Dahnet naj hau lumj gyamq gyaeq,
达妍皮肤白又嫩，

达 妍 罷 醶 厼 椛 桃。
Dahnet naj maeq lumj vadauz.
脸色红润桃花样。

年 乱 十 八 佬 盆 娟，
Nienz ndaej cib bet laux baenzsau,
年到十八人更靓，

勒 腮 几 考 （倍） 卦 料 嗊。
Lwgsai geij gau (baez) gvaqdaeuj haemq.
醉倒多少好儿郎。

几 伝 同 班 侵 同 生，
Gij vunz doengzban caeuq doengzsaemh,
同伴小伙个个盼，

几 倍 籴 啮 欧 共 兰。
Geij baez daeuj haemq aeu gungh ranz.
想和达妍共一堂。

达 妍 圣 兰 陌 檬 桑,
Dahnet youq ranz mbaeklae sang,
达妍家里台阶高,

伩 她 尽 哖 吽 否 妠。
Bohmeh caenh han naeuz mbouj haq.
父母都说不嫁郎。

板 丕 眉 伝 籴 嗛 尬 (价),
Mbanj gwnz miz vunz daeuj gangj gah (gyaq),
上村有人来讲价,

板 呇 眉 伝 卦 籴 嗒 (嗲)。
Mbanj laj miz vunz gvaqdaeuj dap (cam).
下村有人来商量。

昑 尼 几 帮 卦 闻 閗,
Ngoenzneix geij bang gvaq dourog,
今天几帮过门外,

昑 作 几 萨 (队) 卦 闻 関 (闻江)。
Ngoenzcog geij sab (doih) gvaq doundaw
　　(dougyang).
明天几群过屋堂。

板 閗 眉 伝 卦 籾 揭,
Mbanjrog miz vunz gvaqdaeuj dawz,
村外有人过来管,

板 閟 眉 媒 卦 籴 斗 跌。
Mbanjndaw miz moiz gvaqdaeuj dieb.
村外媒婆赶到场。

地 步 (槛闻) 闻 兰 踩 勻 核,
Deihbug (giemxdou) douranz caij yaek hed,
大门门栏将踩断,

端 閟 伝 踏 埔 盆 槽。
Donhndaw vunz dieb namh baenz cauz.
地板凹下几多方。

乾 晗 眉 伝 籾 告 祷,
Haet haemh miz vunz daeuj gaudauz,
早晚有人来求讨,

求 欧 勒 俏 龙 达 妍。
Gouz aeu lwgsau Lungz Dahnet.
求龙达妍好姑娘。

虽 土 兰 眉 千 家 当,
Saeqdoj ranz miz cien gyadangq,
土司家当千千万,

又 请 布 班 (般) 籾 肟 俍。
Youh cingj bouxbanx (buenx) daeuj daengz nden.
又请仆人在身旁。

布 了 揭 箖 守 兰 闲,
Boux ndeu dawz naq souj ranz henz,
一个提弓守家产,

布 洗 文 章 圣 对 噐。
Boux sij faenzcieng youq doiqnaj.
一个磨墨写文章。

布 洗 文 章 迪 日 拔,
Boux sij faenzcieng dwg Yizbaz,
舞文弄墨叫日拔,

揭 箖 守 兰 迪 日 捡。
Dawz naq souj ranz dwg Yizgenj.
手拿弓箭叫日捡。

里 请 布 瑟 籾 肟 俍,
Lij cingj bouxsawj daeuj daengz nden,
还请女仆来伺候,

傓 管 兰 闲 俊 兰 呇。
De guenj ranzhenz caeuq ranzlaj.
里里外外她管全。

几 名 初 傓 哗 她 瓦,
Gij mingzcoh de heuh Mehvaj,
她的名字叫乜瓦,

㐻 兰 虽 土 五 晬 淋。
Daeuj ranz saeqdoj haj bi rim.
到土司家满五年。

江 晚 帮 虽 土 湿 盯,
Gyanghaemh bang saeqdoj swiq din,
晚帮土司洗脚板,

乾 起 丢 挦 帮 湿 齤。
Haet hwnq mbwn nding bang swiq naj.
早晨起来帮洗脸。

板 歪 布 了 哬 勒 驾,
Mbanj gwnz boux ndeu heuh Lwggyax,
上村有个叫勒驾,

㐻 尼 挦（狼）马 俊 挦 怀。
Daeuj neix dawz (langh) max caeuq dawz vaiz.
放马放牛天天忙。

勒 驾 生 斗 伝 咟 俦,
Lwggyax seng daeuj vunz bak gvai,
勒驾生来人聪敏,

可 惜 立 依 甭 仪 她。
Hojsik lij iq dai bohmeh.
可惜小时父母亡。

勒 驾 生 斗 倒 洛 列（理）,
Lwggyax seng daeuj dauq rox lex (leix),
勒驾生来懂礼貌,

布 佬 布 恬 恳 倚 盆。
Bouxlaux bouxgeq haenh de baenz.
个个赞他智慧高。

可 惜 辛 焅 太 啃 詥,
Hojsik sinhoj daiq gwnhaemz,
可惜一生太辛苦,

昑 尽 操 心 太 欧 氕。
Ngoenz caenh causaem (sim) daih aeuqheiq.
天天怄气又心焦。

仪 她 生 俕 料 吞 坢,
Bohmeh seng de daeuj lajdeih,
父母生他到人世,

恩 醀 抔 杈（楂）她 虺 洛。
Aen mak venj ngeiq (nye) meh dairoz.
好似小果挂枯枝。

很 兰 虽 土 斟 冂 诺（灰）,
Hwnj ranz saeqdoj daeuj guh noz (hoiq),
到土司家做奴隶,

晬 年 立 作 只 冂 埔（灰）。
Bi nienz lij coz cix guh naemh (hoiq).
年纪小小受人欺。

乾 丢 曾 熿 仇 欧 渰,
Haet mbwn caengz rongh couh aeu raemx,
天还未亮去挑水,

晚 嗊 立 輚（千）丢 傍 坡。
Haemh laep lij baenq (cienq) youq bangx bo.
夜晚还在山上忙。

許 兰 虽 土 挦 杖 洛,
Hawj ranz saeqdoj dwk fwnz roz,
帮土司家打柴火,

昑 跐 三 跛 盯 四 圯。
Ngoenz riq sam bo daengz seiq baq.
跑遍山坡和箐场。

勒 驾 巧 布 三 斤 裇,
Lwggyax geu buh sam gaen vaj,
勒驾衣服三斤布,

勒 驾 狡 袘 五 斤 繠。
Lwggyax geu vaq haj gaen mae.
裤子又缝线五斤。

昑 炅 昑 雺 搏 命 哊,
Ngoenz ndit ngoenz fwn buekmingh bae,
风来雨去拼命干,

勒 眹 嵗 斐 还 立 冂。
Lwgda okfeiz vanzlij guh.
忙得两眼冒火星。

朕 腊 弽 甤 否 乩 丢,
Ndwenlab doek nae mbouj ndaej youq,
腊月下雪不停步,

六 月 炅 很 否 乩 停。
Loeg nyied ndit haenq mbouj ndaej dingz.
六月炎暑不停脚。

傍 否 埕 朋 否 埕 映，
De fouz dieg baengh fouz dieg ing,
生来无依又无靠，

叩 乥 丈 命 合 兰 龙。
Guh hong ciengx mingh haeuj ranz Lungz.
他到龙家干重活。

打 吣 憶 憶 叩 肛 洪，
Daj mwh iqiq guh daengz hung,
从小开始做到大，

否 乩 淋 伝 否 跰 队。
Mbouj ndaej lumj vunz mbouj ha doih.
生不如人也无法。

为 盆 勒 驾 只 叩 灰，
Vih baenz Lwggyax cix guhhoiq,
因为孤单做奴隶，

同 伴 同 队 算 傍 慅。
Doengzban doengzdoih suenq de vei.
同伴算他命最差。

勒 驾 昈 跌 其 托 其，
Lwggyax ngoenz saet giz doh giz,
勒驾上山又下地，

乥 兰 乥 型 总 赶 齐。
Hong ranz hong reih cungj ganj caez.
家务农活全干齐。

籿 勒 楥 审 啃 各 渧，
Ngaiz lw souh soemj gwn gag daej,
剩饭酸菜填肚子，

恠 肛 半 痕 层 乩 趄。
Nyaengq daengz byonghhwnz caengz ndaej yiet.
三更半夜未歇息。

啃 冇 圣 松 龙 达 妍，
Gwnndwi youqsung Lungz Dahnet,
生活优裕龙达妍，

閱 心 各 咶 布 勒 驾。
Ndawsim gag get boux Lwggyax.
疼爱勒驾在心间。

傍 十 几 比 淋 怀 犸，
De cib geij bi lumj vaiz max,
十几年来像牛马，

受 难 盯 訣 实 啃 慅。
Souh nanh deng ndaq saed gwnvei.
受苦挨骂真可怜。

勒 驾 艖 犸 跰 卦 坏（槐），
Lwggyax langh max bongh gvaq vai（fai），
勒驾牧马跨田埂，

勒 驾 艖 怀 趑 很 巴。
Lwggyax langh vaiz benz hwnj baq.
勒驾放牛爬高山。

昈 昈 练 弓 箭，
Ngoenzngoenz lienh gung naq,
天天练习射弓箭，

赢 箭 噁 卦 伝。
Nyingz naq ak gvaq vunz.
射箭本领比人强。

赢 兔 盯 唒 舲，
Nyingz douq deng bak linx,
他射兔子中嘴角，

赢 鹋 飞 盯 羽。
Nyingz roeg mbin deng fwed.
他射飞鸟翅膀落。

赢 怨 跑 盯 膘，
Nyingz nyaen buet deng hwet,
他射狐狸中腰杆，

赢 狹（猓段）跑 盯 趷。
Nyingz laih（mouduenh）buet deng ga.
他射野猪中双脚，

赢 虓 赢 勒 眃，
Nyingz guk nyingz lwgda,
他射老虎中眼睛，

赢 椛 芷 亦 邻。
Nyingz va lup hix loenq.
他射花朵落下来。

赢 桪 丫 亦 坤,
Nyingz faex nga hix goenq,
他射树枝也断下,

赢 砼 坤 亦 海。
Nyingz ringoenq hix hai.
他射石头也裂开。

布 勒 徒 猫 立 勒 鮀,
Bouxlawz duzmeuz lij lw bya,
哪有老猫剩鱼仔,

盆 勒 徒 狗 立 勒 骼。
Baenzlawz duzma lij lw ndok.
哪有老狗剩骨头。

盆 勒 猠 狼 立 勒 糢,
Baenzlawz moulangz lij lw mok,
哪有母猪不吃潲,

达 妍 侬 乇 布 布 声 (抢)。
Dahnet nuengxdog bouxboux sing (ciengj).
达妍姑娘个个谋。

日 拔 旰 想 达 侬 金,
Yizbaz ngoenz siengj dah nuengxgim,
日拔想妹在心中,

日 捡 眺 圬 盆 勒 燩。
Yizgenj da'nding baenz lwgmanh.
日捡眼像辣椒红。

日 拔 勺 欧 达 娟 浪,
Yizbaz yaek aeu dah saulangh,
日拔想娶娇娥妹,

日 捡 亦 算 圣 閊 胎。
Yizgenj hix suenq youq ndawhoz.
日捡盘算在喉咙。

勺 想 达 妍 勒 娟 作,
Yaek siengj Dahnet lwgsau coz,
想娶达妍年轻妹,

双 读 心 胎 算 样 凉 (另)。
Song duz simhoz suenq yiengh liengh (lingh).
两人心思各自飞。

旰 立 (盆旰) 日 拔 侵 日 捡,
Ngoenzlix (baenz ngoenz) Yizbaz caeuq Yiz-
genj,
日拔日捡整天想,

旰 旰 眺 连 (睄) 作 侬 达。
Ngoenzngoenz da lenz (yawj) coh nuengxdah.
眼睛朝妹几多回。

日 拔 心 最 咔 (毒),
Yizbaz sim ceiq ngaj (doeg),
日拔的心最狠毒,

日 拔 最 后 头 (雰桶)。
Yizbaz ceiq houhdaeuz (moengjdoengj).
日拔为人最恶劣。

生 料 旭 淋 旭 蟖 攸,
Seng daeuj gyaeuj lumj gyaeuj goepsou,
生来头像蛤蟆样,

生 料 咟 淋 胖 穿 咎。
Seng daeuj bak lumj nou ndonj congh.
嘴像老鼠钻洞穴。

心 傪 毒 淋 甲 榅 鑭,
Saem de doeg lumj gyaz oen camx,
心毒好比猫爪刺,

片 罶 傪 荗 (黯) 淋 徒 䳍。
Benqnaj de fonz (ndaem) lumj duza.
脸面漆黑像乌鸦。

咟 吖 猤 胹 淋 徒 犰,
Bak aj heujdit lumj duz ma,
龇牙咧嘴像条狗,

眺 淋 眺 怨 圣 傍 巴。
Da lumj da nyaen youq bangx baq.
眼像野兽在山崖。

倍盺 达 妍 肟 对 罱，
Baez raen Dahnet daengz doiqnaj,
一见达妍面前过，

傍 仇 咟 吖 淋 马 魃。
De couh bak aj lumj maxfangz.
他像野马开嘴巴。

日 捡 心 肚 最 只 烂，
Yizgenj simdungx ceiq cix lanh,
日捡烂肚不用说，

叿 淋 狃 犸 想 醍 稔。
Guh lumj nyaenma siengj maknim.
好比狐狸想稔果。

盺 达 妍 煍 兆 合 心，
Raen Dahnet gyaeundei haeuj sim,
看见达妍长得美，

昑 仇 尽 瞵 眦 否 眍。
Ngoenz couh caenh cim da mbouj yaep.
眼睛直盯没闭着。

肥 炎 肟 否 拂，
Feiz remj din mbouj baet,
火烧脚板也不跳，

蚏 合 旭 否 扣。
Maet haeuj gyaeuj mbouj gaeu.
跳蚤进身也不抓。

生 料 罱 又 芬，
Seng daeuj naj youh fonx,
生来脸黑无法比，

眉 色 脓 色 糅。
Miz caek nonh caek raiz.
人又难看脸又麻。

简 卡 又 辣 淋 扣 怀，
Gen ga youh rah lumj gaeuvaiz,
手脚粗粗像牛角，

鞎 呸 淋 榑 鞋 呐（顶）敌。
Yawj bae lumj gouh haiz ndaep（ding）deih.
好比鞋线还未搓。

罱 糅 眉 恩 宏 恩 依，
Naj raiz miz aen hung aen iq,
麻脸大颗加小颗，

正 淋 勖 尉 圣 丕 荟。
Cingq lumj ndaundeiq youq gwnzmbwn.
好像星子在天河。

罱 莱 淋 恩 勒 恨（勒 尉） 脳，
Najreuq lumj aen lwghaemz（lwgndeiq）mbwng,
脸上皱纹像苦瓜，

咟 毬 羿 力 扣 肰 朽。
Bakmumh heujlig gaeuda nyaeuq.
满面胡须暴牙长。

别 瞵 否 眉 肰 麻 苟，
Beh cim mbouj miz da maz gaeuj,
人们见了吓一跳，

圣 淋 螅 攸 圣 闲 斐。
Youq lumj goepsou youq henz feiz.
好像蛤蟆在灶旁。

肰 盺 达 妍 伝 煍 兆，
Da raen Dahnet vunz gyaeundei,
看见达妍人美丽，

叿 淋 徒 鮠（徒 猸）盺 徒 狃。
Guh lumj duz gvi（duzmui）raen duznyaen.
他像狗熊见狐狸。

拉 盺 达 妍 卦 闰 档，
Rat raen Dahnet gvaq doudangq,
一见达妍过窗外，

傍 淋 姆 狼 蹲 合 桅。
De lumj moulangz daemh haeuj suen.
他像母猪钻菜地。

叿 淋 犾 疳 狄 熵 肰，
Guh lumj mabag raeuq ronghndwen,
好比癫狗吠月亮，

昑 能 肰 连（猏眴）龙 达 妍。
Ngoenznaengz da lenz（caeg yawj）Lungz Dahnet.
天天偷看龙达妍。

晗 能 想 肗 娟 十 八，
Ngoenznaengz siengj daengz sau cib bet，
想到十八姑娘美，

滇 浟 犇 糇 肗 呑 肟．
Myaizsaw doekgiengh daengz laj din.
口水溜了三尺长。

倍 眙 达 妍 昳 只 秄，
Baez raen Dahnet da cix nding，
见到达妍眼红亮，

心 议 悋 醒 欧 叩 妌．
Sim ngeix gyaez sing aeu guh yah.
心想抢她做新娘。

晗 立 日 拔 侵 日 捡，
Ngoenz lij Yizbaz caeuq Yizgenj，
话说日拔和日捡，

双 布 瞅 否 眙 勒 驾．
Song boux cim mbouj raen Lwggyax.
两人瞧不起勒驾。

吽 僇 晗 旅 怀 管 犸，
Naeuz de ngoenz langh vaiz guenj max，
说他每天放牛马，

盯 燶（訜）盯 訜 太 受 悢（啃悢）．
Deng huj（ndaq）deng ndaq daih souhvei
（gwnvei）.
挨打挨骂似冤家。

"来 吽 吟 挨 炒 啃 気，
"Laihnaeuz gaemz ngaiz cauj gwnheiq，
"以为炒饭味道佳，

佲 立 盯 提 斐 炎 咟．"
Mwngz lij deng dawz feiz remj bak."
你还挨火烧嘴巴。"

吽 驾 犇 生 籵 命 噁，
Naeuz Gyax doekseng daeuj mingh yak，
说驾生来命本苦，

朝 尼 犇 铊 否 盆 伝．
Ciuh neix doekfag mbouj baenz vunz.
今生今世难荣华。

否 比 双 都 乩 圣 松（圣冇），
Mbouj beij song dou ndaej youqsoeng（youqndwi），
不如我俩命富贵，

伝 旦 晗 嵞 本 否 気．
Ngoenz ndit ngoenz fwn bonj mbouj heiq.
晴天雨天乐哈哈。

驾 吽："躺 兄 爱（然吽）盆 尼，
Gyax naeuz："Ndang gou aij（yienznaeuz）
　baenzneix，
驾说："虽然命不好，

兄 亦 否 気 样 几 麻．
Gou hix mbouj heiq yiengh gijmaz.
我也不愁那一条。

掃 杖 欧 了 兄 否 卡，
Dwk fwnz aeu liu gou mbouj gaz，
打柴割草样样会，

牥 型 牥 酧 兄 否 気．
Cae reih cae naz gou mbouj heiq.
耙田犁地本事高。

否 乩 读 书 洛 道 理，
Mbouj ndaej doeg saw rox dauhleix，
不得读书懂道理，

否 鲁 拺 字 能 绣 椛．
Mbouj rox raiz cih naengz siuq va.
不会写字能绣花。

夆 淰 否 沪 游 卦 汏，
Roengz raemx mbouj ruz youz gvaq dah，
下水无船游过岸，

碰 堆 碰 岜 趆 很 顶．
Bungz ndoi bungz bya benz hwnj dingj.
逢山遇岭爬山崖。

宏迺宏污吅否停,
Hong naek hong uq guh mbouj dingz,
重活脏活样样干,

搭埔揽矼总吅乿.
Rap namh ram rin cungj guh ndaej.
挑土抬石顶呱呱。

捯三布偻夲料比,
Dawz sam boux raeuz roengzdaeuj beij,
把咱三人一起比,

海罾海型佲立卡."
Hai naz hai reih mwng lij gaz."
种田种地你无法。"

日拔日捡嗅哈哈:
Yizbaz Yizgenj riuhaha:
日拔日捡笑哈哈:

"佲眉几麻样本分?
"Mwngz miz gijmaz yiengh bonjfaenh?
"你的本事算什么?

盆曄帮伝料吅埔(吅灰),
Baenz bi bang vunz daeuj guh naemh (guh hoiq),
一年到头做奴隶,

佲吽立很几麻添.
Mwngz naeuz lij haenq gijmaz dem.
你还逞能强嘴巴。

否比捯篏兄日捡,
Mbouj beij dawz naq gou Yizgenj,
不比射箭我日捡,

否比文章兄日拔!"
Mbouj beij faenzcieng gou Yizbaz!"
不比文章我日拔!"

可惜旿尼盯勒驾,
Hojsik ngoenzneix deng Lwggyax,
可怜今生勒驾苦,

旿圣对嚣狗否盯.
Vunz youq doiqnaj gaeuj mbouj daengz.
被人看得那么差。

勒驾何烆肽又瞪:
Lwggyax hoznyap da youh caengz:
勒驾愤怒瞪双眼:

"敒亦否盻几爹代!"
"Sou hix mbouj raen geijlai daih!"
"你也不见几代啦!"

达妍生圣兰虽土,
Dahnet seng youq ranz saeqdoj,
达妍生在土司家,

旿圣耐(棉)想圣心头.
Ngoenz youq naih (menh) siengj youq sim-
      daeuz.
每天心里乱如麻。

乑彑布伝啃垃粘,
Lajmbwn boux vunz gwn naed haeux,
天下人人吃谷米,

为麻生料否托衍(托同)?
Vih maz seng daeuj mbouj doxrengz (doxdoengz)?
为何生来有相差?

布布总迪伩妬生,
Bouxboux cungj dwg bohmeh seng,
个个都是父母生,

为麻眉勒彭勒贱?
Vih maz miz lwg bengz lwg cienh?
为何分贵贱两样?

布彭旿圣宻三店(楼),
Boux bengz ngoenz youq ranz sam diemq
      (laeuz),
富人每天住楼殿,

布焊盆贱狼㑇怀.
Bouxhoj baenz cienh langh cwz vaiz.
穷人下贱放牛羊。

勒驾何兀伝又俏,
Lwggyax hozndei vunz youh gvai,
勒驾诚实人聪敏,

兰 兄 馀 怀 叮 儴 管。
Ranz gou cwz vaiz deng de guenj.
来帮我家放牛羊。

为 麻 辛 嗒 又 眤 难,
Vih maz sinhoj youh raen nanh,
为何辛苦又受难,

昑 尼 料 甘 兄 圣 松?
Ngoenzneix daeuj ganq gou youqsoeng?
今天让我人舒畅?

为 尔 丢 丢 否 公 平,
Vih lawz lajmbwn mbouj goengbingz,
为何天下不公道,

为 尔 布 伝 否 托 淋?
Vih lawz boux vunz mbouj doxlumj?
为何人们不同命?

丢 丢 千 般 样 秾 恩,
Lajmbwn cienbuen yiengh haeux wnq,
天下千般稻谷种,

为 尔 捋 屄 否 同 斉?
Vih lawz dwk bwnh mbouj doengzcaez?
为何施肥不均匀?

十 几 哗 伝 妈 魃 丢,
Cib geij bi vunz meh dai bae,
十几岁时母亲死,

丢 丢 布 尔 惜 勒 尼?
Lajmbwn bouxlawz gyaez lwg neix?
世间谁怜这个人?

叮 炮 叮 訣 太 嘁 气,
Deng huj deng ndaq daih aeuqheiq,
挨打挨骂太怄气,

朝 尼 丢 地 心 否 勻。
Ciuh neix lajdeih sim mbouj yinz.
如今世道不均匀。

日 捡 日 拔 刀 圣 松,
Yizgenj Yizbaz dauq youqsung,
日捡日拔倒闲荡,

昑 淋 猇 灵 喈 消 汪 (冇)。
Ngoenz lumj gaenglingz gwn dangh vangq (ndwi).
好比猴子闷发慌。

昑 立 常 时 能 咟 当,
Ngoenz lij ciengzseiz naengh bakdangq,
天天坐在门窗外,

圣 淋 犵 狼 侵 徒 鮑。
Youq lumj malangx caeuq duzgvi.
好像母狗乌龟王。

双 布 生 斗 心 否 兀,
Song boux seng daeuj sim mbouj ndei,
他俩生来心不好,

淋 犵 淋 鮑 圣 旁 巴。
Lumj ma lumj gvi youq bangx baq.
像狗像龟缩山腰。

昑 够 眤 兄 肛 对 噐,
Ngoenz doq raen gou daengz doiqnaj,
每天见我前面过,

叟 舐 吘 咟 峜 作 昑。
Iet linx aj bak bae coh mbwn.
张嘴伸舌朝天叫。

丢 垫 洛 出 (嚅) 总 尼 伝,
Lajdeih rox cut (ok) cungj neix vunz,
世间生出这种人,

丢 丢 眉 徒 魃 样 尼。
Lajmbwn miz duz fangz yienghneix.
他是天下白骨精。

丢 唶 仪 妈 兄 背 时,
Mbwncied bohmeh gou boihseiz,
天生背时我父母,

欧 总 伝 尼 斗 肛 兰。
Aeu cungj vunz neix daeuj daengz ranz.
把这种人当做亲。

兄 眤 勒 驾 伝 又 穰,
Gou raen Lwggyax vunz youh sang,
我见勒驾人又高,

夲睄勒驾躺又桶。
Da cim Lwggyax ndang youh ndongj.
身体结实壮又强。

觖傛晔年又立腩，
Yawj de binienz youh lij nomj,
看他年纪又还小，

伝俖样样洛托肝。
Vunz gvai yienghyiengh rox doxdaengz.
为人乖巧又内行。

焙惜辛焙傛哨甜，
Hojsik sinhoj de gwnhaemz,
可惜辛苦又受难，

想斗闷心真否粘。
Siengj daeuj ndaw saem cin mbouj net，
想起这些我心慌。

伙妲生兄盆达妍，
Bohmeh seng gou baenz Dahnet,
父母生我龙达妍，

年乣十八晎圣兀。
Nienz ndaej cib bet ngoenz youq ndei.
十八年过好时光。

冤枉卦娾晔作晔，
Ienqvuengj gvaqbae bi coh bi,
枉费多年好光景，

欧几椛梨嘞斗朋？
Aeu gij valeiz lawz daeuj baengh?
哪棵梨树好乘凉？

妲秂立圣養，
Beh mbwn lij youq daemq,
假若上天离我近，

娾啯（嗲）布洛陀！
Bae haemq（cam）Baeuq Loxdoz!
问布洛陀要秘方！

2. 朵椛乱肝胧达妍
Dujva Mbin Daengz Rungj Dahnet
鲜花飞向龙达妍

跃旿斗肝三月三，
Ndwenngoenz daeuj daengz sam nyied sam,
转眼又到三月三，

椛海歪堂圣歪权（槙）。
Va hai gwnzdangz youq gwnz ngeiq（nge）.
处处鲜花开满山。

布板布兰叩欢比，
Bouxmbanj bouxranz guh fwenbeij,
人们忙把山歌唱，

歪夽欢喜淋虮乩。
Gwnz laj vuenheij lumj mbaj mbin.
好似蝴蝶恋花篮。

达妍歪邱结椛稔，
Dahnet gwnzgyaeuj giet vanim,
达妍头戴稔果花，

达妍歪盯裆鞋消。
Dahnet gwnzdin daenj haizseuq.
达妍脚穿绣花鞋。

装棶兀挼了（哒唻），
Cang gyaeundei doleux（dahraix），
打扮漂亮无法比，

同喝只夽坴。
Doengz heuh cix roengzlae.
大家相邀出门来。

肝兰齐躆娾，
Daengx ranz caez okbae,
全家人都出门去，

心嗨（海）淋椛荟。
Sim hae（hai）lumj va oiq.
心花开放难形容。

勒驾捯轿許虽土，
Lwggyax dawz giuh hawj saeqdoj,
勒驾抬轿护土司，

只乣蹂路卦娾跷。
Cij ndaej byaij loh gvaqbae riengz.
才能走路去随同。

合 晔 十 二 朕,
Hop bi cib ngeih ndwen,
一年到头十二月,

昑 尼 造 乩 躏 囗 比 (欢)。
Ngoenzneix caux ndaej riengz guh beij (fwen).
今天才能唱山歌。

圣 四 吰 晔 盯 时 尼,
Youq seiq haj bi daengz seizneix,
时光已过四五载,

乩 耂 囗 比 心 哆 (㸍) 啩。
Ndaej bae guh beij sim do (lai) angq.
得唱山歌几快乐。

日 拔 鏪 搿 几 椛 乼,
Yizbaz fwngz dawz gij va'nding,
日拔手拿红花朵,

日 捡 鏪 拎 几 椛 腩 (红荟)。
Yizgenj fwngz gaem gij vanomh (hoengzoiq).
日捡手拾嫩花香。

三 月 初 三 醒 很 晗,
Sam nyied co sam singj hwnj romh,
三月初三起得早,

托 捏 很 熆 列 勒 娟。
Doxsing hwnj gonq leh lwgsau.
打抢起来选姑娘。

鏪 拎 椛 乼 授 椛 晄,
Fwngz gaem va'nding caeuq vahau,
手拿红花与白花,

捏 欧 勒 娟 龙 达 妍。
Sing aeu lwgsau Lungz Dahnet.
抢要姑娘龙达妍。

念 (议) 盯 勒 娟 年 十 八,
Niemh (ngeix) daengz lwgsau nienz cib bet,
想到十八姑娘美,

双 布 托 列 耂 佇 歪。
Song boux doxlied bae haw gwnz.
两人跑向圩亭前。

椛 乼 椛 腩 冲 很 荟,
Va'nding vanomh cuengq hwnj mbwn,
红花白花飞上天,

揣 瀹 搿 耂 江 霎 荞。
Hawj rumz dawz bae gyang fwj fonx.
随风飘去黑云间。

心 事 刀 恄 勒 娟 兀,
Simsaeh dauq gyaez lwgsau ndei,
心思总想我乖妹,

心 事 刀 慫 (盯) 达 侬 腊。
Simsaeh dauq muenh (muengh) dah nuengxraz.
想妹好比想神仙。

达 妍 扛 俞 卦 路 庲,
Dahnet gang liengj gvaq loh ma,
达妍撑伞走过来,

日 拔 冲 椛 卦 耂 作:
Yizbaz cuengq va gvaqbae coh:
日拔献花笑颜开:

"眇 佲 达 妍 太 兀 愷,
"Raen mwngz Dahnet daih ndeigyoh,
"见你达妍太可爱,

冲 椛 耂 作 达 侬 觥。"
Cuengq va bae coh dah nuengxbengz."
阿哥给妹献花来。"

否 疑 达 妍 跳 卦 闲,
Mbouj ngeix Dahnet deuz gvaq henz,
不料达妍忙走开,

椛 银 盯 侓 另 倒 屲。
Va'ngaenz daengz nden lingh dauq sanq.
花儿落地散开来。

"蒙 吽 侵 侬 同 囗 旁 (队),
"Maengx naeuz caeuq nuengx doengz guhbangh
　　(doih),
"心想和妹结个伴,

否 疑 椛 屺 对 困 糕。
Mbouj ngeix va sanq doiq oennyaz.
谁知花在刺中开。

晗 尼 恋 否 乿 侬 妌，
Ngoenzneix lienh mbouj ndaej nuengxraz,
今天我恋不得妹，

倒 兰 否 眉 罌 盷 伝。"
Dauq ranz mbouj miz naj raen vunz. "
无脸回家头难抬。"

歪 耍 海 恩 撍 傍 垫，
Gwnzmbwn hai aen hawj biengzdeih,
上天开恩为大地，

乿 叩 欢 比 心 兀 梅（喁）。
Ndaej guh fwenbeij sim ndei maez（angq）.
得唱山歌心花开。

歪 岜 椛 橄 椛 稔 海，
Gwnz bya vanat vanim hai,
山上花开千万朵，

其 迎 其 眍 睭 盷 膯（烷）。
Giz gyawj giz gyae yawj raen angj（rongh）.
远方近处一排排。

椛 兀 椛 红 驾 恔 伴（俐），
Va ndei va hoengz Gyax gyaez banx（baengh），
好花红花勒驾爱，

晗 尼 盰 代 植 椛 金。
Ngoenzneix muengh daiq nye vagim.
今天想把金花戴。

驾 扚 椛 橄 侵 椛 稔，
Gyax yaek vanat caeuq vanim,
驾摘稔花楠花朵，

用 綀 用 针 苹 斗 绣。
Yungh mae yungh cim roengzdaeuj siuq.
用针用线绣开来。

佊 娘 妸 瓦 又 帮 刁（紃），
Beixnangz Mehvaj youh bang diux（nyib），
大嫂乜瓦来帮手，

盆 痕 绣 盆 朵 椛 红。
Baenz hwnz siuq baenz duj va hoengz.
日夜绣出红花开。

熃 淋 灯 晗 很 排 东，
Oq lumj daengngoenz hwnj baihdoeng,
亮如太阳东方起，

椛 稔 朵 红 圣 傍 垫。
Vanim duj hoengz youq biengzdeih.
稔花开放红似火。

勒 驾 捁 椛 叩 欢 比，
Lwggyax dawz va guh fwenbeij,
勒驾拿花唱歌去，

面 渧 面 宜 淦 肬 苹。
Mienh daej mienh ngeix raemxda roengz.
边哭边想眼泪落。

"辛 烢 盷 难 宜 十 冬，
"Sinhoj raen nanh ngeih cib doeng,
"辛苦受难二十载，

别 椛 海 红 亦 否 乿。
Beh va hai hoengz hix mbouj ndaej.
鲜花虽红耐不何。

千 般 椛 兀 椛 红 菻，
Cienbuen va ndei va hoengzmaeq,
千般好花红又美，

兄 亦 否 乿 床 肟 縫。
Gou hix mbouj ndaej ma daengz fwngz.
我也不得手拿着。

但 荜 椛 尼 很 呇 耍，
Danh cuengq va neix hwnj bae mbwn,
今天放花飞上天，

肟 縫 布 勒 許 驾 俐。
Daengz fwngz bouxlawz hawj Gyax baengh.
谁人收到让驾连。

椛 稔 飞 卦 江 淋 輇，
Vanim mbin gvaq gyang rumzbaenq,
稔花飘随狂风去，

否 洛 峜 傰 朵 椛 勒。
Mbouj rox bae baengh duj va lawz.
不知落在哪一边。

扣 四 闲 乒 泆，
Gaeuj seiq henz mbwn saw,
遥望四周天空亮，

乳 朵 勒 口 队。
Ndaej duj lawz guhdoih.
得到哪朵来相连。

吞 躺 独 辛 焠，
Lajndang dog sinhoj,
我是孤儿人辛苦，

否 盆 布 聪 明（合意）。
Mbouj baenz boux coengcinz (hab'eiq).
不像别人脑子灵。

旳 尼 兄 但 艸 花 稔，
Ngoenzneix gou danh cuengq vanim,
今天我放稔花去，

盰 乳 俀 金 同 口 队。"
Muengh ndaej caeuq gim doengz guhdoih. "
盼能找到妹同年。"

否 疑 椛 飞 作 达 妍，
Mbouj ngeix va mbin coh Dahnet,
不料花飞向达妍，

同 恋 山 伯 俀 英 台。
Doengz lienh Sanbet caeuq Ingdaiz.
山伯英台得相连。

达 妍 乳 椛 大 心 海，
Dahnet ndaej va daih simhai,
达妍得花心欢喜，

否 洛 佊 俖 勒 口 队。
Mbouj rox beixgvai lawz guhdoih.
不知情郎在哪边。

椛 兀 合 梡 介 揹 背（埋），
Va ndei haeuj suen gaej hawj boiq (maiz),
好花进园别凋谢，

旺 乳 口 队 盆 朝 伝。
Muengh ndaej guhdoih baenz ciuh vunz.
盼得结交定百年。

时 尼 嗲 佲 鸠 鸿 乒，
Seizneix cam mwngz roeghanqmbwn,
现在问你天鹅鸟，

同 飞 卦 歪 江 雲 屸。
Doengz mbin gvaq gwnz gyang fwj sanq.
同飞上去云雾间。

驾 眈 椛 飞 作 达 妍，
Gyax raen va mbin coh Dahnet,
驾见花飞向达妍，

越 宜 越 咭（动）圣 江 心。
Yied ngeix yied get (doengh) youq gyangsaem.
心情越想越激动。

"奻 兄 生 兄 盆 勒 豁，
"Meh gou seng gou baenz lwg haemz,
"妈生我来苦瓜苦，

口 勒 同 穛 圣 梡 江。
Guh lawz doengz ndaem youq suen gyang.
为何同种在园中。

奻 兄 生 兄 斗 眈 难，
Meh gou seng gou daeuj raen nanh,
妈生我来我受难，

口 勒 勒 螳 乳 配 龙。"
Guh lawz lwgdangh ndaej boiq lungz. "
哪有小蛇配蛟龙。"

勒 驾 越 宜 越 否 通，
Lwggyax yied ngeix yied mbouj doeng,
勒驾越想越不通，

赶 紧 捯 坤 倒 庲 墅。
Ganjgaenj ra roen dauqma dieg.
赶快找路回家中。

达 妍 立 専 圣 伃 江，
Dahnet lij cuenq youq hawgyang，
达妍还在歌圩转，

想 掕 鴻 阳 侵 口 队。
Siengj ra hanqyangz caeuq guhdoih.
想找天鹅结同年。

达 妍 睻 四 闲 忞 洓，
Dahnet yawj seiq henz mbwn saw，
达妍四望天空亮，

“佲 圣 其 勒 果 彼 达。
“Mwngz youq gizlawz goj beixdah.
“情郎你在哪一边。

眃 尼 朵 椛 侬 礼 卦，
Ngoenzneix duj va nuengx ndaej gvaq，
今天妹得花一朵，

否 昑 彼 达 斗 盯 其。”
Mbouj raen beixdah daeuj daengz giz.”
不见情郎到面前。”

达 妍 倒 兰 眸 否 淂，
Dahnet dauq ranz ninz mbouj ndaek，
达妍回家睡不着，

淋 布 蛂 合 躺。
Lumj boux maet haeuj ndang.
好像跳蚤钻心窝。

心 乱 否 礼 谈，
Sim luenh mbouj ndaej damz，
心乱如麻无法比，

口 仿（假）吽 盆 病。
Guh byangz (gyaj) naeuz baenzbingh.
撒谎乱讲病发作。

想 彼 心 头 �（反），
Siengj beix simdaeuz bienq (fan)，
想到情郎心头痛，

㑇 由 簩 江 兰。
Gyaez rouxringx gyang ranz.
真想打滚在屋中。

停 晬 趒 𡍢 盯 歪 残，
Dingzhwnz hwnqbae daengz gwnz canz，
半夜起来晒台望，

咟 呺 忞 桑 口 欢 比：
Bak heuh mbwn sang guh fwenbeij：
唱着山歌朝天空：

“达 妍 兄 𡍢 伃 眃 尼，
“Dahnet gou bae haw ngoenzneix，
“达妍今在歌圩中，

否 乐 布 彼 勒 許 椛。
Mbouj rox boux beix lawz hawj va.
不知哪位给束花。

勺 許 勒 腩 許 彼 腊，
Yaek hawj lwgdomq hawj beixraz，
想把绣球抛给你，

盆 眃 掕 否 昑 彼 达。”
Baenzngoenz ra mbouj raen beixdah.”
整天不见你影踪。”

日 捡 町 取 仇 乞 䁢，
Yizgenj dingqnyi couh iet naj，
日捡听见伸出脸，

日 拔 町 取 亦 乞 何。
Yizbaz dingqnyi hix iet hoz.
日拔听见伸出脖。

日 捡 吽 椛 亦 椛 㭴，
Yizgenj naeuz va cix va go，
日捡说花是他放，

别 侬 耐 何（合何）仇 同 合。
Beh nuengx naihhoz (habhoz) couh doengzhob (hab).
若妹合意就结合。

日 拔 吽 椛 正 椛 伮 乇，
Yizbaz naeuz va cingq va beixdog,
日拔说花是他放，

椛 稔 釡 合 达 侬 伦。
Vanim bae hob dah nuengxlwnz.
稔花飞向妹娇娥。

晗 尼 艸 椛 很 釡 夯，
Ngoenzneix cuengq va hwnj bae mbwn,
今天放花上天去，

兄 眒 侬 伦 佲 乳 授。
Gou raen nuengxlwnz mwngz ndaej coux.
我见阿妹你接着。

勒 驾 吽："夯 夯 兄 辛 煁，
Lwggyax naeuz:"Lajmbwn gou sinhoj,
勒驾说："天下我最穷，

兰 煁 否 合 徒 勒 龙。
Ranz hoj mbouj hab duz lwglungz.
家贫不配你蛟龙。

别 侬 授 乳 朵 椛 堃，
Beh nuengx coux ndaej duj va'mboeng,
若妹接得红花朵，

許 侬 勒 龙 佲 艸 倒。"
Hawj nuengx lwgluengz mwngz cuengq dauq."
请妹放回我家中。"

"捯 心 公 平 底 朝（同）伮，
"Dawz sim goengbingz di cauh (doengh) beix.
"心要公平男儿家，

晗 尼 兄 乳 朵 椛 尼。
Ngoenzneix gou ndaej duj va neix.
今天我得这朵花。

植 椛 四 闲 眉 几 麻？
Nye va seiq henz miz gijmaz?
花枝四周有哪样？

中 江 欧 麻 绣 连 椛，
Cungqgyang aeu maz siuq lienzva,
中间连花用什么，

嗲 做 伮 腊 盆 勒 对。"
Cam sou beixraz baenz lawz doiq."
问你阿哥如何答。"

日 捡 吽："椛 兄 迪 椛 暖，
Yizgenj naeuz:"Va gou dwg vanuenh,
日捡说："我花粉红色，

立 欧 银 艸 圣 双 闲。
Lij aeu ngaenz cuengq youq song henz.
还要银镶在两边。

别 佲 乳 椛 可 侬 甗，
Beh mwngz ndaej va goj nuengxbengz,
若妹得到妹富贵，

双 偻 十 全 乳 同 合。"
Song raeuz cibcienz ndaej doengzhab."
我俩十全定百年。"

日 拔 吽："椛 亦 椛 秄，
Yizbaz naeuz:"Va cix va'nding,
日拔说："花是大红花，

兄 立 欧 金 抙 四 字（角）。
Gou lij aeu gim gop seiq cih (gak).
我还要金镶四周。

别 佲 侬 甗 乳 椛 尼，
Beh mwngz nuengxbengz ndaej va neix,
若妹得到这花朵，

洗 心（眉心）侵 伮 造 兰 啃。"
Seisim (miz sim) caeuq beix cauxranz gwn."
有心同哥过千秋。"

驾 吽："夯 躺 兄 辛 煁，
Gyax naeuz:"Lajndang gou sinhoj,
驾说："本身我命苦，

想 斗 否 盆 布 流 名。
Siengj daeuj mbouj baenz boux riuzmingz.
难以留名传四方。

昑 立 迪 椛 槲 椛 稔,
Ngoenz lij dwk vanat vanim,
摘得稔花楠花朵,

欧 縷 欧 针 绣 卅 貿 (卅队)。
Aeu mae aeu cim seuq guhhuq (guhdoih).
用线用针绣成双。

面 了 绣 龙 布,
Mienh ndeu seuq lungzboux,
一面绣有公龙样,

画 卅 貿 麒 麟。
Veh guh huq geizlaenz.
画双麒麟乐洋洋。

别 佲 侬 阤 吙 眉 心,
Beh mwngz nuengxdog naeuz mizsaem,
如果妹你有心意,

捰 倒 許 银 十 分 唔 (哆叱)。"
Dawz dauq hawj ngaenz cibfaen angq (docih)."
退还给我恩情长。"

达 妍 海 椛 脒 (睲),
Dahnet hai va laeq (yawj),
达妍把花开来看,

椛 籺 同 勒 龙。
Va maeq doengz lwgloengz.
粉红色花伴蛟龙。

又 眐 貿 麒 麟,
Youh raen huq geizlaenz,
又见麒麟成双对,

正 对 心 侬 宜。
Cingq doiq saem nuengxngeih.
正合阿妹情意中。

达 妍 又 吙 佊,
Dahnet youh heuh beix,
达妍叫声勒驾哥,

唱 几 首 比 許 驾 睲。
Ciengq geij souj beij hawj Gyax ngonz.
唱起山歌乐融融。

3. 圣 夲 楂 椛 皿 欢 对
Youq Laj Caz Va Guh Fwendoiq
花丛底下对山歌

昑 楞 江 乾 否 曾 燶,
Ngoenzlaeng gyanghaet mbwn caengz rongh,
次日早晨天未亮,

达 妍 趄 昿 肸 夵 椛。
Dahnet hwnq romh daengz laj va.
达妍花下会情郎。

哑 咟 哮 初 喂 佊 腊,
Aj bak heuh coh voij beixraz,
开腔呼唤哥名字,

昑 尼 俊 椛 同 嗛 话。
Ngoenzneix caeuq va doengz gangj vah.
今天对花诉衷肠。

"時 尼 话 嗲 布 勒 驾,
"Seizneix vah cam boux Lwggyax,
"现在话问你勒驾,

時 尼 话 嗲 朵 椛 梨。
Seizneix vah cam duj valeiz.
现在话问你梨花。

佲 斗 兰 兄 乳 几 晖,
Mwngz daeuj ranz gou ndaej geij bi,
你到我家几年了,

斗 干 椛 梨 佲 眐 难。
Daeuj ganq valeiz mwngz raen nanh.
栽培梨花难度大。

侬 俗 椛 贵 (椛荏) 配 椛 桿,
Nuengx gyaez va'gveiq (vavengj) boiq va'nganx,
妹爱樱花配龙眼,

侬 俗 枯 弹 (枯菩) 鲁 海 椛。
Nuengx gyaez godanh (go'nguh) rox hai va.
妹盼无花果长花。

辛 焐 眐 难 佲 佊 腊,
Sinhoj raen nanh mwngz beixraz,
辛苦受难好阿哥,

侬偌欧椛斗同合。
Nuengx gyaez aeu va daeuj doengz hob.
妹想和你把花扎。

闷肞鲁勺（火怜）佲彼阤，
Ndawsim roxyaek (hojlienz) mwngz beixdog,
心中可怜阿哥苦，

侬偌同合佲彼伦。"
Nuengx gyaez doengz hob mwngz beixlwnz. "
妹想和你共一家。"

"勒驾辛熇十八冬，
"Lwggyax sinhoj cib bet doeng,
"勒驾辛苦十八冬，

昑尼盺灯昑斗撕（照）。
Ngoenzneix raen daengngoenz daeuj camh (ciuq).
今天看见太阳红。

侵侬嗛话兄否敢，
Caeuq nuengx gangj vah gou mbouj gamj,
和妹讲话我不敢，

朝伝盺难可侬俫。
Ciuh vunz raen nanh goj nuengxgvai.
一生受难苦重重。

椛嘿（红）摺圣岜屡怀，
Va'eq (hoengz) saeb youq goengq haexvaiz,
一朵红花插牛屎，

布勒椛埋配椛暖（椛红）。
Bouxlawz va'myaiz boiq vanuenh (vahoengz).
哪有野花配花红。

介嗛籴瓯秽可侬，
Gaej gangj gyaeundei lai goj nuengx,
阿妹别讲好话语，

不想椛暖斗肟缝。
Mbouj siengj vanuenh daeuj daengz fwngz.
不想红花到手中。

用（介）嗛籴瓯秽可伦，
Yungh (gaej) gangj gyaeundei lai goj lwnz,
阿妹别讲好话语，

躺兄否松淋躺侬。
Ndang gou mbouj sung lumj ndang nuengx.
阿哥不如妹轻松。

兰瓯勒俳乿娄爩，
Ranz ndei lwgfwx ndaej bae gonq,
富贵人家抢在前，

千金娄捅否乿佲。
Cien gim bae duengh mbouj ndaej mwngz.
千金难得花一蓬。

椤棐江峒彼难攀，
Gofaex gyang doengh beix nanz bin,
田中大树我难攀，

仙桃瓯啃椤难捅。
Siendauz ndei gwn go nanz duengh.
仙桃好吃哥难种。

侬如椛乎圣歪弓（干），
Nuengx sawz va'nding youq gwnz gungq (ganh),
妹如红花在山岭，

哥如埔芬圣夯残。
Go sawz namhfonx youq laj canz.
哥如黑土在山中。

椤棐江峒桑又桑，
Gofaex gyang doengh sang youh sang,
田中树木高又大，

椤俢大堂本弉杈。
Go de daihdangz bonj dok ngeiq.
长满枝叶朝天空。

哥盯否乿椤棐尼，
Go muengh mbouj ndaej gofaex neix,
哥也难盼这棵树，

但俢噁椬乿越凉。
Danh de ok ngeiq ndaej yietliengz.
但得乘凉乐融融。

椛瓯椛爌椛布仙，
Va ndei va oq va bouxsien,
好花红花仙人种，

許 伇 睄 盼 叩 添 憿。
Hawj beix yawj raen guh dem gyoh.
阿哥看见念心中。

勒 驾 辛 烤 侬 否 鲁,
Lwggyax sinhoj nuengx mbouj rox,
勒驾辛苦妹不懂,

勒 驾 辛 烤 否 眉 钱。
Lwggyax sinhoj mbouj miz cienz.
勒驾无钱苦又穷。

侬 如 椛 煾 椛 布 仙,
Nuengx sawz va oq va bouxsien,
妹如红花仙人种,

哥 如 釘 墙 朵 椛 淼。
Go sawz dinciengz duj va naeuh.
哥如墙角烂花丛。

侬 如 椛 埋 椛 沌 煜,
Nuengx sawz va'myaiz vadumhdaeuh,
妹像好花开山岭,

伇 如 椛 淼 椛 沌 馀。
Beix sawz vanaeuh vadumhcwz.
哥像烂花在山中。

盆 勒 椛 兀 侬 乩 勒,
Baenzlawz va ndei nuengx ndaej lw,
哪有好花妹还剩,

昑 尼 斗 配 聏 花 艾。"
Ngoenzneix daeuj boiq rwz byaekngaih. "
来配野菜共一丛。"

"其 歪 其 苓 侬 否 艾（倍）,
"Giz gwnz giz laj nuengx mbouj ngaiq (gyaez),
"上上下下妹不爱,

侬 定 耐 心 斗 配 佲。
Nuengx dingh naihsim daeuj boiq mwngz.
定心来配哥蛟龙,

伐 如 生 偻 斗 苓 丢,
Bohmeh seng raeuz daeuj lajmbwn,
父母生人到世上,

盆 勒 否 圣 松 托 淋?
Baenzlawz mbouj youq sung doxlumj?
为何命运不相同?

旬 话 嗛 卦 倒 昆 腖,
Coenz vah gangj gvaq dauq goenqdungx,
话语说来心头苦,

双 偻 托 淋 朵 椛 甂。
Song raeuz doxlumj duj vabengz.
我俩就像好花红。

伇 赣 侵 侬 眉 姻 缘,
Beix gonq caeuq nuengx miz yienyienz,
哥和阿妹有缘分,

同 斗 歪 傍 乩 托 连。
Doengz daeuj gwnzbiengz ndaej doxlienh.
同到世间来相逢。

裴 坚 然 杯（苷）閦 侈 坚,
Faex genq yienz rah (nyap) ndaw de genq,
好木外皱里头硬,

然 吽 穷 楷 心 事 兀。
Yienznaeuz gungzsengx simsaeh ndei.
外表难看心头红。

想 盆 椛 榉 配 椛 梨,
Siengj baenz va'nganx boiq valeiz,
好像梨花龙眼花,

勒 凤 金 鸠（鸠金）同 叩 贺（胅）。
Lwgfungh gimgae (gaeqgim) doengz gungh
　　houq (rug).
金鸡凤凰得相逢。

佲 嗛 許 兄 倒 心 垫,
Mwngz gangj hawj gou dauq simmboeng,
哥你说话倒轻松,

盆 勒 勒 龙 配 勒 蚨。
Baenzlawz lwgloengz boiq lwgnyauh.
哪有虾公配蛟龙。

侬 眉 鲩 勒 岜 达 佬（达宏），
Nuengx miz byalwg bae dah laux (dahhung),
妹有小鱼下大河（海），

盆 勒 朵 妖 吞 等 醋。
Baenzlawz do nyauh laj dwngj naz.
哪有捞虾在田中。

四 月 雰 犎 斗 沙 沙，
Seiq nyied fwn doek daeuj sasa,
四月雨水纷纷下，

盆 勒 淰 醋 斗 了 汰。
Baenzlawz raemx naz daeuj riux dah.
哪有田水流河中。

为 条 押 闳 許 彼 衲（安），
Vix diuz rap hoengq hawj beix nda（an），
指空担子给哥挑，

恩 凳 三 卡 許 彼 $\frac{3}{}$。
Aen daengq sam ga hawj beix naengh.
三脚板凳给哥用。

侬 眉 十 几 恩 金 凳，
Nuengx miz cib geij aen gimdaengq,
妹有金凳十几个，

鲁 勒 斗 $\frac{3}{}$ 恩 礅 稓。
Roxlawz daeuj naengh aen doenfiengz.
哪个还坐稻草笼。

侬 眉 介 兰 椛 闱 桄，
Nuengx miz gailanz va ndaw suen,
妹有好花在园里，

鲁 勒 斗 盘 椛 卡 简。
Roxlawz daeuj buenz vagagenj.
哪个还理野花丛。

侬 如 栂 楎 型 咟 嵓，
Nuengx sawz goreiz hwnj bakgemh,
妹像坳口金刚树，

彼 如 栂 椋 很 型 俳。
Beix sawz gogiengz hwnj reih fwz.
哥似棕榈荒地中。

時 尼 棐 兀 侬 立 勒，
Seizneix faex ndei nuengx lij lw,
现在好木妹还剩，

否 欧 棐 愗（棐蝨）斗 叩 卡（横条）。
Mbouj aeu faex mbw（faexnduk）daeuj guh gaq
　　（henghdiuz）.
不要烂木建孔桥。

依 件（淋）独 虬 寡 兰 瓦（话），
Nuengx gienh（lumj）duzmbaj gvax ranz ngvax
　　（vax），
妹像蝴蝶飞屋顶，

盆 勒 立 妋 許 狤 犸。"
Baenzlawz lij haq hawj muima."
哪里还嫁给狗熊。"

"想 彼 心 兀 大 心 兀，
"Siengj beix sim ndei daih sim ndei,
"想到阿哥心善良，

想 盆 金 鸠 配 鸼 漏（鸳鸯）。
Siengj baenz gimgaeq boiq bitloux（yienyieng）.
想如金鸡配鸳鸯。

凤 凰 王 眉（鵊画眉）同 叩 贺，
Funghvuengz vanghmeiz（roegvameiz）doengz
　　guh houq,
凤凰画眉结成对，

偻 同 俹 贺 飞 型 桑。
Raeuz doengz dungh houq mbin hwnj sang.
我们成双过山梁。

想 盆 鸠 依 寡 兰 堂，
Siengj baenz roeg iq gvax ranzdangz,
想到小鸟过屋堂，

立 查 澷 阳 同 叩 队。
Lij caj hanqyangz doengz guhdoih.
还等天鹅结成双。

劝 彼 心 兀 斗 同 配，
Gienq beix sim ndei daeuj doengzboiq,
我劝阿哥来相配，

偬 金 叩 队 卦 兰 楼。
Caeuq gim guhdoih gvaq ranzlaeuz.
和妹结交住楼房。

查 独 马 夵 橪 很 觓，
Caj duzmax laj riengh hwnj gaeu,
待到栏中马长角，

双 偻 一 定 欧 同 练。
Song raeuz itdingh aeu doengz lienh.
我俩定要结成双。

由 在 心 哥 得 耒 想，
Youzcaih sim go dawz bae siengj,
任由阿哥你去想，

侬 佲 同 练 助 朝 伝。"
Nuengx gyaez doengz lienh coh ciuh vunz."
妹想相连度时光。"

"辛 烒 眅 难 可 侬 俖，
"Sinhoj raen nanh goj nuengxgvai,
"辛苦受难妹心伤，

宁 愿 兄 嵒 吣 立 打（侬）。
Ningznyienh gou dai mwh lij nding（iq）.
宁愿小时我死亡。

丢 惜（岙拍）布 算 命，
Mbwncieg（byaj bag）boux suenqmingh,
雷劈天下算命佬，

吣 立 打 吶 兀。
Mwh lij nding naeuz ndei.
小时说我命最强。

倒 乳 二 十 哞，
Dauq ndaej ngeih cib bi,
如今已得二十岁，

否 兀 其 勒 斗。
Mbouj ndei gizlawz daeuj.
不见强在哪一方。

辛 烒 舲 又 濄，
Sinhoj ndang youh naeuh,
本身辛苦又下贱，

侯（守）否 乱 侬 俖。
Haeuh（souj）mbouj ndaej nuengxgvai.
难得和妹结成双。

份 兄 朝 伝 烒 勺 嵒，
Faenhgou ciuh vunz hoj yaek dai,
我这一生苦要死，

牡 丹 侬 俖 淋 勒 仙。
Mauxdan nuengxgvai lumj lwgsien.
妹如仙女牡丹香。

兄 盆 勒 驾 大 躺 凉，
Gou baenz lwggyax daih ndangliengz,
我今孤单太凄冷，

口 灰 捋 钱 麻 糠 命。
Guhhoiq ra cienz ma ciengx mingh.
做奴找钱度时光。

侬 达 兰 眉 十 嘹 名，
Nuengxdah ranz miz cix riuzmingz,
妹家富贵美名扬，

眉 后 眉 金 伝 富 贵。
Miz haeux miz gim vunz fouqgviq.
金银满柜粮满仓。

啃 裆 埕 芓 样 样 兀，
Gwn daenj diegyouq yienghyiengh ndei,
吃穿居住样样好，

常 时 否 气 喃（样）几 麻。
Ciengzseiz mbouj heiq naenj（yiengh）gijmaz.
从来不愁哪一桩（样）。

伝 吶 闯 发 对 闯 发，
Vunz naeuz doufaz doiq doufaz,
人说门当和户对，

烒 乇 托 跠 侠 口 亲（俖戚）。
Hojndoq doxha gab guhcin（caencik）.
贫苦相亲才会长。

双 偻 同 嘛 难 合 心，
Song raeuz doengz gangj nanz haeuj sim,
我俩谈心难合拢，

兄 配 侬 金 否 托 跠。"
Gou boiq nuengxgim mbouj doxha."
哥配阿妹不相当。"

"昈 尼 侵 乿 佲 杈 椛,
"Ngoenzneix coux ndaej mwngz nye va,
"今天得你一枝花,

佲 侵 侬 腊 同 叫 队。
Mwngz caeuq nuengxraz doengz guhdoih.
你和阿妹结成双。

椛 兓 偻 同 配,
Va ndei raeuz doengz boiq,
好花我们同护理,

同 队 作 朝 伝。
Doengzdoih coh ciuh vunz.
结交一世幸福长。

送 恩 勒 敦 許 介 佲,
Soengq aen lwgdomq hawj gaiqmwngz,
送个绣球给哥管,

偻 叫 朝 伝 欧 灵 俐。"
Raeuz guh ciuh vunz aeu lingzleih. "
我们一生定吉祥。"

驾 吽:"兄 盆 捧 屡 怀,
Gyax naeuz:"Gou baenz boengj haexvaiz,
驾说:"我是牛屎堆,

侬 侎 封 叫 挨 三 屯(麷)。
Nuengxgvai foeng guh ngaiz sam donq (naengj).
妹倒当着糯饭香。

佊 鲁 心 事 佲 了 侬,
Beix rox simsaeh mwngz leux nuengx,
哥今知道妹心事,

侵 佊 同 伴 卦 朝 伝。
Caeuq beix doengz buenx gvaq ciuh vunz.
想和阿哥结成双。

千 般 几 彩 伝 夵 耷,
Cienbuen geijlai vunz lajmbwn,
千般天下多少人,

造 眄 侬 伦 心 盆 悝。"
Caux raen nuengxlwnz sim baenz rix. "
只见情妹心善良。"

4. 佊 娘 正 鲁 心 勒 媋

Beixnangz Cingq Rox Sim Lwgsau

阿嫂知道姑娘心

辈 坚 閊 盆 蛛,
Faex genq ndaw baenz mod,
坚硬木头里头空,

辈 沃 閊 盆 蛑。
Faexvog ndaw baenz nengz.
金刚树木内生虫。

达 妍 勒 布 彭,
Dahnet lwg bouxbengz,
达妍生在富贵家,

噁 生 否 眄 难。
Okseng mbouj raen nanh.
从来不见苦和穷。

然 否 叫 麻 安(悲),
Yienz mbouj guh maz anj (baeg),
虽然每天不做工,

万 样 干 眉 斉。
Fanh yiengh ganq miz caez.
万事样样有人供。

否 疑 躺 臄 各 很 癍,
Mbouj ngeix ndangnoh gag hwnj baez,
不料身上长毒疮,

伩 妕 然 悴 亦 忹 汪(嶺)。
Bohmeh yienz gyaez hix vuengvangq (gungz).
父母虽爱无法弄。

畴 眄 达 妍 躺 臄 烂,
Yawj raen Dahnet ndangnoh lanh,
看见达妍身上烂,

伩 妕 拃(盆勒)屲三 亦 否 毕。
Bohmeh cak (baenzlawz) sanq hix mbouj bae.
父母急如猪跳笼。

否 论 板 趟 鲁 板 近,
Mboujlwnh mbanj gyawj rox mbanj gyae,
不论远方或近处,

拶 伍 蓝 瘝 許 达 妍。
Ra canghyw baez hawj Dahnet.
寻医问药急匆匆。

呋 肟 日 拔 侵 日 捡，
Dwen daengz Yizbaz caeuq Yizgenj,
话说日拔和日捡，

晗 晗 睭 盼 侬 达 妍。
Ngoenzngoenz yawj raen nuengx Dahnet.
看见达妍眼就红。

心 事 想 欧 媌 十 八，
Simsaeh siengj aeu sau cib bet,
想娶十八年轻妹，

日 捡 律 娑 肟 板 歪。
Yizgenj lwd bae daengz mbanj gwnz.
日捡跑到上村中。

日 拔 盼 咧 亦 苹 锺，
Yizbaz raen le hix roengz fwngz,
日拔见了也下手，

傪 又 遙 娑 肟 板 卆。
De youh cunz bae daengz mbanjlaj.
他跑下村不放松。

日 捡 旭 歪 亦 肟 卦，
Yizgenj gyaeujgwnz hix daengz gvaq,
日捡上头也到过，

日 拔 旭 卆 亦 肟 齐。
Yizbaz gyaeujlaj hix daengz caez.
日拔下头处处冲。

同 其 搥 其 迉，
Doengh giz gyawj giz gyae,
不论远方或近处，

肟 四 齐 四 托。
Daengz guh caez guh doh.
留下他们影和踪。

嗲 乳 蓝 马 作，
Cam ndaej yw ma coq,
找得药来马上放，

斗 蓝 躺 胬 达 侬 俷。
Daeuj yw ndangnoh dah nuengxgvai.
医好阿妹才轻松。

蓝 倒 掯 盆 移，
Yw dauq dwk baenzlai,
药物放了好多次，

侬 俷 倒 反 病。
Nuengxgvai dauq fanj bingh.
阿妹病情倒加重。

緵（线）用 昆 其 零（依），
Mae (sienq) yungh goenq giz ringh (iq),
线条硬断细小处，

达 妍 盆 病 侻 妑 浮（烦）。
Dahnet baenz bingh bohmeh fouz (fanz).
达妍生病父母痛。

又 派 伝 很 侤，
Youh baij vunz hwnj haw,
又派人到圩上去，

拶 蓝 斗 怄（蓝）許 侬 达。
Ra yw daeuj aeuq (yw) hawj nuengxdah.
为妹找药急匆匆。

日 捡 乳 蓝 斗 掯 卦，
Yizgenj ndaej yw daeuj dwk gvaq,
日捡得药来放过，

日 拔 乳 蓝 斗 掯 齐。
Yizbaz ndaej yw daeuj dwk caez.
日拔得药也来蒙（烘）。

不 疑 越 蓝 越 很 瘝，
Mboujngeix yied yw yied hwnj baez,
不料越医疮越长，

媌 心 否 梅（噤）造 盆 胹（忍）。
Sau sim mbouj maez (angq) caux baenz nyinz (nyaenx).
妹的心事一重重。

双 布 心 想 佫 壁 顶（达侬），

Song boux sim siengj mwngz deihdingj (dah-
　　nuengx),

两人心想医阿妹，

否 疑 加 病 斗 合 躺，

Mboujngeix gya bingh daeuj haeuj ndang.

不料病情倒加重。

仪 妣 盷 勒 病 倒 反，

Bohmeh raen lwg bingh dauq fanj,

看见病情不好转，

昑 立 心 冉（烦）心 头 咭。

Ngoenz lij sim yan (fanz) simdaeuz get.

父母天天心头痛。

双 布 欧 薓 捐 达 妍，

Song boux aeu yw dwk Dahnet,

两人拿药医达妍，

否 疑 瘶 咭 薓 否 乿。

Mboujngeix baez get yw mbouj ndei.

谁知毒疮更出脓。

勺 欧 达 妍 啃 否 易，

Yaek aeu Dahnet gwn mbouj heih,

要娶达妍不容易，

否 薓 乿 兀 乿 介 噯（想）。

Mbouj yw ndaej ndei sou gaej maengx (siengj).

病医不好别做梦。

勒 驾 盷 肝 心 头 咭，

Lwggyax raen daengz simdaeuz get,

勒驾见到心疼多，

心 想 达 妍 昆 塞 何。

Sim siengj Dahnet goenq saihoz.

他念达妍在心窝。

昑 力 峕 峕 侵 峕 坡，

Ngoenz riq bae baq caeuq bae bo,

每天都在山上跑，

耐 心 耐 何 捐 薓 峕。

Naihsim naihhoz dwk yw baq.

耐心去打中草药。

为 想 勺 薓 乿 侬 达，

Vih siengj yaek yw ndei nuengxdah,

想着要医阿妹病，

昑 立 勒 驾 大 忧 愁。

Ngoenz rix Lwggyax daih youcaeuz.

勒驾日夜忧愁多。

昑 又 捐 杖 侵 欧 橑，

Ngoenz youh dwk fwnz caeuq aeu liu,

每天打柴又打草，

很 坡 椕 苗 盯 犘 落（达）。

Hwnj bo Byaimiuz deng doek lak (dat).

爬上高山挨跌落。

勒 驾 盯 难 次 又 次，

Lwggyax deng nanh mbat youh mbat,

勒驾受难一次次，

昑 尼 犘 落 大 受 愄。

Ngoenzneix doek lak daih souhgvei.

今天落山命难活。

捐 薓 斗 作 侬 椛 梨，

Dwk yw daeuj coq nuengx valeiz,

打药来医梨花妹，

几 伝 心 兀 倒 盯 难。

Gij vunz sim ndei dauq deng nanh.

好人遇难难逃脱。

昑 痕 勒 驾 否 倒 兰，

Ngoenz haenx Lwggyax mbouj dauq ranz,

那天勒驾不回家，

侬 娘 心 烦 又 取 漏（否唵）。

Beixnangz simfanz youh nyilaeuh (mboujonj).

阿嫂心头乱如麻。

睄 歪 睄 乿 否 盷 斗，

Yawj gwnz yawj laj mbouj raen daeuj,

看上看下不见影，

晗 尼 耐 面 肌 面 查。
Ngoenzneix naih mienh gaeuj mienh caz.
今天边看边去查。

晗 尼 娑 坡 盰 傪 床,
Ngoenzneix bae bo muengh de ma,
今天上坡盼他回,

晗 尼 娑 岜 盰 傪 倒。
Ngoenzneix bae bya muengh de dauq.
今天爬山盼他归。

为 娑 捞 蓙 作 侬 娟,
Vih bae ra yw coq nuengxsau,
为着找药给阿妹,

弉 落 难 倒 床 盯 兰。
Doek lak nanz dauq ma daengz ranz.
跌下山崖难归回。

妮 瓦 咟 哻 歪 荟 否 取 喊,
Mehvaj bak heuh gwnzmbwn mbouj nyi han,
乜瓦叫天天不应,

又 呈 岜 桑 捞 勒 驾。
Youh hwnj bya sang ra Lwggyax.
又上高山找勒驾。

傪 力 三 坡 侵 四 峇,
De riq sam bo caeuq seiq baq,
她跑三坡和四岭,

捞 眒 勒 驾 圣 呇 甲。
Ra raen Lwggyax youq laj gyaz.
勒驾落在山旮旯。

又 伤 躺 豁 又 伤 跃,
Youh sieng ndangnoh youh sieng ga,
全身受伤脚歪扭,

眳 圣 埕 蒜 呇 敢 帅。
Ninz youq diegrum laj Gamjcuengq.
睡在草地岩洞下。

妮 瓦 窝（捜）驾 倒 床 兰,
Mehvaj oj (aemq) Gyax dauqma ranz,
乜瓦背驾回家来,

勒 驾 翻 躺 亦 否 很。
Lwggyax fan ndang hix mbouj hwnj.
驾难翻身头难抬。

江 豤 立 拎 几 蓙 �,
Gyang fwngz lij gaem gij yw wnq,
手中紧握那药草,

勒 驾 剥 命 傪 侬 银。
Lwggyax buekmingh caeuq nuengxngaenz.
勒驾拼命为妹来。

为 蓙 侬 义 傪 很 心,
Vih yw nuengxngeih de hwnjsaem,
为医阿妹他操心,

为 蓙 侬 银 造 弉 落。
Vih yw nuengxngaenz caux doek lak.
为医阿妹他落崖。

否 迪 勒 驾 傪 命 噁,
Mbouj dwg Lwggyax de mingh yak,
不是勒驾命不好,

捞 蓙 弉 落 为 侬 金。
Ra yw doek lak vih nuengxgim.
为妹找药落山来。

岜 桑 坡 桑 傪 亦 拼,
Bya sang bo sang de hix bin,
高山大岭他爬过,

为 蓙 侬 金 造 盆 立。
Vih yw nuengxgim caux baenz rix.
为医金妹他才挨。

妮 瓦 送 蓙 許 达 妍,
Mehvaj soengq yw hawj Dahnet,
乜瓦送药给达妍,

傪 立 恲（强）咭 圣 歪 强（桦）。
De lij cangz (gyangz) get youq gwnz gyangz (mbonq).
她还呻吟躺在床。

眉 伝 斗 嗲 否 悋 喊，
Miz vunz daeuj cam mbouj gyaez han，
有人问候她懒理，

伩 妲 心 烦 侵 侬 达。
Bohmeh simfanz caeuq nuengxdah.
父母心烦又慌张。

彼 娘 送 莲 肝 对 嚻，
Beixnangz soengq yw daengz doiqnaj，
嫂子送药到面前，

伩 妲 片 嚻 造 眍 喵（封）。
Bohmeh benqnaj caux raen mboeng（foeng）.
父母脸上闪亮光。

捋 莲 斗 作 瘵 亦 荦，
Dwk yw daeuj coq baez cix roengz，
药放毒疮就消肿，

捋 兰 心 喵 盆 椛 芥。
Daengx ranz simmboeng baenz va faiq.
全家心中乐洋洋。

岜 几 移 钱 倒 否 挨，
Bae geijlai cienz dauq mbouj ngaih，
花多少钱不要紧，

否 乩 許 坏 达 勒 彭。
Mbouj ndaej hawj vaih dah lwgbengz.
不得坏妹好姑娘。

否 乩 許 坏 达 勒 仙，
Mbouj ndaej hawj vaih dah lwgsien，
不得坏妹好仙女，

昑 尼 又 魍（眍）椛 海 燃。
Ngoenzneix youh yien（raen）va hai oq.
今天鲜花又芳香。

乩 莲 勒 驾 卦 斗 作，
Ndaej yw Lwggyax gvaqdaeuj coq，
拿着勒驾草药放，

达 妍 躺 臽 倒 兀 匀（人）。
Dahnet ndangnoh dauq ndei yunz（yinz）.
达妍身上很舒畅。

觉 驾 莲 兀 达 侬 伦，
Gyo Gyax yw ndei dah nuengxlwnz，
多谢勒驾医好妹，

又 乩 眐 吞 大 欢 喜。
Youh ndaej raen mbwn daih vuenheij.
又见太阳放光芒。

勒 驾 莲 兀 佲 昑 尼，
Lwggyax yw ndei mwngz ngoenzneix，
勒驾今天医好你，

但 对 友 谊 达 侬 金。
Danh doiq youxngeih dah nuengxgim.
对妹确实情意长。

妲 瓦 眍 侬 唱 合 心，
Mehvaj raen nuengx angq haeujsim，
乜瓦见妹心中喜，

但 嗛 话 真 許 达 妍：
Danh gangj vah cin hawj Dahnet：
便对达妍话短长：

“侬 乩 十 七 侵 十 八，
“Nuengx ndaej cib caet caeuq cib bet，
“十七十八好姑娘，

腊 否 鲁 偎 圣 閥 何。
Rax mbouj rox ndiep youq ndaw hoz.
谁人不念在心房。

勒 驾 辛 焙 很 槹 坡，
Lwggyax sinhoj hwnj byai bo，
勒驾拼命爬山顶，

耐 心 耐 何 捋 莲 岜。
Naihsim naihhoz dwk yw baq.
含辛茹苦找药忙。

心 想 莲 兀 佲 侬 达，
Sim siengj yw ndei mwngz nuengxdah，
心想医好你阿妹，

犇 落 江 岜 大 伤 伝。
Doek lak gyang baq daih sieng vunz.
他落山崖身受伤。

昡 尼 依 达 乑 眃 奀，
Ngoenzneix nuengxdah ndaej raen mbwn，
今天阿妹见天亮，

驾 圣 否 松 又 眃 难。
Gyax youq mbouj sung youh raen nanh.
勒驾遭受难一场。

昡 叩 事 坤 大 眃 恽（悲），
Ngoenz guh saeh roen daih raen anj (baeg)，
每天做工累无比，

千 样 万 样 干 肛 斉。
Cien yiengh fanh yiengh ganq daengz caez.
千般万事他最忙。

乾 奀 曾 牻 仇 嘿 岜，
Haet mbwn caengz rongh couh okbae，
天还未亮就出去，

晻 傪 很 垒 兰 只 涝（眩）。
Haemh de hwnj lae ranz cix fonx (laep).
黄昏才回到村旁。

否 议 犸 落 跒 又 踉，
Mboujngeix doek lak ga youh ndiengq，
不料落山脚又跛，

真 躺 坏 样 岜 釼 银。
Cin ndang vaih yiengh bae leu ngaenz.
为妹找药身受伤。

犸 落 莲 立 兮 江 蓬，
Doek lak yw lij re gyang fwngz，
人虽落山药在手，

为 莲 依 银 只 盆 忍。
Vih yw nuengxngaenz cix baenz nyaenx.
为医阿妹难一场。

時 尼 伤 躺 布 勒 啗（嘇），
Seizneix sieng ndang bouxlawz haemq (cam)，
现在受伤无人问，

驾 叩 勒 腩 布 勒 悋。
Gyax guh lwgnaemh bouxlawz gyaez.
驾做奴隶谁思量。

想 斗 昆 心 楼（㸹）了 孬，
Siengj daeuj goenqsim raeuh (lai) liux yaez，
想来伤心无法比，

夳 奀 布 勒 悋 勒 移。
Lajmbwn bouxlawz gyaez lwg ndoq.
天下谁怜穷儿郎。

布 勒 帮 顶（侬）廸 莲 作，
Bouxlawz bang dingj (nuengx) dwk yw coq，
哪个帮妹打药草，

昡 尼 躺 匒 驾 啃 谽。
Ngoenzneix ndangnoh Gyax gwnhaemz.
今天勒驾难一场。

勒 驾 廸 莲 倒 眉 心，
Lwggyax dwk yw dauq mizsaem，
勒驾采药有心意，

昡 尼 啃 谽 侵 侬 谊。
Ngoenzneix gwnhaemz caeuq nuengxngeih.
为妹受苦没商量。

可 惜 勒 驾 昡 啃 气，
Hojsik Lwggyax ngoenz gwnheiq，
可惜勒驾太凄冷，

昡 尼 否 布 干 趼 蓬。
Ngoenzneix mbouj boux ganq din fwngz.
今天无人来帮忙。

朊 腊 箽 犸 立 打 趼（露趼），
Ndwenlab nae doek lij dajdin (lohdin)，
腊月下雪赤脚走，

捊 押 廍 竕 淋 勒 膄。
Dawz rap mbaq nding lumj lwgmanh.
挑担肩膀辣又伤。

眉 心 眉 事 咽 斗 干，
Mizsim miz saeh yaeng daeuj ganq，
有心有意来做事，

可 惜 否 布 伴 卦 昡。
Hojsik mbouj boux banx gvaq ngoenz.
可惜无人问短长。

议 肝 十 月 合 腊 冬，
Ngeix daengz cib nyied haeuj laebdoeng，
每年十月进冬至，

淋 宏 考 功 圣 咟 崾。
Rumz hung gaugoeng youq bakgemh.
人在坳口北风凉。

勒 驾 裯 狡 裲 鞄 扮，
Lwggyax daenj geu buh beu fong，
勒驾单衣薄又烂，

条 尼 兄 想 淰 眈 牵。
Diuz neix gou siengj raemxda roengz.
我一想起泪水长。

昑 尼 蒛 兀 佲 娋 搬，
Ngoenzneix yw ndei mwngz saubuenq，
今天医好妹姑娘，

勒 驾 坏 样 又 啃 酟。
Lwggyax vaih yiengh youh gwnhaemz.
勒驾受苦身又伤。

昑 尼 跱 跟 大 伤 肌，
Ngoenzneix ga'ndiengq daih siengsaem，
今天跛脚好痛苦，

啃 焙 啃 酟 俀 侬 谊。
Gwnhoj gwnhaemz caeuq nuengxngeih.
为着阿妹苦难长。

夵 荟 鲁 准 伝 样 尼，
Lajmbwn rox cut vunz yienghneix，
天下谁人这样好，

呛 嘣 送 命 为 侬 金。"
Caeklaiq soengq mingh vih nuengxgim."
差点丢命为姑娘。"

达 妍 耵 取 大 伤 肌，
Dahnet dingqnyi daih siengsim，
达妍听了多心伤，

心 议 彶 金 淰 眈 滉（犇）。
Saem ngeix beixgim raemxda giengh（doek）.
想起情哥泪汪汪。

可 惜 勒 驾 跱 又 踉，
Hojsik Lwggyax ga youh ndiengq，
可怜勒驾脚又跛，

昑 尼 耐 想 圣 否 犇。
Ngoenzneix naih siengj youq mbouj roengz.
今天越想心越伤。

海 厢 海 柜 欧 金 银，
Hai sieng hai gveih aeu gim ngaenz，
打开箱柜要金银，

送 肝 江 撞 許 妸 瓦。
Soengq daengz gyang fwngz hawj Mehvaj.
送到乜瓦手心上。

"捋 毟 尥 蒛 許 勒 驾，
"Dawz bae cawx yw hawj Lwggyax，
"拿去买药给勒驾，

盰 儌 仫 罷（昑楞）欧 盆 伝。
Muengh de moqnaj（ngoenzlaeng）aeu baenz vunz.
盼他早日养好伤。

昑 尼 兄 倒 乱 眐 夽，
Ngoenzneix gou dauq ndaej raen mbwn，
今天我倒见天亮，

儌 圣 否 松 兄 否 研（咹）。"
De youq mbouj sung gou mbouj net（onj）."
他受痛苦我心伤。"

晭 恨 夽 嘿 肝 班 腋，
Haemh haenx mbwn laep daengz banhwnz，
那天夜晚到半夜，

达 妍 肝 垄 眊 勒 驾，
Dahnet daengz dieg ninz Lwggyax，
达妍来看勒驾哥，

勒 驾 叮 伤 眊 江 夵，
Lwggyax deng sieng ninz gyang laj，
勒驾受伤睡地上，

255

达 妍 甜 罋 昒 淰 眮。
Dahnet goemznaj uet raemxda。
达妍低头眼泪落。

"昑 尼 躺 坏 佲 彼 腊,
"Ngoenzneix ndang vaih mwngz beixraz,
"今天阿哥身受伤,

啃 熇 啃 难 跰 又 跟。
Gwnhoj gwnnanh ga youh ndiengq。
受苦受难又跛脚。

眉 心 迪 莀 莀 兀 佌,
Mizsim dwk yw yw ndei nuengx,
有心采药医好妹,

倍 尼 坏 样 佲 彼 伦。
Baezneix vaih yiengh mwngz beixlwnz。
哥挨身垮难生活。

句 话 兄 嗲 許 介 佲,
Coenz vah gou daengq hawj gaiqmwngz,
今天有话交代你,

嗲 佲 彼 伦 用(介)噉 気。
Daengq mwngz beixlwnz yungh(gaej)aeuqheiq。
别要怄气忧愁多。

昑 尼 佌 俀 然 盆 立,
Ngoenzneix nuengxgvai yienz baenz rix,
今天阿妹虽如此,

双 紡(伻)恩 宜 否 同 舍。
Song fiengh(mbiengj)aenngeih mbouj doengz ce。
双方情谊常记着。

双 偻 同 圣 里 立 烈,
Song raeuz doengz youq lij lile,
我俩同活在世上,

偻 同 舍 鮿 峇 达 旎。
Raeuz doengz ce bya roengz dah langh。
一起放鱼归大河。

昽 嘿 兄 能 咟 闻 当,
Haemh laep gou naengh bak doudangq,
天黑我坐在门口,

淰 眮 旎,
Raemxda langh,
眼泪落,

吖 咟 嗛 初 佲 彼 伦。
Aj bak gangj coh mwngz beixlwnz。
开口呼唤我阿哥。

三 昑 三 時 否 眃 佲,
Sam ngoenz sam seiz mbouj raen mwngz,
三天三夜不见你,

稷 否 啃,
Souh mbouj gwn,
饭留着,

佌 想 殆 鏙 各 啃 盈。
Nuengx siengj haeb fwngz gag gwn lwed。
妹想咬手把血喝。

時 尼 彼 达 躺 猗 啥,
Seizneix beixdah ndangnoh get,
现在阿哥身子痛,

佌 达 各 议 啥 心 头。"
Nuengxdah gag ngeix get simdaeuz。"
阿妹心头更疼多。"

驾 吜:"昽 嘿 合 点 灯,
Gyax naeuz:"Haemh laep haeuj diemj daeng,
驾说:"夜晚不点灯,

倍 品 楞,
Baez mbit laeng,
一转身,

眃 彭 佌 银 圣 对 罋。
Raen ngaeuz nuengxngaenz youq doiqnaj。
见妹影子面前跟。

兄 勺 弖 峉 侵 佌 达,
Gou yaek hwnjbae caeuq nuengxdah,
我想上去和妹连,

否 盵 醤，
Mhouj raen naj,
不见脸，

但 豆（原来）衫 伆 卦 盯 样。
Danhdoux (yienzlaiz) ngaeuz beix gvaq dinciengz.
是哥影子在墙边。

睄 丕 睄 夅 睄 否 魍（盵），
Yawj gwnz yawj laj yawj mbouj yien (raen),
看上看下看不见，

咟 嗁 勒 仙 又 否 韦（喊）。
Bak heuh lwgsien youh mbouj veih (han).
嘴叫神仙也枉然。

榜 虽（然吽）结 恩 偃 结 义，
Mbangjseiq (yienznaeuz) gietaen caeuq giet-
    ngeih,
虽然我俩有情意，

王 眉 挦 娿（被） 大 心 浮。
Vanghmeiz dawz bae (biq) daih simfouz.
画眉飞脱心更癫。

双 偻 骑 犸 同 娿 州（仟城），
Song raeuz gwih max doengz bae cou (hawsingz),
我俩骑马去州府，

柯 椛 同 荷 又 恅 屺。
Gova doengz oq youh lau sanq.
担心花散各一边。

勒 鲃 另 倒 娿 汏 宪，
Lwgbya lingh dauq bae dahgvangq,
小鱼又回大河里，

昙 想 否 屺（算）了 侬 腊。
Ngoenz siengj mbouj sanq (suenq) leux nuengxraz.
整天幻想太可怜。

兄 亦 烂 朝（烂贱）淋 独 狁，
Gou hix lanhciuh (lanhcienh) lumj duzma,
我也下贱像条狗，

昙 尼 辛 焒 跁 又 踉。
Ngoenzneix sinhoj ga youh ndiengq.
今天跛脚苦无边。

旬 话 否 嗪 孬（冇）了 侬，
Coenz vah mbouj gangj nauq (ndwi) leux
    nuengx,
阿妹别说好话语，

别 柯 艾 盰 否 乿 佲。
Beh go aih muengh mbouj ndaej mwngz.
哥虽恋你也难连。

兄 否 乿 侬 亦 否 温（嗪），
Gou mbouj ndaej nuengx hix mbouj un (gangj),
恋不得妹我不甘，

甭 娿 肝 丕 漫 同 燽。"
Dai bae daengz gwnz menh doengz caj."
死到阴间再来连。"

"为 勒 哥 嗪 样 尼 话，
"Vih lawz go gangj yienghneix vah,
"阿哥讲话远无边，

許 佲 侬 达 大 心 浮。
Hawj mwngz nuengxdah daih simfouz.
给妹心里茫茫然。

夵 峦 同 定 佲 偃 兄，
Lajmbwn doengz dingh mwngz caeuq gou,
天定你我有缘分，

偃 伆 同 緼 椬 椛 荷。
Caeuq beix doengz ou nye va oq.
共同栽花花更鲜。

双 偻 千 悋 偃 万 憥，
Song raeuz cien gyaez caeuq fanh gyoh,
我俩真心来相爱，

想 剴 何 憥（腮何）娿 仟 踉。"
Siengj gvej hozgyoh (saihoz) bae doxriengz."
想割喉咙来相连。"

驾吽："跰踉又眪难，
Gyax naeuz: "Ga'ndiengq youh raen nanh,
驾说："跛脚苦无边，

侵侬同干否塞盆。
Caeuq nuengx doengz ganq mbouj saih baenz.
我和阿妹难有缘。

侬用侵兄同啃舌，
Nuengx yungh caeuq gou doengz gwnhaemz,
妹别和我开玩笑，

侬用伤心侵彼达。
Nuengx yungh siengsaem caeuq beixdah.
妹别伤心与哥连。

昑尼劝（惚）佲独蠓虮，
Ngoenzneix gienq (yienq) mwngz duz mbungq-
    mbaj,
今天劝你蝴蝶妹，

财佲飞卦其勒嘼。"
Caih mwngz mbin gvaq gizlawz bae. "
由你远飞去天边。"

"彼佲跰踉兄亦憬，
"Beix mwngz ga'ndiengq gou hix gyoh,
"哥你跛脚妹也爱，

彼佲脔烂兄亦恔。
Beix mwngz noh lanh gou hix gyaez.
哥你肉烂妹也连。

别彼昑勒佲尨嘼，
Beh beix ngoenz lawz mwngz dai bae,
要是哪天哥死去，

侬剿何脆踉彼达。
Nuengx gvej hozsaej riengz beixdah.
妹割喉咙去西天。

双偻同队踍嘼罤，
Song raeuz doengzdoih byaij baenaj,
我俩一同向前走，

拎简跳汏亦双偻。
Gaem gen diuq dah hix song raeuz.
一起跳河手相牵。

嘈佲彼达介忧愁，
Daengq mwngz beixdah gaej youcaeuz,
交代阿哥别忧虑，

双偻一定欧同连。"
Song raeuz itdingh aeu doengz lienh. "
我俩一定要相连。"

5. 伩妲刁难勒媚㐕（自己）
Bohmeh Diunanh Lwgmbwk Gaeuq (Cihgeij)
父母刁难自家女

达妍如椛圣閦桄，
Dahnet sawz va youq ndaw suen,
达妍好像园中花，

乾晚伝伴眉伝掇。
Haet haemh vunz buenz miz vunz hah.
早晚有人来询查。

心事倒買布勒驾，
Simsaeh dauq maij boux Lwggyax,
心中虽然爱勒驾，

伩妲干摄（刁难）大心凉。
Bohmeh ganqhah (diunanh) daih simliengz.
父母刁难也无法。

想欧勒莞斗肝佷，
Siengj aeu lwggwiz daeuj daengz nden,
想要女婿在身边，

选欧日捡侵日拔。
Sienj aeu Yizgenj caeuq Yizbaz.
选中日捡和日拔。

双布心何亦想卦，
Song boux sim hoz hix siengj gvaq,
两人心里也想过，

议侵侬达同共兰。
Ngeix caeuq nuengxdah doengz gungh ranz.
想和达妍共一家。

虽土捰莞斗底（捔）觥，
Saeqdoj ra gwiz daeuj dei (lawh) ndang,
土司家里选女婿，

昙 只 想 三 侵 想 四。
Ngoenz cix siengj sam caeuq siengj seiq.
每天想七又想八。

昙 了 捰 达 妍 斗 跪,
Ngoenz ndeu ra Dahnet daeuj gvih,
叫唤达妍面前跪,

佁 妲 叩 主 許 勒 兰:
Bohmeh guhcawj hawj lwg ranz:
父母做主把话拉:

"达 妍 時 尼 佲 偶 桑,
"Dahnet seizneix mwngz maj sang,
"现在达妍你长大,

如 淋 介 篒 很 平 埊。
Sawz lumj gaiq rangz hwnj biengzdeih.
好似竹笋发新芽。

几 佁 几 妲 心 欢 喜,
Gij boh gij meh sim vuenheij,
父母心欢定主意,

勺 授 友 谊 許 勒 龙。
Yaek coux youxngeih hawj lwg lungz.
招个女婿来管家。

佁 妲 時 尼 寒 昹 昙,
Bohmeh seizneix hanh ndwenngoenz,
现在父母定日子,

許 勒 心 嗊 侵 心 喎。
Hawj lwg sim mboeng caeuq sim angq.
让儿乐得心开花。

兰 偻 型 畓 眉 千 凡,
Ranz raeuz reihnaz miz cien fanh,
我们田地有千万,

兰 偻 家 当 又 眉 斉。
Ranz raeuz gyadangq youh miz caez.
我们家当有大把。

許 佲 勒 彭 否 嫁 娤,
Hawj mwngz lwgbengz mbouj haq bae,
让我女儿不外嫁,

授 茪 很 檽（很 兰）干 家 当。
Coux gwiz hwnjlae (hwnjranz) ganq gyadangq.
找个女婿来管家。

日 拔 来 情 亦 才 行,
Yizbaz raizcingz hix caizhangz,
日拔文章写得好,

日 捡 守 当 又 聪 明。
Yizgenj soujdangq youh coengmingz.
日捡聪明有才华。

定 双 布 尼 許 勒 婽,
Dingh song boux neix hawj lwggim,
定这两人给我女,

由 佲 肰 瞵 斗 各 选（捡）。
Youz mwngz da cim daeuj gag suenj (genj).
由你选人来当家。

兄 侵 茪 很 斗 肛 闲,
Gou coux gwiz hwnjdaeuj daengz henz,
我叫女婿到身边,

許 侵 勒 仙 同 叩 队。
Hawj caeuq lwgsien doengz guhdoih.
由他伴你走天下。

金 鵁 凤 凰 同 共 埊,
Gimgaeq funghvuengz doengz gungh dieg,
金鸡凤凰同一地,

想 欧 勒 额 配 勒 仙。
Siengj aeu lwgngieg boiq lwgsien.
蛟龙仙女共一家。

日 捡 日 拔 佲 肰 眈,
Yizgenj Yizbaz mwngz da raen,
日捡日拔你见过,

合 心 勒 彭 佲 仇 妦。"
Hab sim lwgbengz mwngz couh haq. "
合你心意你就嫁。"

佁 妲 嗛 话 倒 只 嗊,
Bohmeh gangj vah dauq cix mboeng,
父母讲话倒轻松,

否 疑 达 妍 反 旬 话：
Mboujngeix Dahnet fan coenz vah：
不料达妍反问话：

"嗦 肟 日 捡 兄 否 妡，
"Gangj daengz Yizgenj gou mbouj haq,
"讲到日捡我不嫁，

嗦 肟 日 拔 兄 否 耒。
Gangj daengz Yizbaz gou mbouj bae.
我也不嫁给日拔。

兄 侵 勒 驾 本 恁 恔，
Gou caeuq Lwggyax bonj doxgyaez,
我和勒驾早相爱，

兄 耒 侵 傪 口 作 朝。"
Gou bae caeuq de guh cod ciuh. "
我愿和他共一家。"

仪 妡 肟 取 疆 只 矇，
Bohmeh dingqnyi naj cix mong,
父母听了脸色变，

各 吽 逊 勒 否 盆 朝。
Gag naeuz son lwg mbouj baenz ciuh.
自怨教儿无方法。

又 吽 逊 勒 否 鲁 嘤，
Youh naeuz son lwg mbouj roxyiuj,
又怨女儿不懂事，

劽 仪 劽 妡 淋 独 犹。
Vut boh vut meh lumj duz ma.
丢父丢母不管家。

"兰 偻 金 银 亦 眉 那（夥），
"Ranz raeuz gim ngaenz hix miz na（lai）,
"我们金银有大把，

佲 定 极 枸 椛 旁 圤。
Mwngz dingh gip gova bangx baq.
你却上山采野花。

佲 定 勺 耒 訐 勒 驾，
Mwngz dingh yaek bae hawj Lwggyax,
你一定要嫁勒驾，

仪 妡 乙 疆 三 尺 咮。
Bohmeh ietnaj sam cik raez.
父母脸面放不下。

兰 偻 名 初 嘹 耒 迦，
Ranz raeuz mingzcoh riuz bae gyae,
咱家名声传得远，

佲 口 贱 盆 蛳 疆 洤（疆淰）。
Mwngz guh cienh baenz saenazceh（nazraemx）.
你却下贱像叫化。

否 肟 旬 仪 侵 旬 妡，
Mbouj dingq coenz boh caeuq coenz meh,
不听父母说好话，

佲 肟 耒 列（选）欧 勒 诺。
Mwngz dingq bae leh（suenj）aeu lwgnoz.
选要奴隶做亲家。

椛 兀 定 配（埋）江 梡 洛，
Va ndei dingh boiq（myaiz）gyang suen roz,
好花定在园中谢，

佲 定 侵 诺 同 口 贺。
Mwngz dingh caeuq noz doengz guhhouq.
你和奴隶共一家。

兰 砖 八 排 偻 眉 圣，
Ranzcien betbaiz raeuz miz youq,
砖瓦楼房我们有，

許 佲 命 厚（合）候 凤 凰。"
Hawj mwngz mingh houh（hab）houq fungh-
vuengz. "
你配凤凰才合法。"

"论 圣 十 几 晔 尼 斗，
"Lwnh youq cib geij bi neix daeuj,
"女儿过来十几年，

仪 妡 佲 肷 兄 亦 彭。
Bohmeh mwngz gaeuj gou hix bengz.
父母盼我贵过天。

躺 兄 亦 廸 伩 妲 生，
Ndang gou hix dwg bohmeh seng，
我的生命父母给，

佲 鲁 十 全 伩 妲 盯。
Mwngz rox cibcienz bohmeh muengh.
父母盼望我十全。

尼 兄 三 十 哗 娄 段（半），
Neix gou sam cib bi bae donh（buenq），
三十走过一大半，

否 許 做 盯 样 几 麻。
Mbouj hawj sou muengh yiengh gijmaz.
没有做成哪一件。

三 月 叩 欢 了 娄 床，
Sam nyied guh fwen liux baema，
三月歌节唱山歌，

兄 授 乬 椛 途 勒 驾。
Gou coux ndaej va duh Lwggyax.
接得勒驾花儿鲜。

傪 否 请（廸）狪 否 廸 犽，
De mbouj cingj（dwg）mou mbouj dwg ma，
他也不是猪和狗，

心 途 勒 驾 兀 卦 伝。
Sim duh Lwggyax ndei gvaq vunz.
勒驾心善在人间。

丢 絶 吞 埊 分 否 均，
Mbwnciet lajdeih faen mbouj yunz，
可恨老天不公道，

傪 斗 吞 丢 叮 廸 嗯。
De daeuj lajmbwn deng dwg yak.
他来人间苦连连。

几 伝 心 权（毒）齛 只 剥，
Gij vunz sim ngaj（doeg）byaj cix bag，
恶毒的人雷劈死，

几 伝 叮 嗯 齛 只 舍。
Gij vunz deng yak byaj cix ce.
苦命的人在世间。

昑 兄 圣 埊 荣 他 在，
Ngoenz gou youq soengyungz swxcaih，
我今舒服又愉快，

叩 勒 乬 舍 傪 圣 伢。
Guh lawz ndaej ce de youq lingh.
为何丢他在一边。

话 許 伩 妲 揭 娄 想，
Vah hawj bohmeh dawz bae siengj，
话说父母你们想，

許 都 同 练 造 兰 啃，
Hawj dou doengz lienh caux ranz gwn，
给我和他得相连，

伩 驾 同 练 造 兰 啃！"
Caeuq Gyax doengz lienh caux ranz gwn！"
和驾相恋在人间！"

"伩 妲 生 勒 盆 勒 嫲，
"Bohmeh seng lwg baenz lwgmbwk，
"父母生你成妹仔，

亦 盯 許 勒 盆 布 彭。
Hix muengh hawj lwg baenz boux bengz.
同样盼你长成才。

生 斗 盯 許 勒 盆 仙，
Seng daeuj muengh hawj lwg baenz sien，
生来盼儿成仙女，

佲 盆 畜 牲 娄 許 驾。
Mwngz baenz cukseng bae hawj Gyax.
你嫁勒驾太不该。

伩 妲 嗛 旬 否 叮 话，
Bohmeh gangj coenz mbouj dingq vah，
父母的话你不听，

娄 許 徒 犸 伩 徒 怀。
Bae hawj duzmax caeuq duzvaiz.
嫁给牛马太乱来。

尼 佲 烂 贱 盆 益 肜（忍肜），
Neix mwngz lanhcienh baenz hihlai（nyaenx lai），
你今下贱无法比，

仅 妈 堯 娑 心 否 热（服）。"
Bohmeh dai bae sim mbouj nyied (fug)."
父母死去眼还开。"

"仅 妈 昑 尼 跰 心 噁，
"Bohmeh ngoenzneix hengz sim yak,
"父母今天心太恶，

兄 悋 欧 緋 斗 勒 何。
Gou gyaez aeu cag daeuj laeghoz.
我想吊颈找绳索。

許 兄 堯 娲 鲁 堯 作，
Hawj gou dai nomj rox dai coz,
让我快死或早死，

許 兄 勒 何 鲁 跳 汰。
Hawj gou laeghoz rox diuq dah.
让我勒颈跳下河。

别 兄 否 乩 布 勒 驾，
Beh gou mbouj ndaej boux Lwggyax,
若我不能嫁勒驾，

跳 汰 娑 捯 条 路 堯。"
Diuq dah bae ra diuz loh dai."
跳下河去找欢乐。"

达 妍 嗛 剃（顶諲）盆 尼 桫，
Dahnet gangjyangj (dingjgeng) baenzneix lai,
达妍讲话这样硬，

仅 妈 啃 挨 否 莘 朎。
Bohmeh gwn ngaiz mbouj roengz dungx.
父母也是无奈何。

仅 妈 盻 穷 又 嗛 温，
Bohmeh raen gungz youh gangj unq,
父母无奈又心软，

旬 话 莘 朎 同 齐 吽：
Coenz vah roengz dungx doengzcaez naeuz：
有话我们好好说：

"日 拔 捒 斁 亦 乩 兀，
"Yizbaz raiz saw hix ndaej ndei,
"日拔写字好得很，

日 捡 守 兰 亦 乩 劳。
Yizgenj souj ranz hix ndaej maenh.
日捡守家稳如砣。

勒 驾 叩 宏 亦 乩 狠，
Lwggyax guh hong hix ndaej haenq,
勒驾做工也厉害，

伝 盻 齐 恳 吽 俢 俷。
Vunz raen caez haenh naeuz de gvai.
人人赞他聪明多。

捯 三 布 尼 茟 斗 排，
Dawz sam boux neix roengzdaeuj baiz,
拿三个人一起比，

由 在 勒 俷 佲 斗 列（抆）。
Youzcaih lwggvai mwngz daeuj leh (genj).
由我女儿你选着。

時 尼 佲 如 勒 怀 爷，
Seizneix mwngz sawz lwg vaiznyeh,
如今你像小牛崽，

盯 取 仅 妈 斗 嗛 旬。
Dingqnyi bohmeh daeuj gangj coenz.
听听父母把话说。

限 㞎 三 腋 俊 三 昑，
Hanh youq sam hwnz caeuq sam ngoenz,
限在三天三夜内，

布 勒 叩 盯 佲 仇 妠。
Bouxlawz guh daengz mwngz couh haq.
谁人做到你就和。

仅 妈 否 欧 几 桫 卡（价），
Bohmeh mbouj aeu geijlai gah (gyaq),
父母不要多少价，

由 在 佲 妠 許 布 勒。"
Youzcaih mwngz haq hawj bouxlawz."
你嫁给谁都不说。"

嘡 伝 娑 吽 許 日 捡，
Daengq vunz bae naeuz hawj Yizgenj,
叫人去说给日捡，

派 伝 崒 魅 (眈) 徒 日 拔，
Baij vunz bae yien (raen) duz Yizbaz,
派人去讲给日拔，

嘡 话 崒 吽 許 勒 驾，
Daengq vah bae naeuz hawj Lwggyax,
带话说给勒驾听，

三 昑 倒 呑 欧 口 盆。
Sam ngoenz dauqlaj aeu guh baenz.
三天之内完成它。

許 徒 日 捡 揿 觓 箷，
Hawj duz Yizgenj dawz gaeu naq,
规定日捡拿弓箭，

咟 跡 倒 呑 赢 椛 桃。
Bak yamq dauqlaj nyingz vadauz.
百步之外射桃花。

否 准 揿 辈 偬 揿 苟 (抄)，
Mbouj cinj dawz faex caeuq dawz gaeu (saux),
不准射中枝和干，

三 榈 椛 桃 欧 赢 消。
Sam go vadauz aeu nyingz seuq.
三棵桃花全拿下。

三 榈 椛 桃 欧 赢 了，
Sam go vadauz aeu nyingz liux,
三棵桃花全射尽，

立 勒 朵 了 总 否 盆。
Lij lw duj ndeu cungj mbouj baenz.
剩下一朵都要罚。

日 拔 捒 十 篇 文 章，
Yizbaz raiz cib bien faenzcieng,
日拔写十篇文章，

一 篇 三 千 字 否 仦。
It bien sam cien cih mbouj siuj.
一篇三千定要拿。

三 昑 揿 籵 許 伝 照，
Sam ngoenz dawz daeuj hawj vunz ciuq,
三天拿来给人看，

三 万 否 仦 又 否 移。
Sam fanh mbouj siuj youh mbouj lai.
三万不少也不多。

呑 躺 各 抄 又 卡 捒，
Lajndang gag cau youh gag raiz,
自己抄来自己写，

文 章 椵 涞 傪 各 号 (喃)。
Faenzcieng goek byai de gag hauh (naemj).
文章头尾意要合。

限 圣 三 昑 三 腋 倒，
Hanh youq sam ngoenz sam hwnz dauq,
限在三天三夜内，

呑 躺 各 号 口 兀 齐。
Lajndang gag hauh guh ndeicaez.
自己思考去创作。

許 布 勒 驾 捋 皷 魸，
Hawj boux Lwggyax ra gyongbyaj,
勒驾去找雷公鼓，

崒 呑 达 艾 欧 皷 庲。
Bae laj Dah'aih aeu gyong ma.
去到达艾要鼓来。

蹴 (卦) 女 (汰淰红) 卦 沃 各 捋 箈，
Hamj (gvaq) ni (Dahraemxhoengz) gvaq dah gag ra saz,
碰河自己找竹筏，

卦 坡 卦 岜 各 捋 路。
Gvaq bo gvaq bya gag ra loh.
过山自己爬山崖。

炏 尼 限 欧 三 昑 度 (勾)，
Mbatneix hanh aeu sam ngoenz doh (gaeuq),
限在三天三夜内，

各 捋 乩 貿 (度介) 斗 肛 兰。
Gag ra ndaej hoq (doxgaiq) daeuj daengz ranz.
要拿东西到家来。

6. 三 布 碰 保 (公) 圣 江 路
Sam Boux Bungz Baeuq (Goeng) Youq Gyang Loh
三人路上遇仙翁

算 斗 辛 焧 佲 侬 腊，
Suegq daeuj sinhoj mwngz nuengxraz,
算来辛苦妹娇娥，

可 惜 勒 驾 跊 又 踉。
Hojsik Lwggyax ga youh ndiengq.
可惜勒驾又跛脚。

昑 楞 达 妍 亦 很 毈，
Ngoenzlaeng Dahnet cix hwnq romh,
次日达妍起得早，

送 眉 几 样 許 驾 啃。
Soengq miz geij yiengh hawj Gyax gwn.
她送东西给驾哥。

"旬 话 兄 嘟 佲 彼 伦，
"Coenz vah gou daengq mwngz beixlwnz,
"有话交代好哥哥，

昑 尼 嘟 佲 用 怄 气。
Ngoenzneix daengq mwngz yungh aeuqheiq.
今天别要怄气多。

双 偻 结 恩 侵 结 义，
Song raeuz gietaen caeuq gietngeih,
我俩结情有恩义，

嘟 佲 口 彼 用（介）操 心。
Daengq mwngz guh beix yungh (gaej) causim.
别要怄气在心窝。

千 愐 万 愱 佲 可 银，
Cien gyaez fanh gyoh mwngz goj ngaenz,
千爱万恋情意合，

达 妍 十 分 否 乳 盼。
Dahnet cibfaen mbouj ndaej biek.
达妍难别好哥哥，

宁 可 千 斤 倒 乳 挦，
Ningzgoj cien gaen dauq ndaej rap,
宁可千斤能挑起，

口 勒 乳 盼 双 布 偻。
Guh lawz ndaej biek song boux raeuz.
我俩相别伤感多。

一 嘟 柯 裴 菽，
It daengq go faexgyaeuq,
第一交代桐果树，

淋 斗 介 用 峚。
Rumz daeuj gaej yungh bei.
风吹过来别摇晃。

宜 嘟 柯 裴 梨，
Ngeih daengq go faexleiz,
第二交代梨花树，

淋 峚（吃）仸 用 艾（帡）。
Rumz bei (ci) mbaw yungh aih (loenq).
风吹叶子别落光。

三 嘟 椛 毛 芀（柯椛显），
Sam daengq va'nduqndaiq (go vahenj),
第三交代好黄花，

用 峚 排 勒 荷。
Yungh bae baih lawz oq.
别去异地放芬芳。

四 嘟 恩 燶 肤，
Seiq daengq aen ronghndwen,
第四交代好月亮，

用 峚 面 勒 燶。
Yungh bae mienh lawz rongh.
别在一边放光芒。

彼 乇 用 劢 侬，
Beixdog yungh vut nuengx,
阿哥别要丢阿妹，

用 盰 倒 排 兰。
Yungh muengh dauq baih ranz.
不要祈盼回家乡。

時 時 愐 肝 佲 彼 伦，
Seizseiz gyaez daengz mwngz beixlwnz,
现在想到哥处境，

侬 想 操 心 眹 否 溂。
Nuengx siengj causim ninz mbouj ndaek.
阿妹操心睡不香。

晗 尼 送 佲 挨 五 色，
Ngoenzneix soengq mwngz ngaizhajsaek,
今天送你五色饭，

晗 尼 送 佲 芘 匉 閜。
Ngoenzneix soengq mwngz byaek noh'oemq.
再送扣肉放行囊。

垃 了 彼 彭 仇 跰 坤，
Yaep ndeu beixbengz couh byaij roen,
一下阿哥就赶路，

晗 尼 勺 娞 通 达 艾。
Ngoenzneix yaek bae doeng Dah'aih.
走向达艾去远方。

碰 达 佲 勺 慢 慢 抐（卦），
Bungq dah mwngz yaek menhmenh vaij (gvaq),
遇到江河慢慢过，

别 佲 卦 财（达宏）慢 定 箷。
Beh mwngz gvaq caiz (dah hung) menh dingh saz.
慢放竹筏跨大江。

别 佲 跰 路 迲 温 芽，
Beh mwngz byaij loh nyangz oennyaz,
走路遇着猫爪刺，

用 碰 搄 跰 躺 匉 痀。
Yungh bungq gen ga ndangnoh in.
别给手脚挨碰伤。

别 佲 赸 岜 亦 慢 赸，
Beh mwngz bin bya hix menh bin,
爬山爬岭小心点，

否 許 犇 岭 佲 彼 俳。
Mbouj hawj doek lingq mwngz beixgvai.
不得落崖跌山梁。

胗 约 唷 粳 佲 慢 派，
Dungx iek gwn ringz mwngz menh byaij,
肚饿吃饭才走路，

跰 路 卦 濑（滩）佲 小 心。
Byaij loh gvaq raiq (dan) mwngz siujsaem.
走过沙滩别慌张。

嗲 佲 彼 银 捵 心 很，
Daengq mwngz beixngaenz dawz sim maenh,
交代阿哥心要定，

旬 话 但 嗲 佲 彼 彭。"
Coenz vah danh daengq mwngz beixbengz. "
阿妹言语情意长。"

"居 然 双 胹 偻 任 恠，
"Gawqyienz song fiengh raeuz doxgyaez,
"既然我俩已相爱，

兄 亦 但 娞 倍 了 熉。
Gou hix danh bae baez ndeu gonq.
我先出去再回来。

勒 驾 多 谢 佲 可 侬，
Lwggyax docih mwngz goj nuengx,
勒驾多谢妹心意，

旬 话 介 憹（舯）圣 心 头。
Coenz vah gaej ruengx (cuengq) youq simdaeuz.
话语别放在心怀。

柰 昙 否 认 双 布 偻，
Lajmbwn mbouj nyinh song boux raeuz,
天下不认我们俩，

嵬 娞 心 头 亦 否 溺。
Dai bae simdaeuz hix mbouj naeuh.
死后两心不分开。

犇 珠 火 怜 廸 双 偻，
Doekcaw hojlienz dwg song raeuz,
可怜世间你和我，

晗 尼 取 漏（难悷）为 侬 彭。
Ngoenzneix nyilaeuh (nanzvei) vih nuengx-
    bengz.
今天难忘妹情怀。

背 时 勒 驾 否 底 钱，
Boihseiz Lwggyax mbouj dijcienz,
背时勒驾不值钱，

布 勒 否 鲁 兄 跸 踉。
Bouxlawz mbouj rox gou ga'ndiengq.
谁人不知我脚跛。

仪 妲 侣 心 噁 夥 可 侬，
Bohmeh mwngz sim yak lai goj nuengx,
你的父母太阴险，

許 布 跸 踉 迖 欧 皷。
Hawj boux ga'ndiengq bae aeu gyong.
叫跛脚去要鼓来。

兄 亦 陂（試）卦 汏 淰 泷，
Gou hix boj (sawq) gvaq dah raemxrongz,
我也拼命跳火海，

别 否 乿 皷 亦 否 怨。
Beh mbouj ndaej gyong hix mbouj ienq.
若不得鼓算命衰。

仪 妲 侣 亦 鲁 算（演）坤 咩（厉害），
Bohmeh mwngz hix rox suenq (ienj) roen bemx
    (leixhaih),
你的父母会刁难，

鲁 兄 跸 踉 跰 否 肝。
Rox gou ga'ndiengq byaij mbouj daengz.
知我跛脚回不来。

盆 勒 跰 乿 千 里 坤，
Baenzlawz byaij ndaej cien leix roen,
哪个走得千里路，

双 晗 迖 肝 江 达 艾。
Song ngoenz bae daengz gyang Dah'aih.
两天能赶到达艾。

嘮 侣 侬 俖 用 犟 仍，
Daengq mwngz nuengxgvai yungh doeknaiq,
叮嘱阿妹莫灰心，

兄 跰 否 肝 亦 否 摁（怨）。
Gou byaij mbouj daengz hix mbouj un (ienq).
我走不到算我衰。

别 兄 尧 命 否 眕 侣，
Beh gou daimingh mbouj raen mwngz,
即使我死不见你，

命 魂 俊 侣 同 留 练。"
Minghhoen caeuq mwngz doengz liuzlienh. "
灵魂和你离不开。"

达 妍 盼 驾 心 头 咭，
Dahnet biek Gyax simdaeuz get,
达妍别驾疼心窝，

双 布 任 盼 抈 淰 眍。
Song boux doxbiek uet raemxda.
两人相别眼泪落。

送 許 勒 驾 双 朵 椛，
Soengq hawj Lwggyax song duj va,
送给勒驾花两朵，

同 抈 淰 眍 迖 任 初。
Doengz uet raemxda bae doxcoh.
相望泪水流成河。

双 布 千 恃 又 万 愧，
Song boux cien gyaez youh fanh gyoh,
两人千般情和爱，

驾 勺 赶 路 迖 捋 皷。
Gyax yaek ganj loh bae ra gyong.
驾要赶路奈不何。

驾 等 鞋 竹（鞋絆）淋 迖 宏，
Gyax daenj haizcuk (haiznyangj) lumj bae hong,
驾穿草鞋垫脚底，

歪 旭 又 袮 条 神 勓。
Gwnz gyaeuj youh longz diuz gaen gaeuq.
头上包巾旧又薄。

淋 洒（淋噁）很 盯 噁 兰 斗，
Lumhsax (lumhlaep) hwnj din ok ranz daeuj,
清晨摸黑出门去，

唭迡捯欧恩皷齨。
Bae gyae ra aeu aen gyongbyaj.
哥到远方要雷鼓。

达 妍 伤 肌 抈 淰 眦，
Dahnet siengsim uet raemxda,
达妍伤心抹眼泪，

捯 弓 捯 箣 送 許 傪。
Dawz gung dawz naq soengq hawj de.
拿着弓箭送给哥。

几 唒 几 用 夯 臕 躯，
Gijgwn gijyungh lajhwet beq,
吃的东西挂腰袋，

带 箣 匕 剎 兮 灾 难。
Daiq naq raek cax re cainanh.
弓箭和刀都拿着。

十 宜 条 箣 带 跟 躺，
Cib ngeih diuz naq daiq riengz ndang,
十二支箭带身上，

千 灾 万 难 能 顶 卦。
Cien cai fanh nanh naengz dingj gvaq.
千灾万难能顶过。

"伆 踔 天 涯 欧 皷 齨，
"Beix byaij dienyah aeu gyongbyaj,
"哥去远方要雷鼓，

达 妍 等 查 伆 伦 刀。"
Dahnet daengjcaj beixlwnz dauq. "
达妍在家等阿哥。"

勒 驾 越 墥 又 越 钯，
Lwggyax benz ndoi youh bin baq,
勒驾爬岭又爬坡，

排 楞 排 醽 总 廸 温。
Baihlaeng baihnaj cungj dwg oen.
前面后面荆棘多。

唭 作 达 艾 否 眉 坤，
Bae coh Dah'aih mbouj miz roen,
走向达艾没有路，

卦 汱 淰 红 淰 又 狠。
Gvaq Dahraemxhoengz raemx youh haenq.
还要跨过红水河。

勒 驾 夯 躺 眉 本 事（能干），
Lwggyax lajndang miz bonjsaeh（naengzganq），
勒驾自己有本领，

廸 辈 斗 斫 挾 叮 箺。
Dwk faex daeuj raemj gap guh saz.
砍木造筏不停脚。

勒 驾 正 抍 肛 江 汱，
Lwggyax cingq vaij daengz gyang dah,
勒驾划筏到河中，

淰 洆 递 箺 屺 唭 了。
Raemxrongz bongh saz sanq bae liux.
洪水冲筏散下河。

勒 驾 撌 捯 条 辈 了，
Lwggyax got dawz diuz faex ndeu,
勒驾抱着一根木，

游 卦 汱 了 赳 很 岜。
Youz gvaq dah liux benz hwnj bya.
游过江河爬山坡。

夯 嘿 墰 桑 堲 又 茟（莔），
Mbwnlaep ndoi sang dieg youh nya（nyaengq），
天黑山高杂草多，

闷 心 难 卦 赳 很 辈。
Ndawsim nanzgvaq benz hwnj faex.
爬到树上去呆着。

取 声 "嗷 轰" 淋 齨 靐，
Nyi sing "ngauhum" lumj byajraez,
听到 "嗷轰" 像雷响，

闙 眦 睭 唭 廸 徒 處。
Byaengqda yawj bae dwg duzguk.
一只老虎怒吼着。

双 恩 勒 眈 烑 哈 哈，
Song aen lwgda ndongqmyubmyub，
老虎两眼大又亮，

吀 咟 鮭 捎 勺 啃 伝。
Aj bak ndaeng nyup yaek gwn vunz.
要吃人肉解饥渴。

驾 圣 歪 辈 亦 否 穷，
Gyax youq gwnz faex hix mbouj gungz，
驾在树上也不怕，

达（抈）箈 斗 赢 眈 独 虤。
Daz（yot）naq daeuj nyingz da duzguk.
拿箭射向虎眼角。

倍 赢 卦 娄 响 肌 肌，
Baez nyingz gvaqbae yiengjbaedbaed，
一箭过去"劈卜"响，

碰 恩 眈 牺 挤 眈 秐。
Bungq aen da swix byoengq da gvaz.
左眼右眼箭穿着。

独 虤 唔 咙 趉 四 跱，
Duzguk heuh rongx yiet seiq ga，
老虎狂叫四脚起，

慢 慢 眍 眈 毳 温 聂。
Menhmenh laep da daiunqrieg.
死在地上眼闭着。

丢 熿 勒 驾 娄 佀 堼，
Mbwnrongh Lwggyax bae lingh dieg，
天亮勒驾又赶路，

傪 底 肜 約 赴 岜 桑。
De dij dungx iek benz bya sang.
忍饥挨饿爬山坡。

溁 合 橦 辈 肝 閟 闫，
Ndonj haeuj ndoeng faex daengz ndawgyang，
阴森丛林独身过，

暑 宦 仇 送 霞 卦 斗。
Sawqmwh couh nyangz mui gvaqdaeuj.
忽然狗熊拦路着。

驾 抅 条 箈 赢 恩 旭，
Gyax beng diuz naq nyingz aen gyaeuj，
驾拉弓箭射脑袋，

箈 正 迪 合 条 塞 何。
Naq cingq dwk haeuj diuz saihoz.
箭头刚好射中脖。

独 霆 乱 嘶 跠 博 博，
Duzmui luenh swenj canghbyo'byo，
狗熊挣扎乱吼叫，

呀 乙 赳 何 毳 索 状。
Yaepyet yiet hoz dai sohsangh.
两下伸起四只脚。

再 嗛 日 拔 侵 日 捡，
Caiq gangj Yizbaz caeuq Yizgenj，
再说日拔和日捡，

双 布 任 争 踋 噁 兰。
Song boux doxceng byaij ok ranz.
两人争先早出窝。

曾 淋 侬 达 各 心 烦，
Caengz ndaej nuengxdah gag simfanz，
未得阿妹心烦乱，

昔 克 噁 兰 否 旬 话。
Sikhaek ok ranz mbouj coenz vah.
立刻出门话不说。

日 捡 骑 犸 娄 佇 敤 弓 箈，
Yizgenj gwih max bae haw cawx gung naq，
日捡骑马上街买弓箭，

日 拔 踦 犸 娄 府 欧 纸 帄。
Yizbaz gwih max bae fuj aeu ceijnding.
日拔骑马去府要红纸。

双 布 任 抓 达 侬 娗，
Song boux doxca dah nuengxgim，
两人打抢金银妹，

口 淋 猫 鬼（訆）醒 鲃 豞。
Guh lumj meuz gveij (ngah) sing bya noh.
好比老猫打抢鱼。

乾 否 曾 牻 亦 赶 路，
Haet mbwn caengz rongh cix ganj loh,
天还未亮就赶路，

双 布 叏 作 夻 敢 林。
Song boux bae coh laj Gamjlinz.
两人奔向干林圩。

日 捡 条 路 跰 叏 停，
Yizgenj diuz loh byaij bae dingz,
日捡赶路不停步，

日 拔 益 醒 赶 犿 犊。
Yizbaz hix sing ganj doekgonq.
日拔赶路不停蹄。

日 捡 又 醒 很 叏 段，
Yizgenj youh sing hwnj bae donh,
日捡奋力向前走，

日 拔 赶 犊 否 落 愣。
Yizbaz ganj gonq mbouj doeklaeng.
日拔策马出大力。

日 捡 伐 犸 正 斗 肛，
Yizgenj fad max cingq daeuj daengz,
日捡策马刚来到，

日 拔 醒 坤 又 叏 卦。
Yizbaz sing roen youh bae gvaq.
日拔抢路向前驱。

日 捡 犇 跻 打 凬 犸，
Yizgenj roengzrengz daj rieng max,
日捡用力打马尾，

醒 卦 日 拔 叏 段 坤。
Sing gvaq Yizbaz bae donh roen.
抢过日拔半华里。

双 布 任 累 又 任 醒，
Song boux doxlaeh youh doxsing,
两人相争又相抢，

口 淋 徒 狘 町 斐 爁（烪）。
Guh lumj duzlingz deng feiz hemj (remj).
好像猴子火烧皮。

日 拔 踦 犸 卦 嵡 庲，
Yizbaz gwih max gvaq gemh ma,
日拔骑马过坳口，

斗 肛 达 甲 夻 敢 熡。
Daeuj daengz Dahgya laj Gamjsaeuq.
路过山隘达甲地。

偐 丞 江 坤 迟（碰）佬 佈，
De youq gyangroen cueng (bungz) lauxbaeuq,
半路碰见老头子，

跪 躓 畛 尣 捻 勒 粡。
Gvihhoq goemz gyaeuj gip lwgraz.
跪着低头捡芝麻。

佈 眃 日 拔 肛 对 翻，
Baeuq raen Yizbaz daengz doiqnaj,
老头看见日拔到，

求 帮 捻 粡 合 閅 裶。
Gouz bang gip raz haeuj ndaw daeh.
求他帮助捡芝麻。

“睻 眃 勒 作 翻 又 媄，
“Yawj raen lwgcoz naj youh maeq,
“看你小伙脸红润，

兄 慢 尽 累（睻）淋 布 侎。
Gou menh caenh laeq (yawj) lumj bouxgvai.
长得帅气人又乖。

鲁 佲 眉 福 又 眉 才，
Rox mwngz miz fuk youh miz caiz,
你有才华有福气，

求 勒 布 侎 佲 犇 犸。
Gouz lwg bouxgvai mwngz roengz max.
求你好人下马来。

眃 尼 叏 伆 押 勒 粡，
Ngoenzneix bae haw rap lwgraz,
我挑芝麻去赶街，

時 尼 叮 朴 合 楦 菜（垫菻）。
Seizneix deng boek haeuj gyehnya（diegrum）.
不料倒进草丛来。

晗 尼 踤 佲 卦 路 庥，
Ngoenzneix bungq mwngz gvaq loh ma,
今天路上遇见你，

同 搃 勒 麻 艸 合 裼。"
Doengz gip lwgraz cuengq haeuj daeh. "
帮捡芝麻进口袋。"

日 拔 昂 旭 倒 否 睞，
Yizbaz ngangx gyaeuj dauq mbouj laeq,
日拔昂头望向天，

立 发 佬 佈 几 次 扁。
Lij fad lauxbaeuq geij mbat bien.
还打老头几回鞭。

又 訦 佈 尼 冚 佈 眝：
Youh ndaq baeuq neix guh baeuq mengz:
又骂老头瞎了眼：

"佲 肌 否 魁（很）兄 日 拔！
"Mwngz gaeuj mbouj yien（hwnj）gou Yizbaz!
"看我日拔那么贱！

兄 眉 事 狠 佲 当 罳，
Gou miz saeh haen mwngz dang naj,
我有急事你挡路，

晗 尼 日 拔 否 舍（留）情！"
Ngoenzneix Yizbaz mbouj ce（louz）cingz!"
今天日拔废你先！"

日 拔 又 烯（蹄）几 次 盯，
Yizbaz youh dek（dik）geij mbat din,
日拔脚踢拳头打，

佬 佈 肰 㐧 斗 只 訦：
Lauxbaeuq da nding daeuj cix ndaq:
老头怒火心中燃：

"晗 尼 造 盼 佲 日 拔，
"Ngoenzneix caux raen mwngz Yizbaz,
"今天碰见你日拔，

对 罳 布 煰 佲 跰 蛮。
Doiqnaj bouxhoj mwngz hengzmanz.
穷人面前耍横蛮。

麻 倒 江 坤 佲 否 帮，
Raz dauj gyang roen mwngz mbouj bang,
芝麻倒地不帮捡，

反 立 跰 蛮 否 嗛 理。
Fan lij hengzmanz mbouj gangj leix.
你还横蛮逞凶狂。

晗 尼 搏 打 兄 布 犵，
Ngoenzneix dubdaj gou bouxgeq,
动手动脚打老汉，

嗲 佲 仪 妑 布 勒 生。
Cam mwngz bohmeh bouxlawz seng.
问你是否有爹娘。

兄 亦 肰 熿 否 曾 盲，
Gou hix da rongh mbouj caengz mengz,
我也不是瞎了眼，

佲 瞅 否 盼 兄 布 煰。
Mwngz cim mbouj raen gou bouxhoj.
你看不起我穷样。

晗 尼 布 作 佲 卦 路，
Ngoenzneix boxcoz mwngz gvaq loh,
今天后生你过路，

盼 伝 辛 煰 佲 否 帮。"
Raen vunz sinhoj mwngz mbouj bang. "
见人受苦你不帮。"

佈 嗛 曾 刹 拔 仇 哖：
Baeuq gangj caengz sat Baz couh han:
话未说完拔就答：

"佬 尼 佈 痞 鲁 佈 魃，
"Laux neix baeuqbag rox baeuqfangz,
"老头疯癫鬼来拉，

晗 尼 斗 当 兄 坤 路！
Ngoenzneix daeuj dang gou roenloh!
拦我的路还啰嗦！

270

吞 妾 盺 佲 大 辛 焐，
Lajmbwn raen mwngz daih sinhoj,
天下见你最辛苦，

跪 躓 岭 旭 捻 勒 麻。
Gvihhoq goemz gyaeuj gip lwgraz.
跪着低头捡芝麻。

睭 佲 烂 朝 淋 独 犷，
Yawj mwngz lanhciuh lumj duzma,
看你下贱像条狗，

日 拔 粒 牵 否 恔 睭。
Yizbaz ngveihda mbouj gyaez yawj.
千万别怪我日拔。

佬 佈 裄 孬 又 噁 睭，
Lauxbaeuq buh rwix youh yak yawj,
老头衣服破又烂，

畤 尼 耐 睭 淋 徒 猣。
Seizneix naih yawj lumj duzlingz.
样子比猴还要差。

佬 佈 别 佲 再 嗷 声，
Lauxbaeuq beh mwngz caiq euqsing,
要是老头你乱叫，

欧 佲 吞 盯 查（垫）独 犸。"
Aeu mwngz lajdin cah (diemh) duzmax."
我要你垫马蹄下。"

昑 尼 眵 盺 独 日 拔，
Ngoenzneix da raen duz Yizbaz,
今天看见你日拔，

扁 发 独 犸 卦 闲 骱。
Bien fad duzmax gvaq henz ndang.
骑马不理老人家。

又 訄 佈 尼 叩 佈 魅，
Youh ndaq baeuq neix guh baeuqfangz,
又骂老人是魔鬼，

"昑 尼 斗 挡 兄 坤 路！"
"Ngoenzneix daeuj dang gou roenloh!"
"拦我的路还啰嗦！"

佬 佈 嗬 妾 尽 淅 焐，
Lauxbaeuq heuh mbwn caenh daej hoj,
老头哭天又喊地，

吽 偻 辛 焐 否 眉 钱：
Naeuz raeuz sinhoj mbouj miz cienz:
如今辛苦没办法：

"麻 倒 江 路 俳 睭 盺，
"Raz dauj gyang loh fwx yawj raen,
"芝麻倒地有人见，

勒 作 卦 坤 倒 否 劺。
Lwgcoz gvaq roen dauq mbouj gaeuj.
后生不帮老人家。

想 斗 心 事 大 厄 怄（怄气），
Siengj daeuj simsaeh daih ndei'aeuq (aeuqheiq),
想来心里太怄气，

否 眉 布 劺 否 布 恔。
Mbouj miz boux gaeuj mbouj boux gyaez.
无人关爱真无法。

妾 绝 吞 埒 伝 杉 恨（姓），
Mbwnciet lajdeih vunz lai veij (singq),
可恨老天不公道，

兄 否 叮 恔 倒 叮 訄。"
Gou mbouj deng gyaez dauq deng ndaq."
我在路上挨人骂。"

日 捡 赶 坤 娄 㞑 箭，
Yizgenj ganj roen bae cawx naq,
日捡赶路买弓箭，

扁 发 独 犸 卦 路 庲。
Bien fad duzmax gvaq loh ma.
鞭打马儿飞向前。

佈 尼 还 立 捻 勒 麻，
Baeuq neix vanzlij gip lwgraz,
老头还捡芝麻子，

日 捡 勒 眹 倒 否 劺。
Yizgenj lwgda dauq mbouj gaeuj.
日捡假装看不见。

扁 发 独 犸 跑 卦 斗，
Bien fad duzmax buet gvaqdaeuj，
鞭打马儿跑过来，

傪 亦 否 觇 又 否 咺。
De hix mbouj gaeuj youh mbouj haemq.
他也不看不寒暄。

扁 发 独 犸 娄 本 仑，
Bien fad duzmax bae baenlaen，
鞭打马儿快又猛，

日 捡 否 咺 又 否 芬。
Yizgenj mbouj haemq youh mbouj nai.
日捡不问不出言。

又 訫 佈 尼 口 佈 蘗（愲），
Youh ndaq baeuq neix guh baeuqraiz（huk），
又骂老头是无赖，

兄 勺 娄 街 佲 挡 路。
Gou yaek bae gai mwngz dang loh.
你在路上拦面前。

佬 佈 眤 伝 卦 斗 疙，
Lauxbaeuq raen vunz gvaq daeuj mo，
老头看见有人到，

傪 又 芊 躜 求 勒 作：
De youh roengz hoq gouz lwgcoz：
跪求后生先开言：

"昑 尼 耐 想 耐 何 跛（何烙），
"Ngoenzneix naih siengj naih hozmbo（hozndat），
"今天越想越恼火，

求 佲 勒 作 海 恩 义。
Gouz mwngz lwgcoz hai aenngeih.
求你后生开恩先。

背 時 丢 绝 兄 昑 尼，
Boihseiz mbwnciet gou ngoenzneix，
今天我走倒霉运，

倒 町 啃 气 侵 啃 諎。
Dauq deng gwnheiq caeuq gwnhaemz.
受苦受难太可怜。

町 梯 勒 糠 倒 江 坤，
Deng daeh lwgraz dauj gyang roen，
芝麻挨倒在地上，

求 佲 海 恩 捻 合 梯。
Gouz mwngz haiaen gip haeuj daeh.
求你开恩帮来捡。

睭 佲 伝 俳 脵 又 刭，
Yawj mwngz vunz gvai dungx youh raeh，
看你人乖有才干，

睤 佲 淋 样 布 心 兀。
Laeq mwngz lumj yiengh boux simndei.
看你像个好心人。

許 佲 侵 兄 同 授 悢，
Hawj mwngz caeuq gou doengz souhgvei，
让你和我同吃亏，

求 佲 布 兀 同 授 难。
Gouz mwngz boux ndei doengz souhnanh.
求你好人同受难。

求 佲 布 俳 侵 兄 屵（算），
Gouz mwngz bouxgvai caeuq gou sanq（suenq），
求你好人与我算，

同 授 难 底 盆 否 盆?"
Doengz souhnanh di baenz mbouj baenz?"
能否受难一回先?"

日 捡 町 取 肷 仇 赠，
Yizgenj dingqnyi da couh caengz，
日捡听见瞪双眼，

吶 佈 挡 坤 又 挡 路：
Naeuz baeuq dang roen youh dang loh：
说他拦路无王法：

"兄 眤 佈 尼 大 焅 夥，
"Gou raen baeuq neix daih hojndoq，
"我见老头真贫苦，

歪 坤 跪 躜 捻 勒 糠。
Gwnz roen gvih hoq gip lwgraz.
跪在路上捡芝麻。

時 尼 糕 倒 圣 江 呑，
Seizneix raz dauj youq gyanglaj,
现在芝麻倒在地，

卦 坤 徒 鸻 倒 否 昭（晬）。
Gvaq roen duza dauq mbouj ciuq（yawj）.
过路乌鸦不看他。

佈 尼 算 佲 最 烂 朝，
Baeuq neix suenq mwngz ceiq lanhciuh,
这个老头真下贱，

否 眉 布 昭 亦 慌 冇（无法）。"
Mbouj miz boux ciuq hix hongndwi（fouzfap）. "
无人理睬你无法。"

日 捡 芀（赶）徒 犸 很 壖，
Yizgenj laeh（ganj）duzmax hwnj ndoi,
日捡策马上山岭，

淋 徒 犴 雷（犴痀）毞 呑 屎。
Lumj duz maloiz（ma bag）bae ra haex.
像只疯狗脚挨夹。

佬 佈 唔 蕓 又 尽 淊，
Lauxbaeuq heuh mbwn youh caenh daej,
老头哭天又喊地，

勒 眙 面 㬦 布 卦 坤。
Lwgda mienh laeq boux gvaq roen.
看看谁人来理他。

"卦 路 布 勒 乤 海 恩，
"Gvaq loh bouxlawz ndaej haiaen,
"过路行人谁开恩，

呑 蕓 布 勒 心 噁 正。"
Lajmbwn bouxlawz saem yaek cingq. "
谁有良心在天下。"

勒 驾 拎 㭒 卦 路 庲，
Lwggyax gaemh dwngx gvaq loh ma,
驾仗拐棍过山下，

斗 肘 达 甲 呑 敢 熐。
Daeuj daengz Dahgya laj Gamjsaeuq.
路过隘口到达甲。

双 昑 辛 焙 又 取 漏，
Song ngoenz sinhoj youh nyilaeuh,
两天过来受苦难，

名 议 躺 劶（本分）大 伤 肬。
Gag ngeix ndanggaeuq（bonjfaenh）daih sieng-
saem.
想起自身泪唰唰。

時 尼 踔 路 为 侬 银，
Seizneix byaij loh vih nuengxngaenz,
现在为妹去赶路，

勒 驾 操 心 烙 又 乱。
Lwggyax causaem dungx youh luenh.
勒驾操心乱如麻。

盆 勒 辛 焙 秽 果 侬，
Baenzlawz sinhoj lai goj nuengx,
阿哥辛苦只为妹，

彼 艸 禣 祔 玏 淰 牟。
Beix cuengq genbuh uet raemxda.
袖子来把眼泪抹。

兄 游 卦 汏 又 趆 岜，
Gou youz gvaq dah youh bin bya,
我游过河又爬岭，

兄 㵽 淰 肬 淋 淰 沛。
Gou lae raemxda lumj raemxmboq.
泪如泉涌流唰唰。

叩 勒 踔 乤 千 里 路，
Guh lawz byaij ndaej cien leix loh,
如何能走千里路，

呑 躺 辛 焙 又 捯 衕（迪衕）。
Lajndang sinhoj youh dawzrengz（dwgrengz）.
千辛万苦头昏花。

达 妍 勺 妶 毞 了 彭，
Dahnet yaek haq bae liux bengz,
达妍将要嫁出去，

許 兄 心 凉 大 兀 憪。
Hawj gou saemliengz daih ndeigyoh.
让我心凉又牵挂。

为 昄 落 生 叮 兰 焐，
Vih gou doekseng deng ranz hoj，
因我出身家境苦，

否 妞 否 仪 造（史）哨 愧。
Mbouj meh mbouj boh caux（cij）gwngvei.
无爹无娘吃亏大。

犎 生 噁 斗 否 盆 厑，
Doekseng okdaeuj mbouj baenz ndei，
出生下来本不好，

否 布 伝 厑 許 驾 倗。
Mbouj boux vunz ndei hawj Gyax baengh.
无依无靠才成驾。

勺 欧 达 妍 亦 否 嗑（肛），
Yaek aeu Dahnet hix mbouj maengx（muengh），
想要达妍空幻想，

昄 尼 温 倗 侬 椛 梨。
Ngoenzneix honq baengh nuengx valeiz.
今天梦想摘梨花。

昄 糩 侵 侬 嗛 倒 厑，
Ngoenzgonq caeuq nuengx gangj dauq ndei，
以前我俩虽说好，

否 疑 椛 梨 乩 其 位。
Mboujngeix valeiz mbin gizwnq.
不料梨花归别家。

椛 厑 勒 福 醒 廸 犀，
Va ndei lwg fwx sing dwk bwnh，
好花人人放肥料，

佲 娄 其 位 了 侬 腊。
Mwngz bae gizwnq liux nuengxraz.
妹去别处哥无法。

勒 驾 面 宜 面 摆 坤，
Lwggyax mienh ngeix mienh byaij roen，
勒驾边想边走路，

昄 勒 倒 盼 佲 侬 伦。
Ngoenz lawz dauq raen mwngz nuengxlwnz.
何日再见妹十八。

驾 趄 岜 歪 卦 壋 骼，
Gyax bin bya gwnz gvaq ndoi ndok，
驾过山梁爬山岭，

驾 卦 坡 吞 合 閟 嵝，
Gyax gvaq bo laj haeuj ndaw lueg，
驾过山脚进山峡，

何 淠 眹 約 慢 慢 蹄，
Hozhawq dungx iek menhmenh byaij，
忍饥挨饿慢慢走，

傄 跰 坤 依 盯 双 排。
De hamj roen iq muengh song baih.
跨过小路望云霞。

正 想 哨 挨 勺 停 盯，
Cingq siengj gwn ngaiz yaek dingz din，
正想吃饭要停步，

時 尼 躺 芍 跰 又 痭。
Seizneix ndang naiq ga youh in.
现在身软眼又花。

各 宜 伤 心 時 间 奬，
Gag ngeix siengsim seizgan gaenj，
时间紧迫好伤感，

想 再 赶 路 跰 又 抔（跑）。
Siengj caiq ganj loh ga youh baenj（gvez）.
想再赶路脚又差（跛）。

署 官 迻 盼 佬 佈 訤，
Sawqmwh nyangz raen lauxbaeuq ndaq，
忽然遇见老头骂，

跪 圣 闲 路 捴 勒 麻。
Gvih youq henz loh gip lwgraz.
跪在路上捡芝麻。

面 叒 淰 肰 盯 旭 渧：
Mienh uet raemxda gumx gyaeuj daej：
低头痛哭抹眼泪：

"兄 亦 盆 孬 斗 授 愧！
"Gou hix baenz yaez daeuj souhvei！
"为何命运这样差！

晗 尼 否 碰 布 心 兀，
Ngoengzneix mbouj bungz boux sim ndei,
今天不遇好心人，

冄 几 十 晔 倒 眈 难。
Ndaej geij cib bi dauq raen nanh.
几十年老无办法。

冄 几 十 晔 另 眈 侒（悲），
Ndaej geij cib bi lingh raen anj（baeg），
几十年老又受苦，

晗 尼 眈 难 否 布 帮。
Ngoenzneix raen nanh mbouj boux bang.
好像落井无人拉。

眉 伝 訦 兄 叫 佈 魃，
Miz vunz ndaq gou guh baeuqfangz,
有人骂我是疯子，

真 勒 奔 躺 否 圣 趖!"
Cin lwg lajndang mbouj youq gyawj!"
儿子远离难帮爸!"

佬 佈 跪 躓 捻 勒 糜，
Lauxbaeuq gvih hoq gip lwgraz,
老头跪着捡芝麻，

勒 驾 耐 觔 耐 伤 肌。
Lwggyax naih gaeuj naih siengsaem.
勒驾伤心看着他。

眈 佈 躺 褙 亦 否 满（富），
Raen baeuq ndangdaenj hix mbouj mun（fouq），
老头身上衣服少，

裤 裇 立 襠（漏）眈 躺 匑。
Buh vaq lij lwiz（laeuh）raen ndangnoh.
而且破烂如乱麻。

兄 亦 兰 乇 俊 兰 焙，
Gou hix ranz ndoq caeuq ranz hoj,
我的家境本是苦，

晗 尼 布 乇 斗 任 碰。
Ngoenzneix bouxndoq daeuj doxbungz.
今天有幸遇着他。

睭 淋 仪 妣 蹈 欢 荣，
Yawj lumj bohmeh naj vuenyungz,
见他好像见父母，

驾 眈 佈 饡 物 淰 呲。
Gyax raen baeuq gungz uet raemxda.
驾望老头泪唰唰。

嗲 佈："为 麻 蹴 江 坤，
Cam baeuq："Vih maz naengh gyang roen,
驾问："为何坐路上，

篇 蹈 又 脑 尽 啃 气?
Benqnaj youh mbwng caenh gwnheiq?
满脸皱得像苦瓜?

双 偻 任 送 圣 其 尼，
Song raeuz doxnyangz youq gizneix,
我俩相遇在这里，

嗲 佲 怄 气 样 几 麻?"
Cam mwngz aeuqheiq yiengh gijmaz?"
问你今天愁什么?"

"晗 尼 兄 正 町 豁 焙，
"Ngoenzneix gou cingq deng haemzhoj,
"今天我受苦和难，

勒 福 卦 路 否 吖（海）呲。
Lwg fwx gvaq loh mbouj aj（hai）da.
人家过路不帮忙。

晗 尼 倒 呰 悌 勒 糜，
Ngoenzneix dauj bae daeh lwgraz,
一袋芝麻倒在地，

勒 福 粒 呲 倒 否 觔。
Lwg fwx ngveihda dauq mbouj gaeuj.
无人帮捡我发慌。

兄 亦 辛 焙 俊 取 漏，
Gou hix sinhoj caeuq nyilaeuh,
我也辛苦又忧虑，

淋 布 雪（为）斗 挼 笯 针。
Lumj boux seq（viq）daeuj ra fagcim.
像找细针在灶旁。

兄 但 求 佲 勒 聪 明,
Gou danh gouz mwngz lwg coengmingz,
今天求你聪明崽,

俀 兄 扼 踓 捻 合 褋。"
Caeuq gou ning fwngz gip haeuj daeh. "
来捡芝麻帮大忙。"

想 淋 椛 兀 楪 桐 桂,
Siengj lumj va ndei byai go'gvaej,
想到树梢花芬芳,

想 盆 勒 枲 圣 楪 桐。
Siengj baenz lwgfaex youq byai go.
想到树顶果飘香。

勒 枲 挍 槙 如 毳 洛,
Lwgfaex euj nye meh dairoz,
树干挨断果就死,

兄 年 立 作 仇 盆 驾。
Gou nienz lij coz couh baenz gyax.
我年纪小无爹娘。

双 偻 然 咔 否 洛 嚚,
Song raeuz yienznaeuz mbouj roxnaj,
我俩虽然不相识,

兰 兄 勒 驾 淋 兰 盟。
Ranz gou Lwggyax lumj ranz mwngz.
我家勒驾像你家。

勒 驾 辛 熸 否 其 啃,
Lwggyax sinhoj mbouj giz gwn,
勒驾辛苦无依靠,

耐 想 淋 佲 圣 江 路。
Naih siengj lumj mwngz youq gyang loh.
像你一样在路旁。

生 对 兰 嶺 十 辛 熸,
Seng doiq ranz gungz cix sinhoj,
生对穷家命就苦,

生 条 兰 毛 否 眉 银。
Seng diuz ranz ndoq mbouj miz ngaenz.
没有金银和食粮。

昑 尼 兄 然 眉 事 狠,
Ngoenzneix gou yienz miz saeh haen,
今天虽然有急事,

劢 舍 圣 楞 亦 否 碍。"
Vut ce youq laeng hix mbouj ngaih. "
先丢脑后不思量。"

"時 尼 兄 嗲 佲 勒 驾,
"Seizneix gou cam mwngz Lwggyax,
"现在我问你勒驾,

暧 尼 卦 汏 冖 几 麻?
Haemhneix gvaq dah guh gijmaz?
今天过河干什么?

眉 几 麻 事 只 赴 岜,
Miz gijmaz saeh cix bin bya,
你为何事上山岭,

眉 几 麻 事 只 踌 路?
Miz gijmaz saeh cix byaij loh?
又为何事路上爬?

眐 佲 跰 踉 踌 辛 熸,
Raen mwngz ga'ndiengq byaij sinhoj,
见你跛脚好辛苦,

昑 尼 佲 辈 作 其 勒?"
Ngoenzneix mwngz bae coh gizlawz?"
今天何处是你家?"

"朝 兄 辛 熸 淋 独 犸,
"Ciuh gou sinhoj lumj duzma,
"一生辛苦像条狗,

倍 尼 廸 跰 跰 又 踉。
Baezneix dwgrengz ga youh ndiengq.
这次倒霉又跛脚。

虽 土 兰 眉 勒 婠 了 盆 样,
Saeqdoj ranz miz lwgsau ndeu baenzyiengh,
土司家中有个姑娘美,

昡 糩 嗛 兀 吘 任 悋。
Ngoenzgonq gangj ndei naeuz doxgyaez.
与我相爱情意合。

双 艿 把 眖 朶 椛 海，
Song fiengh bajmuengh duj va hae (hai)，
双方盼望花儿开，

可 惜 躺 悋 福（布佡）毕 糩。
Hojsik ndangyaez fwx (bouxwnq) bae gonq.
可惜命苦被人夺。

兄 眖 樗 椛 絞 很 柊，
Gou muengh gova gyeuj hwnj dongh，
我盼鲜花来缠树，

否 疑 另 乱 墳 榅 芽。
Mboujngeix lingh ndaej gongq oennyaz.
不料碰着刺丛窝。

三 布 任 醒 欧 椬 椛，
Sam boux doxsing aeu nye va，
三人打抢要花朵，

任 醒 侬 腊 儿 昡 尼。
Doxsing nuengxraz geij ngoenz neix.
今天打抢妹娇娥。

为 兰 焅 乇 兄 盆 立，
Vih ranz hojndoq gou baenz rix，
因我贫苦才这样，

赶 路 千 里 拶 鼓 䨻。
Ganj loh cien leix ra gyongbyaj.
赶千里路找鼓锣。

别 吘 勺 乱 肛 侬 达，
Beh naeuz yaek ndaej daengz nuengxdah，
如果想娶娇娥妹，

鼓 䨻 乱 庲 譄 造 咟（眖）。
Gyongbyaj ndaej ma yaeng caux maengx (muengh).
拿到雷鼓才能说。

双 跒 跰 坤 兄 否 腾（停），
Song ga byaij roen gou mbouj daengx (dingz)，
两脚走路不停步，

昡 尼 斗 晅 布 卦 坤。”
Ngoenzneix daeuj haemq boux gvaq roen.”
今天问你要谋略。”

“嗙 佲 勒 驾 用 操 心，
“Daengq mwngz Lwggyax yungh causaem，
“劝你勒驾莫心忧，

定 立 眉 昡 佲 峉 尥。
Dingh lij miz ngoenz mwngz yo’gyaeuj.
总有一天能抬头。

昡 尼 偻 兄 同 取 漏，
Ngoenzneix caeuq gou doengz nyilaeuh，
今天和我同路走，

定 許 斗 苟 变 龙 裴。
Dingh hawj daeuj gaeuq bienq lungzfeiz.
定让火灰变龙火。

娋 兀 定 許 布 心 兀，
Sau ndei dingh hawj boux sim ndei，
善良姑娘好人娶，

肓 痕 造 裴 勺 断 熍。
Mwh haenx caux feiz yaek donq gyoq.
到时火旺在前头。

眃 佲 伝 兀 又 心 索，
Raen mwngz vunz ndei youh simsoh，
见你人好心又善，

夲 叁 布 乇 眉 良 心。
Lajmbwn bouxndoq miz liengzsaem.
天下穷人心不浮。

定 欧 眉 昡 許 福 眃，
Dingh aeu miz ngoenz hawj fwx raen，
有朝一日人们见，

佲 守 本 份 圣 夲 埊。
Mwngz souj bonjfaenh youq lajdeih.
你守本分有奔头。

嗙 佲 勒 驾 用 怄 气，
Daengq mwngz Lwggyax yungh aeuqheiq，
劝你勒驾别怄气，

禤齧 欢 喜 侵 坒 荣。
Moqnaj vuenheij caeuq sungyungz.
幸福美景在前头。

定 欧 劻 尉 配 灯 旿,
Dingh aeu ndaundeiq boiq daengngoenz,
定要太阳伴星子,

定 欧 勒 龙 配 勒 尚 (匠)。
Dingh aeu lwgloengz boiq lwgcangx (ciengh).
蛟龙伴着大象游。

旿 尼 兄 眄 佲 心 宽,
Ngoenzneix gou raen mwngz simgvangq,
今天见你心宽广,

兄 滑 雲 昂 (熿) 佲 眄 叁。
Gou vad fwj angj (rongh) mwngz raen mbwn.
我拔乌云你别忧。

眄 兄 勒 麻 倒 江 坤,
Raen gou lwgraz dauj gyang roen,
见我芝麻倒在地,

佲 立 眉 心 斗 授 难。"
Mwngz lij mizsaem daeuj souhnanh. "
你有心机来帮收。"

"兄 生 兰 嶺 只 盆 贱,
"Gou seng ranz gungz cix baenz cienh,
"生在穷家我下贱,

别 查 叁 荐 亦 可 难。
Beh caj mbwn cienq hix goj nanz.
天虽然转也为难。

限 圣 三 月 旿 十 三,
Hanh youq sam nyied ngoenz cib sam,
限在三月十三号,

别 椛 然 榜 亦 犁 福。
Beh va yienz byang hix doek fwx.
花虽然好别人连。

勒 䑸 勒 棐 圣 叾 子 (那兰),
Lwgmak lwgfaex youq lajswj (naj ranz),
果树长在家门口,

立 叮 勒 福 得 峑 啃。
Lij deng lwg fwx dawz bae gwn.
还挨别人抢在先。

勒 驾 兄 勾 魓 (推) 肝 丕,
Lwggyax gou yaek yiu (duengh) daengz gwnz,
勒驾虽然想伸手,

勒 福 扐 鎈 又 挍 植。
Lwgfwx lagfwngz youh euj nye.
别人拦守难沾边。

日 捡 日 拔 修 兰 眉 (富),
Yizgenj Yizbaz de ranz miz (fouq),
日捡日拔家富有,

伀 修 旿 尼 蹄 只 肝。
Gyoengqde ngoenzneix byaij cix daengz.
他们今天走在前。

可 怜 兄 立 圣 犁 楞,
Hojlienz gou lij youq doeklaeng,
可怜我在后面赶,

立 圣 江 坤 心 浮 防。"
Lij youq gyang roen sim fouzfangh. "
还在路上茫茫然。"

"叁 嘿 淋 肝 雲 仇 屲,
"Mbwn laep rumz daengz fwj couh sanq,
"天黑风吹乌云散,

柯 椛 在 兰 眄 灯 旿。
Gova caihlanh raen daengngoenz.
鲜花开放向太阳。

侵 兄 授 难 圣 江 坤,
Caeuq gou souhnanh youq gyang roen,
和我路上同受苦,

帮 兄 眉 功 伝 各 鲁。
Bang gou miz goeng vunz gag rox.
帮我有功人赞扬。

哼 佲 勒 驾 否 渧 烆,
Daengq mwngz Lwggyax mbouj daejhoj,
劝你勒驾别痛哭,

晗 尼 江 路 碰 龙 斐。"
Ngoenzneix gyang loh bungq lungzfeiz. "
今天龙火在前方。"

"兄 犇 生 斗 本 否 兀,
"Gou doekseng daeuj bonj mbouj ndei,
"我生下来命不好,

扬 肛 龙 斐 眉 麻 用。
Nyangz daengz lungzfeiz miz maz yungh.
遇到龙火又如何。

伝 嶺 否 碰 仙 峷 峒,
Vunz gungz mbouj bungq sien roengz doengh,
人穷难逢仙下峒,

查 兄 勺 碰 亦 可 难。
Caj gou yaek boengq hix goj nanz.
我这一生难碰着。

越 想 越 议 越 心 烦,
Yied siengj yied ngeix yied simfanz,
越想心里越烦乱,

否 窑(兰)否 兰 只 盆 立。"
Mbouj iuj（ranz）mbouj ranz cij baenz rix. "
无依无靠苦难多。"

虽 土 限 三 晗 任 倒,
Saeqdoj hanh sam ngoenz doxdauq,
土司限在三日内,

为 欧 侬 娟 捋 皱 韅。
Vih aeu nuengxsau ra gyongbyaj.
找鼓为着妹娇娥。

双 晗 時 干 亦 峷 卦,
Song ngoenz seizgan hix bae gvaq,
两天时间已经过,

斐 熡 毡 肷 事 情 煭。
Feiz coemh bwnda saehcingz gaenj.
火烧眉毛奈不何。

帮 佈 捻 麻 峷 江 坤,
Bang baeuq gip raz youq gyang roen,
帮老人家捡芝麻,

然 眉 事 煭 亦 否 顾。
Yienz miz saeh gaenj hix mbouj goq.
虽有急事先放着。

俊 佈 面 捻 面 嗛 古,
Caeuq baeuq mienh gip mienh gangjgoj,
边捡芝麻边讲古（故事）,

双 布 任 憢 又 任 痌。
Song boux doxgyoh youh doxin.
两人心里有欢乐。

公 茎 总 齐 唝 闷 心,
Goeng lan cungj caez angq ndawsim,
一老一少心相印,

佈 嗲 驾 金 样 勒 凵?
Baeuq cam Gyaxgim yienghlawz guh?
公问勒驾今如何?

驾 吽:"岜 迡 否 怕 煶,
Gyax naeuz: "Bae gyae mbouj lau hoj,
驾说:"走远不怕苦,

兄 定 欧 峷 晗 昨 倒。
Gou dingh aeu youq ngoenzcog dauq.
我定明天回到窝。

欧 乬 皱 龇 赢 椛 桃,
Aeu ndaej gyongbyaj nyingz vadauz,
要得雷鼓射桃花,

嗲 佲 布 佬 卦 勒 岜。
Cam mwngz bouxlaux gvaq lawz bae.
问你去哪办得着。

皱 龇 峷 逜 鲁 峷 迡,
Gyongbyaj youq gyawj rox youq gyae,
雷鼓在近或在远,

卦 其 勒 岜 只 乬 庲?"
Gvaq gizlawz bae cix ndaej ma?"
过哪里去才找着?"

佬 佈 听 了 笑 哈 哈:
Lauxbaeuq dingq leux riuhaha:
老头听了哈哈笑:

“𥌈 尼 勒 驾 佲 用 气。”
“Ngoenzneix Lwggyax mwngz yungh heiq!”
“勒驾莫要忧愁多!”

7. 双 布 任 佣 盆 朝 伝
Song Boux Doxbaengh Baenz Ciuh Vunz
两人相伴过一生

日 捡 𡍣 街 歀 𥑢 箣,
Yizgenj bae gai cawx ndaej naq,
日捡上街得弓箭,

日 拔 纸 纱 亦 𥑢 卦。
Yizbaz ceijsa hix ndaej gvaq.
日拔去府得纸笔。

双 布 踦 马 倒 路 庲,
Song boux gwih max dauq loh ma,
两人骑马回头走,

倒 肛 达 甲 𡘫 敢 熡。
Dauq daengz Dahgya laj Gamjsaeuq.
来到干熡达甲地。

倒 肛 埊 尼 又 眃 佈,
Dauq daengz dieg neix youh raen baeuq,
回来看见老头子,

用 立 𦧲 𠃗 圣 江 坤。
Yungh lij goemz gyaeuj youq gyang roen.
还在路上头低低。

耐 睸 佬 佈 尼 啃 𨐉,
Naih yawj lauxbaeuq neix gwnhaemz,
看这老头多吃苦,

糀 倒 江 坤 捻 曾 了。
Raz dauj gyang roen gip caengz liux.
倒地芝麻未捡齐。

双 布 訙 吽 佈 烂 朝,
Song boux ndaq naeuz baeuq lanhciuh,
两人都骂老头贱,

芦 肛 及 了 可 佈 疒(膗)。
Hoh daengz giz liux goj baeuq bamz (huk).
下贱老头没出息。

又 眃 勒 驾 卦 斗 帮,
Youh raen Lwggyax gvaqdaeuj bang,
又见勒驾来帮事,

勒 眈 圣 桑 否 㤿 觔。
Lwgda youq sang mbouj gyaez gaeuj.
眼睛朝上懒得理。

傪 吽 勒 驾 焐 取 漏,
De naeuz Lwggyax hoj nyilaeuh,
他说勒驾苦难多,

命 合 怄 气 侵 啃 𨐉。
Mingh hab aeuqheiq caeuq gwnhaemz.
命该怄气吃苦力。

否 𥑢 达 妍 斗 肛 𢴘,
Mbouj ndaej Dahnet daeuj daengz fwngz,
难要达妍来到手,

倍 尼 依 伦 箄 閗 佣。
Baezneix nuengxlwnz doek dou baengh.
阿妹定是我们的。

扁 发 徒 犸 𡍣 抹 仑,
Bien fad duzmax baebaenlaen,
鞭打马儿朝前跑,

双 布 否 咟 立 訙 淶(烂)。
Song boux mbouj haemq lij ndaq raiz (lanh):
两人不问还骂人:

“佈 尼 焐 乇 盆 尼 粖,
“Baeuq neix hojndoq baenzneix lai,
“这个老头穷又苦,

䞓 佬 勺 𣦘 立 难 朝!”
Geq laux yaek dai lij nanhciuh!”
到老要死还背时!”

灯 𥌈 箄 𡑪 𠰳,
Daengngoenz doek roengz congh,
太阳已经落下去,

㝔 任 倒 亦 难。
Rongh doxdauq hix nanz.
想亮回来不现实。

双 布 捵 麻 板 同 板，
Song boux gip raz ban doengz ban,
两人同捡芝麻子，

卟 鲁 公 玍 俊 兰 瓿。
Guh lumj goeng lan caeuq ranz gaeuq.
像爷和孙耍顽皮。

何 恨 勒 驾 心 乩 楼，
Hoz haenh Lwggyax sim ndeiraeuh,
羡慕勒驾心头善，

俊 佈 甜 旭 玍 歪 坤。
Caeuq baeuq goemz gyaeuj youq gwnz roen.
和老头子把头低。

双 布 拧 鍷 同 拧 鍷，
Song boux ning fwngz doengz ning fwngz,
两人动手同动手，

勒 麻 歪 坤 捵 消 狼。
Lwgraz gwnz roen gip seuqlangh.
路上芝麻全捡齐。

灯 昀 厺 岜 崀 否 喁（熿），
Daengngoenz roengz bya bae mbouj angj (rongh),
太阳落山天黑暗，

双 布 卦 难 又 叮 淋。
Song boux gvaqnanh youh deng rumz.
北风吹来冷凄凄。

勒 驾 佬 佈 齐 任 论，
Lwggyax lauxbaeuq caez doxlwnh,
勒驾老头同论事，

何 索 温 顺 真 迪 恃。
Hozsoh unqswnh caen dwggyaez.
推心置腹无猜疑。

嗲 俆 为 麻 事 燆 又 否 崀，
Cam de vih maz saeh gaenj youh mbouj bae,
问他为何有急事不去，

斗 帮 捵 麻 合 梯 底 麻 钱？
Daeuj bang gip raz haeuj daeh dij maz cienz?
帮捡芝麻进袋值不值？

驾 吽 佈 佫 迪 衍 卟 盆 年，
Gyax naeuz baeuq mwngz dwgrengz guh baenz
    nienz,
驾说老人辛苦论年种，

漯 寒 辛 焐 然 后 只 乩 做。
Lae hanh sinhoj yienzhaeuh cij ndaej sou.
流尽汗水然后才收入。

兄 眉 事 燆 闷 心 忝，
Gou miz saeh gaenj ndawsim you,
我有急事心头紧，

尼 偻 双 布 齐 任 偯。
Neix raeuz song boux caez doxing.
如今两人命相依。

佈 恃 勒 驾 玍 闷 心，
Baeuq gyaez Lwggyax youq ndawsim,
老人爱驾在心上，

眃 俆 嘛 真 又 鲁 理。
Raen de gangj cin youh rox leix.
见他懂礼又诚实。

生 斗 授 难 屯 晋 尼，
Seng daeuj souhnanh daengz banneix,
生来受难到现在，

应 该 盆 眔 玍 歪 丢。
Wnggai baenz ndei youq lajmbwn.
应在世间有出息。

佬 佈 俊 勒 驾 同 眪，
Lauxbaeuq caeuq Lwggyax doengz ninz,
老人和驾同睡觉，

盯 宜 甼 腋 躺 只 黜。
Daengz mwh byonghhwnz ndang cix naet.
半夜身困没有力。

佈 吽 盯 腋 躺 只 咭，
Baeuq naeuz daengz hwnz ndang cix get,
老人半夜身体痛，

卟 鲁 徒 虮 昙 合 躺。
Guh lumj duzmaet cun haeuj ndang.
好像跳蚤穿肚皮。

"一 晔 兄 叮 盆 灾 疟，
"It bi gou deng baenz mbat nyan，
"每年我挨疥疮病，

导 豁 导 躺 否 瓦 歪。
Cun noh cun ndang mbouj ndei youq。
全身发痒难受极。

别 佲 勒 驾 否 愣 烌，
Beh mwngz Lwggyax mbouj lau hoj，
若你勒驾不怕苦，

兄 仇 捝 褕 許 佲 扣。"
Gou couh duet buh hawj mwngz gaeu。"
你帮抓痒我脱衣。"

"心 偻 同 心 偻，
"Sim raeuz doengz sim raeuz，
"你我心相印，

兄 榜 佲 扣 可 布 嵳。
Gou bang mwngz gaeu goj bouxgeq。
帮你抓痒我尽力。

兄 乿 十 晔 毠 仪 她，
Gou ndaej cib bi dai bohmeh，
我十岁时死父母，

捯 佲 布 嵳 口 布 真。
Dawz mwngz bouxgeq guh bouxcin。
把你老人当亲戚。

時 尼 歪 路 偻 任 眖（眕），
Seizneix gwnz loh raeuz doxyin（raen），
如今路上得相见，

佲 廸 真 公 兄 廸 孬。
Mwngz dwg cin goeng gou dwg lan。
你是爷爷我孙子。

昑 尼 真 公 佲 盆 疟，
Ngoenzneix cin goeng mwngz baenznyan，
今天爷爷患疥疮，

兄 口 勒 孬 扣 否 挨。"
Gou guh lwg lan gaeu mbouj ngaih。"
我来抓痒正合适。"

勒 驾 眕 蛕（螁旭）漫 漫 筛（捋），
Lwggyax raen yaeu（naenzgyaeuj）menhmenh
    saiq（ra），
驾见头虱慢慢找，

驾 眕 螁 涞 漫 漫 搇。
Gyax raen naenz raih menhmenh gip。
驾见虱子慢慢抓。

勒 驾 眕 蛕 傪 仇 碱（刎），
Lwggyax raen yaeu de couh vid（vut），
抓到头虱就丢掉，

别 眕 胜 忉（脱）漫 漫 掰（捌）。
Beh raen naeng rig（duet）menhmenh bongx
    （bok）。
碰见脱皮慢慢刮。

别 眕 斗 淰 侵 斗 痾，
Beh raen daeuj raemx caeuq daeuj nong，
遇到疥疮有脓水，

驾 漫 漫 掰 物 口 消。
Gyax menhmenh bong uet guh seuq。
我抹干净慢慢抓。

立 依 盆 驾 亦 鲁 嘤，
Lij iq baenz gyax hix roxyiuj，
小时勒驾就懂事，

授 苦（烌）授 难 盯 羘 腋。
Souh gouj（hoj）souh nanh daengz dingzhwnz。
今夜辛苦算什么。

干 娄 干 厍 躺 否 痗，
Ganq bae ganq ma ndang mbouj humz，
抓来抓去身不痒，

佈 吽 傪 松 眕 勺 淂。
Baeuq naeuz de sung ninz yaek ndaek。
老头心里乐开花。

勒 驾 又 海 挨 呍 色，
Lwggyax youh hai ngaizhajsaek，
勒驾拿出五色饭，

勒 驾 又 海 苝 胬 閦。
Lwggyax youh hai byaek noh'oem.
又拿扣肉出来搭。

送 許 佬 佈 任 俀 嗋，
Soengq hawj lauxbaeuq doxcaeuq gwn，
送给老头同享用，

畒 偺 同 昒 同 照 顾。
Haemh de doengz ninz doengz ciuqgoq.
两人同睡笑哈哈。

乾 楞 灯 昈 圣 盯 弪，
Haetlaeng daengngoenz hwnj dinmbwn，
早晨日头出东方，

双 布 昒 了 另 倒 趄。
Song boux ninz ndiu lingh dauq hwnq.
两人睡醒起了床。

驾 叻 兀 勺 兰 其 偞，
Gyax naeuz gou yaek bae gizwnq，
驾说我到别处去，

跰 坤 很 路 兰 搦 敥。
Byaij roen hwnj loh bae ra gyong.
去找雷鼓赶路忙。

"双 偻 任 盼 心 否 寬（海），
"Song raeuz doxbiek sim mbouj gon（hai），
"我俩相别心不安，

兀 兰 搦 敥 熳 布 恄。
Gou bae ra gyong gonq bouxgeq.
我去找鼓路茫茫。

偌 正 廸 真 兀 仪 妋，
Mwngz cingq dwg cin gou bohmeh，
您今是我亲父母，

糢（昈楞）漫 同 偺 嗛 恩 情。"
Moq（ngoenzlaeng）menh doengz de gangj aencingz."
未来日子情意长。"

"勒 驾 心 兀 兀 本 鲁，
"Lwggyax sim ndei gou bonj rox，
"我知勒驾心善良，

昈 尼 闬 路 碰 龙 斐。
Ngoenzneix gyang loh bungq lungzfeiz.
遇到龙火在路旁。

昈 尼 勒 驾 偌 盆 兀，
Ngoenzneix Lwggyax mwngz baenz ndei，
今天勒驾走好运，

眉 皷 龙 斐 許 勒 扨。
Miz gyong lungzfeiz hawj lwg doq.
龙火雷鼓让你扛。

衣 金 衣 银 倒 否 助，
Ei gim ei ngaenz dauq mbouj coh，
千金万银不稀罕，

驾 盟 正 合 朵 椛 梨。
Gyax mwngz cingq hob duj valeiz.
勒驾合配梨花香。

兰 焥 兰 乇 出（噁）伝 兀，
Ranz hoj ranz ndoq cut（ok）vunz ndei，
穷苦人家生好崽，

凤 凰 金 鸠 钒 同 合。
Funghvuengz gimgac ndaej doengzhob.
金鸡得配凤凰。

心 兀 否 用 金 银 拾，
Sim ndei mbouj yungh gimngaenz gop，
善良之心金不换，

心 兀 各 合 独 勒 龙。
Sim ndei gag hob duz lwgloengz.
好心能会蛟龙王。

否 用 跰 盆 千 里 迊，
Mbouj yungh byaij baenz cien leix gyae，
不用走去千里远，

敢 雷 乑 垫 眉 皷 亀。
Gamjloiz lajdeih miz gyongbyaj.
雷洞就有雷鼓藏。

敢 雷 仇 廸 圣 对 罾，
Gamjloiz couhdwg youq doiqnaj，
雷洞就在你前面，

嗏 卦 温 苊 很 邑 雷。
Soemx gvaq oen haz hwnj Byaloiz.
扒开荆棘上雷山。

許 顶 邑 耂 挔 只 对,
Hwnj dingj bya bae ra cij doiq,
上到山顶找就对,

圣 閄 敢 雷 墓 双 行。
Youq ndaw Gamjloiz moh song hangz.
雷洞里有墓两行。

眉 忙 迡 依 忙 宏 桑,
Miz mbangj daemq iq mbangj hung sang,
有的矮小有的高,

恩 圣 其 江 晶 矴 楄。
Aen youq gizgyang caep rinbenj.
中间那个石片长。

耖 埔 骄 矴 卦 四 闲,
Vat namh geuh rin gvaq seiq henz,
撬开石头挖泥土,

恩 皼 金 显 窖 閄 闰。
Aen gyong gim henj yo ndawgyang.
金黄雷鼓里边藏。

仇 圣 閄 敢 恩 墓 桑,
Couh youq ndaw gamj aen moh sang,
洞内有个高坟墓,

排 呑 矴 板 眉 淦 沛。
Baihlaj rinbanj miz raemxmboq.
石板下面泉水凉。

矴 板 沃 海 裂 佛 佛,
Rinbanj mbat hai dekfofo,
一撬石板呼呼响,

恩 傆 迪 沛 唃 嗯 淦。
Aen de dwg mboq heuh ok raemx.
此泉一叫水流荡。

沃 喊 声 桑 淦 漂 肝,
Mbat hemq sing sang raemx lae daengz,
高声喊叫水就到,

沛 尼 淦 斗 千 万 晔。
Mboq neix raemx daeuj cien fanh bi.
泉水流来万年长。

荙 乿 布 病 千 万 伝,
Yw ndaej bouxbingh cien fanh vunz,
能医病人千千万,

佈 嗛 旬 话 廸 话 真。
Baeuq gangj coenz vah dwg vah cin.
老人今天讲真话。

佲 捋 淦 金 斗 温 跰,
Mwngz daek raemxgim daeuj swiq ga,
你舀金水来洗脚,

恩 沛 仇 圣 佲 乑 眕。
Aen mboq couh youq mwngz lajda.
泉水在你眼下方。

欧 斗 温 跰 仇 否 踉,
Aeu daeuj swiq ga couh mbouj ndiengq,
用来洗脚就不跛,

許 佲 刀 兀 多 盆 样。
Hawj mwngz dauq ndei doq baenz yiengh.
让你恢复身体强。

佲 乿 达 依 哽 心 劼,
Mwngz ndaej dahnuengx engq simvan,
今后得妹喜如狂,

乿 盯 皼 酄 跰 庲 兰,
Ndaej daengz gyongbyaj vaiq ma ranz,
得到雷鼓快回去,

侬 达 牡 丹 廸 佲 乿。"
Nuengxdah mauxdan dwg mwngz ndaej."
阿妹等待会情郎。"

勒 驾 心 唰 伩 躺 浮,
Lwggyax sim'angq cienz ndang mbaeu,
勒驾心欢好轻松,

仇 夠 佬 佈 耂 初 敢。
Couh biek lauxbaeuq bae coh gamj.
靠别老人找岩洞。

傣 淋 眉 羽 乩 弖 桑，
De lumj miz fwed mbin hwnj sang,
像长翅膀高飞起，

哑 耶 仇 赶 盯 敢 雷。
Yaepyet couh ganj daengz Gamjloiz.
转眼来到雷洞中。

傣 正 喏 噗 掳 底 对，
De cingq angq riu ra daej doiq,
他正心里乐融融，

盻 独 蛹 挴 圣 咟 嵌。
Raen duznuem hoij youq bak gamj.
见蟒蛇挂洞口中。

坆 舙 噁 斗 咮（如） 揽 揽，
Yiet linx okdaeuj raez (riz) ramram,
伸出舌头两边转，

挡 圣 咟 敢 难 合 毕。
Dang youq bakgamj nanz haeujbae.
挡在洞口像条龙。

勺 欧 恩 皷 亦 否 乩，
Yaek aeu aen gyong hix mbouj ndaej,
想要雷鼓不容易，

否 能 合 毕 难 欧 侬。
Mbouj naengz haeujbae nanz aeu nuengx.
不得进去妹难逢（娶）。

驾 捝 条 箈 心 否 慌，
Gyax yot diuz naq sim mbouj vueng,
勒驾谨慎抽出箭，

"驾 兄 欧 侬 否 舍 佲！"
"Gyax gou aeu nuengx mbouj ce mwngz!"
"驾为阿妹不留你！"

漫 嗹 掃（楄） 箈 只 漫 艸，
Menh gangj rag (benq) naq cij menh cuengq,
拉起弓来放出箭，

赢 合 七 寸 蛹 坆 胎。
Nyingz haeuj caetconq nuem yiet hoz.
射中蟒蛇的喉咙。

勒 驾 合 敢 睭 盻 墓，
Lwggyax haeuj gamj yawj raen moh,
勒驾进洞看见墓，

恩 宏 正 窖 圣 中 闷。
Aen hung cingq yo youq cungqgyang.
大的那个在正中。

四 闲 砫 楄 晶 弖 桑，
Seiq henz rinbenq caep hwnj sang,
四周石片高砌起，

嚻 墓 宪 宸 价 垫 平。
Naj moh gvangqlangh gaiq dieg bingz.
墓前平地宽又空。

勒 驾 各 喏 圣 闷 心，
Lwggyax gag angq youq ndawsim,
勒驾暗喜在心里，

勒 驾 犇 醒 噗 噁 咟。
Lwggyax doek sing riu ok bak.
勒驾开口笑出声。

双 鐽 多 扬 弖 巴 鎁，
Song fwngz doq yaengx hwnj baj gvak,
两手扬起锄头把，

驾 骄 砫 楄 秅 苓 埔。
Gyax geuh rinbenq vat roengz namh.
驾撬石板挖地洞。

秅 盻 皷 宏 圣 否 岩，
Vat raen gyong hung youq laj ngamz,
挖见地下大雷鼓，

盻 皷 各 喏 只 跌 掉。
Raen gyong gag angq cix saetdiuq.
自己欢跳乐融融。

勿（暑官） 盻 淋 吥（吃） 凉 耀 耀，
Fwt (sawqmwh) raen rumz boq (ci) liengz-
yiuyiu,
忽然有风凉飚飚，

勒 驾 昂 旭 哯 又 噗。
Lwggyax ngangx gyaeuj heuh youh riu.
勒驾笑喊望洞中。

淰沛次漯淋扑瓢，
Raemxmboq mbat lae lumj boek beuz，
泉水流出像瓢舀，

淰沛鞯绞卦呑汰。
Raemxmboq baenqgeuj gvaq laj dah.
泉水旋涡流淙淙。

勒驾捯淰斗温罾，
Lwggyax daek raemx daeuj swiq naj，
勒驾舀水来洗脸，

温町温跱哆眉衎。
Swiq din swiq ga doq miz rengz.
洗手洗脚力气增。

掬淰揸跱仇否踉，
Gop raemx coq ga couh mbouj ndiengq，
用水洗脚脚不跛，

勒驾唪猷比侵欢。
Lwggyax angq ciengq beij caeuq fwen.
勒驾山歌震长空。

倍尼骀豁兄又圆（倀），
Baezneix ndangnoh gou youh yuenz（cangq），
这回身体又完美，

达妍仇魁（眈）哽加唪。
Dahnet couh yien（raen）engqgya angq.
达妍见了乐无穷。

哆噁敢庲倸哆猷：
Doq ok gamj ma de doq ciengq：
边出洞口他边唱：

"傍壮独仙廸佬佈！"
"Biengz Cuengh duzsien dwg lauxbaeuq！"
"壮乡老头是仙翁！"

日捡肝兰仇海罾，
Yizgenj daengz ranz couh hai naq，
日捡到家拉弓箭，

双町驾猦赢椛桃。
Song din gyaqmax nyingz vadauz.
张开两腿射桃花。

裪然吽咭亦否愣，
Gen yienznaeuz get hix mbouj lau，
手臂虽疼也不怕，

别夅汗焊否趔忉。
Beh roengz hanhhau mbouj yietnaiq.
脸冒汗水满下巴。

心想勺欧达妍洍（淶洍），
Sim siengj yaek aeu Dahnet caix（raixcaix），
心中渴望娶达妍，

裪跱盆忉亦立赢。
Gen ga baenz naiq hix lij nyingz.
手脚虽软继续拉。

班官江乾壵曾矛，
Banmwh gyanghaet mbwn caengz nding，
清早时辰天未亮，

趔斗仇赢椛歪楅。
Hwnqdaeuj couh nyingz va gwnz geiq.
急忙起来射桃花。

啃糇立許伝送碟，
Gwn souh lij hawj vunz soengq duix，
吃饭叫人帮洗碗，

捰時趔気倒否眉。
Ra seiz yietheiq dauq mbouj miz.
想喘口气都无法。

想肝达妍伝毅兀，
Siengj daengz Dahnet vunz gyaeundei，
想到达妍人漂亮，

亦啃否易侵侬达。
Hix gwn mbouj heih caeuq nuengxdah.
不容易娶妹十八。

用双旽桫斗赢箥，
Yungh song ngoenz lai daeuj nyingz naq，
用两天多来射箭，

里勒十呿朵椛桃。
Lij lw cib haj duj vadauz.
剩十五朵没拿下。

"叩 肝 马 尼（样 尼）兄 否 愣，
"Guh daengz maxneix (yienghneix) gou mbouj lau,
"做到这步我不怕，

达 妍 勒 娟 叮 兄 乱。
Dahnet lwgsau deng gou ndaej.
达妍姑娘我定拿。

兄 定 乱 傏 朵 椛 絑，
Gou dingh ndaej baengh duj vamaeq,
我定能配红花朵，

定 許 兄 乱 侬 造 兰。"
Dingh hawj gou ndaej nuengx caux ranz. "
定娶阿妹来当家。"

日 拔 用 衎 捒 纸 皓，
Yizbaz yunghrengz raiz ceijhau,
日拔奋力写文章，

各 捒 各 碼 峜 捌 刹（儌）。
Gag raiz gag cau bae boksat (sug).
自写自抄几繁忙。

囂 斗 汗 皓 亦 不 抹（㧸），
Naj daeuj hanhhau hix mbouj mad (uet),
脸流汗水也不管，

用 心 捒 刹 几 文 章。
Yunghsim raiz sat gij faenzcieng.
用心写完好文章。

否 愣 躭 觓 侵 臕 咭，
Mbouj lau ndangnaet caeuq hwet get,
不怕疲倦腰杆痛，

捒 双 万 九 勺 叩 軅。
Raiz song fanh gouj yaek gaeuq geq.
写两万九要够量（长）。

日 拔 迣 心 荞 衎 画，
Yizbaz naeksim roengzrengz veh,
日拔专心努力赶，

里 咮 布 銡 斗 肝 闲。
Lij heuh bouxgeq daeuj daengz henz.
还叫老人到身旁。

三 昑 捒 十 篇 文 章，
Sam ngoenz raiz cib bien faenzcieng,
三天写十篇作品，

仪 妸 睄 眙 心 亦 定。
Bohmeh yawj raen sim hix dingh.
父母见了乐洋洋。

"許 佲 斗 配 徒 埄 顶（勒 娹），
"Hawj mwngz daeuj boiq duz deihdingj (lwg-
    mbwk),
"让你来配好姑娘，

仪 妸 本 定 許 介 佲。"
Bohmeh bonj dingh hawj gaiqmwngz. "
父母早料在胸膛。"

日 拔 吽 咟 喫 助 芺：
Yizbaz aj bak riu coh mbwn：
日拔开口朝天笑：

"昑 尼 侬 伦 兄 乱 贎。
"Ngoenzneix nuengxlwnz gou ndaej gonq.
"今天先娶妹姑娘。

可 怜 肝 晖 兄 尽 旷，
Hojlienz daengz bi gou caenh muengh,
可怜天天我在盼，

倍 尼 乱 侬 斗 肝 鐽。
Baezneix ndaej nuengx daeuj daengz fwngz.
这回得妹到手上。

兄 乱 侵 侬 造 兰 喈，
Gou ndaej caeuq nuengx caux ranz gwn,
我得和妹共屋住，

乱 傏 侬 伦 佲 娟 搬。"
Ndaej baengh nuengxlwnz mwngz saubuengq. "
得伴阿妹好姑娘。"

十 篇 文 章 歠 勺 圆，
Cib bien faenzcieng sij yaek yuenz,
十篇文章将搞定，

赹 気 許 侬 脿 淰 茶。
Yietheiq hawj nuengx sawj raemxcaz.
让妹端水给哥尝。

287

否 疑 勒 驾 乿 皷 庲，
Mboujngeix Lwggyax ndaej gyong ma,
不料勒驾拿鼓到，

拔 礽 淰 肰 魂 只 屸。
Baz uet raemxda hoenz cix sanq.
拔魂魄散泪水长。

皷 胜 睤 失 纸 只 烂，
Gyong naeng doeksaet ceij cix lanh,
鼓响吃惊纸就烂，

墨 倒 淰 掺（浔）否 盷 其。
Maeg dauj raemx camh（cimq）mbouj raen giz.
墨水倒落不见行。

盆 哗 想 侬 圣 腥 骵，
Baenz bi siengj nuengx youq ukngveiz,
论年想妹在脑髓，

否 疑 王 眉 叮 驾 乿。
Mboujngeix vanghmeiz deng Gyax ndaej.
不料驾得画眉娘。

尽 眍 凤 凰 配 金 鶮，
Caenh muengh funghvuengz boiq gimgae,
盼望凤凰配金鸡，

否 疑 另 乿 犀 独 吖。
Mboujngeix lingh ndaej haex duza.
谁知乌鸦来登场。

勒 驾 千 里 乿 皷 庲，
Lwggyax cien leix ndaej gyong ma,
勒驾千里得雷鼓，

皷 胜 公 芭 倒 勺 落。
Gyong naeng goengq bya dauq yaek lak.
鼓响倒海又翻江。

吞 叐 同 几 伝 心 噁，
Lajmbwn doengh gij vunz sim yak,
天下那些恶心人，.

宦 尼 罷 剥 僗 盷 魀。
Mwh neix byaj bag de raen fangz.
现在雷劈见阎王。

糜 倒 江 坤 倠 否 帮，
Raz dauj gyang roen de mbouj bang,
芝麻倒地他不帮，

为 悠 夰 碭 造 盆 俐。
Vih nyaenx lajndang caux baenz rix.
如今报应无法狂。

日 捡 叮 取 渧 肿 气（肿嚹），
Yizgenj dingqnyi daej cuengqheiq（cuengqsing），
日捡听见哭出声，

赢 否 了 椬 榾 椛 桃。
Nyingz mbouj liux ngeiq go vadauz.
桃花没法射得完。

叮 取 皷 胜 大 兀 悋，
Dingqnyi gyong naeng daih ndeilau,
听见鼓响太可怕，

三 榾 椛 桃 另 倒 耒。
Sam go vadauz lingh dauq maeq.
三棵桃花重芳香。

心 想 欧 达 妍 口 姝，
Sim siengj aeu Dahnet guh maex,
想娶达妍做妻子，

不 疑 各 渧 赢 否 肝。
Mboujngeix gag daej nyingz mbouj daengz.
不料哭喊射不完。

又 勺 装 箙 赢 否 盆，
Youh yaek cang naq nyingz mbouj baenz,
又想装箭射不了，

皷 胜 碭 神 椛 又 荷。
Gyong naeng ndang saenz va youh oq.
鼓响鲜花重开放。

日 捡 圣 谷 尽 渧 焃：
Yizgenj youq goek caenh daej hoj:
日捡树下痛苦喊：

"肿 佈 闰 坤 布 勒 嗒，
"Cuengq baeuq gyang roen bouxlawz rox,
"路上老头谁人知，

麻 倒 闷 路 兄 否 帮。
Raz dauj gyang loh gou mbouj bang.
芝麻倒地我不帮。

心 噁 脵 笨 各 眤 魃，
Sim yak dungxbwn gag raen fangz,
心中狠毒就见鬼，

否 疑 吞 虷 兄 叮 立。"
Mboujngeix lajndang gou deng rix."
不料苦难一大场。"

驾 眤 伝 杉 亦 斗 齐，
Gyax raen vunzlai hix daeuj caez,
驾见众人都到齐，

揹 箹 跰 斐 初 梲 楞。
Dawz naq byaij bae coh suenlaeng.
他到后园去射花。

三 柯 椛 桃 荷 淋 灯，
Sam go vadauz oq lumj daeng,
三棵桃花红似火，

勒 驾 眮 眤 喍 哈 哈：
Lwggyax yawj raen riuhaha:
勒驾看见笑哈哈：

"兄 否 赢 朵 兄 赢 枒！
"Gou mbouj nyingz duj gou nyingz nga!
"我不射朵要射桠！

時 尼 齐 家 请 閤 眕。"
Seizneix caezgya cingj byaengq da."
大家仔细看看它。"

勒 驾 赢 箹 条 大 乙，
Lwggyax nyingz naq diuz daih'it,
勒驾射出第一箭，

椛 桃 历 历 罢 牵 吞。
Vadauz liblib doek roengz laj.
桃花纷纷落树下。

勒 驾 赢 大 二 条 箹，
Lwggyax nyingz daihngeih diuz naq,
勒驾射出第二箭，

椛 桃 洒 洒 邻 歪 埔。
Vadauz sasa loenq gwnz namh.
地上处处是桃花。

勒 驾 赢 箹 条 大 三，
Lwggyax nyingz naq diuz daihsam,
勒驾射出第三箭，

椛 苙 椛 浪 总 邻 了。
Valup valangh cungj loenq leux.
花蕾花朵全囊刮。

伝 杉 面 觑 又 面 喝：
Vunzlai mienh gaeuj youh mienh heuh:
人们边看边叫喊：

"勒 驾 盆 朝 迪 应 该！"
"Lwggyax baenzciuh dwg wnggai!"
"勒驾应该胜人家！"

虽 土 坤 咧 亦 可 挨，
Saeqdoj raen le hix goj ngaih,
土司见了也大喜，

悶 心 真 慣 布 勒 驾。
Ndawsim caen maij boux Lwggyax.
心中真爱这勒驾。

驾 勒 立 勒 六 条 箹，
Lwggyax lij lw roek diuz naq,
勒驾还剩六支箭，

傪 又 斐 吞 柯 大 二：
De youh bae laj go daihngeih:
他到第二棵树下：

"伝 杉 再 眮 兄 倍 尼，
"Vunzlai caiq yawj gou baezneix,
"大家再看我射箭，

果 桃 三 权 欧 赢 齐！"
Godauz sam ngeiq aeu nyingz caez!"
射完三枝大桃花！"

驾 三 条 箹 冲 卦 斐，
Gyax sam diuz naq cuengq gvaqbae,
驾三支箭放出去，

椛 桃 邻 齐 犂 叭 叭。
Vadauz loenq caez doekbatbat.
桃花全部落沙沙。

柯 桃 大 三 椛 红 落,
Godauz daihsam va hoengzlod,
第三棵树花更鲜,

勒 驾 又 捝 箵 噁 斗。
Lwggyax youh yot naq okdaeuj.
勒驾抽箭要射它。

伝 夥 布 布 闇 盰 耏,
Vunzlai bouxboux byaengqda gaeuj,
众人个个睁眼看,

椛 邻 荦 斗 消 杀 杀。
Va loenq roengzdaeuj seuqsatsat.
花落下来响哗哗。

佈 帮 勒 驾 盆 尼 勰,
Baeuq bang Lwggyax baenzneix ak,
老头帮驾这样猛,

勒 驾 达 妍 心 齐 唝。
Lwggyax Dahnet sim caez angq.
勒驾达妍心开花。

日 捡 氕 狼 溶 庲 兰,
Yizgenj heiqlangx ndonj ma ranz,
日捡狼狈逃回去,

日 拔 亦 赶 跑 溶 逃。
Yizbaz hix ganj buet ndonj deuz.
日拔赶快躲回家。

勒 驾 达 妍 同 齐 噗,
Lwggyax Dahnet doengzcaez riu,
勒驾达妍同声笑,

凤 凰 结 吊(对)牡 丹 耒。
Funghvuengz giet diu（doiq）mauxdan maeq.
凤凰正配牡丹花。

勒 驾 心 事 大 欢 喜:
Lwggyax simsaeh daih vuenheij:
勒驾心里乐洋洋:

"兄 耂 千 里 乱 皷 庲。
"Gou bae cien leix ndaej gyong ma,
"我去千里得鼓王,

倍 尼 俊 顶(娟)干 桄 椛,
Baezneix caeuq dingj（sau）ganq suen va,
和妹共园栽花草,

另 乱 侬 腊 同 口 贺。"
Lingh ndaej nuengxraz doengz guhhouq."
又得和妹结成双。"

坡 宏 岜 桑 出 龙 公,
Bo hung bya sang cut lungzboux,
高山大岭长公龙,

昍 尼 荐 嚣 倒 兰 倭。
Ngoenzneix cienq naj dauq ranz raeuz.
今天转脸向我方。

独 犸 吞 榥 曾 弨 觓,
Duzmax laj riengh caengz hwnj gaeu,
栏里马儿角未长,

恩 情 双 倭 否 許 断。
Aencingz song raeuz mbouj hawj duenh.
我俩情谊定久长。

双 鞊 结 亲 口 彼 侬,
Song fiengh gietcin guh beixnuengx,
双方结情成兄妹,

倭 漫 任 伴 同 造 兰。
Raeuz menh doxbuenx doengz caux ranz.
我们相伴度时光。

仪 妲 布 耆 心 亦 劥,
Bohmeh bouxgeq sim hix van,
父母老人心欢喜,

芙 蓉 牡 丹 乱 同 倗。
Fuzyungz mauxdan ndaej doengzbaengh.
芙蓉终于配牡丹。

恩 簰 吞 汱 千 年 耪,
Aen loek laj dah cien nienz baenq,
河边水车千年转,

双 布 同 倗 初 仴 伝。
Song boux doengzbaengh cod ciuh vunz.
我们结伴万年长。

达稳之歌

关仕京　李海容
覃祥周　韦以强　搜集整理

1. 昑 洗 凉 咟 气,
   Ngoenz siliengz gwnheiq,
   每天受气又凄冷,

   兄 朝 尼 否 盆。
   Gou ciuh neix mbouj baenz.
   我这世人活不成。

   造 双 兹 书 坟,
   Cauh song cih sawfaenz,
   今天造出两个字,

   论 敇 眐 傍 垫。
   Lwnh sou raen biengzdeih.
   诉说人间苦命根。

   布 淋 兄 达 稳,
   Boux lumj gou Dahvwnj,
   一生一世我达稳,

   吅 伝 否 盆 世。
   Guh vunz mbouj baenz seiq.
   活在人间苦万分。

   昑 洗 凉 咟 气,
   Ngoenz siliengz gwnheiq,
   每天受气又凄冷,

   兄 朝 尼 否 盆。
   Gou ciuh neix mbouj baenz.
   我这世人活不成。

   兄 毚 否 乱 哼,
   Gou dai mbouj ndaej daengq,
   我今死去不出声,

   同 生 岧 嘞 眐。
   Doengzsaemh bae lawz raen.
   同伴到哪去找人。

   造 双 兹 书 坟,
   Cauh song cih sawfaenz,
   今天造出两个字,

   论 敇 眐 傍 垫。
   Lwnh sou raen biengzdeih.
   诉说人间苦命根.

2. 毚 舍 仪 舍 彼,
   Dai ce boh ce beix,
   死别父母和亲友,

   何 兄 议 几 移。
   Hoz gou ngeix geijlai.
   心中几多苦和愁。

   照 兄 盆 勒 腮,
   Ciuq (danghnaeuz) gou baenz lwgsai,
   若我生来是男崽,

   应 该 否 馓 朝。
   Wnggai mbouj lauqciuh (beg gvaqciuh).
   不费光阴度春秋。

   布 勒 系 爱 毚,
   Bouxlawz cix gyaez dai,
   有谁希望自己死,

   眉 几 移 咟 气。
   Miz geijlai gwnheiq.
   几多闷气堵心头。

   毚 舍 仪 舍 彼,
   Dai ce boh ce beix,
   死别父母和亲友,

   何 兄 议 几 移。
   Hoz gou ngeix geijlai.
   心中几多苦和愁。

   生 兄 盆 勒 媥,
   Seng gou baenz lwgmbwk,
   可怜我是女儿身,

   贱 盆 洛 弈 垺。
   Cienh baenz loek laj fai.
   贱如水车在滩头。

   照 兄 盆 勒 腮,
   Ciuq gou baenz lwgsai,
   若我生来是男崽,

   应 该 否 馓 朝。
   Wnggai mbouj lauqciuh.
   不费光阴度春秋。

293

3. 甲 辰 年 眸 尼，
Gyapsaen nienz bineix,
今年正是甲辰年，

盼 伙 寄 同 伴。
Biek hujgeiq doengzban.
告别伙伴好同年。

兄 㲽 眦 叩 防，
Gou dai bae guh fangz,
我今死去变成鬼，

色 家 兰 仪 妑。
Saet gya ranz bohmeh.
丢下父母好可怜。

㲽 眦 噐 系 伦，
Dai baenaj cix lumz,
死去之后万事忘，

立 常 银 吽 气。
Lix ciengzyinz gwnheiq.
活着又在苦中煎。

甲 辰 年 眸 尼，
Gyapsaen nienz bineix,
今年正是甲辰年，

盼 伙 寄 同 伴。
Biek hujgeiq doengzban.
告别伙伴好同年。

年 纪 氶 㐤 㐤，
Nienzgeij ndaej ngeihngeih,
年纪刚过二十二，

旗 歪 墶 㖒 孖。
Geiz gwnz moh haucanz.
墓上幡旗白连连。

兄 㲽 眦 叩 防，
Gou dai bae guh fangz,
我今死去变成鬼，

色 家 兰 仪 妑。
Saet gya ranz bohmeh.
丢下父母好可怜。

4. 公 奷 跻 心 嗯，
Goeng yah hengz sim yak,
家公家婆起黑心，

系 扲 绯 勒 何。
Cix gaem cag laeg hoz.
我曾吊颈想自杀。

仪 妑 否 氶 哟，
Bohmeh mbouj ndaej yo (aiqhuq),
如今父母难做主，

㲽 作 心 否 愿。
Dai coz sim mbouj nyienh.
少年夭折也无法。

关 兄 訙 系 浮，
Gvan gou ndaq cix fouz,
丈夫谩骂心就浮，

吽 兄 油 瓜 擦。
Naeuz gou youz gvaq cab.
说我用油擦嘴巴。

公 奷 跻 心 嗯，
Goeng yah hengz sim yak,
家公家婆起黑心，

系 扲 绯 勒 何。
Cix gaem cag laeg hoz.
我曾吊颈想自杀。

胗 約 吽 敦 粝，
Dungx iek gwn donq haeux,
肚子饥饿吃餐饭，

訙 兄 淋 灰 诺。
Ndaq gou lumj hoiqnoz.
骂我好比奴隶差。

仪 妑 否 氶 哟，
Bohmeh mbouj ndaej yo,
如今父母难做主，

㲽 作 心 否 愿。
Dai coz sim mbouj nyienh.
少年夭折也无法。

5. 吾　月　晲　十　八，
Ngux nyied haemh cib bet，
五月十八这一夜，

议　咭　了　系　麂。
Ngeix get（caenh）liux cix dai.
想完心事就自杀。

论　敄　侊　伝　秽，
Lwnh sou gyoengq vunzlai，
告诉你们众亲友，

兄　各　麂　吥　慣。
Gou gag dai bae gonq.
我先死去别爹妈。

裴　叩　姶　妲　娜，
Bae guh bawx mehnax，
嫁到姨家做媳妇，

町　訤　心　系　杰。
Deng ndaq sim cix get.
挨骂心头乱如麻。

倍　月　晲　十　八，
Ngux nyied haemh cib bet，
五月十八这一夜，

议　咭　了　系　麂。
Ngeix get liux cix dai.
想完心事就自杀。

叩　空　刀　呷　粘，
Guh hong dauq gwn haeux，
做工回来要吃饭，

否　許　搜　碗　挨。
Mbouj hawj caeux vanjngaiz.
饭碗都不许我拿。

论　敄　侊　伝　秽，
Lwnh sou gyoengq vunzlai，
告诉你们众亲友，

兄　各　麂　裴　慣。
Gou gag dai bae gonq.
我先死去别爹妈。

6. 麂　舍　敄　同　队，
Dai ce sou doengzdoih，
死别同伴和亲友，

得　罪　妲　閌　兰。
Daekcoih meh ndaw ranz.
得罪家中爹和娘。

歪　益　果　心　烦，
Youq hix goj simfanz，
活着让你心烦乱，

麂　裴　汪　系　荆。
Dai bae vang cix raeh.
死后一切让人忘。

耐　议　耐　心　浮，
Naih ngeix naih simfouz，
如今越想越心伤，

年　兄　又　立　荟。
Nienz gou youh lij oiq.
年纪轻轻就死亡。

麂　舍　敄　同　队，
Dai ce sou doengzdoih，
死别同伴和亲友，

得　罪　妲　閌　兰。
Daekcoih meh ndaw ranz.
得罪家中爹和娘。

段　朝　伝　夯　埊，
Duenh ciuh vunz laj deih，
同样来到世界上，

枉　费　恶　阳　干。
Uengjfeiq ok yiengzgan.
今生枉费见太阳。

歪　益　果　心　烦，
Youq hix goj simfanz，
活着让你心烦乱，

麂　裴　汪　系　荆。
Dai bae vang cix raeh.
死后一切让人忘。

7. 盼 恩 板 棵 龙，
Biek aen mbanj gorungz，
如今死别榕树村，

冚 嘞 淋 亭 查。
Guhlawz lumz diengzcah (dieg guhcaemz)．
难忘游戏在村门。

兄 岜 娄 系 罢，
Gou dai bae cixbah，
我今死去则罢了，

大 家 欧 欢 荣。
Daihgya aeu vuenyungz．
大家幸福过今生。

咩 同 生 冚 买，
Riengz doengzsaemh guh maij (baengzyoux)，
我和同伴交朋友，

乾 暧 蹳 欢 荣。
Haet haemh byaij vuenyungz．
早晚走路有笑声。

盼 恩 板 棵 榕，
Biek aen mbanj gorungz，
如今死别榕树村，

冚 嘞 淋 亭 查。
Guhlawz lumz diengzcah．
难忘游戏在村门。

同 生 好 彩 伝，
Doengzsaemh haujlai vunz，
我们同伴好多人，

冚 嘞 淋 询 话。
Guhlawz lumz coenz vah．
难忘你们感情深。

兄 岜 呸 系 罢，
Gou dai bae cixbah，
我今死去则罢了，

大 家 欧 欢 荣。
Daihgya aeu vuenyungz．
大家幸福过今生。

8. 攸 廸 旗 临 岜，
Sou dwk geiz rim bya（ndoi），
漫山遍野插幡旗，

兄 娄 罾 盆 防。
Gou baenaj baenz fangz．
我变成鬼好背时。

岜 了 各 昹 孖，
Dai liux goet haucanz，
死后白骨丢荒野，

昽 嘞 还 同 队。
Ngoenzlawz vanz doengzdoih．
何日才能遇故知。

墿 能 兄 亦 淋，
Dieg naengh gou hix lumz，
坐的地方我也忘，

墿 昑 兄 亦 卦。
Dieg ninz gou hix gvaq．
睡的地方我不知。

攸 廸 旗 临 岜，
Sou dwk geiz rim bya，
漫山遍野插幡旗，

兄 娄 罾 盆 防。
Gou baenaj baenz fangz．
我变成鬼好背时。

公 奻 跰 心 噁，
Goeng yah hengz sim yak，
家公家婆起黑心，

兄 亦 盼 同 伴。
Gou cix biek doengzban．
我别同伴在今日。

岜 了 骨 昹 孖，
Dai liux goet haucanz，
死后白骨丢荒野，

昽 嘞 还 同 队。
Ngoenzlawz vanz doengzdoih．
何日才能遇故知。

9. 照 兄 尨 氞 刀，
Ciuq gou dai ndaej dauq,
若我死后能还魂，

兄 系 造 赔 情。
Gou cix cauh boiz cingz.
我要赔偿情和恩。

尼 兄 尨 岜 阴，
Neix gou dai bae yaem,
如今死到阴间去，

赔 情 倣 否 很。
Boiz cingz sou mbouj hwnj.
难以还你一片情。

兄 生 斗 乔 肤，
Gou seng daeuj lajmbwn,
我今生到人世间，

操 心 众 布 佬。
Causim gyoengq bouxlaux.
老人为我操透心。

煦 兄 尨 氞 刀，
Ciuq gou dai ndaej dauq,
若我死后能还魂，

兄 系 造 赔 情。
Gou cix cauh boiz cingz.
我要赔偿情和恩。

倣 揹 反 卦 垌，
Sou dawz fan gvaq doengh,
你拿幡旗过田垌，

布 布 同 眉 心。
Bouxboux doengz miz sim.
个个都是有心人。

尼 兄 尨 岜 阴，
Neix gou dai bae yaem,
如今死到阴间去，

赔 情 倣 很。
Boiz cingz sou mbouj hwnj.
难以还你一片情。

10. 倣 迪 反 介 炵，
Sou dwk fan gaej coemh,
你插幡旗别要烧，

送 許 兄 叫 情。
Soengq hawj gou guh cingz.
送留给我当人情。

淋 肝 爹 只 乱，
Rumz daengz de cix mbin,
风吹过来它飘荡，

叫 情 許 伝 睁。
Guh cingz hawj vunz yiuq.
行人见了也揪心。

彼 侬 哜 林 林，
Beixnuengx hauq linlin,
兄弟姐妹一片情，

议 肝 心 只 动。
Ngeix daengz sim cix doengh.
想到这些真动心。

倣 揹 反 介 炵，
Sou dwk fan gaej coemh,
你插幡旗别要烧，

送 許 兄 叫 情。
Soengq hawj gou guh cingz.
送留给我当人情。

揹 反 叫 情 谊，
Dwk fan guh cingzngeih,
插着幡旗当情意，

兄 议 圣 閦 心。
Gou ngeix youq ndaw sim.
时刻记在我心灵。

淋 肝 爹 只 乱，
Rumz daengz de cix mbin,
风吹过来他飘荡，

叫 情 許 伝 睁。
Guh cingz hawj vunz yiuq.
行人见了也揪心。

11. 公 奵 点 纸 簿，
Goeng yah diemj ceij bouh，
家公家婆烧纸钱，

否 許 壬 阳 干。
Mbouj hawj youq yiengzgan.
不让我活在阳间。

叿 朝 尼 否 南，
Guh ciuh neix mbouj nanz，
我这一世不长久，

眃 叿 防 夯 埊。
Bae guh fangz laj deih.
如今成鬼走阴间。

盼 仅 如 眃 阴，
Biek bohmeh bae yaem，
告别父母去阴间，

哴 心 否 乿 壬。
Gigsim mbouj ndaej youq.
心中想起苦连绵。

公 奵 点 纸 簿，
Goeng yah diemj ceij bouh，
家公家婆烧纸钱，

否 許 壬 阳 干。
Mbouj hawj youq yiengzgan.
不让我活在阳间。

立 兄 清 呷 气，
Lix gou cingh gwnheiq，
活着我也太受气，

淰 汏 漯 班 班。
Raemxda lae byanbyan.
时时泪水流涟涟。

叿 朝 尼 否 南，
Guh ciuh neix mbouj nanz，
我这一世不长久，

眃 叿 防 夯 埊。
Bae guh fangz laj deih.
如今成鬼走阴间。

12. 兕 盆 防 夯 閞，
Gou baenz fangz dai rog，
如今成鬼死在外，

骨 骼 壬 江 天。
Goetndok youq gyangdien.
骨头抛弃在深山。

耐 议 耐 西 凉，
Naih ngeix naih siliengz，
心想起来好凄苦，

常 年 骼 挍 埔。
Ciengznienz goet gyauz namh.
尸骨常年拌泥寒。

召 兕 眉 勒 请，
Ciuq gou miz lwgcing（lwg），
若我生育有儿女，

清 明 只 捻 骼。
Cingmingz cix gip ndok.
清明会把骨头捡。

兕 盆 防 夯 閞，
Gou baenz fangz dai rog，
如今成鬼死在外，

骨 骼 壬 江 天。
Goetndok youq gyangdien.
骨头抛弃在深山。

哱 朝 贝 朝 仅，
Daengq ciuh beix ciuh boh，
交代兄弟和父母，

初 否 乿 盆 仙。
Coj mbouj ndaej baenz sien.
难以成仙游上天。

耐 议 耐 西 凉，
Naih ngeix naih siliengz，
心想起来好凄苦，

常 年 骼 挍 埔。
Ciengznienz goet gyaux namh.
尸骨常年拌泥寒。

13. 貝罷 公 奻 瞪，
Bae naj goeng yah caengz，
往前公婆又恼怒，

刀 愣 仅 妲 訤。
Dauq laeng bohmeh ndaq．
退后父母骂不停。

烂 贱 淋 佶 佲，
Lanhcienh lumj gaujvaq，
我已下贱像乞丐，

淋 町 岜 拪 冘。
Lumj deng byaj bag dai．
如雷劈死不留情。

兄 否 眉 布 丈，
Gou mbouj miz boux ciengx，
没有谁人收留我，

挼 样 样 否 肛。
Ra yienghyiengh mbouj daengz．
无依无靠难为情。

貝罷 公 奻 瞪，
Bae naj goeng yah caengz，
往前公婆又恼怒，

刀 愣 仅 妲 訤。
Dauq laeng bohmeh ndaq．
退后父母骂不停。

越 议 耐 何 嚭，
Naih（yied）ngeix naih hozhaemz，
越想心里越愤恨，

眉 布 瞪 不 訤。
Miz boux caengz boux ndaq．
挨打挨骂难做人。

烂 贱 淋 佶 佲，
Lanhcienh lumj gaujvaq，
我已下贱像乞丐，

淋 町 岜 拪 冘。
Lumj deng byaj bag dai．
如雷劈死不留情。

14. 冘 舍 仅 舍 贝，
Dai ce boh ce beix，
死别父母和兄弟，

兄 悭 氕 几 桫。
Gou gikheiq geijlai．
心中几多苦和愁。

煦 兄 盆 勒 腮，
Ciuq gou baenz lwgsai，
若我生来是男崽，

应 该 否 捞 朝。
Wnggai mbouj lauqciuh．
不费光阴度春秋。

壬 否 眉 布 甘，
Youq mbouj miz boux ganq，
活着无人来关照，

论 同 伴 伙 计。
Lwnh doengzban hujgeiq．
讲给同伴记心头。

冘 舍 仅 舍 贝，
Dai ce boh ce beix，
死别父母和兄弟，

兄 悭 氕 几 桫。
Gou gikheiq geijlai．
心中几多苦和愁。

失 几 桫 贝 侬，
Saet geijlai beixnuengx，
告别众人好姐妹，

兄 想 心 否 開。
Gou siengj sim mbouj hai．
如今越想心越忧。

煦 兄 盆 勒 腮，
Ciuq gou baenz lwgsai，
若我生来是男崽，

应 该 否 捞 朝。
Wnggai mbouj lauqciuh．
不费光阴度春秋。

15. 兄 尭 合 路 尼，
Gou dai haeuj loh neix,
如今寻死这条路，

耐 议 心 否 甘。
Naih ngeix sim mbouj gam.
想来心里也不服。

尭 命 为 布 伖，
Dai mingh vih bouxgvan,
我为丈夫去死命，

許 同 伴 敆 睁。
Hawj doengzban sou yiuq (yawj).
同伴看到世间毒。

侵 布 妠 了 生，
Caemh boux meh ndeu seng,
虽然同是父母生，

眉 布 贱 布 贵。
Miz boux cienh boux gveiq.
但分贱人和贵族。

兄 尭 合 路 尼，
Gou dai haeuj loh neix,
如今寻死这条路，

耐 议 心 否 甘。
Naih ngeix sim mbouj gam.
想来心里也不服。

欧 朝 兄 斗 比，
Aeu ciuh gou daeuj beij,
拿我一生做例子，

搙 斈 交 勒 懒。
Dawz bae gyauq lwglan.
留给后人作教育。

尭 命 为 布 伖，
Dai mingh vih bouxgvan,
我为丈夫去死命，

許 同 伴 敆 睁。
Hawj doengzban sou yiuq.
同伴看到世间毒。

16. 耐 议 耐 心 浮，
Naih ngeix naih simfouz,
越想心里越深沉，

骨 兄 否 淋 队。
Goet gou mbouj lumj doih.
我这一生不如人。

叮 咟 訷 棑 雷，
Deng bak ndaq faex loih,
时常挨骂棍又打，

伝 斈 撝 否 盆。
Vunz bae coih mbouj baenz.
别人劝告也不成。

睁 兄 淋 布 恩，
Yiuq gou lumj bouxwnq,
比起别人好痛苦，

淰 汏 挌 有 有。
Raemxda loenqyouyou.
悲伤泪水落纷纷。

耐 想 耐 心 浮，
Naih ngeix naih simfouz,
越想心里越深沉，

骼 兄 否 淋 队。
Goet gou mbouj lumj doih.
我这一生不如人。

骼 兄 骼 鮑 傓，
Goet gou goet fangzsieng,
我今变成夭折鬼，

否 乳 蹺 同 队。
Mbouj ndaej riengz doengzdoih.
难和同伴过一生。

叮 訷 棑 又 雷，
Deng ndaq faex youh loih,
时常挨骂棍又打，

伝 斈 撝 否 盆。
Vunz bae coih mbouj baenz.
别人劝告也不成。

17. 冘 盆 防 尭 趴，
Gou baenz fangz daisoengz,
我今站着变成鬼，

  做 送 很 岜 稔。
Sou soengq hwnj bya nim.
送我上去稔果山。

  冘 长 时 悭 心，
Gou ciengzseiz gigsim,
无时无刻不伤心，

  啃 勒 稔 叩 顿。
Gwn lwgnim guh donq.
吃着稔果当午餐。

  觉 伩 妲 冘 姝，
Gyoh bohmeh gou lai,
愧对父母养育恩，

  尭 否 乳 娄 送。
Dai mbouj ndaej bae soengq.
不得送终真为难。

  冘 盆 防 尭 趴，
Gou baenz fangz daisoengz,
我今站着变成鬼，

  做 送 很 岜 稔。
Sou soengq hwnj bya nim.
送我上去稔果山。

  一 嘷 做 伙 计，
It daengq sou hujgeiq,
第一交代好伙计，

  宜 嘷 做 妲 丁。
Ngeih daengq sou mehnding.
第二叮嘱新儿娘。

  冘 长 时 悭 心，
Gou ciengzseiz gigsim,
无时无刻不伤心，

  啃 勒 稔 叩 顿。
Gwn lwgnim guh donq.
吃着稔果当午餐。

18. 刹 询 尼 托 嘷，
Sat coenz neix doxdaengq,
最后一句交代你，

  论 仝 僚 伩 做。
Lwnh doengzsaemq gyoengqsou.
讲给同伴大家知。

  布 尭 作 淋 冘，
Boux dai coz lumj gou,
年纪轻轻我就死，

  能 心 浮 系 念。
Naengh simfouz cix niemh.
若你知道也着急。

  同 队 造 盆 州，
Doengzdoih caux baenz cou,
同伴将来造新圩，

  冘 否 眉 垫 能。
Gou mbouj miz dieg naengh.
我无地方来站立。

  刹 询 尼 托 嘷，
Sat coenz neix doxdaengq,
最后一句交代你，

  论 仝 僚 伩 做。
Lwnh doengzsaemq gyoengqsou.
讲给同伴大家知。

  卡 造 绷 捋 样，
Gag cauh baengz dwkmbonq（goemqbaengz），
自己造布来盖尸，

  尭 娄 贯 舍 做。
Dai bae gonq ce sou.
死别亲友上天梯。

  布 尭 作 淋 冘，
Boux dai coz lumj gou,
年纪轻轻我就死，

  能 心 浮 系 念。
Naengh simfouz cix niemh.
若你知道也着急。

301

达备之歌

韦树关　李秀玲
关彩萍　韦克全　搜集整理

1. 斅焆情妑备，
   Saw hojcingz Dahbeih,
   达备苦情歌，

   岜 拜 蹄 妑 公，
   Bae baiq gveih yah（gyabuz）goeng（gyagoeng），
   去跪拜公婆，

   旡 故 叮 删 婚，
   Fouz guq（yienzguq）deng cek hoen（hoenyienz），
   无辜拆婚姻，

   戙 双 呴 偻 犭魯。
   Ciengq song coenz raeuz rox.
   唱两句传扬。

   刌 礍 坣 青 春，
   Buq gingq vaih cingcin（ciuhcoz），
   破镜坏人生，

   否 容 條 肞 事，
   Mbouj yungz diuz simsaeh,
   不容心中苦，

   斅 焆 情 妑 备，
   Saw hojcingz Dahbeih,
   达备苦情歌，

   岜 拜 蹄 妑 公。
   Bae baiq gveih yah goeng.
   去跪拜公婆。

   論 伝 鿣 育 㐌，
   Lwnh vunzbiengz caez ngeix,
   让世人评论，

   道 理 酦 否 酦，
   Dauhleix doeng mbouj doeng,
   道理通不通，

   旡 故 叮 删 婚，
   Fouz guq deng cek hoen,
   无辜拆婚姻，

   戙 双 呴 偻 犭魯。
   Ciengq song coenz raeuz rox.
   唱两句传扬。

2. 怨 悔 呴 大 二，
   Yienqhoij coenz daihngeih,
   怨恼第二句，

   論 鿣 坒 周 知，
   Lwnh biengzdeih cou（caez）cei（rox），
   论天下共知，

   祷 乿 三 四 哖，
   Coux ndaej sam seiq bei（bi），
   进门三四年，

   否 甦 儌 倒 韶。
   Mboujngeix de dauq ndek。
   不想他丢弃。

   蒯 嚟 双 三 昑，
   Fuengz（fuengzcug）gangj song sam ngoenz,
   房族劝几天，

   尸 眉 呴 否 是，
   Ndi meiz（miz）coenz mbouj seih,
   没有不对处，

   怨 悔 呴 大 二，
   Yienqhoij coenz daihngeih,
   怨恼第二句，

   論 鿣 坒 周 知。
   Lwnh biengzdeih cou cei.
   论天下共知。

   昑 昑 盡 顧 籵，
   Ngoenzngoenz cinx goq daeuj,
   天天他过来，

   各 吽 妑 否 兀，
   Gag naeuz bawx mbouj ndei,
   自讲媳妇差，

   祷 乿 三 四 哖，
   Coux ndaej sam seiq bei,
   进门三四年，

   否 甦 儌 倒 韶。
   Mboujngeix de dauq ndek.
   不想他丢弃。

3. 論　途　兄　烆　情，
Lwnh duh gou hojcingz,
说我的苦情，

咭　名　叫　妖　备，
Cienh mingz guh Dahbeih,
贱名叫达备，

㼱　玉　便　板　理，
Doek Nyawhbienh （Dwg coh gyagoeng Dah-
beih） Mbanjleix,
嫁礼村玉便，

妑　整　子　托　男。
Bawx cingjceij （lwgdaeuz） dog namz （lwgsai）.
做大男媳妇。

嗉　無　缘　無　故，
Gangj fouz nyuenz fouz guq,
说无缘无因，

㑣　愛　富　忿　貧，
De ngaiq fouq yiemz binz （hoj）,
他爱富嫌贫，

論　途　兄　烆　情，
Lwnh duh gou hojcingz,
说我的苦情，

咭　名　叫　妖　备。
Cienh mingz guh Dahbeih.
达备是贱名。

顧　㞼　曙　從　夫，
Goq bae naj coengz fou （gvan）,
顾全夫君面，

倒　失　兄　侾　内，
Dauq saet gou hauhneix,
反丢我这样，

㼱　玉　便　板　理，
Doek Nyawhbienh Mbanjleix,
嫁礼村玉便，

妑　整　子　托　男。
Bawx cingjceij dog namz.
做大男媳妇。

4. 前　四　吘　年　間，
Cienz （gonq） seiq haj nienz gyan （ndaw）,
前四五年间，

公　斜　嗒　乙　次，
Goeng daeuj cam it mbat,
公来问一言，

吽　舍　否　和　合，
Naeuz mingh mbouj huzhab （ngamq）,
讲命相不靓，

趉　婷　咟　冎　歐。
Caux （cij） dingz bak ndi aeu.
就开口赶人。

否　論　貧　論　富，
Mboujlwnh binz lwnh fouq,
不论富或贫，

侕　侕　総　齐　啱，
Bouxboux cungj caez ngamq,
人人合命相，

前　四　吘　年　間，
Cienz seiq haj nienz gyan,
前四五年间，

公　斜　嗒　乙　次。
Goeng daeuj cam it mbat.
公来问一言。

吽　八　字　否　仝，
Naeuz betceih mbouj doengz,
说八字不同，

佋　婚　緣　難　押，
Ciuh hoenyienz nanz ap,
婚姻难久长，

吽　舍　否　和　合，
Naeuz mingh mbouj huzhab,
讲命相不靓，

趉　婷　咟　冎　歐。
Caux dingz bak ndi aeu.
就开口赶人。

5. 卦 乙 年 時 間，
Gvaq it nienz seizgan,
过一年时间，

料 嗲 癸 大 二，
Daeuj cam mbat daihngeih,
第二次问询，

佾 兄 攔 八 钪，
Boh gou hai betceih,
我爸开八字，

波 内 吽 佘 仝。
Baez neix naeuz mingh doengz.
承认命相同。

哴 姶 否 合 意，
Langh bawx mbouj hab'eiq,
对媳妇不满，

敃 愚 四 愚 三，
Youh siengj seiq siengj sam,
又再三想想，

卦 乙 年 瞄 間，
Gvaq it nienz seizgan,
过一年时间，

料 嗲 癸 大 二。
Daeuj cam mbat daihngeih.
第二次问询。

召 龍 料 肝 空，
Ciulungz (Dwg coh vunz) daeuj daengz ranz,
朝龙来到家，

吽 古 刮 肔 事，
Naeuz goq (guj) van simsaeh,
说甜欢心事，

佾 兄 攔 八 钪，
Boh gou hai betceih,
我爸开八字，

波 内 吽 佘 仝。
Baez neix naeuz mingh doengz.
承认命相同。

6. 姐 金 閟 媒 閟，
Cejgim guh moizgyang (moiz),
堂姐做媒人，

料 肝 空 歐 佘，
Daeuj daengz ranz aeu mingh,
到家取命相，

兀 吲 养 养 拎，
Ndei couj (rwix) yienghyiengh lingx,
好坏样样应，

奼 否 耵 俰 兄。
Yah mbouj dingq caih gou.
婆不听由我。

担 昒 雾 昒 炅，
Ce dak fwn dak ndit,
管日晒雨淋，

総 乙 律 承 當，
Cungj itlwd swngzdang,
都一律承担，

姐 金 叩 媒 閟，
Cejgim guh moizgyang,
堂姐做媒人，

料 肝 空 歐 佘。
Daeuj daengz ranz aeu mingh.
到家取命相。

歐 菷 脄 耵 鎽，
Aeu bae sawj dinfwngz,
将去显本领，

佋 伝 盡 燏 唩，
Ciuh vunz cinx (cingh) roxnyinh,
人生自有命，

兀 吲 养 养 拎，
Ndei couj yienghyiengh lingx,
好坏样样领，

奼 否 耵 俰 兄。
Yah mbouj dingq caih gou.
婆不听由我。

7. 佘 合 只 吽 祷，
Mingh hab cix naeuz coux,
命相和就行，

伩 她 兄 尸 当，
Bohmeh gou ndi lanz,
我父母不拦，

認 真 造 家 窂，
Nyinhcaen caux gyaranz,
认真造家庭，

养 养 唛 攸 卦。
Yienghyiengh dang sou gvaq.
样样当承担。

尸 嗛 侣 婚 姻，
Ndi gangj ciuh hoenyin (hoenyienz),
别说有姻缘，

乙 朒 叩 夫 婦，
Itsim guh foufoux (gvanbaz),
一心做夫妻，

佘 合 只 吽 祷，
Mingh hab cix naeuz coux,
命相和就行，

伩 她 兄 尸 当。
Bohmeh gou ndi lanz.
我父母不拦。

眾 板 理 斉 �，
Cungq (daengxcungq) Mbanjleix caez rox,
礼村人都知，

兄 只 顧 叩 玒，
Gou cix goq guh hong,
我只顾做工，

認 真 造 家 窂，
Nyinhcaen caux gyaranz,
认真造家庭，

养 养 唛 攸 卦。
Yienghyiengh dang sou gvaq.
样样当承担。

8. 拎 途 攸 双 價，
Lingx duh sou cienzgyaq,
领到你礼金，

她 尸 揱 圣 窂，
Meh ndi hah youq ranz,
母不拦在家，

男 財 禮 亦 還，
Namz（bouxsai）caizlaex hix vanz（boiz），
男方彩礼还，

女 嫁 妆 亦 備。
Nawx（mehmbwk）gyaqcang hix beih（bwh）.
嫁妆已备全。

仦 嗦 件 尸 肝，
Siuj saek gienh ndi daengz,
少几件未到，

否 嗛 响 二 吡，
Mbouj gangj coenz ngeih vah,
二话也不讲，

拎 途 攸 双 價，
Lingx duh sou cienzgyaq,
领到你礼金，

她 尸 揱 圣 窂。
Meh ndi hah youq ranz.
母不拦在家。

緺 細 共 八 件，
Riep denz gungh bet gienh,
嫁妆共八件，

對 罾 點 斉 全，
Doiqnaj diemj caezcienz,
当面齐清点，

男 財 禮 亦 還，
Namz caizlaex hix vanz（boiz），
男方彩礼还，

女 嫁 妆 亦 備。
Nawx gyaqcang hix beih.
嫁妆已备全。

9. 打 蠷 妭 卦 門，
Daj okhaq gvaqmoenz（haeujranz），
自出嫁过门，

只 仝 叩 夫 婦，
Cix doengz guh foufoux，
就夫妻相伴，

誏 抗 婚 擶 女，
Langh gangq（fanjgangq）hoen laeg（laengz）
  nawx，
若反抗拦人，

伴 唉 罪 罡 叞。
Dou souh coih bae dai.
当我死罪论。

仅 吽 她 敢 訣，
Boh naeuz meh youh ndaq，
父说母又骂，

也 屌 攍 噻 昒，
Yax ndi hah saek ngoenz，
也不拦哪句，

打 蠷 妭 卦 門，
Daj okhaq gvaqmoenz，
自出嫁过门，

只 仝 叩 夫 婦。
Cix doengz guh foufoux.
就同床共枕。

嗲 板 丆 板 否，
Cam mbanj laj mbanj gwnz，
问全村上下，

猤 呷 㝵 叩 佼，
Caeg gwn rox guhyoux（luenhgauj），
偷吃或乱伦，

誏 抗 婚 擶 女，
Langh gangq hoen laeg nawx，
若反抗拦人，

伴 唉 罪 罡 叞。
Dou souh coih bae dai.
当我死罪论。

10. 打 祷 峕 肝 窀，
Daj coux bae daengz ranz，
自嫁到你家，

养 养 唝 攸 卦，
Yienghyiengh dang sou gvaq，
样样都承担，

捯 淰 盯 淰 雷，
Daek raemx din raemx naj，
帮洗脚洗脸，

盡 孝 妠 兀（侵）公。
Cinx hauq yah ndei（caeuq）goeng.
尽孝公婆俩。

屌 撋 俢 憕 恆，
Ndi haengj de daenghdaeux（fatheiq），
不愿他生气，

但 兄 妇 吒 男，
Danh gou bawx dog namz，
我是大儿媳，

打 祷 峕 肝 窀，
Daj coux bae daengz ranz，
自嫁到你家，

养 养 唝 攸 卦。
Yienghyiengh dang sou gvaq.
样样都承担。

嗲 厇 𡽏 窀 鄰，
Cam beixnuengx ranz linz（rik），
问邻居弟兄，

否 枉 相 歐 假，
Mbouj vuengjsieng（luenhgangj）aeu gyaj，
不讲假撒谎，

捯 淰 盯 淰 雷，
Daek raemx din raemx naj，
帮洗脚洗脸，

盡 孝 妠 兀（侵）公。
Cinx hauq yah ndei（caeuq）goeng.
尽孝公婆俩。

309

11. 眸 大 乙 趄 祷，
Bei daih'it caux （ngamq） coux,
第一次到家，

顧 娝 超 愲 家，
Goq bae coh aen gya,
只顾虑家庭，

盡 否 乳 娝 床，
Cinx mbouj ndaej baema,
总不得回家，

的 介 厷 否 口？
Deiq gaiqmaz mbouj guh?
有哪样不做？

姄 旡 顧 各 兄，
Bawx dog goq gag gou,
谁似我单独，

照 顧 收 父 母，
Ciuqgoq sou foux （goeng） moux （yah）,
照顾你公婆，

眸 大 乙 趄 祷，
Bei daih'it caux （ngamq） coux,
第一次到家，

顧 娝 超 愲 家。
Goq bae coh aen gya.
只顾虑家庭。

玒 盡 貧 佲 佽，
Hong cinx baenz aehoiq （bouxhoiq）,
只是雇佣工，

任 全 附 娝 嗦，
Nyimh （caih） doengzdoih bae caz,
任同伴查问，

盡 否 乳 娝 床，
Cinx mbouj ndaej baema,
总不得回家，

的 介 厷 否 口？
Deiq gaiqmaz mbouj guh?
有哪样不做？

12. 實 事 顧 侽 内，
Saedsaeh goq hauhneix,
实在是这样，

板 理 攸 統 嗦，
Mbanjleix sou doengj （cungj） caz,
礼村你管问，

論 敳 型 敳 睹，
Lwnh cei （cae） reih cei naz,
论犁地耙田，

門 （样） 厷 盡 （尽） 口 了。
Moenz （yiengh） maz cinx （caenh） guh liux.
哪样尽做完。

正 本 分 途 兄，
Cingq bonjfaenh duh gou,
正因我本分，

顧 各 杰 各 氕，
Goq gag you gag heiq,
自甘心承当，

實 事 顧 侽 内，
Saedsaeh goq hauhneix,
实在是这样，

板 理 攸 統 嗦。
Mbanjleix sou doengj caz.
礼村你管问。

論 撺 伝 齐 悆，
Lwnh haengj vunz caez ngeix,
让众人齐想，

妖 内 养 唒 差，
Dah neix yiengh lawz ca,
我人哪不成，

論 敳 型 敳 睹，
Lwnh cei （cae） reih cei naz,
论犁地耙田，

門 厷 盡 口 了。
Moenz maz cinx guh liux.
哪样尽做完。

13. 粘刓 八 百 拎，
Haeuxraed bet bak gaem,
稻穗八百捆，

嗲 侅 公 也 凪，
Cam aegoeng yax ndaej,
问公爹也行，

养 养 干 齐 備，
Yienghyiengh ganq caezbeih（caezcienz），
样样做齐全，

了 失 禮 养 唎？
Liux（vanzlij）saetlaex yienghlawz?
还失礼哪样？

誏 只 闃 情 義，
Langh cix muenz cingzngeih,
若隐瞒真情，

伝 板 理 齐 賏，
Vunz Mbanjleix caez raen,
礼村人同见，

粘刓 八 百 拎，
Haeuxraed bet bak gaem,
稻穗八百捆，

嗲 侅 公 也 凪。
Cam aegoeng yax ndaej.
问公爹也行。

無 故 㓦 婚 緣，
Fouz guq cek hoenyienz,
无故拆姻缘，

愣 雺 否 眉 例，
Lau biengz mbouj meiz laeh,
世上无先例，

养 养 干 齐 備，
Yienghyiengh ganq caezbeih,
样样备齐全，

了 失 禮 养 唎？
Liux（vanzlij）saetlaex yienghlawz?
还失礼哪样？

14. 約 养 唎 叺 姤，
Yaek yienghlawz guh bawx,
媳妇要怎当，

歐 粘 敢 剷 稦，
Aeu haeux youh gvej fiengz,
收谷割稻忙，

件 件 総 叺 完，
Gienhgienh cungj guh yuenz（liux），
样样做齐全，

僗 巨 忝 吽 失。
De gwq yiemz naeuz saet.
他也嫌不成。

叺 侉 内 良 肔，
Guh hauhneix liengzsim,
这样没良心，

兄 㖡 情 侎 叙，
Gou nyinhcingz mwngz raeuh,
我欠你恩情，

約 养 唎 叺 姤，
Yaek yienghlawz guh bawx,
媳妇要怎当，

歐 粘 敢 剷 稦。
Aeu haeux youh gvej fiengz.
收谷割稻忙。

担 工 衕 枉 賁，
Ce goengrengz uengjfeiq,
功劳枉废全，

前 罡 仮 竺 黄，
Cienz（gonq）seiq famh ranz vuengz,
前世犯王法，

件 件 総 叺 完，
Gienhgienh cungj guh yuenz,
样样做齐全，

僗 巨 忝 吽 失。
De gwq yiemz naeuz saet.
他也嫌不成。

15. 波 大 二 大 三，
Baez daihngeih daihsam，
再次又再三，

唤 嚨 夵 口 假，
Doqloengz (sikhaek) cang guh gyaj，
立刻装假像，

做 訜 兄 只 罢，
Sou ndaq gou cixbah，
你们骂再凶，

顧 3 罱 口 垬。
Goq ngaem naj guh hong.
我低头做工。

顧 孞 從 父 母，
Goq bae coengz fouxmoux (bohmeh)，
只把父母从，

兄 緦 否 推 拌，
Gou cungj mbouj doinyangz (doi)，
我从不推搪，

波 大 二 大 三，
Baez daihngeih daihsam，
再次又再三，

唤 嚨 夵 口 假。
Doqloengz cang guh gyaj.
立刻装假像。

各 思 吞 凿 歪，
Gag sei (siengj) laj ngeix gwnz，
自反复回想，

戶 眉 响 斃 差，
Ndi meiz coenz doekca，
没哪点亏心，

做 訜 兄 只 罢，
Sou ndaq gou cixbah，
你们骂再凶，

顧 3 罱 口 垬。
Goq ngaem naj guh hong.
我低头做工。

16. 約 蟲 計 删 婚，
Yaek ok gaeq (geiq) cek hoen，
要过河拆桥，

俩 憼 胁 做 了，
Caih aen sim sou liux，
由你们良心，

炷 粲 貧 淌 淯，
Cawj souh baenz dangmiuh (raemxdang saw)，
煮粥变清汤，

揹 岜 溷 迪 猵。
Dawz bae diuq (dauj) dwk mou.
当淯水喂猪。

惏 姷 正 俖 内，
Gyaez bawx cingq hauhneix，
想媳妇这样，

論 情 義 奾 公，
Lwnh cingzngeih yah goeng，
讲公婆亲情，

約 蟲 計 删 婚，
Yaek ok gaeq cek hoen，
要过河拆桥，

俩 憼 胁 做 了。
Caih aen sim sou liux.
由你们良心。

哆 吃 双 俌 做，
Docih song boux sou，
多谢你两人，

生 揹 兄 床 料，
Seng dawz gou ma liuh (gak)，
硬把我拆散，

炷 粲 貧 淌 淯，
Cawj souh baenz dangmiuh，
煮粥变清汤，

揹 岜 溷 迪 猵。
Dawz bae diuq dwk mou.
当淯水喂猪。

17. 料 理 兄 只 罢，
Liuhleix gou cixbah，
料理我就罢，

介 衮 假 叩 哼，
Gaiq cang gyaj guh coenz，
还装聋作哑，

叩 弦 旽 摨 旽，
Guh hong ngoenz daeb ngoenz，
做工日夜赶，

歐 生 神 峜 搏。
Aeu senghoenz（sengmingh）bae buek.
拼命加苦干。

内 她 劤 否 贫，
Neix meh lwg mbouj baenz，
母女做不成，

歐 情 恩 途 奼，
Aeu cingzaen（aencingz）duh yah，
念家婆恩情，

料 理 兄 只 罢，
Liuhleix gou cixbah，
料理我就罢，

介 衮 假 叩 哼。
Gaiq cang gyaj guh coenz.
还装聋作哑。

担 工 衍 板 理，
Ce goengrengz Mbanjleix，
礼村洒心血，

條 胒 是 否 荣，
Diuz sim seih mbouj roengz，
心里真不甘，

叩 弦 旽 摨 旽，
Guh hong ngoenz daeb ngoenz，
做工日夜赶，

歐 生 神 峜 搏。
Aeu senghoenz bae buek.
拼命加苦干。

18. 叩 弦 春 叞 春，
Guh hong cin youh cin，
做工年复年，

炾 雾 尸 乱 圣，
Ndit fwn ndi ndaej youq，
没停过哪天，

汗 犈 贫 汻 涮，
Hanh doek baenz sagnywx（raemx sagroq），
汗流湿全身，

吡 否 唥 嗻 哼。
Vah mbouj gwx（doi）saek coenz.
从不吭半言。

貢 工 衍 冤 枉，
Feiq goengrengz ienuengj，
血汗全枉废，

也 否 怨 歪 丢，
Yax mbouj yienq gwnzmbwn，
也不怨上天，

叩 弦 春 叞 春，
Guh hong cin youh cin，
做工年复年，

炾 雾 尸 乱 圣。
Ndit fwn ndi ndaej youq.
没停过哪天。

粞 否 夥 吶 的，
Haeux mbouj lai gwn deiq，
缺米包谷填，

尸 眉 瞕 卩 圣，
Ndi meiz seiz ndeu ywq（youq），
没哪时空闲，

汗 犈 贫 汻 涮，
Hanh doek baenz sagnywx，
汗流湿全身，

吡 否 唥 嗻 哼。
Vah mbouj gwx saek coenz.
从不吭半言。

313

19. 丁 卯 年 晔 卦，
Ding maux nienz bi'gvaq，
去年丁卯年，

吡 仺 假 静 差，
Vah cang gyaj cengca，
装成假话相，

连 胲 搋 兄 床，
Lienz hwnz soengq gou ma，
连夜送我还，

仮 介 厷 罪 案。
Famh gaiqmaz coih'anq （coih）.
犯何罪不讲。

巨 生 吽 否 歐，
Gwz seng （nyengh） naeuz mbouj aeu，
生硬说不要，

眉 哅 哂 静 差，
Meiz coenz lawz cengca，
没哪句差错，

丁 卯 年 晔 卦，
Ding maux nienz bi'gvaq，
去年丁卯年，

吡 仺 假 静 差。
Vah cang gyaj cengca.
装成假话相。

双 尸 膨 論 理，
Song mbiengj fuengz lwnh leix，
两边齐论理，

夅 浬 鐟 歪 岜，
Laj reij rox gwnz bya，
山脚知山上，

连 胲 搋 兄 床，
Lienz hwnz soengq gou ma，
连夜送我还，

仮 介 厷 罪 案。
Famh gaiqmaz coih'anq.
犯何罪不讲。

20. 八 月 她 兄 娑，
Bet nyied meh gou bae，
八月我妈去，

双 尸 齐 跰 吡，
Song mbiengj caez hengz vah，
双方摆观点，

做 當 嚚 冎 吡，
Sou dangqnaj ndi vah （gangj），
你当面不讲，

了 卦 敢 反 弓。
Liux gvaq youh fanjgung.
过后又翻悔。

吡 跰 否 對 坮，
Vah hengz mbouj doiqloh，
话说不对劲，

忿 穼 焅 抃 妻，
Yiemz ranz hoj cek cae （maex），
嫌家贫拆梁，

八 月 她 兄 娑，
Bet nyied meh gou bae，
八月我妈去，

双 尸 齐 跰 吡。
Song mbiengj caez hengz vah.
双方摆观点。

静 冎 乿 双 昡，
Cingx ndi ndaej song ngoenz，
才不到两天，

敢 倒 夅 仺 假，
Youh dauq roengz cang gyaj，
又再装假像，

做 對 嚚 冎 吡，
Sou doiqnaj ndi vah，
你当面不讲，

了 卦 敢 反 弓。
Liux gvaq youh fanjgung.
过后又翻悔。

21. 哥 學 良 京 原，
Go Hagliengz Gingnyuenz,
学良敬元兄，

　做 蒯 顧 十 保，
Sou fuengz goq cibbauj (baujcwng)，
你俩为保险，

　挭 岜 㪗 挭 倒，
Soengq bae youh soengq dauq,
送去又送还，

　崖 否 造 幫 吶。
Nuengx mbouj caux bang (yiengh) lawz.
妹不变哪样。

　㧢 失 兄 俉 内，
Gaemh saet gou hauhneix,
抓牢我这样，

　情 義 也 肙 閊，
Cingzngeih yax ndi muenz,
情义我不忘，

　哥 學 良 京 原，
Go Hagliengz Gingnyuenz,
学良敬元兄，

　做 蒯 顧 十 保。
Sou fuengz goq cibbauj.
你俩护保险。

　做 嘞 㞑 齐 賑，
Sou doengh beix caez raen,
你兄弟见证，

　否 帅 吟 帅 佬，
Mbouj gwngoemz gwnlaux,
不乱说乱讲，

　挭 岜 㪗 挭 倒，
Soengq bae youh soengq dauq,
送去又送还，

　崖 否 造 幫 吶。
Nuengx mbouj caux bang (yiengh) lawz.
妹不变哪样。

22. 賝 初 一 起 銢，
Cieng coit heij (yaengx) giemq,
年初一举剑，

　對 面 愕 叺 魃，
Doiqmienh (naj) lau guh fangz,
对面怕做鬼，

　顧 撨 岜 床 空，
Goq haengj baema ranz,
顾虑让回家，

　㪗 翻 吽 蒯 挭。
Youh fan heuh fuengz soengq.
又叫人押送。

　白 鶴 胶 蜅 鳘，
Beghag bienq goepsou,
天鹅变蛤蟆，

　料 途 兄 爛 呫，
Liuh duh gou lanxcienh,
是我太下贱，

　賝 初 一 起 銢，
Cieng coit heij (yaengx) giemq,
年初一举剑，

　對 面 愕 叺 魃。
Doiqmienh (naj) lau guh fangz.
对面怕做鬼。

　罷 玉 良 龍 德，
Naj Nyawhliengz Lungzdaek,
玉良德伯前，

　吡 攦 否 乩 談，
Vah daeb mbouj ndaej damz (gangj)，
重复话别讲，

　顧 撨 岜 床 空，
Goq haengj baema ranz,
顾得让回家，

　㪗 翻 吽 蒯 挭。
Youh fan heuh fuengz soengq.
又叫人押送。

315

23. 𠻞 叏 嘇 龍 德，
Doengh beix cam Lungzdaek，
哥姐问德伯，

挵 妏 失 否 歐，
Soengq dah saet mbouj aeu，
送妹来不要，

但 仮 卦 件 哂，
Danh famh gvaq gienh lawz，
但犯过哪样，

也 俲 吽 𨅝 料。
Yax sou naeuz okdaeuj.
你们说出来。

踤 盯 肛 陌 闭，
Yamq din daengz bakdou，
迈脚进门槛，

胎 兄 各 伓 惑，
Hoz gou gag vazvaeg（ngeizvaeg），
我心中一愣，

𠻞 叏 嘇 龍 德，
Doengh beix cam Lungzdaek，
哥姐问德伯，

挵 妏 失 否 歐。
Soengq dah saet mbouj aeu.
送妹来不要。

龍 德 翻 罒 𩈘，
Lungzdaek fannaj saiq，
德伯丢尽脸，

吪 實 在 否 歐，
Vah saedcaih mbouj aeu，
说实在不要，

但 仮 卦 件 哂，
Danh famh gvaq gienh lawz，
但犯过哪条，

也 俲 吽 𨅝 料。
Yax sou naeuz okdaeuj.
你们说出来。

24. 房 便 吗 挵 料，
Fuengz bienh（couh）heuh soengq daeuj，
房族叫送来，

妑 庅 妑 否 歐，
Bawx maz bawx mbouj aeu，
媳妇谁不要，

但 從 教 耵 吽，
Danh coengz gyauq dingqnaeuz，
只要能顺从，

否 捍 介 庅 故。
Mbouj dawz（suenq）gaiqmaz guq（loekcak）.
不算啥差错。

顧 吽 挵 𤼵 庲，
Goq naeuz soengq baema，
只说送回去，

仮 介 庅 案（罪） 𡚻，
Famh gaiqmaz anq（coih）raeuh，
犯什么大错，

房 便 吗 挵 料，
Fuengz bienh heuh soengq daeuj，
房族叫送来，

妑 否 妑 否 歐。
Bawx maz bawx mbouj aeu.
媳妇谁不要。

䏲 初 乙 礼 閧，
Cieng coit ndaej hoengq，
年初一得空，

倨 俲 挵 𣅶 哂，
Caih sou soengq seiz lawz，
随你何时送，

但 從 教 耵 吽，
Danh coengz gyauq dingqnaeuz，
只要能顺从，

否 捍 介 庅 故。
Mbouj dawz gaiqmaz guq.
不算啥差错。

25. 搂兄肛岽舰，
Soengq gou daengz Runghraez,
送我到山岽，

吽否乩倒床，
Naeuz mbouj ndaej dauqma,
说不能回家，

冃瑟肛外家，
Ndi ngawz daengz ngvaihgya（vaihgya），
没笨到娘家，

打旵広怘失。
Daj ngoenz maz siengj saet.
白天也逃跑。

嘞叐顾嘛肛，
Doengh beix goq gangj daengz,
哥姐曾讲到，

吽卦红乩乩，
Naeuz gvaqhoengz couh ndaej,
说挂红就行，

搂兄肛岽舰，
Soengq gou daengz Runghraez,
送我到山岽，

吽否乩倒床。
Naeuz mbouj ndaej dauqma.
说不能回家。

燬兄家冃富，
Gonq gou gya ndi fouq,
以前我家穷，

敂眉俌呵嗏，
Sou meiz bouxlawz caz,
你们不查问，

冃瑟肛外家，
Ndi ngawz daengz ngvaihgya,
没笨到娘家，

打旵広怘失。
Daj ngoenz maz siengj saet.
白天还想跑。

26. 嘞叐搂兄罙，
Doengh beix soengq gou bae,
哥姐送我去，

髈西枓齐吅，
Fuengzsae（fuengzcug）daeuj caezcup,
房族都到完，

甒無故無啤，
Dag fouz guq fouz lud（leixyouz），
论无故无因，

歐嘞呦倒歐。
Youh laegnaeb（naeuz）dauq aeu.
又说重接受。

侅佬大佬舅，
Ae lungzdaih lungzgoux,
大伯和小舅，

乙哃否乩提，
It coenz mbouj ndaej daez,
一言不敢提，

嘞叐搂兄罙，
Doengh beix soengq gou bae,
哥姐送我去，

髈西枓齐吅。
Fuengzsae daeuj caezcup.
房族都到齐。

叮恖抋婚姻，
Guh nyaenx cek hoenyin,
忍心拆姻缘，

愣條肶否服，
Lau diuzsim mbouj fug,
怕内心不服，

甒無故無啤，
Dag fouz guq fouz lud,
想无故无因，

歐嘞呦倒歐。
Youh laegnaeb dauq aeu.
又说重接受。

317

27. 妚妎兄攞故，
Bazyah gou daeb (luenhgangj) guq,
家婆乱说谎，

因嗋吽猟糦，
In hux (aenvih) naeuz caeg ceiz,
因为偷糍粑，

肛捞嗏否眉，
Daengz laeng caz mbouj meiz,
后来查没事，

難悢她兄嗛。
Nanzvei meh gou gangj.
难怪我妈讲。

䯅甋乑甋丕，
Fuengz dag laj dag gwnz,
房族查原根，

尸眉响哂嗋，
Ndi meiz coenz lawz hux,
没有犯哪点，

妚妎兄攞故，
Bazyah gou daeb guq,
家婆乱说谎，

因嗋吽猟糦。
In hux naeuz caeg ceiz.
因为偷糍粑。

胣否服哒唻，
Sim mbouj fug dahraix,
心非常不满，

生嘞否眉踵，
Seng laih mbouj meiz reiz (riz),
诬赖没根源，

肛捞嗏否眉，
Daengz laeng caz mbouj meiz,
后来查没事，

難悢她兄嗛。
Nanzvei meh gou gangj.
难怪我妈讲。

28. 卦䯅大䯅二，
Gvaq fuengzdaih fuengzngeih,
经两房族长，

甋理双三昑，
Dag leix song sam ngoenz,
评理两三天，

撵伴嘞响公，
Haengj dou gangj coenz goeng (goengdauh),
肯说公道话，

姁尸响哂怍。
Bawx ndi coenz lawz cak.
媳妇没差错。

道理侎否從，
Dauhleix sou mbouj coengz,
道理你不从，

伵忡惊常内，
Yawz cuengqsoeng ciengz neix,
官司怎解决，

卦䯅大䯅二，
Gvaq fuengzdaih fuengzngeih,
经两房族长，

甋理双三昑。
Dag leix song sam ngoenz.
评理两三天。

䯅故怰十怨，
Fuengz guq nyaenx cibyuenq (ienq),
房族忍气怨，

否撵斷陰功，
Mbouj haengj duenh yimgoeng,
不肯断阴功，

撵兄嘞响公，
Haengj dou gangj coenz goeng (goengdauh),
肯讲公道话，

姁尸响哂怍。
Bawx ndi coenz lawz cak.
媳妇没差错。

29. 咟 大 乙 � 吽，
Bak（baez）daih'it roengz naeuz,
第一次发话，

姄 顧 歐 只 罢，
Bawx goq aeu cixbah,
媳妇要就罢，

親 戚 尞 對 讍，
Caencik daeuj doiqnaj,
亲戚来对质，

介 得 吡 弖 台。
Gaiq dawz vah hwnj daiz.
别把话上桌。

坢 哂 約 衾 假，
Baih lawz yaek cang gyaj,
哪边要装假，

几 夥 吡 卦 攸，
Geijlai vah gvaq sou,
话多少无妨，

咟 大 乙 goh 吽，
Bak daih'it roengz naeuz,
第一次松口，

姄 顧 歐 只 罢。
Bawx goq aeu cixbah.
媳妇要就罢。

大 乙 怓 喇 平，
Daih'it nyaenx gangj bingz,
第一忍平和，

軟 條 胁 妣 奼，
Nyuenx（unq）diuz sim bazyah,
软心情家婆，

親 戚 尞 對 讍，
Caencik daeuj doiqnaj,
亲戚来对质，

介 得 吡 弖 台。
Gaiq dawz vah hwnj daiz.
别把话上桌。

30. 連 罢 衾 � 京，
Lienz seiq i（yez）ndaw ging（gingsingz）,
连师爷京城，

goh 庲 評 道 理，
Roengzma bingz dauhleix,
下来评道理，

攸 価 失 妖 内，
Sou nyawz saet dah neix,
若失去此女，

兀 是 肖 gosh 吽。
Gou seih ndi rox naeuz.
我不知怎讲。

佅 朤 金 朤 貴，
Ae dungx gim dungx gveiq,
大富大贵者，

也 是 備 名 伝，
Yax seih boux mingzvunz,
也是平凡人，

連 罢 衾 � 京，
Lienz seiq i ndaw ging,
连师爷京城，

goh 庲 評 道 理。
Roengzma bingz dauhleix.
来把道理评。

吡 甗 弖 甗 goh，
Vah dag hwnj dag roengz,
反复再思量，

肖 眉 哴 不 是，
Ndi meiz coenz but（mbouj）seih,
没哪点不对，

攸 価 失 妖 内，
Sou nyawz saet dah neix,
若失去此女，

兀 是 肖 gosh 吽。
Gou seih ndi rox naeuz.
我不知怎讲。

31. 罷 玉 良 龍 德，
Naj Nyawhliengz Lungzdaek，
玉良德伯俩，

傗 呗 從 失 兄，
De lengh（baenzlawz）coengz saet gou，
他怎舍丢我，

妚 巨 搭 否 歐，
Yah gwq gaemh（danh）mbouj aeu，
婆硬压不要，

做 口 啝 乩 押？
Sou guhlawz ndaej ap？
你怎能逼将？

眉 道 理 遞 丢，
Meiz dauhleix daemx mbwn，
道理满天下，

妚 歐 双 呰 塞，
Yah aeu cienz bae saek，
婆拿钱去塞，

罷 玉 良 龍 德，
Naj Nyawhliengz Lungzdaek，
玉良德伯俩，

傗 呗 從 失 兄。
De lengh coengz saet gou。
他怎舍丢我。

尸 搭 删 夫 婦，
Ndi haengj cek foufoux，
不肯拆夫妇，

鵬 偝 偝 盡 吽，
Fuengz bouxboux cinx naeuz，
房族人人讲，

妚 巨 搭 否 歐，
Yah gwq gaemh mbouj aeu，
婆硬压不要，

做 口 啝 乩 押？
Sou guhlawz ndaej ap？
你怎能逼将？

32. 鵬 勒 口 玙 窐，
Fuengz laeg guh hong ranz，
房族别做工，

妚 翻 塘 罷 灸，
Yah fandangz（dangciengz）naj nyaeuq，
婆当场黑脸，

窐 兄 佲 里 料，
Ranz gou mwngz leix daeuj，
我家人来访，

的 粝 否 撘 帥。
Di haeux mbouj hawj gwn。
口饭不给尝。

楮 噌 卦 三 緔，
Caengh caengz gvaq sam naux，
事讲不过三，

顧 先 擮 尸 難，
Goq sien auq ndi nanz，
过仙山不难，

鵬 勒 口 玙 窐，
Fuengz laeg guh hong ranz，
房族不做工，

妚 翻 塘 罷 灸。
Yah fandangz naj nyaeuq。
婆当场黑脸。

鈍 炷 稷 捯 舂，
Donq cawj souh dawz roengz，
煮粥刚下锅，

妚 闪 公 敢 嗳，
Yah vet goeng youh saeux（ndaq），
婆另眼又骂，

窐 兄 佲 里 料，
Ranz gou mwngz leix daeuj，
我家人来访，

的 粝 否 撘 帥。
Di haeux mbouj hawj gwn。
口饭不给尝。

33. 奵 搓 兀 庲 窂，
Yah soengq gou ma ranz,
婆送我回家，

妚 當 噐 六 族，
Baz dangnaj loegcug (fuengzcug),
我面询房族，

仮 介 厷 故 啡，
Famh gaiqmaz guqlud (loekcak),
犯哪些差错，

揩 房 族 攸 吽。
Haengj fuengzcug sou naeuz.
让房族数落。

俻 俻 盡 斜 訣，
Bouxboux cinx (caenh) daeuj ndaq,
人人都来骂，

盡 吽 吡 口 魸，
Cinx naeuz vah guhfangz,
尽讲伤人话，

奵 搓 兀 庲 窂，
Yah soengq gou ma ranz,
婆送我回家，

妚 當 噐 六 族。
Baz dangnaj loegcug.
我面询房族。

删 途 伂 婚 姻，
Cek duh dou hoenyin,
拆散我婚姻，

俻 哂 肬 呤 服，
Bouxlawz sim lengh fug,
谁心里服从，

仮 介 厷 故 啡，
Famh gaiqmaz guqlud,
犯哪些差错，

揩 房 族 攸 吽。
Haengj fuengzcug sou naeuz.
请房族数落。

34. 俍 大 吽 哠 内，
Lungzdaih naeuz coenz neix,
大伯说一言，

满 朏 事 総 酸，
Muenx (cienz) simsaeh cungj suen (nyap),
全心思烦愁，

无 故 悷 生 端，
Fouz guq ngengh seng duen (cauxsaeh),
无故生事端，

婚 緣 养 哂 删。
Hoenyienz yiengh lawz cek.
婚姻怎拆散。

約 失 伝 否 歐，
Yaek saet vunz mbouj aeu,
要丢人不要，

愵 偻 否 眉 理，
Lau raeuz mbouj meiz leix,
怕招我不理，

俍 大 吽 哠 内，
Lungzdaih naeuz coenz neix,
大伯说一言，

满 朏 事 総 酸。
Muenx simsaeh cungj suen.
全心思烦愁。

惣 十 分 倒 跈，
Siengj cibfaen dauqdaenq,
想来很矛盾，

哂 漕 橧 敨 欢，
Lawz caengz caengh saw fwen,
哪曾唱山歌，

无 故 悷 生 端，
Fouz guq ngengh seng duen,
无故生事端，

婚 緣 养 哂 删。
Hoenyienz yiengh lawz cek.
婚姻怎拆散。

35. 髼 勒 捇 否 貧，
Fuengz laeg gaemh（danh）mbouj baenz，
房族说不成，

趈 估 潧 份 屺，
Caux（couh）guj caengz bieksanq，
姻缘只好散，

唭 肝 淰 眃 浪，
Dwen daengz raemxda langh，
提起眼泪流，

貢 千 ゐ 工 衏。
Feiq cien fanh goengrengz。
枉心机无限。

傪 否 歐 約 冲，
De mbouj aeu yaek cuengq，
他不要就算，

耧 罒 养 哾 伝，
Rox guh yiengh lawz vunz，
不知怎做人，

髼 勒 捇 否 貧，
Fuengz laeg gaemh mbouj baenz，
房族说不成，

趈 估 潧 份 屺。
Caux guj caengz bieksanq。
婚姻只好散。

𤲃 夫 婦 青 春，
Cek foufoux cingcin（ciuhcoz），
拆夫妇青春，

恖 躺 碟 肝 埔，
Siengj ndang yungz daengz namh，
伤心肝肠断，

唭 肝 淰 眃 浪，
Dwen daengz raemxda langh，
提起眼泪淌，

貢 千 ゐ 工 衏。
Feiq cien fanh goengrengz。
枉心机无限。

36. 𤲃 屌 眉 情 由，
Dag ndi meiz cingzyouz，
说来没情由，

恖 胎 兄 否 卦，
Siengj hoz gou mbouj gvaq，
我想就来气，

歐 叉 擟 卦 吞，
Aeu cienz ronh gvaq laj，
拿钱垫过底，

溫 罶 屌 峜 床。
Swiq naj ndi baema。
洗脸不回去。

嗦 総 否 眉 榕，
Gangj cungj mbouj meiz goek，
讲话没根据，

耧 篑 哅 哾 做，
Rox loek coenz lawz sou，
哪句得罪你，

𤲃 屌 眉 情 由，
Dag ndi meiz cingzyouz，
说来没情由，

恖 胎 兄 否 卦。
Siengj hoz gou mbouj gvaq。
我想就来气。

已 斁 峜 閣 戳，
Hiz（gaenq）sij roengz ndaw saw，
已写进书里，

昨 只 收 半 價，
Cog cix sou buenq gyaq，
定金收半价，

歐 叉 擟 卦 吞，
Aeu cienz ronh gvaq laj，
拿钱垫过底，

溫 罶 冇 峜 床。
Swiq naj ndwi baema。
洗脸不回去。

37. 肝枀皴肿斁，
Daengz roengz sij cuengqsaw,
写下休妻书，

胎做盡軟歇，
Hoz sou cinx nyuenxunq,
你才气消停，

鑐佅痛否痛？
Rox gvan doengq mbouj doengq（in）?
伤心否夫君？

躺兄碟肝釘。
Ndang gou yungz daengz din.
我痛心难平。

捌婚緣團聚，
Cek hoenyienz duenzsawx（guhdoih），
拆婚姻伙伴，

斷侶婦侶夫，
Duenh ciuh foux（yah）ciuh fou（gvan），
断夫妻青春，

肝枀皴肿斁，
Daengz roengz sij cuengqsaw,
写下休妻书，

胎做盡軟歇。
Hoz sou cinx nyuenxunq.
你才气消停。

吗屌備哂睁，
Heuh ndi boux lawz ngonz,
叫天天不应，

揾家空佲閤，
Ce gyaranz mwngz hoengq,
留家庭空堂，

鑐佅痛否痛？
Rox gvan doengq mbouj doengq?
伤心否夫君？

躺兄碟肝釘。
Ndang gou yungz daengz din.
我痛心难平。

38. 裝叩响叩吒，
Cang guh coenz guh vah,
装做笑脸相，

總偽奵兀（侵）公，
Cungj veih（vih）yah ndei（caeuq）goeng,
都为公婆俩，

夫婦顧成婚，
Foufoux（gyaeujyah）goq singz（baenz）hoen,
夫妻俩相爱，

仗否從吽失。
Faenz（gvan）mbouj coengz naeuz saet.
从不说风凉。

妑搿吽否歐，
Meh gaemh naeuz mbouj aeu,
娘逼说不要，

仗叩哂乩攙，
Faenz guh lawz ndaej hah,
谁能把她拦，

裝叩响叩吒，
Cang guh coenz guh vah,
装做笑脸相，

總偽奵兀公。
Cungj veih yah ndei goeng.
都为公婆俩。

仮歪把呑浬，
Famh gwnz baq laj reij,
犯天条地规，

揾肶事只枀，
Ce simsaeh cix roengz,
放心事能容，

夫婦顧成婚，
Foufoux goq singz hoen,
夫妻俩相爱，

仗否从吽失。
Faenz mbouj coengz naeuz saet.
从不说风凉。

39. 哆 吃 佲 了 奵，
Docih mwngz liux yah，
多谢你家婆，

另 峇 挵 姁 兏，
Lingh bae lax（ra）bawx ndei，
另找新儿媳，

胜 兄 六 七 晬，
Sawj gou roek caet bei（bi），
用我六七年，

便 宜 虬 俌 伖。
Bienzngeiz ndaej bouxhoiq.
便宜得奴婢。

波 内 胁 事 夅，
Baez neix simsaeh roengz，
从此心事松，

衾 眉 妿 假 吡，
Cang meiz mbwn gyaj vah，
装弥天假话，

哆 吃 佲 了 奵，
Docih mwngz liux yah，
多谢你家婆，

另 峇 挵 姁 兏。
Lingh bae lax（ra）bawx ndei.
另找新儿媳。

帅 工 衖 兄 盡，
Gwn goengrengz gou cinx（caenh），
榨尽我血汗，

総 嬒 嗯 嗳 悢，
Cungj roxnyinh souhvei（gwnvi），
总认为吃亏，

胜 兄 六 七 晬，
Sawj gou roek caet bei，
用我六七年，

便 宜 虬 俌 伖。
Bienzngeiz ndaej bouxhoiq.
便宜得奴婢。

40. 論 眾 位 侅 僌，
Lwnh cungq veih aelungz，
说众人叔伯，

偲 侴 中 佲 内，
Aen mingh cung（ndawmingh）hauhneix，
命中已注定，

無 故 姍 婚 理，
Fouz guq cek hoenleix（hoenyienz），
无端拆姻缘，

慐 事 否 嬒 完。
Lau saeh mbouj rox yuenz（sat）.
怕事情没完。

歐 叉 床 歸 結，
Aeu cienz ma gveigiet，
拿钱来归结，

隔 別 伴 双 伝，
Gek bied（cekhai）dou song vunz，
拆散我两人，

論 眾 位 侅 僌，
Lwnh cungq veih aelungz，
说叔伯众人，

偲 侴 中 佲 内。
Aen minghcung hauhneix.
命中已注定。

九 十 九 婚 姻，
Gyuj（gouj）cib gyuj hoenyin，
九十九婚姻，

當 真 吤 容 惕，
Dangcin hauq yungzheih，
当真好容易，

無 故 姍 婚 理，
Fouz guq cek hoenleix，
无端拆姻缘，

慐 事 否 嬒 完。
Lau saeh mbouj rox yuenz.
怕事情没完。

41. 夫　君　啊　夫　君，
Fougun (gvan gou) ha fougun,
丈夫呀丈夫，

俩　阔　肶　佲　愳，
Caih ndaw sim mwngz siengj,
随你心里想，

侣　婚　緣　曷　斷，
Ciuh hoenyienz gat (gvej) duenh (goenq),
姻缘被割断，

娒　也　惊　剐　胎。
Maex yax nyuenh (nyienh) gvej hoz.
我痛心悲伤。

天　原　眉　註　定，
Dien (mbwn) yienz meiz cawqdingh,
天虽没注定，

仝　眪　三　四　春，
Doengz ninz sam seiq cin,
同枕三四春，

夫　君　夫　君，
Fougun ha fougun,
爱人呀爱人，

俩　阔　肶　佲　愳。
Caih ndaw sim mwngz siengj.
随你心里想。

犗　然　料　跊　貶，
Roxyienz (rox) daeuj ndi bengz,
嫁来虽贫贱，

貢　工　衍　冤　枉，
Feiq goengrengz ienuengj,
血汗全枉尽，

侣　婚　緣　曷　斷，
Ciuh hoenyienz gat duenh,
姻缘被割断，

娒　也　惊　剐　胎。
Maex yax nyuenh gvej hoz.
我痛心悲伤。

42. 十　八　九　晔　献，
Cib bet gyuj bei nanz,
十八九遭难，

料　顧　唥　佲　卦，
Daeuj goq dang (ganq) mwngz gvaq,
和你建家庭，

否　論　祔　犗　祂，
Mboujlwnh buh rox vaq,
不论吃和穿，

兄　眉　差　养　哃。
Gou meiz ca yiengh lawz.
我不差哪样。

吡　呴　兀　呴　呬，
Vah coenz ndei coenz couj (rwix),
好话丑话讲，

娒　否　句　哃　還，
Maex mbouj gawq lawz vanz,
不还嘴相伤，

十　八　九　晔　献，
Cib bet gyuj bei nanz,
十八九艰难，

料　顧　唥　佲　卦。
Daeuj goq dang mwngz gvaq.
和你建家庭。

波　蜒　板　斝　衍，
Baez ok mbanj bae haw,
去走街串村，

养　哃　総　否　差，
Yienghlawz cungj mbouj ca,
没哪样丢人，

否　論　祔　犗　祂，
Mboujlwnh buh rox vaq,
不论吃和穿，

兄　眉　差　养　哃。
Gou meiz ca yiengh lawz.
我不差哪样。

43. 哆吃召龍㐌，
Docih Ciulungz beix，
多谢朝龙兄，

佲内叩偋酥，
Hauhneix guh moizdoeng，
这样把媒当，

奷嗯敢毒公，
Yah ak youh doeg goeng，
婆凶又狠毒，

訬咒貧針𠼮。
Ndaq ngven baenz cim camx.
骂人如刀剑。

挦兄𡎝難身，
Dawz gou bae nanh (souhnanh) sin (ndang)，
送我入难营，

礼唿情波内，
Ndaej nyinhcingz baez neix，
受这样苦命，

哆吃召龍㐌，
Docih Ciulungz beix，
多谢朝龙兄，

佲内叩偋酥。
Hauhneix guh moizdoeng.
这样把媒当。

妋姐金上當，
Dah cejgyaem sienghdangq (hwnjdangq)，
我堂姐上当，

养养嗛包仝，
Yienghyiengh gangj bau doengz，
样样讲包定，

奷嗯敢毒公，
Yah ak youh doeg goeng，
婆毒辣心狠，

訬咒貧針𠼮。
Ndaq ngven baenz cim camx.
骂凶如刀剑。

44. 妋兼兀妋吉，
Dahgiemh ndei (caeuq) Dahgit，
达剑和达一，

攸顧直良胣，
Sou goq cig (soh) liengzsim，
你尽讲良心，

奷粳否揞呻，
Yah souh mbouj haengj gwn，
婆不肯吃粥，

敢嗙伝料吼。
Youh daengq vunz daeuj heuh.
又叫人来唤。

孙也否闗情，
Lwg yax mbouj muenz cingz，
儿也不瞒情，

礼晒雰晒㬳，
Ndaej saiq (dak) fwn saiq ndit，
能把风雨挡，

妋兼兀妋吉，
Dahgiemh ndei Dahgit，
达剑和达一，

攸顧直良胣。
Sou goq cig liengzsim.
你尽讲良心。

白白約造禍，
Begbeg yaek caux hux，
平白造祸端，

無故删妹婚，
Fouz guq cek maex hoen，
无故拆婚姻，

奷粳否揞呻，
Yah souh mbouj haengj gwn，
婆不肯吃粥，

敢嗙伝料吼。
Youh daengq vunz daeuj heuh.
又叫人来唤。

45. 嘡 侅 哥 友 田，
Daengq aego Youxdienz,
告诉友田哥，

愣 佲 怂 兄 焅，
Lau mwngz yiemz gou hoj,
怕你嫌我穷，

傪 挷 删 橋 垎，
De gaemh cek giuz loh,
她逼拆桥路，

也 否 纞 吽 价。
Yax mbouj rox naeuz yawz.
我不知怎讲。

初 崔 佲 匹 配，
Co nuengx mwngz bikboiq (gezvwnh)，
初你妹结婚，

忞 叩 附 千 年，
Ngeix guhdoih cien nienz,
想相伴一生，

嘡 侅 哥 友 田，
Daengq aego Youxdienz,
告诉友田哥，

愣 佲 怂 兄 焅。
Lau mwngz yiemz gou hoj.
怕你嫌我穷。

四 瞎 帅 空 佲，
Seiqseiz gwn ranz mwngz,
时时吃你家，

侣 情 恩 無 數，
Gaeq (gij) cingzaen fouzsoq,
那恩情无数，

傪 挷 删 橋 垎，
De gaemh cek giuz loh,
她逼拆桥路，

也 否 纞 吽 价。
Yax mbouj rox naeuz yawz.
我不知怎讲。

46. 哥 友 忠 板 乑，
Go Youxcung mbanjlaj,
下村友忠哥，

吡 総 卦 侅 常，
Vah cungj gvaq ae（de）ciengz（bingzleix），
话经他评判，

對 齧 双 尸 腭，
Doiqnaj song mbiengj fuengz,
两边房族前，

崔 無 緣 無 故。
Nuengx fouz nyuenz fouz guq.
妹无缘无端。

叮 压 否 讲 话，
Deng at mbouj gangjvah,
被欺不做声，

総 偽 公 兀 妤，
Cungj veih goeng ndei yah,
总为公婆俩，

哥 友 忠 板 乑，
Go Youxcung mbanjlaj,
下村友忠哥，

吡 総 卦 侅 常。
Vah cungj gvaq ae ciengz.
话经他评判。

尸 眉 响 唒 乍，
Ndi meiz coenz lawz cak,
没有错哪点，

巨 約 删 婚 緣，
Gwq yaek cek hoenyienz,
硬要拆婚姻，

對 齧 双 尸 腭，
Doiqnaj song mbiengj fuengz,
两边房族前，

崔 無 緣 無 故。
Nuengx fouz nyuenz fouz guq.
妹无缘无端。

47. 哼 仝 侕 垺 墵,
Daengq doengzdoih Baihndoi (cohmbanj),
告诉伙伴们,

否 乤 賠 情 義,
Mbouj ndaej boiz cingzngeih,
没法还恩情,

偻 仛 盼 旽 内,
Raeuz doxbiek ngoenzneix,
相别在今天,

也 偽 妑 妠 兄。
Yax veih baz yah gou.
只因家婆狠。

偻 妑 嫽 盼 屺,
Raeuz bajliuz bieksanq,
咱妯娌相别,

朒 事 屺 貧 唝,
Simsaeh sanq baenz hoi,
心伤感悲凉,

哼 仝 侕 垺 墵,
Daengq doengzdoih Baihndoi,
告诉伙伴们,

否 乤 賠 情 義。
Mbouj ndaej boiz cingzngeih.
没法还恩情。

當 初 佲 趏 丕,
Dangco nuengx caux bae,
当初妹嫁来,

乙 朒 悋 板 理,
It sim gyaez Mbanjleix,
一心爱礼村,

偻 仛 盼 旽 内,
Raeuz doxbiek ngoenzneix,
咱相别今天,

也 偽 妑 妠 兄。
Yax veih baz yah gou.
只因家婆狠。

48. 哅 内 哼 戻 劲,
Coenz neix daengq beix lwg,
此言送贤侄,

偻 仛 迀 十 分,
Raeuz doxnaek cibfaen,
咱十分敬重,

敢 否 俪 仛 晛,
Caiq mbouj yawz doxraen,
再不能相见,

哎 肝 淰 眦 犦。
Dwen daengz raemxda doek.
一想泪涟涟。

斗 已 双 晬 移,
Daeuj hix song bei lai,
到来两年多,

否 愢 偻 仛 失,
Mboujngeix raeuz doxsaet,
相离从未想,

哅 内 哼 戻 劲,
Coenz neix daengq beix lwg,
此言送贤侄,

偻 仛 迀 十 分。
Raeuz doxnaek cibfaen.
咱十分敬重。

熆 煩 佲 噻 的,
Gonq fanz mwngz saekdeiq,
以前偶相烦,

無 情 谊 賠 恩,
Fouz cingzngeih boiz aen,
没情义还恩,

敢 否 俪 仛 晛,
Caiq mbouj yawz doxraen,
再不能相见,

哎 肝 淰 眦 犦。
Dwen daengz raemxda doek.
一想泪涟涟。

49. 嘺 哥 存 冚 屄,
Daengq Goconz guh beix,
告诉哥全兄,

　 舞 理 也 嘇 佲,
Fouz leix yax cam mwngz,
无礼把你问,

　 偻 空 乑 空 歪,
Raeuz ranz laj ranz gwnz,
咱上下相邻,

　 娌 眉 呴 俪 怍?
Nuengx meiz coenz yawz cak?
妹可曾相伤?

　 峀 空 养 养 杰,
Hong ranz yienghyiengh you,
家各样样忙,

　 生 失 兄 侉 内,
Seng saet gou hauhneix,
无端把我赶,

　 嘺 哥 存 冚 屄,
Daengq Goconz guh beix,
告诉哥全兄,

　 舞 理 也 嘇 佲。
Fouz leix yax cam mwngz.
无礼把你问。

　 起 兄 尘 另 妶,
Caenh gou bae lingh haq,
若我另嫁人,

　 挩 捋 妖 峢 承,
Vuenh lax (ra) dah lawz swngz (ciep),
谁有心承愿,

　 偻 空 乑 空 歪,
Raeuz ranz laj ranz gwnz,
咱上下相邻,

　 娌 眉 呴 俪 怍?
Nuengx meiz coenz yawz cak?
妹可曾相伤?

50. 嘺 嘞 舅 峛 腥,
Daengq doengh gyux (nax) Runghraez,
说远村舅亲,

　 只 分 離 波 内,
Cix faenleiz baez neix,
分离成这样,

　 誏 兄 圣 板 理,
Langh gou youq Mbanjleix,
若我在礼村,

　 乬 服 侍 双 做。
Ndaej fugsaeh song sou.
能服侍你俩。

　 奵 拥 伴 夫 婦,
Yah cek dou foufoux,
婆拆散我俩,

　 淰 眮 沺 紛 飛,
Raemxda byoux faenfei,
眼泪流涟涟,

　 嘺 嘞 舅 峛 腥,
Daengq doengh gyux Runghraez,
说远村舅亲,

　 只 分 離 波 内。
Cix faenleiz baez neix.
别离成这样。

　 倒 顧 乬 成 家,
Dauq goq ndaej singzgya (baenzranz),
还顾全家人,

　 妸 趺 另 乬 悈,
Daiqda lingh ndaej veiq (daekcoih),
另得罪娘亲,

　 誏 兄 圣 板 理,
Langh gou youq Mbanjleix,
若我在礼村,

　 乬 服 侍 双 做。
Ndaej fugsaeh song sou.
能服侍你俩。

51. 歪 傍 俌 兀（俀） 俌，
Gwnzbiengz boux ndei（caeuq）boux，
世上人跟人，

担 妑 圣 閶 坤，
Ce bawx youq gyang roen，
媳妇丢路上，

生 口 恖 㭒 婚，
Seng guh nyaenx cek hoen，
无端硬拆散，

道 理 酼 燏 否。
Dauhleix doeng rox mbouj.
道理讲不通。

誏 失 作 件 喇，
Langh saet cak gienh lawz，
若做错哪样，

甝 肶 头 攸 敆，
Dag simdaeuz sou yawj，
摸你们良心，

歪 傍 俌 兀 俌，
Gwnzbiengz boux ndei boux，
世上人跟人，

担 妑 圣 閶 坤。
Ce bawx youq gyang roen.
媳妇丢路上。

俌 喇 肶 作 恶，
Boux lawz sim cak ak，
谁人心肠硬，

歪 顧 各 燏 酼，
Mbwn goq gag rox doeng，
上天自有眼，

生 口 恖 㭒 婚，
Seng guh nyaenx cek hoen，
无端拆婚姻，

道 理 酼 燏 否。
Dauhleix doeng rox mbouj.
道理讲不通。

52. 衾 峑 閊 汣 酻，
I（yez）Runghgyang laeuj ngveiz（fiz），
中村阿爷醉，

妑 兀 正 俆 内，
Bawx ndei cingq hauhneix，
媳这样善良，

倒 床 肞 板 理，
Dauqma daengz Mbanjleix，
回到咱礼村，

愁 情 義 了 公。
Lumz cingzngeih liux goeng.
阿公忘了情。

佲 毕 歃 否 乩，
Mwngz bae youh mbouj ndaej，
你走又不成，

巨 愭 嘫 犇 瞠，
Gwq gyaez seiz doek seiz，
总迷糊昏乱，

衾 峑 閊 汣 酻，
I Runghgyang laeuj ngveiz，
中村阿爷醉，

妑 兀 正 俆 内。
Bawx ndei cingq hauhneix.
媳这样善良。

貢 恖 夈 功 夫，
Feiq nyaenxlai goengfou，
功夫全费尽，

照 偈 㒄 妖 备，
Ciuq veih gou Dahbeih，
还亏达备情，

倒 床 肞 板 理，
Dauqma daengz Mbanjleix，
回到咱礼村，

愁 情 義 了 公。
Lumz cingzngeih liux goeng.
阿公忘恩情。

53. 冗 誺 公 誺 奻，
Gou beu goeng beu yah,
得罪公婆俩，

巴 罞 否 貧 伝，
Bae naj mbouj baenz vunz,
往后不成人，

傪 愛 富 怎 貧，
De ngaiq fouq yiemz binz,
他爱富嫌贫，

総 倆 荟 曼 昭。
Cungj caih mbwn menh ciuq.
任上天评判。

屌 悤 口 汯 帅，
Ndi siengj guh hong gwn,
不想凭做工，

依 良 肬 斷 卦，
Ei liengzsim duenq (mieng) gvaq,
用良心判断，

冗 誺 公 誺 奻，
Gou beu goeng beu yah,
得罪公婆俩，

巴 罞 否 貧 伝。
Bae naj mbouj baenz vunz.
往后不成人。

但 論 伝 的 内，
Danh lwnh vunz deiq neix,
单说人这点，

乙 的 否 悉 情，
It deiq mbouj lumz cingz,
真情难相忘，

傪 愛 富 怎 貧，
De ngaiq fouq yiemz binz,
他爱富嫌贫，

総 倆 荟 曼 昭。
Cungj caih mbwn hoih ciuq.
任上天评判。

54. 誏 攸 嗛 否 行，
Langh sou gangj mbouj hingz,
若你讲不赢，

歐 叉 钉 退 倒，
Aeu cienzdin doiqdauq,
想反悔退钱，

觝 離 啊 俌 佬，
Dag leiz ha bouxlaux,
让老人评判，

難 道 正 兄 差?
Nanzdauh cingq gou ca?
是我错当真?

佬 大 啊 佬 大，
Lungzdaih ha lungzdaih,
大伯呀大伯，

嗲 塀 呵 無 情，
Cam baih lawz fouz cingz,
问哪个无情，

誏 攸 嗛 否 行，
Langh sou gangj mbouj hingz,
若你讲不赢，

歐 叉 钉 退 倒。
Aeu cienzdin doiqdauq.
拿工钱退还。

盡 屌 顧 因 由，
Cinx ndi goq yinyouz,
全不讲原因，

親 夫 叞 眉 慅，
Cinfou (gvan) youh meiznyauh (mizsim)，
丈夫又有心，

觝 離 啊 俌 佬，
Dag leiz ha bouxlaux,
请老人评判，

難 道 正 兄 差?
Nanzdauh cingq gou ca?
是我错当真?

55. 眉 貧 怎 婚 姻，
Meiz baenz nyaenx hoenyin,
想这样婚姻，

魴 閜 陰 盡 樂（嗃）。
Fangz ndaw yaem cinx lag（angq）.
阴间鬼神幸。

妖 唡 料 承 埕，
Dah lawz daeuj swngz dieg,
何女来接房，

敃 乿 恈 貧 兄。
Sou ndaej ek baenz gou.
让她变我样。

否 仮 介 広 唎，
Mbouj famh gaiqmaz liek（di）,
哪样不曾犯，

實 否 滅 條 肌，
Saed mbouj mied diuz sim,
实在心不甘，

眉 貧 怎 婚 姻，
Meiz baenz nyaenx hoenyin,
想这样婚姻，

魴 閜 陰 盡 樂。
Fangz ndaw yim cinx lag.
阴间鬼神幸。

眉 的 嶪 靅 欢，
Meiz deiq ok sawfwen,
想借助山歌，

傅 揚 肝 六 國，
Cienzyiengz daengz loeg guek,
到六国传扬，

妖 唡 料 承 埕，
Dah lawz daeuj swngz dieg,
何女来接房，

敃 乿 恈 貧 兄。
Sou ndaej ek baenz gou.
让她变我样。

56. 垰 盃 肝 柯 棚，
Baih gwnz daengz Gobungz,
上面到哥鹏，

伩 牵 魘 六 寺，
Doxroengz raen Loegceih（coh dieg）,
往下见六治，

妖 唡 歐 特 二，
Dah lawz aeu Daegngeih（coh gvan）,
谁人嫁特二，

只 否 乿 怪 兄。
Cix mbouj ndaej gvaiq gou.
也不能怪怨。

双 尸 否 吅 侶，
Song mbiengj mbouj guh ciuh,
两边不做伴，

伩 昭 圣 㐹 丟，
Doxciuq youq lajmbwn,
相见在天下，

垰 盃 肝 柯 棚，
Baih gwnz daengz Gobungz,
上面到哥鹏，

伩 牵 魘 六 寺。
Doxroengz raen Loegceih.
往下见六治。

誏 俌 唡 否 嗏，
Langh boux lawz mbouj caz,
若哪个不错，

只 料 捛 賢 位，
Cix daeuj lax yienzveih（boux ndei）,
就来看好人，

妖 唡 歐 特 二，
Dah lawz aeu Daegngeih,
谁人嫁特二，

只 否 乿 怪 兄。
Cix mbouj ndaej gvaiq gou.
也不能怪怨。

57. 响 内 哼 夫 君，
　　Coenz neix daengq fougun,
　　此言送郎君，

　　肜 佲 耸 鹬 否，
　　Sim mwngz roengz rox mbouj,
　　你可定心弦，

　　奸 删 偻 夫 婦，
　　Yah cek raeuz foufoux,
　　婆拆散我俩，

　　緣 緒 昐 千 年。
　　Yienzsawx（hoenyienz）biek cien nienz.
　　姻缘断千年。

　　偈 辈 挼 空 富，
　　Veih bae lax ranz fouq,
　　为攀富家亲，

　　姝 也 否 辈 伝，
　　Maex yax mbouj bae vunz,
　　媳妇不论人，

　　响 内 哼 夫 君，
　　Coenz neix daengq fougun,
　　此言送郎君，

　　肜 佲 耸 鹬 否？
　　Sim mwngz roengz rox mbouj?
　　你可定心弦？

　　婚 緣 百 夜 恩，
　　Hoenyienz bak yeh aen,
　　夫妻百日恩，

　　哑 肝 淰 眵 泲，
　　Dwen daengz raemxda byoux,
　　想来泪涟涟，

　　奸 删 偻 夫 婦，
　　Yah cek raeuz foufoux,
　　婆拆散我俩，

　　緣 緒 昐 千 年。
　　Yienzsawx biek cien nienz.
　　姻缘断千年。

58. 昑 俢 俟 兄 床，
　　Ngoenz de gvan gou ma,
　　郎君回那天，

　　扐 淰 眵 任 倒，
　　Uet raemxda doxdauq,
　　眼泪流满脸，

　　謟 空 佲 俌 佬，
　　Ndek ranz mwngz bouxlaux,
　　你家里老人，

　　難 道 姝 呗 憖？
　　Nanzdauh maex lengh lumz?
　　难道真绝情？

　　侶 夫 妻 任 昐，
　　Ciuh foucae（gyaeujyah）doxbiek,
　　夫妻相离散，

　　嘿 睖 歪 大 鑼，
　　Laepmok gwnz Daihlaz（coh dieg）,
　　雾遮大腊山，

　　昑 俢 俟 兄 床，
　　Ngoenz de gvan gou ma,
　　郎君回那天，

　　扐 淰 眵 任 倒。
　　Uet raemxda doxdauq.
　　眼泪流满脸。

　　冃 貧 侶 夫 妻，
　　Meiz baenz ciuh foucae,
　　想相伴终生，

　　吡 但 提 卬 吒，
　　Vah danh daez guhhauq,
　　偏夭折路上，

　　謟 空 佲 俌 佬，
　　Ndek ranz mwngz bouxlaux,
　　你家里老人，

　　難 道 姝 呗 憖？
　　Nanzdauh maex lengh lumz?
　　难道真绝情？

333

59. 萬　兩　俣　啊　俣，
Fanhliengx gvan ha gvan,
万两呀郎君，

恖　肝　躺　覹　淶，
Siengj daengz ndang youh daej,
想到泪涌泉，

生　删　橋　玉　帝，
Seng cek giuz Nyawhdaeq,
硬拆玉帝桥，

撐　姝　养　哂　愁。
Haengj maex yienghlawz lumz.
让妻怎能忘。

枉　貢　了　枉　貢，
Uengjfeiq liux uengjfeiq,
枉费呀枉费，

條　肵　事　否　甘，
Diuz simsaeh mbouj gam,
我心真不甘，

萬　兩　俣　啊　俣，
Fanhliengx gvan ha gvan,
万两呀郎君，

恖　肝　躺　覹　淶。
Siengj daengz ndang youh daej.
想到泪满眼。

劼　惜　双　俌　偻，
Hojsik song boux raeuz,
可惜我两人，

哽　得　庲　分　罡，
Ngengh dawz ma faen seiq,
被分离拆散，

生　删　橋　玉　帝，
Seng cek giuz Nyawhdaeq,
硬拆玉帝桥，

撐　姝　养　哂　愁。
Haengj maex yienghlawz lumz.
让妻怎能忘。

特华信歌

韦树关　关仕京
石鹏程　韦克全　搜集整理

1. 辛 焐 夥 特 华，
   Sinhoj lai Daegvaz,
   特华太命苦，

   十 四 吪，
   Cib seiq haj,
   十四五，

   耷 她 卦 橋 陰。
   Dez（boh）meh gvaq giuzyim（dai）.
   就已死父母。

   吪 途 兄 焐 情，
   Dwen duh gou hojcingz
   提到我苦情，

   荃 啊 荃，
   Mbwn ha mbwn,
   天呀天，

   淰 眵 沴 狷 袥。
   Raemxda dumz genbuh.
   眼泪流满面。

   戹 圹 罾 圹 型，
   Ndi（mbouj）gaiq naz gaiq reih,
   无地又无田，

   庲 陽 世，
   Ma yiengzseiq（gwnzbiengz）,
   人世间，

   醠 貧 酥 合 眵。
   Soemj baenz meiq haeuj da.
   辛酸又可怜。

   辛 焐 夥 特 华，
   Sinhoj lai Daegvaz,
   特华命真苦，

   十 四 吪，
   Cib seiq haj,
   十四五，

   耷 她 卦 橋 陰。
   Dez meh gvaq giuzyim.
   就已死父母。

   肝 肤 睵 十 四，
   Daengz ndwencieng cibseiq,
   到春节新年，

   伝 恭 鳩，
   Vunz gaj gaeq,
   人杀鸡，

   兄 各 渧 各 婷。
   Gou gag daej gag dingz.
   我流泪伤心。

   吪 途 兄 焐 情，
   Dwen duh gou hojcingz,
   提到我苦情，

   荃 啊 荃，
   Mbwn ha mbwn,
   天呀天，

   淰 眵 沴 狷 袥。
   Raemxda dumz genbuh.
   眼泪流满面。

2. 偻 戻 狅 双 伝，
   Raeuz beixnuengx song vunz,
   我兄妹二人，

   各 捯 呷，
   Gag ra gwn,
   为活命，

   屺 貧 虹 兀 （侵）蝼。
   Sanq baenz dinz ndei（caeuq）doq.
   分散各一方。

   吪 斤 緓 裱 袥，
   Haj gaen mae cuengz（geu）buh,
   五斤线衣裳，

   實 在 焐，
   Saedcaih hoj,
   实在难，

   難 度 卦 侶 伝。
   Nanz doh gvaq ciuh vunz.
   难过这一生。

337

畧 板 奔 板 絮,
Bae mbanj hung mbanj saeq,
去大村小屯,

牵 厄 乱,
Ciq ndi ndaej,
借不得,

庲 各 渧 各 吮。
Ma gag daej gag caem.
回来哭可怜。

偻 戻 宭 双 伝,
Raeuz beixnuengx song vunz,
我兄妹二人,

各 捹 吩,
Gag ra gwn,
为活命,

屴 貧 虹 兀 蠖。
Sanq baenz dinz ndei doq.
分散各一方。

縚 凴 肵 盡 翻,
Haemh siengj bwt cinx (caenh) fan,
夜晚哭断肠,

難 了 難,
Nanz liux nanz,
难啊难,

憪 空 厄 眉 丞。
Aen ranz ndi meiz (miz) ywq (youq).
房子没半间。

呍 斤 縺 裌 袴,
Haj gaen mae cuengz buh,
五斤线衣裳,

實 在 焌,
Saedcaih hoj,
实在难,

難 度 卦 侴 伝。
Nanz doh gvaq ciuh vunz.
难过这一生。

3. 可 吽 峥 吟 氕,
Goj naeuz ceng gaemz heiq,
也说争气点,

憪 天 墬,
Aen diendeih,
这个天,

叩 四 否 貧 三。
Guh seiq mbouj baenz sam.
做四不成三。

仝 伝 庲 陽 間,
Doengz vunz ma yiengzgan,
同在阳世间,

難 了 難,
Nanz liux nanz,
难啊难,

閊 斉 厄 眉 伂。
Ndaw biengz ndi meiz doih.
世上没个伴。

牵 她 尭 韶 偻,
Dez meh dai ndek raeuz,
父母丢我们,

可 各 杰,
Goj gag you,
实在难,

甙 宭 兄 里 絮。
Ciengx nuengx gou leix (lij) saeq.
养妹我无能。

可 吽 峥 吟 氕,
Goj naeuz ceng gaemz heiq,
也说争气点,

憪 天 墬,
Aen diendeih,
这个天,

叩 四 否 貧 三。
Guh seiq mbouj baenz sam.
做四不成三。

四 處 無 堡 倗，
Seiqcawq fouz dieg baengh,
四处无依凭，

劥 仝 僗，
Vit doengzsaemh,
离亲朋，

乾 馦 肞 更 煩。
Haet haemh sim engq fanz.
早晚心更烦。

仝 伝 厵 陽 間，
Doengz vunz ma yiengzgan,
同在阳世间，

難 了 難，
Nanz liux nanz,
难啊难，

閼 旁 厏 眉 侴。
Ndaw biengz ndi meiz doih.
世上没个伴。

4. 愡 肝 否 服 気，
Siengj daengz mbouj fugheiq,
想来心难过，

擱 張 紙，
Hai cieng ceij,
开信笺，

緻 双 兇 厵 空。
Sij song ceih (cih) ma ranz.
诉两句衷肠。

兄 蟋 斜 忩 献，
Gou okdaeuj nyaenx nanz,
我出门艰难，

愡 肞 煩，
Siengj simfanz,
心焦烦，

佧 咘 噲 三 祖?
Aelawz (bouxlawz) dang samcoj (cojcoeng)?
谁是我祖宗?

乙 失 了 空 臨，
It saet liux ranzlimz (ranznden),
失去好近邻，

真 肞 痀，
Caen sim'in,
真痛心，

二 失 群 夥 計，
Ngeih saet gunz (gyoengq) hujgeiq,
二失去伙伴，

愡 肝 否 服 気，
Siengj daengz mbouj fugheiq,
想来心难过，

擱 張 紙，
Hai cieng ceij,
开信笺，

緻 双 兇 厵 空。
Sij song ceih ma ranz.
诉两句衷肠。

旿 愡 三 愡 四，
Ngoenz siengj sam siengj seiq,
日思又夜想，

各 嘔 気，
Gag aeuqheiq,
气满胸，

佈 否 乿 厵 空。
Yawz mbouj ndaej ma ranz.
没法把家还。

兄 蟋 斜 忩 献，
Gou okdaeuj nyaenx nanz,
我出门艰难，

愡 肞 煩，
Siengj simfanz,
心焦烦，

佧 咘 噲 三 祖?
Aelawz dang samcoj?
谁来帮救挽?

5.偋 家 空 冧 濿，
Vih gyaranz loemqlak，
因家庭遭难，

約 戝 咟，
Yaek ciengx bak，
为活命，

只 拃 咱 蟋 闻。
Cix cakbag okdou.
就赤膊出门。

廩 怀 傍 各 遊，
Lumj vaizbuengq（vaizdog）gag youz，
像孤牛独奔，

餸 否 粖，
Ngaiz mbouj caeuz，
饿得慌，

腋 昑 杰 否 了。
Hwnz ngoenz you mbouj liux.
早晚愁断肠。

跠 伝 叿 生 意，
Gaen vunz guh seng'eiq，
跟人做营生，

赚 噻 的，
Canh saek deiq（di），
赚一点，

连 尸 乤 胎 咟。
Lienz ndi ndaej hoz bak.
连糊口都难。

偋 家 空 冧 濿，
Vih gyaranz loemqlak，
因家庭遭难，

約 戝 咟，
Yaek ciengx bak，
为活命，

只 拃 咱 蟋 闻。
Cix cakbag okdou.
就赤膊出门。

蟋 籵 忩 夥 猷，
Okdaeuj nyaenx lai nanz，
出门真艰难，

韶 家 空，
Ndek gyaranz，
离家远，

胐 各 煩 各 杰。
Sim gag fanz gag you.
心愁苦烦闷。

廩 怀 傍 各 遊，
Lumj vaizbuengq gag youz，
像孤牛独奔，

餸 否 粖，
Ngaiz mbouj caeuz，
饿得慌，

腋 昑 杰 否 了。
Hwnz ngoenz you mbouj liux.
早晚愁断肠。

6.昑 踦 跍 只 閄，
Ngoenz byaij ga cix aq，
每天走不停，

耷 盃 肥，
Rap gwnz mbaq，
肩上担，

还 百 吭 六 斤。
Naek bek（bak）haj roek gaen.
重百五六十斤。

佟 的 躺 只 抻，
Dungx iek ndang cix saenz，
饿慌眼冒星，

乤 噻 閄，
Ndaej saek maenz，
得点钱，

当 真 否 容 惣。
Dangcaen mbouj yungzheih.
当真血汗换。

起踌起毕邋，
Yied byaij yied bae gyae，
越走越离远，

嵬 各 怣，
Siengj gag ngeix，
时时念，

瞕 哂 乩 倒 庲？
Seiz lawz ndaej dauqma？
何时把家还？

晎 踌 跍 只 閅，
Ngoenz byaij ga cix aq，
每天走不停，

掭 歪 儿，
Rap gwnz mbaq，
肩上担，

还 百 咘 六 斤。
Naek bek haj roek gaen．
重百五六十斤。

贘 工 衏 戳 咟，
Gai goengrengz ciengx bak，
卖苦力活命，

叮 旵 吡，
Deng ndit dak，
顶骄阳，

胎 噶 犘 汗 悋。
Hozhat doek hanh naen（naed）．
口渴流热汗。

胨 的 躺 只 抻，
Dungx iek ndang cix saenz，
饿慌眼冒星，

乩 噻 閟，
Ndaej saek maenz，
得点钱，

当 真 否 容 惕。
Dangcaen mbouj yungzheih．
当真血汗换。

7.論 裒 二 唒 乙，
Lwnh yi'ngeih（lungzngeih）coenz it，
送二伯一言，

劝 各 枀，
Lwg gag gig（gikheiq），
儿命贱，

閥 空 劢 疰 絮。
Ndaw ranz vit（vut）nuengx saeq．
小妹自孤单。

尸 眉 伝 料 理，
Ndi meiz vunz liuhleix，
没人帮照看，

穔 各 怣，
Haemh gag ngeix，
夜常想，

貧 哂 乩 任 賒？
Baenzlawz ndaej doxraen？
何时能相见？

親 骨 肉 份 岠，
Cin goetnyug bieksanq，
亲兄妹离散，

無 家 當，
Fouz gyadangq，
无家当，

淰 眱 浪 立 立。
Raemxda langhliblib．
两眼泪汪汪。

論 裒 二 唒 乙，
Lwnh yi'ngeih coenz it，
送二伯一言，

劝 各 枀，
Lwg gag gig，
儿命贱，

閥 空 劢 疰 絮。
Ndaw ranz vit nuengx saeq．
小妹自孤单。

孙滑蟋開卦，
Lwg caengz ok rog gvaq,
儿未出过门，

劶徎妖，
Vit nuengxdah,
丢小妹，

否髶嚞噻波。
Mbouj raen naj saek baez.
不见一次面。

屑眉伝料理，
Ndi meiz vunz liuhleix,
也无人照看，

樋各尛，
Haemh gag ngeix,
夜常想，

貧哂乲任髶?
Baenzlawz ndaej doxraen?
何时能相见？

8. 論肝呴大二，
Lwnh daengz coenz daihngeih,
说到第二言，

囻生意，
Guh seng'eiq,
做生意，

兂可是畀邋。
Gou goj seih bae gyae.
我也去很远。

偽本双仫的，
Vih bonjcienz siuj deiq,
为节约本钱，

囲否乲，
Guh mbouj ndaej,
做不得，

趴蟋畀惚歉。
Couh okbae nyaenx nanz.
日后更艰难。

誏本双仝伝，
Langh bonjcienz doengz vunz,
如本钱同人，

艮打封，
Ngaenz daj（lwnh）fung（bau）,
成堆钱，

偭秠髶艮俐。
Yawz vaz（ndi）raen ngaenz leih.
利润都未赚。

論肝呴大二，
Lwnh daengz coenz daihngeih,
说到第二言，

囻生意，
Guh seng'eiq,
做生意，

兂可是畀邋。
Gou goj seih bae gyae.
我也去很远。

帅褚嗃佶佅，
Gwn daenj dangq gaujvaq,
吃穿乞丐像，

靠妣肥，
Gauq meh（aen）mbaq,
靠肩膀，

赚偭也否眉。
Canh yawz yax mbouj meiz.
也赚不到钱。

偽本双仫的，
Vih bonjcienz siuj deiq,
为节约本钱，

囲否乲，
Guh mbouj ndaej,
做不得，

趴蟋畀惚歉。
Couh okbae nyaenx nanz.
日后更艰难。

9. 論 肝 哅 大 三,
Lwnh daengz coenz daihsam,
说到第三言,

床 陽 間,
Ma yiengzgan,
人世间,

實 在 難 哒 唻。
Saedcaih nanz dahraix.
实在太艰难。

胍 浪 如 淰 海,
Simliengz sawz (lumj) raemx haij,
心凉似海水,

害了害,
Haih liux haih,
害死人,

佹 嗮 憒 峜 邈。
Aelawz maij bae gyae.
谁愿去走远。

嵱 肝 淰 眙 挴,
Siengj daengz raemxda hoij,
想到泪就来,

實 造 辠,
Saed caux coih,
真遭罪,

屌 比 俰 平 晉。
Ndi beij doih bingzban.
比不上同班人。

論 肝 哅 大 三,
Lwnh daengz coenz daihsam,
说到第三言,

床 陽 間,
Ma yiengzgan,
人世间,

實 在 難 哒 唻。
Saedcaih nanz dahraix.
实在太艰难。

呋 肝 淰 眙 流,
Dwen daengz raemxda ru (riuz),
提到泪先流,

礆 佈 呐,
Rox yawz naeuz,
无话讲,

夻 禁 兄 忽 朵。
Mbwn goemq gou nyaenx naih.
天塌我忍受。

胍 浪 如 淰 海,
Simliengz sawz raemx haij,
心凉像海水,

害了害,
Haih liux haih,
害死人,

佹 嗮 憒 峜 邈?
Aelawz maij bae gyae?
谁人愿跑远?

10. 論 肝 哅 大 四,
Lwnh daengz coenz daihseiq,
说到第四言,

各 嘔 气,
Gag aeuqheiq,
气憋闷,

怨 自 己 空 螪。
Ienq cihgeij ranz gungz.
家穷怨自身。

誏 空 兄 仝 伝,
Langh ranz gou doengz vunz,
如我家同人,

圶 乑 夻,
Youq lajmbwn,
人世间,

也 屌 楚 屚 侄。
Yax ndi lumz beixnuengx.
也不丢下她。

里 槊 妣 只 尨,
Leix saeq meh cix you,
小时母担心,

内 蒴 兄,
Neix vit gou,
今弃我,

蠮 斐 游 啫 气。
Okbae youz huedheiq（siujheiq）.
出外游。

論 肝 哅 大 四,
Lwnh daengz coenz daihseiq,
说到第四言,

各 嘔 气,
Gag aeuqheiq,
自憋闷,

怨 自 己 空 嶺。
Ienq cihgeij ranz gungz.
怨自己家穷。

生 斛 肝 晋 内,
Seng daeuj daengz banneix,
出世到今天,

真 恒 气,
Caen gikheiq,
真可怜,

顧 厓 乤 韭 倫。
Goq ndi ndaej nuengxlwnz.
顾不得胞妹。

誏 空 兄 全 伝,
Langh ranz gou doengz vunz,
如果我同人,

圣 否 𡃣,
Youq lajmbwn,
人世间,

也 厓 楚 𠊾 韭。
Yax ndi lumz beixnuengx.
也不丢下她。

11. 論 肝 哅 大 五,
Lwnh daengz coenz daihngux,
话说第五言,

蒠 嘸 垎,
Siengj fouz loh,
没出路,

哨 三 祖 厓 眉。
Dangq samcoj ndi meiz.
如六神无主。

誏 生 活 （帅 裆） 可 兀,
Langh senghued（gwndaenj）goj ndei,
吃穿如都有,

帅 裆 眉,
Gwn daenj meiz,
生活好,

伵 惊 斐 嗳 煠?
Byawz nyienh bae souhhoj?
谁愿去受苦?

自 己 怨 空 嶺,
Cihgeij ienq ranz gungz,
自己怨家穷,

床 舂 𡃣,
Ma lajmbwn,
人世间,

嗳 千 齰 𠀧 煠。
Souh cien haemz fanh hoj.
受万苦千辛。

論 肝 哅 大 五,
Lwnh daengz coenz daihngux,
话说到第五,

蒠 嘸 垎,
Siengj fouz loh,
没出路,

哨 三 祖 厓 眉。
Dangq samcoj ndi meiz.
如六神无主。

各 恖 各 犐 悭，
Gag siengj gag doekceiz（doeknaiq），
越想越气馁，

論 衾 二，
Lwnh yi'ngeih，
说二伯，

恕 否 乿 分 離。
Nyaenx mbouj ndaej faenleiz.
攒不到点钱。

䛮 生 活 可 兀，
Langh senghued goj ndei，
如都有吃穿，

帅 褡 眉，
Gwn daenj meiz，
生活好，

俪 愫 斐 唉 焆？
Byawz nyienh bae souhhoj？
谁愿去受苦？

12. 論 肝 响 大 六，
Lwnh daengz coenz daihroek，
话说到第六，

恖 総 箕，
Siengj cungj loek，
想错了，

淰 眦 犐 嚷 嚷。
Raemxda doeksaisai.
眼泪簌簌流。

白 㑮 内 可 麁，
Ciuq hauhneix goj dai，
就这样死掉，

窒 焆 夥，
Ranz hoj lai，
家太穷，

盼 屍 骸 否 定。
Sanq seihaiz（sei）mbouj dingh.
尸骨随丢。

莥 兄 啊 莥 兄，
Nuengx gou ha nuengx gou，
小妹呀小妹，

偨 噻 呬，
Vih saeklawz（gijmaz），
为什么，

夻 慴 偻 恕 毒。
Mbwn vi raeuz nyaenx doeg.
天待我特薄。

論 肝 响 大 六，
Lwnh daengz coenz daihroek，
说话到第六，

恖 総 箕，
Siengj cungj loek，
想错了，

淰 眦 犐 嚷 嚷。
Raemxda doeksaisai.
眼泪簌簌流。

莥 年 紀 里 峁，
Nuengx nienzgeij leix noix，
妹年龄还小，

𡔴 全 俰，
Ndi doengz doih，
不同类，

広 唉 崋 恕 夥。
Maz souhcoih nyaenx lai.
为何多受罪。

白 㑮 内 可 麁，
Ciuq hauhneix goj dai，
就这样死掉，

窒 焆 夥，
Ranz hoj lai，
家太穷，

屺 屍 骸 否 定。
Sanq seihaiz mbouj dingh.
尸骨随处丢。

345

13. 論 肛 响 大 七，
Lwnh daengz coenz daihcaet，
话说到第七，

眉 眉 媚 （妚），
Ndi meiz mbwk（yah），
没贤妻，

淰 眦 犻 貧 雰。
Raemxda doek baenz fwn.
泪流如下雨。

勬 氿 几 吋 春，
Gyaeu ndaej geij cawzcin，
美丽在春季，

奀 啊 奀，
Mbwn ha mbwn，
天呀天，

伝 添 春 只 佬。
Vunz dem cin cix laux.
人生春易逝。

犻 生 眉 對 瞪，
Doekseng ndi doiq seiz，
我生不逢时，

蹳 料 邀，
Okdaeuj gyae，
离家远，

兠 否 眉 伝 揑。
Dai mbouj meiz vunz gip.
死无葬身地。

論 肛 响 大 七，
Lwnh daengz coenz daihcaet，
话说到第七，

眉 眉 媚，
Ndi meiz mbwk，
没贤妻，

淰 眦 犻 貧 雰。
Raemxda doek baenz fwn.
泪流如下雨。

三 祖 敽 孙 秜，
Samcoj ciengx lwglan，
祖宗育有儿孙，

眉 丢 空，
Ndi youq ranz，
离家远，

實 在 難 了 奀。
Saedcaih nanz liux mbwn.
实在太艰难。

勬 氿 几 吋 春，
Gyaeu ndaej geij cawzcin，
美丽靠春天，

奀 啊 奀，
Mbwn ha mbwn，
天呀天，

伝 添 春 只 佬！
Vunz dem cin cix laux！
人生不再春！

14. 論 肛 响 大 八，
Lwnh daengz coenz daihbet，
话说到第八，

玎 逼 迫，
Deng bikbek（bik），
被逼挺，

逘 蹳 閉 捞 吽。
Deuz ok rog ra gwn.
跑远方谋生。

眉 是 兄 無 情，
Ndi seih gou fouzcingz，
不是我无情，

袅 二 佲，
Yi'ngeih mwngz，
二伯呀，

佮 真 情 也 熄。
Gaeq（gij）caencingz yax rox.
他思情无限。

伝 伝 兄 亦 伝，
Vunz vunz gou hix vunz,
他人我也人，

庲 夺 呇，
Ma lajmbwn,
人世间，

富 侵 貧 分 隔。
Fouq caeuq binz faengek.
贫富分两重。

論 肝 晌 大 八，
Lwnh daengz coenz daihbet,
讲到第八言，

町 逼 迫，
Deng bikbek,
被逼挺，

逯 蟖 閜 捋 呷。
Deuz ok rog ra gwn.
跑远方谋生。

呷 焐 几 便 几，
Gwnhoj geij (geijlai) bienh (suenq) geij,
吃苦无所谓，

兄 胅 事，
Gou simsaeh,
心中事，

三 祖 是 否 懋。
Samcoj seih mbouj lumz.
祖宗永不忘。

肝 迪 兄 無 情，
Ndi dwg gou fouzcingz,
不是我无情，

衾 二 侫，
Yi'ngeih mwngz,
二伯呀，

侣 兄 恩 情 鳓。
Gaeq caencingz yax rox.
他思情无限。

15. 論 肝 晌 大 九，
Lwnh daengz coenz daihgyuj (gouj),
话说到第九，

她 啊 伈，
Meh ha boh,
爸妈呀，

做 鳓 只 咓 冇？
Sou rox cix naeuz ndwi?
真情你知否？

劢 胅 酌 眺 糕，
Lwg dungx iek daraiz,
儿饿眼冒星，

酌 絃 絃，
Iek lailai,
饿得慌，

惊 毚 否 贁 垎。
Nyienh dai mbouj raen loh.
寻死路不见。

嘔 気 肙 眉 呷，
Aeuqheiq ndi meiz gwn,
只恨没吃穿，

眉 九 成，
Meiz gouj cingz,
纵有情，

可 廸 伝 毚 洛。
Goj dwg vunz dairoz.
命一样丢光。

論 肝 晌 大 九，
Lwnh daengz coenz daihgyuj,
话说到第九，

她 啊 伈，
Meh ha boh,
爸呀妈，

做 鳓 只 咓 冇？
Sou rox cix naeuz ndwi?
真情你知否？

晗 挏 辐 辛 惚，
Ngoenz dawzrap sinhoj,
每天挑担苦，

俌 唡 熻，
Bouxlawz rox,
谁知道，

黬 渧 熻 約 麦?
Haemh daej hoj yaek dai?
夜里哭多少?

孙 胫 酌 眦 糩，
Lwg dungx iek daraiz,
饿慌眼冒星，

酌 移 移，
Iek lailai,
饿得慌，

惊 麦 否 赗 垎。
Nyienh dai mbouj raen loh.
寻死路不见。

16. 論 肛 晌 大 十，
Lwnh daengz coenz daihcib,
话说到第十，

罷 剹 凨，
Byaj bag ndit,
晴天霹，

淰 眦 汋 弄 弄。
Raemxda ndikbyanbyan.
眼泪流不息。

對 衔 犑 晗 晗，
Doiq haw gonq ngoenzbonz,
前两天圩日，

赶 衔 汪，
Ganj Haw Vueng,
赶王圩，

馭 馭 盯 猏 捌，
Youh caiq deng caeg bok.
被土匪劫去。

約 逿 亦 否 能，
Yaek deuz hix mbouj naengz,
想逃跑无计，

傪 几 伝，
De geij vunz,
几个人，

綃 丝 盯 虷 绽。
Cag lamx daengz couh cug.
绳子绑我紧。

論 肛 晌 大 十，
Lwnh daengz coenz daihcib,
话说到第十，

罷 剹 凨，
Byaj bag ndit,
晴天霹，

淰 眦 汋 弄 弄。
Raemxda ndikbyanbyan.
眼泪不停息。

愢 躬 尽 挦 了，
Aen ndang caenh saeuj liux,
身体抖不停，

尸 掕 忩，
Ndi haengj ciuq,
不顺从，

本 叐 磢（抢）毕 完（齐）。
Bonjcienz giuj (ciengj) bae yuenz (caez).
本钱被抢光。

對 衔 犑 晗 晗，
Doiq haw gonq ngoenzbonz,
前两天圩日，

赶 衔 汪，
Ganj Haw Vueng,
赶王圩，

馭 馭 盯 猏 捌。
Youh caiq deng caeg bok.
被土匪劫去。

17. 衮 二 啊 衮 二，
Yi'ngeih ha yi'ngeih,
二伯呀二伯，

　　䢾 里 絮，
Nuengx leix saeq,
妹还小，

　　介 撍 淠 唔 闻。
Gaej haengj daej bakdou.
别让乱哭闹。

　　屄 眉 鲎 她 杰，
Ndi meiz dez meh you,
没父母抚爱，

　　劾 䢾 兄，
Vit nuengx gou,
丢下妹，

　　里 佲 哂 照 顧。
Leix aelawz ciuqgoq.
只靠你照料。

　　眉 垍 脶 徒 魁，
Meiz gaiq noh duz bya,
有啥好酒菜，

　　吗 䢾 床，
Heuh nuengx ma,
叫妹来，

　　大 家 攔 淰 酥。
Daihgya hai raemxmeiq.
大家开心怀。

　　衮 二 啊 衮 二，
Yi'ngeih ha yi'ngeih,
二伯呀二伯，

　　䢾 里 絮，
Nuengx leix saeq,
妹还小，

　　介 撍 淠 唔 闻。
Gaej haengj daej bakdou.
别让乱哭闹。

　　鲎 她 総 卦 罢，
Dez meh cungj gvaqseiq,
父母已过世，

　　劾 䢾 絮，
Vit nuengx saeq,
丢小妹，

　　佈 顧 乣 䢾 兄？
Yawz goq ndaej nuengx gou?
谁来帮照顾？

　　屄 眉 鲎 她 杰，
Ndi meiz dez meh you,
没父母疼爱，

　　劾 䢾 兄，
Vit nuengx gou,
丢我妹，

　　里 佲 哂 照 顧？
Leix aelawz ciuqgoq?
谁人来照顾？

18. 蒠 吅 型 低 （侵） 蹃，
Siengj guh reih ndei （caeuq） naz,
想耕田种地，

　　堼 憪 家，
Laeb aen gya,
把家立，

　　歐 徒 広 噔 牕 （㙟 牕）。
Aeu duzmaz daengqgonq （doekgonq）.
拿什么抵填。

　　伝 吅 厸 唠 㳠，
Vunz guh hong lauzlwenh,
人家做老练，

　　兄 只 川，
Gou cix cuenh,
我却慢，

　　屄 眉 养 閗 逢。
Ndi meiz yiengh ndaw fwngz.
手头没哪样。

崀 求 伝 噻 的,
Bae gouz vunz saek deiq,
去求人一次,

伝 屃 理,
Vunz ndi leix,
人不理,

各 悭 气 倒 床。
Gag gikheiq dauqma.
自己怄气归。

恖 吅 型 兀 暜,
Siengj guh reih ndei naz,
想耕田种地,

埝 愚 家,
Laeb aen gya,
把家立,

歐 徒 広 噔 燷?
Aeu duzmaz daengqgonq?
拿什么押抵?

約 跧 盯 合 窀,
Yaek yamq din haeuj ranz,
要迈脚进家,

嘸 田 塘,
Fouz dienz (naz) dangz (daemz),
无田地,

伤 総 難 打 算。
Yax cungj nanz dajsuenq.
啥都难算计。

伝 吅 氿 唠 嗹,
Vunz guh hong lauzlwenh,
人家做老练,

兄 只 川,
Gou cix cuenh,
我却慢,

屃 眉 养 闊 逢。
Ndi meiz yiengh ndaw fwngz.
手头没哪样。

19. 自 己 闊 窀 嶺,
Cihgeij ndaw ranz gungz,
自己家里穷,

韶 㠄 倫,
Ndek nuengxlwnz,
小孩童,

兄 十 情 焳 恖。
Gou cibcingz hoj siengj.
我十分难想。

垎 千 邂 丏 遠,
Loh cien gyae fanh yuenx (gyae),
路途很遥远,

㠄 啊 㠄,
Nuengx ha nuengx,
妹呀妹,

养 咻 荐 庲 窀。
Yienghlawz cienq ma ranz.
怎能回家转。

夆 她 虺 只 罢 (只 猻),
Dez meh dai cixbah (cixsat),
父母死去罢,

韶 劲 押,
Ndek lwggyax,
小孤儿,

但 齐 卦 朕 旽。
Danh caez gvaq ndwenngoenz.
苟且度日子。

自 己 闊 窀 嶺,
Cihgeij ndaw ranz gungz,
自己家里穷,

韶 㠄 倫,
Ndek nuengxlwnz,
小孩童,

兄 十 成 焳 恖。
Gou cibcingz hoj siengj.
我十分难想。

勁崖緥圣空，
Vit nuengx saeq youq ranz,
丢小妹在家，

脇肶煩，
Siengj simfanz,
想心烦，

帅嘬喔否斷。
Cuengq sing gyangz mbouj duenx (dingz).
放声哭不停。

垎千邌万遠，
Loh cien gyae fanh yuenx,
路途很遥远，

崖啊崖，
Nuengx ha nuengx,
妹呀妹，

养呴荐庲空。
Yienghlawz cienq ma ranz.
怎么回家转。

20. 艂嘬肝晋粔，
Haemh saek (baez) daengz bancaeuz,
每到黄昏时，

脇崖兄，
Siengj nuengx gou,
想我妹，

眉伝杰糫否？
Meiz vunz you rox mbouj?
有人关爱不？

各伝圣各處，
Gak vunz youq gak cawq (giz),
人各在一边，

無父母，
Fouz foux (boh) moux (meh),
无爹娘，

佲呴侵崖倫？
Aelawz caeuq nuengxlwnz?
让谁陪我妹？

迪衏夈衾二，
Dwgrengz lai yi'ngeih,
二伯真辛苦，

兄乙罢，
Gou itseiq,
我一生，

総乙起悖悗。
Cungj itheij saeuzmaeuz (yousim).
都一起忧心。

艑嘬肝晋粔，
Haemh saek daengz bancaeuz,
每到黄昏时，

脇崖兄，
Siengj nuengx gou,
想我妹，

眉伝杰糫否？
Meiz vunz you rox mbouj?
有人关爱不？

脇夈迪衏夈，
Siengj lai dwgrengz lai
越想越难过，

從憪兊，
Coengznyienh (ningznyienh) dai,
宁愿死，

屺屍骸别處。
Sanq seihaiz biedcawq (linghgiz).
丢尸骨他乡。

各伝圣各處，
Gak vunz youq gak cawq,
人各在一边，

無父母，
Fouz fouxmoux,
无爹娘，

佲呴侵崖倫？
Aelawz caeuq nuengxlwnz?
让谁陪我妹？

21. 愢 盯 兄 自 已，
Siengj daengz gou cihgeij，
想到我自身，

貧 偶 内，
Baenz hauhneix，
成这样，

慁 天 埊 否 平。
Aen diendeih mbouj bingz.
天地不公平。

無 閅 刄 閙 撻，
Fouz maenz cienz ndaw fwngz，
手头没有钱，

侼 啊 佲，
Nuengx ha mwngz，
妹呀妹，

各 㑣 吽 蹲 嬶。
Gag ra gwn daengj caj.
自己过孤单。

詖 兄 礼 啖 官，
Langh gou ndaej dang guen，
如果当了官，

揹 伝 奟，
Hawj vunzbiengz，
天下人，

俌 俌 添 富 貴。
Bouxboux dem fouqgveiq.
个个添富贵。

愢 盯 兄 自 已，
Siengj daengz gou cihgeij，
想到我自身，

貧 偶 内，
Baenz hauhneix，
成这样，

慁 天 埊 否 平。
Aen diendeih mbouj bingz.
天地不公平。

戾 侼 眮 魋 嚣，
Beixnuengx ndi raen naj，
兄妹不相见，

肔 難 卦，
Sim nanzgvaq，
心悲凉，

特 哥 也 記 盯。
Daeggo yax geiq daengz.
哥哥还记得。

無 閅 刄 閙 撻，
Fouz maenz cienz ndaw fwngz，
手头没分钱，

侼 啊 佲，
Nuengx ha mwngz，
妹呀妹，

各 㑣 吽 蹲 嬶。
Gag ra gwn daengj caj.
自己过孤单。

22. 兄 也 愢 庲 宺，
Gou yax siengj ma ranz，
我也想回家，

家 當 拵，
Gyadangq conz，
共团圆，

只 叩 玒 献 侼。
Cix guh hong ciengx nuengx.
做工把妹养。

墰 畓 無 嚜 羪，
Daemz naz fouz saek yiengh，
田地无一样，

貧 哂 算，
Baenzlawz suenq，
怎么办，

特 哥 愢 否 酥。
Daeggo siengj mbouj doeng.
哥哥想不通。

曛 内 慨 陽 世，
Seizneix aen yiengzseiq,
今天这世界，

論 嘞 屄，
Lwnh doengh beix,
说到底，

捰 乿 双 只 難。
Ra ndaej cienz cix nanz.
也难找得钱。

冗 也 恖 庲 空，
Gou yax siengj ma ranz,
我越想回家，

家 當 拵，
Gyadangq conz,
共团圆，

只 叿 浗 殸 往。
Cix guh hong ciengx nuengx.
做工把妹养。

趫 荤 眤 敏 嘬，
Haemh roengz ninz youh gyangz,
晚上睡得晚，

庲 陽 間，
Ma yiengzgan,
人世间，

冗 慨 躺 爛 咭。
Gou aen ndang lanzcienh.
我命苦又贱。

墰 晳 無 嗻 养，
Daemz naz fouz saek yiengh,
田地无一样，

貧 呴 算，
Baenzlawz suenq,
怎么办，

特 哥 恖 否 酥。
Daeggo siengj mbouj doeng.
哥哥想不通。

23. 生 意 否 乿 呋，
Seng'eiq mbouj ndaej gwn,
生意做不成，

逼 觌 肝，
Bik daeuj daengz,
逼得我，

叿 浗 伝 殸 咟。
Guh hong (dajgoeng) vunz ciengx bak.
糊口靠打工。

伝 鳊 鳩 豽 曜，
Vunz bit gaeq nohlab,
人吃香喝辣，

冗 抵 纼，
Gou dij iek,
我饿扁，

鱍 淰 碟 叿 飻。
Riz raemx deb guh can.
舔残羹顶餐。

呋 淰 漖 叿 烮，
Gwn raemxraez guh lwed,
喝米汤做血，

到 處 跅，
Dauqcawq buet,
四处跑，

旵 昳 臕 盡 黯。
Ndit dak hwet cinx ndaem.
烈日烤焦人。

生 意 否 乿 呋，
Seng'eiq mbouj ndaej gwn,
生意做不成，

逼 觌 肝，
Bik daeuj daengz,
逼得我，

叿 浗 伝 殸 咟。
Guh hong vunz ciengx bak.
糊口靠打工。

昿 𪾢 耪 苟 苟，
Ngoenz cae rauq gougou，
每天犁耙田，

躺 盡 柔，
Ndang cinx fouz，
身摇晃，

㕭 吋 挦 條 𦁡。
Youh deng dawz diuz rap.
还要挑重担。

伝 鴂 鴘 䎸 㘓，
Vunz bit gaeq nohlab，
人吃香喝辣，

𠈃 抵 㘈，
Gou dij iek，
我饿扁，

䄜 淰 碟 凹 飳。
Riz raemx deb guh can.
舔残羹顶餐。

24. 𥪝 𨅝 㲞 㕭 㧻，
Sij fwngz naet youh cuengq，
写累把手停，

𡛪 啊 𡛪，
Nuengx ha nuengx，
妹呀妹，

㥟 佲 斷 肶 腸。
Siengj mwngz duenx（goenq）simciengz.
想你断肝肠。

𥪝 盯 响 内 完，
Sij daengz coenz neix yuenz（sat），
写到这一行，

噔 閬 𦢦，
Daengq ndaw fuengz（fuengzcug），
嘱族人，

介 用 忺 劧 焅。
Gaejyungh yiemz lwg hoj.
别嫌我贫穷。

𡗶 嘿 壋 眉 𤞭，
Mbwn laep ndoi meiz nyaen，
天黑有野狼，

封 閆 腋，
Gvaq gyanghwnz，
过夜半，

鴘 哏 𡗶 只 㿨。
Gaeq haen mbwn cix rongh.
鸡叫天才亮。

𥪝 𨅝 㲞 㕭 㧻，
Sij fwngz naet youh cuengq，
写累把手停，

𡛪 啊 𡛪，
Nuengx ha nuengx，
妹呀妹，

㥟 佲 斷 肶 腸。
Siengj mwngz duenx simciengz.
想你断肝肠。

眉 衤 二 口 主，
Meiz yi'ngeih guhcawj，
有二伯做主，

玎 吩 咐，
Dingq faenfouq，
听吩咐，

𪰂 嘿 㪣 合 宔。
Haemh laep couh haeuj ranz.
天黑就回屋。

𥪝 盯 响 内 完，
Sij daengz coenz neix yuenz，
写到这一行，

噔 閬 𦢦，
Daengq ndaw fuengz，
盼族人，

介 用 忺 劧 焅。
Gaejyungh yiemz lwg hoj.
别嫌弃我穷。

盘歌

韦树关　关仕京
石鹏程　刘志坚　搜集整理

嗲 嘞 徒

1 Cam Doenghduz
问动物

嗲：徒 広 盯 否 魆，
Cam：Duz maz din mbouj gyaeuj，
问：什么没头脚，

   乱 合 夵 淰 篏？
   Ndaej haeuj laj raemx ringx？
   能在水下滚？

   徒 広 毧 否 盯，
   Duz maz fwed mbouj din，
   什么没翅脚，

   乱 遄 卦 天 下？
   Ndaej cunz gvaq dienyah？
   能游遍天下？

答：徒 蚸 盯 否 魆，
Dap：Duzbing din mbouj gyaeuj，
答：蚂蟥没头脚，

   乱 合 夵 淰 篏；
   Ndaej haeuj laj raemx ringx；
   能在水下滚；

   徒 豣 毧 否 盯，
   Duzbyaj fwed mbouj din，
   雷公没翅脚，

   乱 遄 卦 天 下。
   Ndaej cunz gvaq dienyah.
   能游遍天下。

嗲：徒 広 呷 否 裾？
Cam：Duz maz gwn mbouj daenj？
问：什么不吃穿？

   徒 広 3 否 赻？
   Duz maz naengh mbouj hwnq？
   什么坐不起？

   徒 広 盯 半 脨，
   Duz maz daengz byonghhwnz，
   什么到半夜，

吧 伝 赹 炷 粔？
Heuh vunz hwnq cawj haeux？
叫人起煮饭？

答：徒 脘 呷 否 裾，
Dap：Duzndwen gwn mbouj daenj，
答：蚯蚓不吃穿，

   臁 淰 3 否 赻。
   Gangraemx naengh mbouj hwnq.
   水缸坐不起。

   徒 鸪 盯 半 脨，
   Duzgaeq daengz byonghhwnz，
   公鸡到半夜，

   吧 伝 赹 炷 粔。
   Heuh vunz hwnq cawj haeux.
   叫人起煮饭。

嗲：徒 広 然 眉 盯，
Cam：Duz maz yienz miz din，
问：什么原有脚，

   矰 额 否 矰 踔？
   Rox gvingj mbouj rox byaij？
   会滚不会走？

   徒 広 圣 間 海，
   Duz maz youq gyang haij，
   什么在海中，

   踔 淰 躴 否 汥？
   Byaij raemx ndang mbouj dumz？
   过水面不湿？

答：石 狗 然 眉 盯，
Dap：Siggouj（rin ma）yienz miz din，
答：石狗原有脚，

   矰 额 否 矰 踔。
   Rox gvingj mbouj rox byaij.
   会滚不会走。

   搞 繒 圣 間 海，
   Gangsaeng youq gyang haij，
   放罾在海中，

佲 踑 躺 否 涺。
De byaij ndang mbouj dumz.
它走身不湿。

嘇：徒 庅 愢 厉 害，
Cam: Duz maz nyaenx leihhaih,
问：什么这么厉害，

圣 閪 海 㝵 磌?
Youq ndaw haij caemz rin?
在海里玩石?

徒 庅 愢 聪 明，
Duz maz nyaenx coengmingz,
什么这么聪明，

圣 𨇾 磌 口 㖒?
Youq geh rin guh'angq?
在石缝游戏?

答：廸 徒 𩵜 厉 害，
Dap: Dwg duzbya leihhaih,
答：是鱼儿厉害，

圣 閪 海 㝵 磌。
Youq ndaw haij caemz rin.
在海里玩石。

徒 蝅 虵 聪 明，
Duzaek'ex coengmingz,
蛤蚧最聪明，

圣 𨇾 磌 口 㖒。
Youq geh rin guh'angq.
在石缝游戏。

嘇：徒 庅 貧 愢 乖，
Cam: Duz maz baenz nyaenx gvai,
问：什么这么乖，

点 燈 葬 榾 櫟?
Diemj daeng byai go'ndoek?
点灯在竹梢?

徒 庅 愢 了 奘，
Duz maz nyaenx ngiengxngoek,
什么这么了得，

褡 袮 绿 搿 𩵜?
Daenj buh loeg gaemh bya?
穿绿衣捉鱼?

答：徒 㷓 蚿 真 乖，
Dap: Duzronghrib caen gvai,
答：萤火虫真乖，

点 灯 葬 榾 櫟。
Diemj daeng byai go'ndoek.
点灯在竹梢。

鴗 鸕 鷀 了 奘，
Roeglaxceiz ngiengxngoek,
鸬鹚鸟了得，

褡 袮 绿 搿 𩵜。
Daenj buh loeg gaemh bya.
穿绿衣捉鱼。

嘇：徒 庅 貧 愢 兀，
Cam: Duz maz baenz nyaenx ndei,
问：什么这么好，

圣 丕 朩 打 芣，
Youq gwnz faex daj faiq,
在树上纺纱，

徒 庅 愢 厉 害，
Duz maz nyaenx leihhaih,
什么这么厉害，

𡵠 葬 朩 读 𠽤?
Bae byai faex doeg saw?
树梢上读书?

答： 廸 徒 蛟 贫 兀，
Dap: Dwg duzgyau baenz ndei,
答：蜘蛛这么好，

丕 榾 朩 打 芣。
Gwnz gofaex daj faiq.
在树上纺纱。

徒 蚍 真 厉 害，
Duzbid caen leihhaih,
知了真厉害，

畧 莽 麻 读 攺。
Bae byai faex doeg saw.
树梢上读书。

嗲：迪 徒 広 厉 害，
Cam：Dwg duz maz leihhaih
问：是什么厉害，

卦 海 否 踔 坤？
Gvaq haij mbouj byaij roen?
过海不走路？

迪 徒 広 玲 瓏，
Dwg duz maz lingzloengz,
是什么玲珑，

畧 侵 棚 嘛 吡？
Bae caeuq boengz gangjvah?
去跟泥说话？

答：徒 魍 最 厉 害，
Dap：Duzyiuh ceiq leihhaih,
答：鹞鹰最厉害，

卦 海 否 踔 坤。
Gvaq haij mbouj byaij roen.
过海不走路。

徒 鸦 最 玲 瓏，
Duzbit ceiq lingzloengz,
鸭子最玲珑，

乿 侵 棚 嘛 吡。
Ndaej caeuq boengz gangjvah.
能跟泥说话。

嗲：徒 広 否 眉 盯，
Cam：Duz maz mbouj miz din,
问：什么没有脚，

僷 乿 逼 㞒 嵯？
De ndaej bin hwnj dat?
能爬上悬崖？

徒 広 否 眉 咟，
Duz maz mbouj miz bak,
什么没有嘴，

夲 塀 挖 埔 沙？
Laj deih vat namhsa?
地下挖沙土？

答：哂 岜 否 眉 盯，
Dap：Sae'bya mbouj miz din,
答：山螺没有脚，

僷 乿 逼 㞒 嵯。
De ndaej bin hwnj dat.
能爬上悬崖。

徒 䏧 否 眉 咟，
Duzndwen mbouj miz bak,
蚯蚓没有嘴，

夲 塀 挖 埔 沙。
Laj deih vat namhsa.
地下挖沙土。

嗲 度 介
2 Cam Doxgaiq
问物件

嗲：佀 広 㞭 否 斤？
Cam：Gijmaz liengx mbouj gaen?
问：什么无两又无斤？

佀 広 斤 否 㞭？
Gijmaz gaen mbouj liengx?
什么无斤又无两？

佀 広 平 卦 礚？
Gijmaz bingz gvaq giengq (gingq)?
什么平过镜？

佀 広 亮 卦 灯？
Gijmaz liengh gvaq daeng?
什么亮过灯？

答：悃 神 咧 屄 艮，
Dap：Ien hoenz le beixngaenz,
答：冤魂啊阿哥，

榳 否 斤 否 㞭。
Caengh mbouj gaen mbouj liengx.
秤杆无斤又无两。

淰墰平卦礠，
Raemx daemz bingz gvaq giengq,
塘水平过镜，

啙昑亮卦灯。
Daengngoenz liengh gvaq daeng.
太阳亮过灯。

嗲：徒哂 3 歪閣，
Cam：Duz lawz naengh gwnz gak,
问：什么坐阁楼，

眉咟否镩呥？
Miz bak mbouj rox gwn?
有嘴不会吃？

俌哂閟圎 3，
Boux lawz ndaw suen ndwn,
哪个园中站，

廸伝否镩嗛？
Dwg vunz mbouj rox gangj?
是人不会说？

答：徒蔜 3 歪閣，
Dap：Duzyou naengh gwnz gak,
答：菩萨坐阁楼，

眉咟否镩呥。
Miz bak mbouj rox gwn.
有嘴不会吃。

茆茬閟圎 3，
Mauzyinz ndaw suen ndwn,
草人园中站，

廸伝否镩嗛。
Dwg vunz mbouj rox gangj.
是人不会说。

嗲：侣広礊傄麀，
Cam：Gijmaz naj de wenq,
问：什么脸上光，

閟溜灡約麀？
Ndaw saepswenj yaek dai?
里面酸死人？

侣広礊傄娭，
Gijmaz naj de raiz,
什么脸上花，

倒劼麀劼龥？
Dauq van dai van naeuh?
反倒甜死人？

答：磉朴礊傄麀，
Dap：Makbug naj de wenq,
问：柚子脸上光，

閟溜灡約麀。
Ndaw saepswenj yaek dai.
里面酸死人。

菠萝礊傄娭，
Bohloz naj de raiz,
菠萝脸上花，

倒劼麀劼龥。
Dauq van dai van naeuh.
反倒甜死人。

嗲：兄嗲佲咧屄，
Cam：Gou cam mwngz le beix,
问：我问你啊哥，

劻尉几夥偲？
Ndaundeiq geijlai aen?
星星多少颗？

兄嗲佲啰艮，
Gou cam mwngz lo ngaenz,
我问你啊哥，

偲簹几夥咎？
Aen raeng geijlai congh?
筛子多少眼？

答：娋扒荪閟型，
Dap：Sau nyaeb faiq ndaw reih,
答：妹地里捡棉，

劻尉否毡偲。
Ndaundeiq mbouj geq aen.
星星数不清。

娍 綯 繠 綯 棚，
Sau daemjrok daemj baengz,
妹穿梭织布，

偲 管 否 矩 召。
Aen raeng mbouj geq congh.
筛子洞无数。

嗲：三 百 怀 合 粜，
Cam：Sam bak vaiz haeuj rungh,
问：三百牛进粜，

総 共 几 夥 觔?
Cungjgungh geijlai gaeu?
共有多少角？

带 跁 総 算 歐 ，
Daiq ve cungj suenq aeu,
连蹄一起算，

佲 吽 几 夥 数?
Mwngz naeuz geijlai soq?
你说有多少？

答：三 百 怀 合 粜，
Dap：Sam bak vaiz haeuj rungh,
答：三百牛入粜，

総 共 六 百 觔。
Cungjgungh roek bak gaeu.
角有六百只。

徒 八 跁 毭 歐，
Duz bet ve caemh aeu,
加一头八蹄，

兄 吽 三 千 数。
Gou naeuz sam cien soq.
我说数三千。

嗲：贯 双 零 乙 閟，
Cam：Gvanq cienz lingz it maenz,
问：贯钱零一文，

捛 垒 佋 七 俌。
Dawz bae faen caet boux.
分给七个人。

兄 嗲 佲 啊 佽，
Gou cam mwngz ha youx,
我问你啊妹，

乙 俌 乩 几 夥?
It boux ndaej geijlai?
一人得多少？

答：贯 双 零 乙 閟，
Dap：Gvanq cienz lingz it maenz,
答：贯钱零一文，

佋 七 俌 伙 计。
Faen caet boux hujgeiq.
七个伙计分。

吽 佲 取 啊 屄，
Naeuz mwngz nyi ha beix,
告诉你啊哥，

俌 百 四 三 閟。
Boux bak seiq sam maenz.
一人百四三。

嗲 嘞 榰
3 Cam Doenghgo
问植物

嗲：眉 傪 胜 只 荞，
Cam：Miz de sim cix roengz,
问：有它心就安，

否 眉 昳 只 酌。
Mbouj miz dungx cix iek.
没它肚子饿。

合 昌 镤 唰 唰，
Haeuj cou henjrwegrweg,
入秋黄澄澄，

榰 傪 廸 榰 厷?
Go de dwg go maz?
是什么植物？

答：眉 咁 胜 只 閮，
Dap：Miz gwn sim cix onj,
答：有吃心才安，

𠋎 飩 的 㲖 逥。
Noix donq iek daimaez.
少一顿饿昏。

秾 𨅋 穤 只 䌷，
Rieng raez naed cix saeq，
穗长颗粒小，

廸 粝 型 粝 罶。
Dwg haeux reih haeux naz.
是旱稻水稻。

嘇：兂 嘇 佲 戾 娘，
Cam：Gou cam mwngz beixnangz，
问：我问你嫂子，

柌 吶 䕺 悰 容？
Go lawz sangsoeng'yoeng?
什么秆儿高？

3· 劢 否 揥 𡎺，
Aemq lwg mbouj hawj roengz，
背崽不让下，

鬃 猧 红 哝 哝。
Coengmax hoengzii.
鬃马红彤彤。

答：柌 偧 廸 粝 粨，
Dap：Go de dwg haeuxyangz，
答：那是玉米啊，

𨱥 廸 䕺 悰 容。
Maj dwk sangsoeng'yoeng.
长得高高的。

3· 劢 否 揥 𡎺，
Aemq lwg mbouj hawj roengz，
背崽不让下，

鬃 猧 红 哝 哝。
Coengmax hoengzii.
鬃马红彤彤。

嘇：㨎 椛 𡋄 㚘 𡋂，
Cam：Hai va youq gwnz hawq，
问：开花在地上，

㑦 偧 挦 夵 垚。
Faek de dawz laj doem.
荚儿长地下。

眝 貧 百 二 昿，
Ninz baenz bak ngeih ngoenz，
躺在地下百二天，

嘇 侖 𥆾 𥆾 否？
Cam doengz rox rox mbouj?
问你知不知？

答：㨎 椛 𡋄 㚘 𡋂，
Dap：Hai va youq gwnz hawq，
答：开花在地上，

偧 挦 㑦 夵 垚，
De dawz faek laj doem，
结荚在地下，

苗 偧 百 二 昿，
Miuz de bak ngeih ngoenz，
一造百二天，

廸 垣 垚 啰 嗨！
Dwg duhdoem lo heix!
那是花生啊！

嘇：廩 鴪 蝼 䏙 𨅋，
Cam：Lumj roegraeu rieng raez，
问：像斑鸠尾长，

廩 鴪 鳨 䏙 趖。
Lumj roeggae rieng soh.
像山鸡尾直。

伝 呻 汤 㧒 胬，
Vunz gwn dang vut noh，
人喝汤扔肉，

柌 内 廸 柌 庅？
Goneix dwg go maz?
这是什么树？

答：廩 鴪 蝼 䏙 𨅋，
Dap：Lumj roegraeu rieng raez，
答：像斑鸠尾长，

廩 鸬 鼽 臕 甡。
Lumj roeggae rieng soh.
像山鸡尾直。

伝 呷 淄 莏 胬,
Vunz gwn dang vut noh,
人喝汤扔肉,

十 月 柯 菱 糖。
Cib nyied gooij dangz.
十月甘蔗糖。

嗲:侊 広 廩 侴 竮?
Cam: Gijmaz lumj liengj daengj?
问:什么像伞竖?

侊 広 飙 卦 垚?
Gijmaz ndaemq gvaq doem?
什么扎入土?

侊 広 蚷 卦 堋?
Gijmaz lanh gvaq boengz?
什么比土碎?

侊 広 墼 卦 煊?
Gijmaz mboeng gvaq daeuh?
什么比灰松?

答:盱 藕 廩 侴 竮,
Dap: Mbaw ngaeux lumj liengj daengj,
答:荷叶像伞竖,

劢 藕 飙 卦 垚。
Lwgngaeux ndaemq gvaq doem.
莲藕扎进土。

氿 醋 蚷 卦 堋,
Laeujndwq lanh gvaq boengz,
酒糟比泥烂,

芥 弓 墼 卦 煊。
Faiq gung mboeng gvaq daeuh.
弹过的棉花比灰松。

嗲:愳 広 炡 歪 架?
Cam: Aen maz cug gwnz gaq?
问:什么架上熟?

偨 罱 腿 姓 犘?
De naj raez naeng nding?
它脸长皮红?

愳 広 骉 歪 礦,
Aen maz maj gwnz rin,
什么石上长,

廩 徒 猦 尥 凵?
Lumj duzlingz gyaeuj vauq?
像缺头猴子?

答:劢 舔 炡 歪 架,
Dap: Lwghaemz cug gwnz gaq,
答:苦瓜架上熟,

偨 罱 腿 姓 犘。
De naj raez naeng nding.
它脸长皮红。

劢 瓜 骉 歪 礦,
Lwggva maj gwnz rin,
南瓜石上长,

廩 徒 猦 尥 凵。
Lumj duzlingz gyaeuj vauq.
像缺头猴子。

嗲:兄 嗲 佲 啰 屄,
Cam: Gou cam mwngz lo beix,
问:我问你啊哥,

桅 偨 廩 蹖 鲃。
Ngveih de lumj gyaeqbya.
颗粒像鱼蛋。

六 十 二 养 椛,
Loeg cib ngeih yiengh va,
六十二种花,

椛 広 広 眉 毵?
Va maz cix miz mumh?
哪种长胡须?

答:吽 佲 取 啰 屄,
Dap: Naeuz mwngz nyi lo beix,
答:告诉你阿哥,

靴 廸 桅 粘 粉。
Couhdwg ngveih haeuxfiengj.
是那小米粒。

六 十 椛 阔 簆，
Loeg cib va ndawbiengz，
天下花六十，

椛 粘 艘 眉 毶。
Vahaeux rieng miz mumh.
稻花尾长须。

问：眆 傪 凛 眆 樰，
Cam：Mbaw de lumj mbaw ndoek，
问：叶子像竹叶，

孙 傪 犂 呑 埔。
Lwg de doek laj namh.
果实扎下土。

帅 醋 甜 総 凿，
Gwn soemj diemz cungj ngamj，
吃酸吃甜都合适，

嗲 厓 廸 柯 厷？
Cam nuengx dwg go maz？
问妹是什么？

答：眆 傪 凛 眆 樰，
Dap：Mbaw de lumj mbaw ndoek，
答：叶子像竹叶，

孙 傪 犂 呑 埔。
Lwg de doek laj namh.
果实扎下土。

柯 英 孙 仼 擂，
Gohing lwg doxgyam，
生姜子相连，

炷 醋 劸 総 哈。
Cawj soemj van cungj hab.
煮酸煮甜都合适。

嗲：徒 倡 厷 黯 黕，
Cam：Duz gijmaz ndaemndaet，
问：什么动物黑乎乎，

凛 徒 虮 否 胚？
Lumj duzmaet mbouj mbei？
像只跳蚤没有胆？

柯 厷 拜 阔 型，
Go maz baiq ndaw reih，
什么植物地里拜，

凛 徒 蝈 否 胧？
Lumj duzreiz mbouj saej？
像只鸡虱没有肠？

答：劸 糁 黯 黕 黕，
Dap：Lwgraz ndaemndaetndaet，
答：芝麻黑乎乎，

徒 虮 否 眉 胚。
Duzmaet mbouj miz mbei.
像只跳蚤没有胆。

粘 粉 拜 嚓 嚓，
Haeuxfiengj baiqreirei，
小米地里拜，

徒 蝈 否 眉 胧。
Duzreiz mbouj miz saej.
像只鸡虱没有肠。

迴 暭 輖
4 Duenz Seizgonq
猜古时

嗲：歪 峑 呑 埊 只 喵 份，
Cam：Gwnz mbwn lajdeih cij ngamq faen，
问：天地初分开，

等 厓 斜 嗲 躼 当 旺。
Daengj nuengx daeuj cam mbauq dangq vaengz
　（ban hauxseng）.
等妹来问后生哥。

偩 啝 揝 秘 庨 飝 㞢，
Bouxlawz cauh bit ma sij cih，
是谁造笔来写字，

飝 幸 眆 庨 揝 伝 题？
Sij roengz mbaw ceij hawj vunz raen？
写下纸张给人看？

備 喕 揌 貧 敹 连 兀，
Bouxlawz cauh baenz cae lienz ek，
是谁造出犁和轭，

先 敹 馀 怀 只 扔 粀？
Sien cae cwz vaiz cij vanq faen (ceh)？
牛先犁好再撒种？

叮 吽 哥 良 嗉 否 嶪，
Danghnaeuz goliengz (beix) gangj mbouj ok，
要是阿哥答不出，

介 料 其 内 馱 诗 吟！
Gaej daeuj gizneix ciengq sihyaemz (eu fwen)！
别来这里唱山歌！

答：嘞 养 度 介 侕 揌 貧，
Dap：Doenghyiengh doxgaiq byawz (bouxlawz)
　　cauh baenz，
答：从前东西谁造出，

屁 揞 裕 根 吽 崖 艮。
Beix dawz goekgaen naeuz nuengxngaenz。
哥讲根由给妹听。

仓 颉 揌 秘 床 戮 乞，
Cangh Gez cauh bit ma sij cih，
仓颉造笔来写字，

戮 乑 昤 乕 揎 伝 覗；
Sij roengz mbaw ceij hawj vunz raen；
写下纸张给人看；

神 农 揌 貧 敹 连 兀，
Saenznoengz cauh baenz cae lienz ek，
神农造出犁和轭，

敹 卦 馀 怀 只 扔 粀。
Cae gvaq cwz vaiz cij vanq faen (ceh)。
牛先犁好再撒种。

曂 内 屁 吽 揎 峭 取，
Seizneix beix naeuz hawj sau nyi，
现在哥讲给妹听，

崖 歐 吟 诗 侵 当 旺！
Nuengx aeu yaemzsih caeuq dangqvaengz！
妹要跟哥唱山歌！

嗲：鴶 燕 盇 床 卦 岜 繇，
Cam：Roegenq mbin ma gvaq bya sang，
问：燕子飞来过高山，

崖 峭 取 嗲 鲍 哥 良。
Nuengxsau caiq cam mbauq goliengz。
阿妹再问你阿哥。

酥 戵 備 喕 嶪 料，
Doengsaw bouxlawz cauh okdaeuj，
是谁造出通书来，

備 喕 熬 汣 解 肞 烦？
Bouxlawz ngauz laeuj gaij simfanz？
是谁酿酒解心烦？

叮 吽 哥 良 搿 咭 尼，
Danghnaeuz goliengz gej hot neix，
要是你能解这节，

只 算 伶 俐 犥 戵 文。
Cix suenq lingzleih rox sawfaenz。
就算伶俐识诗书。

答：哥 揞 裕 根 吽 崖 娘，
Dap：Go dawz goekgaen naeuz nuengxnangz，
答：哥讲根由给妹听，

打 头 喆 料 否 越 毊。
Daj daeuz geq daeuj mbouj lothang (vetrieng)。
从头到尾不落后。

高 阳 揌 嶪 酥 戵 料，
Gauh Yangz cauh ok doengsaw daeuj，
高阳造出通书来，

熬 汣 全 佣 備 杜 康。
Ngauz laeuj cienz baengh boux Du Gangh。
酿酒全是靠杜康。

打 自 侶 佬 肝 曂 内，
Dajswh ciuhlaux daengz seizneix，
自从古代到今天，

備 喆 唞 料 揎 劲 孫。
Bouxgeq cienz daeuj hawj lwglan。
老辈流传给子孙。

嗲：事 夆 事 憶 哥 耀 真，
Cam：Saeh hung saeh iq go rox caen，
问：大事小事哥真知，

伝 乖 蔌 戳 黯 只 题。
Vunzgvai yawj saw ndaem cix raen.
聪明的人书中学。

擱 丢 搥 堼 圣 暚 覂，
Hai dien cauh deih youq seiz haenx，
开天造地在那时候，

陰 陽 双 尸 俌 哂 扮 ？
Yaemyiengz song mbiengj bouxlawz baen?
阴阳两边是谁分？

朕 眉 三 十 俌 哂 定 ？
Ndwen miz sam cib bouxlawz dingh?
三十天一月是谁定？

俌 哂 搥 嵫 侣 暚 辰 ？
Bouxlawz cauh ok gij seizsaenz?
是谁造出那时辰？

答：宦 覂 天 堼 總 橧 扮，
Dap：Mwh haenx diendeih cungj caengz baen，
答：那时天地还没分，

盘 古 擱 天 只 乱 题。
Buenz Goj hai dien cij ndaej raen.
盘古开天才看见。

晌 昀 眉 憪 畹 昀 炁，
Doengxngoenz miz aen daengngoenz ciuq，
白天有个太阳照，

艳 眉 烷 朕 炁 尸 黯。
Haemh miz ronghndwen ciuq mbiengj ndaem.
夜晚月亮映光辉。

容 清 算 乱 暚 辰 嵫，
Yungz Cingh suenq ndaej seizsaenz ok，
容清造出时辰来，

乙 朕 扮 囗 三 十 昀，
It ndwen baen guh sam cib ngoenz，
一月分成三十天，

祈 打 侶 恬 哮 夅 庲，
Gaenq daj ciuhgeq cienz roengz ma，
已从老辈传下来，

内 只 搥 眉 欢 料 吟。
Neix cij cauh miz fwen daeuj yaemz（ciengq）.
现在才有山歌唱。

嗲：哥 良 聪 明 叙 伶 俐，
Cam：Goliengz coengmingz youh lingzleih，
问：阿哥聪明又伶俐，

耀 蔌 戳 文 耀 道 理。
Rox yawj sawfaenz rox dauhleix.
会看书来懂道理。

哆 吃 哥 良 吥 撕 侹，
Docih goliengz naeuz hawj nuengx，
多谢阿哥告诉妹，

内 叙 嗲 屄 侣 古 暚。
Neix caiq cam beix gij goj seiz.
再问阿哥时辰事。

偽 広 蔌 戳 养 内 定，
Vihmaz doengsaw yienghneix dingh，
为啥通书这样定，

乙 昀 扮 囗 十 二 暚 ？
It ngoenz baen guh cib ngeih seiz?
一天分成十二时？

答：十 二 憪 朕 䶒 囗 晬，
Dap：Cib ngeih aen ndwen gyonj guh bei（bi），
答：十二个月并成年，

算 侹 肞 乖 耀 道 理。
Suenq nuengx sim gvai rox dauhleix.
算妹乖巧懂道理。

容 清 算 乱 暚 辰 准，
Yungz Cingh suenq ndaej seizsaenz cinj，
容清算得时辰准，

暚 覂 廸 傪 造 朕 晬。
Seizhaenx dwg de cauh ndwen bei.
那时是他造年月。

双 肤 眈 逢 眃 甲 子，
Song ndwen couh fungz ngoenz gapceij,
两月就逢甲子日，

春 旱 昌 冬 貧 四 季。
Cin hah cou doeng baenz seiq geiq.
春夏秋冬成四季。

高 阳 描 𡎝 酥 𩑕 料，
Gauh Yangz cauh ok doengsaw daeuj,
高阳造出通书来，

代 咛 揩 代 肛 劲 師。
Daih cienz hawj daih daengz lwgsae.
代代相传到弟子。

嘇：本 𩑕 记 事 眉 千 万，
Cam: Bonj saw geiq saeh miz cien fanh,
问：记事的书有千万，

𡛪 娋 敊 嘇 哥 双 呏。
Nuengxsau caiq cam go song vamz (coenz).
妹我再问哥两句。

偩 咘 揣 𡎝 筒 侵 𥻵，
Bouxlawz cauh ok doengz caeuq mbaet,
是谁造出量米筒，

斟 乱 筒 阑 斟 乱 閆？
Rau ndaej doengz rim rau ndaej gyang?
量得满筒或半筒？

偩 咘 揣 揩 偻 条 橧，
Bouxlawz cauh hawj raeuz diuz caengh,
谁给我们造秤杆，

乙 斤 扮 眉 十 六 刅？
It gaen baen miz cib roek cangz (liengx)?
一斤分成十六两？

偩 咘 揣 乱 貧 条 㞧，
Bouxlawz cauh ndaej baenz diuz cik,
是谁造出的尺子，

揩 偻 挦 料 斟 踶 宄？
Hawj raeuz dawz daeuj rau raez gvangq?
让人拿来量长宽？

然 咛 戾 兄 眉 胗 才，
Yienznaeuz beix gou miz dungxcaiz,
虽说哥你有肚才，

否 𠸄 条 内 亦 啮 难。
Mbouj rox diuz neix hix caemh nanz.
不会这条也是难。

答：𡛪 娋 嘇 哥 复 敊 翻，
Dap: Nuengxsau cam go foek youh fan,
答：妹你反复问阿哥，

敊 咛 佲 𠸄 稌 几 呏？
Caiq naeuz mwngz rox lai geij vamz (coenz)?
再说你又知几多？

秦 佁 揣 𡎝 筒 侵 𥻵，
Cinz Cij cauh ok doengz caeuq mbaet,
秦始（皇）造出量米筒，

俌 佲 斟 阑 咛 斟 閆。
Caih mwngz rau rim naeuz rau gyang.
任你满筒半筒量。

𣘺 梡 𠇁 点 只 貧 橧，
Faexyienq roengz diemj cix baenz caengh,
梡木加点就成秤，

乙 斤 扮 眉 十 六 刅；
It gaen baen miz cib roek cangz;
一斤分成十六两；

𦙶 𣘺 𠇁 点 貧 条 㞧，
Gep faex roengz diemj baenz diuzcik,
木片加点成尺子，

揣 俢 総 廸 偩 鲁 班。
Cauh de cungj dwg boux Luj Banh.
它是鲁班造出来。

歪 㝩 到 处 仝 斤 刅，
Gwnzbiengz dauqcawq doengz gaen liengx,
天下到处同斤两，

否 廸 各 兄 譐 佲 娘。
Mbouj dwg gag gou son mwngz nangz.
不是光我教阿妹。

嗲：叐 Ꝁ 文 章 尬 肛 䟡，
Cam：Beix rox faenzcieng gyaeuj daengz hang (rieng)，
问：哥懂文章头到尾，

　　𨒍 敢 嗲 哥 夥 几 呩。
　　Nuengx youh cam go lai geij vamz.
　　妹再多问哥几句。

　　佋 𧃸 𥈞 咘 淰 㳿 𡗶，
　　Ciuhgonq seizlawz raemx dumh mbwn，
　　从前几时水漫天，

　　㚻 姓 俌 俌 総 䁾 抻？
　　Beksingq bouxboux cungj ndang saenz?
　　百姓人人都惊慌？

　　俌 咘 㨳 岜 㞳 鿡 海，
　　Bouxlawz hai bya bae doeng haij，
　　是谁开山通大海，

　　引 淰 𡎟 海 伝 平 安？
　　Yinx raemx roengz haij vunz bingzan?
　　引水下海人平安？

　　𫎏 吘 叐 否 Ꝁ 条 内，
　　Danghnaeuz beix mbouj rox diuz neix，
　　要是这条哥不知，

　　庲 李 Ꝁ 咧 𨖼 吘 娘。
　　Ma hag rox le menh naeuz nangz.
　　先去学会再来说。

答：䁈 𨒍 条 条 仔 细 嗲，
Dap：Raen nuengx diuzdiuz sijsaeq cam，
答：见妹条条仔细问，

　　敢 吘 㨢 𡛁 夥 几 呩。
　　Caiq naeuz hawj sau lai geij vamz.
　　再讲几句给妹听。

　　尧 王 㝵 𣈜 淰 㳿 𡗶，
　　Yauzvuengz mwh haenx raemx dumh mbwn，
　　尧王那时水漫天，

　　钉 㝑 㚻 姓 総 䁾 抻。
　　Daengx biengz beksingq cungj ndang saenz.
　　天下百姓都惊慌。

　　然 吘 尧 王 㨨 天 下，
　　Yienznaeuz Yauzvuengz guenj dienyah，
　　虽然尧王管天下，

　　㨳 淰 功 劳 歸 禹 王。
　　Hai raemx goenglauz gvi Yijvangz.
　　开水功劳归禹王。

　　硛 岜 㨳 𣳮 㞳 鿡 海，
　　Siuq bya hai mieng bae doeng haij，
　　凿山开沟通大海，

　　淰 汴 㚻 姓 𫝀 平 安。
　　Raemx mboek beksingq ndaej bingzan.
　　水退百姓得平安。

　　诗 对 诗 答 肛 其 内，
　　Sih doiq sih dop (hoiz) daengz gizneix，
　　一问一答到这里，

　　解 䧹 哆 吃 𨒍 任 帮。
　　Gej loek docih nuengx doxbang.
　　说错多谢妹相帮。

迴 吽 𢃇
5 Duenz Gwndaenj
猜吃穿

嗲：𠃑 迴 佲 𨒍 姨，
Cam：Gou duenz mwngz nuengxheiz，
问：我猜你阿妹，

　　㘦 𬑽 几 夥 丫？
　　Gaiq reih geijlai nga?
　　地有几分岔？

　　𠃑 迴 佲 𨒍 㑩，
　　Gou duenz mwngz nuengxlaz，
　　我猜你阿妹，

　　㘦 𤱙 几 夥 角？
　　Gaiq naz geijlai gok?
　　田有几多角？

答：𨒍 裁 衲 双 𦡞，
Dap：Nuengx caiz buh song eiq (gen)，
答：妹裁双肩衣，

靴 廸 型 双 跙。
Couhdwg reih song nga.
就是两分岔。

崖 裁 衸 双 跙，
Nuengx caiz vaq song ga,
妹裁双脚裤，

靴 廸 齤 双 角。
Couhdwg naz song gok.
田有两个角。

唥：兄 唥 佲 崖 姨，
Cam：Gou cam mwngz nuengxheiz,
问：我问你阿妹，

逐 墹 型 逐 跌，
Cug henz reih cug yaengq（saemh bae），
逐块地边慢行走，

畊 哥 听 咧 艮，
Hoiz go dingq le ngaenz,
回哥的话啊阿妹，

四 角 繒 齐 掭。
Seiq gok saeng caez diem.
四角嘈齐提。

答：崖 裁 裇 啡 啡，
Dap：Nuengx caiz buh feifei,
答：妹埋头裁衣，

逐 墹 型 逐 跌。
Cug henz reih cug yaengq.
逐块地边慢行走。

劲 紆 纱 倒 鞯，
Lwgnywx sa dauq baenq,
套纱架上纱倒转，

四 角 繒 齐 掭。
Seiq gok saeng caez diem.
四角嘈齐提。

唥：兄 唥 佲 崖 吉，
Cam：Gou cam mwngz nuengxgaet,
问：我问你阿妹，

徒 虵 秮 縫 紳。
Duzmaet gaet fwngzgaen.
跳蚤咬手巾。

佋 広 咧 崖 艮，
Gijmaz le nuengxngaenz,
什么咧阿妹，

蛉 恖 趺 憷 吧？
Nengznyaen douh sujbaq?
苍蝇爬毛巾？

答：崖 挑 椛 扣 扣，
Dap：Nuengx diu va nyaednyaed,
答：妹埋头绣花，

徒 虵 秮 縫 紳。
Duzmaet gaet fwngzgaen.
跳蚤咬手巾。

崖 綈 纞 糍 憶，
Nuengx daemjrok raiz aen,
妹埋头织布，

蛉 恖 趺 憷 吧。
Nengznyaen douh sujbaq.
苍蝇爬毛巾。

唥：否 鐕 舐 躺 裯，
Cam：Mbouj rox dag ndangdaenj,
问：不会量衣裤，

昡 嗯 尽 鐕 咘，
Ngoenznaengz caenh rox gw（gwn），
每天只会吃，

歪 膘 雱 咘 咘，
Gwnz hwet remrwrw,
腰间胀鼓鼓，

歪 胎 絜 几 眎。
Lajhoz lw geij cik.
前颈剩几尺。

回：否 鐕 舐 裇 衸，
Dap：Mbouj rox dag buh vaq,
答：不会量衣裤，

毹 否 卦 徒 馀。
Huk mbouj gvaq duzcwz.
笨得像黄牛。

丕 臘 雾 哂 哂,
Gwnz hwet remrwrw,
腰间胀鼓鼓,

吞 胎 縶 几 尺。
Lajhoz lw geij cik.
前颈剩几尺。

欢 打 嗛

6 Fwen Dajgangj
打比歌

嗲: 打 嗛 哃 大 乙,
Cam: Dajgangj coenz daih'it,
问: 打比第一句,

靠 柲 阌 閅 窓。
Faex mbit ndaw gyang gyoeng.
树干扭中空。

打 嗛 了 娜 俞,
Dajgangj liux naxdoengz,
打比了姣妹,

椛 萠 茏 肿 線。
Vaboengzloengx cuengq sienq.
萠茏花吊线。

答: 㭑 茮 蹲 卜 癖,
Dap: Gocoeng daengjbugbig,
答: 葱儿直直长,

靠 柲 阌 閅 窓。
Faex mbit ndaw gyang gyoeng.
树干扭中空。

㨂 櫺 怷 任 牟,
Nuengx roi gyaeuj doxroengz,
妹往下梳头,

椛 萠 茏 肿 線。
Vaboengzloengx cuengq sienq.
萠茏花吊线。

嗲: 打 嗛 哃 大 二,
Cam: Dajgangj coenz daihngeih,
问: 打比第二句,

鸼 吉 利 跳 滩。
Roeggitleih diuq dan.
吉利鸟跳滩。

打 嗛 了 娜 妌,
Dajgangj liux naxvanz (youx),
打比了姣妹,

靠 大 山 櫊 嚓。
Faex daihsan (bya hung) raekcat.
大山树折断。

答: 伝 揉 粝 嚟 嚟,
Dap: Vunz ruenh haeux reirei,
答: 人筛谷沙沙,

鸼 吉 利 跳 滩。
Roeggitleih diuq dan.
吉利鸟跳滩。

伝 撢 砓 啘 噠,
Vunz daem doiq naengmam,
人舂碓嗵嗵,

靠 大 山 櫊 嚓。
Faex daihsan raekcat.
大山树折断。

嗲: 打 嗛 哃 大 三,
Cam: Dajgangj coenz daihsam,
问: 打比第三句,

�💧 阌 蓝 嘸 髄。
Noh ndaw banz ok ndok.
盘中肉长骨。

打 嗛 了 㨂 托,
Dajgangj liux naxdog (youx),
打比了姣妹,

篋 阌 箵 嘸 昒。
Dawh ndaw gyog ok mbaw.
筒中筷长叶。

答：伝礳墨啈啈，
Dap：Vunz muz maeg vanvan，
答：人埋头磨墨，

胬阆盘嵲髅。
Noh ndaw banz ok ndok.
盘中肉长骨。

毖歃圣阆篗，
Bitsaw youq ndaw mbok，
笔筒里的笔，

篞阆箘嵲昁。
Dawh ndaw gyog ok mbaw.
筒中筷长叶。

问：打嗛昫大四，
Cam：Dajgangj coenz daihseiq，
问：打比第四句，

坅型眉双丫。
Gaiq reih miz song nga.
一块地有两分岔。

打嗛了奴妋，
Dajgangj liux cadaz（youx），
打比了姣妹，

坅畓眉双埩。
Gaiq naz miz song dwngj.
一块田两个出水口。

答：伝裁祄双肩，
Dap：Vunz caiz buh song eiq（gen），
答：人裁双肩衣，

靴迪型双丫。
Couhdwg reih song nga.
就是地有两分岔。

伝車祂双跰，
Vunz ci vaq song ga，
人缝双脚裤，

靴迪畓双埩。
Couhdwg naz song dwngj.
就是田有两出水口。

嗲：打嗛昫大吙，
Cam：Dajgangj coenz daihhaj，
问：打比第五句，

颴獁羁遁荟。
Rieng max sienq daemx mbwn.
马尾打着天。

打嗛了英雄，
Dajgangj liux ingyungz（youx），
打比了姣妹，

颴茛羁遁垼。
Rieng lungz sienq daemx deih.
龙尾打着地。

答：伝燒窑壩汏，
Dap：Vunz siu yiuz henz dah，
答：人烧窑河边，

颴獁羁遁荟。
Rieng max sienq daemx mbwn.
马尾打着天。

雾夅霭呋呋，
Fwn roengz moenqboenboen，
毛毛雨飘下，

颴茛羁遁垼。
Rieng lungz sienq daemx deih.
龙尾打着地。

嗲：打嗛昫大六，
Cam：Dajgangj coenz daihroek，
问：打比第六句，

天飯垼敆翻。
Dien foek deih youh fan.
天翻地又覆。

打嗛了娜妸，
Dajgangj liux naxvanz，
打比了姣妹，

天翻垼敆乱。
Dien fan deih youh luenh.
天翻地又乱。

答：伝 打 斀 獒 獒，
Dap：Vunz dajcae ngoekngoek，
答：人埋头犁地，

天 颏 坣 酨 翻。
Dien foek deih youh fan.
天翻地又覆。

伝 打 耪 嘿 嘿，
Vunz dajrauq vanvan，
人埋头耙田，

天 翻 坣 酨 乱。
Dien fan deih youh luenh.
天翻地又乱。

唫：打 嘿 呴 大 七，
Cam：Dajgangj coenz daihcaet，
问：打比第七句，

咀 咀 无 数 狄。
Nyaetnyaet fouzsoq faenz.
密密无数齿。

打 嘿 了 娜 艮，
Dajgangj liux naxngaenz（youx），
打比了姣妹，

咽 咽 无 数 岾。
Yaenyaen fouzsoq congh.
密密无数眼。

答：圹 橅 三 百 七，
Dap：Gaiq fwz sam bak caet，
答：织布梳，三百七，

咀 咀 无 数 狄。
Nyaetnyaet fouzsoq faenz.
密密无数齿。

伝 绹 繺 贫 棚，
Vunz daemjrok baenz baengz，
织布机织布，

咽 咽 无 数 岾。
Yaenyaen fouzsoq congh.
密密无数眼。

唫：打 嘿 呴 大 八，
Cam：Dajgangj coenz daihbet，
问：打比第八句，

接 接 伮 对 伮。
Ciepciep sueng doiq sueng.
接接双对双。

打 嘿 了 风 光，
Dajgangj liux funggueng（youx）.
打比了姣妹，

靟 枋 笍 对 笍。
Faexfueng hoh doiq hoh.
横梁节对节。

答：伝 霂 坁 吃 吃，
Dap：Vunz goemq vax yetyet，
答：人盖瓦齐齐，

接 接 伮 对 伮。
Ciepciep sueng doiq sueng.
齐齐双对双。

板 前 低 桁 条，
Banjcienz ndij venghdiuz，
板前和桁条，

靟 枋 笍 对 笍。
Faexfueng hoh doiq hoh.
横梁节对节。

唫：打 嘿 呴 大 九，
Cam：Dajgangj coenz daihgouj，
问：打比第九句，

斈 斗 阄 垆 沙。
Dingqdaeuj ndaw namhsa.
沙土里面打跟斗。

打 嘿 了 奴 呐，
Dajgangj liux canaz，
打比了姣妹，

妲 鸡 趺 佛 壿。
Meh'a（roegga）douh bangx dat.
乌鸦栖悬崖。

答：劲蛳荐辘辘，
Dap：Lwgsae cienqloulou,
答：螺蛳团团转，

孚斗阔埔沙。
Dingqdaeuj ndaw namhsa.
沙土里面打跟斗。

愳鎖抔佲柣，
Aensuj venj bangx faz,
锁头挂板壁，

她鸦趺佲壋。
Mah'a douh bangx dat.
乌鸦栖悬崖。

嗲：打嗛哃大十，
Cam：Dajgangj coenz daihcib,
问：打比第十句，

她鹛跳卦湝。
Mehbit diuq gvaq mieng.
母鸭跳过沟。

打嗛了婚缘，
Dajgangj liux hoenzyienz,
打比了姣妹，

徒羊拜天埊。
Duzyiengz baiq diendeih.
羊同拜天地。

答：伝劤嫁啦啦，
Dap：Vunz vit gyaj liblib,
答：人扔秧噼啪，

她鹛跳卦湝。
Mehbit diuq gvaq mieng.
母鸭跳过沟。

伝穛醅任跷，
Vunz ndaem naz doxriengz,
人插秧相随，

徒羊拜天埊。
Duzyiengz baiq diendeih.
羊同拜天地。

欢瘾
7 Fwen Yinx
瘾歌

嗲：瘾了瘾，
Cam：Yinx liux yinx,
问：瘾了瘾，

瘾合崬枞柏。
Yinx haeuj ndoeng coengzbek.
瘾进松柏林。

瘾了瘾，
Yinx liux yinx,
瘾了瘾，

瘾娄咟朤晸。
Yinx bae bak lai ngoenz.
瘾去百多天。

答：伴屸是木匠，
Dap：Dou ndi seih moegciengh,
答：我们不是木匠，

瘾合崬枞柏。
Yinx haeuj ndoeng coengzbek.
瘾进松柏林。

伴屸是势铇，
Dou ndi seih fong rek,
我们不是补锅的，

瘾娄咟朤晸。
Yinx bae bak lai ngoenz.
瘾去百多天。

嗲：瘾了瘾，
Cam：Yinx liux yinx,
问：瘾了瘾，

瘾娄崬猘莂。
Yinx bae ndoeng caeg biek.
瘾去林里偷芋头。

瘾了瘾，
Yinx liux yinx,
瘾了瘾，

373

瘾 呰 渌 狦 怀。
Yinx bae lueg caeg vaiz.
瘾进山谷去偷牛。

答：㐅 腇 是 徒 猅，
Dap：Dou ndi seih duzmou，
答：我们不是猪，

瘾 呰 東 狦 菂。
Yinx bae ndoeng caeg biek.
瘾去林里偷芋头。

㐅 腇 是 徒 蚸，
Dou ndi seih duzliek (nengznyaenvaiz)，
我们不是牛虻，

瘾 呰 渌 狦 怀。
Yinx bae lueg caeg vaiz.
瘾进山谷去偷牛。

嗲：瘾 了 瘾，
Cam：Yinx liux yinx，
问：瘾了瘾，

瘾 歪 堛 呰 跅。
Yinx gwnz gik bae soengz.
瘾站土块上。

瘾 了 瘾，
Yinx liux yinx，
瘾了瘾，

瘾 夅 堋 呰 3。
Yinx roengz boengz bae naengh.
瘾坐泥土里。

答：㐅 腇 是 徒 鴭，
Dap：Dou ndi seih duzbit，
答：我们不是鸭，

瘾 歪 堛 呰 跅。
Yinx gwnz gik bae soengz.
瘾土块上站。

㐅 腇 是 喴 咙，
Dou ndi seih moengzloengz，
我们不是糊涂，

瘾 夅 堋 呰 3。
Yinx roengz boengz bae naengh.
瘾坐泥土里。

嗲：瘾 了 瘾，
Cam：Yinx liux yinx，
问：瘾了瘾，

瘾 呰 岜 呰 墶。
Yinx bae bya bae dat.
瘾上山上崖。

瘾 了 瘾，
Yinx liux yinx，
瘾了瘾，

瘾 呰 墶 竕 哦。
Yinx bae dat haucanz.
瘾去高崖上。

答：㐅 腇 廸 鴀 鴉，
Dap：Dou ndi dwg roeg'a，
答：我们不是乌鸦，

瘾 呰 岜 呰 墶。
Yinx bae bya bae dat.
瘾上山上崖。

兄 腇 廸 白 鹤，
Gou ndi dwg beghag，
我不是白鹤，

瘾 呰 墶 竕 哦。
Yinx bae dat haucanz.
瘾去高崖上。

8 迵 㧐 搨 DUENZ HONGDAWZ 猜工具

嗲：眉 的 徒 猅 絤，
Cam：Miz di duzmou saeq，
问：有些小猪崽，

带 閬 胅 緫 毪。
Daiq ndaw saej cungj bwn.
连肠子里都长毛。

饿 糢 否 𥐨 叻，
Gueng mok mbouj rox gwn.
喂它猪潲不会吃，

伝 抅 䮜 只 吗。
Vunz beng rieng cix heuh.
拉它尾巴它就叫。

答：桶 飗 偃 势 銐，
Dap：Doengjrumz canghfongrek,
答：补锅匠的风箱，

嘚 唎 只 㘃 飗。
Bozbet cix ok rumz.
拉动就出风。

带 閜 胅 総 毪，
Daiq ndaw saej cungj bwn,
连肠子里都长毛，

否 𥐨 叻 𥐨 噛。
Mbouj rox gwn rox swenj.
不会吃会叫。

嗲：介 庅 尭 凛 茝，
Cam：Gaiqmaz gyaeuj lumj lungz,
问：什么头像龙，

䮜 䖫 凛 䮜 鳳。
Rieng nyoengq lumj rieng fungh.
尾巴蓬乱像凤尾。

晎 晎 伝 総 用，
Ngoenzngoenz vunz cungj yungh,
人们天天都用它，

波 乱 閤 㤭 晔。
Baez ndaej hoengq couh ninz.
一有空就睡。

答：撑 牥 尭 凛 茝，
Dap：Sauqbaet gyaeuj lumj lungz,
答：扫把头像龙，

䮜 䖫 凛 䮜 鳳。
Rieng nyoengq lumj rieng fungh.
尾巴蓬乱像凤尾。

晎 晎 牥 𥑇 用，
Ngoenzngoenz baet ranz yungh,
天天扫地用，

波 否 用 只 晔。
Baez mbouj yungh cix ninz.
一不用就睡。

嗲：㤭 伖 凛 㤭 敠，
Cam：Aen de lumj aen fa,
问：看它像锅盖，

宽 貧 敠 箊 笼。
Gvangq baenz fa boengxloengx.
宽像货郎的竹箩盖。

赽 聎 双 㤭 咨，
Gik rwz song aen congh,
一只耳朵两个孔，

伝 起 揼 起 𪁖。
Vunz yied mboengj yied gongz.
人越打越弯。

答：㤭 銐 凛 㤭 敠，
Dap：Aen laz lumj aen fa,
答：铜锣像锅盖，

宽 貧 敠 箊 笼。
Gvangq baenz fa boengxloengx.
宽像货郎的竹箩盖。

赽 聎 双 㤭 咨，
Gik rwz song aen congh,
一只耳朵两个孔，

起 揼 伖 起 𪁖。
Yied mboengj de yied gongz.
越打它越弯。

嗲：狃 夲 踔 歪 㭸，
Cam：Nou hung byaij gwnz faex,
问：大鼠走树上，

䞤 㞎 屧 䞤 疙。
Doq bae haex doq yet.
边走屎边泄。

躺 紅 毡 宅 哄，
Ndang hoengz bwn ndoqndet,
身红光秃秃，

旺 明 搂 咟 沈。
Yaepyet ra gwn youz.
转眼找油喝。

答：伐 刀钯 公 打 挼，
Dap: Fagbauh goengdajdoq,
答：木工的刨子，

躺 宅 取 紅 絉。
Ndang ndoq youh hoengzmaeq.
身子光光又粉红。

够 卑 够 蟛 屎，
Doq bae doq ok haex,
边走边拉屎，

漒 漒 于 扬 沈。
Daehdaeh ij uet youz.
走走要抹油。

嗲：倌 広 廪 坹 板，
Cam: Gijmaz lumj gaiq banj,
问：什么像块板，

嗳 岩 壦 乱 宅。
Henx goengq ndoi ndaej ndoq.
土岭啃得光。

兄 嗲 佲 咧 哥，
Gou cam mwngz le go,
我问你咧哥，

鋤 儍 吗 倌 広?
Coh de heuh gijmaz?
它叫什么名?

答：佋 侕 佬 咧 傻，
Dap: Ciuh bouxlaux le raz,
答：老辈人啊妹，

揝 伐 剁 伐 剞。
Cauh fagcax fagdaeq.
造出砍刀和剃刀。

剞 魁 侵 势 靠，
Daeq gyaeuj caeuq raemj faex,
无论剃头和砍树，

否 岃 乱 坹 傻。
Mbouj noix ndaej gaiq de.
少不了它们。

嗲：侵 对 桶 最 兀，
Cam: Caeuq doiqdoengj ceiq ndei,
问：跟桶好搭档，

乾 韽 岿 廸 渰。
Haet haemh bae dwk raemx.
早晚去打水。

咟 吟 取 咳 吟 ，
Gwn gaemz youh haiz gaemz,
吃一口来吐一口，

廪 口 侼 口 喎。
Lumj guhcaemz guh'angq.
像游戏玩耍。

答：懑 瓢 跾 懑 桶，
Dap: Aen beuz riengz aen doengj,
答：水瓢跟水桶，

窒 熿 岿 掃 渰。
Ranzrongh bae daek raemx.
天亮去舀水。

咟 吟 只 咳 吟，
Gwn gaemz cix haiz gaemz,
吃一口就吐一口，

乾 韽 岃 否 乱。
Haet haemh noix mbouj ndaej.
早晚少不了。

嗲：塀 歪 只 坹 瓸，
Cam: Baihgwnz cix gaiq vax,
问：上面是盖瓦，

塀 歪 只 坹 楼。
Baihlaj cix gaiq laeuz.
下面是栋楼。

阁咕嗉勾勾，
Haep bak gangjngaeungaeu,
闭嘴自说话，

佲吽廸広眭？
Mwngz naeuz dwg maz nuengx?
是什么啊妹？

答：偝弪得熬氿，
Dap：Gij hongdawz ngauz laeuj，
答：熬酒的工具，

歪呑楼几曽。
Gwnz laj laeuz geij caengz.
上下楼几层。

氿漯醋只洛，
Laeuj lae ndwq cix roenx，
酒流酒糟溢，

嗉吶吶各唨。
Gangjcoencoen gag angq.
自得其乐讲潺潺。

嗲：双俌斉靆霞，
Cam：Song boux caez sang daemq，
问：两人同高矮，

乾酼恬公翁。
Haet haemh gyaez goeng'au.
早晚爱叔叔。

凛双条靠操，
Lumj song diuz faexsaux，
像两根竹竿，

趔怀朤合檠。
Log vaiz hau haeuj riengh.
赶白牛进栏。

答：仝靆霞囬佽，
Dap：Doengz sang daemq guh youx，
答：同高矮谈情，

廸枵篗靠筬。
Dwg gouhdawh faexfaiz.
是双南竹筷。

乾酼緫仝排，
Haet haemh cungj doengz baiz，
早晚都并排，

趔粘朤合咱。
Log haeux hau haeuj bak.
赶白饭进嘴。

嗲：肱啉啉凛齱，
Cam：Hongzrumrum lumj byaj，
问：隆隆响像雷，

雾犖呑否潤。
Fwn doek laj mbouj mbaeq.
雨落下面干。

起韡傪起涕，
Yied baenq de yied daej，
越转它越哭，

雾脾唒纷纷。
Fwn saeq gokfoenfoen.
细雨响沙沙。

答：愸砍韡辘辘，
Dap：Aen muh baenqloekloek，
答：磨子转辘辘，

雾犖呑否潤。
Fwn doek laj mbouj mbaeq.
雨落下面干。

砍粘糒粘糍，
Muh haeuxgok haeuxdaeq，
磨大米玉米，

雾脾唒纷纷。
Fwn saeq gokfoenfoen.
细雨响沙沙。

嗲：九月傪岜府，
Cam：Gouj nyied de bae fouj，
问：九月它去府，

歪呑召卦冬。
Youq laj congh gvaq doeng.
在洞里过冬。

377

三 四 月 㐀 夯，
Sam seiq nyied mbwn roengz，
三四月天暖，

貧 嘞 吗 嶙 嶙。
Baenz doengh heuhlinlin。
满垌叫连连。

答：蟾 蚓 肝 晴 冬，
Dap：Goep gvej daengz seizdoeng，
答：青蛙到冬天，

唔 夯 召 合 岜。
Ndonj roengz congh haeuj bya。
钻下洞进山。

三 四 月 㠇 庥，
Sam seiq nyied okma，
三四月出来，

吗 阆 罾 阆 垌。
Heuh rim naz rim doengh。
田垌叫连天。

迵 各 养

9 Duenz Gak Yiengh
猜各种各样

嗲：佲 可 常 㠇 岜，
Cam：Mwngz goj ciengz bae bya，
问：你也常上山，

㧅 賑 狑 腿 蟥。
Lau raen ma rieng henj。
怕见黄尾狗。

佲 可 常 㠇 嵅，
Mwngz goj ciengz bae gemh，
你也常上坳，

㧅 賑 犴 腿 红 。
Lau raen cenh rieng hoengz。
怕见红尾的刺猬。

答：秙 粖 孟 佛 岜，
Dap：Haeuxfiengj youq bangx bya，
答：小米在山崖，

就 廸 狑 腿 蟥。
Couhdwg ma rieng henj。
就是黄尾狗。

麦 穄 孟 歪 嵅，
Megsang youq gwnz gemh，
高粱在坳上，

就 廸 犴 腿 红 。
Couhdwg cenh rieng hoengz。
就是红尾的刺猬。

嗲：俶 可 常 㠇 板，
Cam：Sou goj ciengz bae mbanj，
问：你们也常走村串寨，

㧅 賑 嵌 猕 獟。
Lau raen gamj maxlaeuz。
怕见猴子洞。

俶 可 常 㠇 州，
Sou goj ciengz bae cou，
你们也常去州里，

㧅 賑 牛 连 緋。
Lau raen ngaeuz（vaiz）lienz cag。
怕见带绳的牛。

答：偲 葶 孟 㤼 板，
Dap：Aen diengz youq gyaeuj mbanj，
答：村头茅草亭，

就 廸 嵌 猕 獟。
Couhdwg gamj maxlaeuz。
就是猴子洞。

劲 瓜 孟 佛 苟，
Lwggva youq bangx gaeu，
藤上的南瓜，

就 廸 牛 连 緋。
Couhdwg ngaeuz lienz cag。
就是牛连绳。

嗲：俶 可 常 㠇 街，
Cam：Sou goj ciengz bae gai，
问：你们也常上街，

惊 睚 芥 劤 槿。
Lau raen gyaiz lwgdoengj.
怕见挑橙子的大篾筐。

敉 可 常 娝 垌，
Sou goj ciengz bae doengh,
你们也常去田垌，

惊 睚 鳳 朝 阳。
Lau raen fungh ciuz yiengz.
怕见凤朝阳。

答：伝 辑 煲 娝 馈，
Dap：Vunz rap bou (cabau) bae gai,
答：人挑沙煲上街卖，

靴 廸 芥 劤 槿。
Couhdwg gyaiz lwgdoengj.
就是挑橙子的大篾筐。

伝 辑 篛 貧 槌，
Vunz rap buengz baenz foengq,
人挑成串的背篷，

靴 廸 鳳 朝 阳。
Couhdwg fungh ciuz yiengz.
就是凤朝阳。

嗲：敉 可 常 娝 京，
Cam：Sou goj ciengz bae ging,
问：你们也常去京城，

惊 睚 礦 燩 踌。
Lau raen rin rox byaij.
怕见会走的石头。

敉 可 常 娝 海，
Sou goj ciengz bae haij,
你们也常下海，

惊 睚 海 鲃 鯢。
Lau raen haij byaleix.
怕见海鲤鱼。

答：石 碾 專 嶙 嶙，
Dap：Signienj cuenhlinlin,
答：石碾转辘辘，

靴 廸 礦 燩 踌。
Couhdwg rin rox byaij.
就是会走的石头。

伝 渡 舺 吶 吶，
Vunz doh ruz vaivai,
人渡船过河，

靴 廸 海 鲃 鯢。
Couhdwg haij byaleix.
就是海鲤鱼。

嗲：敉 可 常 娝 吞，
Cam：Sou goj ciengz bae laj,
问：你们也常去下面，

惊 睚 犸 三 町。
Lau raen max sam din.
怕见三脚马。

敉 可 常 娝 京，
Sou goj ciengz bae ging,
你们也常去京城，

惊 睚 礦 咟 咨。
Lau raen rin bak congh.
怕见石头长百洞。

答：祂 呷 唜 墹 汏，
Dap：Nda gaxgez henz dah,
答：河边的背带，

靴 廸 犸 三 町。
Couhdwg max sam din.
就是三脚马。

窜 蟆 侵 窜 虹，
Rongz doq caeuq rongz dinz,
马蜂窝和黄蜂窝，

靴 廸 礦 咟 咨。
Couhdwg rin bak congh.
就是石头长百洞。

嗲：佲 可 常 娝 遘，
Cam：Mwngz goj ciengz bae gyae,
问：你也常常去远方，

　　愣 瓹 𥻰 双 咟；
　　Lau raen cae song bak；
　　怕见双嘴的犁；

　　佲 可 常 𡎟 斈，
　　Mwngz goj ciengz bae hag，
　　你也常常去学堂，

　　愣 瓹 𡋗 双 曾。
　　Lau raen ngag song caengz.
　　怕见双层的酒坛。

答：褡 鞋 蒳 𡎟 邂，
Dap：Daenj haiz nyangj bae gyae，
答：穿着草鞋去远方，

　　眊 廸 𥻰 双 咟；
　　Couhdwg cae song bak；
　　就是双嘴犁；

　　伝 褡 鞋 搎 絉，
　　Vunz daenj haiz sonx mad，
　　人穿鞋套袜，

　　眊 廸 𡋗 双 曾。
　　Couhdwg ngag song caengz.
　　就是双层的酒坛。

嗲：佲 可 常 𡎟 𠃷，
Cam：Mwngz goj ciengz bae laj，
问：你也常常到下面，

　　愣 瓹 絺 𪓟 沋；
　　Lau raen saj yomx youz；
　　怕见染油的土纺纱车；

　　佲 可 常 𡎟 州，
　　Mwngz goj ciengz bae cou，
　　你也常常到州里，

　　愣 瓹 猉 繂 犴。
　　Lau raen mou yien lwg.
　　怕见母猪牵着崽。

答：愢 𥙷 𤃵 堹 汏，
Dap：Aen loek youq henz dah，
答：河边的水车，

　　眊 廸 絺 𪓟 沋；
　　Couhdwg saj yomx youz；
　　就是染油的土纺纱车；

　　愢 侈 専 嗖 嗖，
　　Aen de cuenhsousou，
　　水车转辘辘，

　　眊 廸 猉 繂 犴。
　　Couhdwg mou yien lwg.
　　就是母猪牵着崽。

嗲：俽 可 常 𡎟 東，
Cam：Sou goj ciengz bae ndoeng，
问：你们也常进树林，

　　愣 瓹 𧏷 𠎁 臕；
　　Lau raen lungz iet hwet；
　　怕见龙伸腰；

　　俽 可 常 𡎟 渌，
　　Sou goj ciengz bae lueg，
　　你们也常进山谷，

　　愣 瓹 葝 貧 堆。
　　Lau raen biek baenz dui.
　　怕见芋成堆。

答：伝 刅 𣏕 閖 東，
Dap：Vunz cuengq faex ndaw ndoeng，
答：人林中砍树，

　　眊 廸 𧏷 𠎁 臕；
　　Couhdwg lungz iet hwet；
　　就是龙伸腰；

　　伝 挖 桷 閖 渌，
　　Vunz vat goek ndaw lueg，
　　人在山谷挖树根，

　　眊 廸 葝 貧 堆。
　　Couhdwg biek baenz dui.
　　就是芋成堆。

嗲：徒 哃 䎱 粄 嗷，
Cam：Duz lawz naj raizngauq，
问：什么脸花花，

圣陌姚捰蜪？
Youq bakcauq ra raeu?
厨房找头虱？

徒哂躺最鯐，
Duz lawz ndang ceiq haeu,
什么身最臭，

圣拱闻崟躲？
Youq gungx dou bae ndoj?
在门角躲藏？

答：麻筛矋糙嗷，
Dap：Mazsai（lad）naj raizngauq,
答：麻筛脸花花，

圣陌姚捰蜪；
Youq bakcauq ra raeu;
厨房找头虱；

桶戾躺最鯐，
Doengjnyouh ndang ceiq haeu,
尿桶身最臭，

圣拱闻崟躲。
Youq gungx dou bae ndoj.
在门角躲藏。

嗲：徒哂尸眉盯，
Cam：Duz lawz ndi miz din,
问：什么没有脚，

郈咟郈蜑戾？
Doq gwn doq ok nyouh?
边吃边撒尿？

徒哂胎練嗝，
Duz lawz hoz sukngaeuj,
什么脖缩缩，

到处傪緫肝？
Dauqcawq de cungj daengz?
处处它都到？

答：憪㭪否眉盯，
Dap：Aen loek mbouj miz din,
答：水车没有脚，

郈咟郈蜑戾；
Doq gwn doq ok nyouh;
边吃边撒尿；

蝐鳘胎練嗝，
Goepsou hoz sukngaeuj,
蟾蜍脖缩缩，

到处傪緫肝。
Dauqcawq de cungj daengz.
处处它都到。

嗲：徒哂否蜑矋，
Cam：Duz lawz mbouj ok naj,
问：什么不出面，

嗹吒鄭孛伝？
Gangj vah cingh hag vunz?
说话净学人？

徒哂矋牙吢，
Duz lawz naj heulwnz,
什么脸青青，

古粹伝共彫。
Guj nem vunz gungh ingj.
总跟人同影。

答：岜穇否蜑矋，
Dap：Bya sang mbouj ok naj,
答：高山不出面，

嗹吒鄭孛伝；
Gangj vah cingh hag vunz;
说话净学人。

憪礥矋牙吢，
Aen gingq naj heulwnz,
镜子脸青青，

古粹伝共彫。
Guj nem vunz gungh ingj.
总跟人同影。

嗲：徒哂矋蓁繞，
Cam：Duz lawz naj reuq nyauq,
问：什么脸皱皱，

吽 僗 佬 敉 倬?
Naeuz de laux youh coz?
说它年老却年轻?

徒 峢 毽 咔 喏,
Duz lawz mumh gajnyo,
什么须长长,

咀 叩 苁 呑 侖?
Ceq guh byoz laj liengj?
好像伞下的草丛?

答: 蒴 劲 罂 寮 繞,
Dap: Biek lwg naj reuq nyauq,
答: 芋头崽,脸皱皱,

吽 僗 佬 敉 倬;
Naeuz laux de youh coz;
说它年老又强壮;

蒴 她 毽 咔 喏,
Biek meh mumh gajnyo,
芋头娘,须长长,

咀 叩 苁 呑 侖。
Ceq guh byoz laj liengj.
好像伞下的草丛。

嗲: 徒 峢 最 嗖 呛,
Cam: Duz lawz ceiq baenxlaenz,
问: 什么动物最肮脏,

尽 歐 伝 溻 罃?
Caenh aeu vunz swiq naj?
总要人洗脸?

徒 峢 最 湗 嗖,
Duz lawz ceiq seuqsaj,
什么动物最干净,

昑 溻 吼 波 躺?
Ngoenz swiq haj baez ndang?
一天要洗五次身?

答: 磺 磺 最 嗖 呛,
Dap: Rinbaenz ceiq baenxlaenz,
答: 磨刀石最脏,

尽 歐 伝 溻 罃。
Caenh aeu vunz swiq naj.
总要人洗脸。

桶 淰 最 湗 嗖,
Doengjraemx ceiq seuqsaj,
水桶最干净,

昑 溻 吼 波 躺。
Ngoenz swiq haj baez ndang.
一天要洗五次身。

嗲: 介 广 臕 迓 迌,
Cam: Gaiqmaz hwet gungjngaeuq,
问: 什么腰弯弯,

倜 戲 僗 骽 枉?
Gij gyaeuj de utvang?
它的头横拐?

粩 広 躺 最 舔,
Haeux maz ndang ceiq sang,
什么米最高,

打 丱 閅 生 劲?
Daj byongh gyang seng lwg?
从腰中生崽?

答: 伩 赘 臕 迓 迌,
Dap: Fagcae hwet gungjngaeuq,
答: 犁腰弯又弯,

倜 戲 僗 骽 枉。
Gij gyaeuj de utvang.
它的头横拐。

粩 样 躺 最 舔,
Haeuxyangz ndang ceiq sang,
玉米身最高,

打 丱 閅 生 劲。
Daj byongh gyang seng lwg.
从腰中生崽。

嗲: 琨 倜 広 噁 梅?
Cam: Goenh gijmaz ndei hoij?
问: 什么手镯好挂?

俪 侫 厷 兀 揞?
Soij gijmaz ndei dawz?
什么耳环好拿?

斀 侫 厷 兀 读?
Saw gijmaz ndei doeg?
什么书好读?

繠 侫 厷 兀 綡?
Rok gijmaz ndei daemj?
什么织布机好织?

淰 侫 厷 兀 帅?
Raemx gijmaz ndei gwn?
什么水好喝?

侫 厷 金 兀 睭?
Gim gijmaz ndei yiuq?
什么金好看?

答：琨 八 宝 兀 挴，
Dap：Goenh betbauj ndei hoij,
答：八宝镯好挂，

俪 玛 瑙 兀 揞，
Soij majnauj ndei dawz,
玛瑙耳环好拿，

斀 英 台 兀 读，
Saw Ingdaiz ndei doeg,
祝英台的书好读，

繠 台 譲 兀 綡，
Rok daiz sang ndei daemj,
高台的织布机好织，

淰 沛 譲 兀 帅，
Raemx mboq sang ndei gwn,
高处的泉水好喝，

金 扏 赽 兀 睭。
Gim cap gyaeuj ndei yiuq.
头上的金钗好看。

嘇：琨 侫 厷 噁 挴?
Cam：Goenh gijmaz yak hoij?
问：什么手镯难挂?

俪 侫 厷 噁 揞?
Soij gijmaz yak dawz?
什么耳环难拿?

斀 侫 厷 噁 读?
Saw gijmaz yak doeg?
什么书难读?

繠 侫 厷 噁 綡?
Rok gijmaz yak daemj?
什么织布机难织?

淰 侫 厷 噁 帅?
Raemx gijmaz yak gwn?
什么水难喝?

金 侫 厷 噁 睭?
Gim gijmaz yak yiuq?
什么金难看?

答：琨 蓸 箘 噁 挴，
Dap：Goenh caz duk yak hoij,
答：竹篾做的手镯难挂，

俪 蓸 萠 噁 揞，
Soij caz nyangj yak dawz,
稻草做的耳环难拿，

斀 脞 怀 噁 读，
Saw dungx vaiz yak doeg,
牛肚书（牛百叶）难读，

繠 徒 蛟 噁 綡，
Rok duzgyau yak daemj,
蜘蛛的织布机难织，

淰 洪 㞘 噁 帅，
Raemx cingjbwnh yak gwn,
粪水井的水难喝，

金 綫 真 噁 睭。
Gimsienq caen yak yiuq.
金线真难看。

嘇：侫 厷 妞 愢 簹?
Cam：Gijmaz haq aen raeng?
问：什么嫁筛子?

侭広佣桐嫁？
Gijmaz baengh go'gyaj?
什么靠稻秧？

侭広熢扚鐽？
Gijmaz caj yaekseiz?
什么等钥匙？

侭広尬弛椛？
Gijmaz ngeix caemh va?
什么想跟花儿在一起？

侭広捋帅醳？
Gijmaz ra gwn mak?
什么寻找果子吃？

侭広嚜帅鲃？
Gijmaz yak gwn bya?
什么特别能吃鱼？

侭広捋貧对？
Gijmaz ra baenz doiq?
什么相寻成双对？

侭広配貧梸？
Gijmaz boiq baenz gouh?
什么配成双？

答：憪篕妶憪簧，
Dap：Aenndoengj haq aenraeng,
答：簸箕嫁筛子，

桐粧佣桐稼，
Govaeng baengh go'gyaj,
稗草靠稻秧，

巴鎍熢扚鐽，
Baqsaj caj yaekseiz,
锁头等钥匙，

徒虷尬弛椛，
Duzmbaj ngeix caemh va,
蝴蝶想跟花儿在一起，

徒狿捋帅醳，
Duzgaeng ra gwn mak,
乌猿寻找果子吃，

徒狪嚜帅鲃，
Duznag yak gwn bya,
水獭特别能吃鱼，

鸳鸯捋貧对，
Yenhyangh ra baenz doiq,
鸳鸯相寻成双对，

搋鞵配貧梸。
Soengq haiz boiq baenz gouh.
送鞋配成双。

嗲：养侭広了佹，
Cam：Yiengh gijmaz liux youx,
问：是什么啊妹，

靠埊否乱靯？
Faex soh mbouj ndaej ing?
树直不能靠？

养侭広了铨，
Yiengh gijmaz liux gim,
是什么啊妹，

磩平否乱 3 ？
Rin bingz mbouj ndaej naengh?
石平不能坐？

答：湆雾叩靠埊，
Dap：Caek fwn guh faex soh,
答：雨滴像直树，

岁养唒乱靯？
Doq (youx) yienghlawz ndaej ing?
妹怎么能靠？

大海叩磩平，
Daihhaij guh rin bingz,
大海像平石，

金养唒乱 3 ？
Gim yienghlawz ndaej naengh?
妹怎么能坐？

嗲：兄嗲佲呀佡，
Cam：Gou cam mwngz ya doengz,
问：我问你老同，

俉 広 篛 否 囨？
Gijmaz ndoengj mbouj gvaengz?
什么簸箕没有框？

兄 嗲 佲 眭 艮，
Gou cam mwngz nuengxngaenz,
我问你姣妹，

俉 広 簹 否 咨？
Gijmaz raeng mbouj congh?
什么筛子没有眼？

答：晗 昀 圣 卜 嗍，
Dap：Daengngoenz youq baegboengh（venj），
答：太阳高高挂天上，

俉 傪 篛 否 囨。
Gij de ndoengj mbouj gvaengz.
那是簸箕没有框。

伝 偻 挢 皷 胜，
Vunzraeuz roq gyongnaeng，
我们敲皮鼓，

俉 傪 簹 否 咨。
Gij de raeng mbouj congh.
那是筛子没有眼。

嗲：兄 嗲 佲 眭 啊，
Cam：Gou cam mwngz nuengx ha，
问：我问你妹啊，

俉 広 螁 褚 鞋？
Gijmaz goep daenj haiz?
什么青蛙穿鞋子？

兄 傪 佲 眭 乖，
Gou cam mwngz nuengx gvai，
我问你乖妹，

俉 広 怀 褚 絉？
Gijmaz vaiz daenj mad?
什么水牛穿袜子？

答：莘 茄 甭 筼 楺，
Dap：Ronggya duk rangz ndoek，
答：竹籜包竹笋，

俉 傪 螁 褚 鞋；
Gij de goep daenj haiz；
那是青蛙穿鞋子；

茄 筬 甭 筼 筬，
Gya faiz duk rangz faiz，
竹籜包竹笋，

俉 傪 怀 褚 絉。
Gij de vaiz daenj mad.
那是水牛穿袜子。

嗲：俉 広 圣 閪 東，
Cam：Gijmaz youq ndaw ndoeng，
问：什么在林中，

俉 傪 釢 卦 剃？
Gij de hoemz gvaq daeq（fagdaeq）？
锋利过剃刀？

俉 広 圣 莽 枀，
Gijmaz youq byai faex，
什么在树梢，

俉 傪 絮 卦 毡？
Gij de saeq gvaq byoem？
细过人头发？

答：楁 菩 圣 閪 東，
Dap：Go'em youq ndaw ndoeng，
答：芭芒在林中，

楁 傪 釢 卦 剃；
Go de hoemz gvaq daeq；
锋利过剃刀；

蛟 挞 絲 莽 枀，
Gyau daz sei byai faex，
蜘蛛吐丝在树梢，

俉 傪 絮 卦 毡。
Gij de saeq gvaq byoem.
细过人头发。

嗲：兄 傪 佲 了 偻，
Cam：Gou cam mwngz liux raz，
问：我问你姣妹，

侜広蟾峞羔?
Gijmaz goep dai fouz?
什么青蛙死了浮水上?

兄俢佲了佼,
Gou cam mwngz liux youx,
我问你姣妹,

侜広猍峞疠?
Gijmaz mou dai raq?
什么猪瘟死?

答:怂胚响嗞呦,
Dap: Ndet haj hiengj cizcez,
答:煎着猪油吱吱响,

侜俢蟾峞羔;
Gij de goep dai fouz;
那是青蛙死了浮水上;

磩磩歪陌闰,
Rinbaenz youq bakdou,
磨刀石躺在家门口,

侜俢猍峞疠.
Gij de mou dai raq.
那是瘟死的猪。

嗲:兄嗲佲了偞,
Cam: Gou cam mwngz liux raz,
问:我问你了哥,

侜広蟾鱛嗛?
Gijmaz goep rox gangj?
什么青蛙会说话?

兄嗲佲了优,
Gou cam mwngz liux gvang,
我问你了哥,

侜広碗鱛艃?
Gijmaz vanj rox ruenz?
什么碗会爬?

答:娋打棚哗啵,
Dap: Sau daj baengz bizboeb,
答:妹打布哗啵,

侜俢蟾鱛嗛;
Gij de goep rox gangj;
那是青蛙会说话;

徒魝艃閔埆,
Duzfw ruenz gyang namh,
甲鱼爬土中,

侜俢碗鱛艃.
Gij de vanj rox ruenz.
那是碗会爬。

嗲:二三月飚北,
Cam: Ngeih sam nyied rumzbaek,
问:二三月里刮北风,

七百㛅蛣桿,
Caet bak faex did rag,
七百种树生了根,

三百㛅蛣盻,
Sam bak faex did mbaw,
三百种树长了叶,

柌呬蛣咔犢?
Go lawz did gaxgonq?
什么树先生根和长叶?

答:二三月飚北,
Dap: Ngeih sam nyied rumzbaek,
答:二三月里刮北风,

七百㛅蛣桿,
Caet bak faex did rag,
七百种树生了根,

三百㛅蛣盻,
Sam bak faex did mbaw,
三百种树发了枝,

柌梽蛣咔犢.
Goge did gaxgonq.
松树先生根和长叶。

嗲:三月合清明,
Cam: Sam nyied haeuj cingmingz,
问:三月进清明,

佲 広 㧊 料 嘞?
Gijmaz hwnjdaeuj bauq?
什么起来报?

二 三 月 任 倒,
Ngeih sam nyied doxdauq,
二三月以下,

徒 広 嘞 春 分?
Duz maz bauq cinfaen?
什么报春分?

答:三 月 合 清 明,
Dap:Sam nyied haeuj cingmingz,
答:三月进清明,

鴒 鶁 㧊 料 嘞。
Roegging hwnjdaeuj bauq.
京鸟上来报。

二 三 月 任 倒,
Ngeih sam nyied doxdauq,
二三月以下,

鷤 鴂 嘞 春 分。
Gven'gvi (roegdinghgeng) bauq cinfaen.
杜鹃报春分。

嗲:佲 広 埔 㺐 飈?
Cam:Gijmaz namh rox mbin?
问:什么土会飞?

佲 広 磌 㺐 嗦?
Gijmaz rin rox gangj?
什么石会说?

佲 広 板 㺐 㗂?
Gijmaz mbanj rox riu?
什么村会笑?

佲 広 吗 卦 浪?
Gijmaz heuh gvaq langh?
什么叫过浪?

佲 広 宆 㟽 嗙?
Gijmaz ranz bibuengq?
什么屋摇摆?

答:皉 内 颰 䋬 鴘,
Dap:Haetneix rumzgeujgaeq,
答:今早起旋风,

佲 傪 埔 㺐 飈;
Gaeq (gij) de namh rox mbin;
那是土会飞;

蝷 虵 圣 磌 夽,
Aekex youq laj rin,
蛤蚧在石下,

佲 傪 磌 㺐 嗦;
Gij de rin rox gangj;
那是石会说;

颰 卦 葬 榾 梡,
Rumz gvaq byai govanj (gorungz),
风过榕树梢,

佲 傪 板 㺐 㗂;
Gij de mbanj rox riu;
那是村会笑;

㚢 伭 娋 任 㛪,
Mbauq ndij sau doxliuh,
姑娘小伙同玩耍,

嚐 欢 吗 卦 浪;
Sing fwen heuh gvaq langh;
歌声飘过浪;

𣏔 挠 淰 閅 罁,
Faex ndau raemx ndaw gang,
棍子搅拌缸中水,

佲 傪 宆 㟽 嗙。
Gij de ranz bibuengq.
那是屋摇摆。

嗲:偲 佲 広 拸 点,
Cam:Aen gijmaz daekdiemj,
问:什么一点着,

桄 茌 撊 閰 家?
Vavengj hai gyang gya?
屋里金樱开?

荏 偌 広 呢 俹，
Yiengh gijmaz ni raz（youx），
是什么啊妹，

椛 瓜 擓 閊 峑？
Va'gva hai gyang rungh?
瓜花开山峑？

答：慁 灯 嚿 得 点，
Dap：Aen daeng haemh daekdiemj，
答：夜晚一点灯，

椛 荏 擓 閊 家。
Vavengj hai gyang gya.
屋里金樱开。

蓝 胳 鳽 呢 俹，
Banz nohgaeq ni raz，
鸡肉盘中盛，

椛 瓜 擓 閊 峑。
Va'gva hai gyang rungh.
瓜花开山峑。

嘇：徒 広 炈 哈 炈，
Cam：Duz maz baeuh ha baeuh，
问：什么烧啊烧，

歪 旭 甐 伩 夅？
Gwnz gyaeuj naeuh doxroengz?
从头往下烂？

徒 広 祒 祔 紅，
Duz maz daenj buh hoengz，
什么穿红衣，

起 趴 傪 起 霣？
Yied soengz de yied daemq?
越站它越矮？

答：炂 斐 炈 哈 炈，
Dap：Boekfeiz baeuh ha baeuh，
答：火把烧啊烧，

歪 旭 甐 伩 夅；
Gwnz gyaeuj naeuh doxroengz；
从头往下烂；

蠟 燭 祒 祔 紅，
Labcuk daenj buh hoengz，
蜡烛穿红衣，

起 趴 傪 起 霣。
Yied soengz de yied daemq.
越站它越矮。

嘇：偌 広 趴 陌 嵓，
Cam：Gijmaz soengz bakgemh，
问：什么站坳口，

伖 伝 喊 否 哖？
Gyoengqvunz hemq mbouj han?
众人喊不应？

偌 広 **3** 閊 竤，
Gijmaz naengh gyang ranz，
什么坐家中，

十 伝 揽 否 赸?
Cib vunz ram mbouj hwnq?
十人抬不起？

答：栖 靠 趴 陌 嵓，
Dap：Gofaex soengz bakgemh，
答：大树站坳口，

伖 伝 喊 否 哖。
Gyoengqvunz hemq mbouj han.
众人喊不应。

慁 姚 **3** 閊 竤，
Aencauq naengh gyang ranz，
火灶坐家中，

十 伝 揽 否 赸。
Cib vunz ram mbouj hwnq.
十人抬不起。

嘇：徒 広 圣 閊 淐，
Cam：Duz maz youq ndaw mieng，
问：什么在沟里，

嚿 栔 敆 敔 謤？
Haemh moeb gyong ciengq heiq?
夜里打鼓又唱戏？

徒 広 圣 歪 垫，
Duz maz youq gwnz deih,
什么在地上，

裆 袾 絻 糀 椛?
Daenj buhsaeq raizva?
穿着小花衣?

答：徒 蟾 圣 闶 洮，
Dap：Duzgoep youq ndaw mieng,
答：青蛙在沟里，

煔 椘 皷 畝 謆。
Haemh moeb gyong ciengq heiq.
夜里打鼓又唱戏。

鵃 偆 圣 歪 垫，
Roegfek youq gwnz deih,
鹧鸪在地上，

裆 袾 絻 糀 椛。
Daenj buhsaeq raizva.
穿着小花衣。

嗲：介 広 𪓵 竖 垫，
Cam：Gaiqmaz rox iet soh,
答：什么会伸直，

廪 胬 圣 咎 柠，
Lumj noh youq congh saeu,
像柱洞中肉，

乬 拽 否 乬 歐?
Ndaej ndenq mbouj ndaej aeu?
能递不能要?

介 広 牯 卦 茻，
Gaiqmaz ngaeuz (mbwk) gvaq raet,
什么大过黑木耳，

跌 峜 犚 佣 墷，
Saet bae doek bangx dat,
跑去挂悬崖，

乬 挞 否 乬 剮?
Ndaej dat mbouj ndaej gvej?
能捆不能割?

答：条 硌 竖 乬 垫，
Dap：Diuzlinx iet ndaej soh,
答：舌头能伸直，

廪 胬 圣 咎 柠，
Lumj noh youq congh saeu,
像柱洞中肉，

乬 拽 否 乬 歐。
Ndaej ndenq mbouj ndaej aeu.
能递不能要。

眆 聏 牪 卦 茻，
Mbawrwz ngaeuz gvaq raet,
耳朵大过黑木耳，

跌 峜 犚 佣 墷，
Saet bae doek bangx dat,
跑去挂悬崖，

乬 挞 否 乬 剮。
Ndaej dat mbouj ndaej gvej.
能捆不能割。

嗲：介 広 憶 裆 鸹?
Cam：Gaiqmaz iq daenj hau?
问：什么小时穿白衣?

介 広 娋 裆 韣?
Gaiqmaz sau daenj ceb?
什么姑娘穿蓝衣?

介 広 耆 咊 叶 裆 玾?
Gaiqmaz geqgazyeb daenj nding?
什么老来穿红衣?

答：楒 羬 蟪 椛 只 裆 鸹，
Dap：Gomanh ok va cix daenj hau,
答：辣椒开花穿白衣，

楒 羬 貧 憪 裆 韣，
Gomanh baenz aen cix daenj ceb,
辣椒结果穿蓝衣，

睤 羬 耆 咊 叶 裆 玾。
Makmanh geqgazyeb daenj nding.
辣椒果老来穿红衣。

嗲：介 厷 双 憪 咘，
Cam：Gaiqmaz song aen bak，
问：什么两张嘴，

否 眉 髗 眉 骰。
Mbouj miz ndok miz ndak。
全身没骨头。

乿 促 拃 蹴 汰？
Ndaej cugcak hamj dah?
能挣扎过河？

介 厷 骱 全 脔，
Gaiqmaz ndang cienz noh，
什么全身肉，

驮 乿 四 垆 楄，
Doz ndaej seiq gaiq benj，
能驮四块板，

赹 蹴 壥 蹴 汰？
Benz hamj ndoi hamj dah?
爬过岭过河？

答：徒 蜅 双 憪 咘，
Dap：Duzbing song aen bak，
答：蚂蟥两张嘴，

否 眉 髗 眉 骰，
Mbouj miz ndok miz ndak，
全身没骨头，

乿 促 拃 蹴 汰；
Ndaej cugcak hamj dah;
能挣扎过河；

徒 蚍 骱 全 脔，
Duzbeih ndang cienz noh，
蜻蜓全身肉，

驮 乿 四 垆 楄，
Doz ndaej seiq gaiq benj，
能驮四块板，

赹 蹴 壥 蹴 汰。
Benz hamj ndoi hamj dah.
爬过岭过河。

嗲：介 厷 結 胜 骱 蠟 絲？
Cam：Gaiqmaz geuj naeng ndang ok sei?
问：什么缠皮身出丝？

介 厷 拍 胜 骱 貧 竝？
Gaiqmaz mbek naeng ndang baenz dip?
什么剥皮身成瓣？

介 厷 秘 胜 骱 蠟 痆？
Gaiqmaz mbit naeng ndang ok nong?
什么拧皮身出脓？

介 厷 断 胜 骱 蠟 盈？
Gaiqmaz duenh naeng ndang ok lwed?
什么断皮身出血？

答：劲 藕 結 胜 骱 蠟 絲，
Dap：Lwgngaeux geuj naeng ndang ok sei，
答：莲藕缠皮身出丝，

碟 柑 拍 胜 骱 貧 竝，
Makgam mbek naeng ndang baenz dip，
柑子剥皮身成瓣，

碟 核 秘 胜 骱 蠟 痆，
Makgai mbit naeng ndang ok nong，
扁桃拧皮身出脓，

碟 黏 断 胜 骱 蠟 盈。
Maknim duenh naeng ndang ok lwed.
稔子（桃金娘）断皮身出血。

嗲：徒 厷 尥 扁 扁？
Cam：Duz maz gyaeuj benjbenj?
问：什么头扁扁？

徒 厷 骱 圆 圆？
Duz maz ndang yenzyenz?
什么身圆圆？

徒 厷 捐 跃 熁 弐 拳？
Duz maz gen ga rox hwnj gienz?
什么手脚会打拳？

徒 厷 搁 咘 熁 弹 杬？
Duz maz hai bak rox danz yienz?
什么开口会弹弦？

答：徒鵝怞扁扁，
Dap：Duzraeu gyaeuj benjbenj,
答：头虱头扁扁，

　　徒蚰躺圆圆，
　　Duzrwed ndang yenzyenz,
　　臭虫身圆圆。

　　徒蚍猏跰燋弖拳，
　　Duzmaet gen ga rox hwnj gienz,
　　跳蚤手脚会打拳，

　　徒蝶攔咟燋弹杬。
　　Duznyungz hai bak rox danz yienz.
　　蚊子张嘴会弹弦。

唫：介厷唔口鳹跰孖？
Cam：Gaiqmaz heuhguh gaeq ga dog?
问：什么叫做独脚鸡？

　　介厷猤庐否帅糢？
　　Gaiqmaz mou hog mbouj gwn mok?
　　什么猪进栏不吃食？

　　介厷閦戁閦只絴？
　　Gaiqmaz rog wenj ndaw cix nyangq?
　　什么外光里面渣？

　　介厷咟宪唔乳㺒？
　　Gaiqmaz bak gvangq ndwnj ndaej yiengz?
　　什么嘴大能吞羊？

答：憪瓜唔口鳹跰孖，
Dap：Aen gva heuhguh gaeq ga dog,
答：南瓜叫做独脚鸡，

　　劲傛合庐否帅糢，
　　Lwgfaeg haeuj hog mbouj gwn mok,
　　冬瓜进栏不吃食，

　　屡犸閦戁閦只絴，
　　Haexmax rog wenj ndaw cix nyangq,
　　马屎外光里面渣，

　　徒蛹咟宪唔乳㺒。
　　Duznuem bak gvangq ndwnj ndaej yiengz.
　　蛹蛇嘴大能吞羊。

唫：介厷棐难逼？
Cam：Gaiqmaz faex nanz bin?
问：什么树难爬？

　　介厷礦难栖？
　　Gaiqmaz rin nanz siq?
　　什么石难垒？

　　介厷粀难扒？
　　Gaiqmaz ngveih nanz nyaeb?
　　什么粒难抓？

　　介厷茊难翸？
　　Gaiqmaz byaek nanz roix?
　　什么菜难串？

答：柯燋棐难逼，
Dap：Go'gyoij faex nanz bin,
答：芭蕉树难爬，

　　蛩凛礦难栖，
　　Gyaeq lumj rin nanz siq,
　　蛋像石难垒，

　　粀碟眮难扒，
　　Ngveih makda nanz nyaeb,
　　眼珠子难抓，

　　茊豆腐难翸。
　　Byaek daeuhfouh nanz roix.
　　豆腐菜难串。

唫：介厷绸棚腥肝府？
Cam：Gaiqmaz couz baengz raez daengz fouj?
问：什么绸布长到府？

　　介厷鳹公哏钉雾？
　　Gaiqmaz gaeqboux haen daengx biengz?
　　什么公鸡鸣天下？

　　介厷任跷梅貧翸？
　　Gaiqmaz doxriengz hoij baenz roix?
　　什么相随挂成串？

　　介厷口附毽肕孒？
　　Gaiqmaz guhdoih duk sim ndeu?
　　什么结队共一心？

答：鞥汱凛棚睤肝府，
Dap：Gadah lumj baengz raez daengz fouj,
答：河流像布长到府，

龇颥凛鸧哏钌骖，
Byajraez lumj gaeq haen daengx biengz,
雷公像鸡鸣天下，

垣踊仜踉挴贫鲋，
Duhgak doxriengz hoij baenz roix,
豆角相随挂成串，

楆艖叩咐锣肔刁。
Go'gyoij guhdoih duk sim ndeu.
芭蕉结队共一心。

嗲：介庅彐咔啡，
Cam：Gaiqmaz hwnj gazfi,
问：什么直直长，

凛苤鞁阑壜，
Lumj hazbiz rim ndoi,
像满岭龙须（草），

乿橍否乿剡？
Ndaej roi mbouj ndaej gvej?
能梳不能割？

介庅骷線骷，
Gaiqmaz sej rangh sej,
什么骨连骨，

否眉炪粹胜，
Mbouj miz nyeq (noh) nem naeng,
没有肉连皮，

搟伝拎游浪？
Hawj vunz gaem youzlangh?
人撑游四方？

答：毯尥彐咔啡，
Dap：Bwn'gyaeuj hwnj gazfi,
答：头发直直长，

凛苤鞁阑壜，
Lumj hazbiz rim ndoi,
像满岭龙须（草），

乿橍否乿剡。
Ndaej roi mbouj ndaej gvej.
能梳不能割。

愳龠骷線骷，
Aenliengj sej rangh sej,
伞骨根连根，

否眉炪粹胜，
Mbouj miz nyeq nem naeng,
没有肉连骨，

搟伝拎游浪。
Hawj vunz gaem youzlangh.
人撑游四方。

嗲：介庅四圿跒，
Cam：Gaiqmaz seiq gaiq ga,
问：什么四条腿，

眈昉否犌跰？
Da fangz mbouj rox byaij?
眼瞎不会走？

介庅合凛鞋，
Gaiqmaz hob lumj haiz,
什么像鞋子，

翻犣抩蹴汱？
Fan rox vaij hamj dah?
反会渡过河？

答：愳楆四圿跒，
Dap：Aendaengq seiq gaiq ga,
答：凳子四条腿，

眈昉否犌跰。
Da fangz mbouj rox byaij.
眼瞎不会走。

愳舻合凛鞋，
Aenruz hob lumj haiz,
船儿像鞋子，

翻犣抩蹴汱。
Fan rox vaij hamj dah.
反会渡过河。

嗲：介 厷 歔 然 歔，
Cam：Gaiq maz unq yienz unq,
问：什么软又软，

　　魽 躸 凛 徒 犰，
　　Gutgungq lumj duzma,
　　蜷曲像只狗，

　　捐 趺 腥 貧 振？
　　Gen ga raez baenz ciengh?
　　手脚长过丈？

　　介 厷 戠 否 驵，
　　Gaiqmaz ciengx mbouj maj,
　　什么养不大，

　　凛 唻 嶜 四 正，
　　Lumj raihnaz seiqcingq,
　　像块田四方，

　　伴 劤 挐 卦 佋？
　　Buenx lwgnding gvaq ciuh?
　　伴婴儿一生？

答：神 袘 歔 然 歔，
Dap：Cungqnda unq yienz unq,
答：背带软又软，

　　魽 躸 凛 徒 犰，
　　Gutgungq lumj duzma,
　　蜷曲像只狗，

　　捐 趺 腥 貧 振。
　　Gen ga raez baenz ciengh.
　　手脚长过丈。

　　神 仦 戠 否 驵，
　　Cungzmbuk ciengx mbouj maj,
　　襁褓养不大，

　　凛 唻 嶜 四 正，
　　Lumj raihnaz seiqcingq,
　　像块田四方，

　　伴 劤 挐 卦 佋，
　　Buenx lwgnding gvaq ciuh.
　　伴婴儿一生。

姝梭与勒梭

韦文俊
韦以强　搜集整理

1. 歪 空 彐 晧 汉，
Gwnz ranz nae hauhon,
雪花落屋顶，

鱼 凳 潪 閪 沌；
Bya dai muenx ndaw daemz;
鱼冻死山塘；

姝 梭 躲 屄（否） 盆，
Mehsoh ndang i (mbouj) baenz,
多病的姝梭，

歪 样 神 吹 吹。
Gwnz mbonq saenzfofo.
浑身哆嗦抖。

犸 屄 蟋 陌 闻，
Ma i ok bakdou ,
打狗不出门，

猚 閪 禖 否 艸；
Mu (mou) ndaw moeg mbouj cuengq;
母猪钻入草；

歪 空 彐 晧 汉，
Gwnz ranz nae hauhon,
雪花落屋顶，

鱼 凳 潪 閪 沌。
Bya dai muenx ndaw daemz.
鱼冻死山塘。

猚 嗣 三 层 苫，
Mu cw sam caengz haz,
猪盖三层草，

姝 揩 品 细 窨；
Meh maq bwnz denz saeng;
妈披破渔网；

姝 梭 躲 屄 盆，
Mehsoh ndang i baenz,
多病的姝梭，

歪 样 神 吹 吹。
Gwnz mbonq saenzfofo.
发抖破床上。

2. 阔 张 大 晔 模，
Ndaw cieng daih bimoq,
新年春节到，

恭 贺 梭 发财；
Goenghoh Soh fatcaiz;
恭贺梭发财；

眉 牷 又 眉 怀，
Miz cwz youh miz vaiz,
牛羊挤满栅，

眉 粘 卖 粘 艸。
Miz haeux gai haeux cuengq.
稻谷堆满堂。

羭 腊 掛（抔） 阔 垟，
Nohlab gva (venj) rim ciengz,
腊肉挂满墙，

姝 嗓 脮 飤 羭；
Meh gyangz dungx ngah noh;
妈尝不到肉；

阔 张 大 晔 模，
Ndaw cieng daih bimoq,
新年春节到，

恭 贺 梭 发 财。
Goenghoh Soh fatcaiz.
恭贺梭发财。

香 腊 烧 卦 腋，
Yang lab rongh gvaq hwnz,
香蜡通宵亮，

炮 布 仃 否 嘻；
Bauq mbouj dingz mbouj haih;
爆竹声声响；

眉 牷 又 眉 怀，
Miz cwz youh miz vaiz,
牛羊挤满栅，

眉 粘 饡 粘 艸！
Miz haeux gai haeux cuengq!
稻谷堆满堂！

3. 阆 张 大 晔 模，
Ndaw cieng daih bimoq,
新年过春节，

梭 心 嗑 几 幺，
Soh sim maengx geijlai;
勒梭喜洋洋；

鸪 犸 傪 尸 卖，
Gaeq mu de ndi gai,
鸡猪他不卖，

几 幺 留 斗 殺。
Geijlai louz daeuj gaj.
成群留来刣。

秎 犸 又 秎 鸪，
Gaj mu youh gaj gaeq,
杀鸡又宰猪，

茈 漤 台 无 数；
Byaek rim daiz fouzsoq;
好菜摆桌上；

阆 张 大 晔 模，
Ndaw cieng daih bimoq,
正月过春节，

梭 心 嗑 几 幺。
Soh sim maengx geijlai.
勒梭喜洋洋。

梭 头 妚 呷 媥，
Soh gyaeujyah gwn mbwk,
吃喝成习惯，

比 魖 里 呷 幺；
Beij guk lij gwn lai;
比饿虎嘴馋；

鸪 犸 他 尸 卖，
Gaeq nu de ndi gai,
鸡猪他不卖，

几 幺 留 斗 殺。
Geijlai louz daeuj gaj.
成群留来刣。

4. 梭 魆 妚 呷 粉，
Soh gyaeujyah gwn faengx,
夫妻煎吃粽，

咕（兄） 逻 徔 吞 溃；
Gu (gou) naengh nden ndwnj myaiz;
我吞口水看，

兰 梭 古 倒 乖，
Lansoh gu dauq gvai,
乖孙疼奶奶，

偷 粉 捼 给（許） 奶。
Caeg faengx nyaiz haengj (hawj) naih.
偷粽塞给奶。

臛 扣 几 大 汤（碗），
Nohgaeuq geij da dangj (vanj)，
扣肉几大碗，

封 肠（腊肠） 彌 圣 彌；
Funghcangz (labciengz) gyaengh laeb gyaengh;
腊肠盛满盘；

梭 魆 妚 呷 粉，
Soh gyaeujyah gwn faengx,
夫妻煎吃粽，

咕 逻 徔 唔 溃。
Gu naengh nden ndwnj myaiz.
妈吞口水看。

奶 咁 唔 碗 襟，
Naih bu ndaen vanj mbangq,
奶捧只破碗，

浪 甾 朝 你 幺；
Langhdangh (begbeg) ciuh nix lai;
叹气手捶胸；

芒 梭 古 倒 乖，
Lansoh gu dauq gvai,
乖孙疼奶奶，

偷 粉 捼 给 奶。
Caeg faengx nyaiz haengj naih.
偷粽塞给奶。

5. 眐 奶 咘 碗 袴,
Raen naih bu vanj mbangq,
见奶捧破碗,

荌 胒 烂 纷 绯;
Lan sim lanh faenfi;
双眼泪汪汪;

奶 古 真 帅 悓,
Naih gu cin (caen) gwn'gvi,
老奶真吃亏,

尥 呺 力 受 难。
Gyaeuj hau lij souh nanh.
白头还受难。

锣 槑 夥 只 坏,
Laz moeb lai cix vaih,
锣敲久会烂,

奶 渧 夥 眲 睚;
Naih daej lai da ngangq;
哭多眼会盲;

眐 奶 咘 碗 袴,
Raen naih bu vanj mbangq,
见奶捧破碗,

荌 胒 烂 纷 绯!
Lan sim lanh faenfi!
孙眼泪汪汪!

伩 她 古 真 差,
Bohmeh gu cin ca,
爹娘为人差,

叿 麻 毒 样 尼;
Guh maz doeg yienghneix;
为何这样毒;

奶 古 真 帅 悓,
Naih gu cin gwn'gvi,
老奶真吃亏,

尥 呺 里 必 难。
Gyaeuj hau lij bih nanh.
白头还受难。

6. 嘹 奶 古 介 气,
Daengq naih gu gaiq heiq,
请奶放宽心,

碗 袴 呢（内） 捌 裴;
Vanj mbangq nix (neix) vad bae;
破碗扔过墙;

牵 奶 古 合 台,
Gienq naih gu haeuj daiz,
牵我奶入坐,

偻 齐 裴 同 喵!
Raeuz caez bae doengz maengx!
全家聚一堂!

阒 张 大 晔 模,
Ndaw cieng daih bimoq,
开张过新年,

魤 臽 样 样 眉;
Bya noh yanghyangh (yiengh) miz;
鱼肉满桌上;

嘹 奶 古 介 气,
Daengq naih gu gaiq heiq,
请奶放宽心,

碗 袴 尼 捌 裴。
Vanj mbangq nix vad bae.
破碗扔一旁。

给 奶 换 碗 模,
Hawj naih vanh (vuenh) vanj moq,
给奶换新碗,

碗 袴 索 捌 裴;
Vanj mbangq soh vad bae;
破碗扔一旁;

牵 奶 古 合 台,
Gienq naih gu haeuj daiz,
牵我奶入座,

偻 齐 裴 同 喵!
Raeuz caez bae doengz maengx!
欢喜聚一堂!

7. 羕 古 伩 曾 黐,
Lan gu mwngz caengz rox,
乖孙你不知,

奶 刈 曶 胋 头;
Naih gvej noh simdaeuz;
奶利箭穿心;

碗 裆 奶 巨 倣,
Vanj mbangq naih gwq caeu,
破碗奶要藏,

奶 否 要 碗 模。
Naih mbouj aeu vanj moq.
奶不要新碗。

奶 也(亦) 否 后 台,
Naih yax (hix) mbouj haeuj daiz,
奶也不入座,

奶 布 峜 呷 曶;
Naih mbouj bae gwn noh;
奶不去吃肉;

羕 古 伩 曾 黐,
Lan gu mwngz caengz rox,
乖孙你不知,

奶 刈 曶 胋 头。
Naih gvej noh simdaeuz.
奶利箭穿心。

碗 裆 抉 传 傍,
Vanj mbangq saet cuenz biengz,
破碗留传世,

哜 肛 醒(想) 几 孰;
Dwen daengz singj (siengj) gij gaeuq;
想起辛酸事;

碗 裆 奶 巨 倣,
Vanj mbangq naih gwq caeu,
破碗奶仍藏,

奶 否 要 碗 模!
Naih mbouj aeu vanj moq!
奶不要新碗!

8. 奶 巨 淽 哦 哦,
Naih gwj daej ngueknguek,
泪如断线下,

羕 帮 扐 淰 毗;
Lan bang uet raemxda;
孙来帮奶擦;

伱 妲 胋 膬 鎝,
Bohmeh sim bienq faz,
爹妈心变铁,

叮 麻 亦 翏(盆翏) 毒!
Guh maz ixlai (baenzlai) doeg!
为何这样毒!

奶 古 七 十 翏,
Naih gu caet cib lai,
奶奶七十多,

淋 条 菱 榨 祛;
Lumj diuz oij caq hawq;
像条蔗榨干;

奶 巨 淽 哦 哦,
Naih gwj daej ngueknguek,
泪如断线下,

羕 帮 扐 淰 毗。
Lan bang uet raemxda.
孙来帮奶擦。

辛 焐 翏 了 奶,
Sinhoj lai liux naih,
奶受苦受难,

介 罢 峜 板 荁;
Gaiqbah bae mbanjhaz;
别去茅草村;

伱 妹 胋 膬 鎝,
Bohmeh sim bienq faz,
爹妈心变铁,

叮 麻 亦 翏 毒!
Guh maz ixlai doeg!
为何这样毒!

9. 奶 淌 荛 介 淌，
　Naih daej lan gaiq daej,
　奶哭孙别哭，

　荛 虽 扨 淰 毗；
　Lan saeq uet raemxda;
　孙泪滴似珠；

　岜 哼 同 勒 下（班腩），
　Bae heuh doengh lwgra (bannomj),
　去找来同伴，

　齐 麻 耵 古 猷。
　Caez ma dingq gu ciengq.
　齐来听我唱。

　哼 仪 佲 仃 架，
　Heuh boh mwngz dingz gyax,
　叫你爸停下，

　介 罢 殺 鸼 鸼；
　Gaiqbah gaj bit gaeq;
　不忙杀鸡鸭；

　奶 淌 荛 介 淌，
　Naih daej lan gaiq daej,
　奶哭孙别哭，

　荛 虽 扨 淰 毗。
　Lan saeq uet raemxda.
　孙泪滴似珠。

　叫 仪 姝 佲 耵，
　Heuh bohmeh mwngz dingq,
　叫你爹妈听，

　古 论 歪 侵 呑；
　Gu lwnh gwnz caeuq laj;
　告诉众乡亲；

　岜 哼 同 勒 下，
　Bae heuh doengh lwgra,
　去叫众孙子，

　齐 庥 耵 古 猷。
　Caez ma dingq gu ciengq.
　齐来听我唱。

10. 梭 怣 妖 醅 肝，
　Soh gyaeujyah gyonj daengz,
　夫妻床前站，

　家 淋（穻 催） 下 醅 在；
　Ranzyimz (ranznden) yax gyonj caih;
　邻居都到场；

　阔 穻 眉 伝 移，
　Ndaw ranz miz vunz lai,
　屋里挤满人，

　奶 嘞 尭 巨 猷。
　Naih laihdai gwj ciengq.
　奶把苦歌唱。

　奶 竫 何 巨 猷，
　Naih yiet hoz gwj ciengq,
　挥泪哀哀唱，

　巨 嗛 响 立 响；
　Gwj gangj coenz laeb coenz;
　件件诉端详；

　梭 怣 妖 醅 肝，
　Soh gyaeujyah gyonj daengz,
　夫妻床前站，

　穻 催 妖 醅 在。
　Ranzyimz yax gyonj caih.
　邻居都到场。

　猷 声 又 淌 声，
　Ciengq sing youh daej sing,
　声泪哀哀唱，

　声 声 醅 悲 哀；
　Singsing gyonj beihngaih;
　心碎泪汪汪；

　阔 穻 眉 伝 移，
　Ndaw ranz miz vunz lai,
　屋里挤满人，

　奶 嘞 尭 巨 猷……
　Naih laihdai gwj ciengq……
　奶把苦歌唱……

11. 侠（谽） 粆恶书欢，
Nyap (haemz) lai ok sawvuen,
含泪把歌唱，

提呰传伝镥；
Dawz bae cuenz vunz rox;
代代传山乡；

顶婔养孙梭，
Dingj maiq ciengx lwgsoh,
守寡养孤儿，

吨（辛焅） 粆啰天基（根底）。
Daenx (sinhoj) lai loh diengi (gaendaej).
辛苦天地知。

哼亲戚侊侬，
Daengq caencik lungz nuengx,
告诉各亲朋，

介乱提呰瞒；
Gaej luenh dawz bae muenz;
别流泪悲伤；

侠粆恶书欢，
Nyap lai ok sawvuen,
含泪把歌唱，

提呰传伝镥。
Dawz bae cuenz vunz rox.
代代传山乡。

討吽觳犽佲，
Rumh gwn ciengx ndaej mwngz,
讨饭养大你，

姀历分辛焅；
Meh fanh faen sinhoj;
妈辛苦万分；

顶婔觳孙梭，
Dingj maiq ciengx lwgsoh,
守寡养孤儿，

吨来啰天基。
Daenx lai loh diengi.
辛苦天地知。

12. 左（肿） 肸 啫（响） 大 二，
Coq (cuengq) daengz gyoenz (coenz) daihngih (ngeih),
唱到第二句，

肯傍地垚言（传扬）；
Haengj biengzdih (deih) yauzyienz (cienz-yiengz);
流传在人间；

守婔肙盆仙，
Souj maiq i baenz sien,
守寡不成仙，

洽传扬伝镥。
Het cienzyiengz vunz rox.
代代传山乡。

梭过吨（焅） 粆粆，
Soh goh daenx (hoj) lailai,
受尽千万苦，

愿毜布愿里！
Nyienh dai mbouj nyienh lix!
愿死不愿活！

左肸啫大二，
Coq daengz gyoenz daihngih,
唱到第二句，

肯傍埊垚言。
Haengj biengzdeih yauzyienz.
传扬在人间。

里虽觳佲媥，
Lij saeq ciengx mwngz mbwk,
从小养你大，

某姆圣閚天；
Moeb meh youq gyangdien;
待妈狗不如；

守婔肙盆仙，
Souj maiq i baenz sien,
守寡不成仙，

冶 传 扬 伝 犞。
Het cuenzyiengz vunz rox.
天下人都知。

13. 左 肸 唱 大 三，
Coq daengz gyoenz daihsam
唱到第三句，

捛 妛 安（传） 世 界；
Dawz bae anq (cienz) seiqgyaiq;
唱给世人知；

天 下 眉 妹 娭，
Dienyah miz maexmaiq,
所有人守寡，

布 寨 吨 畩 古？
Mboujsaih daenx lumj gu?
有谁像我凄？

恔 命 噁 书 字，
Nyap mingh ok sawcih,
写书叹命苦，

传 天 坔 也 翻；
Cienz diendih yax fan;
传给后世人；

左 肸 唱 大 三，
Coq daengz gyoenz daihsam,
唱到第三句，

捛 妛 安 世 界。
Dawz bae anq seiqgyaiq.
唱给世人知。

命 吨 噁 书 欢，
Mingh daenx ok sawvuen,
唱歌叹命苦，

肍 古 豁 布 灸（服）；
Sim gu gyonj mbouj haih (fug);
心烦无处诉；

天 下 眉 妹 娭，
Dienyah miz maexmaiq,
天下人守寡，

布 寨 吨 淋 古？
Mboujsaih daenx lumj gu?
有谁像我凄？

14. 左 肸 唱 大 四，
Coq daengz gyoenz daihsiq (daihseiq),
唱到第四句，

肯 傍 坔 传 扬；
Haengj biengzdeih cuenzyiengz;
传给天下知；

守 娭 屌 盆 仙，
Souj maiq i baenz sien,
守寡没成仙，

倒 呷 衍 世 尼。
Dauq gwnrengz seiq nix.
今世倒受苦。

枉 西（枉费） 妹 生 佲，
Vangjfiq (vuengjfeiq) meh seng mwngz,
枉费妈生你，

侣 伝 尼 布 抵；
Ciuh vunz nix mbouj dij;
人生不值得；

左 肝 唱 大 四，
Coq daengz gyoenz daihsiq,
唱到第四句，

肯 傍 地 传 扬。
Haengj biengzdih cuenzyiengz.
传给天下知。

体 命 布 妛 嫁，
Dijmingh mbouj bae haq,
命贵不出嫁，

歐 罾 許 伝 传；
Aeunaj hawj vunz cuenz;
流泪无人知；

守 娭 屌 盆 仙，
Souj maiq i baenz sien,
守寡不成仙，

倒㖵衒世尼。
Dauq gwnrengz seiqnix.
今世倒受苦。

15. 左肛唱大五,
Coq daengz gyoenz daihhaj,
唱到第五句,

冶海话斗题;
Het hai vah daeuj daez;
当众把话提;

守嫕几十眸,
Souj maiq gij cib bi,
守寡几十年,

倒㖵亏劲妠!
Dauq gwn'gvi lwgbawx!
倒让媳妇欺!

布从艹(想念)妹生,
Mbouj coengznyieb (siengjniemh) meh seng,
不念母亲恩,

艹功衒妹㞎;
Nyieb goengrengz meh maq;
倒念媳妇情;

左肸唱大五,
Coq daengz gyoenz daihhaj,
唱到第五句,

冶海话斗题。
Het hai vah daeuj daez.
当众把话提。

唱四方六榕,
Haemq seiq fueng loeg goek,
问四方根源,

律尼布寨眉;
Loed (cungj) nix mboujsaih miz;
世上极少有;

守嫕几十眸,
Souj maiq geij cib bi,
守寡几十年,

倒㖵亏劲妠!
Dauq gwn'gvi lwgbawx!
倒让媳妇欺!

16. 守嫕肎盆功,
Souj maiq ndi baenzgoeng,
守寡没有功,

昑趴布盆逄;
Ngoenz soengz mbouj baenz naengh;
常坐立不安;

梭凹毒凹吨,
Soh guh doeg guh daenx,
待我贱如狗,

冶才论情由。
Het caiz lwnh cingzyouz.
我才把苦诉。

本信(本躺)布愿噤,
Bonjsaen (bonjndang) mbouj nyienh gangj,
本来不想讲,

巨(越)想躺巨溶;
Gwj (yied) siengj ndang gwj yungz;
越想心越烦;

守嫕肎盆功,
Souj maiq ndi baenzgoeng,
守寡没有功,

昑趴布盆逄。
Ngoenz soengz mbouj baenz naengh.
常坐立不安。

古各想本身,
Gu gag siengj bonjsaen,
想起这苦命,

布英容(躺壮)淋昑(作㸆);
Mbouj yingyoengz (ndang cangq) lumj ngoenz
　(gaxgonq);
身体不如前;

梭 口 毒 口 吨，
Soh guh doeg guh daenx，
待我贱如狗，

冶 才 论 情 由。
Het caiz lwnh cingzyouz.
我才诉根由。

17. 求 介 庙 椛 楼，
Giuz gaiqmiuh valaeuz，
花楼庙求神，

可 唎 欧 接 左；
Goj naeuz aeu ciep coj；
盼儿敬祖恩；

苅 猍 猡 浮 数，
Gaj mu yiengz fouzsoq，
宰猪羊无数，

姝 跪 蹟（旭蹟） 赭 穭。
Meh gvih hoq (gyaeujhoq) gyonj ndaem.
妈跪膝全黑。

道 铁 告 否 乩，
Dauh diet gauq mbouj ndaej，
木宝梏不开，

姝 端 渧 端 唎；
Meh donh daej donh naeuz；
妈边哭边求；

求 介 庙 椛 楼，
Giuz gaiqmiuh valaeuz，
花楼庙求神，

可 唎 欧 接 祖。
Goj naeuz aeu ciep coj.
盼儿敬祖恩。

峉 六 岭 垤 方，
Bae loeglingx (seiqcawq) dihfueng，
四处去求神，

托 旁 伝 赭 喏；
Doh biengz vunz gyonj rox；
天下人全知；

斱 猍 猡 浮 数，
Gaj mu yiengz fouzsoq，
宰猪羊无数，

姝 跪 蹟 赭 穭。
Meh gvih hoq gyonj ndaem.
妈跪膝全黑。

18. 三 月 求 椛 墓，
Sam nyied giuz va moh，
三月去求花，

斱 浮 数 生 头；
Gaj fouzsoq sengdaeuz；
宰猪羊无数；

道 铁 告 巨 唎，
Dauh diet gauq gwj naeuz，
道公口中念，

姝 顶 头 巨 跪。
Meh dingj daeuz gwj gvih.
妈长跪求花。

斱 鸱 鸪 猍 猡，
Gaj bit gaeq mu yuengz，
杀鸡鸭猪羊，

六 房 乩 呥 脶；
Loegfuengz ndaej gwn noh；
六亲来猜码；

三 月 求 椛 墓，
Sam nyied giuz va moh，
三月来求花，

斱 浮 数 生 头。
Gaj fouzsoq sengdaeuz.
宰猪羊无数。

授（捔） 棚 蹟 斗 剪，
Caeuz (dawz) baengz henj daeuj raed，
拿黄布来剪，

个（四） 㜮 劢 赭 欧；
Go (guh) naj lwg gyonj aeu；
儿辈个个要；

405

道 铁 告 巨 吥，
Dauh diet gauq gwj naeuz,
道公口中念，

姝 顶 头 巨 跪。
Meh dingj daeuz gwj gvih.
妈长跪求花。

19. 求 奶 傪 椛 林，
Giuz naih de valimz①,
求花赐子孙，

犦 呷 几 夥 鸼；
Rox gwn geijlai gaeq;
宰了多少鸡；

犇 桥 砼 答 楪，
Roengz giuz rin dap faex,
搭石桥木桥，

冶 求 乳 佲 龙！
Het giuz ndaej mwngz loengz!
求得你龙儿！

各 歖 佲 劲 架，
Gag ciengx mwngz lwggyax,
一世只养你，

又 布 妖 布 侬；
Youh mbouj dah mbouj lungz;
无兄也无妹；

求 奶 傪 椛 林，
Giuz naih de valimz,
求花赐子孙，

犦 呷 几 夥 鸼。
Rox gwn geijlai gaeq.
宰了多少鸡。

牵 途 怀 罢 牆，
Yien duzvaiz bae gai,
求子把牛卖，

用 几 夥 钱 虽；
Yungh geijlai cienzsaeq;
花多少钱财；

犇 桥 砼 答 楪，
Roengz giuz rin dap faex,
搭石桥木桥，

冶 求 乳 乳 龙。
Het giuz ndaej mwngz loengz.
求得你龙儿。

20. 挵 劲 㧭 閚 吞，
Rungx lwgnding ndaw ndwen,
坐月子养儿，

姝 侂 床 难 乳；
Meh roengz congz nanz ndaej;
妈下床不得；

但 乳 取 劲 哈，
Danh ndaejnyi lwg daej.
一听到儿哭，

姝 又 累（跑） 合 林（闲）。
Meh youh raex (buet) haeuj yimz (henz).
妈飞到床前。

齐 同 队 姝 媚，
Caez doengzdoih mehmbwk,
同是母亲心，

盼 劲 肔 只（总） 乱；
Biek lwg sim cij (cungj) luenh;
离儿心就乱；

挵 劲 㧭 閚 吞，
Rungx lwgnding ndaw ndwen,
坐月子养儿，

姝 犇 床 难 乳。
Meh roengz congz nanz ndaej.
妈下床不得。

忡 傪 圣 歪 桦，
Cuengq de youq gwnz mbonq,
放他在床上，

___

① Valimz：Cienz gangj mehsien gwnzmbwn soengq va lwg hawj vunz, heuhguh valimz.

想 叩 空 否 氿；
Siengj guh hong mbouj ndaej;
无法去干活；

但 氿 取 孙 咍，
Danh ndaejnyi lwg daej,
听到儿哭声，

妹 又 累 合 林。
Meh youh raex haeuj yimz (henz).
妈飞到床前。

21. 里 虽 恈 布 媥，
Lij saeq lau mbouj mbwk,
儿时怕不长，

妹 要 补 斗 鉼（碧）；
Meh aeu mbuk daeuj luengz (duk);
妈用裙包扎；

恈 孙 又 吋 淋，
Lau lwg youh deng rumz,
怕儿被风吹，

妹 欧 搒 巨 揄。
Meh aeu fwngz gwq rub.
妈用手来擦。

咮 流（漯） 肝 夗 鮏，
Mug liu (lae) daengz giuzndaeng,
鼻涕吊嘴边，

妹 波 眕 又 扨；
Meh baez raen youh vuet;
妈一见就擦；

里 虽 恈 布 媥，
Lij saeq lau mbouj mbwk,
儿时怕不长，

妹 要 补 斗 鉼。
Meh aeu mbuk daeuj luengz.
妈用裙包扎。

孙 是 晧 埅 垓（祛），
Lwg seih ninz dieg hwq (hawq),
让儿睡干处，

妹 只 住（丞） 埅 潭；
Meh cix ywq (youq) dieg dumz;
妈却睡湿处；

恈 孙 又 吋 淋，
Lau lwg youh deng rumz,
怕儿被风吹，

妹 欧 搒 巨 揄。
Meh aeu fwngz gwq rub.
妈用手来擦。

22. 昑 爝 孙 里 吝（依），
Ngoenz gonq lwg lij ningq (iq),
往日儿还小，

妹 抲 弖 抲 夅；
Meh maq hwnj maq roengz;
妈背上背下；

遳（啱吽） 盆 病 眉 风，
Naengh (danghnaeuz) baenz bingh miz foeng,
若生病感冒，

妹 肸 溶 盆 淰！
Meh sim yungz baenz raemx!
妈泪如雨下！

㪉 媥 布 耵 吽，
Ciengx mbwk mbouj dingq naeuz,
养儿不听话，

木 头 布 鳨 醒；
Moegdaeuz mbouj roxsingj;
良言听不进；

昑 爝 孙 里 吝，
Ngoenz gonq lwg lij ningq,
往日儿多病，

妹 抲 弖 抲 夅。
Meh maq hwnj maq roengz.
妈背上背下。

力 梭 吽 否 听，
Lwgsoh naeuz mbouj dingq,
梭儿讲不听，

功 衙 拵 只 穷；
Goengrengz rungx cix gyoeng；
妈功劳白费；

遵 盆 病 眉 风，
Naengh baenz bingh miz foeng，
儿发冷生病，

姝 脮 溶 盆 淰。
Meh sim yungz baenz raemx．
妈心焦如焚。

23. 领 债 歓 劲 梭，
Lingx caiq ciengx Lwgsoh，
借债养梭儿，

仪 姝 费 脮 机；
Bohmeh feiq simgi；
父母费心机；

劲 梭 哈 叽 叽，
Lwgsoh daejnyinyi，
梭儿哭呀呀，

仪 夬 火 （斐） 姝 吐 （晄）。
Boh diemj fiz （feiz） meh nyamh （gueng）．
爹举火妈喂。

淰 糘 姝 竪 熿，
Raemx souh meh ndoet gonq，
稀粥妈吞下，

留 烝 晄 虽 何；
Louz gwg gueng saejhoz；
浓粥喂乖梭；

领 债 歓 劲 梭，
Lingx caiq ciengx Lwgsoh，
借贷养梭儿，

仪 姝 费 脮 机。
Bohmeh feiq simgi．
爹妈费心机。

拵 劲 否 容 昜，
Rungx lwg mbouj yungzzeih，
养儿不容易，

帅 气 其 落 吉；
Gwnheiq giz doek giz；
处处都受气；

力 梭 哈 叽 叽，
Lwgsoh daejnyinyi，
梭儿哭呀呀，

仪 夬 火 姝 吐。
Boh diemj fiz meh nyamh．
爹举火妈喂。

24. 昑 熿 拵 劲 钌，
Ngoenzgonq rungx lwgnding，
往日养小孩，

仪 姝 脮 拉 杂；
Bohmeh sim labcab；
父母心复杂；

昑 熿 劲 噁 醿，
Ngoenz gonq lwg ok mak，
往日出水痘，

姝 拐 垔 拐 娄。
Meh maq hwnj maq roengz．
妈背上背下。

遵 眉 芽 眉 锁，
Naengh miz ngaz①miz suj②，
儿伤风感冒，

姝 忧 气 布 眤；
Meh youheiq mbouj ninz；
妈忧心难眠；

昑 熿 劲 钌，
Ngoenzgonq rungx lwgnding，
往日养小儿，

仪 姝 脮 拉 杂。
Bohmeh sim labcab．
父母心复杂。

——————————

①②Ngaz、suj：Cungj dwg bingh lwgnyez.

测 裪 否 凨 咘，
Caek noh mbouj ndaej gwn,
滴肉不能沾，

姝 连 腋 又 刮（刮痧）；
Meh lienzhwnz youh gvat（gvatsa）；
连夜要刮痧；

昑 馈 挵 劲 矤，
Ngoenzgonq rungx lwgnding,
往日养小儿，

伩 姝 真 可 怜。
Bohmeh caen hojlienz.
父母真可怜。

25. 里 虽 曾 门 腊，
Lij saeq caengz maenz lah,
小时没会走，

姝 拐 左 双 獃；
Meh maq coq song gen;
妈捆双肩背；

逿 鱛 挵 鱛 趆，
Naengh rox duengh rox benz,
等会攀会爬，

姝 为（漫） 牵 打 底。
Meh vaeh（menh）yiendajdij.
妈扶儿学步。

冶 嗒 逿 嗒 园，
Het rox naengh rox ruenz,
儿会坐会爬，

又 圣 闲 巨 把；
Youh youq henz gwq baj;
妈在旁照料；

里 虽 曾 门 腊，
Lij saeq caengz maenz lah,
小时没会走，

姝 拐 左 双 獃。
Meh maq coq song gen.
妈捆双肩背。

伩 姝 挵 辛 焣，
Bohmeh rungx sinhoj,
父母养儿苦，

费 浮 数 功 衔；
Feiq fouzsoq goengrengz;
费无数血汗；

逿 嗒 挵 嗒 趆，
Naengh rox duengh rox benz,
等会攀会爬，

姝 为 牵 打 底。
Meh vaeh yiendajdij.
妈扶儿学步。

26. 劲 梭 冶 三 月（朕），
Lwgsoh het sam ndied（ndwen），
梭儿满三月，

伩 咘 衔 卦 佬；
Boh gwnrengz gvaqlaux（dai）；
父辛苦病亡；

姝 伐 魑 度 灶，
Meh fad gyaeuj doh cauq,
妈头撞灶角，

醒 倒 拥 劲 矤。
Singj dauq umj lwgnding.
醒来抱儿哭。

劲 矤 哈 哎 哎，
Lwgnding daejnyenye;
儿哇哇直哭，

姝 拥 左 双 獃；
Meh umj coq song gen;
妈捆双肩背；

劲 梭 哈 三 月，
Lwgsoh het sam ndied,
梭儿满三月，

伩 呻 衔 卦 佬。
Boh gwnrengz gvaqlaux.
父辛苦病亡。

沧眵犇几夥，
Raemxda roengz geijlai,
妈流多少泪，

愿咒布愿倒；
Nyuenh dai mbouj nyuenh dauq;
愿死不愿活；

姝伐怂度灶，
Meh fad gyaeuj doh cauq,
妈撞灶晕倒，

醒倒拥劲孥。
Singj dauq umj lwgnding.
醒来抱儿哭。

27. 驾（劲驾）喏园喏逢，
Gyax (lwgGyax) rox ruenz rox naengh,
儿会爬会坐，

姝喏喵几夥；
Meh rox maengx geijlai;
妈欢喜无比；

梭媚喏眲怀，
Soh mbwk rox naeq vaiz,
长大能养牛，

俟咒留棍柈。
Gvan dai louz goenqrag.
父死留后代。

糇粝哻否帅，
Ngaiz haeuxhau i (mbouj) gwn,
白米饭不吃，

昑帅双唔（恩）粭；
Ngoenz gwn song ndaen (aen) faengx;
偏要吃粽子；

驾喏幅喏逢，
Gyax rox mbwk rox naengh,
儿长大会坐，

姝喏喵几夥。
Meh rox maengx geijlai.
妈欢喜无比。

罢都墙巨望，
Bae douciengz gwj muengh,
妈倚门守望，

守侬麻帅糇；
Souj nuengx ma gwn ngaiz;
等儿回吃饭；

梭幅喏眲怀，
Soh mbwk rox naeq vaiz,
儿长大养牛，

俟咒留棍柈。
Gvan dai louz goenqrag.
父死留后代。

28. 二十晔介道，
Ngih cib bi gaiqdauh,
二十年学道，

姝操几夥朏；
Meh cau geijlai sim;
妈操多少心；

沧湿罾湿盯，
Raemx swiq naj swiq din,
洗脸洗脚水，

掑盯闲帮湿。
Daek daengz henz bang swiq.
舀到身边给。

姝踌乡踌犇，
Meh byaij hwnj byaij roengz,
妈跑上跑下，

妹佲全讲孝；
Maex mwngz cuenz gangjauq;
你妻全颠倒；

二十晔介道，
Ngih cib bi gaiqdauh,
二十年学道，

姝操几夥朏。
Meh cau geijlai sim.
妈操多少心。

妹 贼 呻 肸 咗，
Maex caeg gwn daengz laep，
你妻不干活，

否 欧 测 良 肔；
Mbouj aeu caek liengzsim；
无半点良心；

淰 湿 醤 湿 趼，
Raemx swiq naj swiq din，
洗脸洗脚水，

得 肛 閑 帮 湿。
Daek daengz henz bang swiq.
舀到身边给。

29. 介 道 双 月 墰，
Gaiqdauh song ndwen rim，
学道六十天，

妹 操 肔 哒 㖡；
Meh causim dahraix；
妈度日如年；

屯 呻 半 碗 粡，
Donq gwn buenq vanj ngaiz，
一餐半碗饭，

眝 勒 乖 盆 道。
Muengh lwg gvai baenz dauh.
盼儿成道仙。

乾 晻 眸 布 腭，
Haet haemh ninz mbouj ndaek，
昼夜不成眠，

眝 劲 变 盆 金；
Muengh lwg bienq baenz gim；
望子变成龙；

介 道 双 月 墰，
Gaiqdauh song ndwen rim，
学道六十天，

妹 操 肔 哒 㖡。
Meh causim dahraix.
妈度日如年。

力 介 道 盆 功，
Lwg gaiqdauh baenzgoeng，
儿学道成功，

妹 肔 埪 盆 栿；
Meh sim mboeng baenz vaiq；
妈心松如棉；

屯 呻 半 碗 粡，
Donq gwn buenq vanj ngaiz，
一餐半碗饭，

眝 勒 乖 盆 道。
Muengh lwg gvai baenz dauh.
盼儿成道仙。

30. 当 初 梭 叩 道，
Dangco Soh guh dauh，
当初儿学道，

妹 佬 空 巨（古） 伽（仆）；
Mehlaux ranz gwj (guj) gyaj (caj)；
妈灯下盼儿；

礼 肫 又 礼 趶，
Ndaej soenj youh ndaej ga，
得鸡肉鸡腿，

捤 回 許 媸 佬。
Dawz ma haengj mehlaux.
拿回给母亲。

平 礼 胬 礼 膪，
Bingz ndaej noh ndaej daep，
若得肉或肝，

麻 塞 許 妹 佬；
Ma saek haengj mehlaux；
拿回给母亲；

当 初 梭 卦 道，
Dangco Soh guh dauh，
当初儿学道，

妹 佬 空 巨 伽（仆）。
Mehlaux ranz gwj gyaj (caj).
老母灯下盼。

姝 晦 眳 否 渻，
Meh haemh ninz mbouj ndaek,
昼夜难入眠，

偩 闲 咟 闻 伽；
Ing henz bakdu gyaj;
倚门等儿归；

乫 肫 又 乫 跰，
Ndaej soenj youh ndaej ga,
得鸡肉鸡腿，

捊 庲 許 姝 佬。
Dawz ma haengj mehlaux.
拿回给母亲。

31. 啦 眒 咬 肫 鸡，
Laep da haeb soenj gaeq,
吃了鸡尾肉，

劲 虽 咭 姝 夥；
Lwg saeq get meh lai;
梭儿心疼母；

呻 庲 又 呻 耮，
Gwn noh youh gwn ngaiz,
吃肉又吃饭，

世 尼 尧 乫 抵。
Seiq nix dai ndaej dij.
今世死无悔。

耵 取 咟 闻 响，
Ndaejnyi bakdou yiengj,
听见门口响，

姝 起 躺 毞 眑；
Meh hwnj ndang bae naeq;
开门迎儿归；

啦 眒 咬 肫 耮，
Laep da haeb soenj gaeq,
吃了鸡尾肉，

勒 虽 咭 姝 夥。
Lwg saeq get meh lai.
梭儿心疼母。

劲 蹈 盯 合 窊，
Lwg yamq din haeuj ranz,
儿跨步进屋，

姝 肕 舐 哒 唻；
Meh sim van dahraix;
母心甜如蜜；

呻 庲 又 呻 耮，
Gwn noh youh gwn ngaiz,
吃肉又吃饭，

世 尼 尧 乫 抵。
Seiq nix dai ndaej dij.
今世死无悔。

32. 梭 古 娈 乫 姝，
Soh gu aeu ndaej maex,
梭儿娶了妻，

途 鳩 媵 途 鮒；
Duzgaeq bienq duzfw;
金鸡变乌龟；

晦 姝 斗 开 都（闻），
Haemh maex daeuj hai du (dou),
夫归妻开门，

苏 同 呻 肫 鳩。
Su doengz gwn soenj gaeq.
夫妻吃鸡尾。

姝 佲 咬 肫 鳩，
Maex mwngz haeb soenj gaeq,
你妻吃鸡尾（肉），

姝 眑 滏 眒 漂；
Meh naeq raemxda lae;
娘看暗流泪；

梭 古 欧 乫 姝，
Soh gu aeu ndaej maex,
梭儿娶了妻，

途 鸡 媵 途 鮒。
Duzgaeq bienq duzfw.
金鸡变乌龟。

妹佲咬鴐，
Maex mwngz haeb noh gaeq,
你妻吃鸡肉，

古眈胒各忧；
Gu naeq sim gag you;
妈看心忧愁；

晼妹斗开都（闻），
Haemh maex daeuj hai du (dou),
夫归妻开门，

苏同帅胬鴐。
Su doengz gwn soenj gaeq.
夫妻吃鸡尾。

33. 妹佲咬肺鴐，
Maex mwngz haeb soenj gaeq,
你妻吃鸡尾，

骼虽丢给古；
Ndok saeq ndek haengj gu;
对妈甩骨头；

眈妹贱淋狖，
Naeq meh cienh lumj mu,
看妈贱如猪，

条胒古否夅。
Diuzsim gu mbouj roengz.
妈心碎泪流。

熭麻只捯妹，
Gonq ma cix ra meh,
从前归找妈，

内辄合戾巺；
Nix veq haeuj rug bae;
如今归找妻；

妹佲咬肺鴐，
Maex mwngz haeb soenj gaeq,
你妻吃鸡尾，

骼虽丢给古。
Ndok saeq ndek haengj gu.
对妈甩骨头。

劤妑真肚毛，
Lwg bawx caen dungxbwn,
你妻真狠毒，

茈帅否左油；
Byaekgwn mbouj coq youz;
煮菜不放油；

眈妹贱淋狖，
Naeq meh cienh lumj mu,
看妈贱如猪，

条胒古不夅。
Diuzsim gu mbouj roengz.
妈心碎泪流。

34. 劤妑叫毒殇，
Lwgbawx guh doeg lai,
受你妻虐待，

愿尵布愿里；
Nyuenh dai mbouj nyuenh lix;
愿死不愿活；

世内真布抵，
Seiqnix caen mbouj dij,
今世真不抵，

淰眵泣纷纷。
Raemxda rih faenfaen.
泪水纷纷下。

淰泡落盆汰，
Raemxda doek baenz dah,
眼泪流成河，

双泡（肷矇哒唻；
Song bya (da) mong dahraix;
哭瞎了双眼；

劤妑叫毒殇，
Lwgbawx guh doeg lai,
受你妻虐待，

愿尵布愿里。
Nyuenh dai mbouj nyuenh lix.
愿死不愿活。

世 尼 伝 受 气，
Seiq neix vunz souh hiq,
今世受尽气，

肧 翻 为 呥 亏；
Bwtfan vih gwn'gvi;
气愤为吃亏；

世 尼 真 布 抵，
Seiqnix caen mbouj dij,
今世真不值，

淰 眦 漂 纷 纷。
Raemxda rih faenfaen.
眼泪流满坑。

35. 梭 庲 呺 开 闻，
Soh ma heuh hai du,
儿归叫开门，

否 肯 古 峀 眲；
Mbouj haengj gu bae naeq;
不让我去开；

乳 鸰 喏 乳 鸠，
Ndaej bit rox ndaej gaeq,
得鸡或得鸭，

乳 呐 否 乳 呥。
Ndaej nyouq mbouj ndaej gwn.
得闻不得吃。

妹 佲 乳 取 声，
Maex mwngz ndaejnyi sing,
你妻听门响，

泠 (挄) 盯 跑 咕 咕；
Dot (duet) din buet gugu;
赤脚跑噔噔；

梭 庲 呺 开 都，
Soh ma heuh hai du,
梭回叫开门，

否 啃 古 峀 眲。
Mbouj haengj gu bae naeq.
不让妈去开。

妹 亦 曾 献 璉，
Meh hix caengz yuenh (yienh) fwngz,
阿妈未伸手，

妹 佲 彬 卦 崣；
Maex mwngz lod (lued) gvaqbae;
你妻夺过去；

乳 鸰 喏 乳 鸠，
Ndaej bit rox ndaej gaeq,
拿回鸡或鸭，

乳 呐 布 乳 呥。
Ndaej nyouq mbouj ndaej gwn.
得闻不得吃。

36. 妹 佲 乳 呥 桦 (嗐)，
Maex mwngz ndaej gwn nyanx (nywnx),
如今她吃腻，

只 否 干（念） 肸 佲；
Cix mbouj ganj (niemh) daengz mwngz;
再也不想你；

恐 庲 辕 庲 脓，
Bingz ma romh ma hwnz,
不管早或晚，

俦 巨 鲕 哦 哦。
De gwj gyaenngodngod.
她仍呼噜睡。

当 初 妹 佲 餲，
Dangco maex mwngz ngah,
当初她饥饿，

罂 厚 趴 都 空；
Najna soengz douranz;
彻夜倚门旁；

妹 佲 乳 呥 桦，
Maex mwngz ndaej gwn nyanx,
如今她吃腻，

只 布 干 肸 佲。
Cix mbouj ganj daengz mwngz.
再也不想你。

帅 胲 眸 淋 狔，
Gwn biz ninz lumj mu，
肥得像头猪，

厾 咽（涨） 只 吉 垦；
Nyouh yaeng（conh） cix gik hwnj；
尿急懒下床；

恩 庥 骁 庥 胲，
Bingz ma romh ma hwnz，
不管早或晚，

傪 巨 斳 哦 哦。
De gwj gyaenngodngod.
她仍呼噜睡。

37. 鸼 哏 嗤 咯 咯，
Gaeq haen naenggogo，
夜深鸡已啼，

叉 梭 麻 布 盼；
Caj Soh ma mbouj raen；
妈等梭儿归；

姝 佲 丕 桦 斳，
Maex mwngz gwnz mbonq gyaen，
你妻呼噜睡，

姝 否 门 眸 溂。
Meh mbouj maenz ninz ndaek.
妈无法入眠。

乩 取 唔 闻 响，
Ndaejnyi bakdou naeng，
听到竹门响，

姝 拎 杅 峑 度；
Meh gaem dwngx bae doh；
妈拄拐杖去；

� 啼 嗤 咯 咯，
Gaeq haen naenggogo，
夜深鸡已啼，

叉 梭 麻 布 盼。
Caj Soh ma mbouj raen.
未见梭儿归。

姝 擤 黑 开 都，
Meh lumh laep hai du，
摸黑去开门，

守 劝 阊 晈 庥；
Caj lwg gyanghaemh ma；
等儿半夜归；

姝 佲 丕 桦 斳，
Maex mwngz gwnz mbonq gyaen，
你妻呼噜睡，

姝 否 门 眸 溂。
Meh mbouj maenz ninz ndaek.
妈无法入眠。

38. 梭 汎 �??嗌 嗌，
Soh laeuj fizbwngbwng，
儿酒气冲天，

冎 盼 肝 达 姝；
Ndi raen daengz daxmeh；
看不清母亲；

冎 分 蟾 沾 蚓，
Ndi faen goep nem gvej，
（青）蛙（蟾）蜍难分晓，

姝 倒 乩 帅 胨。
Meh dauq ndaej gwn soenj.
妈吃到鸡尾。

姝 眍 肷 咬 胨，
Meh laep da haeb soenj，
妈闭眼吃肉，

阌 胁 巨 各 嗌；
Ndaw sim gwj gag maengx；
心甜偷偷笑；

梭 汎 �??嗌 嗌，
Soh laeuj fizbwngbwng，
儿酒气冲天，

冎 盼 肝 达 姝。
Ndi raen daengz daxmeh.
看不清母亲。

梭 练（赖吽） 妹 开 都，
Soh lienh (laihnaeuz) maex hai du,
误认妻开门，

台 都（布勒喏） 只 廸 妹；
Daiz du (bouxlawz rox) cix dwg meh;
谁知是母亲；

尿 分 蜧 沾 蚏，
Ndi faen goep nem gvej,
（青）蛙（蟾）蜍难分晓，

妹 倒 乳 帅 肫。
Meh dauq ndaej gwn soenj.
妈倒吃鸡尾。

39. 梭 蹈 盯 合 窀，
Soh yamq din haeuj ranz,
儿跨步进屋，

拜 妹 娘 歪 样；
Baiq maexnangz gwnz mbonq;
拜床上"贤妻"；

窀 尼 倒 喏 动，
Ranz nix dauq rox ronq,
他家真会切，

胬 鸠 段 秅 瑽。
Noh gaeq donh vaqfwngz (fajfwngz).
鸡肉如巴掌。

胬 鸠 劢 尿 劢，
Nohgaeq van ndi van,
鸡肉香不香，

征 敁 恩 尿 恩；
Nuengxgyong nyaenx ndi nyaenx;
乖妹腻不腻；

梭 蹈 盯 合 窀，
Soh yamq din haeuj ranz,
儿跨步进屋，

拜 妹 娘 歪 样。
Baiq "maexnangz" gwnz mbonq.
拜床上"贤妻"。

帅 鸡 记 肛 皷，
Gwn gaeq geiq daengz gyong,
吃鸡想到妹，

合 窀 递 给 征；
Haeuj ranz yienh haengj nuengx;
进屋递给妹；

窀 尼 倒 喏 动，
Ranz nix dauq rox ronq,
他家真会切，

肫 鸡 段 秅 瑽。
Soenj gaeq donh vaqfwngz.
鸡肉如巴掌。

40. 帅 同 罗（醒阤逻） 朦 胧，
Gwn doengzloz (mak dozloz) moengz loengz,
吃了蒙汉果，

屯 趴 只 啰 懜；
Daengxsoengz cix loq moengh;
白日说梦话；

古 眐 样 尿 动，
Gu ninz mbonq ndi doengh,
我甜睡床上，

肫 鸠 送 端（其勒） 罢？
Soenj gaeq soengq gyawz (gizlawz) bae?
鸡尾送到哪？

明 明 送 给 睸（肽 肪），
Mingzmingz soengq haengj ngangq (dafangz),
明明捧给妈，

顾 螳 布 顾 龙；
Goq dangh mbouj goq loengz;
你装疯卖傻；

帅 同 罗 朦 胧，
Gwn doengzloz moengzloengz,
吃了蒙汉果，

屯 趴 只 啰 嘘。
Daengxsoengz cix loqmoengh.
白日说梦话。

赶 紧 批 彤（夺） 庲，
Ganjginj bae lod (dued) ma,
赶紧去夺回，

差 的 古 布 容！
Ca di gu mbouj yoengz!
一两不放过！

古 眸 桦 肙 动，
Gu ninz mbonq ndi doengh,
我甜睡不动，

肫 鸪 送 踹 㞎?
Soenj gaeq soengq gyawz bae?
鸡尾送到哪?

41. 姝 冾 哈 两 唁（响），
Maex het haep song gyoenz (coenz),
妻谩骂几句，

梭 神 盆 土 墬（公土墬）；
Soh saenz baenz dujdih (goengdujdeih);
梭浑身发抖；

氿 清（醒） 倒 喏 记，
Laeuj cingz (singj) dauq rox giq,
酒醒心自知，

考 你 姝 必（授） 难。
Gaunix meh bih (souh) nanh.
这回妈受难。

撕 㬵（咟） 又 揩 何，
Sik hangz (bak) youh gaenx hoz,
撕嘴又卡脖，

她 罱 𦧺 䶗 黑；
Meh naj noh gyonj ndaem;
妈脸颊全黑；

姝 冾 嚇 双 唁，
Maex het haep song gyoenz,
妻谩骂几句，

梭 神 盆 土 墬。
Soh saenz baenz dujdih.
梭浑身发抖。

伩 布 嗐 恶 斗，
Mwngz mbouj haiz okdaeuj,
若不吐出来，

就 嗳（椇） 伩 着 㞎!
Couh saeux (moeb) mwngz coq gix!
就把你打死！

氿 清 倒 喏 记，
Laeuj cingz dauq rox giq,
酒醒心自知，

考 你 姝 必 难。
Gaunix meh bihnanh.
妈这回受难。

42. 鸪 㞔 𠮩 装 哈，
Gaeq dai nyaen cang daej,
鸡死狐装哭，

姝 伩 装 咭 古；
Maex mwngz cang get gu;
你妻假慈悲；

淰 污 安 吅 油，
Raemxuq an guh youz,
污水说是油，

哄 古 奶 姝 佬。
Yoeg gu naih mehlaux.
骗我吃大亏。

哷 古 吽 听 宪，
Heuh gu ngaj (aj) hangz gvangq,
叫我张开嘴，

𦧺 鸪 簾 合 㞎；
Noh gaeq langh haeujbae;
鸡肉放进嘴；

鸪 㞔 𠮩 装 哈，
Gaeq dai nyaen cang daej,
鸡死狐装哭，

姝 伩 装 咭 古。
Maex mwngz cang get gu.
你妻假慈悲。

胬 鸡 麻 亦 峰，
Noh gaeq maz hix nyangq,
鸡肉韧无比，

像 皮 螳 油 如（溇如）；
Lumj naeng dangh yaeuzyu (raeuzru);
滑溜像蛇皮；

淰 污 安 叧 油，
Raemxuq an guh youz,
污水说是油，

哄 古 奶 姝 佬。
Yoeg gu naih mehlaux.
骗我吃大亏。

43. 咬 麻 咬 否 坤，
Haeb maz haeb mbouj goenq,
手撕咬不断，

峰 成 皮 裣 骚！
Nyangq baenz naengcwz sauj!
比牛皮坚韧！

伝 盰 嘶 嗂 嗂，
Vunz raen swenjyauyau,
人见全惊呆，

奶 佬 肶 真 矇！
Naihlaux da caen mong!
老奶真瞎眼！

其 端 廸 胬 鸡，
Giz gyawz dwg noh gaeq,
这哪是鸡肉，

佲 眗 神 布 神！
Mwngz naeq saenz mbouj saenz!
你见会吓呆！

咬 麻 咬 否 坤，
Haeb maz haeb mbouj goenq,
咬呀咬不断，

峰 成 皮 裣 骚！
Nyangq baenz naengcwz sauj!
比牛皮坚韧！

明 明 是 蟆 怀，
Mingzmingz seih bing'vaiz,
本是大蚂蟆，

介 斗 哄 布 佬；
Gaiq daeuj yoeg bouxlaux;
别来骗老奶；

伝 盰 嘶 嗂 嗂，
Vunz raen swenjyauyau,
人见全惊呆，

奶 老 肶 真 矇！
Naihlaux da caen mong!
老奶真瞎眼！

44. 姝 怨 吞 呵 吞，
Meh ienq mbwn ha mbwn,
苍天哟苍天，

蟆 勺 唔 合 何；
Bing yaek ndwnj haeuj hoz;
差点吞蚂蟆；

呷 蟆 血 吠 吠，
Gwn bing lwedfofo,
蚂蟆血淋淋，

姝 虽 何 只 坤！
Meh saihoz cix goenq!
心被插利箭！

姝 养 梭 盆 伝，
Meh ciengx Soh baenz vunz,
守寡养儿大，

倒 掅 蟆 哄 呷；
Dauq dawz bing yoeg gwn;
骗妈吃蚂蟆；

姝 怨 吞 呵 吞，
Meh ienq mbwn ha mbwn,
苍天哟苍天，

蟆 勺 唔 合 何。
Bing yaek ndwnj haeuj hoz.
差点吞蚂蟆。

命 古 豁 卦 脒，
Mingh gu haemz gvaq mbi，
我命比胆苦，

晔 晔 受 辛 焐；
Bibi souh sinhoj；
受尽人间苦；

帅 蟆 血 吠 吠，
Gwn bing lwedfofo，
蚂蟥血淋淋，

姝 虽 何 只 坤。
Meh saihoz cix goenq。
心被插利箭。

45. 布 从 业（念肝） 姝 生，
Mbouj coengznyieb (niemhdaengz) meh seng，
不念妈生恩，

业 功 衍 姝 拤；
Nyieb goengrengz meh rungx；
该念妈养德；

血 嫔 犇 泷 胫，
Lwed bing doek roengz dungx，
蚂蟥吃下肚，

丢 布 荣 乿 素（攸）！
Mbwn mbouj yungz ndaej su (sou)！
上天不容情！

佲 里 虽 盆 架，
Mwngz lij saeq baenz gyax，
从小变孤儿，

姝 拤 淋 金 彭；
Meh maq lumj gim bengz；
妈看比金贵；

布 从 业 姝 生，
Mbouj coengznyieb meh seng，
不念妈生恩，

业 功 行 姝 拤。
Nyieb goengrengz meh rungx
该念妈养德。

� 姝 布 口 哜，
Raen meh mbouj guhsing，
见妈不做声，

双 佲 喂 咽 咽；
Song mwngz riunyumnyum；
你俩笑眯眯；

血 嫔 犇 泷 胫，
Lwed bing doek roengz dungx，
蚂蟥吃下肚，

丢 布 荣 乿 素！
Mbwn mbouj yungz ndaej su！
苍天不容情！

46. 三 朕 仪 佲 亢，
Sam ndwen boh mwngz dai，
三月你没爸，

布 � 乖 盆 架；
Mbouj raen gvai baenz gyax；
全靠苦命妈；

粘 了 佲 口 呀，
Haeux liux mwngz guhnyah，
没米你生气，

姝 斝 借 庥 焐（炷）。
Meh bae ciq ma yung (cawj)。
妈去借来煮。

仪 佲 病 歪 样，
Boh mwngz bingh gwnz mbonq，
你爸病床上，

捯 皭 昆 斝 皆；
Dawz nazgonh bae gai；
拿水田去卖；

三 朕 仪 佲 亢，
Sam ndwen boh mwngz dai，
三月你没爸，

布 � 乖 盆 架。
Mbouj raen gvai baenz gyax。
全靠苦命妈。

419

炷苝否眉油，
Cawj byaek mbouj miz youz,
煮菜没有油，

古弙伩峚借；
Gu hwnj haw bae ciq;
妈上街去借；

粝了佲口呀，
Haeux liux mwngz guhnyah,
没米你生气，

姝峚借庲焸。
Meh bae ciq ma yung.
妈去借来煮。

47. 唂唂耵姝嗉，
Gyoenzgyoenz dingq maex gangj,
句句听妻讲，

口仿佲也信；
Guhbyangz mwngz yax sinq;
假话你也信；

姝嗉总布耵，
Meh gangj cungj mbouj dingq,
妈讲你不听，

魂命佲魁拎。
Hoenz mingh mwngz fangz gaem.
灵魂让鬼抓。

鼠咭罨（思椏）只挤，
Nou gaet gyuem (aenfa) cix byoengq,
盖子被鼠咬，

途龙变途蟷（蚭）；
Duzloengz bienq duzdangh (ngwz);
蛟龙变为蛇；

唂唂耵姝嗉，
Gyoenzgyoenz dingq maex gangj,
句句听妻讲，

口仿佲也信。
Guhbyangz mwngz yax sinq.
假话你也信。

栯粔装栯苗，
Govaeng cang gomiuz,
稗草装稻草，

伝唤佲否醒；
Vunz riu mwngz mbouj singj;
人笑你不醒；

姝嗉总布耵，
Meh gangj cungj mbouj dingq,
妈讲你不听，

魂命佲魁拎。
Hoenz mingh mwngz fangz gaem.
灵魂让鬼抓。

48. 喏易（尼）只峚嫁，
Rox yix (neix) cix bae haq,
早知该改嫁，

峚嶭即里垫；
Baenaj cix lij soeng;
去找一个家；

欧嶭给祖宗，
Aeunaj haengj cojcoeng,
给祖宗脸面，

恅独龙古贱。
Lau dogloengz gu cienh.
怕孤儿变贱。

姝忟（忍）气忟何，
Meh namx (nyaenx) hiq namx hoz,
妈忍气吞声，

侣布作下卦；
Ciuh bouxcoz yax gvaq;
让青春流逝；

喏易只峚嫁，
Rox yix cix bae haq,
早知去改嫁，

峚嶭即里垫。
Baenaj cix lij soeng.
去找一个家。

布 布 斗 解 劝，
Bouxboux daeuj gaijgienq,
人人登门劝，

冄 眉 劝 冄 袶；
Ndi miz gienq ndaej roengz;
无人劝通妈；

欧 罴 给 祖 宗，
Aeunaj haengj cojcoeng,
给祖宗脸面，

恅 独 龙 古 贱。
Lau dogloengz gu cienh.
怕孤儿变贱。

49. 枉 费 戁 劲 梭，
Vangjfei ciengx Lwgsoh,
枉费养梭儿，

侵 尽 歪 傍 焐；
Souh caenh gwnz biengz hoj;
受尽人间苦；

守 娭 戁 冄 佲，
Souj maiq ciengx ndaej mwngz,
守寡养你大，

下 俯 峹 侵 埔。
Yax baengh mbwn caeuq namh.
全靠天和地。

从 业 姝 生 佲，
Coengznyieb meh seng mwngz,
不念母亲恩，

庲 夺 峹 佔 作；
Ma lajmbwn ciemq coh;
白来到世上；

枉 费 戁 劲 梭，
Vangjfei ciengx Lwgsoh,
枉费养梭儿，

侵 尽 歪 傍 焐。
Souh caenh gwnz biengz hoj.
受尽人间苦。

50. 肜 閄 张 嗒 啦，
Daengz ndaw cieng haemhndaep,
年三十吃饭，

姝 测 脶 否 泌；
Meh caek noh mbouj byaz;
妈丁肉不沾；

梭 呴 脶 达 釟（盆 鋓），
Soh gwn noh dajgva（baenzrek），
梭吃肉大碗，

姝 呴 茶 当 屯。
Meh gwn caz dang donq.
妈吃野菜汤。

呴 否 了 又 收，
Gwn mbouj liux youh caeu,
吃不完又藏，

在 肶 头 佲 劲；
Caih simdaeuz mwngz lwg;
请儿摸心头；

肜 朕 张 晙 啦，
Daengz ndwen cieng haemhndaep,
年三十吃饭，

姝 汋 脶 否 泌。
Meh caek noh mbouj baz.
妈丁肉不沾。

讨 叺 卦 初 二，
Rumh gwn gvaq co'ngih,
讨饭过初一，

初 三 四 冶 麻；
Cosam siq het ma；
过初五才回；

梭 叺 豂 达 魱
Soh gwn noh dajgva,
梭吃肉大碗，

姝 叺 茶 当 屯。
Meh gwn caz dang donq.
妈吃野菜汤。

51. 二 月 肸 莎（社） 春，
Ngih nyied daengz sa①（six）cin,
春社杀猪羊，

姝 受 唷 受 话；
Meh souh gyoenz souh vah；
妈受气受累；

只 故 敚 魁 妡，
Cij goq sou gyaeujyah,
只顾你们俩，

逢 对 罾 为（漫） 叺。
Naengh doiqnaj vaeh（menh）gwn.
坐对面慢吃。

社 头 年 头 节，
Six daeuz nienz daeuz ciet,
春社头年节，

姝 布 月（服） 条 肌；
Meh mbouj nyied（fug）diuzsim；
妈伤心叹气；

二 月 肸 社 春，
Ngih nyied daengz six cin,
二月春社日，

姝 受 唷 受 话。
Meh souh gyoenz souh vah.
妈受气受累。

敚 屃 给 姝 叺，
Sou ndi haengj meh gwn,
不给妈吃饭，

姝 麻 晎 下 卦；
Meh ma ninz yax gvaq；
妈空肚去睡；

只 顾 敚 魁 姢，
Cij goq sou gyaeujyah,
只顾你们俩，

逢 对 罾 为 叺。
Naengh doiqnaj vaeh gwn.
坐对面慢吃。

52. 三 月 晛 清 明，
Sam nyied ngoenz cingmingz,
三月清明节，

乩 叺 倗 公 伩；
Ndaej gwn baengh goengboh；
得吃靠老伯；

伩 道 吽 劲 梭：
Bohdauh naeuz Lwgsoh：
道公讲梭儿：

"里 墥 墓 吅 尔？"
"Lij canj moh guh yawz?"
"还扫墓干啥？"

梭 也 否 喏 哩（喏唔），
Soh yax mbouj roxyiuj（roxnyinh），
勒梭听不进，

吽 姝 斗 塈 闲；
Heuh meh daeuj soengz henz；
叫妈到旁边；

① Sa：Couhdwg ngoenzsix. Moix bi gaeuh-
lig ngeih nyied coit heuhguh ngoenzsix, dwg
Bouxcuengh gvaq cieng le daih'it aen cietheiq.

三 月 昑 清 明，
Sam nyied ngoenz cingming，
三月清明节，

乤 呷 倗 公 伀。
Ndaej gwn baengh goengboh.
得吃靠老伯。

乤 呷 诺 呷 糂，
Ndaej gwn noh gwn ngaiz，
得喝酒吃肉，

众 伝 夈 下 喏；
Gyoengq vunzlai yax rox；
众人都知道；

伀 道 吽 劢 梭：
Bohdauh naeuz Lwgsoh：
道公讲梭儿：

"里 壋 墓 叮 尔？"
"Lij canj moh guh yawz？"
"还扫墓干啥？"

53. 四 月 八 糂 黑，
Seiq nyied bet ngaiz ndaem，
四月八糯饭，

否 昑 拎 糂 糃；
Mbouj raen gaem ngaiznaengj；
没见到一碗；

梭 叮 易 夈 吨，
Soh guh yixlai daenx，
糯饭满蒸笼，

络 妹 倗 佈 尔？
Haengj meh baengh bouxyawz？
让谁拿给妈？

乣 古 倒 喏 愯，
Lan gu dauq rox gyoh，
乖孙倒知理，

偷 胬 给 奶 呷；
Caeg noh haengj naih gwn；
偷肉给奶吃；

四 月 八 糂 黑，
Seiq nyied bet ngaiz ndaem，
四月八糯饭，

冃 昑 拎 糂 糃。
Mbouj raen gaem ngaiznaengj.
没见到一碗。

乣 偷 双 乤 胬，
Lan caeg song ndaek noh，
孙偷两块肉，

里 叮 伀 姆 撵（搛）；
Lij deng bohmeh daenz（sienq）；
还遭你们打；

梭 叮 易 夈 吨，
Soh guh yixlai daenx，
糯饭满蒸笼，

肯 妹 倗 佈 尔？
Haengj meh baengh bouxyawz？
让谁拿给妈？

54. 五 月 昑 初 五，
Ngux nyied ngoenz co'ngux，
五月端午节，

姝 坙 可 布 安；
Meh youq goj mbouj an；
妈坐立不安；

姝 嗛 考 左 伕，
Maex gangjhauq coq gvan，
你妻生闷气，

劢 送 三 介 粉。
Lan soengq sam gaiq faengx.
孙送三片粽。

妹 佲 昑 送 粉，
Maex mwngz raen soengq faengx，
你妻见送粽，

拎 夺 丢 给 猯；
Raengq dued ndek haengj mu；
夺去扔喂猪；

五 月 昑 初 五，
Ngux nyied ngoenz co'ngux,
五月端午节，

姝 圣 可 否 安。
Meh youq goj mbouj an.
妈坐立不安。

姝 淰 肷 巨 泣，
Meh raemxda gwj rih,
泪水落纷纷，

呷 氕 滩 弊 滩；
Gwnhiq dan doek dan;
床上空悲叹；

姝 嘛 考 左 佚，
Maex gangjhauq coq gvan,
你妻生闷气，

劲 送 三 介 粉。
Lan soengq sam gaiq faengx.
孙送三片棕。

55. 姝 佲 淋 羘 公，
Maex mwngz lumj yiengzboux,
你妻肥如羊，

里 赶 臽 庥 功；
Lij cawx noh ma gung;
买肉来补养；

肯 布 佬 呷 穷，
Haengj bouxlaux gwn gyoeng,
不给老人沾，

捫 呰 焹 塝 芭。
Dawz bae yung bangxbaq.
拿去挂芭芒。

姝 盆 病 尸 门，
Meh baenz bingh ndi maenz,
妈骨瘦如柴，

扶 林 （空链） 昑 睹 愮；
Bouxyimz (ranznden) raen gyonj gyoh;
邻居都可怜；

姝 佲 淋 羘 公，
Maex mwngz lumj yiengzboux,
你妻肥如羊，

利 赶 臽 庥 功。
Lij cawx noh ma gung.
买肉来补养。

昑 莲 空 独 独，
Ngoenz naengh ranz ndoekndoek,
整天懒洋洋，

埔 林 肸 劯 鮏；
Namh moek daengz giuzndaeng;
黄土埋鼻梁；

肯 佈 佬 呷 穹，
Haengj bouxlaux gwn gyoeng,
不给老人吃，

捫 呰 焹 塝 芭。
Dawz bae yung bangxbaq.
拿去挂芭芒。

56. 肸 六 月 初 六，
Daengz loeg nyied coloeg,
六月初六到，

是 该 大 欢 喜；
Cix gai daih vuenheij;
本该大欢喜；

哄 姝 噁 呰 邀，
Yoeg meh okbae gyae,
骗妈出远门，

敚 巨 豺 巨 豬！
Sou gwq caeq gwq nyoeg!
你们尽情吃！

羍 古 吥（捌） 乳 臽，
Lan gu log（gvaix）ndaej noh,
孙给奶留肉，

敚 索 捫 呰 扑；
Sou soh dawz bae boek;
你们夺去倒；

胗 六 月 初 六，
Daengz loeg nyied coloeg,
六月初六到，

只 该 大 欢 喜。
Cix gai daih vuenheij.
本该大欢喜。

嘰 朤 眉 匒 鸠，
Gangj ndi miz nohgaeq,
说没有鸡肉，

怕 姝 峜 肍 台；
Lau meh bae daengz daiz;
怕妈入席吃；

哄 姝 噁 峜 邎，
Yoeg meh okbae gyae,
骗妈出远门，

攸 巨 犵 巨 豬!
Sou gwq caeq gwq nyoeg!
你们尽情吃!

57. 胗 七 月 十 三，
Daengz caet nyied cib sam,
七月中元节，

姝 咄（逐） 空 峜 腊；
Meh doeg (cug) ranz bae lah;
妈挨家讨饭；

胗 十 四 十 五，
Daengz cib seiq cib haj,
到十四十五，

过 十 六 冷 庥。
Gvaq cib loeg het ma.
过十六过回。

豻 途 鵂 途 鸠，
Gaj duzbit duzgaeq,
杀鸡又杀鸭，

布 乳 眻 吟 汤；
Mbouj ndaej raen goemz dang;
不见一口汤；

胗 七 月 十 三，
Daengz caet nyied cib sam,
七月中元节，

姝 咄 空 峜 腊。
Meh doeg ranz bae lah.
妈挨家讨饭。

节 气 否 乳 呷，
Cietheiq mbouj ndaej gwn,
节日不得吃，

姝 跑 歪 跑 夅；
meh buet gwnz buet laj;
妈跑上跑下；

胗 十 四 十 五，
Daengz cib seiq cib haj,
到十四十五，

过 十 六 冷 庥。
Gvaq cib loeg het ma.
过十六才回。

58. 梭 否 歐 良 呲，
Soh mbouj aeu liengzsim,
梭没有良心，

碻 淋 情 胗 底；
Gyonj lumz cingz daengz dij;
恩情全忘记；

胗 冬 年 节 气，
Daengz doengnienz ciethiq,
到冬季节气，

姝 的 气 否 碰。
Meh di hiq mbouj bungz.
妈不能沾边。

佲 悋 佲 达 姝，
Mwngz gyaez mwngz dah maex,
你只疼媳妇，

姝 贼 哈 庥 眐；
Meh caeg daej ma ninz;
妈流泪去睡；

梭 否 歐 良 肜，
Soh mbouj aeu liengzsim,
梭没有良心，

嵍 淋 情 肷 底。
Gyonj lumz cingz daengz dij.
恩情全忘记。

戴 梭 算 木 休，
Ciengx Soh suenq moegyou,
枉费养大你，

淋 情 古 丏 底；
Lumz cingz gou daengz dij;
忘我情到底；

肷 冬 年 节 气，
Daengz doengnienz ciethiq,
到冬天春节，

姝 的 氘 否 碰。
Meh di hiq mbouj bungz.
妈没沾到肉。

59. 肷 八 月 十 五，
Daengz bet nyied cib haj,
中秋月儿圆，

姝 下 否 乿 呻；
Meh yax mbouj ndaej gwn;
妈也不得吃；

测 嵍 姝 布 眅，
Caek noh meh mbouj raen,
丁肉不能沾，

唔（恩） 饼 姝 布 眅。
Ndaen（aen） bingj meh mbouj raen.
月饼妈没见。

梭 叩 肜 易 黑，
Soh guh sim yix ndaem,
梭做事偏心，

姝 眅 肜 只 呀；
Meh raen sim cix nyaz;
妈见了心烦；

肷 八 月 十 五，
Daengz bet nyied cib haj,
中秋月儿圆，

姝 下 否 乿 呻。
Meh yax mbouj ndaej gwn.
妈也不得吃。

姝 是 奶 偌 偌，
Meh seih naih gaujvaq,
妈是乞丐婆，

敨 下 乃 色 唷；
Sou yax nai saek gyoenz;
你们不过问；

测 嵍 姝 布 眅，
Caek noh meh mbouj raen,
丁肉妈不沾，

唔 饼 姝 布 倪！
Ndaen bingj meh mbouj gienq!
月饼妈没见！

60. 嗜 古 叫 同 暧，
Daengq gu guh doengxhaemh,
原说去拜月，

遻 守 肷 半 脄；
Naengh souj daengz byonghhwnz;
呆坐到深夜；

芝 古 伦 真 情，
Lan gu lwnh cin cingz,
乖孙告真情，

可 町 垯 銂 劳。
Lij deng daenz fagsaq（fwngz bop）.
挨打几耳光。

唥 古 崒 庲 眰，
Heuh gu baema ninz,
叫我回房睡，

敨 只 呻 哆 喻；
Sou cix gwn nye'nyaemq;
你们尽情吃；

哼 古 叩 同 畹，
Daengq gu guh doengxhaemh,
原说去拜月，

遵 守 胕 半 腋。
Naengh souj daengz byonghhwnz.
呆坐到深夜。

曾 呷 只 吽 吗，
Caengz gwn cix naeuz heuh,
饭前说叫我，

呷 了 是 吽 淋；
Gwn liux cix naeuz lumz;
吃完说忘记；

歪 古 论 真 情，
Lan gu lwnh cin cingz,
乖孙告真情，

利 叮 垱 换 鈿 劳。
Lij deng daenz saqfag.
挨打几耳光。

61. 九 月 九 节 氕，
Gouj nyied gouj ciethiq,
九九重阳节，

姝 的 否 乳 呷；
Meh di mbouj ndaej gwn;
妈无法沾边；

耖 糙 淋 混 橔（虰磅），
Ngaiznaengj lumj goenjdoen（daengqfiengz），
糯饭蒸满笼，

姝 否 眕 的 価。
Meh mbouj raen di yawz.
妈不见半口。

耖 糙 分 给 伝，
Ngaiznaengj faen haengj vunz,
糯饭送给人，

姝 皓 否 眕 氕；
Meh gyonj mbouj raen hiq;
妈没闻到气；

九 月 九 节 氕，
Gouj nyied gouj ciethiq,
九九重阳节，

姝 的 否 乳 呷。
Meh di mbouj ndaej gwn.
妈无法沾边。

耖 糙 香 冬 冬，
Ngaiznaengj yang lailai,
糯饭香透心，

姝 唔 渂 盆 淰；
Meh ndwnj myaiz baenz raemx;
妈只吞口水；

耖 糙 淋 混 橔，
Ngaiznaengj lumj goenjdoen,
糯饭蒸满笼，

姝 否 眕 的 価。
Meh mbouj raen di yawz.
妈不见半口。

62. 十 月 初 一 胕，
Cib nyied coit daengz,
十月初一到，

筛 粝 秈 峎 洗；
Raeng haeuxcid bae cat;
拿糯米去淘；

伝 叩 糟 混 嗒，
Vunz guh ceiz goenjdat,
家家舂糍粑，

罢 姝 峎 拼 呷。
Fad meh bae rumh gwn.
逼我去讨饭。

做 只 呷 植 热，
Su cix gwn ceiz ndat,
你们吃糍粑，

扒（拌） 耖 麦 姝 呷；
Mbat（heuz） ngaizmeg meh gwn;
拌麦粥漫吃；

十 月 初 一 胉,
Cib nyied coit daengz,
十月初一到,

筛 粝 粙 辵 涤。
Raeng haeuxcid bae cat.
拿糯米去淘。

粝 粙 坥 盆 糙,
Haeuxcid cuk baenz ceiz,
糯饭舂糍粑,

其 其 塞 口 押;
Gizgiz saet guh rap;
到处送外家;

伝 口 糙 混 嗒,
Vunz guh ceiz goenjdat,
家家舂糍粑,

罢 姝 辵 拵 咟。
Fad meh bae rumh gwn.
逼我去讨饭。

63. 十 一 月 冬 至,
Cib it nyied doengciq,
十一月冬至,

粑 淰 佪(几) 兀 咟;
Mbaraemx gij (geij) ndei gwn;
忙煮汤圆馍;

可 惜 梭 冃 分,
Hojsik Soh ndi faen,
可惜梭不分,

姝 胎 飵 只 哈。
Meh hoz ngah cix daej.
妈饥饿才哭。

姝 盆 奶 佶 佅,
Meh baenz naih gaujvaq,
妈做乞丐婆,

只 下 歐 分 的;
Cix yax aeu faen di;
也该分一点;

十 一 月 冬 至,
Cib it nyied doengciq,
十一月冬至,

粑 淰 几 兀 咟。
Mbaraemx gij ndei gwn.
忙煮汤圆馍。

粑 达 恶 达 界①,
Mba dajo dajgaix①,
(糍粑)一锅又一锅,

姝 吞 溃 躬 神;
Meh ndwnj myaiz ndang saenz;
妈饥饿发抖;

可 惜 梭 冃 分,
Hojsik Soh i faen,
可惜梭不分,

姝 胎 能 只 哈。
Meh hoz naeng cix daej.
妈伤心才哭。

64. 十 二 月 屯 达,
Cib ngih nyied daemxdat,
十二月年关,

梭 腊 胬 卦 张;
Soh lab noh gvaq cieng;
梭腊肉过年;

风 肠 掛(抔) 淋 窂,
Funghcangz gva (veuj) rim ranz,
腊肠挂满墙,

姝 喠 冃 眉 粝。
Meh gyangz ndi miz haeux.
妈无米下锅。

鸠 脦(鸠刣) 独 犂 独,
Gaeqdon (gaeqiem) duz doek duz,
刣鸡关满笼,

_____

① Dajo dajgaix：Couhdwg haujlai haujlai.

门（䠱） 猪 叭 䞍 叭；
Maenz (lauz) mu bat doek bat;
猪油装满缸；

十 二 月 屯 达，
Cib ngih nyied daemxdat,
十二月年关，

梭 腊 匢 卦 张。
Soh lab noh gvaq cieng.
梭腊肉过年。

匢 扣 盆 排 盆，
Noh gou bwnz baiz bwnz,
扣肉一排排，

匢 精 碗 排 碗；
Nohcing vanj baiz vanj;
瘦肉一碗碗；

风 肠 掛 淋 窒，
Funghcangz gva rim ranz,
腊肠挂满墙，

姝 噩 冎 眉 粝。
Meh gyangz ndi miz haeux.
妈无米下锅。

65. 梭 病 噩 呀 呀，
Soh bingh gyangznganga,
梭病喊呀呀，

吂 麻 盆 样 易（样内）？
Guh maz baenz yanghyix (yienghneix)?
为何得这病？

僗 犯 婆 呑 里（阳间），
De famh bux lajlix (yiengzgan),
他犯天下忌，

倍 内 肯 姝 呻。
Baeznix haengj meh gwn.
从此给妈吃。

倐 劲 荗 斗 眪，
Gyoengq lwglan daeuj naeq,
众子孙来看，

总 涕 彶 渗 眐；
Cungj daej vuet raemxda;
总同情流泪；

梭 病 噩 呀 呀，
Soh bingh gyangznganga,
梭呻吟声声，

各 麻 盆 样 易？
Guh maz baenz yanghyix?
为何得这病？

平 歪 衔 呑 板，
Bingz gwnzhaw lajmbanj,
众人评天理，

都 嗹 梭 布 兀；
Duj gangj Soh mbouj ndei;
都说梭不对；

他 犯 婆 呑 里，
De famh bux lajlix,
他犯天下忌，

倍 尼 肯 姝 呻。
Baeznix haengj meh gwn.
从此给妈吃。

66. 卦 汏 只 淋 㭪，
Gvaq dah cix lumz dwngx,
过河忘拐棍，

卦 晗 辀 油 灯；
Gvaq haemh gveng daeng'youz;
过夜甩油灯；

挤 梭 布 盆 功，
Rungx Soh mbouj baenzgoeng,
养梭没有功，

埔 溶 㞑 只 了！
Namh yoengz bae cix liux!
妈伤心愿死！

仔 梭 病 一（倍） 兀，
Caj Soh bingh it (baez) ndei,
等梭病一好，

只 利 毒 卦 眃；
Cix lij doeg gvaq ngoenz；
又比往日毒；

卦 汰 只 淋 椁，
Gvaq dah cix lumz dwngx，
过河丢拐棍，

祂 跰 歪 跰 夅。
Vaq ga hwnj ga roengz.
过夜甩油灯。

又 信 妹 俢 挑，
Youh sinq maex de diu，
听你妻乱说，

捴 妹 逃 卦 哄；
Gyaep meh deuz gvaq gungx；
赶我村过村；

拼 梭 布 盆 功，
Rungx Soh mbouj baenzgoeng，
养梭没有功，

埔 溶 娤 只 了！
Namh yoengz bae cix liux!
妈伤心愿死！

67. 晗 合 样 庲 眝，
Haemh haeuj mbonq ma ninz，
半夜上床睡，

魃 脥 翠 板 虽；
Fangzhwnz deng byonjsaej；
梦见肠子丢；

妱 捈 蟥 斗 抑，
Bawx dawz bing daeuj nyaenj，
蚂蟥塞我喉，

哈 屄 嗯 淰 眦。
Daej mbouj ok raemxda.
哭不出眼泪。

醒 倒 巨 嘬 气，
Singj dauq gwj gyangzhiq，
醒来还叹气，

越 议 越 伤 胁；
Yied ngeix yied siengsim；
越想越伤心；

晗 合 样 庲 眝，
Haemh haeuj mbonq ma ninz，
半夜上床睡，

魃 脥 叮 板 虽。
Fangzhwnz deng byonjsaej.
梦见肠子丢。

妹 俗 胁 易 黑，
Maex mwngz sim yix ndaem，
你妻心正黑，

妹 贱 盆 鶏 鶏；
Meh cienh baenz bit gaeq；
妈贱如鸡鸭；

妱 捈 蟥 斗 抑，
Bawx dawz bing daeuj nyaenj，
蚂蟥塞我喉，

哈 屄 恶 淰 眦。
Daej mbouj ok raemxda.
哭不出眼泪。

68. 口 肚 妹 批 遘，
Haeuj dungx maex bae naengh，
进妻肚里坐，

途 伝 腈 贫 狇；
Buxvunz bienq baenz ma；
瘦人变为狗；

娤 口 道 乱 跰，
Bae guh dauh ndaej ga，
行道得鸡腿，

庲 肵 空 肯 妹。
Ma daengz ranz haengj maex.
全给妻子拿。

妹 蹎 呈 蹎 夅，
Meh byaij hwnj byaij roengz，
妈走上走下，

侢 姝 呻 旺 旺；
Gvan maex gwnnyaemnyaem;
你们不叫妈；

合 脥 姝 岜 遂，
Haeuj dungx maex bae naengh,
进妻肚里坐，

布 伝 陵 盆 狐。
Bouxvunz bienq baenz ma.
瘦人变为狗。

仪 道 斗 癿 腊，
Bohdauh daeuj ranz lah,
道公来串门，

查 梭 叫 加 麻（几麻）；
Caz Soh guh gazmaz（gijmaz）;
问梭忙何事；

岜 叫 道 乩 跍，
Bae guh dauh ndaej ga,
行道得鸡腿，

麻 肸 空 肯 姝。
Ma daengz ranz haengj maex.
全给妻子拿。

69. 盷 姝 呺 侳 艮，
Raen maex heuh nuengx ngaenz,
见妻称银妹，

安 姝 盆 毒 麄；
An meh baenz duzguk;
骂娘是饿虎；

平 竬（布啲） 只 布 服，
Bingz byawz（bouxlawz）cix mbouj fug,
谁也不会服，

在 攸 菜 攸 剔。
Caih sou moeb sou dik.
任你骂又打。

劲 布 忠 布 孝，
Lwg mbouj coeng mbouj yauq（hauq），
儿不忠不孝，

姝 麄 倒 布 盆；
Meh dai dauq mbouj baenz;
妈死也不服；

盷 姝 呺 侳 艮，
Raen maex heuh nuengx ngaenz,
见妻称银妹，

安 姝 盆 独 麄。
An meh baenz duzguk.
骂娘是饿虎。

憼 对 劲 布 孝，
Ciengx doiq lwg mbouj hauq,
养梭儿不孝，

馬 宏 搗 布 佬；
Maj hung doeb bouxlaux;
长大打老母；

平 竬 只 布 服，
Bingz byawz cix mbouj fug,
问谁都不服，

在 攸 菜 攸 剔。
Caih sou moeb sou dik.
任你骂又打。

70. 劲 梭 虽 何 姝，
Lwgsoh saihoz meh,
娘爱儿如命，

议 肸 傪 咭 肭；
Ngeix daengz de get sim;
想到儿伤心；

嘬 気 唝 立 唝，
Gyangzhiq sing laeb sing,
叹气声又声，

晄 庲 眰 布 睋。
Haemh ma ninz mbouj ndaek.
半夜难入眠。

嗪 肸 时 呻 蟥，
Gangj daengz seiz gwn bing,
说到吃蚂蟥，

431

血𤳆㴙啡啡；
Lwed nding lae fefe;
泪下湿衣襟；

劲梭虽何姝，
Lwgsoh saihoz meh,
娘爱儿如命，

议肝偢咕肶。
Ngeix daengz de get sim.
想到儿伤心。

想㪟否眉翅，
Siengj mbin mbouj miz fwed,
想飞无翅膀，

想逃否眉盯；
Siengj buet mbouj miz din;
想跑没有脚；

嗞气啡立啡，
Gyangzhiq sing laeb sing,
叹气声又声，

晪厼晔布㪮。
Haemh ma ninz mbouj ndaek.
半夜难入眠。

71. 叮伝悢（淋）恩情，
Guh vunz vei (lumz) aencingz,
做人忘母恩，

良肶撐踹左？
Liengzsim dawz gyawz (gizlawz) coq?
良心何处安？

劲淋姝淋仪，
Lwg lumz meh lumz boh,
儿忘父母恩，

啰妘垎昚尔？
Rox mbwn loh ngoenzyawz?
天理何处讲？

佲里虽眉难，
Mwngz lij saeq miz nanh,
你小时生病，

姝干顾盆伝；
Meh ganqguq baenz vunz;
妈尽心养你；

叮伝悢恩情，
Guh vunz vei aencingz,
做人忘母恩，

良肶撐踹左？
Liengzsim dawz gyawz coq?
良心何处安？

各想合本身，
Gag siengj haeuj bonjsaen,
平时各思量，

眉昚做只啰；
Miz ngoenz sou cix rox;
自有后悔日；

劲淋姝淋仪，
Lwg lumz meh lumz boh,
儿忘父母恩，

啰妘垎昚尔？
Rox mbwn loh ngoenzyawz?
天理何处讲？

72. 万二吞咾乾，
Fanh ngih ndaen (aen) ndaundiq,
万二个星星，

布比吞灯昚；
Mbouj beij ndaen daengngoenz;
亮不过太阳；

戥劲布盆功，
Ciengx lwg mbouj baenzgoeng,
养儿不成功，

淋灯昚乑咎。
Lumj daengngoenz doek congh.
像太阳下山。

二十四分沌，
Ngih cib siq faen daenx,
二十四节气，

昑 昑 亦 呻 氕；
Ngoenzngoenz cix gwnhiq;
天天生闷气；

万 二 吞 咾 乾，
Fanh ngih ndaen ndaundiq,
万二个星星，

布 比 吞 灯 昑。
Mbouj bij ndaen daengngoenz.
亮不过太阳。

大 路 千 二 里，
Daihloh cien ngih lix,
人生路漫漫，

世 尼 跰 否 通；
Seqnix byaij mbouj doeng;
今世不到头；

戙 劝 布 盆 功，
Ciengx lwg mbouj baenzgoeng,
养儿不成功，

淋 灯 昑 夅 咨。
Lumj daengngoenz doek congh.
像太阳下山。

73. 造 煍 斐 肙 炯，
Caux danq feiz ndi oq,
烧柴火不亮，

从 愿 坡 煓 凉；
Coengznyienh byoq daeuh liengz;
呆坐冷灰旁；

侶 尼 昑 昑 嗷，
Ciuhnix ngoenzngoenz gyangz,
今世各呻吟，

朏 烦 垎 落 垎。
Sim fanz loh doek loh.
心烦无处诉。

为 命 布 跭 伝，
Vih mingh mbouj ha vunz,
命不配别人，

欧 双 耬 揭 蹪；
Aeu song fwngz got hoq;
双手抱双膝；

造 煍 斐 肙 炯，
Caux danq feiz ndi oq,
烧柴火不亮，

众 愿 坡 煓 凉。
Coengznyienh byoq daeuh liengz.
呆坐冷灰旁。

肝 阓 张 晗 啦，
Daengz ndaw cieng haemhndaep,
每逢年三十，

伝 嗵 布 愿 喊；
Vunz dongx mbouj nyuenh han;
人问懒搭腔；

侶 尼 昑 昑 嗷，
Ciuhnix ngoenzngoenz gyangz,
今世各呻吟，

朏 烦 垎 落 垎。
Simfanz loh doek loh.
心烦无处诉。

74. 晗 合 样 庲 眭，
Haemh haeuj mbonq ma ninz,
半夜倒下床，

双 酊 失 布 温；
Song din saet mbouj swiq;
双脚也不洗；

呋 肝 条 命 孬，
Dwen daengz diuz mingh rwix,
想起苦瓜命，

唪 祥（怨） 立 唪 嗷！
Sing uij（ienq） laeb sing gyangz！
叹气声又声！

侶 尼 真 烷 命，
Ciuhnix cin hojmingh,
今世真苦命，

433

的 了 布 跗 伝；
Di ndeu mbouj ha vunz;
无法与人比；

畞 合 样 庲 眣，
Haemh haeuj mbonq ma ninz,
半夜倒下床，

双 趵 失 布 湿。
Song din saet mbouj swiq.
双脚也不洗。

古 霏 老 尭 跌，
Go faex laux daisoengz,
老树立枯死，

躐 荦 样 样 背 （背時）；
Laemx roengz yanghyangh boih (boihseiz);
倒下人倒霉；

呋 肑 条 命 孬，
Dwen daengz diuz mingh rwix,
想起苦瓜命，

啨 猙 立 啨 嘓。
Sing uij laeb sing gyangz.
叹气声又声。

75. 跌 楪 楪 又 拘，
Dieb faex faex youh gaeuz,
攀树树又弯，

跌 苟 苟 又 坤；
Dieb gaeu gaeu youh goenq;
踏藤藤又断；

呋 肑 条 命 吨，
Dwen daengz diuz mingh daenx,
想起苦瓜命，

愿 剎 坤 （曷） 虽 何。
Nyuenh cax goenq (gat) saejhoz.
愿割喉自尽。

圣 圣 （圣壶） 尽 喏 咺，
Youq gwnz (gwnzmbwn) ndi rox haemq,
天上无处问，

十 样 吨 （焅） 落 偻；
Cib yiengh daenx (hoj) doek raeuz;
苦命总缠身；

跌 楪 楪 又 拘，
Dieb faex faex youh gaeuz,
攀树树又弯，

跌 苟 苟 又 坤。
Dieb gaeu gaeu youh goenq.
踏藤藤又断。

想 楞 嶲 蓈 嶺，
Siengj laeng naj gyonj gungz,
想起穷苦命，

昑 眣 布 盆 造；
Ngoenz ninz mbouj baenz naengh;
常坐立不安；

呋 肑 条 命 吨，
Dwen daengz diuz mingh daenx,
想起苦瓜命，

愿 剎 坤 虽 何。
Nyuenh cax goenq saejhoz.
愿割喉自尽。

76. 布 叉 天 叉 地，
Mbouj ca dien ca deih,
不犯天犯地，

布 叉 伩 叉 侊；
Mbouj ca beix ca lungz;
不犯众朋亲；

呀 怨 埔 侵 荟，
Nyaz yuenq namh caeuq mbwn,
手指苍天问，

佲 尔 叩 易 （样尼） 毒?!
Mwngz yawz guhyix (yienghneix) doeg?!
为何这样毒?!

孙 蛛 只 否 叉，
Lwg moed cix mbouj ca,
蚂蚁都没踩，

命 麻 盆 样 易？
Mingh maz baenz yanghyix?
命何如此苦？

布 叉 天 叉 地，
Mbouj ca dien ca dih,
不犯天犯地，

布 叉 伮 叉 侬。
Mbouj ca beix ca lungz.
不犯众朋亲。

冤 枉 麻 世 尼，
Ienvuengj ma seqnix,
冤枉来世上，

布 眉 的 跈 伝；
Mbouj miz di ha vunz;
无法与人比；

呀 怨 埔 侵 乭，
Nyaz yuenq namh caeuq mbwn,
手指苍天问，

佲 尔 口 易 毒？！
Mwngz yawz guhyix doeg?！
为何这样毒？！

77. 灰 烂 里 眉 尥，
Hoi lanh lij miz gyaeuj,
石碎还有头，

粐 烂 里 眉 糤；
Haeux lanh lij miz bin（haeuxbin）;
米碎还有糠；

冤 枉 麻 夻 壸，
Ienvuengj ma lajmbwn,
冤枉来世上，

千 蛿 万 样 焻！
Cien gungz vanh yiengh hoj!
千穷万样苦！

晎 麻 偻 乙 麻，
Vunz ma raeuz yiz ma,
人回（世间）我也回，

样 麻 否 啫 奏；
Yienghmaz mbouj rox caeuz;
一世苦到头；

灰 烂 里 眉 尥，
Hoi lanh lij miz gyaeuj,
石碎还有头，

粐 烂 里 眉 糤。
Haeux lanh lij miz bin.
米碎还有糠。

浪 淌 麻 世 尼，
Langhdangh ma seiqnix,
枉费来世上，

的 了 布 比 伝；
Di ndeu mbouj bij vunz;
无法与人比；

冤 枉 麻 夻 壸，
Ienvuengj ma lajmbwn,
冤枉来世上，

千 蛿 万 样 焻！
Cien gungz vanh yiengh hoj!
千穷万样苦！

78. 听 奶 唱 辛 焻，
Dingq naih ciengq sinhoj,
听奶唱苦歌，

艻 愦 淰 肰 澏（漯）；
Lan gyoh raemxda lu（lae）;
孙心碎泪流；

伩 眲 奶 淋 猕，
Boh naeq naih lumj mu,
父待奶像猪，

古 毢 尥 冒 魂。
Gu bwn'gyaeuj ok hoenz.
我头冒青烟。

奶 渧 姣 肰 瞷，
Naih daej lai da ngangq,
奶哭瞎眼睛，

435

昙 狼 粓 只 洛；
Mbwnrengx haeux cix roz;
天旱禾苗枯；

听 奶 唱 辛 焐，
Dingq naih ciengq sinhoj,
听奶唱苦歌，

荖 憜 淰 肵 漁。
Lan gyoh raemxda lu.
孙心碎泪流。

仪 叩 毒 给 奶，
Boh guh doeg haengj naih,
你爸虐待奶，

实 在 动 胁 古；
Sizcai doengh sim gu;
奶实在心寒；

仪 眲 奶 淋 猠，
Boh naeq naih lumj mu,
看奶贱如猪，

古 毡 尥 冒 魂。
Gu bwn'gyaeuj ok hoenz.
我头冒青烟。

79. 眄 奶 咊 碗 吧，
Raen naih bu vanj mbangq,
见奶捧破碗，

咕 各 想 閡 胁；
Gu gag siengj ndaw sim;
孙记在心头；

打 通 仪 娒 親，
Daj doeng bohmeh cin,
劝说父母亲，

欧 胁 咭 奶 奶。
Aeu sim get naihnaih.
用心疼奶奶。

古 挖 吞 碗 楪，
Gu vat ndaen vanjfaex,
我挖只木碗，

拇 岊 肯 爹 娘；
Dawz bae haengj dehniengz;
送给我爹娘；

眄 奶 咊 碗 袼，
Raen naih bu vanj mbangq,
见奶捧破碗，

古 各 想 閡 胁。
Gu gag siengj ndaw sim.
孙记在心头。

榡 楛 介 对 测，
Sagroq gaiq doiq caek,
檐水滴对滴，

勺 要 铜 腠 金；
Yaek aeu doengz bienq gim;
硬要铜变金；

打 通 仪 娒 親，
Daj doeng bohmeh cin,
劝说父母亲，

欧 胁 咭 奶 奶。
Aeu sim get naihnaih.
用心来疼奶。

80. 奶 歪 牪 巨 噟，
Naih gwnz mbonq gwq gyangz,
奶床上叹气，

荖 胁 乱 纷 绯，
Lan sim luenh faenfi,
孙心乱如麻；

娘 婶 同 达 备，
Niengzsimj doengh dahbix,
婶娘和姑嫂，

淰 盵 溢 纷 纷。
Raemxda rih faenfaen.
个个泪淋淋。

奶 是 勺 断 乞，
Naih seih yaek duenxhiq,
奶快将断气，

古 里（还里） 博 命 嗛；
Gujlij (vanzlij) buekmingh gangj;
还要搏命讲；

奶 歪 柈 巨 嗵，
Naih gwnz mbonq gwq gyangz,
奶床上叹气，

烂 胑 乱 纷 绯。
Lan sim luenh faenfi.
孙心乱如麻。

奶 勺 佼 叻 胇，
Naih ngaeu boh lwgbaed,
奶对爸爸唱，

砽 砽 唱 到 底；
Gyaekgyaek ciengq daengzdaej;
句句都动情；

娘 婶 同 达 备，
Niengzsimj doengh dahbix,
婶娘和姑嫂，

淰 眏 溢 纷 纷。
Raemxda rih faenfaen.
个个泪淋淋。

为 妹 娘 绝 情；
Vih maexnangz cied cingz;
骂妻太绝情；

梭 旭 奷 巨 耵，
Soh gyaeujyah gwq dingq,
夫妻低头听，

照 镜 眙 噩 浬。
Ciuq gingq raen naj mai.
照镜见斑脸。

熕 只 眐 妹 佬，
Gonq cix muengh meh laux,
过去望妈老，

尼 只 恅 妹 奤；
Nix cix lau meh dai;
如今怕妈死；

叩 毒 肯 妹 粝，
Guh doeg haengj meh lai,
对娘太恶毒，

妹 奤 就 难 办。
Meh dai couh nanz banh.
娘死难安宁。

81. 梭 旭 奷 巨 耵，
Soh gyaeujyah gwq dingq,
夫妻低头听，

照 镜 眙 噩 浬；
Ciuq gingq raen naj mai;
照镜见斑脸；

叩 毒 肯 妹 粝，
Guh doeg haengj meh lai,
对娘太恶毒，

妹 奤 就 难 办。
Meh dai couh nanz banh.
娘死难安宁。

梭 盯 头（旭） 巨 想，
Soh dingq daeuz (gyaeuj) gwj siengj,
梭听自怨恨，

82. 梭 旭 奷 转 倒，
Soh gyaeujyah cienq dauq,
夫妻转回家，

咟 灶 叩 惹 牙；
Bakcauq guh nyeznyaz;
厨房里烧火；

妹 差 佚 下 差，
Maex ca gvan yax ca,
夫妻俩都差，

佮 眏 盆 样 劧。
Hetda baenz yanghyix.
开眼欺负妈。

梭 吂 妹 譝 剥，
Soh mieng maex byajbag,
夫怨妻无情，

妹吒梭尨捞；
Maex mieng Soh dailauq；
妻骂夫不孝；

梭尥奵转倒，
Soh gyaeujyah cuenq dauq，
夫妻转回家，

唒灶叩惹牙。
Bakcauq guh nyeznyaz。
在厨房烧火。

狛下布怪虵，
Ma yax mbouj gvaiq maet，
狗莫怪跳蚤，

虵下布怪狛；
Maet yax mbouj gvaiq ma；
跳蚤莫怪狗；

妹差布下差，
Maex ca gvan yax ca，
夫妻俩都差，

冷眹盆样易。
Hetda baenz yanghyix。
开眼虐待妈。

83. 又叩毒样易，
Youh guh doeg yienghyix，
这样虐待妈，

的了否眉齧；
Di ndeu mbouj miz naj；
无脸见世人；

叩齧狪齧狛，
Guh naj mu naj ma，
做人像畜牲，

对太歔（外家）　布住（布型）。
Doiq daiq da（vaihgya）mbouj cih（mbouj
　hwnj）。
无脸见众亲。

尼阅张眫模，
Nix ndaw cieng bimoq，
大年三十晚，

愷妹埊条气；
Gyoh meh soeng diuz hiq；
该让妈欢喜；

又叩毒样易，
Youh guh doeg yienghyix，
又虐待老妈，

的了屚眉齧。
Di ndeu mbouj miz naj。
无脸见世人。

又殺鸭殺鸺，
Youh gaj bit gaj gaeq，
剐鸡又杀鸭，

齐送岊只吧；
Caez soengq bae cixbah；
煮熟该给妈；

叩齧狪齧狛，
Guh naj mu naj ma，
做人像畜牲，

对太歔布住。
Doiq daiq da mbouj cih。
无脸见亲戚。

84. 龗枡（雪苏）乱扮扮，
Naevaiq（sietfaiq）mbinfoenfoen，
雪花漫天飞，

鱼尨碟阅壜；
Bya daigeng ndaw daemz；
冻鱼浮满塘；

奶否样巨神，
Naih gwnz mbonq gwj saenz，
奶发抖床上，

布盆伝哒唻。
Mbouj baenz vunz dahraix。
已骨瘦如柴。

巨 唱 啠 巨 虽，
Gwj ciengq sing gwj saeq，
越唱声越小，

淋 鴿 佬 啂 更；
Lumj gaeqlaux haen geng；
像老鸡夜啼；

䨂 桝 丟 扮 扮，
Naevaiq mbinfoenfoen，
雪花漫天飞，

鱼 粈 䂮 閙 壜。
Bya daigeng ndaw daemz.
冻鱼浮满塘。

奶 气 只 勺 断，
Naih hiq cix yaek duenx，
阿奶快断气，

唱 総 布 成 句；
Ciengq cungj mbouj baenz coenz；
已唱不出声；

奶 丟 栟 巨 神，
Naih gwnz mbonq gwj saenz，
奶发抖床上，

否 成 伝 哒 唻。
Mbouj baenz vunz dahraix.
已骨瘦如柴。

85. 唱 欢 啠 虽 虽，
Ciengq fwen sing saeqsaeq，
已唱不出声，

眲 奶 极 气 够；
Naeq naih gighiq lai；
奶受多少气；

冃 眉 粠 眉 粡，
Ndi miz cuk miz ngaiz，
无粥也无饭，

愿 粈 布 愿 劶。
Nyuenh dai mbouj nyuenh lix.
愿死不愿活。

奶 咘 呑 碗 磅，
Naih bu ndaen vanj mbangq，
奶举破碗唱，

孡 跳 林（闲） 虽 虽；
Lan soengz yimz（henz） saezsaez；
孙在旁落泪；

唱 欢 啠 虽 虽，
Ciengq vuen sing saeqsaeq，
已唱不出声，

眲 奶 极 气 够。
Naeq naih gighiq lai.
奶受多少气。

扨 呑 碗 京 嵘，
Vad ndaen vanj ging gyangq，
忽闻一声响，

碗 磅 烂 皿 圿；
Vanj mbangq lanh guh gaiq；
破碗碎地上；

冃 眉 粠 眉 粡，
Ndi miz cuk miz ngaiz，
无粥又无饭，

愿 粈 不 愿 劶。
Nyuenh dai mbouj nyuenh lix.
愿死不愿活。

86. 孡 怨 奶 嗐 奶，
Lan ienq naih ha naih，
奶奶哟奶奶，

㧟 碗 烂 皿 麻；
Fad vanj vaih guhmaz；
不该把碗砸；

仪 妹 古 呀 差，
Bohmeh gu yax ca，
父母虐待你，

昨 偧 呀 淋 佲。
Cog de yax lumj mwngz.
将来也像你。

跌 碗 裆 肯 古，
Saet vanj mbangq haengj gu,
破碗留给我，

屄 咔（捧） 辈 安 排；
Ndi bu（boengj）bae anbaiz;
好好保存它；

兰 梭 哈 嘻 奶，
Lan yuenq naih ha naih,
奶奶哟奶奶，

拔 碗 坏 叩 麻。
Fad vanj vaih guhmaz.
不该把碗砸。

楙 楉 测 对 测，
Sakroq caek doiq caek,
檐水滴对滴，

磨 杕 牙 对 牙，
Muhndoek nyaz doiq nyaz;
竹磨牙对牙；

仪 妺 古 呀 差，
Boh meh gu yax ca,
我爹妈错了，

昨 俵 呀 淋 佲。
Cog de yax lumj mwngz.
将来也像你。

87. 兰 梭 哈 呀 呀，
Lansoh daejnganga,
乘孙哭呀呀，

襟 吞 躺 污 哦；
Ringx laj ndang uqot;
打滚在地下；

妺 訦 劲 兎 绝，
Meh ndaq lwg dai cod,
妈骂绝子孙，

叩 尔 躺 其 斗？
Guhyawz ndoj gix daeuj?
为何躲在此？

碗 裆 坏 只 吧，
Vanj mbangq vaih cixbah,
破碗碎也罢，

叩 麻 只 滚 呑？
Guhmaz cix ringx laj?
干吗滚地下？

兰 梭 哈 呀 呀，
Lansoh daejnganga,
乖孙哭呀呀，

襟 吞 身 污 哦。
Ringx laj ndang uqot.
打滚在地下。

歪 楼 碗 猫 劜，
Gwnzlaeuz vanj meuz gaeuq,
楼上旧猫碗，

歐 斗 肯 俵 琋（帅）！
Aeu daeuj haengj de nyog（gwn）!
拿来给她吃！

妺 訦 劲 兎 绝，
Meh ndaq lwg dai cod,
娘骂绝子孙，

叩 尔 躺 吉 斗？
Guhyawz ndoj gix daeuj?
为何躲此地？

88. 梭 乩 取 劲 哈，
Soh ndaejnyi lwg daej,
梭听儿子哭，

昔 黑 跑 入 林；
Sikhaek buet haeuj yimz;
亡命奔来问；

劲 古 尔 牵 襟，
Lwg gu yawz roengzringx,
儿为何打滚，

赶 紧 歪 辈 麻！
Ganjginj hwnj baema!
赶紧起身回！

碗 袴 只 大 夥（大把），
Vanj mbangq cix dalai (daihbaj)，
大把旧破碗，

劲 乖 古 介 悔（惚悔）；
Lwg gvai gu gaej veij (ienqhoij)；
乖儿莫后悔；

梭 乱 取 劲 哈，
Soh ndaejnyi lwg daej，
梭听儿子哭，

昔 黑 跑 合 林。
Sikhaek buet haeuj yimz.
亡命奔来问。

碗 袴 坏 只 吧，
Vanj mbangq vaih cixbah，
破碗碎也罢，

下 布 廸 碗 金。
Yax mbouj dwg vanj gim.
这不是金碗。

劲 古 尔 荦 篆，
Lwg gu yawz roengzringx，
儿为何打滚，

赶 紧 歪 崑 床！
Ganjginj hwnj baema！
赶紧起身回！

89. 勒 怨 仪 嘻 仪，
Lwg yuenq boh hai boh，
儿怒爸啊爸，

碗 模 敁 倒 眉；
Vanj moq sou dauq miz；
你们有新碗；

碗 袴 用 十 睥，
Vanj mbangq yungh cib bi，
破碗用十年，

里 尸 卦 碗 模。
Lij ndi gvaq vanj moq.
比不上新碗。

古 歐 吞 碗 袴，
Gu aeu ndaen vanj mbangq，
我要这破碗，

装（捯） 汤 又 装 裔。
Cang (coux) dang youh cang noh.
装汤又装肉。

勒 怨 仪 嘻 仪，
Lwg yuenq boh hai boh，
儿怨爸啊爸，

碗 模 敁 倒 眉。
Vanj moq sou dauq miz.
你们有新碗。

肯 奶 用 碗 袴，
Haengj naih yungh vanj mbangq，
给奶用破碗，

古 万 样 巨 记；
Gu fanhyiengh gwj giq；
我永远不忘；

碳 袴 用 十 睥，
Vanj mbangq yungh cib bi，
用破碗十年，

里 尸 卦 碗 模。
Lij ndi gvaq vanj moq.
比不上新碗。

90. 牙 磨 路 对 路，
Heuj muh loh doiq loh，
磨竹牙对牙，

椽 楛 测 对 测，
Sakroq caek doiq caek，
檐水滴对滴，

奶 扷 碗 其 卡，
Naih fad vanj gikgyaek，
砸碗咣当响，

芒 肫 裂 约 晨。
Lan sim dek yaek dai.
孙心碎成泥。

441

碗裆扰坏罢，
Vanj mbangq fad vaih bae,
破碗甩坏了，

歐布乩戠仪；
Aeu mbouj ndaej ciengx boh;
无法养老爸；

羿磨路对路，
Heuj muh loh doiq loh,
磨竹路对路，

桬楛测对测。
Sakroq caek doiq caek.
檐水滴对滴。

煮苝碗猫装，
Cawj byaek vanj meuz cang,
菜用破碗装，

煮汤碗裆掜；
Cawj dang vanj mbangq daek;
煮汤破碗舀；

奶扰碗其卡，
Naih fad vanj gikgyaek,
奶砸碗咣当，

荘胑裂约兝！
Lan sim dek yaek dai!
孙心碎成泥！

91. 劲古佲介气，
Lwg gu mwngz gaej hiq,
我儿莫再哭，

哈碗尼口麻；
Daej vanj nix guh maz;
破碗早该砸；

劲煮臵煮鲌，
Lwg cawj noh cawj bya,
儿煮肉煮鱼，

碗麻装下得。
Vanj maz cang yax ndaej.
啥碗都能装。

只要劲眉胑，
Cij aeu lwg miz sim,
只要儿有心，

碗金仪只眉；
Vanj gim boh cix miz;
金碗爹都有；

劲古佲介气，
Lwg gu mwngz gaej hiq,
我儿莫再哭，

哈碗尼口麻。
Daej vanj nix guh maz.
破碗早该砸。

碗金映咾咾，
Vanj gim angj (iengj) danghdangh,
金碗金灿灿，

歐碗裆口麻？
Aeu vanj mbangq guh maz?
要破碗干吗？

劲煮臵煮鲌，
Lwg cawj noh cawj bya,
儿煮肉煮鱼，

碗麻装下乩。
Vanj maz cang yax ndaej.
啥碗都能装。

92. 碗金古否歐，
Vanj gim gu mbouj aeu,
金碗不稀罕，

挖木头（棐）口碗；
Vat moegdaeuz (faex) guh vanj;
挖木头做碗；

装苝又装汤，
Cang byaek youh cang dang,
装菜又装汤，

送到躺肯仪。
Soengq daengz ndang haengj boh.
送去给爹娘。

斧 凿 胜 提 托，
Fouj siuq naeng dikdat,
斧凿声声响，

碗 棐 挖 到 尯；
Vanj faex vat daengz gyaeuj;
木碗挖到头；

碗 金 古 否 歐，
Vanj gim gu mbouj aeu,
金碗不稀罕，

挖 木 头 口 碗。
Vat moegdaeuz guh vanj.
挖木头做碗。

古 送 吞 碗 棐，
Gu soengq ndaen vanj faex,
送爹娘木碗，

眲 伩 姝 心 啈；
Naeq bohmeh sim'angq;
看父母心欢；

装 茫 又 装 汤，
Cang byaek youh cang dang,
装菜又装汤，

送 肝 骱 肯 伩。
Soengq daengz ndang haengj boh.
送到爹身旁。

93. 乩 取 劤 嗛 亦（样尼），
Ndaejnyi lwg gangj yix (yienghneix),
见儿如此说，

巨 记 着 閗 朏；
Gwj giq coq ndaw sim;
都记在心上；

对 不 住（孕） 姝 親，
Doiq mbouj cawh (hwnj) meh cin,
对不起亲娘，

閗 心 各 巨 咻（乱）。
Ndaw sim gag gwj mbuq (luenh).
脸羞愧难言。

咄 罍 移 了 姝，
Couj naj lai liux maex,
妻子不怕丑，

肫 鸡 佲 各 吶；
Soenj gaeq mwngz gag gwn;
鸡尾独自吃；

乩 取 劤 嗛 尼，
Ndaejnyi lwg gangj yix,
见儿如此说，

巨 记 着 閗 朏。
Gwj giq coq ndaw sim.
都记在心上。

肯 姝 用 碗 袴，
Haengj meh yungh vanj mbangq,
给妈用破碗，

淋 瓦 鎒 閗 朏；
Lumj ngvax camx ndaw sim;
像瓦划破心；

对 布 住 姝 親，
Doiq mbouj cawh meh cin,
对不起娘亲，

閗 朏 各 巨 矇！
Ndaw sim gag gwj mong!
脸羞愧难言！

94. 肫 鸡 佲 各 吶，
Soenj gaeq mwngz gag gwn,
鸡尾你独吞，

捯 螟 哄 姝 佬；
Dawz bing yoeg mehlaux;
骗妈吃蚂蟥；

实 在 惯 否 倒，
Sizcai gyoh mbouj dauq,
实在无法忍，

佬 丢 埔 布 容。
Lau mbwn namh mbouj yoengz.
上天无法饶。

不 当 口 样 彑，
Mbouj dang guh yienghyix,
不应这样做，

节 氕 话 墾 奀；
Ciethiq vah rim mbwn;
节气吵翻天；

肫 鸼 佲 各 呷，
Soenj gaeq mwngz gag gwn,
鸡尾你独吞，

捋 蟆 哄 娒 佬。
Dawz bing yoeg mehlaux.
骗妈吃蚂蟥。

碗 花 肯 猫 浪，
Vanj va haengj meuz ndangq,
花碗喂花猫，

碗 裆 肯 娒 佬；
Vanj mbangq haengj mehlaux;
破碗给老娘；

实 在 憳 布 倒，
Sizcai gyoh mbouj dauq,
实在无法忍，

佬 奀 埔 否 容。
Lau mbwn namh mbouj yoengz.
上天无法饶。

95. 水 荦 滩 布 倒，
Raemx roengz dan mbouj dauq,
水下滩难回，

楪 佬 盻 只 洛；
Faex laux mbaw cix roz;
树枯叶才落；

奶 尼 扚 坤 胎，
Naih nix yaek goenq hoz,
人老将会死，

煮 臽 肯 傄 吘（噂）。
Cawj noh haengj de nyaemq (siengz).
煮肉让奶尝。

肫 鸼 沾 掭 鸼，
Gyoenj gaeq nem daep gaeq,
鸡尾和鸡肝，

捋 罢 肯 奶 佬；
Dawz bae haengj naihlaux;
拿给老奶尝；

淰 荦 滩 布 倒，
Raemx roengz dan mbouj dauq,
水下滩难回，

楪 老 盻 只 洛。
Faex laux mbaw cix roz.
树枯叶才落。

碗 椛 装 汤 鸼，
Vanj va cang dang gaeq,
鸡汤花碗装，

咐 罢 歪 台 作；
Bu bae gwnz daiz coq;
拿去桌上放；

奶 尼 扚 坤 胎，
Naih nix yaek goenq hoz,
奶将要断气，

煮 臽 肯 傄 吘。
Cawj noh haengj de nyaemq.
煮肉让她尝。

96. 乿 取 娒 嗛 彑，
Ndaejnyi maex gangj yix,
听妻如此说，

梭 欢 喜 盆 麻；
Soh vuenhij baenzmaz;
梭欢喜异常；

肫 掭 墾 碗 椛，
Soenj daep rim vanj va,
鸡尾装花碗，

咐 麻 敬 娒 佬。
Bu ma gingq mehlaux.
拿来敬老母。

妹 戳 偻 辛 烚，
Meh ciengx raeuz sinhoj,
娘养咱辛苦，

阔 胎 歐 喏 记；
Ndaw hoz aeu rox giq;
心里永不忘；

乿 取 妹 嗹 ヲ，
Ndaejnyi maex gangj yix,
听妻如此说，

梭 欢 喜 盆 麻。
Soh vuenhij baenzmaz.
梭欢喜异常。

平 肫 鸠 抍 鸠，
Bingz soenj gaiq daep gaiq,
鸡尾块又块，

齐 抆 偧 岜 麻；
Caez log de baema;
齐捞回给娘；

肫 抍 潷 碗 椛，
Soenj daep rim vanj va,
鸡肝满花碗，

咘 麻 敬 妹 佬。
Bu ma gingq mehlaux.
拿回给老母。

97. 胬 鸠 黯 岀 岀，
Nohgaeq henjywgywg,
鸡肉黄鲜鲜，

双 鐽 咘 腾 腾，
Song fwngz bu dwnzdwnz,
捧到妈床前；

得 媔 又 得 宏；
Ndaek mbwk youh ndaek hung;
鸡肉大如掌；

庲 穻 歪 肯 妹。
Ma ranz gwnz haengj meh.
到上房给娘。

咘 胬 肝 罷 样，
Bu noh daengz naj mbonq,
捧肉到床前，

嘹 否 喊 声 媔；
Gyonj mbouj hemq sing mbwk;
温声叫妈吃；

胬 鸠 黯 岀 岀，
Nohgaeq henjywgywg,
鸡肉黄鲜鲜，

咘 胬 肝 罷 样。
Bu noh daengz naj mbonq.
捧到妈床前。

梭 魃 奵 改 过，
Soh gyaeujyah gaij gvaq,
夫妻俩改过，

咘 胬 麻 妹 吭；
Bu noh ma meh gwn;
拿肉给娘吃；

双 鐽 咘 腾 腾，
Song fwngz bu dwnzdwnz,
双手捧鸡肉，

庲 穻 歪 肯 妹。
Ma ranz gwnz haengj meh.
到上房给娘。

98. 糃 麮 冶 戽 淰，
Haeux dai het gonh raemx,
禾枯方戽水，

墰 仔 冶 簩 鮋；
Daemz hawq het langh bya;
塘干才养鱼；

妹 岜 麻 坂 苩，
Meh baema mbanjhaz (dai)，
娘去茅草岭，

秙 鸠 眉 麻 用？
Gaj gaeq miz maz yungh?
杀鸡有何用？

梭罟朦巨叫，
Soh najmong gwj heuh,
千声妈不应，

求娒帅双啥；
Giuz meh gwn song gaemz;
求娘吃两口；

糇尧冷庌淰，
Haeux dai het gonh raemx,
禾枯方庌水，

墰仔冷簹鲃。
Daemz hawq het langh bya.
塘干才养鱼。

娒歪枠硬呷，
Meh gwnz mbonq genggyat,
娘尸硬床上，

碗落哒夅夵；
Vanj doekgyak roengz laj;
碗碎烂地上；

娒夆麻坂芸，
Meh baema mbanjhaz,
娘去茅草岭，

赫鸬眉麻用？
Gaj gaeq miz maz yungh?
杀鸡有何用？

99.撐空哈哦哦，
Daengx ranz daejngongo,
全家哭嗷嗷，

椛荷各喏魕；
Va oq gag rox byaiz;
花枯才会落；

邑嘤氕唉唉，
Bya gyangzhiq ngaingai,
高山也呻吟，

灯昑踩合夽！
Daengngoenz raih haeuj fwj!
日月被云浸！

棐杕哈又嘈，
Faexndoek daej youh gyangz,
竹子哭又喊，

箮撕厈盆栖；
Rangz raek ndi baenz go;
竹断长不大；

撐空哈哦哦，
Daengx ranz daejngongo,
全家哭呀呀，

椛荷各喏魕。
Va oq gag rox byaiz.
花枯自会落。

娒姑同茏虽，
Mehgux doengh lan saeq,
娘死儿孙悲，

碃哈盆呲嘻；
Gyonj daej baenz yehai;
流尽伤心泪；

邑嘤氕唉唉，
Bya gyangzhiq ngaingai,
高山也呻吟，

灯昑踩合夽！
Daengngoenz raih haeuj fwj!
日月被云侵！

100.嘚代劲代茏，
Daengq daih lwg daih lan,
告诫众子孙，

介必难布佬；
Gaej bihnanh buxlaux;
别刁难老人；

做差（咔）就改倒，
Guh ca (loek) couh gaij dauq,
做错就改过，

眒布佬盆彭。
Naeq buxlaux baenz bengz.
视老人如宝。

里 只 肯 傪 帅，
Lix cix haengj de gwn,
活时尽心孝，

介 蹲（燁） 毙 蹲 埔；
Gaej dwngj（caj） dai daengj namh;
莫等死后孝；

嘹 代 劢 代 茬
Daengq daih lwg daih lan,
告诫众子孙，

介 必 难 布 佈。
Gaej bihnanh buxlaux.
别刁难老人。

里 只 厃 啫 悋，
Lix cixndi rox gyaez,
活时不会爱，

毙 峚 了 晓 晓；
Dai bae liuxyauyau;
死后悔已迟；

吗 差 就 改 倒，
Guh ca couh gaij dauq,
做错就要改，

盷 布 佬 盆 彭！
Naeq buxlaux baenz bengz!
视老人如宝！

图书在版编目（CIP）数据

壮族传统古歌集：壮文/梁庭望，韦文俊，程文显
等搜集整理. —南宁：广西民族出版社，2011.11
ISBN 978 - 7 - 5363 - 5789 - 1

Ⅰ. 壮… Ⅱ. ①梁…②韦…③程… Ⅲ. 壮族—民族
—作品集—中国—古代—壮语 Ⅳ. I276.291.8

中国版本图书馆CIP数据核字（2009）第099685号

BONJFWENGEQ BOUXCUENGH CONZDUNGJ
壮族传统古歌集

梁庭望　关仕京　韦文俊　韦树关　罗　宾　石鹏程　李秀玲
李海容　覃祥周　程文显　关彩萍　刘志坚　韦克全　马永全
韦以强　黄　革　搜集整理

出版发行	广西民族出版社（地址：南宁市桂春路3号　邮政编码：530028）
发行电话	(0771) 5523216　5523226　　传　真：(0771) 5523246
E - mail	CR@gxmzbook. cn
出版人	朱俊杰
终　审	方　铁
责任编辑	韦彩娟　韦家武
封面设计	何世春
版式设计	蓝剑凤
责任校对	黄春燕
印　刷	广西地质印刷厂
规　格	889毫米×1194毫米　1/16
印　张	28.25
字　数	1000千
版　次	2011年11月第1版
印　次	2011年11月第1次印刷

ISBN 978 - 7 - 5363 - 5789 - 1/I・1222　　　　　　　定价：298.00元
如发现印装质量问题，影响阅读，请与出版社联系调换。　电话：(0771) 5523216